DE CHARMANTE SCHURK

Evie Dunmore

De charmante schurk

XANDER

Uitgegeven door Xander Uitgevers
www.xanderuitgevers.nl

Oorspronkelijke titel: *A Rogue of one's own*
Oorspronkelijke uitgever: Berkley, an imprint of Penguin Publishing Group, a division of Penguin Random House LLC
Vertaling: Maya Denneman en Marion Drolsbach
Omslagontwerp: zero-media.net, Munich
Belettering omslag: Select Interface
Omslagbeeld: © Lee Avison / Trevillion Images
Zetwerk: ZetSpiegel, Best

Eerste druk 2022

ISBN 978 94 0161 687 4 | NUR 302

Voor Brad en Judy,
jullie oprechte goedheid inspireert me
om altijd mijn beste beentje voor te zetten.

1

Buckinghamshire, zomer 1865

Jongedames hoorden niet languit op het kleed achter de chesterfield in de bibliotheek tegen zichzelf te liggen schaken. Ze hoorden niet vóór het ontbijt hun wangen met suikergoed vol te proppen. Dat wist Lucie. Maar het was zomervakantie en vreselijk saai: Tommy was als een verwaande kwast van Eton thuisgekomen en wilde niet meer met meisjes spelen, haar onlangs gearriveerde nichtje Cecily was zo'n kind dat snel huilt en Lucie vond zichzelf met haar amper dertien jaar te jong om enkel beschaafd van verveling dood te gaan. Haar moeder, daarentegen, zou dat waarschijnlijk een zeer nobele dood vinden. Maar de gravin van Wycliffe gaf dan ook aan de meeste dingen de voorkeur boven onbesuisd gedrag.

De geur van leer en stof zat in haar neus en in de bibliotheek was het aangenaam stil. De ochtendzon scheen op het schaakbord en liet de witte koningin helder stralen als een baken. Ze verkeerde in gevaar; een loslopend paard had een hinderlaag gelegd en Hare Majesteit stond nu voor de keus zich op te offeren om de koning te beschermen of hem te laten sneuvelen. Besluiteloos liet Lucie haar vingers over de glanzende ivoren kroon zweven.

Snelle voetstappen weerklonken op de gang.

Haar moeders delicate voeten… Maar moeder rende toch nooit?

De deur vloog open.

'Hoe kón je! Hoe kón je!'

Lucie verstijfde. Haar moeders stem trilde van verontwaardiging.

De deur sloeg met zo'n kracht dicht dat de grond ervan schudde.

'In het bijzijn van iedereen, de hele balzaal –'

'Kom, kom, stel je niet zo aan.'

Lucies maag kromp ineen. Het was haar vader, zijn ijzige toon was verveeld en scherp.

'Iedereen weet het, terwijl ik thuis lig te slapen, me nergens van bewust!'

'Mijn hemel. Waarom de vrouw van Rochester zich je vriendin noemt is me een raadsel. Ze vult je oren met roddels en moet je jou nu zien: je raaskalt als een gekkin. Ik had haar gisteravond weg moeten sturen; het is echt iets voor dat excentrieke mens om zichzelf uit te nodigen, om op een laat tijdstip en onaangekondigd te verschijnen –'

'Ze blijft hier,' snauwde mama. 'Ze móét hier blijven – één eerlijk iemand in een slangenkuil.'

Haar vader schoot in de lach. 'Lady Rochester, die éérlijk is? Heb je haar zoon gezien? Wat een eigenaardig rossig ventje. Ik durf te wedden dat hij niet eens een spruit van Rochester is –'

'En jij, Wycliffe? Hoeveel heb jij er verwekt onder je harem?'

'Nou, nou. Dat is beneden je waardigheid, vrouw.'

Er viel een stilte die zich uitstrekte en loodzwaar werd.

Lucies hart bonsde in haar borstkas, hard en pijnlijk, en zo luid dat ze het wel moesten horen.

Een snik verstoorde de rust en die trof haar als een stomp in de maag. Haar moeder huilde.

'Ik smeek je, Thomas. Wat heb ik misdaan zodat je me niet eens discretie wilt gunnen?'

'Discretie… Mevrouw, je gegil is kilometers ver te horen!'

'Ik heb je Tommy geschonken,' zei ze tussen het snikken door. 'Dat werd bijna mijn dood en toch pronk je met dat… dat mens – waar iedereen bij is.'

'Alle heiligen, geef me geduld. Waarom zit ik met een overgevoelig vrouwspersoon opgezadeld?'

'Ik hou zo van je, Thomas. Waarom, waarom kun je niet van mij houden?'

Een ongeduldige kreun. 'Ik hou heus van je, vrouw, al maken die hysterische aanvallen van je het me wel moeilijk.'

'Waarom moet het zo zijn?' jammerde mama. 'Waarom ben ik niet genoeg voor je?'

'Omdat ik een man ben, mijn lieve. En dan wens ik nu graag rust in mijn bibliotheek.'

Het bleef een ogenblik stil, toen klonk er een berustende snik.

Daarna de dreun van de zware deur die opnieuw dichtviel in de verte. Een gebrul vulde Lucies oren. Haar keel zat vol met snoep; ze zou door haar neus moeten ademen. Maar dan zou hij haar horen.

Ze kon het volhouden. Ze zou haar adem inhouden.

Er klonk een *klik* van een aansteker. Wycliffe had een sigaret opgestoken. Vloerplanken kraakten. Leer knerpte. Hij was in zijn leunstoel gaan zitten.

Haar longen brandden en haar vingers leken krijtwit, vreemd en klauwachtig tegen de duizeligmakende sierkrullen van het kleed.

Toch bleef ze stil liggen. De koning en koningin werden wazig voor haar ogen.

Ze kon het volhouden.

Aan de randen van haar gezichtsveld werd het langzaam zwart. Het voelde alsof ze nooit meer adem zou halen.

Er ritselde papier. De graaf las het ochtendnieuws.

Op anderhalve kilometer van de bibliotheek, diep in het koele groene bos van Wycliffe Park, had Tristan Ballentine, de tweede zoon van de graaf van Rochester, zojuist besloten om voortaan al zijn zomers op Wycliffe Hall door te brengen. Hij zou misschien moeten aanpappen met Tommy, de grootste pedanterik op Eton, om zijn plan te verwezenlijken, maar alleen al voor de ochtendwandelingen zou dat de moeite waard zijn. In tegenstelling tot het landgoed van het buitenverblijf van zijn familie, waar elke struik gesnoeid en geïnventariseerd was, kreeg de natuur in Wycliffe Park de vrije loop. Bomen werden knoestig. Struikgewas woekerde. De lucht geurde zoet naar bloemen. En hij had een uitstekende stek gevonden om Wordsworth te lezen: op een ronde open plek aan het eind van een holle weg. In het midden stond een grote menhir.

Dauw doorweekte zijn broekspijpen toen hij om de monoliet heen liep. Die leek verdacht veel op een elfensteen, verweerd en kegelvormig, hier neergezet voor de tijd begon. Natuurlijk was hij op zijn twaalfde te oud om in elfen en dergelijke te geloven. Dat had zijn vader hem overduidelijk gemaakt. Ook poëzie was verboden op Ashdown Castle. Romantische gedichten waren in strijd met de wapenspreuk van de familie Ballentine: 'Met moed en kracht'. Maar wie zou hem hier kunnen vinden? Wie zou het zien? Hij had zijn exemplaar van de *Lyrische balladen* van Wordsworth en Coleridge bij de hand.

Tristan schudde zijn jas uit en spreidde hem uit op het gras, waarna hij aanstalten maakte om languit op zijn buik te gaan liggen. Prompt schuurde de fijne stof van zijn broek als een maliënkolder over de kapotte huid van zijn achterwerk, en hij siste van pijn. Zijn vader zette zijn lessen kracht bij met een rietje. En gisteren had de graaf dat weer eens al te enthousiast gedaan. Dat was de reden waarom mama hem, Tristan, had gegrepen en hij zijn boeken had meegegrist, waarna ze waren vertrokken om de zomer bij haar vriendin lady Wycliffe door te brengen.

Hij probeerde een comfortabele houding aan te nemen door heen en weer te schuiven, maar gaf het uiteindelijk op, maakte zijn bretels los en begon de knopen van zijn hinderlijke broek los te maken. Het volgende moment begon de grond te beven.

Heel even verstijfde hij.

Hij griste zijn jas en dook weg achter de menhir toen een zwart paard dat over de holle weg aan kwam denderen in het zicht kwam.

Een schitterend beest, glimmend van het zweet, het schuim vloog van zijn bit. Het soort hengst waarop koningen en helden reden. Het dier kwam zo plotseling op de open plek tot stilstand dat de kluiten in het rond vlogen door zijn enorme hoeven.

Tristan hapte geschokt naar adem.

De ruiter was geen koning. Geen held. De ruiter was helemaal geen man.

Het was een meisje.

Ze droeg laarzen en een broek als een jongen en ze reed schrijlings, maar het was onmiskenbaar een meisje. Een koel glanzende sluier van ijsblond haar hing over haar rug en zwaaide als een zijden sjaal om haar heen toen het paard zich omdraaide.

Hij was niet in staat zich te verroeren, zelfs al had hij dat geprobeerd. Hij was verrukt, hield zijn blik strak op haar gezicht gericht. Was ze echt? Haar gezicht was volmaakt. Teer en hartvormig, met dunne wenkbrauwen en een koppig, puntig kinnetje. *Een elfje.*

Maar op haar wangen lag een felle roze blos en haar lippen waren samengeknepen tot een streep. Ze zag eruit alsof ze op het punt stond op dat grote zwarte dier ten strijde te trekken...

Ze liet zich van het zadel af glijden, en hij dook weg achter de steen. Eigenlijk zou hij tevoorschijn moeten komen. Zijn mond werd droog. Wat moest hij zeggen? Wat zei men tegen iemand die er zo lieftallig en woest uitzag?

Haar laarzen kwamen met een plofje neer op de grond. Ze mompelde een paar zachte woorden tegen de hengst. Toen werd het stil.

Hij strekte zijn hals. Het meisje was weg. Zachtjes sloop hij naar voren. Toen hij op zijn hurken ging zitten, zag hij haar op haar rug in het gras liggen met haar slanke armen wijd opzij.

Hij durfde misschien iets dichterbij te komen... en nog dichterbij zelfs. Hij ging rechtop staan en tuurde op haar neer.

Haar ogen waren gesloten. Haar wimpers lagen recht en donker op haar bleke wangen. De glanzende strengen van haar haar waaierden uit rond haar hoofd als stralen van een kille witte winterzon.

Zijn hart bonsde. Een felle pijn welde op uit zijn kern, een angstige drang, een soort vrees; dit was een zeldzame, waardevolle gelegenheid en hij was er totaal niet op voorbereid om die aan te grijpen. Hij had niet geweten dat er meisjes zoals zij bestonden, buiten de sprookjesboeken en de prinsessen uit de Scandinavische sagen die hij heel stiekem moest lezen…

Een nijdig gesnuif verscheurde de stilte. De hengst kwam dichterbij, met zijn oren plat en zijn tanden ontbloot.

'Verdorie,' zei Tristan.

De ogen van het meisje vlogen open. Ze staarden elkaar aan, zij plat op haar rug, hij boven haar uittorenend.

In een flits kwam ze overeind. 'Jij daar! Je bent op verboden terrein.'

Ze had klein van stuk geleken, maar nu stonden ze bijna oog in oog.

Hij voelde zijn gezicht verstarren tot een domme grijns. 'Nee, ik –'

Ze kneep haar grijze ogen tot spleetjes toen ze hem aankeek. 'Ik weet wie je bent. Jij bent de zoon van lady Rochester.'

Hij dacht eraan zijn hoofd te buigen. Dat ging hem zelfs vrij goed af. 'Tristan Ballentine. Je dienaar.'

'Je begluurde me!'

'Nee. Ja. Nou, een beetje,' gaf hij toe, want dat was zo.

Hij had geen slechter moment kunnen kiezen om zich te herinneren dat de klep van zijn broek nog half openhing. Onwillekeurig reikte hij naar de knopen, en de blik van het meisje volgde.

Ze hapte naar adem.

Voordat hij wist wat er gebeurde, schoot haar hand omhoog en voelde hij een explosie van pijn in zijn linkerwang. Wankelend en gedesoriënteerd deinsde hij achteruit en greep naar zijn wang. Hij verwachtte half dat zijn hand rood besmeurd zou zijn.

Hij keek van zijn handpalm naar haar gezicht. 'Dat was nergens voor nodig.'

Een vleugje onzekerheid, misschien wroeging, bekoelde heel even het vuur in haar blik. Toen hief ze met hernieuwde vastberadenheid haar hand. 'Dat was nog niets,' snauwde ze. 'Laat me met rust, jij... kleine rooie.'

Zijn wangen gloeiden, maar niet van de klap. Hij wist dat hij sinds zijn verjaardag nauwelijks was gegroeid, en inderdaad was hij bang dat de beroemde Ballentine-lengte niet voor hem was weggelegd. Onderdeurtje, noemde Marcus hem. Hij balde zijn hand tot een vuist. Als ze een jongen was geweest, had hij haar gevloerd. Maar een heer hief nooit zijn hand tegen een meisje, zelfs niet als ze hem bijna aan het huilen maakte. Marcus, tja, die zou ongetwijfeld hebben geweten hoe hij dit venijnige elfje doortastend moest aanpakken. Tristan kon alleen maar snel de aftocht blazen, terwijl de klap nog steeds pijnlijk op zijn jukbeen pulseerde. De *Lyrische balladen* bleef verwaarloosd achter in het vochtige gras.

2

Londen, 1880

Als ze als man geboren was, zou dit allemaal niet aan de orde zijn. Dan zouden ze haar niet in een muffe wachtkamer laten zitten en zou ze niet het moeizame getik van een oude pendule tellen. De receptionist zou haar geen argwanende blikken toewerpen van achter zijn keurig georganiseerde bureautje. Dan zou ze hier vandaag helemaal niet zijn. Mr. Barnes, de redacteur en huidige eigenaar van de helft van London Print, zou het contract vorige week al hebben ondertekend. In plaats daarvan was hij 'op moeilijkheden gestuit' bij het afsluiten van de overeenkomst. Uiteraard. Er waren dingen die een vrouw kon doen alleen omdat ze een vrouw was, zoals in katzwijm vallen om een kleine teleurstelling, en er waren dingen die een vrouw niet kon doen omdat ze een vrouw was. Kennelijk hoorde een vrouw niet zomaar een aandeel van vijftig procent in een uitgeverij te kopen.

Ze liet haar hoofd naar achteren zakken tegen de donkere lambrisering, maar herinnerde zich te laat dat ze een hoed ophad toen die uit protest indeukte.

Het was haar bijna gelukt. Ze hadden het met een handdruk bezegeld; Barnes wilde graag snel verkopen om zich in India te vestigen. Zoals gebruikelijk in haar branche was het domweg een kwestie van afwachten. Jammer genoeg was geduld een deugd die ze niet bezat.

Achter haar neergeslagen oogleden dwaalde haar geest doelloos door London Print. Vanbuiten had het hoofdkantoor van de uitgeverij een aantrekkelijke, moderne uitstraling: een grijze, chique granieten gevel van vier verdiepingen, in een van de steeds duurder wordende straten van Londen. Dat was passend voor een onderneming waarvan de twee bestverkochte periodieken elke maand geregeld ruim tachtigduizend vrouwen uit de hogere en middenklasse bereikten. De inrichting was echter even saai als de redactionele keuzes van de uitgever: de bureaus waren te klein, de kamers te schemerig en de verplichte zijingang voor de enige vrouw die hier werkte – de typiste, de dochter van Mr. Barnes – was een bediendetrap vol spinnenwebben. Als ze daadwerkelijk het kantoor wilde aanhouden, zou ze om te beginnen de zijingang wegdoen.

Bij het schrille geluid van een bel sloeg ze haar ogen open.

De receptionist was opgestaan. 'Lady Lucinda, als u zo goed zou willen zijn.'

Toen ze het kantoor binnenging kwam Mr. Barnes op zijn gebruikelijke haastige manier naar haar toe. Haar hoed en tweedjasje hing hij op aan een overbelaste kapstok en toen ze aan zijn bureau plaatsnam, bood hij haar thee aan, een aanbod dat ze afwees omdat ze de trein terug naar Oxford moest halen.

In de linkerhoek wierp miss Barnes van achter haar bureau nog meer steelse blikken naar haar. Onnodig, eigenlijk, omdat de jonge vrouw haar al eerder in levenden lijve had gezien. Ze knikte naar haar en miss Barnes sloeg snel haar ogen neer naar haar schrijfmachine. Ze was verdorie een aanvoerster van de beweging voor vrouwenkiesrecht, geen ontsnapte misdadiger. Al moest ze toegeven dat dat voor veel mensen op hetzelfde neerkwam.

Ook Mr. Barnes nam haar bedachtzaam op. 'Het gaat om de directie. Die buigt zich momenteel over de vraag waarom u geïnteresseerd zou kunnen zijn in de overname van tijdschriften als *Home Counties Weekly* en *Discerning Ladies' Magazine*.'

'Geen overname, maar mede-eigendom,' corrigeerde Lucie hem,

'en mijn redenen zijn wat ze altijd al geweest zijn: de tijdschriften hebben een indrukwekkend breed bereik, een omvangrijk lezerspubliek en duidelijk nog steeds groeimogelijkheden. Bovendien blijkt uit uw aankoop van de dichtbundel *A Pocketful of Poems* dat London Print in staat is zich met succes uit te breiden tot de boekenmarkt. Iedereen die de uitgeverswereld in de gaten houdt zou geïnteresseerd zijn, Mr. Barnes.'

Belangrijker was dat er maar twee andere aandeelhouders waren, die ieder respectievelijk vijfentwintig procent van London Print bezaten, allebei slapende vennoten, van wie er een in het buitenland woonde. Dan zou ze zo goed als geen tegenwerking ondervinden bij haar redactionele besluitvorming.

'Dat is allemaal waar,' zei Mr. Barnes, 'maar tot onze vorige afspraak was de directie zich er niet van bewust dat u achter het investeringsconsortium zit.'

'Ik zie niet in wat dat met onze overeenkomst te maken heeft.'

Mr. Barnes trok nerveus aan zijn stropdas. Zijn kale schedel glom onmiskenbaar van de transpiratie. Dat was steevast het effect dat ze op mensen had: ze maakte hen nerveus. *Dat komt doordat je bijzonder wilskrachtig bent*, had Hattie uitgelegd, *misschien zou je wat meer moeten glimlachen om ze wat minder angst aan te jagen.*

Bij wijze van experiment lachte ze haar tanden bloot tegen Mr. Barnes.

Hij zag er alleen maar nog verontruster uit.

Hij begon omstandig zijn bril af te zetten en op te vouwen voordat hij haar ten slotte aankeek. 'Milady. Staat u me toe om openhartig te spreken.'

'Gaat uw gang,' zei ze opgelucht.

'U bent nogal actief in de politiek,' zei Mr. Barnes behoedzaam.

'Ik ben een aanvoerster van de Britse beweging voor vrouwenkiesrecht.'

'Inderdaad. En als zodanig bent u zich er ongetwijfeld van bewust dat u, eh, enigszins controversieel bent. Ik meen dat een artikel in *The Times* u onlangs precies zo heeft omschreven.'

'Ik meen dat ik in het artikel "schaamteloos secreet" en "twistzieke tante" werd genoemd.'

'Inderdaad,' zei Mr. Barnes opgelaten. 'De directie vraagt zich vanzelfsprekend af waarom iemand die ernaar streeft de huidige sociale orde omver te werpen geïnteresseerd is in het bezitten van zulke heilzame tijdschriften, laat staan een collectie romantische poëzie.'

'Het lijkt wel alsof de directie vreest dat ik bijbedoelingen heb, Mr. Barnes,' zei ze minzaam. 'Dat ik niet in feite graag een goede zakelijke kans wil aangrijpen, maar via *Home Counties Weekly* een revolutie onder fatsoenlijke vrouwen uit de gegoede burgerij wil ontketenen.'

'Ha ha,' Mr. Barnes lachte. Dat was duidelijk precies wat hij had gevreesd. 'Nou, nee,' zei hij toen, 'dan zou u lezeressen bij bosjes verliezen.'

'Juist. Laten we de revolutionaire inspanningen maar aan *The Female Citizen* overlaten, nietwaar?'

Mr. Barnes vertrok zijn gezicht toen het radicale pamflet voor vrouwenrechten werd genoemd, maar hij herstelde zich al snel. 'Met alle respect, de uitgeverswereld vereist een zekere passie voor het onderwerp, een grondige kennis van het lezerspubliek. Zowel *Discerning Ladies' Magazine* als *Home Counties Weekly* is gericht op kwesties die relevant zijn voor de vrouw van goeden huize.'

'Dat zou geen enkel probleem moeten zijn,' zei Lucie, 'aangezien ik zelf een vrouw van goeden huize ben.' *In tegenstelling tot u, Mr. Barnes.*

De man zag er oprecht verward uit. 'Maar die tijdschriften proberen gezonde vrouwelijke bezigheden te bevorderen… mode… het huishouden… een warm, gelukkig gezinsleven.' Hij draaide zich om naar de hoek, waar zijn dochter een tijdje geleden was opgehouden met typen. 'Zo is het toch, Beatrix?'

'Ja, vader,' zei miss Barnes onmiddellijk. Ze had duidelijk geen enkel woord gemist.

Lucie hield haar hoofd schuin. 'Miss Barnes, leest u *Home Counties Weekly* en *Discerning Ladies' Magazine*?'

'Natuurlijk, milady, elk nummer.'

'En bent u getrouwd?'

Op de appelwangen van miss Barnes verscheen een bekoorlijk roze blosje. 'Nee, milady.'

'Heel verstandig.' Ze draaide zich weer om naar Mr. Barnes. 'Aangezien miss Barnes een enthousiaste lezeres van beide tijdschriften is, sluit de ongehuwde staat een interesse in "gezonde" vrouwelijke bezigheden kennelijk niet uit.'

Nu wist hij zich duidelijk geen raad. 'Maar het verschil is dat mijn dochter geïnteresseerd is omdat zij al die dingen in het vooruitzicht heeft, en wel binnenkort.'

Aha.

Terwijl zij, Lucie, zulke vooruitzichten niet had. *Een huis. Een gelukkig gezinsleven.* Haar gedachtegang raakte even ontspoord. Vreemd, want dat zou niet het geval moeten zijn, het was immers waar wat Barnes zei. Zij beschikte niet over de eigenschappen waarmee ze een man kon verleiden, zoals de zachte welvingen en de vriendelijke ogen van miss Barnes, die alle huiselijke geneugten beloofden die een echtgenoot zich maar kon wensen. Nee, zij was een politiek activiste die algauw de dertig naderde. Ze was een oude vrijster en in heel Engeland was er geen enkele ongehuwde gentleman geïnteresseerd in wat ze te bieden had. Toegegeven, ze had dan ook bar weinig te bieden. In haar ontvangkamer stond een drukpers en haar leven draaide om de goede zaak en een veeleisende kat. Voor de aandacht vragende aanwezigheid van een man was geen ruimte. Bovendien bestond haar belangrijkste campagne uit de strijd tegen de Married Women's Property Act, de wet die het eigendomsrecht van de vrouw binnen het huwelijk regelde. In feite was dat de reden waarom ze op dat moment in deze stoel zat en met Mr. Barnes onderhandelde. Tenzij de wet gewijzigd of helemaal afgeschaft werd, zou ze haar kleine beheerfonds aan een eventuele toekomstige echtgenoot kwijtraken na haar huwelijk, evenals haar naam en rechtspersoonlijkheid, en dan zou ze heel letterlijk het bezit van een man worden. Dan zou ook het recht om te stemmen voor altijd buiten haar bereik zijn. Enorm verleidelijk. Nee, wat zij wilde was een stem in London Print. En het zag ernaar uit dat ze die haar wilden ontzeggen.

Ze verafschuwde wat ze nu zou moeten zeggen. Maar ze had niet een stuk of twaalf rijke vrouwen persoonlijk weten over te halen om in deze onderneming te investeren om hun uiteindelijk te moeten zeggen dat ze kort voor de eindstreep had gefaald. Was Barnes zich ervan bewust hoe deksels moeilijk het was om zelfs maar tien bemiddelde vrouwen in Groot-Brittannië te vinden die hun geld konden uitgeven zoals ze wilden?

'Zoals u misschien weet, maakt de hertogin van Montgomery deel uit van het investeringsconsortium,' zei ze koel.

Mr. Barnes wipte geschrokken op in zijn stoel. 'Voorwaar.'

Ze keek hem ernstig aan. 'Ik zal dadelijk bij haar langsgaan om haar van onze vorderingen op de hoogte te stellen. Ik ben bang dat ze ontdaan zal zijn als ze moet constateren dat haar investering niet goed genoeg geacht werd.'

En een ontdane hertogin betekende een ontstemde hertog. Een machtige, ontstemde hertog, wiens invloed helemaal tot in India reikte.

Mr. Barnes haalde een grote zakdoek uit de binnenzak van zijn colbert en depte zijn voorhoofd. 'Ik zal uw, eh, argumenten aan de directie voorleggen,' zei hij. 'Ik ben ervan overtuigd dat daarmee al hun vragen afdoende worden beantwoord.'

'Doet u dat.'
'Ik stel voor dat we begin volgende week opnieuw afspreken.'
'Dan zie ik u volgende week dinsdag, Mr. Barnes.'

De torenspitsen en blauwe loden daken van Oxford vloeiden samen met de schemerige hemel toen ze uit het station kwam. De goudkleurige zandstenen gebouwen van de universiteit straalden nog van de warmte nadat de zon al was ondergegaan. Normaal kon de aanblik van de oude stad de stemming waarin ze uit Londen terugkeerde kalmeren. De academische muren en colleges waren sinds de laatste kruistocht nauwelijks veranderd en slingerden zich even onuitwisbaar door de binnenstad als de vele zinloze geleerde tradities die met het sociale weefsel van Oxford waren doorvlochten. Het had een geruststellende bestendigheid, de reden waarom ze zich tien jaar geleden hier had gevestigd. Er waren natuurlijk nog andere redenen waarom de stad een logische keuze was geweest: het was er aanzienlijk voordeliger dan in Londen, en hoewel het aangenaam ver van de nieuwsgierige blikken van de society verwijderd was, was het met de trein toch voldoende dicht bij het parlement in Westminster. Soms had ze heel even spijt dat de vrouwencolleges pas vorig jaar geopend waren, toen ze te oud en beslist te berucht was geweest om zich in te schrijven, maar in haar tijd was het haar in ieder geval gelukt om veelgeprezen universitair docenten voor enkele privélessen te betalen om haar algebra en Latijn te verbeteren. Maar ze had hoofdzakelijk voor Oxford gekozen omdat de stad ongetwijfeld onaangetast was door de tijd. Een eenvoudige wandeling door het centrum had haar geholpen om alles in de juiste verhoudingen te zien, vergelijkbaar met de onmetelijkheid van de zee: wat stelde de verbanning van huis van een vrouw immers voor tegenover deze muren die zevenhonderd jaar van de beste menselijke kennis beschermden? Op nog geen anderhalve kilometer ten oosten van haar huis aan Norham Gardens hadden ooit genieën als Isaac Newton, John Locke en Jeremy Bentham gewerkt. In de zeldzame gevallen dat ze een grillige bui had, stelde ze zich voor dat de reeds lang overleden briljante geesten als grootvaderlijke spookverschijningen om haar heen kwamen staan en haar zachtjes aanmoedigden, omdat zij zich ook ooit aan zaken hadden gewijd die anderen als onzinnig hadden beschouwd.

Vanavond slaagde de stad er niet in haar op te fleuren. Ze werd nog steeds geplaagd door neerslachtigheid tegen de tijd dat ze haar huis had bereikt, en haar benen jeukten nog altijd van vermoeidheid. Op dit late uur kon ze moeilijk bij haar vriendinnen op bezoek gaan, hoewel Catriona waarschijnlijk nog zat te werken aan een oud manuscript in het appartement van haar vader in St. John's College... Daarom maakte ze haar voordeur open. Haar rusteloosheid zou niet afnemen door over de willoze Barnes te klagen. Een lange rit zou haar onrustige benen goeddoen, maar ze had haar paard niet meer gezien sinds ze uit Wycliffe Hall was vertrokken en misschien was de hengst allang dood. Ze liep door haar vaag verlichte gang, terwijl ze zich afvroeg of ze haar titel niet meer zou moeten gebruiken. Ze was al een tijdje alleen nog in naam een lady.

Ze knikte naar tante Honoria in haar portret aan de muur van de ontvangkamer en toen bleef ze staan in de deuropening naar de zitkamer. Haar lippen plooiden zich tot een spottend lachje. Nee, dit was beslist niet de woning van een dame van adel. De gehavende tafel midden in de kamer, omringd door een allegaartje van stoelen, was bezaaid met strategische kaarten, lege theekoppen en een half voorbereide nieuwsbrief van de suffragettebeweging. De naaimachine links tegen de muur werd voornamelijk gebruikt om spandoeken en sjerpen te maken. In de rechterhoek stond een manshoge dorre plant. Geen enkele uitnodiging van een keurige familie sierde de schoorsteenmantel boven de open haard. De muur eromheen was behangen met vergeelde krantenknipsels en het spandoek waarop ze haar favoriete citaat van Mary Wollstonecraft had geborduurd: IK WIL NIET DAT VROUWEN MACHT HEBBEN OVER MANNEN, MAAR OVER ZICHZELF.

Het ergste was dat deze kamer zo nu en dan onderdak had verleend aan prostituees uit het Oxfordse bordeel, die via via over haar hadden gehoord en hulp hadden gevraagd, en dat er soms gegeneerde ongehuwde vrouwen langskwamen met vragen over anticonceptiemethoden. Ze had een doos met voorbehoedmiddelen verborgen in de onschuldig ogende kersenhouten kast. Zelfs haar vriendinnen waren niet van die doos en die bezoekjes op de hoogte, want hoewel 'gevallen vrouwen' redden momenteel bijzonder modieus was onder de regering van Gladstone, redde zij niemand: ze hielp haar bezoeksters zoals hun goeddunkte, wat ronduit schandalig was. Ja, de meeste beschaafde dames zouden snel haar huis uit vluchten.

Kleine pootjes roffelden over de vloerplanken en er schoot een zwarte flits op haar af. Boudicca krabbelde langs haar rok omhoog en installeerde zich zwaar op haar linkerschouder.

'Goedenavond, poes.' De gladde vacht was behaaglijk zacht en warm tegen Lucies wang.

Boudicca stootte met haar neus tegen haar voorhoofd.

'Heb je een prettige dag gehad?' kirde Lucie.

Weer een stootje. Ze stak haar hand omhoog en streelde de kat van haar oren tot haar achterlijf. Tevreden sprong Boudicca weer op de grond en schreed naar haar plekje bij de open haard, met haar staart met het onmiskenbare witte puntje als een uitroepteken recht omhoog.

Kreunend liet Lucie haar tas van haar schouder glijden. Ze had nog wat werk te doen en ze moest iets eten, want haar maag leidde haar af met nijdig geknor na een dag zonder lunch of avondeten.

Mrs. Heath, die al lang aan haar slechte eetgewoonten gewend was, had een pan met koude stoofpot op het fornuis in de keuken achtergelaten. Op de tafel lag naast een schoon bord de krant van vandaag te wachten.

Ze las terwijl ze at en klakte afkeurend met haar tong om de politieke krantenkoppen. In de huwelijksannonces zocht een boer met een inkomen van tweehonderd pond per jaar een vrouw van in de veertig om voor zijn varkens en zijn vijf kinderen te zorgen, in die volgorde. Daarover klakte ze extra afkeurend met haar tong. Tegen de tijd dat ze naar haar bureau in de zitkamer terugging, verzadigd en goed ingelicht, was achter de gesloten gordijnen van de erkerramen de avond gevallen.

Vanavond stond de hoogste stapel onbeantwoorde correspondentie op haar bureau in de hoek van vrouwenonderwijs. Ze had juist haar pen op het papier gezet toen ze iemand hoorde lachen. Fronsend keek ze op. Het schelle gegiechel was van Mabel, lady Henley, een weduwe, medesuffragette en de huurster van de andere helft van haar rijtjeshuurhuis. Deze regeling beviel hun goed, omdat die in overeenstemming was met het voorschrift dat ongetrouwde jonge vrouwen niet alleen mochten wonen. Maar het klonk alsof lady Henley voor haar raam stond, en haar kennende was er maar één reden waarom ze giechelde als een jonge maagd. En jawel, nu klonk het zachte, verleidelijke bromgeluid van een mannenstem.

Haar pen kraste door. Nog meer gelach. Van de dwaze streken van haar buurvrouw zou ze zich niets moeten aantrekken. Als een weduwe onbeschaamd genoeg was, kon ze zich discreet vrijheden permitteren die geen enkele ongehuwde vrouw zou durven nemen, en afgaande op wat ze door de tussenmuren van hun huis had opgevangen, durfde lady Henley die zo nu en dan wel te nemen. Riskant. Dom zelfs. Het kon ook Lucie in diskrediet brengen. Anderzijds installeerden de meeste mánnen hun minnares in een chic appartement om zich te vermaken wanneer ze maar wilden, en iedereen deed vrolijk alsof die gewoonte niet bestond…

Door de gesloten gordijnen klonk een opgewonden vrouwelijk gilletje.

Lucie legde haar pen neer. Weduwe of niet, geen enkele vrouw was boven een schandaal verheven. En hoewel lady Henley niet aan de universiteit was ingeschreven, kwam ze via de suffragetteafdeling in contact met vrouwelijke studenten en daarom zou alles wat haar reputatie bezoedelde ook de vrouwen aan Oxford University bezoedelen, terwijl zij zich onberispelijk dienden te gedragen.

Ze liep om haar bureau heen en trok ruw de gordijnen opzij. Twee hoofden draaiden zich met een ruk om, en ze keek hen koel aan.

O. Wat drommel, nee.

Het licht uit haar kamer onthulde, zoals verwacht, een opgewonden lady Henley. Maar de man… Er was maar één man in Engeland met zulke volmaakt hoge jukbeenderen.

Zonder erbij na te denken schoof ze het raam omhoog.

'Jij,' beet ze hem toe.

3

Tristan, lord Ballentine. Schavuit, verleider, de plaag van haar jeugd.

Met zijn loshangende halsdoek, zijn warrige haar alsof het door amoureuze vingers doorwoeld was, zag hij er precies uit als de man die hij was. Haar hart begon geagiteerd te bonzen. Wat deed hij bij haar op de stoep?

Van zijn eigen emoties, voor zover hij die had, was niets te merken. Hij aanschouwde haar met zijn gebruikelijke verveelde onverschilligheid voordat zijn mondhoek opkrulde en hij zijn hoofd boog. 'Lady Lucie. Wat een aangename verrassing.'

'Wat doe *jij* hier?' vroeg ze dof.

Zijn tanden blikkerden. 'Ik maakte een vrolijk praatje totdat een zuurpruim een raam opendeed.'

Ze had hem al een jaar niet gezien. Hij was een half jaar geleden uit de oorlog in Afghanistan teruggekeerd. De kranten hadden wijd en zijd bekendgemaakt dat hij voor uitzonderlijke dapperheid op het slagveld het Victoriakruis had ontvangen. Interessanter was dat hij een zetel in het Hogerhuis aangeboden had gekregen.

Toch was hij nog altijd een liederlijke vent. Ze wist dat hij Annabelle op het oudejaarsbal van Montgomery had lastiggevallen. Nu stond hij voor haar raam met zijn verleidingskunsten te pronken.

'Ik begrijp dat jullie elkaar kennen?' Lady Henley kwam tussen hun starende blikken in staan.

Lucie knipperde met haar ogen. Ze was vergeten dat lady Henley er was.

'Lord Ballentine is een oude vriend van mijn broer,' zei ze.

'O. Wat enig.'

Lady Henley smachtte naar de man – nota bene vlak voor zijn ogen. Daar was hij vanzelfsprekend aan gewend. Alle vrouwen, van debutantes tot getrouwde dames, hadden er een sport van gemaakt om minstens een klein beetje verliefd te zijn op lord Ballentine. De ene helft bewonderde hem om zijn zeldzame mannelijke schoonheid, zijn zijdezachte kastanjebruine haar, zijn volmaakte kaaklijn en zijn onbeschaamd zachte mond. De andere helft werd aangetrokken tot de belofte van verdorvenheid die onder zijn regelmatige gelaatstrekken schuilging; de veelbetekenende schittering in zijn ogen en het losbandige trekje om de zachte lippen die fluisterden: *vertel me je verlangens, je donkerste verlangens, en niets zal me choqueren*. Er hing een waas van zwarte magie om een mooie man die makkelijk geïntrigeerd was en zich nergens door van de wijs liet brengen. Nu leek lady Henley in de ban te zijn van die sinistere charme, want ze vloog op Tristans muil af als een vlieg op een vleesetende plant.

Lucie keek haar doordringend aan. 'Neem me niet kwalijk dat ik zo vrijpostig ben, maar het zou onverstandig zijn om nader kennis te maken.'

'Kennis te maken,' herhaalde lady Henley aarzelend.

'Met lord Ballentine.' Ze maakte een cirkelgebaar rond de nu bedrieglijk doelloos rondhangende aristocraat.

Lady Henleys gezicht verstrakte. 'Wat aardig van je om me raad te geven.'

'Ik ben bang dat je het risico loopt aandacht te trekken.'

'Niemand kan ons zien. Daar is een struik.' De lady gebaarde naar de uitgegroeide rododendron die hen aan het zicht onttrok, terwijl haar lichaam zich alweer naar de burggraaf toe boog.

Lucies nekharen gingen overeind staan. 'Toch is het nogal onbehoorlijk voor een suffragette.'

Lady Henley, het koppige wezen, trok een misprijzend gezicht.

'O ja? Zeg, was jij het niet die ons vertelde dat vrouwen ernaar moeten streven om aan hun ambities en verlangens toe te geven? Jawel, dat heb je gezegd.'

'Zo zo,' zei Ballentine geïntrigeerd.

Lucie wist met enige moeite haar kaken van elkaar te halen. 'De context was enigszins, maar aanzienlijk, anders. Zijn er dit jaar niet al genoeg schandalen geweest die de vrouwencolleges hebben bedreigd?'

Lady Henley trok een pruillip. 'Nou, vooruit. Eigenlijk is het ook al vrij laat.' Van onder haar wimpers nam ze Ballentine op.

'Ik heb je een goede raad gegeven,' zei Lucie, en ze begon het raam omlaag te trekken. Tenminste, dat probeerde ze. Het raam bewoog niet. Ze trok harder. Het raam zat nog steeds muurvast. Lady Henley hield haar hoofd schuin. Lord Ballentine sloeg haar pogingen met stijgende belangstelling gade.

Ze kreeg het er warm van. Hoe kon het raam nou klem zitten? Ze knarsetandde van woede. Wel verdraaid, er was geen beweging in te krijgen.

'Laat mij maar even,' zei Tristan, en hij stapte dichterbij.

'Ik heb geen –'

Hij spreidde zijn lange vingers en zette zijn vingertoppen op het houten kozijn. Met een langzame, regelmatige beweging gleed het raam naar beneden en kwam op de vensterbank tussen hen in tot rust.

Haar eigen gezicht werd erin weerspiegeld, verwrongen, met samengeknepen ogen en met plukken steil haar die onelegant uit haar knot staken.

Aan de andere kant van de ruit blonk Ballentines zelfvoldane gezicht als een baken in de nacht.

Ze rukte de gordijnen zowat dicht.

'Let maar niet op haar,' klonk lady Henleys gedempte stem, 'ze is een oude vrijster.'

Vliegensvlug draaide ze zich om en haar hart bonkte alsof ze hard had gerend. Wat een malle, overdreven lichamelijke reactie. Emotioneel worden was niet nodig. Maar ze moest hier weg, tenzij ze door de tussenmuren wilde meegenieten van Ballentines avontuurtje met lady Henley. Dat wilde ze absoluut niet.

Boudicca, die op haar stemmingen was ingesteld, kwam weer uit haar hoek aangedrenteld. Haar ogen leken geel in het licht van de gaslamp. Ze stootte tegen Lucies rokken aan totdat Lucie zich vooroverboog en haar aaide. Zodra ze de zachte vacht onder haar vingers voelde vertraagde haar hartslag.

Ze hoefde niet bang te zijn dat lady Henley vanwege Ballentine in de Theems zou springen, zoals andere vrouwen al eerder hadden gedreigd. Zij was geen onervaren meisje. En Ballentines reputatie als verleider snelde hem vooruit; in feite was hij de laatste die zou proberen te verhullen waar hij op uit was. Dat was uit berekening, vermoedde ze, omdat het talloze vrouwen ertoe bracht hem te proberen te veranderen met helende vrouwelijke liefde, en een flink aantal van hen groef hun eigen graf met hun ambitie.

Ze zocht de inktpot, het vloeiblok, de vulpen en haar aantekeningen bij elkaar. Op weg naar de deur griste ze een sjaal mee, want in de bibliotheek in Lady Margaret Hall tochtte het altijd.

Ze vluchtte zowat de voordeur uit en sprong de trap af, maar bleef toen staan om diep adem te halen. De koele avondlucht was als balsem voor haar gloeiende wangen.

'Aan de wandel, milady?'

De verleidelijke stem kronkelde van achteren om haar heen.

Langzaam draaide ze zich om, haar handen tot vuisten gebald.

Tristan leunde naar achteren tegen de vensterbank, met een brandende sigaret tussen zijn vingers. Zijn wandelstok stond naast hem tegen de muur, en de grote barnstenen knop fonkelde als een boos oog in het licht van de lantaarn.

'Goh, dat was snel.' Van lady Henley was geen spoor te bekennen.

'Er kwam iets tussen wat de stemming verpestte.' Hij blies rook uit door zijn neus.

'Wat jammer.'

'Integendeel. Het was erg onderhoudend.'

Hij maakte zich los van de vensterbank en kwam dichterbij, zijn rijzige gestalte wierp een lange schaduw in haar richting. Diep in haar buik voelde ze een vreemde kriebel, als het gefladder van honderden zachte, uitzinnige vleugels. Wel verdorie. Wanneer ze hem lange tijd niet had gezien, vergat ze hoe imponerend hij was, maar telkens wanneer hun paden zich weer kruisten, werd ze zich er onmiddellijk van bewust.

Die kriebel had ze voor het eerst gevoeld toen ze jaren geleden parlementsleden petitioneerde in een wandelgang van het parlement in Westminster. Tristan had op het punt gestaan om aan zijn eerste veldtocht te beginnen. Op bevel van zijn vader, nam ze aan, want hij bezat geen greintje soldatendiscipline. Maar toen hij onverwachts voor haar was opgedoken, was er een vlaag hitte door haar heen gegolfd waardoor ze als aan de grond genageld was blijven staan. Het vervelende roodharige joch van vroeger zag ze nog niet voor zich, want ze was overvallen door een versie van hem die alle anderen zagen: een gezicht van gebeeldhouwde symmetrie. Brede schouders. Smalle heupen. Het beroemde Ballentine-postuur in een strak gesneden uniform. Door die onverwachte, woeste aantrekkelijkheid had ze de vreemde neiging gehad haar haar te fatsoeneren. Hoe vernederend. Het was beslist niet beneden haar waardigheid om de schoonheid van een goedgebouwde man te bewonderen. Maar van hém? Zes eindeloze zomers lang had Tristan de jongen haar in haar eigen huis het leven zuur gemaakt met wellustige blikken en rare streken. Terwijl ze een enorme hekel had aan rare streken. Erger nog, het was hem gelukt om bij haar broer, haar nichten en haar moeder in het gevlij te komen totdat ze zich steeds meer een buitenbeentje aan de eettafel had gevoeld. Afgaande op de choquerende krantenkoppen telkens wanneer hij tussen zijn buitenlandse missies door voet op Britse bodem had gezet, had hij zijn leven niet gebeterd.

Hij bleef voor haar staan, veel te dichtbij, en ze hief haar kin. Door een ironie van het lot was zij nauwelijks gegroeid sinds hun eerste ontmoeting in Wycliffe Park.

'Je hoort niet op onze stoep rond te lummelen,' liet ze hem weten.

'En jij hoort niet 's avonds in je eentje rond te struinen.'

In zijn rechteroor glinsterde een diamantje, kil als een ster.

Ze trok smalend haar lip op. 'Maak je om mij maar geen zorgen.' Ze liep door.

'Dat zou ik ook liever niet doen.' Hij kwam naast haar lopen en hoefde maar één stap te zetten als zij er twee nam. 'Maar ik vrees dat ik me verplicht voel je te begeleiden.'

'Het is echt niet nodig om je als een heer te gedragen.'

'Een heer zou erop staan om je tas voor je te dragen. Je loopt helemaal scheef.'

Hij drong nadrukkelijk niet aan om haar tas te dragen.

En tot haar afschuw besefte ze dat ze ook nog de verkeerde kant op liep. Verdraaid. Nu kon ze moeilijk rechtsomkeert maken, want dan leek het alsof ze heel dwaas voor hem wegliep.

'De reputatie van een lady loopt meer gevaar in jouw gezelschap dan als ze in haar eentje in het donker op straat loopt,' probeerde ze.

'Jouw geloof in mijn beruchtheid overweldigt me.'

'Bij lady Henley werkte het in elk geval als een tierelier.'

'Bij wie?'

Ze snoof. 'Ach, het doet er niet toe.' Maar omdat het haar toch dwarszat dat hij de reputatie van hun huishouden zomaar te grabbel wilde gooien, voegde ze eraan toe: 'Als de jacht het doel is, zijn namen waarschijnlijk maar onbenullige details.'

'Dat zou ik niet weten.' Hij klonk verbijsterd. 'Ik jaag nooit.'

'Wat een bedenkelijke vorm van zelfmisleiding.'

Hij klakte misprijzend met zijn tong. 'Ken je je Darwin niet? Het mannetje pronkt met zijn veren, het vrouwtje kiest. Zo is het altijd al geweest. Hoed je voor het vastberaden jagende mannetje. Hij hoopt dat je niet in de gaten hebt dat zijn verentooi minderwaardig is.'

'En die van jou is uiteraard bijzonder groot en schitterend.'

'Die schittert niet, dat kan ik je verzekeren,' zei hij minzaam.

Een gevoel van ergernis bekroop haar. 'Dat lijkt de dames niet te deren.'

'Je bent toch niet jaloers, hè?' zei hij zacht.

Lucie klemde de schouderriem van haar tas steviger vast. Kon ze net doen alsof ze doelbewust deze kant op liep? Als ze nu niet rechtsomkeert maakte, kwam ze uit in het centrum van de stad.

'Volgens mij ben je inderdaad jaloers,' zei Tristan. 'Dat verklaart in elk geval waarom je mijn amourettes zo vaak saboteert.'

'Ik weet dat je je plagerijtjes zelf hoogst vermakelijk vindt, maar ze zijn vanavond niet aan mij besteed.'

'Ik herinner me nog die keer met lady Warwick.'

Onwillekeurig schoot haar een herinnering te binnen van twee gedaanten in een donker hoekje van de tuin. Tristan moest hooguit zeventien zijn geweest. 'Het was stuitend,' zei ze. 'Ze was nog maar pas terug van haar huwelijksreis.'

'En toen verveelde ze zich al dood.'

'Ze moet ten einde raad zijn geweest. Maar dat betekent niet dat ze het verdiende om op een tafel in de tuin te worden onteerd.'

'Onteerd? Grote genade.'

Hij klonk vaag beledigd. Mooi zo. Ze waren halverwege Parks Road en ze wilde dat hij zijn biezen pakte.

'Wie had dat kunnen denken? De notoire losbol die zich zijn amourettes herinnert.'

'Welnee. Alleen degenen die zijn ontkomen.'

Dat waren er ongetwijfeld niet veel, dacht Lucie.

Ze bleef staan en keek hem aan. 'Wilde je iets speciaals van me?'

Zijn ogen glinsterden in het licht van de straatlantaarns net zo geel als die van Boudicca.

'Niet iets heel speciaals, geloof ik,' zei hij met gedempte stem. Het klonk een beetje als het spinnen van een kat.

Ze keek hem strak aan, neerbuigend, terwijl haar hart sneller ging kloppen. Dat deed hij soms: dan zei hij iets op een toon die suggereerde dat hij haar in gedachten met hem alleen zag, in ontklede staat. Ze vermoedde dat hij zo sprak tegen alle vrouwen, met de bedoeling hen te verleiden. Bij haar deed hij het om haar te provoceren.

Hij scheen iets te willen zeggen, ongetwijfeld nog meer onnozele opmerkingen, maar leek zich toen te bedenken. Bij zijn volgende woorden had ze niet verbaasder kunnen zijn. 'Ik stond op het punt mijn kaartje achter te laten om met je af te spreken toen ik je buurvrouw tegenkwam.'

Hij wilde afspreken. Met haar. Maar waarom?

'Overmorgen in het nieuwe café in Blackwell's,' zei hij toen ze niet reageerde. 'Tenzij je liever ergens anders afspreekt.'

'Waar gaat het om, Ballentine?'

'Het gerucht gaat dat jij een expert bent op het gebied van de Britse uitgeverswereld, en ik heb jouw advies nodig.'

Onmiddellijk gingen er allerlei alarmbellen rinkelen. 'Wie heeft je dat verteld?'

Hij grijnsde. 'Als je met me afspreekt, dan vertel ik het je.'

Hij was vreselijk vervelend en het viel niet mee om in het donker zijn gezichtsuitdrukking te duiden.

'Zelfs als ik bereid was om je te ontmoeten, en dat ben ik niet, zullen er tientallen heren zijn die je kunnen adviseren.'

'Ik ben geïnteresseerd in lezeressen uit de gegoede en hogere stand. Het leek me logisch om een vrouw te benaderen die het lezerspubliek kent.'

Ze nam hem onderzoekend op. De man tegenover haar zag eruit als Tristan, met zijn opzichtige, roodfluwelen jas en zijn wandelstok met de opvallende barnstenen knop. De woorden die uit zijn mond kwamen waren echter niet typerend voor hem. Ze had nooit gemerkt dat hij ergens in geïnteresseerd was en evenmin had ze van hem veel logica verwacht. Anderzijds, hij was geïnteresseerd in *vrouwelijke* lezers, en dat was wel typisch iets voor hem en daarom verontrustend.

'Toe nou, Lucie.' Zijn stem had een warmere, vollere klank aangenomen. Zo'n klank die onder de huid van een vrouw kroop en haar ertoe verleidde om stommiteiten uit te halen.

'Laten we overmorgen afspreken,' zei hij. 'Vanwege die goeie ouwe tijd.'

Tristan sloeg de innerlijke onrust gade die zich donker als onweerswolken in Lucies ogen afspeelde. Op haar tere elfjesgezicht stond ergernis te lezen terwijl ze heen en weer werd geslingerd tussen twee heftige emoties: haar nieuwsgierigheid en de grote hekel die ze aan hem had.

Er was een tijd geweest, die bitterzoete zomers op Wycliffe Hall, dat hij er alles voor had overgehad om een reactie uit te lokken, welke dan ook, bij de ongenaakbare lady Lucinda Tedbury. Zijn vergrijpen waren onschuldig geweest, niet meer dan kwajongensstreken. Hij had haar vlechten in inkt gedoopt – die ene keer dat hij haar haar had aangeraakt – en een andere keer had hij haar verzameling eerste edities van Mary Wollstonecrafts essays vervangen door vieze blaadjes.

En hij had zich laten betrappen toen hij lady Warwick had gezoend op een tafel in de tuin.

Alles om een reactie uit te lokken.

Hoewel hij allang geen slungelachtige jongen meer was die naar haar aandacht smachtte, bleek ze hem nog altijd in haar ban te hebben. Ongetwijfeld uit nostalgie. Ze straalde ergernis uit en leek een wrok te koesteren die nog uit die zomers stamde. Toch stond ze nu hier voor hem, levend en wel, en ondanks de sigarettenwalm die om hem heen hing, rook hij de vertrouwde, frisse citroengeur van haar verbenazeep. Hij kreeg het er warm van.

'Die goeie ouwe tijd werkt bepaald niet in je voordeel,' zei ze koel.

'Dan zal ik helaas een beroep moeten doen op je welwillendheid.'

De maan stond hoog aan de avondhemel, en in het zwakke schijnsel blonk haar haar als een zilverstuk. Hij herinnerde zich hoe het tussen zijn vingers had gevoeld in die gestolen ogenblikken jaren geleden, koel en glad als de fijnste zijde... *Des donkers ernst, des middags pracht / vloeit saam in haar gelaat en oogen...**

Plotseling bleef hij onbeweeglijk staan. Er ging een rilling door hem heen in de zomerbries. Die regels waren hem zomaar te binnen geschoten. Het ging weliswaar om een strofe uit een bekend gedicht van Byron, maar hij had al in geen járen meer poëzie gehoord. Interessant.

Die gedachte schudde hij van zich af.

De kwestie zou ook om een heel andere reden interessant gaan worden. Hij vermoedde dat Lucies ware drijfveren om zich in de uitgeverswereld te wagen helemaal niets met uitgeven te maken hadden. Zijn intuïtie had het maar zelden mis. En als zijn vermoedens juist bleken te zijn, dan zou hij genoodzaakt zijn haar tegen te houden.

'Ik zal om half elf in Blackwell's zijn,' zei hij. 'Overmorgen. Ik heb gehoord dat de koffie er redelijk is, en ik zou het op prijs stellen als

---

* Vertaling: Nicolaas Beets, *Gedichten. Deel 1*. A.W. Sijthoff, Leiden 1905 (6e druk).

je me daar gezelschap komt houden.' Hij wierp zijn sigarettenpeuk weg in het donker. 'En volgens mij is de bibliotheek in Lady Margaret Hall de andere kant op, mijn beste.'

4

De volgende dag, Ashdown Castle

Donker, koel en stil. De werkkamer van zijn vader herinnerde Tristan aan een crypte. Die indruk werd gedeeltelijk opgeroepen door de zware ebbenhouten meubels en de dikke gordijnen, maar hoofdzakelijk door de cryptebewaarder zelf: overal waar de graaf van Rochester verscheen, viel er een schaduw over de omgeving en daalde er een stilte neer.

Toen Tristan binnenkwam, zat de graaf verschanst achter zijn bureau tegen de achtergrond van zijn dierbaarste bezit: een reusachtig wandkleed waarop de stamboom van de familie Ballentine prijkte die terugging tot 1066. Het wandtapijt was door Hendrik VIII persoonlijk aan het huis Rochester geschonken. Traditie. De familienaam. Koninklijke gunsten. Alles wat Rochester het meest waardeerde was in die muffe lap geborduurde zijde verwerkt. Als er brand uitbrak en hij moest kiezen tussen het redden van een hulpeloze baby en het wandkleed, dan zou hij zonder te aarzelen het kind laten verbranden. En telkens wanneer Rochester achter zijn bureau ging zitten, spreidden de takken van de stamboom zich achter hem uit alsof er een gewei uit zijn hoofd groeide. Tristan was acht toen hem dat voor het eerst was opgevallen en vanzelfsprekend was hij in lachen uitgebarsten. Het volgende moment had hij een bloedlip gehad, terwijl zijn vader alweer achter zijn bureau had gezeten. Hij had in een flits, snel als een slang, toegeslagen met de rug van zijn hand.

'Je moeder is ziek,' zei de graaf. Het was een klacht, geen bezorgde opmerking.

'Dat spijt me,' zei Tristan op vlakke toon.

'Als het je echt speet, zou je bij haar op bezoek zijn geweest. Sinds je terug bent, heb je nog geen voet over de drempel gezet.'

Hij knikte. Het was uiteraard Rochesters idee geweest om Tristan bij Hare Majesteits leger aan te melden en hem naar verre oorden als de Hindoekoesj te laten sturen. En hij zou zijn zoon daar met alle plezier hebben laten zitten, als Marcus, zijn onfeilbare broer, niet zijn nek had gebroken.

'Ik zal meteen hierna naar moeder gaan.' Wat 'hierna' ook was. Zijn vader had nog niet verteld waarom hij hem had ontboden.

Rochester zette zijn lange, bleke vingers als een dakje tegen elkaar, zoals altijd als hij ter zake kwam, en staarde hem met koele blik aan.

'Je moet trouwen.'

Trouwen.

Het woord bleef door zijn hoofd spoken alsof het een ingewikkelde zin in het Pasjtoe of het Dari was die hij niet helemaal begreep.

'Trouwen,' herhaalde hij. Zijn stem klonk in zijn oren alsof die van eigenaardig ver weg kwam.

'Ja, Tristan. Je moet een echtgenote nemen.'

'Nu onmiddellijk?'

'Doe niet zo onnozel. Je hebt drie maanden de tijd. Drie maanden om je verloving met een geschikte vrouw bekend te maken.'

De eerste tentakels van een kille woede strekten zich uit. Een echtgenote. Die kon hij zich helemaal niet veroorloven. Nu hij de erfgenaam was, lag de dreiging van een huwelijk natuurlijk in het verschiet, maar dat schrikbeeld was langzamerhand steeds meer op de achtergrond geraakt. Hoezeer hij ook van vrouwen hield, van hun zachtheid, hun geur, hun geestigheid, een echtgenote was iets heel anders. Een huwelijk zou eisen en verplichtingen met zich meebrengen. Er zouden… kinderen komen die op hem leken. Er zouden… verwachtingen worden opgelegd. Er liep een rilling over zijn rug.

'Waarom juist nu?' Een andere man zou van zijn toon zijn verbleekt.

Rochester keek hem minachtend aan. 'Ik merk dat het leger je niet van je onoplettendheid heeft kunnen genezen. Ik zal het uitleggen: je bent zevenentwintig. Jij bent de erfgenaam van de titel, en omdat Marcus zijn weduwe kinderloos heeft achtergelaten, ben jij de laatste directe nakomeling van de Ballentine-lijn. Jouw voornaamste plicht is daarom om voor een erfgenaam te zorgen. Anders komt er een eind aan vierhonderd jaar waarin de Ballentines de grafelijke titel van Rochester mochten voeren en dan nemen de Winterbournes ons huis over. En jij hebt je al bijna een jaar aan je verantwoordelijkheden onttrokken.'

'Maar ik moest langer in India blijven om te herstellen van schotwonden waar ik aan had kunnen bezwijken.'

Rochester schudde zijn hoofd. 'Je bent al een half jaar geleden teruggekomen. En heb je je ingespannen om mogelijke bruiden het hof te maken? Welnee! Je hebt krantenkoppen veroorzaakt die suggereren dat je andere mannen uit je eigen kringen de hoorns op hebt gezet en geruchten die zinspelen op… strafbare feiten.'

'O ja?' Tristan was oprecht geïntrigeerd.

Rochester kneep zijn lippen samen. Heel even zag hij eruit als een jongere versie van zichzelf die de tijd nam om een werktuig uit te kiezen waarmee hij de zoveelste straf ging uitdelen. Omdat Tristan zo ongedurig was. Of omdat hij van poëzie en mooie dingen hield of om zijn 'meisjesachtige' gehechtheid aan zijn huisdieren. Het zou Rochester beslist dwarszitten dat hij zijn zoon tegenwoordig zijn wil alleen kon opleggen door hem financieel kort te houden. Want daarbij ontbrak het element van onmiddellijke bevrediging. En als alles volgens plan verliep, zou Rochester weldra ook dat dwangmiddel kwijtraken. Alles móést volgens plan verlopen, want hij verdomde het om nu te trouwen.

'Ik lees geen roddelbladen. U mag er gerust van uitgaan dat ik in zalige onwetendheid verkeer wat mijn persoon aangaat.'

De graaf boog langzaam voorover in zijn stoel. 'Je bent gezien in een etablissement.'

'Dat is heel goed mogelijk.'

'Met de jongste zoon van de markies van Doncaster.'

Tristan schoot verrast in de lach. 'Gaan de geruchten over lord Arthur?'

Hij zag zijn vader verbleken bij de achteloze toon waarop hij dat zei. Interessant.

Maak je maar geen zorgen over lord Arthur Seymour, vader – ik heb hem laten toekijken terwijl ik iemand naaide, maar met hem heb ik het niet gedaan. De woorden lagen op het puntje van zijn tong.

'Laat het maar aan de maatschappij over om van een mug een olifant te maken,' zei hij in plaats daarvan. 'Ik betwijfel of ze het aandurfden om er expliciet over te schrijven.'

Onder het linkeroog van zijn vader trilde een spiertje. 'Expliciet genoeg voor Doncaster om een aanklacht wegens smaad te overwegen.'

'Tegen wie? Hoe dan ook, dat is duidelijk een dom idee. Dan zou heel Engeland van de voorkeuren van die lieve Arthur op de hoogte zijn.'

'En eventueel van die van jou,' snauwde Rochester. 'Zelfs praatjes over zoiets doen afbreuk aan je aanzien. Een verbintenis met een dame met een onberispelijke reputatie kan je naam herstellen, maar uiteraard zijn de vaders van zulke vrouwen niet geneigd ze aan iemand zoals jij uit te huwelijken... Tenzij ik een fortuin spendeer.'

Tristans gezicht verstrakte. 'U mag uw geld houden. Ik heb geen behoefte aan een echtgenote.'

Er was maar één vrouw met wie hij ooit iets meer dan een vluchtige relatie zou kunnen overwegen en zij begaf zich niet op de huwelijksmarkt.

Die feiten interesseerden Rochester echter totaal niet. 'Gezien de omstandigheden moeten we snel zijn.'

Tristan haalde zijn schouders op. 'Van mij mag neef Winterbourne dit eerlijk gezegd allemaal hebben.' Hij gebaarde vaag om zich heen, vaag genoeg om het hele huis van Rochester te omvatten. Een soort vaagheid die zijn vader ongetwijfeld zou irriteren.

Rochesters blik verduisterde. 'Dit is geen spel, Tristan.'

'Sir, hebt u erbij stilgestaan dat ik in drie maanden misschien geen bereidwillige, begerenswaardige vrouw kan vinden, gezien mijn duivelse reputatie? Hoewel,' – en daar dacht hij nu pas aan – 'ik vermoed dat u allang een geschikte bruid hebt uitgezocht.'

'Natuurlijk heb ik al iemand op het oog. Maar het potentiële schandaal heeft haar vader ervan weerhouden het contract te ondertekenen. Je kunt de dame in kwestie en haar familie niet vernederen door haar in je huidige omstandigheden ten huwelijk te vragen.'

'Goed, wie is de gelukkige?'

Rochester schudde zijn hoofd. 'Zodat jij dwaasheden kunt uithalen voordat de zaak is beklonken? Geen sprake van. Voorlopig heb jij maar te zorgen voor een goede verstandhouding met relevante moeders en dien je je te gedragen en te kleden als een man in jouw positie. Om te beginnen wil ik dat je dat... geval uitdoet.'

Hij wees naar Tristans rechteroor, waarin een diamanten knopje schitterde. Tristan hield van zijn oorbel. Hij keek zijn vader kil aan en stond op.

'Ik heb de belegering van Sherpur overleefd en ik ben naar Kandahar gelopen met een man op mijn rug die op sterven na dood was. Ik heb in mijn tijd meer dood, bloed en verdorvenheid gezien dan me lief is, dus neemt u me niet kwalijk als de kwestie van onberispelijke echtgenotes en roddelbladen me banaal voorkomt.'

Hij was al bijna bij de deur toen de graaf zei: 'Als je wilt dat je moeder op Ashdown blijft wonen, dan stel ik voor dat je de ernst van deze zaken onder ogen ziet.'

Tristan verstijfde. Er gebeurden allerlei dingen tegelijk: hij kreeg het warm en koud, zijn hart begon te bonzen en het bloed raasde door zijn oren. Eerst sloegen zijn gedachten op hol, toen stonden ze ineens doodstil.

Hij draaide zich welbewust langzaam om. Zijn lichaam was nog steeds veel te gevechtsklaar: dat was nuttig op vijandelijk terrein, maar niet in de werkkamer van een aristocraat. 'Doden of gedood worden' was toch alleen maar een uitdrukking op Britse landgoederen?

'Wat heeft dat met moeder te maken?' Zijn zachte stem klonk nog zachter.

Het gezicht van Rochester was een en al schaduwen en scherpe hoeken. 'Zoals ik al zei: ze is ziek. Ergens anders wordt ze misschien beter verpleegd.'

Tristan greep zijn wandelstok zo stevig vast dat zijn knokkels wit werden. 'Draait u er niet omheen.'

'Er zijn plaatsen die geschikter zijn voor mensen met haar stemmingen...'

'Hebben we het over het dolhuis, over Bedlam?'

De graaf hield zijn hoofd schuin, om zijn mond speelde een flauwe glimlach. 'Bedlam? Nee. Er zijn particuliere gestichten die schilderachtiger zijn en geschikter voor haar verpleging.'

Particuliere gestichten. Waar lastige vrouwen en dochters die bij hun volle verstand waren soms nog altijd voor de rest van hun leven naartoe werden gestuurd.

Terwijl Tristan naar het bureau terugliep, zag hij een waakzame blik in zijn vaders ogen. De ellendeling wist dat hij te ver was gegaan. Toch had hij het gezegd, dus moest hij wel verdraaid zeker van zijn zaak zijn.

'Ze is in de rouw,' zei Tristan. Hij keek zijn vader fel aan. 'Haar zoon is dood.'

Weer een zweem van emotie. 'De mijne ook,' zei de graaf schor.

Op een willekeurige andere dag, in een ander leven, zou hij misschien medelijden hebben gehad. 'Ze hoort niet in een inrichting. Dat zou haar dood betekenen, en dat weet u.'

'Tristan, er is een grens aan de afwijkingen in mijn huishouden die ik kan dulden. Je mag kiezen van wie: de jouwe of de hare.'

Het was je reinste chantage, en er zat niets anders op dan ervoor te buigen. Met elke vezel van zijn lichaam spande hij zich in om de bedreiging van zijn vrijheid ter plekke uit te schakelen. Tristan ademde diep en krachtig in, en toen nog een keer, tot zijn felle woede was gezakt.

Rochester knikte en zei bijna vriendelijk: 'Ik smeek je om je plicht te doen. Ga trouwen, produceer een erfgenaam en voor de zekerheid een paar extra. Je hebt drie maanden de tijd om je reputatie weer enigszins te herstellen. Bewijs dat je niet helemáál nutteloos bent.'

Nutteloos. Tristan haalde weer diep adem. Nutteloos. De favoriete belediging van Rochester. Iedereen die niet op de een of andere manier deel uitmaakte van zijn vaders plannen viel in die categorie, maar toch had juist dat woord hem altijd het meest gekwetst toen hij opgroeide.

Goed dan. Zijn bezoek aan moeder in de westvleugel van Ashdown moest maar wachten.

Tegen de tijd dat hij weer in de koets zat en over de oprijlaan raasde, had hij een idee waarom Rochester de gravin gebruikte om hem zijn wil op te leggen in plaats van zijn bankrekening, zoals gebruikelijk. Ten eerste moest hij erachter zijn gekomen dat zijn zoon op het punt stond een zekere mate van financiële onafhankelijkheid te bereiken. En ten tweede: de huwelijksmarkt was een serieuze zaak, en Rochester vermoedde terecht dat hij er niets mee zou opschieten als hij Tristans toelage nog meer zou korten. Trouwen met een vrouw die zijn vader had uitgekozen en kinderen krijgen die hem voor de rest van zijn levensdagen aan de graaf zouden herinneren? Dat nooit. Vandaar dat zijn vader zijn toevlucht nam tot emotionele chantage: Tristans leven in ruil voor dat van zijn moeder.

Als hij zwichtte, zou Rochester voortaan wanneer het hem uitkwam zijn moeder als een strop om zijn nek gebruiken, zolang ze leefde. Dat betekende dat Tristan ook een plan moest bedenken. Hij zou een bericht sturen naar Delhi, naar de woning van generaal Foster. Misschien was hij bereid om zonder vragen te stellen een poosje onderdak te verlenen aan twee Engelse gasten. Maar dat zou veel te lang duren, verdorie. Brieven deden er weken over om over zulke afstanden heen en weer te reizen. Hij zou de onderzeese kabel kunnen gebruiken om een telegram naar Bombay te sturen, maar de kabels van Bombay naar New Delhi werden vaak doorgesneden. Heel even speelde hij met de gedachte om met een zieke naar onbekende bestemming af te reizen. Foster en plannen waren nergens voor nodig. Maar zulke opwellingen van hem waren haast nooit goed afgelopen.

Eén ding was duidelijk: hij moest zijn financiën heel wat sneller dan verwacht uitbreiden en veiligstellen. Voor zijn geestesoog zag hij ineens Lucies gezicht en zijn wrok laaide opnieuw op. Zonder het te weten stond ze op het punt zijn plannen voor een nieuw leven in Groot-Brittannië te doorkruisen. En een kwartier geleden was haar inmenging een dreiging geworden.

Hij keek door het raam van het rijtuig naar buiten zonder iets te zien, want Lucie bleef door zijn hoofd spoken. Tegen de tijd dat hij bij het station aankwam, vroeg hij zich af of hij, tenminste het deel van hem dat tijdens zijn lange nachten in de Oriënt af en toe herinneringen had opgehaald aan haar en zorgeloze Engelse zomers, er stiekem misschien naar had verlangd om weer in hetzelfde land als zij te zijn.

Zijn koets was leeg en de stilte was oorverdovend. Hij viste de heupfles whisky uit de binnenzak van zijn jasje. Om tijd te winnen zou hij voorlopig Rochesters spel moeten meespelen. Maar nu ging hij zich eerst bezatten.

5

Lucie werd wakker met een kat op haar gezicht en ijskoude voeten.

'Wel verdraaid, Boudicca.'

Boudicca sprong van het bed af en kwam met een bons op de houten vloer terecht.

'Je hoort op mijn voeten te liggen, dat weet je best.'

Boudicca draaide zich om en ging op weg naar de keuken, want eerlijk gezegd was ze een kat en geen voetenwarmer. Voor die taak kon een dame beter een mopshond nemen.

Met een zucht wierp Lucie de deken van zich af en liep naar de hoek waar het porseleinen wasbekken en de kan stonden, terwijl ze de slaap uit haar ogen probeerde te knipperen. Haar oogleden gingen ruw als schuursponsjes over haar oogbollen. Ze had tot diep in de nacht doorgewerkt.

Een blik in de kleine spiegel bevestigde het: ze zag er vreselijk uit. En ook een beetje bleek om de neus. Net als de vrouwen op de kaarten die links en rechts in de spiegellijst waren gestoken. Het waren spotkaarten voor Valentijnsdag, die ze zorgvuldig uit de lawine aan anonieme onheilswensen had gevist die elke februari door haar brievenbus stroomden. De rijmpjes en versjes kwamen allemaal op hetzelfde neer: ze was een vloek voor het vrouwelijk geslacht, zou een tragisch leven leiden en daarna eenzaam sterven.

Ze heeft een kat en een hond met manieren,
maar een man weet ze niet te versieren...

Vrouwen die kijven en hanen die kraaien
zou je het liefst de nek omdraaien…

Op haar lievelingskaart stond een afbeelding van een krijsende suffragette die aan een hooivork werd geregen. Het stugge haar van de oude vrijster vloog alle kanten op en haar neus was rood en krom als een snavel. Ze leek een beetje op een heks. En iedereen was stiekem bang voor heksen, nietwaar?

Haar spiegelbeeld grijnsde spottend. Vanochtend voelde ze zich allesbehalve machtig. Ze zou graag weer onder de dekens willen kruipen, ook al waren die wat klammig.

Beneden in de keuken hoorde ze Boudicca klaaglijk miauwen en haar lege etensbakje rammelend over de vloer schuiven.

Berustend schoot Lucie haar peignoir aan.

Het witte ochtendlicht blonk van de witte muurtegels en de glimmende houten keukenkastjes. Het rook naar thee. Mrs. Heath, haar juweel van een huishoudster, had de haard al aangestoken, brood geroosterd en een blik zalm opengemaakt.

'Je mag tante Honoria wel dankbaar zijn dat ze me geld heeft nagelaten, anders zou je genoegen moeten nemen met wat de kattenvoerverkoper te bieden had,' zei ze tegen Boudicca, terwijl ze onder het toeziend oog van de kat afwisselend stukjes zalm op haar eigen bord en in het kattenbakje schepte. 'Of erger, dan zou je elke dag op muizen moeten jagen, net als een gewone kat. Wat heb je daarop te zeggen, hm?'

Zwiepend met haar staart liet Boudicca duidelijk blijken niet onder de indruk te zijn.

'Ondankbaar beest. Ik had je gewoon in die mand kunnen laten zitten. Ik had je doodleuk op straat kunnen zetten.'

Je bluft, zei de blik in Boudicca's groene ogen. *Jij was al net zo verloren en had net zo'n behoefte aan gezelschap als ik.*

Dat zou best kunnen. Tien jaar geleden was ze op een ochtend haastig de deur uit gegaan en bijna over een hoge mand op de stoep gestruikeld. Er kwam een klaaglijk gemiauw uit en er zat een zwart donsbolletje in dat venijnig Lucies vinger aanviel toen ze haar hand in de mand stak. Lucie besloot het donsbolletje te houden. Ze was nog maar net na haar verbanning uit Wycliffe Hall in Norham Gardens komen wonen, en eerlijk gezegd had ze zich inderdaad vreselijk eenzaam gevoeld. Niemand was haar nieuwe vriendinnetje ooit komen opeisen.

De klok in de ontvangkamer sloeg half acht en de thee had haar nog steeds niet helemaal versterkt. Het kwam slecht uit dat ze juist die dag zo moe was, gezien het aantal afspraken in haar agenda: eerst met lady Salisbury in het Randolph Hotel, waar ze zou opbiechten dat de aankoop van London Print een kleine vertraging had opgelopen. Daarna een tweede ontbijt met Annabelle, Hattie en Catriona, ook in het Randolph, waar ze haar vriendinnen van de mogelijke problemen op de hoogte zou brengen.

En om half elf was de weerzinwekkende lord aan de beurt.

Haar maag verkrampte bij het vooruitzicht. Haar doorwaakte nacht was gedeeltelijk te wijten aan hun recente ontmoeting. Ze had in bed liggen woelen, niet in staat het onbehaaglijke gevoel over hun afspraak van zich af te zetten. *Vanwege die goeie ouwe tijd*, had hij gezegd. De brutaliteit. Hun gemeenschappelijke voorgeschiedenis bestond alleen uit vijandigheid. En zelfs die tijd was allang voorbij, die hoorde bij een ander leven waar niets meer van over was, behalve Ballentine zelf, vreemd genoeg. Af en toe kwamen ze elkaar toevallig tegen bij officiële gelegenheden in Londen, en verder waren er de krantenkoppen en geruchten die haar op de een of andere manier altijd wisten te bereiken. Het liefst zou ze de afspraak willen afzeggen. Maar als hij snode plannen had die met vrouwen en de uitgeverijwereld te maken hadden, dan wilde ze die weten.

Onder de tafel jankte Boudicca verwijtend, alsof ze al dagenlang geen eten had gekregen.

'Kleine dwingeland,' zei Lucie, en ze schoof de rest van de vis van haar eigen bord in het etensbakje.

Lady Salisbury had in het Randolph haar intrek genomen onder de naam 'Mrs. Miller', wat belachelijk was, omdat de gravin zowel in haar houding als in haar uiterlijk zo onmiskenbaar aristocratisch was dat niemand haar voor een doorsnee Mrs. Huppeldepup zou houden. Maar lady Salisbury wilde graag 'incognito', zoals ze het noemde, bij de goede zaak betrokken zijn, vooral bij deze missie. Niettemin had ze verschillende vrouwen van buiten Lucies kennissenkring overgehaald om deel te nemen aan het investeringsconsortium en ze had zelf ook een aanzienlijk bedrag gedoneerd. Het was vervelend dat Lucie haar nu moest teleurstellen.

De gravin zat in de salon op een chaise longue met een zwarte sjaal om haar schouders en een sierlijk theekopje in haar hand. Zodra Lucie binnenkwam, zette ze het kopje neer en stond op. Daar hechtte ze aan, ook al was ze ver in de zeventig en liep ze met een stok.

'Lady Lucinda, de aanstaande eigenares van London Print,' riep ze verheugd uit. Er verschenen rimpels in haar ronde wangen van blijdschap.

Lucie forceerde een lachje. 'Nog niet helemaal, vrees ik.'

Het gezicht van lady Salisbury betrok. 'Nog niet? Maar het contract zou dagen geleden zijn opgemaakt. Kom, ga zitten. Wil je thee of sherry?'

Sherry? De klok op de schoorsteenmantel wees negen uur 's ochtends aan.

'Thee, graag.' Ze nam plaats.

'Vertel nu maar wat die onzin te betekenen heeft,' zei lady Salisbury, terwijl ze thee inschonk.

'Volgens Mr. Barnes is er sprake van een vertraging bij het opstellen van de overeenkomst. De kwestie zou volgende week opgelost moeten zijn.'

De gravin liet zich niets wijsmaken. Ze had de scherpzinnige blik van een vrouw van Lucies leeftijd en kneep haar blauwe ogen veelbetekenend tot spleetjes. 'Ze liggen dwars omdat ze bezwaar maken tegen jou.'

'Dat is niet ongebruikelijk. We krijgen het wel voor elkaar.'

'Dat zou ik beslist op prijs stellen,' zei lady Salisbury welwillend. 'Mijn Athena staat te popelen om zich nuttig te maken.'

Lady Athena was lady Salisbury's nicht, die erop gebrand was om bij hun coup te helpen. Ze was een van de vele vrouwen van haar stand die zich aan iets nuttigs wilden wijden, het gaf niet wat, buiten het kleedjes haken in een zitkamer.

'Doet u lady Athena de groeten van me,' zei Lucie. 'We moeten nog een paar dagen geduld hebben.'

'Verschrikkelijk, die politieke machtsspelletjes,' verklaarde lady Salisbury hoofdschuddend.

'Het kon erger. We zouden ook voor onze vrijheid kunnen vechten met zwaarden en hooivorken in plaats van met pen en papier.' Hoewel het idee om zwaaiend met een primitief wapen op haar doel af te stormen haar steeds aantrekkelijker begon te lijken.

Lady Salisbury nam haar peinzend op terwijl ze in haar thee roerde. 'Heb je er weleens aan gedacht om je iets innemender te gedragen? Niet zo doortastend, minder radicaal, iets modieuzer? Dat zou de zaak minder op de spits drijven.'

Lucie schonk haar een flauwe glimlach. Natuurlijk had ze dat overwogen. Hoe vaak had ze dat voorstel al niet moeten aanhoren?

'Als je met modieuze kleren en een aantrekkelijke glimlach invloed kon uitoefenen, dan zouden de heren bankiers, hertogen en politici er ongetwijfeld breed grijnzend en onberispelijk gekleed bij lopen. Maar dat doen ze niet.'

'Ah, maar mannen hebben andere wapens tot hun beschikking dan vrouwen,' zei lady Salisbury toegeeflijk. 'Een vrouw die openlijk naar macht streeft wordt bijzonder vulgair gevonden. Het scheelt als ze er lieftallig uitziet. Bovendien raken de demagogen daar vreselijk van in de war.'

'Milady, ik ben bang dat alleen al het idéé dat een vrouw, getrouwd of niet, een persoon is zo radicaal is dat ik als lastig zal worden beschouwd, ongeacht hoe ik de kwestie aan de orde stel.'

Lastig was nog zacht uitgedrukt. Ze werd ronduit uitdagend gevonden, een bedreiging. Want als een vrouw een zelfstandige persoon was, zou je kunnen concluderen dat ze ook een eigen mening, een eigen hart en dus ook eigen behoeften had. Maar de zichzelf opofferende goede moeder en brave huisvrouw mocht geen behoeften hebben, of, zoals Patmore het in zijn ongemeen populaire gedicht uitdrukte: *De man moet behaagd worden; maar hem te behagen / Behaagt het de vrouw…*

'Verschrikkelijk, die machtsspelletjes,' herhaalde de gravin en ze schudde weer haar hoofd. 'Ik kan merken dat de kwestie je behoorlijk aangrijpt. Je ziet er uitgeput uit. Hier, neem maar een koekje.'

'Ik zat gisteravond brieven te lezen en heb niet op de tijd gelet. Of misschien begin ik oud te worden.' Die laatste opmerking ontglipte haar.

De gravin leunde naar achteren en trok haar wenkbrauwen hoog op. 'Jij oud? Zeg dat niet, want dat betekent dat ik al praktisch dood en begraven ben. Nee, mijn beste, neem het maar van een echt oude vrouw aan: je bent nog steeds in je beste jaren. En beslist te jong om al zulke diepe rimpels op je voorhoofd te hebben. Vertel eens, heb je iemand die je heel dierbaar is?'

Lucie fronste prompt haar wenkbrauwen. 'Ik heb drie goede vriendinnen. Zij verblijven hier tijdens het semester, in de suites op de eerste verdieping.'

'Alleraardigst.' Lady Salisbury nam een slokje van haar thee. 'Maar ik bedoelde of je een aanbidder in je leven hebt.'

O. Ze keek de gravin verbijsterd aan. 'Nee.'

'Juist.'

'Ik leid de campagne tegen de Married Women's Property Act. Het zou mijn geloofwaardigheid ondermijnen als ik zou trouwen.'

Lady Salisbury haalde haar schouders op. 'Millicent Fawcett is getrouwd en zij staat bij iedereen in de beweging in hoog aanzien.'

'Vermoedelijk kan het geen kwaad dat haar man de beweging steunde lang voordat ze elkaar leerden kennen,' mompelde Lucie. Het was een beetje verwarrend. In haar huidige situatie was ze een zeldzaam schepsel: een onafhankelijke vrouw. Ze had een bescheiden maar vast inkomen, maar toch behoorde ze niet toe aan een vader of een echtgenoot. Meestal was een vrouw alleen als weduwe zoveel vrijheid gegund. Waarom stelde lady Salisbury voor dat ze dat allemaal opgaf?

'Ik had het dan ook niet over zo'n formele regeling.' Lady Salisbury boog naar voren met een samenzweerderige fonkeling in haar ogen. 'Ik had het over een vrijer, zoals die in mijn tijd genoemd werd. Een minnaar.'

Een minnaar?

Lucie keek wantrouwend naar het theekopje van de gravin. Dronk ze soms sherry bij het ontbijt?

Lady Salisbury giechelde. 'Lieve hemel, wat een geschokte blik. Je weet toch vast wel dat er aan een man af en toe ook genoegen te beleven valt? Het is belangrijk om onderscheid te maken tussen het individu en de politiek. En jij bent beslist niet oud. Kijk, je bloost al als er alleen maar over minnaars wordt gesproken.'

Haar wangen voelden inderdaad warm aan. Dit grensde aan obscene taal, en waarom zag ze nu uitgerekend het verveelde, arrogante gezicht van Tristan voor zich?

Lady Salisbury gaf een tikje op Lucies hand. 'Het geeft niet. De dapperen zijn eenzaam, dat is altijd al zo geweest. Ik hoop van harte dat we deze uitgeverij kunnen kopen. We hebben alle vertrouwen in je, dat weet je. Jij houdt de fakkel hoog voor ieder van ons die dat niet kan.'

'Juist,' zei Lucie afwezig. 'Ik zal mijn uiterste best doen.'

'God weet dat ik de veranderingen niet meer zal meemaken,' merkte lady Salisbury op, 'maar ik heb hoge verwachtingen voor mijn Athena. En het is inspirerend om een doel te hebben. Mijn advocaat denkt nog steeds dat ik het geld heb gebruikt voor een nieuwe verzameling hoeden.' Ze giechelde van pret. 'Hoeveel hoeden denkt die man dat een vrouw nodig heeft?'

Hatties suite op de eerste verdieping van het hotel werd doorgaans bewaakt door haar lijfwacht, een Mr. Graves. Vandaag stonden er echter twee van zijn soort verdekt opgesteld, die zich met onbewogen gezichten voordeden als lakeien. Tegenwoordig had Annabelle natuurlijk ook een lijfwacht. Dat was een van de vele nadelen die een huwelijk met een hertog met zich meebracht. Lucie besefte dat ze dankbaar mochten zijn dat Montgomery zijn kersverse bruid überhaupt toestond haar studie van de klassieke talen voort te zetten.

Ze liep geluidloos over het dikke tapijt door de gang en verwonderde zich erover dat haar geen gebabbel uit de salon tegemoetkwam. Door de open dubbele salondeur ontvouwde zich een gezellig tafereel. De kroonluchter van Venetiaans glas wierp een fonkelend licht over de lage tafel en de banken eromheen. Er stond een etagère met gebak op de tafel en tot Lucies verbazing waren er zowaar nog scones en citroencakejes over. Haar vriendinnen zaten zwijgend naast elkaar op de gele bank met hun hoofden, een roodharige, een met zwart haar en een brunette, over een tijdschrift gebogen. Het vuur knapperde zacht in de haard en aan de schoorsteenmantel erboven hing een spandoek met hun dringendste missie: WIJ EISEN DE AMENDERING VAN DE MARRIED WOMEN'S PROPERTY ACT!

Een van de alomtegenwoordige portretten van een oudere heer in een poederpruik had voor het spandoek moeten wijken. De heer leunde nu tegen het buffet, gereed om weer op zijn plaats te worden opgehangen wanneer Hatties ouders op bezoek kwamen. Haar rijke bankiersfamilie zou haar politiek activisme nooit goedkeuren. Hatties inwonende oudtante, tevens haar chaperonne, was gelukkig te kippig om er iets van te merken. Vermoedelijk deed tante een dutje, zodat de jonge vrouwen schaamteloos langer konden blijven dan de vijftien minuten van een formeel bezoek.

Wat was Oxford eigenlijk een eigenaardige instelling, dacht Lucie, terwijl ze naar haar vriendinnen op de bank keek. Zonder veel ophef had de universiteit een bankierserfgename die beeldende kunst studeerde, een Schotse lady die als onderzoeksassistent voor haar professor-vader werkte en een domineesdochter, nu een hertogin, die klassieke talen studeerde bij elkaar gebracht.

'Lieve hemel, Lucie, wat sta je daar? Je jaagt ons de stuipen op het lijf.' Hattie had opgekeken en was verschrikt opgesprongen, zodat haar rode krullen rond haar gezicht dansten.

'Het contract is nog niet opgesteld,' zei ze snel. Annabelle en Catriona, die ook wilden opstaan, lieten zich weer op de bank zakken.

'Het ligt aan jou, hè?' Annabelle nam Lucie onderzoekend op.

'Blijkbaar.' Ze liet zich weinig damesachtig op de fluwelen bank neerploffen. 'Ik heb begrepen dat de directie in de documenten van het consortium mijn naam heeft zien staan. Nu vermoeden ze terecht dat ik London Print wil manipuleren en raden ze Mr. Barnes aan om zijn aandelen niet aan ons te verkopen.'

Hattie hield abrupt op met thee inschenken voor Lucie. 'Hij hoeft hun advies toch niet op te volgen?' vroeg ze bezorgd.

'Hij is nerveus van aard.'

'En wat zullen wij doen?'

Lucie haalde even haar schouders op. 'Wat we altijd doen. We wachten af.'

Catriona zette haar bril af. Haar blauwe ogen stonden ernstig. 'Neem het jezelf niet kwalijk.' Haar zangerige Schotse accent was opvallender, zoals altijd als ze geëmotioneerd was. 'We hebben alle opties afgewogen. Jou de leiding van deze onderneming geven, was de minst erge van verschillende slechte mogelijkheden.'

'Nou, je wordt bedankt,' zei Lucie schamper. Maar stiekem had ze zich sinds haar vorige bezoek aan Mr. Barnes afgevraagd of het hele plan misschien onzinnig was. Aanvankelijk had het zo'n geweldig idee geleken om een uitgeverij te kopen, zodat de suffragettebeweging een rapport kon publiceren om stemming te maken tegen de Married Women's Property Act. Soms moest je grote uitdagingen nu eenmaal met even zwaar geschut beantwoorden. Het bleek echter makkelijk om zich te verliezen in details. Naar vrouwen zoeken die ondanks de hun opgelegde beperkingen genoeg kapitaal konden investeren en de berg juridische paperassen doorworstelen had Lucie zo in beslag genomen dat ze de mogelijke consequenties niet grondig had overdacht. Verwoeste reputaties en een sterk verminderde welwillendheid tegenover de toch al onpopulaire vrouwenbeweging waren slechts een paar van de risico's. Die had ze maar al te graag voor lief genomen toen zich een maand geleden de gelegenheid voordeed aandelen in een geschikte uitgeverij te kopen. De reikwijdte van haar plan drong pas goed tot haar door nu er vlak voor een overwinning plotseling een nederlaag dreigde. Ze zou haar vriendinnen in vertrouwen willen nemen. *Ik maak me zorgen dat ik te veel hooi op mijn vork heb genomen.* Al zou ze dat uiteraard nooit hardop zeggen. Aan een aarzelende leider had niemand iets. Bovendien steunde de hele suffragettebeweging op vrouwen die handelden voordat ze zich er klaar voor voelden.

Ze richtte zich tot Annabelle. 'Ik heb Barnes jammer genoeg met de toorn van het huis Montgomery moeten dreigen. Ik besef dat het geen ideaal moment is om jouw naam bij potentieel aanstootgevende activiteiten te betrekken, maar ik vond dat ik geen andere keus had.'

De hertog van Montgomery was een machtig man, maar zijn huwelijk met Annabelle een paar maanden geleden had zijn maatschappelijk aanzien geen goed gedaan. De elite had het hem niet in dank afgenomen dat hij met een domineesdochter was getrouwd. Ook zijn beslissing om van partij te wisselen werd hem kwalijk genomen. Sindsdien had hij het gezelschap van de hogere kringen zoveel mogelijk gemeden.

'Ik geloof niet dat het ons kan schaden,' zei Annabelle. 'En tegen de tijd dat het rapport gepubliceerd is, hebben we alle sporen van mijn betrokkenheid gewist.'

'Dat is erg vriendelijk van je.'

Annabelle boog bevallig haar hoofd. Een diamantje op haar haarspeld ving het licht en wierp een fonkelende regenboog in haar kastanjebruine lokken. Het was een merkwaardig feit dat geen enkel schandaal groot genoeg was om een hertog te gronde te richten.

Intussen stapelde Hattie scones en citroencakejes op Lucies bord. 'Heeft lady Salisbury je nog advies gegeven?'

Ja. Dat ik een vrijer moet nemen om de rimpels in mijn voorhoofd glad te strijken.

'Alleen het gebruikelijke. Ik moet minder mezelf zijn en meer een toonbeeld van vrouwelijkheid om de beweging sympathieker te maken.' Ze pakte een scone, die ze vervolgens tussen haar vingers verkruimelde. 'Daar zal ik nooit aan kunnen wennen. Binnen onze kleine – en ik durf gerust te stellen verlichte – kring vergeten we het al snel, maar het is en blijft een feit: als we eenmaal getrouwd zijn, hebben we voor de wet dezelfde rechten als kinderen en gevangenen, namelijk geen. En toch,' zei ze, zonder acht te slaan op Hatties afkeurende blik naar de verkruimelde scone, 'en toch zijn er mensen die geloven dat modieuze kleren en beminnelijkheid een verschil maken. Ik snap dat je met beminnelijkheid de vrede kunt bewaren, maar hoe kun je daarmee de oorlog winnen?'

Zowel Annabelle, die goed op de hoogte was van de oorlogen in de oudheid, als Catriona, die overal goed van op de hoogte was, keek haar licht geamuseerd aan. Lucie ademde diep in. Ze was inderdaad nogal van streek. De onzekerheid over London Print zat haar dwars en het beeld van Tristan die plotseling voor haar raam opdook bleef door haar hoofd spoken. Even overwoog ze om haar vriendinnen over haar aanstaande afspraak in Blackwell's te vertellen, maar eigenlijk zou Ballentine haar helemaal niet moeten bezighouden.

'Stel dat er een kern van waarheid zit in het voordeel van beminnelijkheid,' opperde Hattie. 'De gestadige drup holt de steen uit, zoals Ovidius al zei, meen ik.'

Annabelle knikte. 'Klopt.'

'En dat duurt alleen maar duizend jaar,' zei Lucie spottend.

'Terwijl we aan het uithollen zijn, kunnen we er net zo goed modieus uitzien,' zei Hattie laconiek. 'Als je de strategie van lady Salisbury eens wilt proberen, zou je om te beginnen je gezicht kunnen laten zien bij sociale gelegenheden. Toevallig hadden we het net over Montgomery's buitenpartij.' Ze glimlachte stralend. 'Zou het niet enig zijn als je voor de verandering een keer met ons meeging?'

Lucie knipperde met haar ogen. 'Sinds het incident met de Spaanse ambassadeur en de vork ben ik nooit meer naar een buitenpartij geweest.'

'Dan wordt het hoog tijd. We kunnen samen gaan winkelen.' Hattie schoof het tijdschrift dat ze eerder met Catriona en Annabelle had bestudeerd over de tafel. Het was een modeblad met een afbeelding van een vrouw in een ongelooflijk strakke rok en met een piepklein hoedje.

'Is de tijd al rijp voor een buitenpartij, gezien Montgomery's huidige situatie?' vroeg Lucie haastig.

'Sommigen vinden het misschien te vroeg,' gaf Annabelle toe, 'maar de prins van Wales heeft zichzelf op Claremont uitgenodigd voor de sneeuwhoenderjacht. We hebben besloten hem tot eregast van een buitenpartij te bombarderen.'

'Dat is een geniale zet,' vond Hattie.

Ze had gelijk. Met de prins van Wales als eregast zouden zelfs Montgomery's tegenstanders de uitnodiging niet afslaan. Ze zouden hooguit een zoon in hun plaats sturen, maar iedere vooraanstaande familie zou vertegenwoordigd zijn. De prins zelf wilde vermoedelijk alleen maar Hare Majesteit de koningin op stang jagen, die het losbandige gedrag van haar zoon bepaald niet kon waarderen. Al met al zou het feest Montgomery's rehabilitatie beslist geen kwaad doen.

'Bedankt voor de uitnodiging. Maar als Montgomery het schandaal achter zich wil laten, lijkt het me onverstandig om mij onder de genodigden te hebben.'

Annabelle schudde haar hoofd. 'Je bent mijn vriendin. En eerlijk gezegd kan ik al mijn vriendinnen in dat gezelschap goed gebruiken. Alle anderen zijn er alleen op uit om te zien hoe een fortuinjaagster zichzelf belachelijk maakt.'

Wel verdraaid. Ze had er geen rekening mee gehouden dat Annabelle misschien morele steun nodig had.

Hattie keek haar verlegen aan. 'Zou Annabelles eerste buitenpartij op Claremont niet een geschikte aanleiding zijn voor een bezoek aan de naaister?'

Als kunstenares en romantische jonge vrouw hield Hattie er een uitgesproken mening op na over kleuren, snitten en patronen. Bovendien verhulden haar wipneus en haar stralende glimlach een onvoorstelbare koppigheid waar Lucie niet tegenop kon redeneren.

'Ik twijfel er niet aan dat vrouwen de mode als wapen kunnen gebruiken, Hattie. Het staat me alleen tegen dat dat het enige wapen is dat we in het openbaar mogen hanteren zonder scheef te worden aangekeken.'

'En door er geen gebruik van te maken, laat je zien wat je ervan vindt. Ik weet het, ik weet het,' zei Hattie. 'Ik kies graag zelf mijn eigen wapens uit en sjofele kleren horen daar niet bij. Jij boft maar dat je geen moeder hebt die je jurken voor je uitzoekt! Wat jij niet allemaal zou kunnen dragen!'

'Ik heb kleren zat.'

'Ja, en daar is niets mis mee,' zei Hattie niet overtuigend. 'Maar ze zijn allemaal... grijs.'

'Inderdaad.'

'En ze zien er allemaal... hetzelfde uit.'

'Het bespaart me elke dag een half uur als ik niet hoef te bedenken wat ik aan moet trekken en wat bij elkaar past.'

Bovendien was grijs een praktische kleur voor een vrouw wier kleren bij haar dagelijkse bezigheden onvermijdelijk onder het stof en de inktspatten kwamen te zitten. Kleren die ze elke zaterdag samen met Mrs. Heath zorgvuldig moest schoonmaken. Ze zag Catriona getergd naar haar kijken. Ongetwijfeld had Hattie het er voor Lucies komst uitgebreid met haar over gehad. Hoewel Catriona de erfgename van een Schots graafschap was, voelde ze zich het prettigst in haar oude geruite sjaal van de clan Campbell, met haar zwarte haar in een eenvoudige knot en haar neus in een Byzantijns perkament. Arme Hattie.

Twintig seconden later wierp die haar handen in de lucht. 'Citroengeel,' riep ze uit. 'Met jouw teint zou je citroengeel moeten dragen, misschien voor een ochtendjapon. Mauve, lichtblauw en kobaltblauw voor een elegante middagjapon, hooguit licht duifgrijs, maar nooit deze saaie tint leigrijs. Kersrood voor een opvallende avondjapon. Je kunt karmozijnrood overwegen voor een spectaculaire binnenkomst op een bal. Voor jou geen ingewikkelde patronen, maar heldere lijnen. Ik raad je aan om in plaats daarvan met chique weefsels zachtheid te suggereren. Echt waar, Lucie, ik zie zoveel mogelijkheden in jou!'

'Je overweldigt me, schat.'

'Pas maar op als je met haar gaat winkelen,' zei Annabelle. 'Toen ik haar de vorige keer mijn jurk liet uitkiezen, droeg ik fuchsiaroze waarmee ik de hele balzaal choqueerde.'

Hattie keek haar zelfvoldaan aan. 'En toen werd een hertog smoorverliefd op je en heeft hij een hertogin van je gemaakt. Ja hoor, ik ben echt een vreselijke vriendin.'

Een blik op de staande pendule bezorgde Lucie een wee gevoel. Ze zette haar kopje neer.

Eigenlijk zou ze helemaal niet aan hem moeten denken, maar nu ze dat toch deed, kon ze maar beter goed voorbereid naar de afspraak gaan.

'Hattie –'

'Ja?' Hattie keek haar verwachtingsvol aan.

'Ik heb een vraag over lord Ballentine –'

Hattie hield zogenaamd geschokt haar hand voor haar mond. 'Bedoel je dé lord Ballentine, de donjuan?'

'Precies, die. Hij is onlangs onderscheiden met het Victoriakruis.'

'Ja, en?'

'Welke heldendaad heeft hij verricht? Weet je dat?'

Haar vriendin keek licht verontwaardigd. 'Natuurlijk weet ik dat. Hij heeft het gevaar opgezocht in plaats ervoor op de vlucht te slaan.'

'Dat doet iedere soldaat.'

Hattie schudde haar hoofd. 'Het schijnt dat hij veel meer dan zijn plicht deed. Ik heb begrepen dat zijn bataljon in een hinderlaag werd gelokt en vast kwam te zitten tegen een rotswand. Ze hadden nauwelijks dekking en zijn kapitein was neergeschoten.'

Annabelle keek bezorgd. 'Wat verschrikkelijk.'

'Ja, en het werd nog erger. De mannen konden de kapitein niet weghalen, omdat hij precies in de vuurlinie lag. En ze wisten dat ze zelf ook een voor een neergeschoten zouden worden, omdat ze niet goed konden bepalen waar de aanval vandaan kwam.'

Catriona keek sceptisch. 'Hoe is lord Ballentine dan aan de hinderlaag ontkomen?'

Hatties wangen begonnen te gloeien. 'Blijkbaar kwam het toeval hem te hulp. Hij was achteropgeraakt. Er gaan geruchten dat hij zonder verlof afwezig was.' Ze dempte haar stem tot een fluistering. 'Hij was gaan baden in een rivier vlakbij... En dit stond niet in de krant, maar ik hoorde Mrs. Heathecote-Gough zeggen dat hij niet eens helemaal aangekleed was toen het incident plaatsvond.'

'Typisch,' mompelde Lucie.

'Toen lord Ballentine de schoten hoorde, is hij roekeloos en half gekleed op zoek gegaan naar de verborgen bron van de aanval. Hij bereikte de post vanuit een dode hoek en heeft zoveel mogelijk aanvallers doodgeschoten met alleen een revolver totdat hij geen kogels meer had. Tegen die tijd was hij vlakbij en heeft hij de rest in een gevecht van man tegen man geveld. Maar toen hij de kapitein probeerde weg te halen, werd hij door de schouder geschoten door een vijandelijke soldaat die hij blijkbaar toch niet buiten gevecht had gesteld.'

'Dus hij was slordig,' zei Lucie. 'Ook typisch.'

Hattie trok een misprijzend gezicht. 'Hij heeft levens gered, Lucie. Hij heeft de kapitein met zijn eigen lichaam beschermd terwijl zijn kameraden te hulp kwamen en de schutter overmeesterden. Daarna heeft hij ze dwars door vijandelijk gebied in veiligheid gebracht terwijl hij gewond was. Hoe dan ook, hij is nog altijd een losbol omdat hij Annabelle op het winterbal lastigviel.'

'Hij is absoluut een losbol,' zei Annabelle somber. 'Een held en een ellendeling, een man kan allebei zijn.'

'Maar daar staat tegenover dat hij Montgomery er wel toe heeft aangezet zijn gevoelens te uiten,' merkte Hattie op.

'Min of meer,' zei Annabelle, en ze kreeg een kleur.

Lucie zag in gedachten nog steeds een moordzuchtige, halfnaakte Tristan Ballentine voor zich toen de pendule met een luide slag aangaf dat het tijd werd om te vertrekken naar haar afspraak met de man.

6

De frisse morgenstond was in een warme ochtend overgegaan zonder zelfs maar een briesje om Lucies eigenaardig verhitte gezicht te verkoelen. Ze kwam bezweet bij Blackwell's aan en voelde zich vaag geïrriteerd bij de aanblik van Ballentines roodbruine overjas. Die blonk als een verdwaalde kastanje in de zomerzon, terwijl de man zelf aangenaam koel en beheerst oogde. Ze had hem een tijdje gadegeslagen voordat hij haar had opgemerkt, want hij stak uit boven de stroom voetgangers die langs de boekwinkel liepen, terwijl zij in de menigte opging.

Zijn lippen krulden zich tot een glimlach toen ze tegenover hem bleef staan.

Hij hief zijn hoge hoed. 'Milady.'

Zijn haar glansde in de zon alsof het gepoetst koper was. Ze was ervan overtuigd dat ze in de voorbijtrekkende menigte een vrouw hoorde zuchten.

'Ik heb een half uur voor je,' zei ze.

'Dat komt me uitstekend uit.'

Vermoedelijk wilde hij terug naar Londen. Ze snelde de drie treden op en stapte de boekwinkel binnen. De bel boven de deur begon wild te klingelen.

Een stuk of tien hoofden draaiden zich in de schemerige, benauwde ruimte naar haar om: bleke, bebrilde studentengezichten. Hun ogen werden groot, mogelijk van herkenning. Haar naam was voor te veel mensen in deze stad een begrip, of misschien kenden ze Tristan. Iedereen zou het opzienbarend vinden om uitgerekend lady Lucie Tedbury te zien met de begeerlijkste hartenbreker van Londen dicht op haar hielen. Letterlijk. Tristan torende hoog boven haar uit, en hij was veel te dichtbij nadat ze abrupt was blijven staan. Zijn geur kringelde warm en verontrustend vertrouwd om haar heen. Ze had hem met gesloten ogen uit een rij mannen kunnen herkennen.

Haastig liep ze naar de smalle trap.

De koffieruimte op de eerste verdieping was klein. Er was hooguit plaats voor tien klanten aan de tafeltjes die rond de koude haard stonden. Ze waren alleen. Op een warme dag lagen de studenten doorgaans in bed of dreven dronken op een vlet op de rivier de Cherwell, afgezien van de ijverige types op de benedenverdieping. Tristan wist precies waar hij in het openbaar een rustige plek kon vinden.

Tegen de tijd dat hij aan de tafel bij het raam een stoel voor haar uitschoof, voelde ze ergernis opkomen. Het gezicht dat hij opzette was veel te onschuldig naar haar zin. Geen verlekkerde blik of grijns te bekennen.

'Koffie,' bestelde hij bij de ober die haastig was verschenen met een fris wit tafelkleed. 'Met melk en drie suikerklontjes voor de dame en voor mij zwart. Tenzij' – hij keek haar vluchtig aan – 'jij je koffie tegenwoordig anders drinkt.'

Heel even kwam ze in de verleiding om dat te beamen. Kennelijk had iemand haar in haar vorige leven bij het ontbijt op Wycliffe Hall bespioneerd.

'Nee. Melk en drie suikerklontjes, graag,' mompelde ze.

De tafel waaraan ze zaten was klein. Van buiten gezien zagen ze eruit als vrienden die samen koffie dronken, maar onder tafel raakten hun knieën elkaar bijna.

Van zo dichtbij zag ze veranderingen in Tristans gezicht die het donker verhuld had tijdens hun ontmoeting twee dagen geleden. Maanden na zijn terugkeer in Engeland had zijn huid nog altijd de honingbruine tint van een man die kilometerslang in de verzengende zon door een vreemd land had gemarcheerd. Op zijn voorhoofd tekenden zich de eerste rimpels af en onder zijn ogen waren vaag donkere wallen te zien, alsof hij slecht had geslapen. Dat alles deed geen afbreuk aan zijn schoonheid, maar verleende hem juist een ruigere charme. Er was nog iets veranderd, en het duurde een ogenblik voordat ze besefte dat hij geen oorbel droeg. Had ze zich het twee avonden geleden verbeeld dat hij een diamantje in zijn oor had? Zou Ballentine niet alleen ouder, maar ook volwassener zijn geworden? Ze vroeg zich af welke sporen de tijd op haar eigen uiterlijk had achtergelaten.

'Je ziet er beeldschoon uit, Tedbury,' zei hij beleefd, alsof hij haar gedachten had gelezen. 'Mag ik je complimenteren met je nog altijd gave huid?'

'Liever niet,' zei ze. 'Voordat ik ook maar iets met je ga bespreken, wil ik eerst weten wat je bedoelingen waren met de hertogin van Montgomery op het oudejaarsbal.'

Hij knipperde verbluft met zijn ogen. 'Wat?'

'Het feest van Montgomery op oudejaarsavond. Ik heb gehoord dat je de hertogin na een dans wilde overhalen om met je mee naar buiten te gaan.'

'Aha. Toen was ze nog gewoon "miss"... een eenvoudige meid van het platteland, nietwaar?'

'Dat heeft niets met mijn vraag te maken.'

Er broeide een duistere emotie in de diepten van zijn ogen. 'Als ik het soort man was voor wie je me kennelijk houdt, zou ik je dan de waarheid vertellen?'

'Ik zou het weten als je loog.'

Hij lachte spottend. 'Dat betwijfel ik.'

'Prima.'

Voordat ze kon opstaan en vertrekken, zette hij zijn ellebogen op de tafel en boog dicht naar haar toe.

In zijn ogen laaide een verrassend hevige emotie op. 'Ik dring me niet aan vrouwen op,' zei hij zacht. 'Dat heb ik nooit gedaan.'

Zo nijdig had ze hem nog nooit meegemaakt, al zijn nonchalance was op slag verdwenen. Onwillekeurig was ze gefascineerd.

'Waarom stond je er dan op dat ze met je mee naar buiten ging?' wist ze uit te brengen.

Hij haalde zijn schouders op. 'Dat weet ik niet meer. Waarschijnlijk verveelde ik me. Misschien vond ik haar te goed om voor muurbloempje te spelen en dacht ik dat ze misschien hulp nodig had. De fatsoensnormen hebben zich hardnekkig verspreid onder de gegoede burgerij, en dat gaat ten koste van hun eigen plezier. Het betekent niet dat ik me tegen haar zin vrijheden zou hebben veroorloofd.'

'Arrogante zak! Wil je soms beweren dat je haar een dienst hebt bewezen?'

'Nou, daar zullen we nooit achter komen, hè? Montgomery werd een beetje bezitterig toen hij zijn aanstaande hertogin aan mijn arm zag. Ik vond het verstandig me terug te trekken voordat hij een van zijn vazallen opdracht gaf me op het parket in de balzaal aan de degen te rijgen.'

Als hij loog, was dat werkelijk niet aan hem te zien. Er lag een ondoorgrondelijke blik in zijn fascinerend geelbruin en groene ogen, en hoe dieper ze erin keek, hoe verwarder ze zich voelde. Ze besefte dat ze zo ver voorovergebogen zat dat ze zijn adem zacht over haar wang voelde strijken. Haar blik dwaalde als vanzelf naar zijn linkerwang. Lang geleden in Wycliffe Park had daar een volmaakte afdruk van haar hand op gestaan nadat ze hem had geslagen uit een vreselijke machteloze woede waarvan hij niet de oorzaak was geweest...

De ober kwam haastig de koffieruimte binnen en vertraagde abrupt zijn pas toen hij hen met hun hoofden zo intiem bij elkaar zag zitten. Lucie week snel achteruit zodat de ober twee dampende koppen op tafel kon zetten.

Ze pakte haar lepeltje en roerde gedachteloos in haar koffie. 'Waarom ben je eigenlijk naar Engeland teruggekomen?'

Tristan nam haar onderzoekend op, maar toen ontspande hij zijn schouders en leunde achterover. 'Ik ben uitgetreden.'

'Zo gauw al?'

Na zes jaar in het leger was hij tegen de conventie in nog steeds niet tot kapitein bevorderd. Maar als je de geruchten mocht geloven, was zijn insubordinatie, zoals toen hij doodleuk in een rivier rondspartelde terwijl zijn kameraden onder vuur werden genomen, een terugkerend probleem geweest. Eigenlijk was het een wonder dat hij niet allang oneervol was ontslagen.

Hij glimlachte vaag. 'Na het Victoriakruis valt er weinig eer meer te behalen, Lucie.'

Tja. Daar zat iets in. Hij was immers met de hoogste militaire eer van het land onderscheiden. De Ballentine-mannen blonken altijd uit op het slagveld. *Cum Valor et Vigor* was de wapenspreuk van hun familie. Met moed en kracht. Tristans oudere broer, Marcus, had snel carrière gemaakt in de marine totdat een tragisch paardrijongeluk daar een eind aan had gemaakt.

Ze bekeek Tristans linkerhand, waarmee hij zijn koffiekop vasthield. Aan zijn pink zat de zegelring van het huis Rochester, met een robijn die glansde als een dikke druppel bloed. Waarschijnlijk was dat de ware reden waarom hij uit het leger was gegaan: als de laatste erfgenaam mocht hij zijn leven niet aan het front op het spel zetten. Zijn voornaamste plicht was nu om ervoor te zorgen dat het familiegeslacht in stand werd gehouden, en hij moest razendsnel alles leren wat de vorige lord Ballentine van jongs af aan was bijgebracht. Zou het verdriet die fijne rimpeltjes op zijn voorhoofd hebben getekend? Hun moeders waren ooit goed bevriend geweest. Misschien waren ze dat nog steeds. Volgens de etiquette was het geoorloofd om naar het welzijn van lady Rochester te informeren, of zelfs naar het zijne. Zulke vragen zouden echter ongewenste herinneringen en gevoelens kunnen opwekken. Bovendien zat ze op dat moment met hem aan tafel omdat hij iets in zijn schild voerde. *Een held en een ellendeling, een man kan allebei zijn.* De redenen voor hun bespreking hadden ongetwijfeld te maken met de ellendeling in hem, vermoedde ze.

'Zo, vertel eens,' zei ze. 'Wie heeft beweerd dat ik een expert op het gebied van de uitgeverswereld ben?'

Zijn lippen krulden. 'Mijn advocaat. Hij staat erop me elke maand te onderwijzen over de toestand van de Britse economie. Het schijnt dat we momenteel ruim twintig procent van de wereldhandel beheersen en dat jij uitgeverijen aan het opkopen bent.'

Tristan had een advocaat. Wie had dat kunnen denken?

Ze stak haar kin naar voren. 'En wat heeft je plotselinge interesse in het vrouwelijke lezerspubliek gewekt?'

Hij pakte zijn lepeltje op. 'Interessanter is de vraag wat jouw interesse gewekt heeft.'

Ze fronste haar wenkbrauwen. 'Wat bedoel je?'

Nu speelde hij met het lepeltje, dat hij heen en weer draaide zoals een kind zou doen, om naar zijn omgekeerde spiegelbeeld te kijken. 'Het is een *interessante* combinatie, nietwaar? Een vrouw met jouw denkbeelden en ambities die een meerderheidsaandeel in een gevestigde uitgeverij van vrouwentijdschriften verwerft. En ook nog zulke *heilzame* tijdschriften.'

Verstard bleef ze zitten, als een konijn dat ineens oog in oog met een roofdier stond.

Wat wist hij?

Niets. Hij wist niets, en zelfs als hij wel iets wist, was dat voor hem van geen enkel belang.

Op dat moment keek hij op van de lepel. Zijn blik was kil en doordringend.

Ze kromp ineen. Een ogenblik lang had ze hem in haar hoofd gevóéld; alsof zijn blik even makkelijk haar gedachten binnen was gegleden als licht dat door een katoenen laken schijnt. Ze moest haar gezicht een fractie te laat in de plooi hebben gebracht, want er zweefde een flauwe glimlach om Tristans lippen, en het was geen vriendelijke lach.

Ze forceerde zelf ook een koele glimlach. 'Het is niet ongebruikelijk om verschillende interesses te hebben. Ik kan me inzetten voor de politieke rechten van de vrouw en ook graag een goede zakelijke kans willen grijpen. In feite gaan die twee dingen prima samen. De vrouwenrechtenbeweging is een dure onderneming. Het kost ook tijd en momenteel verspil jij de mijne.'

Hij boog zijn hoofd. 'Goed. Stel dat ik van plan was om een boek uit te geven,' zei hij bedachtzaam, 'kan ik dat dan beter anoniem doen, of als John Miller, of onder de naam lord Ballentine?'

Zijn aarzeling gaf haar te denken. 'Dat is geen retorische vraag, hè? Je hebt het boek al geschreven.'

Hij knikte. 'De vraag is of mijn naam, of eigenlijk mijn reputatie, de brave vrouwen van dit land ertoe zou overhalen of ervan zou weerhouden het te kopen. Mijn intuïtie zegt me dat ze maar al te graag hun speldengeld aan mijn werk zouden willen uitgeven.'

'Je wilt weten of vrouwen bereid zijn je boek te kopen, alleen omdat jouw naam erop staat en niet vanwege de inhoud of de kwaliteit?'

Hij trok zijn wenkbrauwen op bij haar ongelovige toon. 'De inhoud en kwaliteit zijn uiteraard voortreffelijk, maar inderdaad.'

'Dat is bespottelijk. Je levenswandel is lang niet liederlijk genoeg om er munt uit te kunnen slaan.'

'O, dat is een uitdaging. Maar laten we aannemen dat het boek bestaat en al winstgevend is gepubliceerd, en dat wat me voor ogen staat een nieuwe uitgave is onder de naam Ballentine.'

'Al gepubliceerd,' herhaalde ze. Het onbehaaglijke gevoel dat haar bekroop beviel haar helemaal niet. 'Wat voor soort boek is het eigenlijk? Een oorlogsdagboek?'

Verbaasd keek hij haar aan. 'Nee. Het is poëzie.'

'Poëzie.'

'Ja.'

'Oorlogspoëzie?'

Weer aarzelde hij. 'Nee,' zei hij toen. 'Romantische poëzie.'

Tristan voelde zijn nekharen prikken onder de scherpe blik in haar grijze ogen. Ironisch genoeg was hij oprecht geweest. Hij had werkelijk een dichtbundel gepubliceerd en wilde graag haar mening horen. Maar ze had gelijk om zijn bedoelingen te wantrouwen. Sluw als een vos, die Lucie. Terwijl ze zelf niet tot achterbaksheid in staat was, dus ondanks alle gevechten die ze had gevoerd, kon je haar nog altijd naïef noemen. Ze was een open boek. Aan haar gezicht had hij afgelezen dat ze London Print heus niet alleen uit zakelijke overwegingen wilde kopen.

Hij pakte zijn kopje en dronk zijn koffie zonder het zwarte goedje te proeven. Ze had de gewoonte het hem lastig te maken, maar maakte het zichzelf ongetwijfeld ook lastig. Hij had het absurde verlangen om de twee steile rimpels tussen haar dunne wenkbrauwen met zijn duim glad te strijken. Waarschijnlijk dacht ze nog steeds dat ze de ellende van de mensheid kon oplossen omdat ze de gerechtigheid aan haar kant had. Die overtuiging was vanzelfsprekend een bron van eeuwige frustratie. Anders zou hij haar hebben benijd om de zuiverheid van haar gerechtvaardigde woede en vastberadenheid. Zij zou nooit 's ochtends wakker worden en naar het plafond staren, zich afvragend waarvoor ze die dag zou moeten opstaan.

'Romantische poëzie.' Haar toon was geringschattend, alsof poëzie even zwaarwichtig was als bakerrijmpjes. Een woordkunstenaar zou diep gekwetst zijn geweest; dichters waren tenslotte behept met een gevoelige ziel. Maar aangezien hij zich allang had bevrijd van zowel zijn gevoeligheid als van een groot deel van zijn ziel, werd alleen zijn mannelijke instinct geprikkeld. Hij snakte ernaar de uitdaging aan te nemen. Dat was echter een onzalige gedachte, vooral in een openbare gelegenheid, want in het scenario om Lucie Tedbury te bedwingen zag hij haar onvermijdelijk naakt onder zich, haar bleke huid gloeiend van verlangen, terwijl ze haar tong voor iets heel anders gebruikte dan om hem de les te lezen...

Haar ogen werden groot, en hij besefte dat hij misschien zacht had gegromd.

'Koffie.' Hij schraapte zijn keel. 'Dat spul irriteert.'

Haar reactie zou hij nooit te horen krijgen, want ze werd afgeleid door een kleine opschudding achter zijn rug.

Hij wierp een blik over zijn schouder.

In de deuropening stonden drie jongedames opgewonden met elkaar te smoezen. Ze waren hem al eerder opgevallen, toen ze giechelend en fluisterend naar boven waren gegaan. Vermoedelijk hadden ze een tijdje geaarzeld en nu besloten naar voren te komen. Winkelmeisjes, zo te zien. Alle drie met blozende appelwangen en iets te jong om zonder chaperonne te zijn, zelfs als groep. Halfhartig probeerden ze zich achter elkaar te verschuilen terwijl hij hen onderzoekend opnam.

'Goedemorgen, schoonheden,' zei hij. 'Kunnen we jullie van dienst zijn?'

Hun enthousiasme zweefde als een bries op hem af.

'Lord Ballentine.'

Ze snelden gedrieën naar hun tafel, gehuld in een geur van lelietjes-van-dalen. De dapperste maakte een reverence, met haar handen op de rug, en stapte naar voren.

'We zagen milord de boekwinkel binnengaan...'

'Zo zo.'

De schittering in haar ogen paste niet bij haar verlegen toon. Aan de andere kant van de tafel had Lucie haar ogen tot spleetjes geknepen.

‘We hoopten dat u dit voor ons zou willen signeren,’ zei een van de meisjes, een roodharige. Haar neusje zat onder de sproeten. Alleraardigst. Omdat Lucie op slechts een armlengte afstand kwaad zat toe te kijken, kwam hij even in de verleiding haar te provoceren door met het meisje te flirten, maar toen stak de roodharige hem iets toe. Een kaart. Die was ongeveer even groot als een valentijnskaart, en die kende hij maar al te goed. Dankzij een schare onvermoeibare bewonderaars had hij daar in zijn leven al scheepsladingen vol van gezien. Maar op deze kaart stond hij zelf afgebeeld. Blijkbaar had het meisje uit een krantenartikel over zijn onderscheiding met het Victoriakruis zijn foto – waarop hij in uniform heldhaftig voor zich uit stond te staren – uitgeknipt en op een kaart geplakt. Daarna had ze er een kanten rand aan toegevoegd. Zijn ogen waren blauw ingekleurd. En naast hem was een hónd getekend, zo’n klein, pluizig keffertje dat in enkels beet.

‘Het is…’ Hij tuurde door zijn wimpers. ‘Het is…’

‘Het is een *Ballentine-kaart*,’ zei het meisje dat het eerst had gesproken, wat nog meer gegiechel ontketende.

‘Aha,’ zei hij verbijsterd. ‘Wat leuk.’

‘Zijn ze niet prachtig?’ kirde een van hen.

‘Als u zo goed zou willen zijn om ze te signeren, milord. Dan zijn ze nog kostbaarder dan de andere.’

‘Zijn er dan… nog meer?’

Drie hoofden knikten enthousiast.

‘Ze zijn een ware rage,’ zei de roodharige. ‘Er zijn nog een paar andere helden die de meiden graag op een kaart plakken, maar milord is veruit het populairst. Het kost twee of meer andere helden om één kaart van u te ruilen, en meer als ze geen kanten rand hebben.’

‘Wij zouden uw kaarten natuurlijk nooit ruilen,’ voegde de aanvoerster er haastig aan toe. ‘Die brengen geluk.’

Tristan deed maar geen moeite het te begrijpen.

Hij stak zijn hand in zijn binnenzak en haalde er een pen uit. Terwijl de meisjes in gespannen afwachting toekeken signeerde hij de kaart met het hondje en daarna nog twee al even absurde kaarten.

Onder het slaken van verrukte zuchten vertrok het drietal. Er bleef een spoor van aangename bloemengeuren achter.

Langzaam draaide hij zich weer om naar Lucie.

Er danste een ondeugende schittering in haar ogen.

'Tja,' zei ze minzaam.

'Tja,' zei hij somber.

Haar mondhoeken trilden. 'Daarmee is je vraag vast afdoende beantwoord. Ik zou je hebben aangeraden om het idee van een oorlogsdagboek uit te werken, maar romantische poëzie onder je eigen naam zou het duidelijk net zo goed doen. Je zou ook gewoon een winkel kunnen beginnen...' Ze hield het niet meer uit en barstte in lachen uit.

'Nou ja, zeg,' begon hij.

'... een winkel,' hinnikte ze, 'om... *Ballentine-kaarten* te verkopen. Bijzonder winstgevend. Een voor de prijs van twee!'

Hij zou haar streng terecht moeten wijzen, maar ze gedroeg zich betoverend ongemanierd door in het openbaar te schaterlachen. Jammer genoeg was hij zelf het doelwit van haar vrolijke spot.

'Vergeet vooral de kanten rand niet! Dan is de kaart meer waard,' raadde ze hem aan. Na een blik op haar zakhorloge nam ze afscheid en vertrok.

Tristan bleef alleen achter met haar lege koffiekop.

Schijnbaar onaangedaan dronk hij zijn koffie op, met een wrange glimlach om zijn lippen, maar haar afwezigheid, die benadrukt werd door de verlaten ruimte, leek haast tastbaar. Langzamerhand drong de buitenwereld weer tot hem door. Het rumoer van de straat beneden zwol aan, en hij werd zich bewust van zijn omgeving. Zijn gedachten, die meestal alle kanten op dwaalden en verschillende dingen tegelijk bestreken, werden kalmer naarmate alles om hem heen luidruchtiger werd. Dat was de reden waarom hij een goede soldaat was als het erop aankwam. En dat was ook waarom hij zich zo opvallend gefocust en rustig voelde in Lucies aanwezigheid, tegenover de vijandige natuurkracht die ze was. Rust was een ondergewaardeerd gevoel. Als hij een geweten had, zou het hem waarschijnlijk spijten dat het lachen haar door zijn toedoen al zo gauw zou vergaan.

7

De trein van de Great Western Railway van Oxford naar Ashdown kroop opvallend traag door de Cotswolds. Zacht glooiende heuvels gleden aan het raam voorbij, zo beschaafd en zo typisch Engels met hun lage toppen, idyllische dalen en hier en daar een eenzame knoestige eik. Vergeleken bij de smaragdgroene bergen van Afghanistan vond Tristan dit heuvellandschap er maar flets uitzien. Sinds zijn terugkeer was het alsof de kleuren in Engeland waren verbleekt, en buiten Londen was alles hem veel te gezapig: het personeel, de gedachten van de mensen, het leven. Maar jammer genoeg was de huur van zijn appartement in St. James's met zeven bedienden te duur geworden zodra Rochester had geëist dat hij ging trouwen. Van logeren in het herenhuis van zijn familie kon geen sprake zijn. Daar hadden de muren oren en ogen. Daarom had hij van een oude studiegenoot een woning gehuurd aan Logic Lane in Oxford, wat niet alleen goedkoper was, maar ook veel dichter bij Ashdown. Dat betekende natuurlijk ook talloze nieuwe taken voor zijn kamerdienaar, die hem dat niet in dank afnam, en dat hij vastzat in Oxford, waar de kleermaker middelmatig was, het eten machtig en de losbandigheid halfslachtig. Het was onaanvaardbaar saai om zijn uitgaven in de gaten te moeten houden.

Hij streek over de zijdezachte gladheid van zijn gilet. Tijdens zijn buitenlandse missies, in de verzengende hitte, met snuitkevers en slachtpartijen, had hij vaak verlangend gedacht aan kostbare, goed gemaakte spullen. Aan zachte stoffen waar niet zijn hele lijf van ging jeuken. Aan de geur van vers, schoon beddengoed. Aan wijn met een volle, fluweelzachte smaak.

Hij was eerder bereid om dat allemaal weer op te geven dan dat hij zich voor Rochesters wil zou buigen.

Zijn moeder kon hij echter niet zo makkelijk opgeven. Het was een betreurenswaardige gewoonte van hem om aan zijn moeder te denken telkens als de gelegenheid zich voordeed om zijn banden met Ashdown te verbreken. De eerste keer dat hij ervoor had gekozen toch maar te blijven, was op zijn zestiende toen hij een flink bedrag had verdiend met erotische verhalen die hij aan de andere jongens op Eton en een illegale winkel in Whitechapel had verkocht. Het was genoeg geld voor een passagebiljet naar Amerika en een comfortabel onderkomen totdat hij werk had gevonden. Het vooruitzicht om te moeten werken voor de kost en onder luide Amerikanen te moeten leven was weliswaar niet aantrekkelijk, maar Rochester en zijn zweep waren hem steeds meer tegen gaan staan. Toen was zijn moeder hem te binnen geschoten. Hoe zou het haar vergaan als hij wegging? Marcus was nooit wreed geweest, maar hij was wel Rochesters lievelingszoon en hij had dezelfde instelling als zijn vader: voor excentriek gedrag en wisselende stemmingen had hij geen geduld of begrip kunnen opbrengen. Eerlijk gezegd gold dat ook voor Tristan, behalve als het om hemzelf ging. Toch was hij van de drie Ballentine-mannen de enige die niet kwaad werd, maar zich beschermend voelde tegenover de gravin als ze weer eens iets geks deed. Door zich bijvoorbeeld een heel voorjaar lang op te sluiten om elke dag twee middelmatige impressionistische schilderijen te maken en vervolgens nooit meer een penseel aan te raken nadat ze weer tevoorschijn was gekomen. Als je niet gewoon weg kon lopen, omdat een man als Rochester alle regels maakte en over al het geld beschikte, dan moest je maar in je innerlijk vluchten. Door te schilderen. Of te schrijven. Of door te drinken en te neuken, als je niet toevallig door het hete zand in de Oriënt moest kruipen.

Hij zakte weer onderuit op de pluchen bank in zijn coupé. Eigenlijk zou hij nu moeten schrijven, want Lucie had natuurlijk gelijk: zijn oorlogsdagboek zou als warme broodjes de winkel uit vliegen. Zijn notitieboekje lag al open voor hem op de tafel. De lege bladzijde verlangde dat hij een structuur voor het verhaal schetste en misschien een aantal ideeën noteerde over de gebeurtenissen die hij zou opnemen en welke hij voorgoed uit de geschiedenis zou wissen. Het probleem met woorden was alleen dat het een vreselijk getob en gezwoeg was om ze op papier te zetten, zelfs als je bruiste van de inspiratie. En momenteel voelde hij zich totaal niet geïnspireerd. De oorlog was niet zijn oorlog geweest, en nu die achter de rug was, had hij geen enkele behoefte om zich de schrikbeelden opnieuw voor de geest te halen. Toegegeven, Rochesters keiharde opvoeding en een paar generaties van de moed en kracht der Ballentines die door zijn aderen stroomden hadden hem voor het leger gedrild. En waar de chaos regeerde, waren zijn impulsieve beslissingen zonder meer beter dan langdurige overpeinzingen. Af en toe was hij dan ook genoodzaakt om dingen te doen die bij het publiek in de smaak vielen. Zijn gewonde kapitein met zijn eigen lichaam afdekken, bijvoorbeeld, in plaats van wegduiken en vluchten voor het gevaar. Het liet een cynische smaak bij hem achter om er nu een slaatje uit te slaan, maar hoe dan ook, hij nam zich voor pragmatisch te zijn en dat dagboek te redigeren. Morgen.

Het vierkante zandstenen gebouw van Ashdown Castle blonk goudkleurig als een honingraat in de middagzon. Een argeloze bezoeker zou zich in de uitnodigende gevel kunnen vergissen: het was een onheilspellend bouwwerk.

Rochester was vandaag in Londen voor de een of andere aangelegenheid in het Hogerhuis, maar Jarvis, zijn vaders butler-spion met zijn zure gezicht, zou zeker proberen zijn gangen na te gaan. Om de westvleugel te bereiken, moest hij langs het levensgrote portret van Marcus in de ridderzaal lopen, en dat gaf hem een raar gevoel. Onder de strakke blik van zijn broer voelde de zegelring aan zijn pink ineens zwaar als een keten, en er ging een huivering door hem heen. Hij versnelde zijn pas en voelde Marcus' blik tussen zijn schouderbladen prikken totdat hij de staatsietrap had bereikt.

Na een paar snelle kloppen op de deur ging hij zijn moeders slaapkamer binnen. Een ogenblik bleef hij gedesoriënteerd staan. De kamer was in duisternis gehuld. Er was geen geluid te horen. Als hij niet beter wist, zou hij hebben gedacht dat het bed leeg was, maar in het vertrek hing een trieste sfeer.

Zachtjes deed hij de deur achter zich dicht. 'Moeder?'

Het bleef stil.

Voorzichtig bewoog hij zich door de donkere kamer, voor het geval er een meubelstuk bij was gekomen, een stoel of een bijzettafel die hij zich nog niet had ingeprent.

Bij het dichtstbijzijnde raam bleef hij staan.

'Ik ga de gordijnen opendoen, moeder.'

Hij trok de zware brokaatstof opzij en werd een ogenblik verblind door het licht dat binnenstroomde. Toen spreidde Ashdown Park zich voor zijn ogen uit in allerlei tere groene lentetinten.

Achter hem ruiste het laken. 'Marcus?'

Hij vertrok vluchtig zijn mond voordat hij zich omdraaide.

Ze lag op haar zij, een klein hoopje ellende in een enorm bed, met één hand onder haar wang.

'Nee. Ik ben het maar, Tristan.'

Vermoeid keek ze hem aan. Haar haar hing in een slordige vlecht over haar schouder, meer grijs dan bruin, constateerde hij onaangenaam verrast.

Ze bleef stil liggen toen hij dichterbij kwam en verroerde zich zelfs niet toen hij op de bezoekersstoel plaatsnam.

Een penetrante medicinale geur steeg op in zijn neus.

Haar nachtkastje stond boordevol met flesjes vol allerlei gifdranken die ze haar toedienden. Er stond een dienblad met een kom soep en een snee brood, die er onaangeroerd uitzagen.

'Goedemiddag, moeder.'

'Mijn mooie jongen,' zei ze zacht, en ze nam hem onderzoekend op.

Hij reikte naar haar hand. Bij de aanraking van haar knokige vingers ging er een huivering door hem heen.

Ze leek het niet te merken. 'Waarom ben je me niet eerder komen opzoeken?'

'Ik ben nog niet zo lang terug.'

'Leugenaar,' zei ze lijdzaam. 'Carey heeft me verteld dat je vóór Kerstmis bent teruggekomen.'

'Ze is een trouwe spion, die kamenierster van u.' Dat leverde hem niet eens een glimlach op. Als ze in deze stemming verkeerde, was het alsof hij tegen een muur praatte. Zelfs haar gezicht veranderde dan heel subtiel. Haar lichaam was aanwezig, haar geest niet. Die aanblik zou zelfs de meest afgestompte man in de menselijke ziel doen geloven, want het was duidelijk te zien dat die bij haar ontbrak.

'Waarom eet u niet? Moet ik met Kokkie gaan praten?'

Er kwam geen antwoord.

Zijn spieren stonden strakgespannen; zijn lichaam wilde vluchten voor deze breekbaarheid. Haar kamenierster had in haar brieven voor hem verborgen gehouden hoe erg ze eraan toe was. Of misschien had hij niet tussen de regels door willen lezen.

Hij bekeek de flesjes op het nachtkastje nauwkeuriger. Laudanum, natuurlijk, en een aantal andere aftreksels, waarschijnlijk kwakzalverij. Die gaven ze haar als ze wegzonk in een moeras van zwartgalligheid, en ook als ze veranderde in de dolgedraaide, overdreven uitbundige versie van zichzelf die dertig nieuwe jurken tegelijk bestelde of in haar eentje naar Marokko wilde varen. Als jongen raakte hij door beide facetten van zijn moeder van streek. Op zulke dagen had hij bij haar en Rochester een gevoel gehad van naderend onheil, alsof hij probeerde water uit een zinkend schip te hozen met een lepel.

'Heb ik u weleens verteld dat ik in Delhi te gast was bij generaal Foster, moeder?' vroeg hij. 'In zijn tuin heeft hij een olifant als huisdier.'

Zijn moeder fronste haar voorhoofd. 'Wat curieus. Een hele olifant?'

'Het hele dier. Maar het was maar een kleintje, een jonkie nog. Op een keer had hij ontdekt dat hij zijn slurf door het keukenraam kon steken om netjes om eten te bedelen. U zou hem vast leuk vinden.'

Hoe zou ze zich voelen, in India, onder het dak van generaal Foster? Ze zag er broos uit, alsof een eenvoudig ritje in de koets haar zou uitputten. Hij vroeg zich af of ze nog steeds bevriend was met Lucies moeder. Af en toe hadden de vrouwen samen een tijdje in een van Wycliffes kleinere landhuizen doorgebracht. Vriendelijk gezelschap zou zijn moeder misschien goeddoen. Maar zelfs als de vrouwen nog bevriend waren, zou Rochester waarschijnlijk niet toestaan dat zijn vrouw buiten Ashdown zou herstellen, aangezien ze nu zijn onderhandelingstroef was...

'Een olifant,' zei ze, nog steeds verbaasd. 'Hoe zorgt hij ervoor dat het dier niet zijn rozen vertrapt?'

'De generaal heeft zijn buitenissigheden, maar hij is een aangename gesprekspartner,' reageerde Tristan. 'Hij beschouwt zichzelf als een grote kenner van hindoeïstische goden en kan urenlang verhandelingen over dat onderwerp houden.'

De frons op haar voorhoofd werd dieper. 'Denk je dat het verstandig is om je op te houden met iemand die ernaar streeft heiden te worden, schat, en dan ook nog iemand die verhandelingen houdt?'

'Juist,' zei hij mat. 'Nou ja, ik ben nu hier.'

Een sprankje van haar levendigheid glinsterde diep in haar blauwe ogen. 'Blijf je nog even?' fluisterde ze.

Hij wilde weg.

'Alleen als u wat eet,' zei hij. Hij trok aan het schellekoord boven haar nachtkastje en besloot meteen maar op te stappen. Hij had de informatie die hij nodig had. Het was duidelijk dat ze niet in staat was om te reizen, en ze was niet bepaald nieuwsgierig naar Foster. Hij zou een andere keer terugkomen, wanneer zijn plannen verder gevorderd waren. Het dienstmeisje kon haar wel helpen bij het eten. Tenslotte was hij verdorie geen heilige. Bovendien had hij vanavond een onderonsje met een man die ze Beëlzebub noemden.

De avond was gevallen toen hij aankwam in Londen, maar dit deel van de stad was altijd in duisternis gehuld, ongeacht het tijdstip van de dag. Het was een voorname buurt die op dat moment goed verlicht werd door hoge straatlantaarns, maar achter de elegante witte gevels en de door zuilen geflankeerde deuren gingen achterkamers en kelders schuil waar invloedrijke mannen bijeenkwamen om hun verdorvenheden te botvieren. En waar de macht onbegrensd was, was de verdorvenheid dat ook.

Jaren geleden was dit zijn routine geweest: een deurklopper in een bepaald ritme laten vallen, een codewoord noemen tegen een potige portier en daarna langs een smalle trap naar beneden. In hartje Londen was hij door Sodom en Gomorra gegaan. Als de dichters er niet waren geweest met hun dichtregels over alles wat waar en edel was, dan had de verdorvenheid zich ongetwijfeld voorgoed in hem vastgezet. Zelfs nu werd hij nog steeds herkend. Terwijl hij door de schemerige antichambre van het herenhuis liep, werden er vanuit de schaduw blikken op hem gericht.

Nog voordat hij de laatste speelkamer binnenging, rook hij al dat Blackstone er was. Dat lag aan de opvallende afwezigheid van verse sigarettenrook, die normaal gesproken de stank maskeerde van oude tapijten die in de loop der jaren allerlei vloeistoffen hadden opgezogen. In het bijzijn van de investeerder mocht er namelijk niet worden gerookt. Over de redenen werd druk gespeculeerd. De een vermoedde dat Blackstone overdreven bezorgd was over de toestand van zijn gebit en zijn longen, terwijl de ander volhield dat hij gewoon graag de baas speelde over de mannen om hem heen. Tristan kende hem lang genoeg om er zeker van te zijn dat ze allebei gelijk hadden.

Blackstone hing onderuitgezakt in een gemakkelijke stoel, met zijn gezicht naar de deur en zijn rug naar de muur. Aan zijn norse gezicht, dat nog norser leek door zijn ooit gebroken en slecht genezen neus, was niet af te lezen dat hij Tristan had zien binnenkomen. Hij besteedde aan niemand speciale aandacht, en zijn kaarten lagen losjes in zijn bleke hand. De andere mannen aan de tafel die met hem durfden te kaarten hadden er net zo goed niet kunnen zijn. Uiterlijk en in zijn houding leek Blackstone eerder op een van de onderwereldbazen die in de haven heersten dan op een bonafide zakenman.

Zonder zijn tempo te vertragen liep Tristan langs het groepje, maar met een knikje gaf hij aan dat hij Blackstone wilde spreken. De man sloeg zijn oogleden nauwelijks waarneembaar neer. Hij ging akkoord. Dat was een gunstig teken, want hoewel ze elkaar heimelijk misschien nog steeds in de gaten hielden, hadden hun wegen elkaar al een paar jaar niet meer doelbewust gekruist.

Tristan koos een onbezette zijkamer uit en maakte het zich gemakkelijk in een krakende leren fauteuil. Blackstone kon tien minuten of een paar uur op zich laten wachten. Het was ronduit saai om te moeten wachten en de muffe lucht te moeten inademen. Vroeger had hem dat niet kunnen schelen. Destijds, op zijn achttiende, was hij enthousiast geweest en had hij verlangd naar de jacht. Hij was er zich nog maar pas bewust van geworden dat niet alleen vrouwen, maar ook enkele mannen zich tot zijn gezicht aangetrokken hadden gevoeld. De hele demi-monde was gecharmeerd geweest van zijn frisheid en zijn jeugd. Ze hadden hem meegevoerd in de schemerige, broeierige, slapeloze onderwereld, waar gegokt werd en waar de losbandigheid hoogtij vierde. Omgekeerd had hij hen eenvoudig kunnen verleiden, door hun vertrouwen te wekken als ze stomdronken waren van de whisky of in een roes van wellust of van ether verkeerden. Tijdens zulke uren was het een koud kunstje om iemand belastende geheimen te ontfutselen. En hij had anderen overgehaald om zwaar te gokken, terwijl hij zelf zogenaamd straalbezopen was, maar in werkelijkheid broodnuchter. Het had niet lang geduurd of hij had een map bijeengegaard met een zorgvuldig afgewogen mengsel van legitieme schuldbedragen en verleende gunsten, maar ook geheimen waar hij af en toe door chantage munt uit kon slaan. Zijn persoonlijke, draagbare bankrekening, zijn laatste troefkaart.

Zo had hij Blackstone leren kennen: op een losbandige avond toen ze allebei dezelfde kip kaal wilden plukken. Ze waren zo aan elkaar gewaagd dat het geen zin had zich met elkaar te meten, en na wat jeugdig haantjesgedrag hadden ze voor hun diefstallen hun krachten gebundeld. De bruut en de gluiperd. De een had de nodige druk uitgeoefend, de ander zorgde voor toegang tot exclusieve kringen. Een paar jaar lang was dat uitstekend gegaan. Voor Blackstone had het financieel gezien beter uitgepakt; hij was nu een van de rijkste zakenmannen in Londen. Maar de man was dan ook niet door een dominerende vader van zijn prille lucratieve activiteiten afgehaald om het leger in te worden gestuurd. Tristan vermoedde dat Blackstone niet eens wist wie zijn vader was.

Er gleed een schaduw over de vloer. Als je het over de duivel had… De gespierde gestalte van de financier verscheen in de deuropening. Leigrijze ogen met een harde blik namen hem op.

'Ik heb zaken te bespreken,' zei Tristan.

Blackstone dacht even na, knikte, draaide zich om en vertrok. Ze wisten allebei dat er in de vertrekken hier op strategische plekken gaten in de muren waren aangebracht ten behoeve van de oren en ogen van derden. Dat wisten ze van hun tijd aan de andere kant van de muur.

Ze liepen naar de oostelijke uitgang, waar de rijtuigen klaarstonden. Blackstone gebaarde dat Tristan in zijn onopvallende koets moest klimmen. Even later zette het voertuig zich met een schok in beweging. Als de koetsier geen andere aanwijzingen kreeg, zou hij hen een paar straten verderop naar Belgravia brengen, wat lang genoeg duurde om zaken te bespreken als je het kort hield. Daarna zou Tristan uitstappen en Blackstone zou verdwijnen, vermoedelijk naar een van zijn andere huizen waarvan hij het adres graag geheimhield. Het was wel bekend dat hij in Chelsea een herenhuis had dat tot aan de nok toe gevuld was met zijn verzameling kunst en antiek. Blackstone wist van al die voorwerpen de prijs, maar had geen idee van de waarde. De man was ordinair en onbeschaafd. Dat kwam vaker voor bij een bastaardkind dat later in zijn leven zijn fortuin had gemaakt, vermoedde Tristan.

'Ik heb geld nodig,' zei hij. 'Morgen.'

Tegenover hem bleef Blackstone uit het raam naar buiten kijken. Licht en schaduw gleden over zijn hoekige trekken. Hij was blijkbaar nog steeds geen drukke prater.

'Hoeveel?' vroeg hij ten slotte. Zijn rauwe stem klonk emotieloos en zijn Schotse tongval was tegenwoordig nog nauwelijks te horen.

Tristan noemde het bedrag en Blackstone draaide zich langzaam naar hem om.

De man keek hem nogal veelbetekenend aan. Tja. Het was dan ook een flink bedrag.

'Ik zou bijna nieuwsgierig worden naar wat hierachter steekt,' mompelde Blackstone.

'Vrouwen,' verklaarde Tristan. Lucie, zijn moeder en de onbekende, ongewenste verloofde, om precies te zijn.

'Natuurlijk.' Blackstone keek weer uit het raam. 'Morgenmiddag om twaalf uur staat het geld op je rekening,' zei hij na een tijdje. 'Zorg ervoor dat je morgenochtend om acht uur in Claridge's bent. Mijn notaris zal je de papieren laten ondertekenen.'

Meer viel er niet te bespreken. Blackstone zou zijn geld hoe dan ook terugvorderen en Tristan kende zijn voorwaarden. De vorige keer dat hij om een groot bedrag had gevraagd, was hij tweeëntwintig geweest en had hij juist zijn marsorder gekregen. Het was de tweede keer geweest dat hij serieus had overwogen zich te laten onterven en naar Amerika te emigreren, en opnieuw had hij geaarzeld. Wel was hij zo slim geweest een investering voor de toekomst te doen voordat het schip van zijn regiment vertrok. Naast een hoge rente had zijn oude vriend verlangd om een paar van Tristans schulden over te nemen. Blackstone hield ervan de schulden van aristocraten te bezitten, die hij dan op de meest ongelegen momenten terugvorderde. Ongelegen voor de aristocraten die bij hem in het krijt stonden uiteraard. Blackstone liet een spoor van verwoeste levens achter zich. Tristan glimlachte flauw. Een burggraaf moest wel gek zijn om zaken te doen met Blackstone.

8

Lucies ontbijt werd onderbroken doordat er werd aangebeld. Op de stoep stond een haveloze boodschappenjongen met een briefje van de Snug Oyster en Lucie schoot snel haar jas aan. Als de hoerenmadam van het Oxfordse bordeel haar liet halen in plaats van midden in de nacht een van de bewoonsters naar haar toe te sturen, dan was er iets aan de hand. Ze besloot niet naar Cowley Road te lopen, maar een huurrijtuig te nemen.

Het was acht uur 's ochtends en de Oyster maakte zich op om te gaan slapen. De hal van het bordeel was schaars verlicht en er hing een doordringende geur van exotische kruiden. Wierook, maar doelbewust overdadig gebruikt. Zoals gewoonlijk dwaalden Lucies gedachten als vanzelf af naar de vroege ochtenduren in de kapel van Wycliffe.

De vrouw die haar had binnengelaten zag er vermoeid uit. De kohl rond haar donkere ogen was vlekkerig grijs uitgelopen.

'Goedemorgen, Lilian,' zei Lucie.

Lilian maakte een wiebelige reverence. 'Dank u wel dat u bent gekomen, milady.'

Lucie liep achter haar aan door de gang en daarna de krakende trap af naar de keuken.

'Het gaat om de jonge Amy,' zei Lilian over haar schouder. 'Ze heeft het kind gekregen en nu weet ze niet waar ze naartoe moet.'

Het was koud in de keuken en op de lange tafel stond een stapel vuile kommen. Rooie Meg veegde met een smerig doekje verveeld kruimels over de tafel. Ze keek op toen Lucie binnenkwam.

‘Milady.’ Ze deed een halfslachtige poging haar hoofd te buigen. Zoals de meeste vrouwen in de Oyster, nee, zoals de meeste vrouwen waar dan ook, wist ze niet wat ze moest denken van een dame die zich in een bordeel begaf.

De jonge Amy was waarschijnlijk het magere meisje dat achter in de kamer naar Lucie staarde. Over haar rechterschouder hing een slordige blonde vlecht. Ze hield een bundeltje in haar armen, waarin vermoedelijk het kindje gewikkeld was.

Lucie richtte zich tot Lilian. ‘Wanneer moet ze weg?’

‘Nu meteen. De madam wil van haar af.’

‘Ze had allang weg motte wezen,’ zei Rooie Meg, ‘maar ze heb gesmeekt om te mogen blijven tot u kwam, dus hebben we haar laten zitten. God weet waarom, want van madam zouen we de wind van voren krijgen.’

Het was het gebruikelijke dilemma. Een man had een prostituee met kind geschopt. De hoerenmadam gaf de vrouw twee keuzes: óf vertrekken en met de baby een onzekere toekomst tegemoet gaan, óf de baby weggeven. De meesten kozen voor het vertrouwde. Maar zo nu en dan besloot een vrouw haar kind te houden, zoals de jonge Amy, die vastbesloten leek, afgaande op de ijzeren greep waarmee ze het bundeltje vasthield. Ze bleef roerloos zitten toen Lucie naderbij kwam.

‘Waarom heb je me laten halen, miss Amy?’

Amy’s roodomrande ogen schoten nerveus de kamer rond. ‘Een paar meiden zeiden dat u kon helpen,’ zei ze. ‘U hebt al eerder andere meiden in de Oyster geholpen, dus ik dacht… Ik dacht dat u ons misschien ook kon helpen, milady.’

Haar stem klonk schor, waardoor Lucie het akelige gevoel kreeg dat haar keel werd dichtgesnoerd. Waarschijnlijk had het meisje de hele nacht tijdens het baren de longen uit haar lijf geschreeuwd. Het was een wonder dat ze nu alweer op de been was.

‘En wat wil je dat ik voor je doe?’

Amy drukte het bundeltje steviger tegen zich aan. 'Ik heb gehoord dat u weet waar we naartoe kunnen gaan.'

'Je had gewoon voorzichtiger motte wezen,' zei Rooie Meg geïrriteerd.

Amy's neus werd rood en haar ogen schoten vol tranen. 'Ik wou haar weggeven, maar toen ik haar in mijn armen hield... Toen ik haar in haar lieve gezichtje keek...'

'Heb je de vader benaderd?'

Amy's kin trilde. 'Die wil niks van ons weten.'

Rooie Meg zette een stapel soepkommen kletterend in de gootsteen. 'Wat had je dan verwacht?' zei ze. 'Hij was knap en rijk, en het was stom van je om te denken dat hij iets zou voelen voor een hoer of een hoerenkind.'

Amy beefde en het bundeltje in haar armen protesteerde huilend.

'Ach, hou je kop, Megs,' zei Lilian. Ze ging naar Amy toe en sloeg een arm om haar magere schouders.

'Weet u wie dit schrijft, milady?' vroeg ze aan Lucie. 'Het zou over Amy kunnen gaan.' Ze haalde een vel papier uit haar schortzak en gaf het aan Lucie.

Ze herkende de bloedrode kop onmiddellijk. Het was een verkreukeld exemplaar van *The Female Citizen*, het radicale pamflet waarvan de uitgever onbekend was, maar dat om de een of andere reden altijd in de meest onwaarschijnlijke handen terechtkwam.

'Over Amy?' snauwde Rooie Meg. 'Waarom zou iemand over dat onnozele wicht schrijven? Niemand wil lezen over lui zoals wij.'

'Maar het is toch niet eerlijk?' zei Lilian. 'De vader heeft geld. Hij heeft haar van alles beloofd en nu kan ze nergens heen. En die krant heeft de hele tijd verhalen over hoeren, kijk eens –'

'Lariekoek,' zei Meg. 'Verhalen over de Oyster? Waarin we allemaal voor schut worden gezet en de boel naar de bliksem wordt geholpen? De madam zou jou ook de straat op schoppen. En wat Amy betreft, het is haar eigen schuld. Ze is niet goed snik.' Ze tikte tegen haar bezwete voorhoofd. 'Negentien jaar oud en dat gelooft nog steeds in sprookjes.'

Amy kon haar tranen niet meer bedwingen en barstte in huilen uit. 'Ik kan haar toch niet weggeven, milady! Ik heb gehoord dat ze afschuwelijke dingen met die kindjes doen... Ze verkopen ze, of erger –'

'Je hoeft haar niet op te geven,' zei Lucie resoluut. Ze haalde een notitieboekje en een potlood uit de zak van haar rok, veegde de kruimels van de tafel en begon te schrijven. 'Heb je al gepakt?'

Amy knikte huilend en wees met haar voet naar een gehavende bruine tas op de grond.

'En heb je geld?'

Het meisje schudde haar hoofd. 'Ik had wat gespaard, maar dat heeft madam afgepakt toen ik niet meer kon werken.'

'Da's niet meer dan logisch,' zei Meg.

Lucie snoof geërgerd. Rooie Megs bemoeizucht maakte het er niet beter op.

Ze scheurde het blaadje uit het notitieboekje, stopte het in haar zak en pakte de bruine tas op. Die was bedroevend licht. 'Kom maar met mij mee.'

De trap was lastig voor Amy. Ze strompelde, maar ze vertikte het de baby aan Lucie te geven om haar last te verlichten. Ze deden er lang over om de zijingang te bereiken. De frisse buitenlucht was als een teug water na een wandeling door de woestijn. Gelukkig duurde het niet lang om een huurrijtuig aan te houden toen ze eenmaal op straat stonden.

Lucie gaf de koetsier een muntstuk en stopte daarna Amy een paar munten toe.

'Dit is genoeg voor een treinkaartje. Neem de Great Western van kwart voor negen naar Wokingham. Blijf daar wachten op het station. Ik zal meteen een telegram sturen om je te laten ophalen en naar de academie voor alleenstaande vrouwen van Mrs. Juliana te brengen.'

Amy knipperde met haar ogen. 'Een academie? Maar ik kan niet zo goed lezen.'

'Het is alleen maar een fatsoenlijke naam voor een discreet vrouwenhuis. Maar je kunt daar wel leren lezen en schrijven, en ook andere dingen, als je dat wilt.'

Daar werd Amy nog zenuwachtiger van. 'Zijn daar nonnen, milady?'

Lucie schudde haar hoofd. 'Het huis wordt bestierd door vrouwen die proberen te helpen.' Ze gaf Amy het briefje dat ze in de keuken had geschreven. 'Geef dit aan Mrs. Juliana, zodat ze weet dat ik je heb gestuurd.'

Het meisje knikte verdwaasd. Eigenlijk zou ze helemaal niet moeten reizen.

Lucie aarzelde. Ze kon de gouden sovereign-munt voelen, zwaar als een klompje lood, die ze de vorige avond in haar jaszak had gestopt. Een sovereign die bedoeld was voor een retourtje naar Bond Street in Londen en voor een stel nieuwe jurken. Misschien een kobaltblauwe, in de stijl die ze in het Randolph op de voorkant van het modetijdschrift had gezien. Het viel niet mee om het toe te geven, maar eerlijk gezegd had ze zich drie dagen geleden in Blackwell's een saaie, grijze muis gevoeld toen de drie jongedames daar waren binnengevallen. In hun kleurige, nauwsluitende katoenen jurken afgezet met wit kant hadden ze de koffieruimte opgefleurd als een bos verse lentebloemen. Ze hadden ook naar bloemen geroken. De achteloze vanzelfsprekendheid waarmee Tristan zijn Ballentinekaarten had gesigneerd, toonde opnieuw aan hoe verwaand hij was. Het was voor hem duidelijk de gewoonste zaak van de wereld om door smachtende jonge vrouwen te worden aangesproken. De hemel sta de vrouw bij die ooit met hem ging trouwen. Zijn volgende maîtresse zou hem waarschijnlijk zomaar in zijn schoot vallen als hij ergens ging zitten.

Het koetspaard brieste en stampte ongeduldig met een hoef op de straatkeien.

Ze stak haar hand in haar zak en viste de munt eruit.

Amy's ogen werden groot toen Lucie het kleine vermogen in haar hand drukte.

'Beloof me dat je dit gebruikt om naar een dokter te gaan om je te laten onderzoeken, en laat hem ook naar de baby kijken,' zei Lucie. 'En een paar nieuwe kleren lijkt me ook niet overbodig.'

Het meisje staarde vol ontzag naar het muntstuk in haar hand. 'Dat beloof ik,' fluisterde ze.

Lucie knikte. 'Goede reis dan maar.'

'Milady.' Amy reikte haar met dromerige ogen het bundeltje aan. 'Wilt u haar even vasthouden? Om haar geluk te brengen?'

Lucie deed een stap achteruit. 'Je doet alsof ik een goede toverfee ben, miss Amy, maar dat ben ik niet. Dat kan ik je verzekeren.'

Het gezicht van het meisje betrok. 'Natuurlijk niet. Neemt u me niet kwalijk.' Ze hield het kindje weer dicht tegen zich aan. Haar wangen gloeiden.

'Nou, vooruit,' zei Lucie. 'Geef haar maar even.'

De baby sliep. Ze werd niet wakker toen Amy haar behoedzaam in Lucies arm legde.

Als gebiologeerd staarde Lucie naar het kleine gezichtje. Een schattig wipneusje. Onder een gebreid mutsje piepte een sprietig zwart krulletje uit. Ze telde drie verbluffend lange wimpers aan ieder ooglid.

'Hoe ga je haar noemen?' vroeg ze zacht.

'Elizabeth,' antwoordde Amy. 'Naar mijn moeder.'

Er steeg een babygeur uit het dekentje op, wonderlijk zoet als gesuikerde melk en poeder, die de wierookgeur verdrong die nog altijd in Lucies jas hing. In haar hart voelde ze een pijnlijke steek.

Voorzichtig gaf ze het kindje aan haar moeder terug.

'Elizabeth is een mooie naam,' zei ze, 'de naam van een koningin. Ik hoop dat je haar als een sterke vrouw opvoedt.'

'Ik hoop dat ze een beetje op u zal lijken, milady.'

Lucie schonk haar een scheef lachje. 'In dat geval hoop ik dat God jullie bijstaat.'

Ze hielp Amy bij het instappen en keek de koets na toen die ratelend in de verte verdween.

Negentien jaar oud en dat gelooft nog steeds in sprookjes.

Sommige vrouwen bleven altijd in sprookjes geloven. Overal in het land, zowel in bordelen als in landhuizen, zaten vrouwen te wachten tot een man hen kwam redden.

Zouden ze beseffen dat de redding waar ze op hoopten heel makkelijk hun vloek kon worden? O ja, dat wisten ze maar al te goed. Maar in de tien jaar waarin Lucie een blik achter rustige, beschaafde façades had kunnen werpen, had ze geleerd dat sommige vrouwen nooit een andere keus zagen en dat andere vrouwen zelfs te bang waren de kans te grijpen als die zich voordeed. En dan waren er nog vrouwen zoals Amy, die helemaal nooit veel kansen hadden gehad. Er waren dagen dat Lucie vreesde dat geen enkele campagne daar ooit verandering in kon brengen.

Ze arriveerde bij haar huis in Norham Gardens met een vaag schuldgevoel omdat ze spijt had dat ze haar sovereign had weggegeven. Dat de munt voor het allerbeste doel was gebruikt stond buiten kijf, maar uiteindelijk was het toch slechts een druppel op een gloeiende plaat. Zelfs als ze in lompen gekleed ging, zouden er altijd nog meer vrouwen en nog meer baby's zijn die geld en onderdak nodig hadden. De karavaan van ellende was eindeloos. Ze kon hier en daar wel een tragisch lot verbeteren door zichzelf dingen te ontzeggen, maar wat werkelijk nodig was waren betere omstandigheden voor alle vrouwen en kinderen, onafhankelijk van zo nu en dan een aalmoes. En dat kon alleen worden bereikt door een rechtvaardige politiek in Westminster. Ook al hield ze zichzelf nog zo vaak voor dat het uiterlijk onbelangrijk hoorde te zijn, met haar gerafelde mouwen en leigrijze rokken zag ze er niet bepaald uit als iemand die men in de gangen van het parlementsgebouw zou verwachten, maar eerder als een oude vrijster die zich allang met haar lot had verzoend. Daar was ze zich in Blackwell's pijnlijk van bewust geweest. Misschien zelfs al tijdens haar bezoek aan lady Salisbury, toen de matrone die ruim twee keer zo oud was als zij knipogend over minnaars was begonnen.

Aan al haar gepieker over mode en politiek kwam een eind zodra ze de brievenbus openmaakte. Tussen de tientallen brieven sprong het nerveuze handschrift van Mr. Barnes er onmiddellijk uit. Onder het lopen scheurde ze met bonzend hart de envelop open. 'Nee maar,' mompelde ze. 'De invloed van een hertogelijke connectie laat het nooit afweten. Boudicca!' De kat miauwde verontwaardigd toen ze werd opgepakt en stevig werd geaaid. 'Wees blij,' beval Lucie. 'We zijn nu de nieuwe eigenaars van London Print.'

Lucie liep met twee treden tegelijk de imposante marmeren trap op die van de entree naar de verdieping van het kantoor van London Print leidde. Mr. Sykes, haar notaris, kwam hijgend en met zijn bril scheef op zijn neus achter haar aan.

Mr. Barnes zat in zijn kantoor op haar te wachten, samen met zijn eigen notaris, een Mr. Marshall. Miss Barnes zat ingetogen in haar hoek. En daar, in keurige stapels op het mahoniehouten bureau in het midden van de kamer, lagen de glanzend witte papieren van haar contract.

'Is milady zich ervan bewust dat ik elke zin van dit document aan u moet voorlezen?' vroeg Mr. Marshall.

Lucie bekeek de twintig dichtbeschreven pagina's. 'Daar ben ik me van bewust, maar is het echt noodzakelijk?'

Mr. Sykes en Mr. Marshall riepen allebei dat het echt heel erg noodzakelijk was.

Het voorlezen duurde anderhalf uur. Mr. Marshall las, Mr. Sykes bracht af en toe iets in het midden en allebei namen ze een standpunt in totdat Mr. Marshall een aanvulling noteerde. Ondertussen zat miss Barnes driftig te tikken op haar schrijfmachine. Lucies hart ging de hele tijd wild tekeer en haar gezicht gloeide alsof ze koorts had. Ze wilde eindelijk haar handtekening op de stippellijn zien opdrogen.

Haar keel was uitgedroogd toen Mr. Marshall de laatste contractpagina voor haar neerlegde. 'Als u hier zou willen tekenen, milady.'

De stippellijn.

Iemand reikte haar een vulpen met een gouden punt aan.

Een ogenblik lang vergat ze hoe ze zelfbewust haar eigen naam moest schrijven.

En toen was het gebeurd.

Ze haalde beverig adem en legde de pen neer. De op één na laatste fase van hun plan was afgerond.

Ze stonden op, de mannen schudden elkaar de hand en daarna feliciteerden ze haar plichtmatig. Ze vertrouwden haar niet. *En terecht.*

'Als u wilt, kunt u meteen kennismaken met de nieuwe mede-eigenaar,' zei Mr. Barnes, terwijl hij zijn vulpen opborg. 'Hij heeft vandaag zijn kantoor in gebruik genomen en zou nog aanwezig moeten zijn.'

Verward keek ze hem aan. 'Een nieuwe mede-eigenaar?'

'Nou, niet helemaal nieuw, maar hij heeft de andere aandelen overgenomen…' Barnes fronste. 'U hebt mijn bericht toch wel ontvangen? Dat heb ik op dezelfde dag verstuurd als mijn bevestiging van het aanbod.'

Een akelig voorgevoel bezorgde Lucie een tinteling in haar nek.

'Misschien heb ik uw bericht over het hoofd gezien,' zei ze. Want zodra ze de bevestiging van de overname had gelezen, was ze het huis uit gestormd in plaats van eerst de gebruikelijke berg post door te nemen. 'Wat is er veranderd?' De aandeelhoudersstructuur was ideaal geweest: geen meerderheidseigenaar en dus geen belemmeringen voor haar redactionele keuzes.

'Lord Ballentine is teruggekeerd uit het buitenland en hij heeft onlangs de andere aandelen gekocht,' zei Mr. Barnes. 'Maar misschien wil milady de details graag zelf met uw nieuwe partner bespreken...'

9

De gang leek geluidloos aan Lucie voorbij te glijden. Haar gezicht stond strak. Ze had de receptionist die haar komst aankondigde bijna ruw opzijgeduwd.

Toen ze het kantoor binnenstormde werd ze geconfronteerd met de zolen van een paar grote schoenen die op een enorm bureau lagen. De eigenaar van de schoenen ging schuil achter een opengeslagen krant.

Een gevoel van moedeloosheid overviel haar. Er was maar één heer in haar kennissenkring die als een schurk in een melodrama *The Times* zou lezen.

De krant zakte omlaag en een paar leeuwenogen ontmoette haar blik.

De lucht leek plotseling elektrisch geladen. Haar volgende ademteug schroeide haar longen als hete stoom.

'Lady Lucie.' Tristan haalde zijn voeten van het bureau af. 'Ik had je al verwacht.'

Het was alsof er te veel woorden in haar keel bleven steken.

Hij was elegant gekleed, geen rood fluweel te zien, enkel een onberispelijk grijs wollen pak en een zijden gilet in gedempte kleuren. Het stond hem heel vreemd. En daardoor werd alles alleen maar echter.

Terwijl hij de krant opvouwde keek hij haar afwachtend aan, en toen ze hem bleef aanstaren en het bloed wild in haar oren voelde kloppen, haalde hij zijn schouders op, stond op en slenterde naar het buffet.

Tristan Ballentine liep door het kantoor van London Print alsof het van hem was.

En dat was ook zo.

Lucie stond te wankelen op haar benen.

'Mag ik je iets te drinken aanbieden?' Zijn vingers streken langs flessenhalzen. 'Cognac, scotch, sherry?'

Ze sloeg haar armen stevig over elkaar. Haar hart bonsde verontrustend in haar keel. 'Sinds wanneer?' vroeg ze op hoge toon.

Hij ontkurkte een fles en rook eraan. 'Wat bedoel je precies?'

Bij het zien van zijn uitgestreken gezicht ontstak ze in blinde woede. 'Sinds wanneer heb jij aandelen in dit bedrijf?'

'Aha. Nou, de eerste vijfentwintig procent heb ik ongeveer zes jaar geleden gekocht, vóór mijn eerste veldtocht. De rest van de aandelen heb ik gisteren aangeschaft. Tegen een spotprijsje nog wel, zodra ik de vorige eigenaar op de hoogte had gebracht van een ophanden zijnde overname door suffragettes. Weet je zeker dat je geen cognacje wilt? Je ziet een beetje pips.'

Haar hart ging zo wild tekeer dat het een gat door haar ribben dreigde te slaan. Haar aartsvijand bezat de andere helft van haar uitgeverij...

Lucie kneep haar ogen tot spleetjes. 'Jij bent degene die de directie heeft gewaarschuwd en Mr. Barnes onder druk heeft gezet.'

'Ja, dat klopt.' Hij zag er allesbehalve schuldbewust uit. 'Ik moest tijd winnen om het nodige kapitaal bijeen te krijgen en om mijn verdenking te bevestigen dat je iets in je schild voerde voordat ik daadwerkelijk een bod deed.'

Zijn verdenking... Was dat soms de reden geweest voor hun afspraak bij Blackwell's? Ach, natuurlijk! Ze hád het geweten. Ze had geweten dat hij narigheid betekende, maar toch had ze met hem afgesproken.

'Waarom?' Ze kon het niet uitstaan dat haar stem trilde. 'Waarom juist London Print?'

Hij schonk zichzelf twee vingers drank in en liep terug naar zijn bureau. De fles nam hij mee. 'Waarom niet? Het is een uitgeverij met een enorm lezerspubliek en het heeft nog steeds volop groeimogelijkheden. Iedereen die de uitgeverswereld en een passieve inkomstenstroom in de gaten houdt is erin geïnteresseerd.'

Die woorden kwamen aan als een klap in het gezicht. Dat waren dezelfde woorden die ze had gebruikt tegen Mr. Barnes, toen ze economische argumenten had aangevoerd om te verhullen dat ze de tijdschriften voor het bevorderen van de goede zaak wilde gebruiken. Wat had Tristan te verbergen? Hij zou van zijn vaders toelage moeten leven, zoals elke aristocratenerfgenaam, in plaats van passieve inkomstenstromen te overwegen.

'Als het om geld draait, zoek je maar een andere firma.'

Hij hield zijn hoofd een beetje schuin. 'Maar waarom zou ik? Ik heb mijn twee aankopen eerder gedaan dan jij. Je zou dus kunnen zeggen dat ik er het eerst bij was.'

'Gemene schoft.' Ze beefde van woede.

Dat leek hem te amuseren. 'Strijk eens over je hart, Lucie. Ik kom terug uit de oorlog. Misschien vind ik het leuk om iets omhanden te hebben. Bovendien bezit London Print de rechten van mijn literaire werken, dus je zou kunnen zeggen dat ik *emotioneel betrokken* ben bij mijn opbrengsten.'

'Literaire werken?'

Hij keek haar meewarig aan van onder zijn lange wimpers. 'Romantische poëzie.'

Hij had net zo goed Chinees tegen haar kunnen spreken. Maar ineens ging haar een licht op. Ze schudde verbluft haar hoofd. 'Wil je beweren dat jij de auteur bent van *A Pocketful of Poems*?'

'Dat klopt,' beaamde Tristan. Boven de rand van zijn whiskyglas nam hij haar op met een verwachtingsvolle schittering in zijn ogen. 'Wat vind je ervan?'

Van de poëzie? De dichtbundel was anoniem gepubliceerd. Ze

had verwacht dat er een vrouw achter zat, zoals vaak het geval was bij een anonieme auteur. Blijkbaar was de waarheid nog schokkender. Blijkbaar bestond er een realiteit waarin haar compagnon een beruchte casanova was en lord Ballentine, de oppervlakkigste vent die er bestond, een veelgeprezen dichter. Misschien was ze ongemerkt in een absurde werkelijkheid terechtgekomen.

'Wat ik ervan vind? Van de poëzie, neem ik aan? Nou, ik heb er geen enkel gedicht van gelezen.' Ze keek hem hooghartig aan. 'Mooie, oppervlakkige dingen kunnen me niet boeien.'

De schittering in zijn ogen doofde.

Hij klakte afkeurend met zijn tong. 'Daar kijk ik van op. Ik ging ervan uit dat jij altijd alles grondig onderzoekt en nu blijk je zomaar aandelen van een bedrijf te hebben gekocht zonder dat je de identiteit van je medeaandeelhouders hebt nagetrokken of je in de inhoud van een van de bestverkochte producten hebt verdiept. Je bent onzorgvuldig geweest.'

Inwendig kookte ze van woede, want hij had natuurlijk gelijk. Een diepgaande kennis van London Print was voor haar plannen helemaal niet nodig, maar dat ging ze hem niet aan zijn neus hangen. Daarom moest ze haar mond houden en hem in de waan laten dat ze stom was geweest.

'Hoe dan ook,' vervolgde hij, 'we profiteren allebei van mijn bemoeienis. Mijn boek verkoopt zes jaar na de publicatie nog steeds goed, wat buitengewoon is. Maar intussen beginnen de verkoopcijfers te stagneren. Stel je nu eens voor dat de ware identiteit van de auteur wordt onthuld.' Hij keek er zelfvoldaan bij. 'Dan moeten we ongetwijfeld een nieuwe uitgave publiceren en we kunnen –'

Ze hief haar hand om hem tot zwijgen te manen. 'Ik ga met jou geen zaken doen.'

'Wees niet zo traag van begrip,' zei hij minzaam. 'Je moet wel.'

'Ik moet helemaal niks.'

Hij haalde zijn schouders op. 'Da's dan jammer. Jouw idee van een oorlogsdagboek was goed. Dat wordt dan na de nieuwe uitgave van mijn dichtbundel gepubliceerd.'

Lucie kreeg een knoop in haar maag. Had ze maar niet met hem afgesproken bij Blackwell's. Waarom had ze dat in vredesnaam gedaan? 'Verkoop je aandelen aan mij,' fluisterde ze.

'Waarom zou ik? Ik heb ze nog maar pas.'

Ze kwam dichterbij. 'Als je geld nodig hebt, verkoop je aandelen dan aan mij.' Op de een of andere manier zou ze het geld bij elkaar schrapen, ook al was het bedrag nog zo hoog.

Tristan leunde tegen het bureau en liet de whisky in zijn glas ronddraaien. Hij zag er irritant onverschillig uit. 'Ik heb geen interesse in een afkoopsom, prinses. Het enige wat me interesseert is ervoor zorgen dat London Print op de lange termijn winst blijft maken.'

Ze keek hem woedend aan en zijn glimlach ging over in een grijns. 'Kom, kom,' zei hij. 'We weten allebei best dat je nooit zonder bijbedoelingen brave vrouwenbladen zou kopen. De pen is machtiger dan het zwaard en zo. *Home Counties Weekly*, in jouw handen? Wat ben je van plan? Vrouwenrechtengedoe in plaats van taartrecepten? Nee. Ik wil meebeslissen over de inhoud.'

Het koude zweet brak haar uit. Hij zou alles kunnen verpesten. Ze slikte moeizaam om de opkomende misselijkheid te onderdrukken.

'Er zijn ook andere manieren om geld te verdienen, als je erom verlegen zit,' zei ze. 'Zoek maar iets anders uit.'

De uitdrukking op zijn gezicht verhardde. 'Moet ik soms werkeloos toezien terwijl jij ons lezeressen kost? Het spijt me, maar dat gaat echt niet.'

Ons.

Ze kon wel gillen en krijsen als een vos in een val. Van 'ons' kon geen sprake zijn. Hij had zojuist hun hoop voor de hele onderneming de grond in geboord terwijl hij doodleuk whisky stond te drinken. Het bloed raasde door haar oren. Alles wat ze nu zei, zou kleinzielig klinken. Dat genoegen gunde ze hem niet.

'Hierover is het laatste woord nog niet gesproken,' zei ze.

'Nog lang niet, schat,' hoorde ze hem zeggen voordat ze de deur stevig achter zich dichttrok.

De hemel was al zo zwart als rook boven de Oxfordse schoorstenen toen Lucie nog altijd nijdig over Hatties Perzische tapijt ijsbeerde. Haar woede was niet bekoeld tijdens de treinreis vanuit Londen. Zelfs de aanblik van de eerbiedwaardige academische muren in Oxford had haar niet kunnen bedaren.

'Hij heeft me erin geluisd,' brieste ze. 'En ik heb het laten gebeuren. Hoe kon ik zo stom zijn geweest? De helft van de tijd is hij niet eens nuchter!'

Annabelle keek haar vanaf de bank bezorgd aan. 'Het was niet te voorzien. Zo'n onverwachte wending had niemand kunnen voorspellen.'

'Het is allemaal erg curieus. Het lijkt wel een scène uit een toneelstuk,' merkte Hattie op vanuit haar stoel. 'De kans dat zoiets gebeurt, dat jullie allebei aandelen in dezelfde onderneming kopen, is zo klein dat het bijna een speling van het lot lijkt.'

Lucie draaide zich razendsnel naar haar om. 'Dit ís geen toneelstuk, Hattie. Dit is een ramp.'

Haar vriendinnen zwegen, en ze wist dat ze een te scherpe toon had aangeslagen. Ze ademde diep in. Dat hielp echter niet. Ze was nog steeds laaiend.

'Jullie weten wat dit betekent, hè. Hij kan overal een stokje voor steken. We kunnen onze plannen niet uitvoeren en we kunnen ons rapport niet publiceren.' Ze drukte haar handen tegen haar slapen. 'We hebben een fortuin bijeengebracht en een uitgeverij gekocht. Allemaal voor niets.'

De stilte in het vertrek was geladen.

'Misschien vinden we tijdens het zomerreces een oplossing,' zei Annabelle toen. 'Ik zal Montgomery vragen het debat over zijn amendementsvoorstel te verzetten als het parlement in september weer in zitting is.'

'Dank je. Maar als het zo eenvoudig was, zouden we allang een andere oplossing hebben gevonden.'

'En als we het gewoon toch doen?' opperde Hattie met een klein stemmetje. 'Stel dat we gewoon doen wat we van plan waren...'

Lucie fronste haar wenkbrauwen. 'We kúnnen onze plannen niet uitvoeren. Voortaan moet alles door beide compagnons worden goedgekeurd en ondertekend. Juridisch hebben we geen poot om op te staan. Ik ben des duivels.'

Catriona trok haar sjaal strakker om haar schouders. 'En als we de uitgeverij voor een ander doel gebruiken?'

Lucie keek haar verward aan. 'Voor welk doel bijvoorbeeld?'

'Het is een onderneming die nog altijd groeit en dat is zeker geen waardeloze investering. Wat we er ook mee gaan doen, jij hebt evenveel zeggenschap als lord Ballentine. Jullie kunnen allebei elkaars ideeën tegenhouden.'

'Nou, geweldig. Dan zouden we de hele tijd met Ballentine moeten marchanderen en ruziën in plaats van onze belangen te behartigen? Wel vervloekt! Het idee alleen al dat ik elke week tegen zijn zelfvoldane, grijnzende smoelwerk moet aankijken.'

Annabelle was geïntrigeerd. 'Ik vind het een prima idee. We kunnen de uitgeverij gebruiken om de goede zaak op andere manieren te behartigen. Waarom nemen we niet zoveel mogelijk vrouwen in dienst bij London Print? We kunnen ze hetzelfde loon betalen als de mannen.'

Hattie knikte. 'Zou dat niet veel sympathieker zijn dan het overschot aan vrouwen naar Australië sturen?'

Lucie aarzelde. Het idee was goed. Ook al werd ze overweldigd door emoties, ze wist dat het voorstel het overwegen waard was. Er was inderdaad een snelgroeiend probleem van vrouwen uit de gegoede klasse die kantoorwerk zochten, voornamelijk omdat er in Groot-Brittannië niet genoeg mannen waren om met hen te trouwen en voor hen te zorgen. Door de oorlog en emigratie waren er te veel potentiële huwelijkskandidaten gesneuveld of naar het buitenland afgereisd. De achtergebleven vrouwen werden als te eerzaam beschouwd om met handenarbeid de kost te verdienen. Daarom bood de regering ongehuwde vrouwen de kans naar Australië te gaan, zodat ze daar een echtgenoot konden zoeken. Een krankzinnige regeling, zoals gewoonlijk. Niettemin... Ze schudde haar hoofd. 'Een uitstekend idee,' zei ze. 'Maar nee.'

'Maar waarom dan niet?' Catriona zag er oprecht verward uit.

'Een kantoor vol met vrouwen?' Weer schudde Lucie haar hoofd. 'Dat zou onverstandig zijn, met Ballentine in de buurt. Hij heeft het aanzien van een romantische dichter echt niet nodig om opschudding te veroorzaken. Het is al genoeg als hij alleen maar door het kantoor zou paraderen. En dat zal hij beslist doen. Zelfs de verstandigste vrouwen zullen zich tegen elkaar keren en wedijveren om zijn aandacht. Hij zal het hart breken van de vrouwen die hij verleidt en vervolgens zullen die iets doms doen... Jullie hebben allemaal de krantenkoppen gezien die hij heeft ontketend. En dan zal ik die vrouwen moeten ontslaan, want van hém kan ik niet afkomen.'

Haar vriendinnen keken haar fronsend aan met een blik alsof ze haar verstand had verloren.

'Doe je ons daarmee geen onrecht aan?' vroeg Annabelle vriendelijk. 'Ik weet dat hij een rokkenjager is, maar er is meer voor nodig dan een aantrekkelijk gezicht en wat geflirt om een vrouw in een onnozel gansje te veranderen.'

'Dat vind ik ook,' mompelde Catriona. 'Heb een beetje vertrouwen in ons gezond verstand.'

Lucie slaakte een zucht. Een buitenstaander zou vast denken dat ze de kluts kwijt was. 'Ik zal jullie iets vertellen over Ballentine,' zei ze. 'Vroeger was hij de tweede zoon en hij had rood haar. Het gerucht ging dat Rochester niet eens zijn vader was. Wat doet zo'n ongelukkige jongen om te overleven? Hij wordt charmant. En geestig. Hij wordt een ware Machiavelli van innemendheid. Uiteindelijk zal hij al van een kilometer afstand je verlangens en zwakheden bespeuren en tegen je gebruiken zoals het hem uitkomt. Stel je nu eens voor dat een jongen die zo'n wrok koestert en over zulke vaardigheden beschikt zich tot een uitzonderlijk aantrekkelijke man ontpopt, erfgenaam wordt en uit de oorlog terugkeert met het Victoriakruis. Kunnen jullie je vóórstellen wat dat met hem doet?'

Een tijdlang was alleen het knetteren van het vuur in de haard te horen.

Annabelle en Catriona keken allebei verontrust.

'Dat maakt hem gevaarlijk,' zei Hattie ten slotte. 'Iemand die voortdurend streeft naar de aandacht van bewonderaarsters om oude wonden te helen.' Evengoed scheen die gedachte haar te fascineren.

'Verdraaid,' zei Annabelle. 'Kunnen we niet een andere uitgeverij kopen? Ik zal eens met Montgomery spreken. Ik weet zeker dat hij me best nog meer geld wil geven.'

'Als je er toevallig een te koop ziet staan met hetzelfde lezerspubliek, dan graag.'

Ze wisten allemaal dat dat niet het geval was. Hun plan om London Print als spreekbuis voor de vrouwenbeweging te gebruiken was weliswaar niet perfect geweest, maar binnen de beperkingen die hun waren opgelegd was het goed doordacht. Hoe frustrerend om te bedenken dat ze hun plan op dit moment al hadden kunnen uitvoeren in plaats van willekeurig ideeën te moeten verzamelen over hoe ze dit moesten oplossen!

'Hoe meer ik erover nadenk, hoe meer ik het ermee eens ben dat lord Ballentine niet in ons kantoor thuishoort,' zei Hattie peinzend.

'Nog maar een paar dagen geleden heb ik de dames verwelkomd die zich hebben ingeschreven voor de zomerschool in Oxford, en sommigen van hen draaiden er niet omheen dat ze de tekencursus niet deden vanwege de lessen van professor Ruskin, maar omdat lord Ballentine naar Oxford was verhuisd. Ze hopen hem tegen het lijf te lopen.'

Lucie staarde haar aan. 'Wát?'

'O jee.' Hattie boog haar hoofd. 'Wist je dat niet?'

'Nee,' snauwde Lucie. 'Waar woont hij, weet je dat toevallig?'

'In Logic Lane, geloof ik. Lucie, waar ga je naartoe? Dit is geen fatsoenlijk tijdstip om bij een heer op bezoek te gaan...'

10

Tristans huisknecht vertrok geen spier toen hij op een onchristelijk uur een woedende vrouw op de stoep van zijn heer en meester zag staan. Maar hij versperde haar wel lichamelijk de toegang met zijn lange gestalte. 'Milord is niet thuis,' zei hij beleefd. Zijn zwarte wenkbrauwen straalden meer arrogantie uit dan een rasechte hertog. Hij was ook niet de persoonlijke bediende die Lucie zich herinnerde uit de tijd van Wycliffe Hall.

'Jij bent nieuw,' zei ze. 'Hoe heet je?'

Vanuit de hoogte nam hij haar op. 'Avi, milady,' antwoordde hij ten slotte.

'Avi,' zei ze. 'Lord Ballentine en ik hebben zaken te bespreken. Tenzij je denkt dat milord het niet erg vindt als de hele straat kan meegenieten raad ik je aan opzij te gaan. Er is me verteld dat mijn stem ver draagt.'

De wenkbrauwen gingen omhoog. 'Inderdaad,' zei Avi. 'Die draagt ver. U hebt toch niets scherps bij u, milady?'

'Afgezien van mijn tong?'

Tegen zoveel strijdlustigheid kon de bediende niet op. Hij boog zijn hoofd en stapte opzij.

Lucie drong zich langs hem heen, en haar hart begon wild te bonzen.

De trap was smal, evenals de overloop. Heimelijk vroeg ze zich af waarom de toekomstige graaf van Rochester zijn intrek had genomen in een burgerhuis...

De deur naar de slaapkamer stond open en er scheen een warme gloed naar buiten. Ze stormde erop af. In de deuropening bleef ze als aan de grond genageld staan.

Een haardvuur en een stuk of tien kaarsen verlichtten de kamer. Op een divan achterin lag de heer des huizes, op zijn zij en steunend op een elleboog.

En hij was spiernaakt.

Lucies adem stokte en ze staarde naar het tafereel. Heel even leek de tijd stil te staan.

Langzaam keek hij op van zijn boek. De blik op zijn gezicht was… geïntrigeerd.

Abrupt wendde ze haar ogen af, als vingers bij de aanraking van iets heets. Te laat. De aanblik stond in haar geheugen gegrift, het beeld brandde achter haar gesloten ogen: de gladde, honingbruine huid en de gebeeldhouwde spieren, brede, rechte schouders, een brede borst… met aan de rechterkant een tatoeage.

Haar mond werd droog, haar hart sloeg bonzend tegen haar ribben.

Een spoor van donker haar onder zijn navel had haar blik steeds verder omlaag getrokken… Nee, hij was toch niet helemaal naakt. Om zijn heupen hing een zachte, lage broek.

Niettemin gloeide haar gezicht alsof ze te dicht bij een oven had gestaan. Dit was afschuwelijk.

De divan kraakte. Ze deed haar ogen open, tuurde voorzichtig opzij en stelde vast dat milord rechtop zat. Ze boorde met haar vingertoppen in haar handpalmen. *Het circus kan beginnen.*

'Lucie.' Zijn stem klonk schor. 'Zouden ze dan eindelijk in vervulling gaan, mijn dromen over jou in mijn slaapkamer?'

'Zou je je alsjeblieft fatsoenlijk willen aankleden?' vroeg ze op onnatuurlijk bedeesde toon aan de deurpost.

'Hoor eens, als je niet tegen naaktheid kunt, dan raad ik je aan om niet in het donker een mannenboudoir binnen te stormen.'

Haar instinct zei haar dat ze van naaktheid in het algemeen niet nerveus zou worden. Het was alleen deze speciale welgevormde, goudbruine naaktheid waar ze slappe knieën van kreeg.

Vanuit haar ooghoek zag ze hem opstaan en zich uitrekken met de gratie van een grote kat. Zijn rugspieren golfden onder een glanzende huid. Kon ze het zichzelf kwalijk nemen dat ze er een blik aan waagde? Het was alsof er een kunstwerk, een Romeins marmerbeeld, tot leven kwam.

Maar toen hij naar de kleerkast liep, was ze geneigd de trap af te rennen en langs de hooghartige Avi met het beetje waardigheid dat ze nog had het huis uit te vluchten. Soms verwonderde ze zich over haar keuzes. Ze was zojuist zomaar de slaapkamer van een man binnengedrongen! Voor een verstokte oude vrijster was dat volstrekt onaanvaardbaar en zelfs naar haar eigen maatstaven schandelijk. Hun jarenlange vijandschap moest haar een misplaatst gevoel van vertrouwdheid hebben gegeven wat Tristan betrof.

'Voilà,' bromde hij tevreden.

Ze draaide zich om.

Tristan stond naast de haard en was nog steeds niet behoorlijk gekleed. Hij had enkel een soort roodzijden kamerjas met een patroon van exotische bloemen aangeschoten die van voren openviel en een platte buik met nog meer scherp afgetekende spieren onthulde. In het schijnsel van het vuur leek zijn naakte huid glad als satijn, en ze merkte dat haar lichaam van opwinding begon te tintelen.

Ze vermande zich. Hij was duidelijk niet van plan zich degelijker te kleden. Met een gespeelde nonchalance liep ze de kamer in, want als ze onnozel in de deuropening bleef staan, zou alles alleen maar erger worden.

Rechts van haar zag ze een hemelbed dat bijna de halve kamer in beslag nam en aan haar linkerkant kleurige wandkleden en een houten kast. Ze werd omhuld door zijn mannelijke geur en dat was even verwarrend intiem als toen ze hem in ontklede staat had aangetroffen.

'Heb je je tong verloren?' vroeg hij zacht.

Hij sloeg haar gade met een schittering in zijn ogen. Als hij echt een leeuw was geweest, zou zijn staart nu trillen als teken dat hij zich elk moment op haar kon storten.

Alleen had hij al toegeslagen.

Haar verontwaardiging over wat ze hier überhaupt kwam doen laaide opnieuw op. Ze zette haar hand in haar zij.

'Is het waar?' vroeg ze op hoge toon. 'Ben je naar Oxford verhuisd?'

Hij nam de tijd om haar strijdlustige houding te bestuderen voordat hij zich verwaardigde te antwoorden. 'Voorlopig wel, ja.'

'Waarom?'

Hij haalde loom zijn schouders op. 'Het is een aantrekkelijke stad.'

'Jij zou nooit vrijwillig beneden je stand in zo'n provinciale gribus gaan wonen.' Ze gebaarde om zich heen. 'Eerst koop je de helft van mijn uitgeverij en daarna verhuis je naar mijn stad. Wat voer je in je schild, Ballentine?'

Hij trok smalend een wenkbrauw op. 'Jóúw stad? Dat riekt naar grootheidswaan, vind je niet?'

Ze balde haar vuisten. 'We kunnen nog geen minuut in dezelfde kamer of dezelfde stad zijn zonder ruzie te maken. Samenwerken is onmogelijk, dat zul je toch moeten toegeven. Verkoop je aandelen nou maar aan mij. Ik zal zwart-op-wit laten zetten dat er goed voor je boeken gezorgd wordt.'

Hij hield zijn hoofd schuin. 'Misschien vind ik het juist leuk om met jou ruzie te maken. Dat geeft een beetje kleur aan mijn dag.'

Hij kon het natuurlijk niet nalaten de boel te rekken en haar te laten smeken. Ze zou nog liever voor het eerst op de Tory's stemmen.

'Wees nou redelijk,' probeerde ze. 'We kunnen niet allebei precies de helft hebben.'

Weer trok hij een wenkbrauw op. 'Omdat dat betekent dat ik

mijn veto kan – en zal – uitspreken over alles wat onze verkoopcijfers in gevaar zou kunnen brengen, zoals, bijvoorbeeld, de radicale vrouwenbeweging?'

'Ja,' snauwde ze.

Op hetzelfde moment besefte ze dat ze nog nooit zozeer op het punt had gestaan te smeken. Haar plannen, die ze twee jaar lang had voorbereid, werden zomaar getorpedeerd. En nota bene door hem. Tot haar afschuw brandden er tranen van frustratie in haar ogen. Ze kon zich niet heugen wanneer ze voor het laatst had gehuild.

Tristan fronste zijn voorhoofd. 'Kom, kom... Het kan toch ook niet in jouw belang zijn om je eigen onderneming te saboteren? Ik weet dat ik tijdens die zomers in Wycliffe Hall streken met je heb uitgehaald, en ik geef toe dat sommige nogal smakeloos waren. Maar we zijn nu allebei volwassen, dus kun je het me niet vergeven? Laten we zand erover doen en met een schone lei beginnen. Ik bied graag mijn verontschuldigingen aan voor mijn jeugdzonden, als de zaak daarmee is afgedaan.'

Wel alle duivels. Ze was razend. Een man die, als je de geruchten mocht geloven, onlangs van een balkon in een rozenstruik was gesprongen om aan een woedende echtgenoot te ontsnappen, had de brutaliteit haar de les te willen lezen over volwassenheid. En als klap op de vuurpijl was hij desnoods bereid haar een verontschuldiging aan te bieden als ze daardoor naar zijn pijpen zou dansen?

Haar verslagenheid moest wijken voor een blinde woede. 'Denk je dat ik een hekel aan je heb vanwege je kinderachtige streken?'

Hij kneep zijn ogen tot spleetjes. 'Welke reden zou je anders kunnen hebben?'

'Je onnozelheid is verbijsterend.'

'Verklaar je nader,' zei hij grimmig. 'Waar heb ik het aan verdiend dat je zo'n hekel aan me hebt? Wat heb ik misdaan?'

'Een hekel?' riep ze uit. 'Nou goed, ik zal je vertellen waarom: je bent een losbol. Je verleidt mensen voor de lol, voor je plezier. Je gebruikt een vrouw alleen om een middag mee door te brengen en laat haar daarna links liggen... Je waardeert onbenulligheden en drijft de spot met ernstige zaken, en je praat wel veel, maar je zegt weinig. Daaruit concludeer ik dat je een traag verstand hebt of dom bent of allebei... Met je liederlijke levenswandel misbruik je je bevoorrechte positie, terwijl de meeste mensen maar ternauwernood in hun onderhoud kunnen voorzien. En het allerergste is dat je een zetel in het Hogerhuis hebt, maar daar nog nooit – niet één keer! – gebruik van hebt gemaakt, terwijl miljoenen mensen in dit land geen politieke stem hebben. Er zijn maar weinig mannen die nog nuttelozer zijn dan jij. Ik heb geen hekel aan je, milord, ik wálg van je.'

Een dam in haar binnenste, die al heel lang dreigde te barsten, brak door. De giftige woorden stroomden als een waterval uit haar mond.

De stilte die daarop volgde was oorverdovend. Alleen het geluid van haar beverige en onregelmatige ademhaling was te horen.

Als door de bliksem getroffen bleef Tristan onbeweeglijk en akelig stil staan. Zijn wangen kleurden langzaam rood van woede.

Lucie schrok er zelf van. Er was een grens overschreden waarvan ze tot dan toe niet eens had geweten dat ze zich daaraan hadden gehouden.

Hij ademde diep in. 'Núttelooss.' Het woord droop met kille verachting van zijn lippen.

Ze sloeg haar armen over elkaar. 'Nou, ja,' mompelde ze. 'En ik kan niet samen met jou een uitgeverij delen.'

'Juist. Ik begrijp het.' Zijn stem was beheerst, maar diep in zijn ogen broeide iets onheilspellends. Door de bewuste traagheid waarmee hij haar van top tot teen opnam gingen de donshaartjes over haar hele lichaam overeind staan. Ze had hem vreselijk geprovoceerd.

Hij wendde zich van haar af en staarde naar de gloeiende kooltjes in de haard. In zijn loshangende kamerjas, met een hand op de schoorsteenmantel, zijn profiel verstard en somber, zag hij eruit als een jonge wraakgod.

'Vertel eens, Lucie.' Zijn stem klonk poeslief. 'Hoe graag wil je dat?'

De vraag glipte als een satijnen koord rond haar hals. Ze voelde dat haar keel werd dichtgesnoerd. Dit was een valstrik.

Ze stak haar kin naar voren. 'Noem je prijs. En ik zal kijken of ik die kan betalen.'

'O, dat kun je ongetwijfeld.'

Met zijn linkerhand begon hij achteloos over de voorwerpen op de schoorsteenmantel te strijken, over de gladde welving van de porseleinen klok, een langwerpig doosje, de zware kandelaar. Daar bleef de hand even liggen en toen sloten zijn vingers zich rond de eikenhouten steel van de kandelaar.

Een vurige hitte stroomde als lava door haar heen.

'Je kunt mijn prijs best betalen.' Hij draaide zich om en keek haar aan. In het flakkerende schijnsel waren zijn ogen peilloze diepten. 'De vraag is of je daartoe bereid bent.'

De hand waarmee hij de kandelaar omvatte gleed traag over het gladde hout omhoog en toen weer omlaag. Het was het wellustigste gebaar dat ze ooit had gezien. En ook vreselijk hypnotiserend, want het schijnsel van het vuur speelde over zijn naakte borst en hij had welgevormde vingers die elke schaamteloze liefkozing onder de zon kenden.

Dat hij daar de euvele moed voor had benam haar de adem.

'Je prijs,' fluisterde ze. 'Noem je prijs.'

Hij grijnsde wolfachtig. 'Je bent een intelligente vrouw,' zei hij. 'Driemaal raden.'

'Je kijkt me wellustig aan terwijl je een fallusvormig voorwerp liefkoost,' zei ze. 'Er is weinig intelligentie voor nodig om aan te nemen dat je me een oneerbaar voorstel doet.'

‘Hm-m,’ bromde hij. ‘Laten we aannemen dat dat zo is.’

‘Liederlijk mispunt.’

‘Heb je het over mij of over jezelf?’

Verbijsterd staarde ze hem aan. Ze walgde van hem.

Hij haalde zijn hand van de kandelaar af. ‘Je vergeet wie ik ben, schat. Ik herken wellust van twintig passen afstand en ondanks je preutse uitbarsting daarnet straal je het uit. Ik zie het aan de glans van je ogen en het alleraardigste blosje op je wangen. Als ik nu mijn vingers op je hals zou leggen, zou ik je hartslag onnatuurlijk snel voelen kloppen.’

Plotseling leek haar lichaam te zwaar voor haar benen. De gloeiende wangen, de versnelde hartslag: hij had gelijk.

‘Je maakt jezelf belachelijk.’ Haar stem klonk hees.

Hij grijnsde triomfantelijk. ‘En toch lachen we geen van beiden,’ zei hij. ‘Eén nacht. Maar één nachtje in je bed in ruil voor één procent van de aandelen. En ik wil zwart-op-wit hebben dat je de zorg voor mijn boeken op je neemt. Dat is de prijs.’

Haar ademhaling ging zo snel dat ze er duizelig van werd. ‘Dus je hebt gelogen,’ zei ze. ‘Je zei dat je je nooit aan een vrouw zou opdringen.’

Zijn wenkbrauwen gingen omhoog. ‘Dat doe ik ook niet. Ik betwijfel of iemand in mijn positie ooit welk aanbod dan ook zou doen dat het voortbestaan van zijn onderneming op het spel zet. Als je mijn voorstel afwijst, blijft alles bij hetzelfde. Neem je het aan, dan is London Print van jou.’ Zijn blik gleed van haar naar het bed. ‘We zouden het nu meteen kunnen afhandelen. Dan word je morgenochtend bevredigd wakker als meerderheidseigenaar van een uitgeverij. Ik lijk wel gek om je zo’n koopje aan te bieden.’

Het bed stond vlakbij, slechts een paar passen naar rechts. Zijn toon was zakelijk, ondanks al zijn spot. Lucie balde haar vuisten. Heel vluchtig had ze bijna het gevoel alsof de zachte beddensprei onder haar handen lag, alsof ze hem naakt over haar heen zag buigen. Zijn verleidingskunst begon al te werken. Logisch, die had hij na een jarenlange ervaring natuurlijk geperfectioneerd...

De perverse vervoering die hij met zijn fluwelen stem en zijn glijdende hand rond de kandelaar om haar heen had geweven spatte uiteen.

'Als je denkt dat ik bereid ben om in ruil voor een aandeel in een uitgeverij syfilis op te lopen, dan heb je het mis,' zei ze koel.

Hij vertrok zijn gezicht. 'Er zijn manieren om dat te voorkomen.'

Lucie betwijfelde of hij daar ooit gebruik van had gemaakt. Ze maakte rechtsomkeert.

'Mijn aanbod geldt tot het eind van de zomer,' hoorde ze hem zelfgenoegzaam zeggen.

Vliegensvlug draaide ze zich om. 'Dat klinkt nogal wanhopig.'

Hij glimlachte, maar de blik in zijn ogen was kil. 'Ik ben altijd wanhopig, prinses. Neem gerust de tijd om erover na te denken. In de slaapkamer ben ik helemaal niet zo "nutteloos".'

Dat wist ze. Vrouwen roddelden.

'Loop naar de hel!' Ze stormde zijn kamer uit.

Het dikke vensterglas vervormde Lucies gestalte terwijl ze in de duisternis van Logic Lane verdween. Toch bleef Tristan naar de verlaten straat kijken. De hitte die hem enkele minuten eerder had overvallen, ebde langzaam weg. Hij merkte dat hij over zijn wang streek, net alsof hij weer twaalf was en hij haar klap voelde prikken.

Hij liet zijn hand zakken en lachte verward.

Nutteloos. Dat ze van alle beledigingen die ze had kunnen kiezen hem uitgerekend deze naar zijn hoofd had geslingerd, de kleine heks. Hij had liever gehad dat ze met een mes op hem was afgestormd. Daar had hij zich tenminste makkelijk tegen kunnen verweren.

Hij draaide zich om en ging terug naar de divan. Het meubel kraakte toen hij er languit op ging liggen. Wel verdraaid! In deze *provinciale gribus* was niets groot genoeg voor zijn omvang. Behalve het bed. Het bed was groot genoeg voor twee personen.

Zijn blik bleef op de zijden beddensprei rusten terwijl hij naar zijn cognacfles reikte. Wat een ontnuchterend verloop van gebeurtenissen. Hij had niet verwacht dat Lucie hem zo minachtte en ook niet dat hij zich dat zo zou aantrekken. Blijkbaar ging zijn jeugdige bezetenheid met haar dieper dan hij had vermoed; zo diep als een geul in een vergeten deel van zijn ziel die in de loop der jaren was overwoekerd. Maar toen hij haar naast het bed had zien staan, had de greppel zich gevuld met begeerte, als een wadi in een plotselinge overstroming. Vermoedelijk had hij haar nog steeds als een elfje gezien, een beeld in zijn herinnering dat bevroren was in de tijd. In werkelijkheid was ze een hartstochtelijke vrouw die hij nauwelijks kende. En ze verlangde naar zijn lichaam, wat alles veranderde. Een golf van wellust schoot door hem heen toen hij zich voorstelde dat ze onder hem, boven op hem lag, vol begeerte…

Tegen de tijd dat de cognac brandend door zijn keel was gegleden, had hij besloten haar te verleiden. En hij moest haar blijven verleiden tot ze het de moeite waard vond zich aan hem over te geven ongeacht de aandelen, want hij zou zijn verstand moeten verliezen voordat hij daar ooit afstand van deed.

11

Lucie was met snelle tred door het centrum van Oxford gelopen en daarna door Parks Road, maar toen ze bij haar huis aan Norham Gardens aankwam, trilde ze nog steeds van emotie.

Ze was bijna gestruikeld over een zak vol post die Mrs. Heath in de donkere gang had neergezet. Op weg naar de keuken tilde ze de nietsvermoedende Boudicca op, die geschrokken haar klauwen in Lucies linkerhand boorde. Met een kreet liet ze het dier op de grond springen. In elk geval verminderde de stekende pijn haar neiging terug te gaan naar Logic Lane en Tristan in zijn knie te schieten.

Op het fornuis stond een pan met koude stoofpot, maar na twee happen moest ze zich al gewonnen geven. Er waren dagen waarop je maar het beste vroeg naar bed kon gaan en wachten op het aanbreken van een nieuwe dag.

In haar kamer, direct onder het dak, was het 's zomers veel te warm. De opstaande kraag van haar jasje snoerde haar hals dicht. Ze knoopte haar rok los en liet hem op de grond vallen. Daarna volgde het jasje met een al even achteloos gebaar en tot slot haar onderrok, korset en hemd. Een koel briesje streek over haar naakte bovenlijf.

De porseleinen kom in haar washoek was gevuld met vers water. Ze pakte het stuk zeep en smeerde er een washandje mee in. Daarna boende ze de krassen die Boudicca had achtergelaten. Dat prikte. Maar ze had geen zin om aan het eind van een vervelende dag ook nog een infectie op te lopen. Ze wreef heel stevig met het washandje over haar gezicht, haar nek en haar armen alsof ze Tristans wellustige voorstel kon wegwassen.

Jammer genoeg was de kwestie al onder haar huid gekropen. Telkens weer doemden er beelden voor haar geestesoog op: golvende rugspieren onder een door het vuur verwarmde huid. De op- en neergaande beweging van een welgevormde hand.

Ze liet het washandje in de waskom vallen en staarde naar zichzelf in de spiegel.

Hij had haar vanavond volkomen respectloos behandeld.

Zelf ben je ook niet bepaald aardig tegen hem geweest…

Ze boog naar voren en knipperde zeep uit haar ogen. Door haar gespannen blik ontstonden er rimpels rond haar mond en tussen haar wenkbrauwen waardoor ze honderd jaar oud leek.

Ze kneep haar ogen tot spleetjes terwijl ze zichzelf onderzoekend opnam. Haar gezicht kon er nog altijd best mee door. Ze leunde wat naar achteren totdat de bovenkant van haar borsten in de spiegel te zien was.

Haar lichaam was nuttig, nooit ziek en ze kon erop vertrouwen dat het haar overal naartoe bracht. Maar als object van mannelijke begeerte?

Ze had weleens opmerkingen over haar opgevangen, die precies luid genoeg waren geweest om te worden verstaan. *Aan het bot van een slagershond zit meer vlees… Als je met haar zou vrijen is het alsof je een splinter uittrekt… Zou ze rammelen, denk je?* Het was verhelderend, wat er uit de mond van een ogenschijnlijke heer kwam die een vrouw niet als dame beschouwde. Natuurlijk was het uiterlijk van een vrouw een dankbaar doelwit voor spot dat zelfs de grootste domkop makkelijk kon raken. Dat wist Lucie. Toch schoten de woorden haar nu weer te binnen terwijl ze zichzelf door de ogen van een man probeerde te zien.

Ze legde een vinger op haar sleutelbeen. Dat voelde hard onder een huid die nog nooit door zonnestralen, noch door blikken was aangeraakt. Nog nooit door de hand van een ander.

Ze streek vanaf het holletje in haar keel tot aan haar borst over een ader. Die aanraking liet een spoor van tintelingen achter waardoor de haartjes op haar armen overeind gingen staan. De flauwe welving van haar linkerborst voelde zacht als een bloemblaadje en koel. Maar ze voldeed beslist niet aan het schoonheidsideaal. *Nee, die is zo plat als een strijkplank.*

Ze sloeg haar armen stevig om zichzelf heen. Hoe zou het voelen als iemand haar omhelsde?

Misschien even teleurstellend als kussen. Een jonge jurist had de eer gehad van haar eerste kus. Hij had verlegen en onschuldig geleken, maar kort daarna hadden haar geruchten bereikt via zijn beroepsorganisatie dat hij bij White's vijftig pond had gewonnen omdat hij de Twistzieke Tedbury had durven zoenen. Gelukkig was het hele gebeuren niet zo opwindend geweest als ze had gehoopt; eigenaardig emotieloos en hun tanden waren op elkaar gestoten. Eigenlijk had het niet veel voorgesteld.

Maar Tristans lippen zagen er zacht en sensueel uit, en hij zou beslist goed kunnen kussen...

Een blinde woede nam bezit van haar. Als hij niet zo aantrekkelijk was, zou ze zijn 'aanbod' nog geen seconde hebben overwogen, waaruit duidelijk bleek hoe beledigend het was. Bovendien had hij dat voorstel niet gedaan omdat hij naar haar verlangde, maar om haar te provoceren. Waarschijnlijk vond hij het een leuk idee dat ze zich op de primitiefste wijze aan hem overgaf.

Haar blik dwaalde langs de Valentijn-spotkaarten die ze in de spiegellijst had gestoken: de grimmige suffragettes en hatelijke rijmpjes over vrouwen die iets durfden te ondernemen. Ze waren gestuurd om haar in haar eigen huis te intimideren. Ze had de kaarten meegenomen naar het heiligdom van haar slaapkamer en ze zich toegeëigend, totdat ze zo vertrouwd waren geworden dat de kwetsende woorden waren afgestompt en de lelijkheid was afgezwakt. Zo ging ze om met tegenstanders: ze trad hun op het slagveld tegemoet. Met Tristan zou ze precies zo omgaan. Toen ze weer naar haar spiegelbeeld keek, stond haar gezicht vastberaden. Als milord op oorlog uit was, dan kon hij zich maar beter voorbereiden op een harde strijd.

12

De klok had juist tien geslagen, veel te vroeg voor een aristocraat om zich al aan te kleden. De recente gebeurtenissen hadden Tristan echter genoodzaakt zijn snel wegzakkende militaire gewoonten op te frissen door op een tijdstip van werkende mensen op te staan. Het bureau in zijn slaapkamer droeg het bewijs van zijn ochtendlijke productiviteit: een stapel verzegelde officiële brieven naar Londen en India. Nu sloeg hij zijn bediende gade terwijl de jongeman met een kleerborstel kennelijk iets noodzakelijks deed met de mouwen van zijn jasje.

'Avi,' zei hij. 'Jij komt uit Calcutta.'

'Dat klopt,' beaamde Avi.

'Met wat je van mij en van Calcutta weet, en van de Britten in het algemeen, wat denk je: zouden een Britse dame en ik het leven aangenamer vinden in Calcutta of in Delhi?'

Een ogenblik lang borstelde Avi verder alsof Tristan niets had gezegd, maar toen keek hij op. 'De dame zou het leven zonder meer aangenamer vinden in Calcutta. Milord in geen van beide. Voor u zou Hyderabad geschikter zijn.'

'Juist. Hyderabad,' zei Tristan peinzend. 'Stel een lijst voor me op met alle vrouwelijke dingen die een Engelse gravin voor haar comfort in Calcutta nodig heeft en ook een lijst van de families die ze daar zou moeten bezoeken. Daarna heb ik hetzelfde nodig voor Delhi, en ik wil alles graag voor aanstaande dinsdag hebben.'

'Zoals u wenst.' Avi legde de borstel terug op een dienblad en pakte een manchet en een smaragden manchetknoop.

'Niet die,' zei Tristan. 'Vandaag wil ik de eenvoudige, met een kettinkje.'

'Zoals u wilt. Is het uw bedoeling dat we teruggaan naar India, milord?'

Avi negeerde hardnekkig de regel dat personeel alleen hoorde te praten als het werd aangesproken, wat de ochtenden onderhoudender en minder eenzaam maakte.

'Wat zou je ervan vinden als ik dat inderdaad van plan was? Wees eerlijk. Zou je Engeland vreselijk missen?'

Deze keer aarzelde Avi niet. 'Nee, milord.'

'Nee? Waarom niet?'

Avi keek hem recht in de ogen terwijl hij met zijn ranke vingers de linker manchetknoop bedreven bevestigde. 'Het is hier koud en het is eten zouteloos. En ik heb vastgesteld dat veel van de *ayahs* onder mijn kennissen hier slecht betaald worden door hun Engelse meester. Ik zal Engeland helemaal niet missen.'

Dat ontlokte Tristan een geamuseerde glimlach. 'Koud, zouteloos en uitbuitend. Er is een grens tussen eerlijkheid en onbeschoftheid, Avi, en ik ben onder de indruk dat je die zo vrijpostig overschrijdt.'

'Dank u, milord. Zou u alstublieft uw kin kunnen heffen?'

Terwijl Avi zijn halsdoek met een zilveren speld vastmaakte, zei Tristan tegen het plafond: 'Véél van de ayahs onder je kennissen, hm? Betaal ik je genoeg om meerdere vrouwen te onderhouden?'

Avi deed een stap achteruit om zijn werk te beoordelen. 'Ik ben zuinig.'

'Juist ja. Fris mijn geheugen eens op, Avi. Waarom heb je er ook alweer mee ingestemd om met me mee te gaan naar dit koude, zouteloze eiland?'

Avi lachte zijn volmaakt rechte tanden bloot. 'Ik wilde in Oxford studeren.'

'In Oxford... Maar ik ging met je naar Londen.'

Avi haalde zijn schouders op. 'Oxford, Londen, dat is allemaal hetzelfde als je uit Calcutta komt.'

Dat kon Tristan zich goed voorstellen. Vergeleken bij de enorme afstanden in India moest Groot-Brittannië wel heel klein lijken. 'Het is niet makkelijk om tot Oxford te worden toegelaten,' zei hij slechts.

'Ik heb gehoord dat Rabindranath Tagore in Londen en Brighton heeft gestudeerd,' zei Avi. 'Een groot dichter.'

'Verdraaid. Het idee dat je een oceaan bent overgestoken in de hoop naar de universiteit te gaan, terwijl ik hier alleen maar mijn tijd heb verspild.'

Avi schudde zijn hoofd. 'Er waren ook nog andere redenen. Gedoe met de familie van een meisje in Calcutta. Maar belangrijker…' Hij pakte de andere manchet. 'Is dat het een waar genoegen is om u te kleden.'

Tristan trok een wenkbrauw op. 'O ja?'

'Ja. U bent volmaakt geproportioneerd.'

'Aha.'

'U hebt een ideaal figuur voor mooie kleren. Het is verschrikkelijk, iemand in een fraai gilet die eruitziet als een vogelverschrikker. U kunt alles dragen, alles staat u goed.'

'Nou, gelukkig zijn die volmaakte proporties aan mijn persoon gebonden ongeacht waar we naartoe verhuizen.'

'Ja, milord. Wanneer vertrekken we?'

Zodra ik lady Feeks heb verleid.

Wat een absurde gedachte die hem zomaar te binnen schoot.

Hij schudde dat beeld van zich af. Van alle dingen die zijn aandacht vereisten, van het beschermen van zijn vermogen en zijn zaken tot het reizen met een melancholieke moeder, was het bed delen met Lucie het enige aantrekkelijke.

'Uiterlijk over zes weken, misschien eerder,' zei hij tegen Avi. Dan zouden ze uit Engeland vertrekken lang voordat Rochesters ultimatum van drie maanden was verstreken. Al moest hij toegeven dat het een ambitieus streven was om een vrouw als Lucie in zo'n korte tijd te verleiden. Ze zou zich alleen al uit wrok verzetten, en tenzij ze vaak in Londen op kantoor was, waren er maar weinig gelegenheden om haar het hof te maken.

'Hoe dan ook, ze zal zich overgeven,' mompelde hij.

'Milord?'

'Laat maar, Avi.'

Op vrijdagmiddag baadde Oxford in zonneschijn. De vogels kwinkeleerden, de glas-in-loodramen fonkelden en zwaluwen flitsten door de lucht. Een briesje voerde de geur mee van de blauweregen die als een waterval langs de gevel van Somerville Hall neerviel. Met samengeknepen lippen marcheerde Lucie door Woodstock Road. Bij elke stap sloegen haar rokken rond haar enkels.

Ze had een doorwaakte nacht achter de rug, vol gepieker over hoe het nu met London Print verder moest en ongewenste erotische dromen van Ballentines getatoeëerde borst. Tegen de tijd dat het ochtendlicht door haar gordijnen piepte, waren er twee dingen duidelijk geworden. Ten eerste dat Ballentine in staat was haar leven tot een hel te maken. Ook al deed iedereen net alsof men door zijn gedrag gechoqueerd was – jawel, gechoqueerd! –, hij was nog altijd een oorlogsheld, een lord en de erfgenaam van een welvarend graafschap. In Darwins woorden stond hij bovenaan de voedselketen, wat haar tot het tweede inzicht had geleid. Ze had nu iedere sociale en politieke bondgenoot nodig die ze kon krijgen. Haar maatschappelijk aanzien was al heel lang in het gunstigste geval twijfelachtig geweest, maar ondanks haar ongezouten taal had ze in de loop der jaren een status bereikt die haar in staat had gesteld de goede zaak te bevorderen. Nu was het ogenblik aangebroken dat ze stilletjes had gevreesd: ze moest proberen... áárdig te zijn. Ze moest de wapens opnemen van een goede vrouw. Ingetogenheid. Bevalligheid. Een welwillende aanpak van tegendraadse mannen. Het was te laat om geloofwaardig ingetogen en bevallig te zijn, maar een welwillender aanpak van mannen was nog steeds haalbaar. Ze had Annabelle bericht gestuurd met het dringende verzoek die middag in het Randolph af te spreken. Nu was ze zover om het tweede punt van haar oorlogsplan uit te voeren: een nieuwe garderobe bestellen.

In de etalage van Mrs. Winston, de meest gerenommeerde naaister in Oxford, stonden drie poppen die naar Lucie aannam modieus gekleed waren. De winkel was klein maar goed georganiseerd. Aan de muren hingen rollen stof dicht tegen elkaar aan en in het midden stond een glanzende kersenhouten toonbank. Lucie ging naar binnen en schrok zich wild van een oorverdovend geklingel.

'Lieve deugd!'

Ze sloeg haar handen tegen haar oren en keek omhoog. Vlak boven haar gezicht zwaaide dreigend een grote koeienbel. Het was onmiskenbaar een koeienbel, want hij zag er precies zo uit als de exemplaren die ze als kind weleens op vakantie in Zwitserland bij koeien had gezien.

'Goedemorgen, miss. Waarmee kan ik u vandaag van dienst zijn?' Vanuit de gang die naar het magazijn achter in de winkel voerde verscheen een lange, magere vrouw met een meetlint rond haar nek en een bril op het puntje van haar neus. Met haar bruine ogen nam ze Lucie direct van top tot teen op, terwijl ze haar in gedachten al de maat nam. Lengte: opvallend kort van stuk. Taille: opvallend klein. Boezem: grotendeels afwezig.

Lucie legde haar kaartje op de toonbank. 'Ik heb zeven jurken nodig naar de laatste mode.'

Mrs. Winston keek haar fronsend aan. De vrouw verbaasde zich blijkbaar over Lucies accent, waaraan ze een dame herkende, want op haar kaartje stond eenvoudig: MISS MORRAY. Tja, Lucie kon er nooit zeker van zijn waar men haar zou herkennen en of ze dan nog zou worden bediend. Vandaag had ze geen tijd te verliezen en ze wilde geen risico nemen.

Mrs. Winston pakte een pen en een houten bord waar een vel papier op lag.

'Eén ochtendjapon, één reisjapon, drie middagjaponnen en twee avondjurken, compleet met bijpassende handschoenen. Dit zijn mijn maten.' Lucie schoof een briefje naar de schrijvende vrouw.

Mrs. Winston bekeek het van opzij. 'Ik laat mijn assistenten liever maten opnemen.'

'Ik heb nogal haast. De getallen zijn nauwkeurig.'

De naaister legde haar pen neer en keek haar ernstig aan. 'Met alle respect, maar in mijn ervaring is er bij de maten meestal een groot verschil tussen het meetlint van een klant en de meetlinten die we hier gebruiken.'

Of eigenlijk een groot verschil tussen de werkelijkheid en het wensdenken.

'Over mijn omvang maak ik me geen illusies,' zei Lucie. Haar huid jeukte al bij de gedachte zich te moeten uitkleden en heen en weer te worden gedraaid, zodat haar maten konden worden opgenomen. Hoe eerder ze naar het Randolph kon gaan om haar volgende stappen te plannen, hoe beter.

'Goed dan.' Mrs. Winstons blik vloog van de getallen op het briefje naar Lucies bovenlijf. 'Bij deze maten is schijnbaar geen rekening gehouden met een degelijk korset.'

'Jawel, maar het wordt aan de voorkant dichtgesnoerd en ik vind het prettig als het vrij los zit.'

Mrs. Winston trok haar wenkbrauwen zo hoog op dat ze bijna haar haargrens raakten. 'Dat vermoedde ik al.'

'Ik neem aan dat het voor een hoog aangeschreven naaister als u geen probleem zal zijn?'

'Volstrekt niet,' zei Mrs. Winston koel. 'We zijn er trots op dat we voortreffelijke elegantie kunnen leveren ongeacht de uitdagingen. Hebt u een voorkeur voor bepaalde stoffen en kleuren?'

Lucie bekeek de balen stof aan de muren. Lichte tinten roze, blauw en zonnegeel. Overal deden groepen dames in dit seizoen denken aan manden vol paaseieren.

'Citroengeel katoen voor de ochtendjapon,' zei ze. 'Lichtblauwe, kobaltblauwe en zachtpaarse tafzijde voor de middagjaponnen. Kersrode zijde voor de avondjaponnen. De fijnste nieuwe wol in duifgrijs voor de reisjapon.'

Mrs. Winston knikte mee met hernieuwd enthousiasme. Zoals gewoonlijk vielen de kleuren die Hattie had uitgekozen bij de deskundigen in de smaak.

'Geen sleep aan de reisjapon of de middagjaponnen,' zei Lucie.

Mrs. Winston verstrakte. 'Geen sleep?'

'Geen millimeter.'

'Goed dan,' zei Mrs. Winston na een veelzeggende stilte. 'Ik raad wel enkele strategisch aangebrachte applicaties aan om de illusie van een decolleté te creëren.'

'U bedoelt ruches? Geen ruches alstublieft.'

'Zoals u wenst. Mag ik voor de middagjaponnen fluwelen details voorstellen? Ik heb gisteren toevallig prachtig marineblauw fluweel binnengekregen. Dat zou een uitstekend contrast vormen met zowel het lichtblauw als met het kobaltblauw.'

'Akkoord,' zei Lucie. 'Ik wil ook in elke rok drie zakken.'

Mrs. Winston liet bijna haar pen vallen. 'Drie zakken?'

'Ja.'

'Er zit hooguit één zak in de rokken die we bestellen of zelf maken, en dat alleen bij de middagjaponnen.'

'Nou, ik heb in elke rok drie zakken nodig, makkelijk te bereiken en vrij groot.'

Mrs. Winston sloeg een vijandige toon aan. 'Eén zak, een kleintje, in de rok van een middagjapon is gebruikelijk. Maar drie is werkelijk ongehoord.'

'Ik heb veel spullen bij me,' legde Lucie uit. 'Ik ben erg kieskeurig, ziet u.'

'Met alle respect, maar u vroeg om jurken naar de laatste mode. De laatste mode kan met één woord worden omschreven: nauwsluitend. Hoe dan ook, uitpuilende zakken doen afbreuk aan de lijn van elke rok en dus ook aan het uiterlijk van een dame.' Mrs. Winstons stem was geleidelijk aan luider geworden en bij het laatste woord klonk ze ronduit geagiteerd.

Lucie reikte in haar tas en legde enkele munten op de toonbank. 'Deze dame betaalt er extra voor.'

Mrs. Winston hield haar pen tussen spitse vingers vast. 'Natuurlijk kan men betalen voor extra wensen,' mopperde ze. 'Maar dat maakt het niet minder misdadig tegenover een volkomen onschuldige rok. Zeg, bent u misschien lid van de Rational Dress Society, die nieuwe beweging die ijvert voor korsetloze kleding?'

'Nee,' antwoordde Lucie. Maar, verdorie, dat herinnerde haar aan de brieven thuis. Ergens tussen die stapel lag haar onafgemaakte antwoord aan burggravin Harberton, de oprichtster van de kersverse Rational Dress Society. Of de society een aanbeveling zou moeten doen over damesondergoed (*geen enkele vrouw dient onderkleding te dragen die in totaal meer dan drie kilo weegt*), had lady Harberton gevraagd. En of Lucie een campagne ten behoeve van fietsende vrouwen zou steunen. Het antwoord op beide vragen luidde ja, en ze zou een fietspetitie opstellen, maar daar had ze tot dusver nog geen tijd voor gehad. Dat kwam doordat London Print haar meer werk had gekost dan gedacht. Die verdraaide Tristan Ballentine ook, die de vooruitgang van de vrouwenbeweging op alle fronten tegenhield.

Achter haar barstte de koeienbel opnieuw los toen de winkeldeur openging.

‘Lieve deugd,’ zei een aristocratische vrouwenstem, ‘zijn we soms in Zwitserland beland?’

Lucie verstijfde.

Nee, hè.

Nee, dat was onmogelijk.

Mrs. Winston keek langs haar heen naar de nieuwe klant en begroette haar.

Lucie verstond echter geen woord door de zware stilte in haar hoofd. Het was tien jaar geleden sinds ze die stem voor het laatst had gehoord. Aarzelend wierp ze een blik over haar schouder.

Er was een engel de winkel binnengekomen. Glanzende, lichtbruine krullen. Grote heldere blauwe ogen. Een mond die door dichters met een rozenknop zou worden vergeleken. Ze had dit toonbeeld van vrouwelijkheid nog nooit eerder gezien. Maar naast de jongedame stond met van ontzetting opgetrokken wenkbrauwen… haar moeder.

Ze had het zich dus niet ingebeeld. Het was werkelijk lady Wycliffe, gekleed in een hooggesloten, lichtgekleurde jurk van zijde en kant. Lucie had zich vaak afgevraagd hoe het zou zijn om haar moeder weer te zien. Haar maag had zich omgedraaid bij die gedachte. En nu voelde ze… niets. Enkel haar hart dat akelig kalm klopte.

De gravin zag er magerder uit, alsof haar huid over haar fijne botten was strakgetrokken. Of misschien kwam het door de schok. Eerst de koeienbel, nu haar dochter.

De vrouwen werden vergezeld door een bediende, die tegen de achtermuur stond, beladen met tassen in allerlei soorten en maten.

‘Lucinda.’ Haar moeder staarde haar nog steeds aan. *Een dame hoort niet te staren.*

‘Moeder.’

Zonder haar blik van Lucie af te wenden greep de gravin de engel bij haar bovenarm. ‘Je herinnert je je nicht Cecily toch nog wel?’

Heel even herinnerde ze zich helemaal niets meer.

De jonge vrouw, lady Cecily, hield haar hoofd schuin. 'Nicht Lucie.'

Bij het horen van de lieflijke stem wist ze het weer. Er kwam een herinnering naar boven van een zesjarig meisje dat vaak huilde. Cecily's ouders – haar vader was een neef van Wycliffe – waren bij een treinongeluk om het leven gekomen. Daarom hadden Lucies ouders het meisje op Wycliffe Hall opgevoed. Inmiddels had ze zich op haar eenentwintigste tot een schoonheid ontpopt en was ze ongetwijfeld een stralende ster van de hogere kringen.

'Mag ik de dames iets te drinken aanbieden?' De stem van Mrs. Winston klonk onnatuurlijk opgewekt.

'Cecily kan voortreffelijk aquarelleren,' zei haar moeder. 'Ze werd onmiddellijk aangenomen door professor Ruskin voor zijn zomerschoolprogramma in Oxford.'

'Wat fijn,' zei Lucie.

Plotseling was de sfeer in de winkel om te snijden. Had haar moeder zojuist verkondigd dat Cecily en zij de hele zomer in Oxford zouden zijn?

'Kom je vaak in dit deel van de stad?' vroeg haar moeder.

'Oxford is niet groot, moeder.'

Ze zouden elkaar ongetwijfeld tegen het lijf lopen. Het viel moeilijk te zeggen wie van hen daar meer aanstoot aan nam. De gravin had eindelijk nicht Cecily's arm losgelaten, maar op haar wangen verscheen een blos van ergernis.

'We gaan weer even naar buiten, Cecily. Het is een kleine winkel en dan wordt het algauw benauwd.'

'Ja, tante,' zei Cecily zacht.

'Ik stond juist op het punt om weg te gaan,' zei Lucie snel. Het was niet nodig dat Mrs. Winston vanwege haar een bestelling misliep, ook al was de vrouw nog zo huiverig voor zakken.

Haar moeder snoof minachtend.

Lucie wendde zich weer naar de naaister. 'Hebt u misschien karmozijnrode zijde?'

Mrs. Winston keek haar over de rand van haar bril onderzoekend aan. 'Ja. Achterin, in het magazijn. Wilt u even kijken?' Ze vroeg het aarzelend. Waarschijnlijk was ze bang dat de andere dames toch zouden vertrekken.

'Ik neem aan dat er bij karmozijnrood weinig verschil zal zijn tussen de verschillende tinten. Ik heb uiterlijk volgende week een baljurk nodig. U kunt hem desgewenst versieren, maar ik wil geen ruches.'

Mrs. Winston knipperde met haar ogen. 'Uiterlijk volgende week?'

'Ik betaal dubbel.'

'Tja, dat zou moeten lukken.' Mrs. Winstons pen vloog over haar papier.

'Uitstekend,' zei Lucie, en daarna iets luider: 'En maakt u de taille maar iets smaller, want voor deze japon zal ik de veters strak aanrijgen.'

Lucie wist niet meer hoe ze bij het Randolph was gekomen en was vaag verrast toen ze besefte dat ze in de deuropening van Annabelles werkkamer stond.

Annabelle zat achter haar bureau omringd door opengeslagen boeken. Kennelijk vertaalde ze iets, want ze bewoog zwijgend haar lippen. Haar welige haardos was achteloos boven op haar hoofd opgestoken.

Ze keek op. 'Lucie.' Verward keek ze naar de klok op de schoorsteenmantel terwijl ze opstond. 'Neem me niet kwalijk, ik had je nog niet verwacht. Ik zit onder de inkt.'

'Ik heb net een karmozijnrode baljurk besteld.'

Grinnikend veegde Annabelle haar vingers af. 'O jee. Heeft Hattie je eindelijk murw gemaakt? Trek het je niet aan. Op den duur zwichten we allemaal.'

'Nee. Het was mijn moeder.'

Annabelle fronste haar voorhoofd. 'Je moeder?'

'Ja, in hoogsteigen persoon. Ze was niet veel veranderd.'

Annabelle kwam naast haar staan. 'Wat is er gebeurd?'

Blijkbaar zag ze er ontdaan uit, want Annabelle sprak haar zachtjes en bezorgd toe.

'Ik moet me verontschuldigen. Ik ben veel te vroeg gekomen.'

'Onzin. Kom maar mee.'

Lucie liep achter Annabelle aan naar de salon en nam plaats op de groene divan.

'Ze kwam zomaar de kleermakerij in High Street binnen,' vertelde ze. 'Met mijn nicht Cecily. Ik heb begrepen dat ze de hele zomer in Oxford zullen zijn, zodat Cecily haar voortreffelijke aquarelleertechniek op de school van Ruskin kan verbeteren.'

Aquarelleren: een van de weinige activiteiten die dames werden aangemoedigd diepgaand te bestuderen. Veel jonge vrouwen waren zelfs naar Europa afgereisd om hun schildertechniek te verfijnen. Haar moeder werd tot wanhoop gedreven door Lucies gebrek aan finesse met een penseel, waar zelfs een reis door Europa geen verbetering in zou kunnen brengen.

Annabelle had juist om thee willen schellen, maar nu liet ze haar hand weer zakken. 'O hemel. Zijn ze de hele zomer in de stad?'

'Daar lijkt het inderdaad op. Ik vermoed dat ze hier, in het Randolph, hun intrek zullen nemen. Het is tenslotte het beste hotel van de stad.' De gênante vertoning van vandaag zou zich weleens kunnen herhalen. Alsof de kwestie met Tristan die de helft van de uitgeverij bezat niet al zorgwekkend genoeg was.

'Ik heb me kinderachtig gedragen,' zei ze. 'Ik heb een rode jurk besteld en extra luid over mijn korset gesproken, zodat ze kon horen hoe ik mijn ondergoed draag.'

'Je verkeerde in shock,' vergoelijkte Annabelle haar kinderachtige optreden, zoals een goede vriendin betaamde.

In shock? Ze weigerde zoiets ernstigs toe te geven.

'Het had erger kunnen zijn. Ze had me ook straal kunnen negeren.' Ze fronste haar wenkbrauwen. 'Cecily en zij leken een goede verstandhouding te hebben.'

'Had jij een goede band met je nicht?'

'Ze was nog een kind toen ik het huis uit ging. We hebben nooit veel met elkaar gemeen gehad.' Toen Lucie wegging, was Ceci elf en gedroeg ze zich tegenover mannen heel anders dan tegenover vrouwen. Het was niet duidelijk wat Ceci's ware gezicht was, iets wat Lucie verontrustend vond. 'Ik denk dat Cecily best een leuke meid is,' zei ze. 'Ze was dol op lord Ballentine. Elke zomer liep ze hem overal achterna, alsof hij haar als zo'n houten eend op wieltjes aan een touwtje met zich meesleepte.' En Tristan was toegeeflijk tegenover haar geweest door haar te overladen met complimenten over haar poppen en haar lintjes. Soms had hij munten tussen zijn vingers laten dansen of uit het niets toffees laten verschijnen. Zelfs Lucie was van die trucjes onder de indruk geweest.

'Je hebt een baljurk besteld. Mogen we daaruit opmaken dat je naar onze buitenpartij komt?' vroeg Annabelle glimlachend.

'Dat mag,' antwoordde Lucie. Zelf lachte ze een beetje geforceerd. 'Dan zijn we alle vier bij elkaar. Hoera.'

Mogen we daaruit opmaken... onze buitenpartij. Het irriteerde haar dat man en vrouw in een huwelijk ophielden te bestaan als individuen en dat 'ik' in 'wij' veranderde. Ook Annabelle was veranderd sinds ze was getrouwd. Haar plattelandsaccent maakte plaats voor de geprononceerde uitspraak van de hogere kringen en haar met de hand verstelde jurken waren vervangen door de getailleerde japonnen die pasten bij een hertogin. Dat haar vingers nog altijd onder de inktvlekken zaten was dan ook geruststellend, ook al had ze nu een werkkamer in een chic hotel in plaats van haar kleine studentenkamer in Lady Margaret Hall. Terwijl Lucie in Annabelles suite zat en zich koesterde in hun hechte vriendschap, was ze zich er toch pijnlijk van bewust dat Annabelle binnenkort voor hun vriendenkring en voor de goede zaak verloren zou zijn. Uiteindelijk was ze nu een getrouwde vrouw en hoewel ze van Montgomery tijd buiten Claremont mocht doorbrengen, was hij een bijzonder plichtsgetrouw man die weldra zou verlangen dat zijn hertogin hem een erfgenaam schonk...

'O.' Annabelle vertrok haar gezicht. 'Ik ben de laatste tijd zo verstrooid. Het heen en weer reizen tussen Claremont en Oxford en de plichten van een hertogin leren... Ik geloof dat je moeder en je broer op de gastenlijst staan, Lucie. En als ik me niet vergis ook een neef van je vader, de markies van Doncaster.'

Lucies maag kromp ineen. 'Maak je maar geen zorgen,' zei ze luchtig. 'Ik zal me voorbeeldig gedragen. Bij zulke gelegenheden is het haast onmogelijk om je familieleden te ontlopen, want we zijn tenslotte allemaal min of meer familie van elkaar.'

'Aan je gedrag heb ik geen moment getwijfeld.'

'Maar ik heb zojuist een vuurrode baljurk besteld! Blijkbaar kan ik er niet voor instaan dat ik me in het bijzijn van mijn familie normaal zal gedragen.'

'Families zijn ingewikkeld,' zei Annabelle zacht. Dat wist ze uit eigen ervaring, afgaande op een paar glimpen die Lucie van het verleden van haar vriendin had opgevangen.

Ze leunde naar achteren tegen de zachte bekleding van de divan. Langzaam zakte de spanning weg uit haar benen. 'Heb ik je weleens verteld waarom mijn vader me heeft verbannen?'

'Nee,' zei Annabelle behoedzaam. 'Ik heb altijd aangenomen dat het te maken had met het incident met de vork en de Spaanse ambassadeur.'

'Aha. Nee, het had te maken met de wet op besmettelijke ziekten.'

Annabelles groene ogen werden groot. 'Dezelfde wet die we nog steeds willen laten afschaffen?'

Lucie knikte. 'Ik was zeventien en ik snakte ernaar om iets anders te doen dan alleen lezen over de avonturen van Florence Nightingale en aantekeningen maken over de essays van Mary Wollstonecraft. Telkens wanneer mijn familie het seizoen in Londen doorbracht, waren er andere kranten dan *The Times* verkrijgbaar. Heel toevallig stuitte ik op Josephine Butlers manifest tegen de wet in de *Manchester Guardian*.'

Annabelle beet op haar lip. 'Ik neem aan dat het een openbaring was?'

'Ja, en hoe. Het maakte diepe indruk op me. Mrs. Butler had zojuist de Ladies National Association opgericht, een vrouwenbond die voor de afschaffing van de wet ijverde, en ze reisde het land door om steun te werven. Omstreeks die tijd was een fabrieksmeisje bijna in de haven van Londen verdronken toen ze in de Theems was gesprongen om aan de politie te ontkomen. Dat was voorpaginanieuws. De patrouillerende agenten vonden dat ze eruitzag als een prostituee en wilden haar aanhouden. Intussen had onder arbeidersvrouwen al het bericht de ronde gedaan over een gedwongen lichamelijk onderzoek, soms zelfs in het bijzijn van mannelijke arbeiders, als ze werden gearresteerd. O, ik word al nijdig als ik eraan denk. Hoe dan ook, het meisje raakte in paniek en sprong in het water om zich de vernedering te besparen, en Annabelle, dat maakte me toch zo razend! Dat welke vrouw dan ook kon worden gedwongen zich op geslachtsziekten te laten onderzoeken vond ik weerzinwekkend.'

Annabelle huiverde zichtbaar. 'En allemaal om mannen die naar de hoeren gaan tegen syfilis te beschermen.'

'Ja, precies. En dus ben ik weggeglipt om een manifestatie van Mrs. Butler in Islington bij te wonen.'

Daar had ze iets buitengewoons meegemaakt: een vrouw die met luide, heldere stem over afschuwelijke dingen sprak. Een vrouw die woorden als wapens gebruikte namens meisjes die in hun wanhoop geen andere uitweg zagen dan in het water te springen. Terwijl de dames in haar moeders salon op gedempte toon beraadslaagden over hoe moeilijk het was om het juiste behang te kiezen, sprak Mrs. Butler over vrouwen die met geweld werden aangehouden, over onrecht en over meten met twee maten. Lucie had aan haar lippen gehangen. Een onbestemde woede die al jaren onder haar huid had gegist, had eindelijk een uitlaatklep gevonden.

'Het was een enorme opluchting,' zei ze tegen Annabelle. 'Mijn leven lang had ik me eigenaardig benauwd gevoeld in de aanwezigheid van mijn moeder en haar vriendinnen. Maar daar voelde ik me op mijn gemak. Alsof ik eindelijk kleren droeg die niet schuurden, maar die me als gegoten zaten.'

Deze vrouwen déden iets tegen het onrecht. *Verzet je*, had ze haar moeder willen toeschreeuwen na die beslissende ochtend in de bibliotheek. *Verzet je*, toen Wycliffe hardnekkig bleef doorgaan met zijn indiscrete affaires en zijn kleinerende opmerkingen, die hun dagelijks naar het hoofd werden geslingerd. Maar haar moeder verzette zich nooit. Ze had haar lippen op elkaar geperst en was magerder, bleker en hooghartiger geworden tot ze als een onrechtvaardig behandeld spook door Wycliffe Hall waarde. En hoe meer ze in die martelaarsrol opging en hoe stiller ze werd, hoe luider Lucie had willen schreeuwen. Jaren later, toen haar werk voor de goede zaak vorderde, had ze begrepen dat ze haar jeugdige woede tegen haar vader had moeten richten. Ze had destijds nog niet goed door hoe de machtsstructuur in elkaar zat en hoe verraderlijk eenvoudig het was om zich aan de kant van de macht te scharen en te verlangen dat de onderdrukten veranderden voordat men dat van de tiran eiste.

Annabelle keek haar met een flauwe glimlach aan. 'En zo werd lady Lucinda Tedbury zoals we haar kennen geboren.'

Lucie knikte. 'Mrs. Butler heeft me die avond voorgesteld aan Lydia Becker, die net de eerste suffragetteafdeling in Manchester had opgericht. Kort daarna ben ik mijn geboortefamilie verloren.'

Annabelle fronste haar wenkbrauwen. 'Maar voor zover ik weet hebben een heleboel lady's zich bij de beweging tegen de wetten op besmettelijke ziekten aangesloten. Ik neem aan dat ze niet allemaal werden verbannen.'

'Dat is zo. Maar ik heb in het geheim met Mrs. Butler en Mrs. Becker samengewerkt. Daar kwam mijn vader tijdens een ongelukkige ontmoeting twee jaar later achter. Ik was met een groep suffragettes naar Westminster gegaan om minister Henry Bruce ter verantwoording te roepen. Hij was zijn beloften niet nagekomen, net zoals Gladstone tegenwoordig, en daarom was het nodig hem eraan te herinneren. Jammer genoeg was Bruce in gezelschap van mijn vader en een andere aristocraat. En ik koos ervoor de confrontatie niet uit de weg te gaan.'

'O, Lucie. Dat moet afschuwelijk zijn geweest.'

Ze haalde haar schouders op. 'Er zat niets anders op als ik me niet op het laatste moment wilde verstoppen. Dat zou waarschijnlijk verstandiger zijn geweest, maar het voelde alsof ik dan de vrouwen met wie ik twee jaar lang had samengewerkt in de steek zou laten. Het voelde alsof ik mezelf in de steek zou laten. En daarom heb ik een keus gemaakt.'

'Inderdaad,' zei Annabelle zacht.

'Hij wachtte wel tot we thuis waren voordat hij me afstrafte.' En haar moeder was niet tussenbeide gekomen. Ze had in de werkkamer gestaan, met een bleek en ontzet gezicht, en had niet eens afscheid genomen toen de graaf Lucie met alleen een koffer met spullen het huis uit had gezet. Tante Honoria had haar vanuit het graf gered, doordat ze met wijze vooruitziendheid een klein beheerfonds voor haar had opgezet. Wycliffe had geen bezwaar gemaakt toen Lucie er aanspraak op wilde maken voordat ze meerderjarig was geworden. Dat beschouwde hij waarschijnlijk als een grootmoedig gebaar. Toegegeven, hij had haar nooit openlijk verstoten. De buitenwereld wist alleen dat ze naar Oxford was gegaan om haar intellectuele neigingen te botvieren. Dat was de reden dat ze niet door de gemeenschap werd gemeden en dat ze bondgenoten had gevonden voor haar werk, maar ze twijfelde er niet aan dat Wycliffe haar alleen niet had verstoten om een schandaal voor de familie te voorkomen.

'Ik ben vandaag niet langsgekomen om oude koeien uit de sloot te halen.'

'Waarom dan wel?' vroeg Annabelle. 'Je bericht was nogal, eh, beknopt.'

'Ik wilde je vragen of je me kunt inwijden in de geheimen van het vrouwelijk raffinement.'

Er volgde een verbluft zwijgen. 'Ik snap het niet goed,' zei Annabelle ten slotte.

Lucie zuchtte. 'Om ons door de huidige situatie met Ballentine en London Print te loodsen, heb ik alle bondgenoten nodig die ik kan krijgen. Ballentine zal proberen me af te schilderen als een feeks die je het best links kunt laten liggen…'

Annabelle boog naar voren. 'Ben je gisteravond echt bij hem langsgegaan?'

Ze moest nu in geen geval blozen. 'Ja, ik ben bij hem langsgegaan,' antwoordde ze, en het kwam er gelukkig vlot uit.

'Vertel eens?'

Hij heeft het figuur van een Griekse god en een schunnige fantasie, en ik heb de hele nacht over hem gedroomd.

Ze schraapte haar keel. 'Ik hoef je niet te vertellen dat het bezoek tevergeefs was. Onder de huidige omstandigheden moeten we elders steun voor de publicatie van ons rapport zien te verkrijgen. Daar moeten we ons op concentreren. Dat betekent dat ik bij mannen solidariteit moet proberen te kweken, in elk geval totdat het parlement in september weer in zitting is.'

'Dat klinkt als een verstandig plan, en ik zou je graag helpen,' zei Annabelle spottend. 'Maar ik ben nu de schandalige hertogin, weet je nog? Daarvoor was ik een schandalige blauwkous. Ik ben niet bepaald in staat om je raad te geven.'

'En toch heb jij de meest gehaaide hertog in het hele koninkrijk kleingekregen. Je hebt duidelijk succes met je strategie.'

'Hmm. Eerlijk gezegd had ik helemaal geen strategie. Ik heb Montgomery nergens toe gedwongen wat hij niet wilde.'

Lucies wenkbrauwen schoten omhoog. 'Ik betwijfel dat hij ernaar verlangde om bij een schandaal betrokken te raken.'

Annabelle keek geamuseerd. 'Laten we het erop houden dat ik het koppigste, meest terughoudende schepsel was dat de hertog ooit was tegengekomen. Ik heb gewoon alles afgeslagen wat hij me aanbood.' Ze haalde verontschuldigend haar schouders op. 'Ik neem aan dat een man er alles voor overheeft als hij iets echt wil hebben. Zo eenvoudig is het.'

Het mocht misschien eenvoudig zijn, maar jammer genoeg klonk het ook onbeïnvloedbaar.

Lucies maag begon te knorren, en Annabelle keek haar veelbetekenend aan. 'Wat vind je ervan als we samen gaan lunchen?'

'Dat zou fijn zijn,' gaf Lucie toe.

Annabelle sprong op en liep naar de schellekoorden die aan de muur bungelden. 'Er is pas een Indiaas restaurant geopend in High Street,' zei ze, terwijl ze om een bediende belde. 'Ik heb zin om dat eens te proberen.'

'Dat klinkt aantrekkelijk.'

'Daarna kunnen we hier terugkomen en samen boeken lezen zo lang als we willen.'

'Een uitstekend idee,' vond Lucie. 'Hoewel ik hier liever aan mijn correspondentie zou willen werken. En later moet ik naar de leeszaal in de Bodleian Library, daar hebben ze de juridische boeken.'

Annabelle glimlachte. 'Het maakt mij niet uit. Doe maar wat je het meest gemoedsrust geeft.'

Lucie vermoedde echter dat ze voorlopig nog lang geen rust zou voelen.

13

Later diezelfde dag

Oxford had tijdens de jaarlijkse cricketwedstrijd van Cambridge gewonnen, en zodoende zat de Turf Tavern die avond stampvol met luidruchtig feestende stamgasten. Tristan gebruikte zijn postuur om zich door de menigte een weg naar de bar te banen, maar eigenlijk wilde hij het liefst meteen weer vertrekken. De lucht in de taveerne was bedompt en het stonk er naar bier en pis die zich eeuwenlang avond na avond in de muren en de vloer hadden vastgezet. Anderzijds gold dat voor elke taveerne in Oxford.

Zijn Lagavulin werd in een kleverig whiskyglas geserveerd. Een bulderend gelach klonk door het lokaal. Ooit moest hij zich hebben geamuseerd te midden van het rumoer en de opwinding van uitgelaten drinkers, maar vanavond vond hij het alleen maar luidruchtig en leeg vermaak. Alsof ze zich allemaal een beetje verloren voelden en met hun bulderstem in het feestgedruis hun anker probeerden uit te werpen.

Ergens achterin in de schaduw zat lord Arthur Seymour, de tweede zoon van de markies van Doncaster, die hem mokkend in de gaten hield, terwijl hij deed alsof hij zich uitstekend vermaakte met zijn vrienden. De blonde krullenkop van de jongen was Tristan bij het binnenkomen al opgevallen. Ach ja. Onbeantwoorde wellust verleidde mensen tot allerlei dwaasheden.

Dat wist hij zelf maar al te goed.

Met een klap zette hij zijn whiskyglas op de tapkast.

Lucie hield zich gedeisd, de kleine lafaard. Ze was die dag niet op het kantoor in Londen geweest en had hem evenmin vanavond opgezocht, al was het maar om hem nog eens de les te lezen. De wellust had hem blijkbaar zo in de greep dat hij haar de hele dag niet uit zijn gedachten had kunnen zetten…

'Mijn god, wat bent u mooi.'

Een jongeman van zijn leeftijd was tegen zijn linkerschouder aan geduwd. Lang, maar niet zo lang als hij. Fraai gewelfde lippen. Veel te lang donker haar dat rond zijn kraag krulde. Zijn blauwe ogen waren strak gericht op Tristans gezicht, dat hij met de concentratie van een kunstenaar bestudeerde.

Tristan boog zich naar hem toe om niet te hoeven schreeuwen. 'En u ook een goedenavond, sir.'

'Zo'n gezicht zou in olieverf en marmer moeten worden vereeuwigd, opdat toekomstige generaties het kunnen aanschouwen en de glorie van vervlogen tijden kunnen bewenen,' zei de man.

Tristan draaide zijn bijna lege glas rond. 'Er wordt al geweend, naar ik hoor, hoewel er eerder tranen vergoten worden over mijn gebrek aan karakter dan over mijn gezicht.'

De man gooide het hoofd in de nek en schaterde het uit. 'Weest u maar niet zo bescheiden. Uw schoonheid wekt de tranen op. De onverschilligheid van een lelijke man is niet erg gedenkwaardig.' Hij stak hem zijn hand toe. 'Mijn naam is Oscar Wilde.'

'Ik weet wie u bent, Mr. Wilde. U hebt twee jaar geleden de Newdigate Prize gewonnen voor uw gedicht "Ravenna".'

De toneelschrijver neeg het hoofd. 'Nee maar, ik voel me gevleid. Houdt u van poëzie?'

'Zo nu en dan.'

'Schrijft u zelf ook? Lord Ballentine, nietwaar?'

'Ja en ja.'

Oscar Wilde was opgetogen. 'Een collega! Ik betaal uw volgende drankje. Cognac.' Hij riep de kastelein en viste naar een muntstuk in zijn jas: een opvallend goed getailleerde, nachtblauwe overjas, met fluwelen lapellen en zilveren knopen waarin pauwen waren gegraveerd. Zo'n jas zou Tristan best zelf willen hebben.

Hij streek met zijn hand over het fluweel, over Oscars hand onder de stof, en weerhield hem met lichte druk van zijn vingers van het nutteloze gegraai naar geld.

Met een verraste blik in zijn blauwe ogen keek Wilde hem aan. Tristan zag de verrassing met verbluffende snelheid plaatsmaken voor onverholen interesse. Hij had zijn hand alweer laten zakken. *Toneelschrijvers...* De enige soort mensen die zich nog minder aan de conventie gelegen lieten liggen dan hij.

'Staat u me toe.' Hij haalde een shilling tevoorschijn uit zijn eigen zak en wierp die de kastelein toe. 'Cognac voor mijn vriend en nog een van hetzelfde voor mij.'

Wilde nam hem nog steeds met half geloken ogen op. 'Wat doet u hier in deze van studenten vergeven pub terwijl de chic van Londen aan uw voeten had kunnen liggen?' mompelde hij. 'Of beter nog, van Italië.'

Tristans mondhoeken trilden.

Het drong tot hem door waar hij mee bezig was. Mensen verleiden voor de lol, zoals Lucie het had genoemd. Nee, dat had ze tegen hem geschreeuwd. Verdomme, maar nu deed hij dat inderdaad.

Zijn glimlach vervaagde.

'Londen begint saai te worden. Verandering van spijs geeft het leven smaak,' citeerde hij, want met de woorden van een ander kon je van alles duidelijk maken zonder zelf veel te zeggen.

Er gingen een paar seconden voorbij voordat Wilde knikte. 'U houdt van Cowper, begrijp ik,' stelde hij op neutrale toon vast. Hij schoof het opnieuw gevulde whiskyglas naar Tristan.

Een onbehaaglijk gevoel bezorgde hem een tinteling in zijn nek toen hij zijn vingers om het glas sloot.

Hij keek op en ontmoette de gekwetste blik van lord Arthur vanaf de andere kant van de tapkast. Arthur keek zo mistroostig alsof iemand zojuist zijn hondje had doodgeschoten. Tja. Tristan nam zich voor nooit meer teergevoelige jongelingen naar een orgie mee te nemen, als dit het resultaat was. Wat een ellende.

'O jee,' zei Wilde. Zijn blik rustte discreet op de jeugdige lord voordat hij weer naar Tristan keek. 'Wat een neerslachtig jongmens. Gaat het om de romantiek?' Hij grinnikte. 'Ach, natuurlijk niet. Het gaat om seks, nietwaar?'

Tristan klonk met hem. 'Uiteindelijk gaat het altijd over seks.'

'Alles op de hele wereld draait om seks,' beaamde Wilde. 'Behalve seks.'

'Waar draait dat dan om?'

De toneelschrijver glimlachte. 'Macht. Maar dat wist u al, nietwaar, milord?'

Toen Tristan drie – of misschien vijf – drankjes later de Turf verliet, waggelde hij weliswaar niet, maar zijn hoofd voelde zwaar. In elk geval was Oscar Wilde er erger aan toe. Bij zijn laatste cognac had hij lallend beloofd Tristan als personage te verwerken in zijn eerste roman, die over de gevaren van eeuwige schoonheid zou gaan. Het zou een beklemmend en onheilspellend verhaal worden.

Wat dacht je van het griezelverhaal over een graaf die zijn eigen vrouw naar een gekkenhuis wilde sturen, meneer de toneelschrijver? Is dat beklemmend en onheilspellend genoeg?

Het weer was omgeslagen. Een fijne zomerse nevel bevochtigde de lucht en vormde regenbogen rond de gaslantaarns in Holywell Street. In de verte zag hij ook een stralenkrans rond het blonde haar van een vrouw die zich door de straat haastte. Een tengere vrouw, en duidelijk zonder chaperonne.

Hij bleef staan en tuurde tussen zijn wimpers door.

Een ijzige rilling liep over zijn rug. Lucie. Haar kordate pas zou hij overal hebben herkend. Bovendien was zij de enige vrouw die 's avonds in haar eentje door de stad zou lopen. Ze ging met een grote boog om een groep studenten heen en verdween snel in de verte.

Zijn lichaam kwam al in beweging nog voordat zijn verstand had besloten haar te volgen.

Ze was in haar eentje onderweg terwijl het 's nachts wemelde van dronken mannen op straat, die zich stuk voor stuk stoer voelden na een sportwedstrijd. Dwaze, roekeloze vrouw. Als hij haar had ingehaald, dan...

Iemand greep hem bij zijn arm en sneed hem de pas af.

'Ballentine. Ik wil je even spreken.'

Hij reageerde automatisch, draaide zich naar opzij, greep de aanvaller vast en trok hem tegen zich aan.

Ook dat nog. Lord Arthur Seymour staarde hem met wijd opengesperde ogen aan en probeerde zich uit alle macht los te rukken uit de arm die hem stevig omknelde.

'Benader me nooit meer vanuit een dode hoek, stommeling.' Hij duwde de lord ruw van zich af. Zijn hart bonsde en zijn beneveling was op slag verdwenen. De nacht zag er weer haarscherp uit, met natte donkere straten en felle gaslantaarns.

Lucie had intussen de kruising aan het eind van de rij zandstenen gebouwen bereikt, zag hij. Haar haar glansde zilverachtig toen ze de hoek omsloeg naar Mansfield Road... Tot zijn verbijstering versperde lord Arthur hem opnieuw de weg.

'Luister nou naar me,' brabbelde hij, waarbij hij een whiskywalm uitstootte. Waar waren zijn vrienden om hem tegen zichzelf in bescherming te nemen?

'Je bent dronken,' zei Tristan. 'Ga naar huis.'

In haar stevige tempo zou Lucie algauw bij de oostelijke rand van het park zijn. Was ze van plan om door het park te lopen?

Arthur klampte zich vast aan zijn arm. 'Laten we afspreken, voor één keer maar.'

Tristan spande zijn spieren. Het was altijd levendig in Holywell Street, ook als er geen sportevenement had plaatsgevonden, want in de smalle straat waren twee grote pubs en een aantal kleinere concerthuizen. Feestgangers dromden op de stoep langs hen heen, en uit de sluitende taveernen aan de overkant van de straat stroomden de stamgasten naar buiten.

'Ik heb je met Mr. Wilde gezien.' Arthur was luidruchtig en agressief. 'Je drinkt wel met hem, maar niet met mij –'

Tristan haakte zijn arm door die van Arthur, trok hem ruw tegen zich aan en sleurde hem mee. Nu waren ze gewoon twee dronken vrienden die elkaar overeind hielden.

'Wees voorzichtig,' zei hij met gedempte stem. 'Benader anderen niet op deze manier, want dan kun je pas goed in de problemen komen.'

Met zijn vrije hand greep Arthur de kraag van Tristans jas vast. 'Ik zit al in de problemen. Al mijn gedachten draaien om jou.'

Godallemachtig.

'We hebben niet meer dan drie avonden in elkaars gezelschap doorgebracht. We hebben gedronken en gegokt, zoals heren doen, en één keer ben je in dezelfde kamer geweest als ik toen ik iemand neukte. Verder gaat onze kennismaking niet.'

Arthur kronkelde woedend in Tristans greep. 'Hou me niet voor de gek. Je wist wat ik was en toch heb je me meegenomen... En je ogen waren die avond de hele tijd op mij gericht terwijl je –'

Hij gilde het uit toen Tristan zijn greep verstrakte.

'Seymour. Ook al beperk ik me misschien niet in mijn voorkeuren, dat wil niet zeggen dat ik bijzonder geïnteresseerd ben in jou.' Jazeker, hij had die avond naar Arthur gekeken, maar dat had niets te maken gehad met de jonge lord en alles met de sombere stemming die hem soms overviel en die hem ertoe dreef om te kijken of te worden bekeken. Ironisch genoeg konden de overdadige prikkelingen van liederlijkheid zijn gedachten net zo hopeloos afleiden als het lezen van een saaie verhandeling in het Latijn. Al had het uiteraard geen zin om dat uit te leggen aan een verliefde vlegel.

Hij sleurde Arthur met zich mee toen hij de hoek om ging naar de weg die naar University Park leidde.

Uitgelaten mensen liepen babbelend aan hen voorbij. Lucies tengere gestalte was nergens te bekennen.

'Hier scheiden onze wegen zich.' Hij liet de jonge lord abrupt los.

Door de natte keien of zijn koppige pogingen om zich aan hem vast te klampen verloor Arthur zijn evenwicht en gleed hij uit.

Dat was niet best, want nu zat Arthur op zijn knieën voor Tristan, midden op Mansfield Road. Hij stapte om Arthur heen, maar de man greep zijn been vast.

'Godallemachtig, waarom ben je er steeds op uit om ons te laten arresteren?'

'Je bent een monster,' jammerde Arthur, zonder zijn been los te laten. 'Je bent harteloos.'

Een groep studenten liep joelend en jouwend aan hen voorbij.

'Excuseer,' zei Tristan, en hij boog Arthurs duimen naar achteren. Er klonk een verontwaardigde kreet en toen was hij vrij. Met grote passen liep hij snel door de donkere straat.

De poort van University Park zat na negen uur 's avonds op slot, maar er was een platgetreden pad naar een gat in het hek iets verderop, groot genoeg voor een kind of een tengere volwassene.

Lucie haalde opgelucht adem zodra ze tussen de ijzeren stangen door was geglipt. Ze had zich lang geleden voorgenomen om overal zonder chaperonne naartoe te lopen. Dat was uit praktische overwegingen, maar bovendien vond ze het een absurd idee dat de ene oude vrijster een andere moest beschermen. Maar een vrouw die in haar eentje door Oxford liep hoorde het programma van sportevenementen van de universiteit te kennen. Ze was vergeten dat die dag de jaarlijkse cricketwedstrijd tussen de universiteiten was gehouden, een begrijpelijke maar niettemin slordige vergissing na de bizarre ontmoeting bij de naaister. Groepen studenten en drinkerssociëteiten zwalkten die avond door de stad, belust op vechtpartijen met het stadsvolk en met elkaar. Geschreeuw en flarden schunnige liedjes echoden vanaf de straat door het donkere park. Het voetpad naar huis strekte zich gelukkig verlaten en goed verlicht door een rij hoge gaslantaarns voor Lucie uit.

Met snelle schreden liep ze door. De fijne nevel in de lucht was overgegaan in motregen; koude druppels sijpelden langs haar wangen omlaag tot in haar kraag. Ze kreeg er kippenvel van. Thuis zou ze een kop hete thee drinken en meteen naar bed gaan. Haar werk moest deze keer maar blijven liggen. Ineens herinnerde ze zich dat haar moeder in Oxford was! Prompt besloot ze die avond een scheutje cognac in haar thee te doen.

Ze hoorde de mannen voordat ze hen zag. Hun woeste gezang zorgde ervoor dat alle spieren in haar lichaam strak gespannen stonden. Ze vertraagde haar pas en spitste haar oren.

Opeens verschenen ze voor haar op het voetpad.

Ze waren met z'n vijven en kwamen arm in arm op haar af. Vermoedelijk hadden ze in het park zitten drinken totdat het donker werd. Of misschien hadden ze de afgesloten poorten van het park omzeild via de Cherwell en dreef hun verlaten boot nu stroomafwaarts.

Nat staal blonk toen ze onder een lantaarn liepen. Floretten. Lucies maag kromp ineen. Leden van de schermclub? Die oefenden vaak in het park. Ze stonden er ook om bekend dat ze herrie schopten in de stad.

Het zingen van obscene liedjes verstomde abrupt, en ze wist dat ze haar hadden opgemerkt. Verdraaid. Ze waren niet uit beleefdheid gestopt. Een vrouw die rond middernacht alleen door een park liep was geen dame, en dat inzicht zinderde in de donkere lucht. Hun gezichten waren duidelijker te zien: grijnzende monden, glanzende ogen. Alle vijf straalbezopen en rijk, afgaande op hun hoge hoeden. De geprivilegieerden waren het ergst.

Haar hart sloeg onaangenaam snel. Elk ogenblik zou ze tussen hen door moeten lopen. Ze kon niet naar rechts uitwijken. Dat was riskant en bovendien was het vernederend om het verlichte voetpad te verlaten en over het hobbelige gras verder te strompelen. En het groepje bomen links van haar was een onheilspellende zwarte massa.

Ze rechtte haar schouders. Het waren maar jonge studenten.

Als op een stil bevel gingen de mannen in de pas lopen, schouder aan schouder, een muur van grijnzende gezichten en wellustige verwachting.

Er liep een ijskoude rilling van angst over haar rug. Ze waren kennelijk niet van plan haar te laten passeren.

Ze gleed met haar rechterhand in de zak van haar rok.

Te laat merkte ze de man op die achter haar opdook.

Nog voordat ze hem zag, herkende haar lichaam hem al aan de vertrouwde warme geur van tabak en kruidig scheerwater, en haar paniek ebde weg.

'Daar ben je,' zei Tristan luchtig. 'Voor iemand die zo klein is, ben je verdomd snel.'

Hij schoof zijn hand rond haar middel en trok haar tegen zich aan. Ze liet zich verbijsterd door hem meevoeren, in de beschutting van zijn sterke arm.

De muur van mannen op het pad begon te wankelen. Tristan beende op hen af alsof ze er helemaal niet waren. En toen vertraagde hij zijn pas. Lucie bespeurde de vastberadenheid die door zijn lichaam golfde en heel even raakte ze weer in paniek. Besefte hij niet dat zij maar met z'n tweeën waren en de anderen met hun vijven? Nee, hij ging nog langzamer lopen en bleef ten slotte helemaal staan.

'Krijg nou wat,' zei iemand. 'Het is Ballentine.'

Vlak voor de langste van de groep bleef Tristan staan, dichterbij dan de beleefdheid gebood. De dranklucht en hun mannenzweet sloegen Lucie op de keel. Haar rechterhand zat nog steeds in haar zak en omklemde koud metaal, maar ze begroef haar gezicht in Tristans jas en hield haar adem in.

'Heren,' zei hij. Zijn stem klonk minzaam, maar dat was schijn. Hij hield Lucie stevig tegen zich aan, en door de lagen wol en katoen heen bespeurde ze iets onheilspellends in hem, een primitieve onverschrokkenheid, waarvan de donshaartjes over haar hele lichaam overeind gingen staan.

Ook de studenten hadden het gemerkt. Ze gingen rechter staan en leken iets nuchterder te worden.

'Een mooie avond voor een wandeling, nietwaar?' zei Tristan, nog altijd vriendelijk.

'Inderdaad,' zei de jongeman die tegenover hem stond. 'Heel mooi.'

'En een aangename temperatuur,' zei Tristan.

'Die zouden we moeten voortzetten,' merkte de aanvoerder op. 'De wandeling, bedoel ik.'

'Een uitstekend idee.'

Er werden hoge hoeden gelicht en er werd beleefd geknikt.

Tristan verroerde zich echter niet. Ze moesten om hem en dus ook om Lucie heen lopen.

'Als ik hem uitdaag, grijp jij dat wijf,' lalde iemand.

'Hij maakt gehakt van je, idioot,' zei een ander.

'Ik heb een zwaard, hij heeft maar een w-wandelstok.'

'Er zit een degen in die wandelstok, stommeling.'

Langzamerhand stierven hun stemmen weg, maar Lucie was nog steeds gespannen. Stijf van de zenuwen bleef ze staan, in de vage verwachting dat ze elk moment een floret tussen haar schouderbladen kon krijgen. Een paar tellen later wierp ze een blik achterom.

De studenten liepen slingerend over het pad en sloegen elkaar op de rug. Een van hen lachte.

Er ging een rilling door Lucie heen. Als Tristan er niet was geweest, zouden ze zich aan haar hebben vergrepen en daarna doodleuk zijn doorgelopen, voor de buitenwereld als uitgelaten, respectabele heren. Niemand die hen aan de andere kant van het parkhek op straat zou hebben zien lopen, zou iets van het voorval hebben gemerkt.

Tristan trok haar dichter tegen zich aan, zodat haar wang tegen de zachte stof van zijn jas werd geperst. De geur van vochtige wol vermengde zich met zijn reuk. Ze reikte amper tot zijn schouder en voelde zich als een kuikentje onder moeders vleugel, beschermd tegen de elementen en roofzuchtige blikken.

Toch voelde ze zich allesbehalve veilig. De manier waarop hij zich bewoog, bijna ineengedoken, deed haar denken aan een rondsluipend roofdier en zijn zwijgen was veel te geconcentreerd. Net zoals er blijkbaar een degen in zijn malle wandelstok verborgen zat, school er een duistere, gevaarlijke kant onder zijn ongedwongen houding en zijn rode gilet.

Ze tuurde naar hem op.

Zijn aandacht was op het pad voor hen gericht en er lag een zweem van een glimlach om zijn lippen. Ze huiverde. Zo zou een Nero hebben geglimlacht, terwijl zijn duim omlaagging. Inwendig kookte hij van woede.

Zodra ze zich tegen zijn greep verzette, liet hij haar onmiddellijk los. De avond voelde meteen veel kouder aan zonder de beschutting van zijn arm. Ze zou nu zelfs een van zijn stomme opmerkingen op prijs hebben gesteld, maar hij hulde zich in stilzwijgen terwijl ze naast elkaar liepen. Hij keek stil toe toen ze zich door een ander gat in de schutting wurmde, waarna hij eroverheen sprong zonder op de gietijzeren spijlen te blijven hangen. Als een grote schaduw volgde hij haar naar Norham Gardens, maar ze deed geen moeite hem weg te sturen.

Ze besefte dat ze hem zou moeten bedanken.

Haar lippen probeerden nog steeds de woorden te vormen toen

ze bij haar huis aankwamen. Toen ze de twee treden naar haar voordeur beklom, had ze nog geen woord gezegd.

Ze stak de sleutel in het slot en keek over haar schouder.

Tristan was onderaan de treden blijven staan. Daardoor stond ze iets hoger dan hij, een ongewone positie.

De rand van zijn hoed wierp een schaduw over een groot deel van zijn gezicht, zodat alleen zijn mond en zijn gladde kin te zien waren. De meestal zo aantrekkelijk zachte lippen waren opeengeperst.

Ze draaide zich helemaal naar hem om en ademde diep in. Het waren maar vier eenvoudige woordjes, nietwaar? *Dank je wel, Ballentine.*

In plaats daarvan zei ze: 'Toe maar, zeg het nou maar.'

Hij vertrok zijn mond. 'Wat moet ik zeggen?'

'Ga je me niet de les lezen over hoe gevaarlijk het is om als vrouw 's avonds alleen te gaan wandelen?'

Hij hield peinzend zijn hoofd schuin. 'Zou dat je ervan weerhouden om het nog eens te doen?'

Ze knipperde met haar ogen. 'Nee,' gaf ze toe.

Hij haalde zijn schouders op. 'Dan zou ik alleen maar mijn tijd verspillen. Er zijn aangenamere dingen om tijd aan te verspillen.'

Hij was nog steeds woedend, dat merkte ze aan de koele ondertoon in zijn stem en aan de stugheid van zijn gebruikelijke nonchalante houding.

'Misschien zou je boosheid dan verdwijnen,' opperde ze.

Hij schonk haar een sombere glimlach. 'O, daar zou het op geen stukken na genoeg voor zijn.'

'Ik ga niet ongewapend van huis.'

Dat liet hij met een ondoorgrondelijke blik tot zich doordringen. 'Een zakpistool?'

Ze knikte.

Hij bromde goedkeurend en stak zijn hand uit. 'Mag ik het zien?'

Ze reikte in haar rok en haalde de dubbelloops derringer tevoorschijn. Het was een sierlijk, rijkversierd pistool, gemaakt voor een vrouwenhand, maar het voelde koud en onpersoonlijk aan.

Tristan draaide het behoedzaam om in zijn hand, controleerde de veiligheidspal en gleed met zijn duim over de glanzende paarlemoeren greep.

'Prachtig,' zei hij, en hij gaf het haar terug. 'Maar ben je bereid het te gebruiken?'

Ze zag weer de rij grijnzende gezichten in het park voor zich. De mannen hadden een primitieve agressie uitgestraald; de herinnering snoerde haar de keel dicht.

'Ja,' zei ze.

Tristan zweeg.

'Je keurt het af,' zei ze, en ze vroeg zich af waarom zijn mening ertoe deed.

Hij haalde zijn schouders op. 'Het is een eigenaardig iets, schieten op een medemens. Je doet het als de situatie dat vereist, maar wat niemand je van tevoren vertelt is dat je later op de gekste momenten neerslachtig kunt worden en dat je in je slaap door nachtmerries kunt worden gekweld.'

'Gekweld,' herhaalde ze.

'Probeer gewoon te voorkomen dat je mensen een kogel door het lijf jaagt als het niet echt nodig is.'

De regen drupte van de rand van zijn hoed. Hij kon hier niet eeuwig blijven staan; hij zou een kou oplopen. Bovendien mocht hij niet bij haar deur worden gezien, want dat zou maar geroddel opleveren.

Waarom stond hij er eigenlijk nog?

Omdat ze hem nog niet had bedankt, en natuurlijk wilde hij het haar per se horen zeggen. Dit was tenslotte de man die haar coup tegenhield en haar op de meest afschuwelijke wijze chanteerde.

'Dan is het maar goed dat jij geen behoefte hebt aan een pistool,' zei ze. 'Jij kunt volkomen ongestoord in je eentje buiten rondlopen. Alleen al je aanwezigheid was genoeg om ons te laten passeren, hoewel die mannen veruit in de meerderheid waren. Merkwaardig, nietwaar?'

'Veruit in de meerderheid?' Hij klonk verbaasd. 'Dat vind ik niet. En een vrouw benaderen die al door een andere man is opgeëist druist tegen het instinct in. Ik verwachtte geen narigheid.'

Ze leunde tegen de deurpost. 'Ik had geen enkele behoefte om te worden opgeëist,' zei ze zacht. 'Ik wilde alleen maar langs een openbaar voetpad naar huis lopen.'

Hij bestudeerde haar doorweekte gestalte. Ze was te moe om zich te vermannen. Het laatste beetje kracht dat ze nog had vloeide als water via haar voetzolen weg in de natte stoep.

'Weet je,' zei hij terloops, 'ik kan ze nog steeds gaan neerschieten. Namens jou.'

Er ging een rilling door haar heen die niet door de kou of de regen werd veroorzaakt, maar door het onheilspellende dat ze in het park in hem had bespeurd en dat nu opnieuw vlak onder de oppervlakte broeide.

'Je zei net dat ik niet raak moet mikken.'

'O, dat is ook zo,' zei hij. 'Voor mij is het toch al te laat.'

Logisch. Hij was jarenlang in het leger geweest. Zou hij zich neerslachtig voelen en werd hij door nachtmerries gekweld?

Haar knieën knikten. Ze was drijfnat. Ze wilde alleen nog maar met een warme kruik onder haar donzen dekbed kruipen en om een beker warme chocolademelk schellen, net als het verwende nest dat ze ooit was geweest. De dochter van een graaf met een groot bed en vriendelijke lakeien die haar op haar wenken kwamen bedienen.

Het laatste wat ze wilde, was dat Ballentine haar zag instorten. Daar zou hij misbruik van maken en bij een gunstige gelegenheid zou hij het tegen haar gebruiken, want deze wapenstilstand was een illusie. Het was bijna middernacht; dan zou hij weer in een schoft veranderen en zij in een vrouw met een schietschijf op haar rug.

'Dank je wel, milord,' zei ze. 'Dat je me naar huis hebt gebracht.'

Ze draaide zich om en maakte de deur open.

Boudicca begroette haar met een beschuldigende blik. De kat had als een harige kleine sfinx vlak achter de deur zitten wachten en had alles met misprijzen aangehoord. Van mannen moest ze niets hebben.

Lucie trok haar vochtige handschoen uit en bukte zich om Boudicca's zachte zwarte vacht te aaien. Tot haar verbijstering liep de kat langs haar heen, met haar groene ogen strak op Ballentine gericht.

Hij had zich niet verroerd en stond als een schildwacht met hoge hoed op haar stoep.

'Goedenavond,' zei hij tot haar verbazing beleefd tegen de kat.

Lucie geloofde haar ogen niet toen Boudicca twee natgeregende treden omlaag liep om Tristan nader te onderzoeken. Als er iets was waar haar kat een grotere hekel aan had dan aan mannen, dan was het dat haar tere pootjes nat werden.

Fronsend zag ze dat de kat Tristan kopjes gaf. Hij boog zich voorover en kriebelde met twee vingers onder Boudicca's kin, precies zoals ze het fijn vond. 'Brave meid,' bromde hij.

'Hoe weet je dat het een zij is?' vroeg Lucie verontwaardigd.

Hij keek op. 'Omdat ze maar naar me hoefde te kijken en meteen verkikkerd op me was.'

Daar had je de Tristan die ze kende, zelfingenomen en goedgehumeurd.

En hij had gelijk. Boudicca gaf kopjes tegen zijn broekspijp en bedelde onbeschaamd om weer te worden aangehaald.

Verraadster.

Ze floot zachtjes. 'Kom naar binnen, Boudicca.'

Tristan ging weer rechtop staan.

Ze moest nog twee keer telkens nadrukkelijker fluiten voordat het hare kattenmajesteit behaagde weer naar boven te komen.

Tristan bleef wachten tot Lucie de deur dichtdeed.

Met de vochtige kat in haar armen tuurde ze van achter het gordijn naar buiten en ving een glimp op van Tristan die in het donker verdween. Voor het eerst sinds hun onverwachte ontmoeting vroeg ze zich af wat hij eigenlijk op dat late tijdstip in het park deed.

Ze was regelrecht op hen afgelopen. Die gedachte spookte met de grimmige hardnekkigheid van een aasgier door Tristans hoofd terwijl hij door de regen liep. Het beeld van Lucie die haar smalle schouders rechtte toen ze op de vijf mannen afbeende stond op zijn netvlies gebrand.

Als vanzelf sloeg hij de hoek om naar Broad Street, gedreven door een kille emotie die haast wel woede moest zijn. Besefte ze dan niet hoe makkelijk haar iets kon overkomen? Had ze soms een verkeerde voorstelling van haar postuur en haar kracht? Nee, ze kende haar beperkingen. Ze had een pistool bij zich. Hij was zelf niet goed wijs, omdat hij om onverklaarbare redenen had aangenomen dat ze onkwetsbaar was.

Zijn hart bonsde nog steeds toen hij bij de met klimop begroeide portiersloge van Trinity College aankwam en zich een dronkemansloop aanmat.

Een geüniformeerde portier zat achter het bureau en zag er zo onverzettelijk uit als zijn functie vereiste: gezet en met een onmiskenbaar vastberaden gezicht onder zijn pet.

Tristan legde zijn zegelring op de balie.

'Dit moet onmiddellijk naar Mr. Wyndham worden gebracht,' verklaarde hij. 'Kamer twaalf, in de westvleugel.'

De portier tuurde naar hem, toen naar de ring en weer naar hem.

Omdat het na de avondklok was, waren de poorten van de colleges allang gesloten. Ze werden bewaakt door portiers die gehard waren tegen aristocratische hooghartigheid door een jarenlange ervaring met de capriolen van studenten. Daardoor waren ze geduchte tegenstanders van mogelijke indringers. Studenten die op dat tijdstip terugkeerden hadden speciale toestemming nodig om binnen te komen. Bezoekers werden geweigerd en bleven in de kou staan, tenzij ook zij schriftelijk toestemming hadden om binnen te komen. Of tenzij ze zich uit hun eigen studententijd herinnerden waar ze vanaf Parks Road over de muur rond de tuin van Trinity College konden klimmen.

'Ik zou het in zijn postvakje stoppen,' zei Tristan, terwijl hij naar voren boog en veel te hard sprak. 'Maar zoals u misschien hebt geraden, want u ziet eruit als een slimme vent, heeft dit...' Hij gebaarde vaag naar de ring. '... sentimentele waarde.'

De uitdrukking op het gezicht van de portier werd onverzettelijk. 'Zeker, milord.'

'Uitstekend,' zei Tristan, met een vragend opgetrokken wenkbrauw.

'Als milord morgen overdag terugkomt, dan kunt u de waardevolle ring persoonlijk aan Mr. Wyndham overhandigen.'

Tristan schudde zijn hoofd. 'Dit is een aangelegenheid tussen twee heren die vanavond nog moet worden afgerond.' Hij dempte theatraal zijn stem. 'Dus weest u zo goed om dit kleinood nu onmiddellijk naar kamer twaalf in de westvleugel te brengen. Ik zou u bijzonder dankbaar zijn.'

'Het is al laat, milord.'

'Bijzonder dankbaar,' herhaalde Tristan.

Het was duidelijk dat de portier hem het liefst de straat op had geschopt, maar zoals Tristan had verwacht, besloot hij voor zoiets onbenulligs als het afgeven van een ring te zwichten om een toch al lastige en kennelijk beschonken aristocraat niet op stang te jagen.

'Zoals u wenst,' zei de man. 'Is de ring bestemd voor kamer twaalf in de westvleugel of voor Mr. Wyndham?'

'Mijn beste kerel, je spreekt in raadsels. Ik ben niet in de stemming voor raadsels.'

'Het is geen raadsel. Mr. Wyndham woont niet in kamer twaalf in de westvleugel.'

Tristan hield zijn hoofd schuin. 'Dat moet een grap zijn.'

'Ik maak geen grappen, milord.'

'Nou, dat komt goed uit, want voor grappen ben ik ook niet in de stemming.'

Dat was werkelijk zo. Hij wilde Mr. Wyndham te grazen nemen.

De portier perste zijn lippen opeen. 'Of het kamernummer klopt of de ontvanger, welke van de twee zal het zijn?'

'Wie levert er nou spullen aan een kamer?' vroeg Tristan zich af. 'Wat zou een kamer met mijn ring moeten? Natuurlijk is hij bestemd voor Mr. Wyndham.'

'Zoals u wenst,' zei de portier, die intussen waarschijnlijk vond dat de Fransen er goed aan hadden gedaan de adel een kopje kleiner te maken. 'Ik zal de ring naar Mr. Wyndham brengen.'

'Naar kamer twaalf,' zei Tristan opgewekt.

'Nee, want daar woont hij niet.'

'Toch weet ik uit betrouwbare bron dat dat zijn kamer is,' zei Tristan. 'Het spijt me zeer het te moeten zeggen, maar ik begin me ondertussen af te vragen of de ring wel op zijn bestemming komt.' Hij kneep zijn ogen tot spleetjes. 'Is het soms een smoes? Dat je me verzekert dat de ring naar Mr. Wyndham wordt gebracht, maar door een ongelukkig misverstand over het kamernummer helemaal niet wordt bezorgd? En misschien in de verkeerde handen terechtkomt?'

Bij de insinuatie dat hij van plan was zijn zegelring te stelen richtte de portier zich in zijn volle lengte op en trok zijn pet recht. 'Een smoes!' snauwde hij. Hij draaide zich om en pakte het heilige in leer gebonden register van het bureau waar het met een ketting aan vastzat, legde het op de balie en sloeg snel de bladzijden om.

Ten slotte draaide hij het register om en schoof het naar Tristan, terwijl hij met zijn vinger op een regel tikte.

Mr. Thomas Wyndham had kamer negen in de oostvleugel.

'Ik zie het,' zei hij zacht. 'Een misverstand dus. Nee, nee.' Hij legde zijn hand over de ring voordat de portier die kon pakken. 'Misschien is het toch niet zo heel dringend. Ik stap maar weer op.'

De klauterpartij over de glibberige tuinmuur om weer het terrein van Trinity College binnen te komen werd beloond door de blik van afschuw op het gezicht van Wyndham toen hij de deur van kamer negen opendeed en Tristan tegenover zich zag. Hij was in hemdsmouwen; waarschijnlijk maakte hij zich op om naar bed te gaan.

'Wat heeft dit te betekenen?' vroeg hij scherp, toen Tristan van het verrassingsmoment gebruikmaakte om langs hem heen naar binnen te dringen. Zonder het gezelschap van zijn collega-schermers vertoonde hij lang niet zoveel lef als in het park, toen Tristan en hij de eerste keer tegenover elkaar stonden.

'Wyndham,' zei Tristan, en hij deed de deur dicht. 'Ik heb een voorstel voor je.'

'Wat krijgen we nou? We zijn niet eens aan elkaar voorgesteld!'

'Dat klopt. Maar je sjaal is nogal spraakzaam.' Tristan knikte naar de sjaal die aan de kapstok hing. Toen de jongeman met een niet-begrijpende blik van hem naar de sjaal keek, voegde hij er bijna vriendelijk aan toe: 'Je collegekleuren. En toevallig is het familiewapen van Wyndham er ook nogal opvallend op geborduurd.'

Wyndham kneep zijn donkere ogen tot spleetjes, maar zijn adamsappel bewoog nerveus. 'Wat... Wat wil je van me? We zijn in het park ieder een andere kant op gegaan. Niemand heeft ergens aanstoot aan genomen.'

In gedachten zag Tristan Lucies vermoeide gezicht voor zich. Hij had de kleine feeks nog nooit in zo'n meelijwekkende staat gezien als toen ze doorweekt en van streek tegen haar deur aan leunde. Het idee dat ze door een stel laffe onbenullen vernederd was, irriteerde zijn gevoel voor esthetiek en maakte hem bijzonder bloeddorstig.

'Ik vroeg me af, ouwe jongen,' zei hij tegen Wyndham, 'hoeveel waarde je hecht aan je zwaardhand.'

14

Op maandagochtend, drie dagen nadat Tristan Lucie naar huis had gebracht, werd hij onmiddellijk naar Ashdown ontboden, en hij wist vrij zeker waarom zijn vader hem wilde spreken.

Zijn vermoeden werd bevestigd zodra hij de werkkamer binnenwandelde. Rochester stond naast zijn bureau en was buiten zichzelf van woede.

Op het bureaublad lag een krant uitgespreid. Het roddelblad *Pall Mall Gazette*.

'Leg dit uit.' Rochester tikte met zijn wijsvinger herhaaldelijk op de pagina.

Tristan hoefde niet te kijken om te weten dat het de krant van de vorige dag was. Er stond een karikatuur in van een uitzonderlijk lange, goedgeklede heer met een wellustige grijns (hijzelf) die een enthousiast uitziend hondje door een keienstraat meevoerde. Met enige fantasie kon je op de halsband van het hondje het wapen van Doncaster herkennen. *Avondwandeling van een heer*, luidde het onderschrift. Vrij tam. Blijkbaar had zijn moed de tekenaar op het laatst in de steek gelaten.

'Wat heb je ter verdediging aan te voeren?' blafte Rochester.

Tristan verstrengelde zijn handen achter zijn rug. 'Het was de schuld van Oscar Wilde.'

'Pardon?'

'Het is een dwaze spotprent.'

Rochesters ogen spuwden vuur. 'Het heeft me bijna je verloving gekost.'

Tristans spieren spanden zich. Zijn verloving. Dat had amusant kunnen zijn, als zijn moeder niet boven in de westvleugel lag weg te kwijnen, als een wurggreep rond zijn hals.

'Lord Arthur was dronken,' zei hij. 'Andere dronken studenten zagen dat hij zich belachelijk maakte. Iemand vond het kennelijk grappig er een spotprent over te tekenen.'

Meer viel er echt niet over te zeggen.

Rochester deed een stap naar voren tot hij heel dichtbij stond. Een duistere emotie broeide in de diepten van zijn ogen. 'Als mijn tweede zoon kon ik je al amper verdragen,' zei hij zacht. 'Als mijn erfgenaam walg ik van je.'

Dat kwam hard aan. Rochesters minachting voor hem was geen geheim, maar op dat moment voelde zijn antipathie als pure haat.

Rochester ging weer terug naar het bureau. 'Dit moet zo snel mogelijk worden rechtgezet. En ik zal je vertellen hoe.' Hij pakte een blad papier.

Een lijst. De man had zowaar een lijst voor hem opgesteld. Omdat zijn moeder nog steeds in de westvleugel wegkwijnde, nam hij die aan en wierp er een vluchtige blik op.

Verbaasd fronste hij zijn voorhoofd. 'Ik moet de buitenpartij van een schandalige hertog bijwonen en een oude kennis het hof maken? Is dat uw plan om mijn naam te zuiveren?'

'Montgomery is gek dat hij met zijn sloerie getrouwd is,' zei Rochester. 'Maar uiteindelijk kan de man niet worden genegeerd als hij een uitnodiging stuurt en de prins zijn gast is. Een van ons zal erheen moeten. Gezien de omstandigheden zal jij dat zijn.'

Dat zei hij met een minachtende blik op zijn gezicht. Voor Rochester moest het aanvoelen als een steek in zijn hart met een roestig mes dat iemand zich had verzet tegen de heilige drie-eenheid van koningin, traditie en samenleving en nog steeds aanzien genoot nadat het stof was opgetrokken. Het was vrijwel onmogelijk om een hertog echt ten val te brengen. Zodra een man als Montgomery de ketens had verbroken die zijn geest gevangenhielden, was hij vrij om zijn vleselijke lusten na te jagen in plaats van een strategie te volgen. Een weerzinwekkend iets, een ongebonden geest, want onbedwingbaar.

'De prins van Wales staat bijzonder sympathiek tegenover de campagne in Afghanistan,' vervolgde Rochester. 'Gedraag je normaal als hij je benadert.'

'Ja, ja.' Tristan stopte de lijst in zijn borstzakje. 'En ik heb al stappen ondernomen om mijn reputatie op te vijzelen.'

Rochester keek hem wantrouwend aan. 'Wat voer je in je schild, Tristan?'

'Dat kunt u morgenavond lezen in de *Pall Mall Gazette*. Of in elke andere krant in het land.'

Na het voorval met Arthur Seymour bleef hem geen andere keus dan voor afleiding te zorgen. En er waren maar weinig dingen die de hogere kringen interessanter vonden dan een opzienbarende onthulling.

In de westvleugel lag zijn moeder te slapen. Ze werd niet wakker toen hij de gordijnen opzijschoof en het daglicht de kamer binnenstroomde, recht in haar gezicht.

Op haar nachtkastje stond nog een onaangeroerd dienblad.

'Moeder,' zei hij luid. 'U hebt bezoek.'

Ze verroerde zich niet.

Hij trad dichterbij. Haar wangen waren ingevallen. Een lichtblauw lint, een onnozel reepje hemelsblauwe stof, hield haar vlecht bijeen.

Toen hij op het bed ging zitten, zakte de matras in onder zijn gewicht. Geen reactie. Ze was zo behulpzaam als een zak meel. Zou het haar iets uitmaken waar ze lag weg te kwijnen? Misschien was zij wel de laatste die het verschil merkte tussen de logeerkamer van generaal Foster en een bed in een inrichting.

Hij balde zijn vuisten langs zijn lichaam. Misschien was het allemaal voor niets dat hij Rochesters bespottelijke huwelijksspelletje meespeelde, zijn ziel in kranten blootlegde en zich bij een van de meest genadeloze zakenmannen van het land in de schulden stak.

'Is dat het waard?' vroeg hij aan de kamer. Zijn stem klonk zelfs in zijn eigen oren bars.

Hij keek nog eens naar de halsstarrig slapende gravin.

'Doe je dit om dichter bij Marcus te zijn?'

Misschien zagen ze elkaar in de schemerwereld waarin ze was afgedaald. Misschien vond ze het juist fijn om daar te zijn. Zelf zag hij in elk geval meer van Marcus in zijn nachtmerries dan hij hem ooit tijdens zijn leven had gezien. Aan het eind van de droom staarde zijn broer hem met bloedende ogen aan, terwijl hij in feite zijn nek had gebroken, waar geen bloed aan te pas was gekomen en hij niet had geleden. Netjes en efficiënt, Marcus, in de dood zoals hij bij zijn leven was geweest. Maar hij, Tristan, werd na zulke ontmoetingen badend in het zweet wakker met een verpletterend gewicht op zijn borst. Waarom? Soms vroeg hij zich dat af. Als kind was hij trouw achter zijn broer aan gehobbeld telkens wanneer Marcus klaar was met zijn verplichtingen als erfgenaam en tijd had om te spelen. Als jongvolwassenen gingen ze beleefd met elkaar om, want hun rollen waren duidelijk afgebakend: Marcus was de erfgenaam, Tristan het zwarte schaap. Maar hij had zijn broer nooit om zijn positie benijd. Na zijn huwelijk had Marcus afstand van hem genomen, vermoedelijk omdat zijn vrouw bang was dat Tristan een slechte invloed op hem zou zijn. Maar toen had er al een werelddeel tussen hen in gelegen. Dus waarom had hij die nachtmerries? Misschien omdat de goeden het eerst sterven, zoals Wordsworth zei, *en bij hen, wier harten dor zijn als zomers stof, reiken de vlammen tot hun oogkassen.** Het gewicht op zijn borst

---

* Bron: Wordsworth-citaat overgenomen uit Catherine Cookson, *Land van Belofte*, vertaald door Ine Willems.

kon weleens zijn schuldgevoel zijn, omdat de goede broer was heengegaan.

Hij pakte de lepel van het dienblad en hield het onder zijn moeders neus. Toen het metaal besloeg van onzichtbare ademteugen, vloeide de spanning uit zijn spieren weg.

Hij draaide de lepel even rond.

'Wist u dat Rochester me haat?' vroeg hij. 'Dat weet ik al heel lang, sinds hij Jarvis opdracht gaf Kitten te verdrinken. Herinnert u zich haar nog? U had me haar voor mijn dertiende verjaardag gegeven.'

Zijn moeder sliep. Zelfs geen wimper trilde.

'Het was een beeldschoon beestje, rood en wit, en zacht als dons. Ze kwam naar me toe huppelen als ik floot, net als een hondje. En ik weet nog dat ik dacht dat er maar één reden was waarom iemand zo'n schattig katje in een zak zou stoppen en in de vijver zou gooien, en dat was uit haat.'

Het was een herfstdag geweest, een stralend blauwe hemel, de geur van dorre bladeren in de lucht. Het mooie weer moest hem van zijn Latijnse vertalingen hebben afgeleid. Of misschien was hij er een keer te vaak tussenuit geknepen om door het park rond te rennen in plaats van rekensommen te maken. Dat wist hij niet meer precies. Wat hem wel nog helder voor ogen stond, was Jarvis' leedvermaak toen hij de zak met het katje de vijver in slingerde. Na de plons was de zak op het donkere oppervlak van het water blijven drijven. Rochesters hand had zwaar op zijn schouder gedrukt. *Zie je dat, Tristan? Dat is wat er gebeurt als je niet goed oplet en je je niet concentreert. Dat is wat er gebeurt als je niet je plicht doet. Dan faal je en dan zal alles wat aan je zorg is toevertrouwd ten onder gaan.*

De zak had wild bewogen. Een klein katje had erin om haar leven gevochten en om haar baasje gejankt. Haar baasje kon haar echter niet redden. Hij werd door een ijzeren greep aan de rand van de vijver tegengehouden, en zijn keel brandde van zijn geluidloze geschreeuw. Kitten en zak werden door het water opgeslokt en hadden nauwelijks een rimpeling achtergelaten.

Toch lukte het Tristan ook daarna niet om een hele dag stil te zitten, om zich te concentreren op taken die hij saai vond. Het pluizige hondje dat zijn moeder hem voor zijn volgende verjaardag had willen geven, had hij afgewezen.

Nu wreef hij met zijn hand over zijn nek. Hoe ironisch dat hij zijn kameraden die onder vuur lagen wel kon beschermen, maar de vrouwen in zijn geprivilegieerde leven op Ashdown niet, zelfs geen jong poesje. *Nutteloos.* Binnen deze muren was hij dat inderdaad.

Hij legde de lepel weer op het dienblad, waarbij een houten beeldje op het nachtkastje zijn aandacht trok. Tijdens zijn vorige bezoek was dat er nog niet geweest. Een kerstengel. Het onbeholpen houtsnijwerk en de bos vergulde draden die haren moesten voorstellen, kwamen hem bekend voor. Hij pakte het beeldje op en draaide het om in zijn hand.

'Dat heb ik voor u gemaakt,' mompelde hij. 'Het was het eerste wat ik heb gemaakt met het zakmes dat u me had gegeven.'

Op de een of andere manier had het gedrocht ruim twintig jaar overleefd. Voorzichtig zette hij het beeldje terug tussen de medicijnflesjes.

Daarna trok hij de deken over zijn moeders schouders. 'Ik weet niet of u nog de kranten leest. Zo ja, dan moet u niet raar opkijken als u deze week iets over mij leest. Een tijdje geleden heb ik enkele gedichten gepubliceerd en door omstandigheden moest ik onthullen dat ze van mijn hand zijn.'

Er waren nog meer dingen die hij haar graag had willen vertellen. *Ik heb aangeboden vijf mannen voor Lucie Tedbury dood te schieten, en ik weet niet wat dat betekent.*

'Ik ga dit weekend naar een buitenpartij op Claremont,' zei hij in plaats daarvan. 'Als ik terugkom, zal ik u alle roddels vertellen.'

Maandagmiddag was Lucies minst favoriete deel van de week, want dan deed ze de administratie voor de goede zaak: de laatste nieuwtjes delen, lidmaatschapsaanvragen verwerken, de boekhouding voor de afdeling in Oxford doen en het programma van vergaderingen en evenementen voor de komende week samenstellen. En omdat Annabelle vier dagen per week bij haar hertog in Wiltshire moest zijn, waren hun gelederen uitgedund. Ze had haar laten vervangen door Mabel, lady Henley, aangezien de weduwe al heel lang lid van de afdeling was en naast Lucie woonde. Sinds het verijdelde rendez-vous met een zekere lord tussen de struiken in hun voortuin had lady Henley het op maandagmiddag te druk gekregen om te kunnen helpen. Geen enkele goede daad bleef ongestraft.

Anderzijds leidde de berg taken en plichten haar tenminste af van de recente gebeurtenissen. De avond in het park. Tristan, die er grimmig en onverschrokken uitzag, op haar stoep.

'Bedankt dat jullie konden komen,' zei ze tegen Catriona en Hattie, die zich als trouwe vriendinnen rond de tafel in de zitkamer hadden verzameld, met hun notitieboekje en pen in de aanslag. Hattie snoepte ook van een van de gebakjes die ze had meegebracht van de bakkerij in Little Clarendon Street en zat vreselijk te kruimelen.

'Om te beginnen is hier een afschrift van Millicent Fawcetts laatste lezing voor de London School of Economics. Het is erg interessant om te lezen over de opvoeding van meisjes,' zei Lucie, en ze schoof het papier naar het midden van de tafel.

Hattie wierp er een blik op. '"Deze overwegingen leiden tot de conclusie dat de algemeen heersende mening over de plichten van echtgenotes en moeders geringschattend en onjuist is,"' las ze voor. '"Deze mening kent een aanzienlijk groter belang toe aan de dierlijke instincten van de vrouw dan aan haar intellectuele en morele capaciteiten..."' Ze keek op. 'Vinden jullie het niet raar dat Millicent slimme lezingen mag geven in Londen, maar dat de vrouwelijke studenten hier in Oxford niet eens op dezelfde wijze mogen afstuderen als de mannen?'

'Oxford is gesticht voor monniken en wordt sindsdien geleid door levende fossielen,' zei Lucie. 'De tijd verloopt hier anders. Maar vergeet niet dat Millicents man professor politieke economie is. En nu wat betreft het eerste punt op onze agenda: hebben we een oplossing gevonden voor ons rapport over de Married Women's Property Act? Ik niet. Ik heb opnieuw naar de *Manchester Guardian* geschreven om een afspraak te maken, maar ze hebben niet eens het fatsoen om een afwijzing te sturen.'

Catriona schudde spijtig haar hoofd.

'Ik heb mijn vader gevraagd wat hij zou doen als hij een artikel wilde publiceren dat niemand wilde uitgeven,' zei Hattie.

'En?'

'Hij zei dat hij dan gewoon zijn eigen uitgeverij zou beginnen,' zei Hattie verontschuldigend.

'Bravo,' mompelde Catriona. De ironie droop ervan af.

Lucie rolde met haar ogen. 'Goed dan. Het tweede punt: de huidige stand van het aantal brieven over de Property Act.'

Catriona, die de leiding had van alles wat met cijfers te maken had, keek in haar notitieboekje. 'De stand is nu veertienduizend negenhonderd en nog een paar. Maar de aantallen van de Schotse afdelingen ontbreken nog. Ik neem aan dat de post vertraging heeft opgelopen.'

'Heremijntijd. De post wordt nog eens de ondergang van de goede zaak.'

'Wat bedoel je?'

'De vertragingen bij de postbezorging. Of denk eens aan brieven die zijn zoekgeraakt,' zei Lucie. 'Neem bijvoorbeeld de brief die Millicent heeft meegestuurd met het afschrift van haar lezing. Daar staat achterhaalde informatie in. Ik had Lydia Becker minstens twee weken geleden laten weten over een opvallende conservatieve verschuiving in de Primrose-afdeling, en dat had ze aan Millicent moeten doorgeven. Dat gebeurt keer op keer en het wordt steeds erger. Millicent stuurt ons opmerkingen of wil overleggen over een plan, wij geven commentaar en sturen het terug. Daarna stuurt zij het naar Lydia Becker, die commentaar geeft en het naar Rosalind Howard stuurt, enzovoort.'

'Tja, hoe meer ontvangers we aan onze brievenreeks toevoegen, hoe verwarrender het zal worden.'

'Er moet toch een betere manier bestaan om ons te organiseren?'

'Maar hoe dan?' vroeg Hattie. 'Je kunt toch moeilijk elke dag alleen voor een suffragettebijeenkomst naar Londen reizen. En de andere afdelingshoofden evenmin.'

'Nee, dat gaat niet,' zei Lucie somber.

'Bovendien hebben we al het centraal comité in Londen,' merkte Catriona op.

'Weet ik,' zei Lucie. 'Het is alleen niet zo efficiënt of doeltreffend als het zou moeten zijn. Ik stel me voor dat het nog erger gaat worden. Er zijn nu al tientallen plaatselijke afdelingen, en een paar verenigingen, en tenzij we regelmatig met elkaar overleggen, schieten we geen steek op.'

'Stel je voor, een wereld waarin de post er niet dagen over doet,' zei Hattie. 'Of waarin we allemaal op hetzelfde moment dezelfde brief konden lezen.'

Catriona glimlachte. 'In zo'n magische wereld zouden we binnen enkele weken een vrouwenleger op de been hebben.'

'Hoe dan ook, we zouden minstens één vergadering per maand moeten hebben waarin we allemaal proberen op één lijn te komen.'

'Net als een clanvergadering,' zei Catriona.

'Clan MacSuffragette?' opperde Hattie.

Lucie snoof minachtend, maar Catriona giechelde in haar plaid.

'Goed, het derde punt op onze agenda: Catriona controleert de boeken. Hattie doet de lidmaatschapsaanvragen. Ik zal aantekeningen maken over het nodige campagnewerk dat uit mijn correspondentie voortvloeit.'

Boven op haar stapel brieven lag een vriendelijke herinnering van lady Harberton over de campagne voor vrouwen op de fiets. Ze kreunde. Waarom vergat ze de fietsen toch telkens weer? Nee, die vergat ze niet, ze kon er alleen nooit tijd voor vinden...

'Wat raar.' Bij de verbaasde klank in Catriona's stem keek Lucie op. Catriona was haast nooit verbaasd.

Haar vriendin keek fronsend naar de lijst donaties.

'Wat is er?'

'We hebben een donatie gekregen van de schermclub van de universiteit.'

Lucie bleef heel stil zitten. 'Weet je dat zeker?'

'Het staat er duidelijk. Maar het is vast een vergissing.'

Dat zou kunnen. Of het zat veel ingewikkelder in elkaar.

'Hoeveel?' Ze hoorde dat haar stem omhoogging.

Catriona keek op. Haar blauwe ogen waren groot achter haar bril. 'Honderd pond.'

'Lieve deugd.' Dat was evenveel als het totaalbedrag aan donaties dat hun afdeling elke maand kreeg.

'Wat eigenaardig,' zei Hattie. 'Waarom zouden zij plotseling in vrouwenrechten geïnteresseerd zijn?'

Catriona maakte een aantekening in de kantlijn. 'Ik zal dit navragen bij hun penningmeester.'

'Ja, graag,' zei Lucie, maar ze dacht razendsnel na. De donatie was geen vergissing, dat wist ze diep vanbinnen. Ze zag de onheilspellende fonkeling van nat staal weer even helder voor zich als toen de jongemannen een dreigende houding aannamen. Zelfs als ze hadden geweten wie ze was, zouden ze zich niet gedwongen hebben gevoeld de volgende dag zo'n hoog bedrag als boetedoening te doneren. Tenzij iets, of iemand, hen daartoe had gedwongen.

Tristan. Wie anders?

Maar waarom? Een aanval op twee punten misschien, een tactiek van dreigen en paaien om haar te verwarren?

Als dat zijn bedoeling was, dan was hij daarin geslaagd.

Ze was geneigd het te negeren. Jammer genoeg moest ze de kwestie aankaarten. Ze moest er niet aan denken hoe Tristan de mannen zover had gekregen dat ze een donatie hadden gedaan en hun suffragetteafdeling kon het zich niet veroorloven vijanden te maken onder de mannen uit de hogere kringen aan de universiteit. Ze maakte een aantekening in haar agenda om de situatie na de buitenpartij op te lossen.

15

Lucie was twaalf toen haar familie voor het laatst een bezoek had gebracht aan Montgomery, dus het landschap dat nu aan het koetsraam voorbijtrok was onbekend. Ze had wel herinneringen aan Claremont, een uitgestrekt grijs paleis dat de groene heuvels van Wiltshire domineerde. De toegangshal was drie verdiepingen hoog onder een glazen koepelplafond.

'Zo moeilijk kan het niet zijn,' zei ze hardop. 'Ik verschijn in modieuze kleren. Ik zal met geen woord over vrouwenkiesrecht, ziekten of politiek reppen. Ik zal een vriendelijk praatje maken met de meest respectabele matrones die we ertoe kunnen overhalen zich in mijn gezelschap te vertonen. Ik zal een wals dansen.'

Op de bank tegenover haar ging Hattie rechtop zitten. 'Een wals? Die stond nog niet op de lijst.'

Dat was zo. Ze had het er zomaar uit geflapt. Misschien omdat ze zich er zo buitengewoon bewust van was dat een karmozijnrode baljurk de helft van haar koffer in beslag nam.

Hattie nam haar onderzoekend op – alweer – en slaakte een opgetogen kreetje. 'Het eerste punt op je lijst is geen enkel probleem: je ziet er bijzonder elegant uit. Ja, ik weet het, ik moet er nu maar eens over ophouden.' Iedere keer als ze het zei, legde ze haar handen op haar hart en werden haar bruine ogen vochtig. Hattie genoot ervan als andere mensen er op hun best uitzagen, vooral als ze haar modeadvies hadden opgevolgd.

Lucie gleed met haar hand over de duifgrijze rok van de reisjapon. De geur van nieuwe wol zweefde om haar heen als ze bewoog.

De nieuwe jurken waren erg flatteus, modern en kleedden slank af. Ze zaten helaas ook erg strak, want het afkledende effect werd bereikt doordat ze nauwsluitend en eendelig waren. Haar oude jurken waren allemaal driedelig. Tegen de tijd dat ze zich aan de brallende meute moest voorstellen, was ze hopelijk gewend aan de beperkte bewegingsvrijheid van haar armen. Hoewel, geen van haar modekeuzes kon opwegen tegen Tristans meest recente zet.

Het nieuws dat hij de auteur van *A Pocketful of Poems* was, had dinsdag alle kranten gehaald. Op woensdagochtend had een opgewonden lady Athena, die bij London Print voor de receptionist inviel, een telegram gestuurd met de vraag wat er met alle post moest gebeuren. Het kantoor werd overstelpt met brieven, waarvan de helft sterk geparfumeerd was. Ballentine-kaarten stroomden binnen die gesigneerd moesten worden teruggestuurd. Lucie was naar Londen gegaan en moest haar venijnigste gezicht trekken om te ontsnappen aan een troep journalisten die zich bij de zijingang van de uitgeverij ophielden. Tegen donderdagmiddag was het duidelijk dat ze zo snel mogelijk een nieuwe uitgave van Tristans poëzie moesten laten drukken. En Tristan? Die schitterde door afwezigheid. Nadat Lucie loopjongens naar alle windstreken had gestuurd om hem te zoeken, had ze een briefje op zijn bureau aangetroffen: *Ben het oorlogsdagboek aan het redigeren – je mag me later voor de gestegen verkoop bedanken.*

Onwillekeurig gromde ze en toen Hattie haar geschrokken aankeek, zei ze: ‘Hij.’

Hattie beet op haar onderlip. ‘Aha,’ zei ze. ‘Hij.’

Terwijl Hattie nog niet eens alles wist. Lucie had niet de moeite genomen haar vriendinnen over Tristans oneerbare voorstel te vertellen.

‘Ik blijf erbij dat de publiciteit gunstig is voor London Print.’ Catriona had de hele rit zwijgend naast Lucie zitten lezen. Haar blik was nog steeds op het boek op haar schoot gericht.

'Zou je denken?' vroeg Lucie. 'Zijn de waarde van het bedrijf en het aantal boekbestellingen in één nacht de pan uit gerezen? Ja. Is lord Ballentine nog machtiger geworden? Wederom ja.'

Er viel een stilte in de koets, waarin ze ieder in stille overpeinzing verzonken.

Hattie kon nooit lang blijven piekeren. 'Heb je ze al gelezen?'

'Zijn gedichten? Nee.'

Hattie bekeek haar met dezelfde aandachtige uitdrukking op haar gezicht als wanneer ze tegenover een schilderij stond en in gedachten de compositie analyseerde. 'Mag ik vragen waarom niet?'

Lucie haalde haar schouders op. 'Het is romantische poëzie.'

'Ja… Nou en?'

'De meeste heren schrijven gedichten voor hun geliefde, heb ik begrepen.'

'Dat mag ik hopen, ja.'

'En hoeveel heren nemen een maîtresse vlak na de huwelijksreis?'

Hattie fronste haar wenkbrauwen. 'Een paar, neem ik aan.'

'Meer dan een paar. En ik denk dat ik me als echtgenote dubbel bedrogen zou voelen als hij met een ander aan het stoeien is terwijl ik thuiszat met een stapel papier waarin hij mij zijn eeuwige liefde verklaarde. Het zijn allemaal leugens.'

Hatties gezicht betrok. 'Dat klinkt wel een beetje cynisch.'

'Ik noem het liever realistisch.'

'Zelfs als de romantische gevoelens na verloop van tijd bekoelen, kunnen de gedichten best oprecht zijn geweest toen ze werden geschreven,' zei Hattie koppig.

Lucie haalde haar schouders op. 'Ik hecht niet aan kortstondige waarheden. De waarheid hoort bestendiger te zijn. Als je per se je emoties wilt opschrijven en wilt laten rijmen, zorg er dan tenminste voor dat het tijdloos is. Het zou pas echt ridderlijk zijn om vluchtige emotionele uitbarstingen naar de prullenbak te verwijzen in plaats van er een argeloze dame mee in te palmen.'

Hattie knipperde met haar ogen alsof iemand water in haar gezicht had gespat. 'Hemeltjelief. Het zijn maar gedichten!'

Catriona richtte langzaam haar hoofd op en keek haar aan. 'Máár gedichten?'

Hattie wierp haar handen in de lucht en sloeg haar ogen naar het koetsdak op. 'Zullen we een weddenschap aangaan? Deze buitenpartij zal ook weer een schandaal veroorzaken, want dat gebeurt altijd als wij samen in het openbaar verschijnen.'

Lucie stak waarschuwend een vinger op. 'Harriet Greenfield, roep geen ongeluk over de buitenpartij af.'

'Nee, doe dat alsjeblieft niet,' zei Catriona. 'Annabelle zou ontzettend boos worden.'

'Ik kan toch moeilijk mijn intuïtie beheersen?'

'Probeer het tenminste, alsjeblieft,' zei Lucie.

Toen hun koets de enorme vierkante binnenplaats van Claremont Palace binnenreed, stond Lucie versteld. Een gebouw dat je als kind voor het laatst had gezien, zag er bij een nieuw bezoek meestal kleiner uit. Claremont daarentegen was nog altijd een paleis ter grootte van een kleine stad, met lange rijen zuilen die als schildwachten aan de voorkant oprezen.

Een stoet elegante rijtuigen slingerde zich rond de binnenplaats. In de meeste zaten mensen met wie Lucie al tien jaar niet had gedineerd. De meesten van hen beschouwden haar als een verraadster.

Haar maag verkrampte. Ook al balanceerde ze in haar dagelijkse leven inmiddels behendig op de grens van de etiquette, toch kreeg ze het al benauwd bij het idee dat ze zich hier opnieuw strikt aan de fatsoensregels moest houden.

De hertog stond zijn gasten persoonlijk op te wachten bij de hoofdingang. De onbeweeglijkheid van zijn slanke gestalte stak de roerloosheid van zijn grijze zuilen naar de kroon. Hij was een kille man en zo zag hij er ook uit: bleke huid, ijsblauwe ogen, noords blond haar. Een strenge mond. Zijn schandaal had hem niet kleingekregen. Alleen al de aanblik van zoveel opgeblazenheid zou de oude Lucie ertoe hebben verleid hem tegen zijn haren in te strijken.

Dat gevoel was duidelijk wederzijds. De hertog reageerde vaag hartelijk bij het begroeten van Catriona en Hattie. Was dat waarachtig een zweem van een glimlach om zijn lippen? Maar toen Lucie aan de beurt was zou een gletsjer expressiever zijn geweest dan Montgomery's gezicht.

'Lady Lucinda. Welkom op Claremont.' Ook zijn stem was ijzig, en zijn toon was vlak.

Ze maakte een reverence. 'Ik dank u vriendelijk voor de uitnodiging, Excellentie.'

Toegegeven, met zijn kille blik leek de man op indrukwekkende wijze regelrecht tot diep in de menselijke ziel te kijken, waarmee hij een schuldgevoel opwekte en de neiging om iets, wat dan ook, op te biechten. Lucie zette een onderdanig gezicht op, waar de hertog echter niet in trapte, want hij boog zijn hoofd en zei: 'Ik begrijp dat de hertogin u graag mag.'

Dat kon als compliment worden opgevat. Of als waarschuwing, dat er een vriendschap op het spel stond als ze over de schreef ging. Lucie besloot het als waarschuwing op te vatten. Niet lang geleden was de hertog een van haar machtigste politieke tegenstanders geweest, en complimenten kon ze voorlopig niet van hem verwachten.

'Lucie!' Met een stralende glimlach verscheen Annabelle aan Montgomery's zij. 'Wat fijn dat je er bent. Ik zal haar van je moeten stelen,' zei ze tegen de hertog, terwijl ze Lucie bij de handen greep.

Montgomery's norse trekken veranderden in een verrassend hartelijk en aantrekkelijk gezicht toen hij naar zijn lachende vrouw keek. 'Ga je gang,' mompelde hij. De blik waarmee ze elkaar aankeken was zo intiem dat Lucie ervan bloosde.

Annabelle gaf haar een arm en voerde haar mee naar de ridderzaal, waar Catriona en Hattie al stonden te wachten nadat ze hun reismantel en hoed aan attente dienstmeisjes hadden meegegeven.

'Ik ben zo blij dat jullie gekomen zijn,' zei Annabelle. Ze pakte Catriona bij de hand zonder Lucie los te laten. 'Lucie, wat een prachtige jurk. Ik hoop dat jullie een aangename reis hebben gehad. Werkelijk een beeldschone jurk.'

Lucie keek Annabelle onderzoekend aan. 'Voel je je wel goed?'

Haar vriendin zag er onberispelijk uit in een smaragdgroene japon met mouwen van een ragfijne stof. Haar kastanjebruine haar hing in een glanzende vlecht over haar linkerschouder. Maar op haar wangen lag een vuurrode blos en ze hield haar rug te stijf, zelfs voor een hertogin.

'Ik ben gewoon blij dat jullie er zijn.' Annabelles glimlach week niet van haar gezicht terwijl haar blik langs de verschillende gasten schoot die op hen afkwamen. 'Ik kan voelen dat ze met ingehouden adem staan te wachten totdat ik een grote misstap bega.'

Lucie had Annabelle nog nooit zo nerveus meegemaakt, terwijl ze samen toch al heel wat avonturen hadden beleefd. Ze gaf haar een geruststellend kneepje in haar arm. 'Je doet het uitstekend. En niemand van de aanwezigen wil het bij je man verbruien.'

'Nou, het eerste incident hebben we al gehad. De kat van lady Hampshire is ontsnapt. Als je een rode maine coon zo groot als een kleine tijger ziet, laat het dan alsjeblieft onmiddellijk weten.'

'O nee,' zei Hattie. 'Wat is er gebeurd?'

'Het schijnt dat een bediende de kattenmand te hard had neergezet, waardoor het deurtje is opengesprongen. De kat is ervandoor gegaan. Milady is in alle staten en eist dat de bediende zwaar wordt gestraft. De helft van het personeel is nu naar het dier aan het zoeken in plaats van zich om de gasten te bekommeren.'

Lucie vertrok haar gezicht. De markiezin was een uitgesproken tegenstander van het vrouwenkiesrecht en van vrouwen in het algemeen. De maatschappij praatte haar naar de mond en daarom kon ze kranten en tijdschriften blijven bestoken met haar onvergeeflijke leugens over de inferioriteit van het vrouwelijk brein en karakter. Eerlijk gezegd zou Lucie ook de poten nemen als ze lady Hampshires maine coon was.

Ze werden naar hun kamer gebracht waar ze zich konden omkleden en opfrissen. Daarna kwam Annabelle terug om hen naar een enorme, rijkversierde ontvangstzaal te brengen. Het was er al druk met gasten die in groepjes bij elkaar stonden, van drankjes nipten en op gedempte toon met elkaar praatten. Aan de andere kant van de zaal speelde een strijkkwartet een subtiel deuntje.

De stilte die in de gesprekken viel en de blikken die op hen gericht werden toen ze binnenkwamen, waren allesbehalve subtiel.

'Ik moet jullie alleen laten en me om de andere gasten bekommeren,' mompelde Annabelle, terwijl ze hen naar Hatties ouders en haar broer bracht, die al uit Londen waren aangekomen en nu bij een imposant Grieks marmeren beeld stonden. 'Doe maar alsof je thuis bent. Ik zie jullie straks bij het diner.'

Lucie hield zich op de achtergrond terwijl Hattie hartelijk werd begroet door haar familie. Mrs. Greenfield had net als Hattie rood haar. Haar vader, de machtige Julien Greenfield, zag eruit als een vrolijke oom die aan tafel schuine moppen tapte: klein, gezet en met rode wangen van een leven lang wijn drinken en lekker eten. Een walrussnor sierde zijn mond en zijn kin. Het gerucht ging dat hij spijkerhard was.

Over Hatties hoofd heen keek hij Lucie vriendelijk aan.

Hij hoort hier ook niet thuis, dacht Lucie. Hij kwam uit een bankiersgeslacht en het vermogen en de invloed van zijn familie waren gebaseerd op een eeuw keihard werken. Hij paste niet bij het soort mensen onder wie ze zich op dat moment bevonden, maar ze duldden hem omdat hij hun krediet kon verschaffen.

Een onbehaaglijk gevoel bezorgde haar een tinteling in haar

nek. Iemand sloeg haar gade. Ze keek onopvallend over haar schouder.

Cecily. Op nog geen twee meter achter haar stond haar nicht met onschuldige ogen naar haar te kijken. Haar japon was wit en blauw als de zomerhemel. Ze was net een engel op haar wolk.

Lucie draaide zich naar haar om en Cecily wendde prompt haar blik af. Ze werd begeleid door een jongeman die niet van haar zijde week. Hij was aantrekkelijk en… vertrouwd. Lichtblond haar, grijze ogen net als de hare.

Haar hart sloeg over.

'Tommy,' flapte ze eruit.

Haar broer leek helemaal niet meer op de vijftienjarige jongen die ze zich herinnerde. Hij was lang geworden en strak geschoren bakkebaarden omlijstten zijn gezicht. Hij staarde haar aan alsof ze een geestverschijning was.

Hij schraapte zijn keel. 'Ik word nu Thomas genoemd.'

'O. Natuurlijk. Thomas.'

Hij stak haar niet zijn hand toe en maakte ook geen buiging. Maar in een zaal waar ze allebei te gast waren kon hij haar ook niet zomaar negeren.

Hij pakte Cecily bij haar bovenarm. 'Ken je je nicht Cecily nog?' vroeg hij aan Lucie.

Cecily's ogen werden groot van pijn en verbazing. Tommy – Thomas – moest haar behoorlijk stevig hebben vastgegrepen. Ze herstelde zich snel. 'Nicht Lucie,' zei ze ingetogen.

'Nicht Cecily. Wat een genoegen om je zo snel weer te zien. Ik vertrouw erop dat de rit hierheen zonder incidenten is verlopen,' zei Lucie.

'Inderdaad,' zei Tommy. Hij had zichzelf weer onder controle. Zijn gezicht werd ondoorgrondelijk. Een misprijzende blos kleurde zijn wangen, waardoor hij ineens sterk op haar moeder leek.

Haar moeder was trouwens niet ver weg. Ze stond met haar rug naar hen toe en was blijkbaar diep in gesprek met lady Hampshire, al wist ze duidelijk dat Lucie zich onder de gasten bevond. Ze had altijd al ogen in haar achterhoofd gehad en had Lucie vaak ergens bij betrapt. Zelfs nu ze een andere kant op keek, was ze zich van haar aanwezigheid bewust. Waarschijnlijk hadden de andere gasten intussen ook de spanning opgemerkt. Hun vervreemding was een publiek geheim. De nieuwsgierigheid zweefde al als een giftige nevel om haar heen, en haar huid tintelde van alle steelse blikken in haar richting. Gewoonlijk zou dat een strijdlust in haar hebben aangewakkerd waardoor ze het kon opnemen tegen tegenstanders die groter, sterker en gemener waren dan zijzelf. Maar hier in deze luxueuze ontvangstzaal, waar mensen die ooit van haar moesten hebben gehouden – en zij van hen – haar nu strategisch de rug toekeerden, werd haar keel dichtgesnoerd.

Ze forceerde een lachje. 'Uitstekend,' zei ze tegen Tommy. 'Ik wens jullie een aangenaam verblijf. Ik geloof dat je Cecily nu wel kunt loslaten.'

Zijn blik schoot naar zijn rechterhand, die nog altijd Cecily's arm omklemde.

Zijn haastige verontschuldiging ging verloren in het geroezemoes van de menigte achter haar toen Lucie op de rijkversierde dubbele deur afstevende.

Het verbaasde haar niet dat ze plotseling voor Montgomery's paardenstal stond. Ze had de boogvormige poort al vanuit de koets verlangend opgemerkt en de fraaie paarden bewonderd die door de binnenplaats werden geleid.

Toen ze via een zijdeur naar binnen ging, zag ze een hoog plafond en witgepleisterde muren. Genietend snoof ze de zoete geur op van hooi en goedverzorgde paarden. Een glimlach gleed over haar gezicht. Als meisje had ze een paar heerlijke, zorgeloze zomers in de paardenstal doorgebracht.

Bij het geluid van haar voetstappen staken enkele paarden nieuwsgierig hun hoofd boven hun boxdeur uit en sloegen haar gade met gespitste oren.

Ook Lucie luisterde ingespannen.

Ergens vloekte een man hartgrondig.

'Verdomd rotbeest. Als ik je te pakken krijg, geef ik je aan de kok. Die maakt pasteien van je harige kont.'

Nou, dat klonk niet best.

'En van die verdomde staart van je maken we een stoffer, hoor je?'

Zachtjes liep ze het volgende gangpad in. Rechts van haar werd het gangpad door een lage muur gescheiden van een grote alkoof vol paardentuig. In de alkoof stond een jongeman met zijn handen in zijn zij dreigend tegen het dakspant te praten.

Of eigenlijk tegen een grote rode kat die ineengedoken op de houten balk zat.

Lady Hampshires maine coon.

Een ladder stond al klaar.

'Verwend vlooienbeest dat je bent –'

'Waarom ga je niet naar boven om haar te halen?' vroeg Lucie koel. 'Ze komt vast niet uit zichzelf de ladder af.'

In elk geval niet terwijl hij daar stond te schreeuwen dat hij het arme beest zou laten villen en koken.

De jongen draaide zich met een ruk om.

Een stalknecht-tuinjongen, nam ze aan. Hij hield zijn verkreukelde pet in zijn linkerhand en zijn rode haar stond alle kanten op, alsof hij er in zijn wanhoop aan had getrokken.

'Milady.' Hij liep zo rood aan dat zijn gezicht dezelfde kleur kreeg als zijn haren. 'Neemt u me niet kwalijk. De... kat...'

'Ja?'

Onder de argwanende blik van de stalknecht stapte ze de alkoof in. 'Dat heb ik geprobeerd, milady.' Hij stak zijn rechterhand op.

Vier knalrode strepen liepen over de rug van zijn hand. 'Ze wil niet gehaald worden.'

Hoog boven hun hoofden slaakte de kat een langgerekt gejank.

'Toch wel,' zei Lucie. 'Kun je haar niet horen jammeren? Ze is bang.'

'Ze heeft me ook gebeten.' Hij stak zijn andere hand uit. In het stukje huid tussen zijn duim en wijsvinger waren twee bijtgaten te zien.

Lucie keek de jongen streng aan. 'Wil je me soms vertellen dat een grote vent als jij niet eens een klein katje naar beneden kan halen?'

Zijn blik gleed heen en weer tussen haar grimmige gezicht en de jankende kat.

Het was duidelijk dat hij zijn keuzemogelijkheden allebei even vreselijk vond, dus bleef hij als aan de grond genageld staan.

Ze zuchtte. 'Ga maar hulp halen.'

Hij kwam onmiddellijk in beweging. 'Tot uw dienst, milady.'

En hij ging er meteen vandoor in zijn grote laarzen. Ze stelde zich voor dat hij daarmee achter de kat aan stampte en het dier pas goed de stuipen op het lijf joeg.

Ze helde haar hoofd achterover. 'Ze komen je zo redden,' zei ze tegen de kat.

Het dier keek haar mismoedig aan.

'Je had ook niet zo hoog moeten klimmen als je niet zelf weer naar beneden kunt komen. Geloof me, ik weet waar ik het over heb.'

Op dat moment drong het tot haar door dat ze door de kat te redden twee vliegen in één klap kon slaan: als ze het dier terugbracht zou lady Hampshire haar niet plotseling aardig gaan vinden, maar de markiezin zou haar pogingen om haar te ondermijnen in elk geval moeten intomen om niet ondankbaar te lijken.

Ze bekeek de ladder. Die zag er vrij stevig uit. Als meisje had ze wel wankelere ladders beklommen. Tegen beter weten in begon ze te klimmen.

Als meisje had ze echter geen modieuze rokken gedragen. Ze moest zijwaarts naar boven gaan, waardoor ze langzaam en moeizaam vooruitkwam. Halverwege kraakte een sport onheilspellend onder haar rechtervoet. Ze keek naar beneden en greep de ladder automatisch steviger vast. Inmiddels was ze al tamelijk hoog gekomen, maar nog steeds niet dichtbij genoeg en nu begon de kat ook nog achteruit te deinzen. Tegen de tijd dat Lucies hoofd zich op dezelfde hoogte bevond als de balk, was het dier minstens een meter buiten haar bereik.

'Kom maar,' zei Lucie, terwijl ze haar arm uitstak. Tenminste, dat probeerde ze. De nauwsluitende zijde beperkte haar bewegingen als een fraai uitziende dwangbuis. Bij haar volgende poging hoorde ze een verdacht scheurgeluid. 'Wel verdraaid.'

Daarna gooide ze het over een andere boeg. 'Mijn hemel, wat ben jij groot, zeg,' kirde ze. 'Minstens zeven kilo, nietwaar?'

Het dier verroerde zich niet. Met haar staart, zo dik als die van een vos, sloeg ze venijnig tegen de balk, terwijl ze Lucie met haar gele ogen wantrouwend aankeek.

Het stomme beest wist niet wat goed voor haar was.

'Kom nou maar.' Ze wiebelde met haar vingers. 'Kom maar, lief poesje.'

'Nee maar,' zei een akelig vertrouwde mannenstem van beneden. 'Montgomery's paardenstal biedt een verrassend aantrekkelijk uitzicht.'

Ze verstijfde, met haar arm onhandig uitgestrekt.

Tristan.

Ze tuurde over haar schouder en zag hem aan de andere kant van de lage muur staan. Hij stond op het punt de alkoof te betreden. Ze had kunnen weten dat hij ook op de buitenpartij zou zijn. Zijn verwaande vader zou nooit zelf zijn gekomen. En nu stond Tristan direct onder haar en deed alsof hij onder haar rokken gluurde. Nee, hij deed niet alsof. Zijn blik gleed over haar enkels. Ze voelde het net zo duidelijk alsof hij haar echt had aangeraakt.

Ze deed haar ogen dicht en telde stil tot vijf.

Dat was het moment waarop de kat besloot haar als brug naar de vrijheid te gebruiken. Toen Lucie haar ogen opensloeg, zag ze een vastberaden kat van zeven kilo op haar afspringen, met de oren plat en de staart gekromd. De rode vacht dempte haar gil; klauwen boorden zich als scherpe naalden in haar nek. Haar handen grepen in de lucht en met een blazende kat rond haar hoofd viel ze achterover van de ladder.

16

Het zou pijn doen. Lucies lichaam kromp ineen en bereidde zich voor op pijn.

Maar die bleef uit.

Ze viel op iets stevigs, dat echter meegaf, en ze viel weer verder. Toen was het voorbij.

Met gesloten ogen bleef ze bewegingloos languit liggen. Het bloed bonkte in haar oren.

Een voor een controleerde ze haar ledematen. Die schenen allemaal ongedeerd te zijn. Alleen haar ribben deden een beetje zeer en ze zag nog steeds witte sterretjes. Abrupt sloeg ze haar ogen open toen het tot haar doordrong dat ze boven op een man lag. Haar neus drukte tegen de V-hals van een gesteven overhemd boven zijn gilet en ze ademde de warme geur van zijn huid in.

Ook dat nog. Ze lag op Tristans uitgestrekte lichaam zonder zelfs maar de vloer te raken. Hij had haar val en die van de kat gebroken en zelf de klap opgevangen. Daar zou hij haar voor altijd genadeloos mee bespotten. Het liefst zou ze haar ogen weer dichtdoen en net doen alsof ze bewusteloos was.

Maar hij bleef roerloos liggen. Verdacht roerloos. Zelfs zijn brede borstkas ging niet met zijn ademhaling op en neer.

Ze richtte zich op en bekeek hem aandachtig. Zijn ogen waren gesloten en zijn wimpers rustten als donkere halvemaantjes op zijn wangen. Zijn haar lag uitgewaaierd rond zijn hoofd op de vloer. Tijdens de val was hij zijn hoed kwijtgeraakt, die minstens vijf passen verderop op zijn kant lag.

Lieve hemel. Vermoedelijk was hij met zijn hoofd op de tegels gesmakt.

'Ballentine.'

Geen reactie.

Het werd haar koud om het hart. Ze gaf een stevige tik op zijn wang. 'Dit is niet grappig.'

Geen reactie.

Had ze hem soms gedood? Niemand zou geloven dat het een ongeluk was.

Onzin. Er was geen bloed. In elk geval niet voor zover ze kon zien.

Ze trok haar handschoenen uit, smeet ze opzij en boog zich over hem heen, zodat ze haar vingers in zijn haar kon begraven. Dat gleed glad en koel tussen haar vingers door, terwijl ze snel eerst zijn slapen betastte, daarna de zijkanten van zijn gezicht en ten slotte zijn achterhoofd. Geen builen, geen bloed.

'Wees alsjeblieft niet dood,' prevelde ze. 'Of zwaargewond.' Hij was een schoft, een hartenbreker, maar...

Uit zijn borst kwam een rommelend geluid.

Haar handen bleven roerloos liggen. Het had geklonken als... lachen.

Hij sloeg zijn ogen open en keek haar plagerig aan.

Een golf van gemengde gevoelens overspoelde haar. Woedend keek ze in zijn onbeschaamd grijnzende gezicht, en ze hapte naar adem, niet in staat zich te bewegen.

Hij schudde langzaam zijn hoofd. 'Ik snap niet dat je daarin bent getrapt.'

Onwillekeurig kromde ze haar vingers in zijn haar. 'Ik heb een hekel aan stomme streken,' fluisterde ze.

Hij grijnsde nog breder. 'Weet ik,' fluisterde hij terug.

Ze voelde zijn handen op haar heupen.

Plotseling leek alles om haar heen te vertragen. Tristan lag roerloos onder haar en de geamuseerde blik in zijn ogen vervaagde.

Haar wangen gloeiden toen ze besefte dat ze nog steeds op hem lag, met hun heupen tegen elkaar en haar rok over zijn benen als de vleugel van een exotische vlinder... Ze probeerde zich niet te bewegen, zich niet nog dichter tegen hem aan te persen, maar toch voelde ze hem heel duidelijk: zijn borst, hard en stevig als de stenen vloer onder haar. Zijn zijdezachte sluike haar tussen haar vingers. Het pulserende gevoel tussen haar benen. Tristan haalde hortend adem en zijn blik werd vurig, gesmolten goud, alsof hij voelde wat hun aanraking met haar deed. Haar handen begonnen te trillen, en ook dat voelde hij. Zijn mond werd zachter en gebiologeerd zag ze het puntje van zijn tong over zijn onderlip glijden, zodat die vochtig glansde. Onwillekeurig slaakte ze een kreetje. Ze wilde zijn mond op de hare voelen. In het lome, warme waas waarin ze zich bevond leek dat vanzelfsprekend. Ze boog haar hoofd totdat zijn adem over haar lippen streek.

Met een lichte beweging tilde hij zijn been op tot tussen haar dijen, precies tot het plekje waar het pulseerde. Ze hapte naar adem. Het werd haar te veel. De scherpe stalgeuren en de geluiden van de paarden brachten haar met een schok terug tot de werkelijkheid.

Ze lag in een paardenstal op de grond in een hoogst compromitterende situatie.

Ze richtte zich op. 'Laat me los.'

'Lucie.' Zijn stem trilde.

'Nu meteen.'

Wat een ramp. Ze lagen in een omhelzing in een paardenstal, nauwelijks tegen nieuwsgierige blikken beschermd door een lage muur.

Hij haalde zijn handen van haar heupen en hief ze in een gebaar van gespeelde overgave langzaam boven zijn hoofd. Toch had ze nog een ogenblik nodig om in beweging te komen, van hem af te rollen en moeizaam te gaan staan. De spanning in haar nam niet af, maar bleef door haar heen pulseren.

Tristan ging ongehaast overeind zitten en steunde met een arm op zijn gebogen knie. Er zat stro in zijn haar. Hij zag er onfatsoenlijk uit en om zijn mond speelde een veelbetekenend arrogant lachje. Op die mond had ze hem bijna gekust. Haar lippen gloeiden omdat ze dat niet had gedaan.

Ze draaide zich om en beende met opgeheven hoofd de stal uit. Ze wist niet of ze kwader was op hem of op zichzelf.

Tristan keek haar zwaar hijgend na, in het besef dat hij onvoorzichtig werd. Nog nooit had hij zijn zelfbeheersing zo volledig verloren dat hij zich op een stalvloer tegen een vrouw aan had geschuurd. Afschuwelijk, maar niettemin raasde het bloed nog door zijn aderen van extase. Extase omdat hij haar bijna had gekust.

Hij had Lucie op de binnenplaats zien lopen, omdat hij laat op Claremont was aangekomen. Spontaan had hij besloten haar te volgen. Toen er vanuit de stal een geschrokken stalknecht op hem af was gestormd die iets had gestameld over een afschrikwekkende dame en een kat, had hij de knul naar de andere kant van de binnenplaats gestuurd. Achteraf was dat maar goed ook. Zijn handen hadden hem aanvankelijk niet gehoorzaamd toen hij haar rokken wilde loslaten. Hij had de neiging moeten onderdrukken zich met haar in zijn armen om te rollen, om haar lichaam onder zich te trekken. Het zou hooguit een paar seconden hebben geduurd om haar rokken op te hijsen. *Op de grond in een paardenstal nota bene.* Tot die dag had hij zichzelf als een enigszins geraffineerde genotzoeker beschouwd. Blijkbaar had hij zich vergist.

Hij deed zijn ogen dicht totdat de hitte die door hem heen stroomde afnam. De blik in haar ogen, zo'n mengelmoes van begeerte en woede. Als ze uiteindelijk samenkwamen, zou de wereld op haar grondvesten schudden, of op zijn minst het bed.

Hij voelde een waakzame blik op zich rusten en toen hij om zich heen keek zag hij de bron: de grote rode kat die Lucie eerder had geprobeerd te redden staarde hem aan. Het beest was achteruit weggekropen in een nis in de muur tegenover hem. Katten. Hoe kleiner de ruimte, hoe aantrekkelijker ze die vonden. Tristan kwam kreunend overeind en fatsoeneerde zijn broek.

Het stomme dier begon te spinnen zodra hij dichterbij kwam en ze verzette zich niet toen hij haar uit de nis haalde en in zijn armen nam.

Hij had zijn reputatie onder de eerbiedwaardige matrones niet beter kunnen opvijzelen dan door de ontvangstzaal binnen te komen met een miauwende kat in zijn armen. De markiezin van Hampshire stevende onmiddellijk dwars door de menigte op hem af. Ze riep iets onsamenhangends terwijl ze het dier van hem afnam en tegen haar boezem drukte. Er kwam een steeds grotere kring toeschouwers om hen heen staan die lovende woorden mompelden.

'De paardenstal, zei u?' riep de markiezin uit. 'Ze had wel vertrappeld kunnen worden. Lieve deugd, u had zelf wel vertrappeld kunnen worden, lord Ballentine.'

'Dat was inderdaad een risico, maar ik heb het overleefd,' zei hij bescheiden, wat hem een koor van waarderende zuchten opleverde.

Lady Hampshire snoof misprijzend. 'Tja, het was te verwachten dat er tijdens deze buitenpartij een ramp zou gebeuren, gezien de achtergrond van onze gastvrouw,' mompelde ze, en ze wierp een verontwaardigde blik in de richting van de nieuwe hertogin, die zich tijdens de hereniging tactvol op een afstand had gehouden. 'Maar het verlies van een huisdier gaat werkelijk te ver,' vervolgde de markiezin. 'Dit is een bijzonder gevoelig dier! Er had wel van alles kunnen gebeuren.'

Nauwelijks had lady Hampshire zich met haar blazende kat naar haar kamer teruggetrokken om bij te komen van de schok of de hertogin van Montgomery kwam op Tristan af. Uit erkenning voor haar hogere maatschappelijke status boog hij met een ironisch lachje zijn hoofd. Tijdens hun vorige ontmoeting was ze nog Annabelle

Archer geweest, de dochter van een plattelandsdominee uit Kent, die hij puur uit verveling had aangesproken. Ze was dan ook een opvallend mooie vrouw: lang en stralend met een smeulende sensualiteit die er bij de dames uit zijn eigen kringen rigoureus uit was gefokt…

Hij voelde dat iemand hem aanstaarde. Toen hij opkeek, zag hij de ijzige blik van Montgomery, die achterin in de zaal stond. *Als je haar lastigvalt, vermoord ik je*, zei die blik, en daarom boog hij opnieuw zijn hoofd om de overdreven beschermende Excellentie te laten weten dat hij de waarschuwing had begrepen.

De hertogin nam hem met voorzichtige waardering op. 'Dank u dat u de kat hebt teruggebracht, milord.'

'Dat zou iedereen hebben gedaan.'

'Het schijnt dat ze enkele bedienden en een stalknecht heeft aangevallen, maar u bent zo te zien ongedeerd.'

'Ja, natuurlijk. Ik hecht grote waarde aan mijn ongeschonden uiterlijk.'

'Vanzelfsprekend,' mompelde ze. Als ze geen hertogin was geweest, zou ze waarschijnlijk met haar ogen hebben gerold.

Welkom in de wereld van bekrompen beperkingen, Excellentie. Ze moest er groot belang bij hebben dat deze buitenpartij soepel verliep. Er stond veel voor haar op het spel, want respectabele dames uit de hogere kringen zoals lady Hampshire konden het aanzien van een vrouw maken of breken.

'Ik vrees dat ik u om nog een gunst moet vragen, milord.'

Hij boog hoffelijk zijn hoofd. 'Vraagt u maar raak, hertogin.'

Haar blik dwaalde naar het groepje dames die hen van achter wapperende waaiers gadesloegen. 'Op speciaal verzoek moet ik u vragen of u bereid bent ons vanavond in de salon op een van uw gedichten te vergasten.'

Een vleugje weerzin welde in hem op. De periode waarin hij gedichten schreef die iets betekenden, aangewakkerd door de voorgoed vervlogen Sturm und Drang van zijn jeugd, had jaren geleden geleid tot de publicatie van zijn dichtbundel *A Pocketful of Poems*. Zijn werk verkopen was tot daaraan toe, maar eruit voordragen was een heel andere kwestie. Dat deed hem denken aan de kerels met hun hoogrode wangen die lange betogen hielden over hun dertig jaar oude avonturen in de Krimoorlog omdat ze sindsdien niets hadden gedaan wat het vermelden waard was. Maar sinds hij zich als de dichter van de bundel bekend had gemaakt, waren soirees en voordrachten onvermijdelijk geworden.

'Als het de gastvrouw behaagt, ben ik haar graag ter wille,' zei hij.

Dat leverde hem een dankbaar knikje op. 'Er is speciaal verzocht om "De ballade van de schildmaagd".'

'Natuurlijk.'

Op dat moment gleed de blik van de hertogin langs hem heen en merkte hij dat er iemand aankwam.

'Lord Ballentine.'

Bij het horen van de lieflijke stem bleef hij als aan de grond genageld staan, met zijn blik strak op de hertogin gericht.

De laatste keer dat hij de jonge vrouw die nu naast hem stond had gesproken, was ze slechts een bekende geweest. Ze werd beschouwd als een diamant van het zuiverste water, en hij was ongetwijfeld de enige man in het hele koninkrijk die liever geen gesprek met haar wilde beginnen. Maar deze ontmoeting was onvermijdelijk geweest. Hij forceerde een glimlach en keek in de hemelsblauwe ogen van zijn aanstaande verloofde.

17

'Lady Cecily.'

Ze keek lang genoeg naar hem op zodat hij haar bewonderende blik kon zien voordat ze schuchter haar ogen neersloeg. Daarna nam ze hem van onder haar half geloken ogen onderzoekend op.

Sinds hij haar voor het laatst had gezien, had ze zich tot een lieftallige schone ontwikkeld, met een gezonde blos op haar wangen en charmante welvingen die precies in zijn grote handen zouden passen. Haar neus was bezaaid met goudbruine sproeten, die ze niet had gebleekt zoals gebruikelijk was. Als ze niet zo'n welopgevoed, maagdelijk lammetje was, en bovendien zijn aanstaande, had hij waarschijnlijk interesse kunnen opbrengen. Dat waren wel veel mitsen en maren.

'Lord Ballentine,' klonk een ijzige stem. Lucies moeder stond naast Cecily als een koele, magere tegenpool van de warme lieftalligheid van haar nicht.

'Lady Wycliffe. Het is me een genoegen u weer te zien.'

Haar blik bleef veelbetekenend haken aan de speld in zijn halsdoek, een grote lapis lazuli uit Kaboel. Op Rochesters gedragslijst stond niets over halsdoekspelden.

'U bent alweer de held van de dag, naar het schijnt,' zei ze met vlakke stem.

'Ik was op het juiste moment op de juiste plek.'

'Een nuttige gewoonte die elke man zich zou moeten aanwennen.'

Aan haar gezicht viel niet af te lezen of ze het goedvond dat de pupil van haar man zich uitgerekend met hem zou verloven. Ooit was ze zijn moeders beste vriendin geweest, maar haar fijnbesneden, aantrekkelijke uiterlijk was voorgoed ontsierd door een vage, ingewortelde vijandigheid die ze al tientallen jaren moest hebben gecultiveerd. Net als haar dochter, alleen was Lucies vijandigheid liefdevol geslepen als een pijl en had die een duidelijk doelwit.

'Ik ben zo blij dat u het arme beest hebt gered,' zei Cecily zacht. 'Net als alle dames hier.'

Tristan vermoedde dat ze van hun regeling op de hoogte was, want in haar ogen zag hij een blik die op hem overkwam als... samenzweerderig. Net waar hij op zat te wachten! Ze zou zich niet moeten verheugen op een huwelijk dat nooit zou plaatsvinden. Hij betwijfelde of Wycliffe haar aan hem zou hebben uitgehuwelijkt als ze zijn dochter was geweest in plaats van een ouderloze pupil. Pupillen werden over het algemeen makkelijker aan een zwart schaap toevertrouwd dan het eigen vlees en bloed van een graaf.

'Kom, Cecily,' zei lady Wycliffe. 'We gaan nog eens de ronde door de kamer doen. U zult ongetwijfeld zo vriendelijk willen zijn, lord Ballentine, om het verhaal van uw heldhaftige daad tijdens het diner aan Cecily te vertellen. Zij is uw tafeldame.'

'Uitstekend,' zei hij automatisch, en zijn blik gleed naar de hertogin, die er zwijgend bij stond. Als gastvrouw had zij de tafelschikking geregeld. Was zij van de hele verlovingskwestie op de hoogte gebracht?

En de volgende logische vraag: wist Lucie ervan?

Onwillekeurig verstijfde hij van ongerustheid.

Lucie mocht er niets van weten. Als ze dacht dat hij met haar nicht ging trouwen, zou ze nooit in de buurt van zijn bed komen.

Speurend naar haar ijsblonde haar ontdekte hij in de menigte de chagrijnige kop van lord Arthur bij de Rembrandt aan de oostelijke muur. Hij stond naast zijn vader, de markies van Doncaster.

Tristan voelde Cecily's nieuwsgierige blik, hoewel ze niet rechtstreeks naar hem keek, en hij verontschuldigde zich om Avi de kattenharen van zijn jacquet te laten borstelen.

Twee uur later zat hij ingeklemd tussen lady Wycliffe en Cecily. Lucie zat drie tafels verderop, bijna onzichtbaar in de zee van hoofden tussen hen in. Alle gasten keken tersluiks naar de hoofdtafel, waar Zijne Koninklijke Hoogheid Albert Edward, de prins van Wales en de toekomstige koning van Engeland, als eregast naast de hertog zat. De sfeer in de enorme eetzaal zinderde van ingehouden opwinding, terwijl elke interactie tussen Bertie en Montgomery met argusogen werd bekeken.

Alleen Cecily was totaal niet geïnteresseerd in de prins. 'Het was zo'n verrassing om te lezen dat u de dichter van *A Pocketful of Poems* bent.' Met grote ogen zocht ze zijn blik.

'Dat kan ik me voorstellen.'

Ze zag eruit als een glanzende Spaanse dubloen in haar wit-met-gouden avondjapon. Zo nu en dan prikte ze bevallig in een stukje hertenvlees op haar bord. Haar tante was opvallend afgeleid door haar eigen tafelheer. Ze wilde de tortelduifjes zeker de gelegenheid geven voor een gesprek.

'Ik kan me niet herinneren dat ik u ooit iets heb zien schrijven tijdens de zomers op Wycliffe Hall,' moedigde Cecily hem voorzichtig aan.

Had ze hem destijds dan opgemerkt? Tijdens de laatste vakantie die hij op Wycliffe had doorgebracht was ze nog een kind geweest, hooguit twaalf, met slungelige benen en vlechtjes.

'Schrijvers werken vaak 's nachts,' zei hij afwezig.

Hij had vastgesteld dat Lucie tussen de Greenfield-erfgenaam Zachary en lord Melvin in zat, een buitenstaander in het Hogerhuis dankzij zijn openlijke steun voor het vrouwenkiesrecht. Melvin was van Lucies leeftijd en nog altijd vrijgezel. Waarschijnlijk zouden ze schaamteloos met elkaar gaan zitten flirten onder het mom van een politieke discussie of iets dergelijks. Een pijnscheut in zijn rechterhand wees hem erop dat hij zijn vork zo stevig vasthield alsof hij die wilde fijnknijpen.

Enigszins van slag door de ongewone gedachten die hem bestookten verslapte hij zijn greep en richtte hij zijn blik weer op Cecily.

'En wat doe jij tegenwoordig graag in je vrije tijd, Ceci?'

Ze bloosde toen hij haar met haar oude koosnaam aansprak. Ze nam een slokje van haar wijn en wierp hem boven de rand van haar glas een kokette blik toe. 'Ik ben bang dat u me vrijpostig zult vinden als ik het vertel.'

Er bestaat niets wat jij kunt doen wat ik als vrijpostig zou beschouwen, lieve schat, zou hij willen zeggen. Hij schonk haar een glimlach waardoor hij er wolfachtig uitzag. 'Stel me maar op de proef.'

Ze boog zich naar hem toe. 'Ik probeer ook graag gedichten te schrijven.'

Hij klakte gespeeld ontzet met zijn tong. 'Grote goedheid, ik ben geschokt.'

Ze giechelde charmant.

'Ga je er vanavond tijdens de voordracht een presenteren?'

Haar ogen werden groot. 'O, o nee. Misschien een andere keer. Dan zou ik een gedicht uitkiezen waar ik aan moest denken toen u met lady Hampshires kat in uw armen de ontvangstzaal binnenkwam.'

'Hoe is het mogelijk?'

'Ja. Het gaat over een kat, ziet u. Over een jong katje, om precies te zijn.' Ze had zich nog dichter naar hem toe gebogen, zodat ze hem in de warme geur van haar rozenparfum hulde. Hij kon er niet omheen. Ze wilde onmiskenbaar haar gedicht aan hem voordragen.

'Een katje,' zei hij. 'Zou je me de eer willen doen het aan me voor te dragen?'

'O, dat zou ik niet kunnen,' protesteerde ze prompt.

'Ken je het niet vanbuiten?'

'Jawel, het is niet lang.'

'Een kort gedicht. Dat komt niet vaak voor. Ik sta erop het nu echt te horen.'

'Maar dat durf ik niet, niet hier aan tafel.'

Hij schudde zijn hoofd. 'Je bent lang niet zo vrijpostig als je je voordeed, nietwaar? Wat een teleurstelling.'

Ze beet op haar onderlip. 'Nou, omdat u zo aandringt, waag ik het erop.' Haar wangen kleurden rood. Ze dempte haar zachte stem tot een fluistertoon en begon:

'Stil eens! Hoor j' een poesje mauwen?
Hoe klaaglijk, zielig en hoe zacht
Zo eenzaam in de donk're nacht
Met schaduwen die haar benauwen

Haar zusjes weg, het bed zo koud
Waar is de baas die van haar houdt?
O, hoe wreed toch is haar lot
Bang, verkleumd tot op het bot

Maar dan komt er iemand binnen
Baasjes streling stelt gerust
Veilig in zijn hand en dus
Kan ons poesje weer blij spinnen.'

Zijn blik was strak op haar gezicht gericht. Haar uitdrukking was volkomen argeloos. Vaag afwachtend.

Hij vernauwde zijn ogen een beetje. 'Is dit een metaforisch of een letterlijk gedicht?'

Cecily keek hem verward aan. 'Ik vrees dat ik u niet begrijp.'

'Het gaat dus over een echte kat, met snorharen en alles erop en eraan.'

'Ja, natuurlijk. Ik ben dol op jonge katjes. Metaforische betekenissen creëren laat ik graag aan de heren over. Hoewel ik me herinner dat u de katten van mijn tante in Wycliffe Hall leuk vond, dus misschien vindt u dat ze wel een paar coupletten hebben verdiend.'

'Dat hebben ze zeker.' Vooral één bepaald sluw katje, dacht hij grimmig.

Cecily's ogen straalden. Ze vatte zijn instemming als compliment op. De etiquette, en de spreekwoordelijke strop rond zijn hals, vereisten dat hij haar een echt compliment gaf voor haar onbedoeld dubbelzinnige prulgedicht. Een compliment dat niet cynisch en niet aanstootgevend was. Heel even wist hij zich geen raad.

'Het heeft een goed ritme, je gedicht,' zei hij ten slotte.

Ze zag er voorzichtig verheugd uit. 'En is het ritme belangrijk?'

'Sommigen zouden zeggen dat het ritme alles is.'

Ze hield haar hoofd schuin. 'En wat zou u zeggen?'

Dat je voor een zogenaamd verlegen en lieftallig lammetje een geraffineerd verleidingsspelletje speelt. Mannen die minder verdorven waren dan hij zouden zich nu groot en sterk als Hercules voelen onder haar bewonderende meisjesblikken.

Hij keek in haar blauwe ogen en boog zich naar haar toe. 'Ik heb altijd achter het idee gestaan dat het niet uitmaakt wat je zegt, maar wel hoe je het zegt. Dus ja, er valt veel te zeggen voor een goed, stevig ritme om voor een bevredigende ervaring te zorgen.'

'O,' fluisterde ze. Een vurige blos kleurde haar gezicht.

Hij concludeerde dat ze aanvoelde dat hij een liederlijke opmerking had gemaakt, maar dat de details van zijn dubbelzinnigheid haar ontgingen.

Hij pakte zijn glas en terwijl hij een slok nam bestudeerde hij haar engelachtige trekken en stelde hij zich een leven voor waarin zij zijn vrouw was. Ze zou regelmatig echtelijke dingen van hem verlangen: mooie kinderen, modieuze kleren, het leven dat ze gewend was, complimenten. Ze was niet teer, maar ze zag er kneedbaar uit en was opgevoed om haar man te behagen. Stiekem zou ze ingewikkelder zijn dan dat, maar hij zou nooit weten wat ze werkelijk dacht als hem dat niet interesseerde. Ze zou het accepteren als hij zijn eigen gang ging. Het leven met Cecily zou conventioneel zijn. Na een week zou hij zich gruwelijk gaan vervelen en haar ongelukkig maken. Het was niet haar schuld. Hij was domweg niet geschikt om voor hulpeloze schepsels te zorgen, of zelfs niet voor schepsels die zichzelf konden onderhouden. Ook al zou Cecily perfect bij hem passen, alleen al doordat Rochester haar voor hem had uitgekozen was ze de laatste vrouw die hij als zijn echtgenote zou overwegen.

Cecily schoof onbehaaglijk op haar stoel, en hij besefte dat hij haar doordringend had aangekeken.

Hij dronk zijn wijnglas leeg. De tijd voor een whisky kon wat hem betreft niet snel genoeg komen.

Het hertogelijke banket was verrassend goed. De keuken van Claremont serveerde een unieke combinatie van Franse en landelijke gerechten. Lucie had in jaren niet zo verfijnd gegeten: volmaakt ronde, goudbruine pasteien, sappige stukken wild en vis, goed gekruide sauzen en een boeket kleurrijke groenten. Het eten was zo verrukkelijk dat het haar afleidde van wat er een paar uur eerder op de vloer van Montgomery's paardenstal bijna was gebeurd... Nee. Nee, ze wilde niet weer aan de stalvloer denken. Of aan het gevoel van zachte haren tussen haar vingers of het stevige mannenlijf tegen haar eigen lichaam.

Ze stak haar vork in de pastei op haar bord. De korst brak knisperend open en een warme, hartige geur zweefde omhoog. Ze deed heel even haar ogen dicht en het gebabbel om haar heen vervaagde. Wanneer was ze vergeten dat ze zo dol was op eten?

Ze nam een onbeschaafd grote hap. Het smaakte hemels. Haar huishoudster was een juweel, maar koken kon ze niet. Anderzijds, meestal at ze zonder te letten op wat ze in haar mond stak, omdat haar gedachten als gretige aasgieren rond haar bureau in de zitkamer cirkelden terwijl haar lichaam aan de keukentafel zat.

'De koks hebben zichzelf overtroffen,' zei ze tegen lord Melvin toen ze besefte dat ze in een gulzige stilte van haar pastei had genoten en haar tafelheer aan zijn lot had overgelaten.

Melvin slikte snel zijn hap eten door. 'Het is in elk geval stukken beter dan de nieuwe buffetservice in Westminster.' Hij veegde zijn mond af met het servet. 'Ik wou dat Bellamy's werd heropend. Laatst smaakte het kalfsvlees afschuwelijk.'

Lucie glimlachte spottend. 'Dat kan ik niet beoordelen.'

Bellamy's, de kantine van Westminster die in 1834 was afgebrand, had tijdens zijn bestaan nooit vrouwenrechtenactivistes toegelaten en de nieuwe buffetservice was alleen beschikbaar voor mannelijke politici.

Melvin schudde geamuseerd zijn hoofd. 'Nou, u schijnt overal te zijn. Men kan zich moeilijk voorstellen dat er in Westminster Palace nog steeds plaatsen zijn waar lady Lucinda niet onverwachts zou kunnen opduiken.'

Ze fronste haar wenkbrauwen. 'Dat klinkt bijna alsof ik er voortdurend rondspook, lord Melvin.'

'Er zijn genoeg mensen die dat vinden,' zei hij laconiek.

Dit verliep niet volgens plan. Haar beruchtheid zou hier op Claremont geen gespreksthema moeten zijn.

In Melvins intelligente donkere ogen lag een onderzoekende blik. Met zijn haakneus zag hij eruit als een ekster die een diefstal overwoog. 'Zou u, als dat mogelijk was, zitting nemen in het parlement en het slechte eten verdragen?'

'Natuurlijk.' Ze zei het zonder aarzelen. 'En ooit zal ik dat inderdaad doen.'

Melvin knikte. 'Dan moet u meer druk uitoefenen op Gladstone.'

Ze fronste om die ongevraagde vingerwijzing. Tijdens zijn recente verkiezingscampagne had premier Gladstone de vrouwenrechtenbeweging genoeg lippendienst bewezen om zelfs haar hoopvol te stemmen. Daarom hadden de suffragetteafdelingen in heel Groot-Brittannië hem op alle mogelijke manieren gesteund, voor hem gedemonstreerd en pamfletten uitgedeeld en hem in goed vertrouwen hun politieke eisen voorgelegd, maar in de drie maanden van zijn bewind had hij met geen woord van de goede zaak gerept. De politiek in Westminster ging zijn gewone gang, gebaseerd op loze beloften. Weldra zouden ze Gladstone tot actie moeten aansporen, en dan zou hij zeggen dat ze geduld moesten hebben, net zoals elke andere regering vóór hem.

Ze legde haar vork neer en pakte haar wijnglas. De sauvignon smaakte heerlijk fris, maar toch hield ze er een bittere nasmaak aan over.

'Totdat ik een manier heb gevonden om werkelijk overal tegelijk te zijn, ben ik momenteel nog niet in staat mijn Gladstone-activiteiten uit te breiden.'

'U zou eens moeten overwegen taken te delegeren in plaats van te denken dat u onvervangbaar bent,' zei Melvin. 'Delegeren is een kunst.'

'Dat is een geweldig advies,' zei ze nuchter. 'Dat ik daar zelf niet op ben gekomen.'

Hij knikte, uit beleefdheid of omdat haar ironie hem was ontgaan. 'Ziet u, het gekke van goede doelen is dat ze over het algemeen uitstekend zonder één bepaald individu kunnen. De vraag is alleen of het ene bepaalde individu zonder het goede doel kan. Hebt u Montgomery's amendementsvoorstel eigenlijk al gelezen?' Hij grinnikte. 'Ach, natuurlijk hebt u dat. Wat vindt u ervan?'

Op dat moment zei Montgomery juist iets tegen de prins van Wales die knikte en moest lachen.

'Millicent Fawcett en onze juridische adviseurs hadden geen bezwaar tegen de formulering of de inhoud,' zei Lucie. 'Maar ik heb wel een paar bedenkingen.'

'Uiteraard.'

Ze haalde haar schouders op. 'Maar als men daar rekening mee houdt, zou het amendement nooit langs onze traditionele tegenstanders in het Hogerhuis komen. Het huidige voorstel maakt in elk geval een kans. Daar zouden we bij de volgende ronde van amendementen op kunnen voortborduren.'

'Montgomery weet hoe hij zijn politieke strategieën moet inkleden,' zei Melvin. 'Hij slijpt ze zo glad als een aal en voor je het weet, zijn ze uit je vingers gegleden en aangenomen.'

'Inderdaad.' Ze bekeek haar bord. De groenten begonnen te verleppen. En het beeld van een gladde aal bedierf haar eetlust.

Melvins blik was nog steeds op de hoofdtafel gericht. Als politicus in hart en nieren werd hij tot macht aangetrokken als een mot tot het licht. 'Het is de invloed van de hertogin,' zei hij met gedempte stem. 'Montgomery's nieuwe politieke beleid, bedoel ik.'

Een ogenblik sloegen ze Annabelle onopvallend gade, die met een geïnteresseerd lachje luisterde naar de prins van Wales die een verhaal vertelde. De troonopvolger raakte geanimeerd en gesticuleerde zo hevig dat zijn rechterhand zijn wijnglas dreigde om te gooien, zonder dat hij zijn blik ook maar een moment van de hertogin afwendde. En alle andere gasten in de enorme eetzaal zagen het ook. Een gevoel van tevredenheid doorstroomde Lucie. Katincident of niet, niemand kon de goedkeuring waarmee de prins Annabelle overstelpte negeren.

'Verbazend, nietwaar? Ik snap waarom mijn seksegenoten ertegen zijn om het schone geslacht meer macht te geven,' bromde lord Melvin.

Lucie draaide zich langzaam naar hem om. 'Wat bedoelt u daarmee, milord?'

Zijn blik bleef strak op de prins rusten. 'Ik meen dat de hertogin vroeger een eenvoudige plattelandsvrouw was, nietwaar?'

Verontwaardigd schoot ze namens Annabelle in de verdediging. 'Dat klopt.'

Hij knikte. 'En toch oefent ze hier nu invloed uit op een hertog en charmeert ze de toekomstige koning. De meeste mannen bereiken zo'n positie alleen op grond van hun geboorterecht en door daarna onvermoeibaar politieke spelletjes te spelen. Vanzelfsprekend vraagt men zich dan af waarom vrouwen naar politieke macht streven als ze toch al zoveel macht hebben simpelweg doordat ze een vrouw zijn.'

Lucie keek hem met een verbluft lachje aan. 'Ik neem aan dat u de advocaat van de duivel speelt, lord Melvin.'

'Laten we aannemen dat dat zo is. Hoe zou u dat argument weerleggen?'

'Ik zou voorstellen om in het woordenboek bij de letter V de definitie van "vrijheid" op te zoeken.'

Melvin trok zijn wenkbrauwen op alsof ze een brutaal schoolmeisje was.

'Hoeveel vrouwelijke kennissen van uw hypothetische seksegenoot kunnen de hertogin in schoonheid, jeugd en geestigheid evenaren?'

Zijn wenkbrauwen gingen weer omlaag. 'Een heer heeft uitsluitend complimenten voor het uiterlijk en de vaardigheden van een dame in zijn kennissenkring.'

'Natuurlijk,' zei Lucie kalm. 'De complimenten daargelaten, de hertogin beschikt over een zeldzame combinatie van eigenschappen waar de meeste mannen voor zouden zwichten. Maar zijn de invloed en de waardigheid van een heer afhankelijk van zoiets vluchtigs als zijn natuurlijke charmes? Moet hij opmerkelijk zijn om mee te tellen? Welnee. Hij heeft officieel een stem enkel en alleen omdat hij een man is.'

Lord Melvin trok een van zijn mondhoeken op. 'Tenzij hij geen grondbezitter is. Dan telt ook zijn stem niet mee.'

Lucie kreeg het gevoel dat hij er plezier in had om advocaat van de duivel te spelen. 'Als een man geen stem heeft, dan komt dat doordat hij geen grond bezit,' zei ze zacht. 'Dat een vrouw geen stem heeft, ligt altijd aan het feit dat ze een vrouw is.'

'Dat is inderdaad zo.' In zijn ogen blonk een goedkeurende glinstering en hij hief zijn glas naar haar. 'Ik ben zeer tevreden met de tafelschikking van vanavond. Het is altijd een plezier om te converseren met iemand die haar hartstocht nog niet kwijt is. Tegenwoordig behandelen te veel mensen de politiek als een toneelstuk met zichzelf in de hoofdrol.'

Ze kon zichzelf in zijn donkere ogen zien: de kunstige krans van blond haar en zijden bloemen boven op haar hoofd vormde een ongewone aanblik. Ze knikte toen ze besefte dat ze nog niet had gereageerd.

Lord Melvin was intelligent. Hij stond aan haar kant. Het parlement noemde hem de opvolger van de filosoof en econoom John Stuart Mill en Lucie respecteerde en bewonderde hem om zijn werk, terwijl het niet haar gewoonte was om iets of iemand te bewonderen.

Zou hij plezier kunnen schenken? Zou hij haar slappe knieën kunnen bezorgen en alles om haar heen laten vergeten, zoals toen ze vandaag in de spottende ogen van een verdorven man had gekeken?

Ze sloeg haar blik neer en keek toen opnieuw naar lord Melvin. Hij had vage lijnen aan weerszijden van zijn mond. Hoewel hij in zijn toespraken hartstochtelijk overkwam, vermoedde ze dat hij privé gereserveerd en vormelijk was, zoals een zichzelf respecterende aristocraat betaamde.

Lord Melvin keek licht verwonderd onder haar onderzoekende blik.

Ze reikte naar haar wijnglas.

Een dame hoort zich nooit in het openbaar aan eten en wijn tegoed te doen, en ze kan er maar het best helemaal niet van genieten. Zit niet zo te schrokken, Lucinda. Je bent een dame, geen paard.

Hier in de hertogelijke eetzaal, tussen het fonkelende kristal en de zilveren schalen, werd ze door het verleden achtervolgd. Een andere versie van haar had deze avond gezeten op dezelfde stoel aan ditzelfde diner kunnen deelnemen: een gerespecteerde dame, moeder van een paar kinderen, getrouwd met iemand zoals lord Melvin. Ze zou niet per se gelukkiger zijn geweest. Als je je niet opwond over de toestand van de vrouwenrechten in het land, kon je ontevreden zijn over de gordijnen, of een armzalig societyseizoen, of een tirannieke echtgenoot. Het enige wat haar van die vrouw onderscheidde, waren een paar boeken en pamfletten die ze op het juiste moment had gelezen. Of was de verandering misschien al eerder begonnen? Had er altijd al iets in haar gesluimerd waardoor ze geleidelijk van de geijkte weg af was geraakt?

Ze zette die gedachten van zich af. Hoe ze ook op dit punt was beland, nu kon ze alleen maar op dezelfde voet doorgaan.

Lord Melvin wierp zich op als Lucies begeleider naar de groene salon, maar zijn aandacht was gericht op andere leden van het Hogerhuis die naast hen door de ridderzaal slenterden.

Vooraan in de menigte liep Tristan. En aan zijn arm hing Cecily. Ze had haar ogen zo smachtend op haar begeleider gericht alsof hij zojuist de maan en de sterren voor haar had opgehangen. Een herinnering schoot haar te binnen aan Cecily, die als meisje achter een slungelachtigere Tristan aan was gelopen, met haar blonde vlechtjes en de banden van haar witte schort wapperend achter haar aan. Nu schreed haar nicht gracieus als een zwaan aan Tristans arm door de zaal, met de sleep van haar sneeuwwitte japon achter zich aan, en de aanblik zat haar dwars. Waarom was haar moeder nergens te bekennen om een oogje op Cecily's reputatie te houden? In elk geval was Tommy – Thomas – er, die een paar passen achter het stel aan liep, met een stijve rug die ongenoegen uitstraalde.

'Lady Lucinda?' Melvin keek haar vragend aan.

'O, pardon. Neemt u me niet kwalijk.'

'Verheugt u zich op het avondprogramma?' herhaalde hij geduldig.

'Jazeker.'

'Ik heb gehoord dat lord Ballentine ons op een gedicht wil vergasten.'

'Hoe aanlokkelijk,' zei ze droogjes.

'U klinkt niet bepaald enthousiast,' merkte Melvin op.

'O, ik ben heus enthousiast,' zei ze snel. 'Bijzonder enthousiast.'

Het zou een dodelijk saaie avond worden.

Gelukkig stonden Hattie en Catriona bij de ingang naar de menagerie op haar te wachten. In de reusachtige zaal met groene muren waren vierhonderd vergulde stoelen met roodfluwelen bekleding in een halve kring neergezet. In het midden stond een glanzende zwarte Steinway-vleugel.

Ze liep achter Hattie aan naar een van de twee gangpaden waarlangs de gasten hun plaats konden bereiken. Lord Melvin volgde haar op de voet, hoewel er geen reden was om haar nog langer te begeleiden.

De kroonprins zat naast Montgomery op de eerste rij, op een speciale stoel die iedereen die de pech had achter hem te zitten het zicht benam.

Hattie rekte haar hals en speurde de zaal rond zodra ze haar rokken op de stoel had gedrapeerd. 'Heb je het gehoord?' fluisterde ze. 'Lord Ballentine gaat een gedicht voordragen.'

'Ik heb het gehoord.'

'Ik hoop dat het "De ballade van de schildmaagd" is.' Hattie keek nog steeds speurend om zich heen.

‘Hij zit direct tegenover je, tweede rij aan de linkerkant.’

‘Ik zocht niet naar hem,’ loog Hattie.

Er viel niet aan te ontkomen. Zodra de heren zich naar de rooksalons hadden teruggetrokken, zouden de dames het alleen nog maar hebben over Ballentine en zijn gedichten.

En intussen bleef de herinnering aan zijn schelmenstreek in de paardenstal schrijnen. Tot overmaat van ramp was hij kennelijk de lieveling van de society geworden zodra hij die vervloekte kat had teruggebracht, die zij hem nota bene letterlijk in zijn schoot had geworpen.

‘Dat is toch jouw nicht, die naast hem zit?’ vroeg Hattie op gedempte toon, terwijl ze naar Cecily keek.

‘Inderdaad.’

‘Ze is beeldschoon,’ zei Hattie. ‘Een Botticelli. De engel, niet de venus.’

‘Dat zal wel.’ Lucie had zelf geen greintje artistiek gevoel. Maar ze merkte wel de verrukte blik waarmee haar broer naar Cecily keek, terwijl zij diep in gesprek was met Tristan. Interessant.

Het programma opende met de snelle tonen van Mozarts ‘Alla turca’. Een jongedame had achter de Steinway plaatsgenomen en liet haar vingers over de toetsen dansen.

Onvermijdelijk dwaalden Lucies gedachten af naar het voorval in de paardenstal. Het incident zou haar minder hebben beziggehouden als Tristan zich de afgelopen week net als anders had gedragen. Maar hij was haar te hulp geschoten in het park en ze had een raadselachtige donatie van de schermclub gekregen. Het was logisch dat hij daardoor in haar achting was gestegen. Onwillekeurig was ze ook nieuwsgierig naar hem geworden. En nu ze wist hoe zacht zijn haar was, kon ze dat gevoel niet meer van zich afzetten.

Het pianostuk werd besloten met een daverend applaus. De kroonprins schrok op, keek verward knipperend met zijn ogen om zich heen en begon alsnog met het publiek mee te klappen. Er volgden nog drie matige pianostukken.

En toen liep Tristan onder een koor van bewonderende uitroepen naar het midden van de zaal. Naast haar slaakte Hattie een verdacht smachtende zucht.

Lucie keek haar scherp aan.

Blozend van schaamte kromp Hattie ineen. 'Ik weet het, ik weet het,' fluisterde ze. 'Het spijt me, maar ik kan er niets aan doen. Hij is zo...'

'... onuitstaanbaar?' snauwde Lucie.

'Beeldschoon,' zei Hattie, en ze haalde hulpeloos haar schouders op. 'Hij is beeldschoon. Kijk nu toch eens naar die kaaklijn.'

Dat deed Lucie, terwijl Tristan naast de piano ging staan en een buiging maakte.

'Ja, en?'

'Nou, die is volkomen recht. Weet je wel hoe zeldzaam dat is? Eigenlijk is zijn hele uiterlijk volmaakt. Ik moet hem eens vragen of hij model wil zitten voor mijn schilderijenreeks van aartsengelen.'

Lucie tuitte haar lippen. 'Kun je die er niet gewoon op schilderen?'

Hattie keek verbluft. 'Wat bedoel je?'

'De kaaklijn. Kun je er niet gewoon een met een rechte kaaklijn schilderen?'

Hattie was oprecht verbijsterd. 'Zo gaat dat niet bij een schilderij, Lucie.'

'Ssst,' siste iemand.

Gezichten draaiden zich naar hen om en keken hen kwaad aan. Lucie kon lord Melvins onderzoekende blik voelen.

'Koninklijke Hoogheid, milady's, mijn edele vrienden,' begon Tristan toen het weer stil was geworden. 'Laat me u meevoeren op de tocht van...' Hij zweeg even en de hele zaal hield zijn adem in. '... de schildmaagd.'

Er ging een zucht door de zaal.

'Dat is een goeie,' fluisterde Hattie. 'In de stijl van Tennyson.'
Lucie sloeg haar armen over elkaar en Tristan stapte naar voren.

'Bij een bos omringd door meren
Zweeft een adelaar in de lucht
Een vrouw tuurt naar zijn hoge vlucht
De schildmaagd uit een ver verleden
Een prinses, maar zonder volk.'

Hoe ergerlijk. Al na vijf regels was er geen twijfel mogelijk: hij kon echt schrijven. En voordragen.

Ze kon niet anders dan stilzitten en getuige zijn van hoe zijn bariton moeiteloos van fluweel in zijde veranderde, van licht naar donker ging, totdat de betekenis van zijn woorden er niet meer toe deed en het gedicht een melodie werd. Ogen glansden, adem werd ingehouden; vierhonderd mensen waren als gebiologeerd.

Blijkbaar wist ook hij dat woorden als wapens konden worden ingezet en daar maakte hij indrukwekkend gebruik van.

Toen hij ten slotte zweeg, was het heel even stil voordat iedereen als uit een betovering ontwaakte. De prins van Wales stond applaudisserend op. 'Bravo,' riep hij. 'Bravo.'

De rest van het publiek volgde haastig zijn voorbeeld. Stoelen schuurden over de vloer toen iedereen opstond en het donderende applaus de kroonluchters liet rinkelen.

Te midden van het rumoer ging Lucie er stilletjes vandoor.

Tristan maakte weer een buiging en gebruikte dat korte moment om zich te vermannen. Uitstekend. Een staande ovatie van de prins maakte ter plekke een veelvoud aan zonden ongedaan.

Zijn optreden moest de eerste helft van het avondprogramma hebben afgesloten, want de vrouwen kwamen in kleine groepjes op hem af en omringden hem in ambergrijs en opgewonden gegiechel. Cecily bevond zich onder hen en bekeek hem met een vurige blik die hij nogal bezitterig zou hebben gevonden als hij niet zou zijn afgeleid.

'Lord Ballentine.'

De prins kwam naar hem toe, met lord Manchester, zijn rechterhand, in zijn kielzog. De schare bewonderaarsters week voor hem uiteen als de Rode Zee voor Mozes.

Tristan tikte zijn hielen tegen elkaar, precies stevig genoeg om een spottend gebaar in een echt saluut te veranderen.

'Op de plaats rust, Ballentine, op de plaats rust,' zei Bertie joviaal. 'Eens een luitenant, altijd een luitenant, nietwaar? Beste kerel. En je weet hoe je iets onder woorden moet brengen. Waarom zien we je niet vaker aan het hof?'

Omdat je moeder dat niet op prijs zou stellen. In feite was hij de laatste die koningin Victoria in het gezelschap van haar erfgenaam zou willen zien. Ze beschouwde haar zoon op zichzelf al als een losbol en een grote teleurstelling.

'Ik ben voorlopig druk bezig mijn dagboeken van mijn laatste veldtocht in Afghanistan te redigeren, Hoogheid,' legde hij uit. 'Ik hoop ze over een paar maanden te publiceren.'

'Oorlogsdagboeken uit de pen van deze man. Wat zeg je daarvan, Manchester?' zei de prins, waarop Manchester niets anders kon zeggen dan dat het een voortreffelijk idee was, dat ze ongetwijfeld voortreffelijke lectuur zouden zijn.

De prins knikte, terwijl hij Tristan bleef aankijken. 'Voortreffelijk, voortreffelijk. Draag die dagboeken maar aan mij op, hm?'

'Dat zou me een eer zijn, Hoogheid.'

De prins had zo luid gesproken dat iedereen binnen een omtrek van drie meter hem had gehoord. Morgen zou iedereen die ertoe deed weten dat de troonopvolger de beschermheer van zijn recentste werk was, en dan konden ze de geplande oplage verdriedubbelen.

Zijn officiële missie om zijn reputatie op te vijzelen was gelukt.

Wat zijn onofficiële missie betrof…

Een glazen deur voerde van de groene salon naar het grote terras. Lucie was er vrijwel ongemerkt door naar buiten geglipt tijdens het rumoer toen vierhonderd gasten waren opgestaan.

Tristan boog voor de prins.

Zonder acht te slaan op de dreigende blik van lord Arthur Seymour liep hij naar de deur, weg van Cecily, weg van de armada van verlangend wapperende waaiers en knipperende oogleden.

18

Nadat Lucie langs de terrastrap de Franse tuin in was gegaan, was ze op het grindpad in een opwelling naar links afgeslagen. Tegen de verweerde terrasmuur, naast een granieten leeuw, stond een granieten bank.

Ze nam plaats op het harde oppervlak en ademde diep in. Onderzoekend wreef ze over haar blote bovenarmen. De avondlucht was nog mild genoeg, zodat ze zich geen kou op de hals zou halen. Bovendien was ze door drie glazen wijn vanbinnen warm geworden.

Achter de symmetrische rechthoek van de Franse tuin die zich voor haar uitstrekte lagen de heuvels in de verte. Op een zo'n heuvel stond een folly, strategisch geplaatst om vanaf het terras het oog te strelen, en achter de folly kleurden de laatste zonnestralen de wolken vlammend rood. Vanuit een van de keurig gesnoeide heggen zweefde het weemoedige gezang van een merel. Het eenvoudige deuntje begon langzamerhand de woorden van het Schildmaagd-gedicht die door haar hoofd echoden te overstemmen.

Ze kon echter niet lang van de rust genieten.

Er klonken voetstappen van een man die met lange, lome passen naderbij kwam, en jawel, een rijzige, vertrouwde gestalte verscheen op het pad.

Haar handen werden vochtig van het zweet. 'Hou nou eens op met me te volgen, Ballentine.'

'Verbeeld je maar niets. Ik ben naar buiten gegaan voor een sigaret.'

Hij kwam ongevraagd naast haar zitten en haalde een zilveren sigarettendoosje uit zijn binnenzak. 'Wil je er ook een?'

Het doosje waarin sigaretten in een keurige rij naast elkaar lagen werd onder haar neus gehouden.

Typisch iets voor hem om een dame een sigaret aan te bieden. Of in het bijzijn van een dame te roken. Kennelijk beschouwde hij haar niet als dame.

Ze wendde zich af. 'Je was in het park. Je was in de paardenstal. Ik geloof niet in zulke toevalligheden. Je achtervolgt me.'

Met een klap deed hij het sigarettendoosje dicht. 'Als je het echt liever tegen vijf mannen tegelijk wilt opnemen of van een ladder wilt vallen, dan zal ik me voortaan inhouden.'

Ze knarste met haar tanden. Zwijgend zaten ze naast elkaar; hij rookte een sigaret en zij worstelde met de vraag waarom ze niet opstond en wegliep.

Want het was niet meer eenvoudig. Gelijke en tegengestelde krachten, of misschien de wijn, hielden haar op haar plaats, precies op de plek tussen de granieten leeuw en hem in.

'Wat vond je ervan?' vroeg hij, terwijl hij voor zich uit bleef kijken.

'Van het gedicht?'

Hij knikte.

Ook dat was ingewikkeld.

'Ik vond het wel goed,' zei ze met tegenzin.

Zelfs als ze hogere verwachtingen had gehad, zou ze onder de indruk zijn geweest. Ze had aan die verwarrende emoties willen ontsnappen door een luchtje te scheppen.

'Je hebt wel een afschuwelijk slechte dunk van poëzie,' zei hij met een geamuseerde ondertoon in zijn stem. 'Of alleen van mijn poëzie?'

'Verbeeld je maar niets,' zei ze kalm. 'Ik verafschuw het niet.'

'Maar?'

Ze slaakte een zucht. 'Ik begrijp niet dat poëzie zo'n hoog aanzien geniet, als je bedenkt dat het hoofdzakelijk gebakken lucht is.'

'Is dat zo?' Vanuit zijn ooghoek nam hij haar onderzoekend op.

'Ja, natuurlijk. De grote romantici waren vreselijke echtgenoten en minnaars.'

Tot haar verbazing draaide hij zich nieuwsgierig naar haar om. 'Ik ben een en al oor.'

'Ik weet zeker dat jij er alles van afweet.'

'Ik zou het graag van jou willen horen.'

Waarom, vroeg ze zich af, en waarom zou ze iets doen om hem een plezier te doen?

'Goed dan,' zei ze. 'Neem Shelley bijvoorbeeld. Er gingen geruchten dat zijn eerste vrouw, die zwanger was, zich in de Serpentine had verdronken, toen hij haar voor de zoveelste keer had verlaten voor zijn maîtresse.'

Hij kromp ineen. 'Dat is waar.'

'En Coleridge heeft niet onder stoelen of banken gestoken dat hij zijn vrouw verafschuwde, en heeft zich overgegeven aan de opium. Maar de weerzinwekkendste van allemaal is Byron. Zijn geliefde heeft haar dochter nooit meer gezien nadat hij het meisje had meegenomen en in een klooster had gestopt.' Ze gebaarde met haar hand om haar minachting duidelijk te maken. '"Zij schrijdt in schoonheid, als de nacht,"* schrijft hij, maar hij neemt haar kind mee, laat het meisje dan in de steek en kort daarna overlijdt ze. Zijn mooie woorden klinken lang niet zo charmant als je zulke dingen over hem weet.'

Tristans blik was ondoorgrondelijk en hij zweeg.

Ze stak haar kin naar voren, als om hem uit te dagen haar tegen te spreken.

---

* Bron: *Bestorm mijn hart, de beste Engelse gedichten uit de 16e-19e eeuw*, gekozen en vertaald door Cornelis W. Schoneveld, tweetalige editie. Rainbow Essentials no. 55, Uitgeverij Maarten Muntinga, Amsterdam, 2008.

Hij knikte slechts en keek weer naar de ondergaande zon, terwijl hij rook uitblies.

Ze bewoog onrustig op de bank. 'Nou?'

'Nou, dat vormt een interessant probleem.'

'O,' zei ze, en toen: 'Welk probleem?'

Hij keek haar aan met een cynisch trekje om zijn lippen. 'Volgens jouw logica zou alleen een man die een toonbeeld van deugd is mooie dingen mogen creëren.' Hij glimlachte zo breed dat zijn tanden te zien waren. 'Dan is het afgelopen met de poëzie. En wat denk je van de muziek? De componisten waren over het algemeen onuitstaanbaar.'

Toen ze zweeg vervolgde hij: 'We zouden ook aanzienlijk minder schilderijen hebben. De aanbiddelijke prerafaëlieten, met al dat kastanjebruine haar en die ridders en jonkvrouwen? Millais heeft Ruskins vrouw onder zijn neus vandaan gestolen en hem de hoorns opgezet. Ongemanierd, dat geef ik toe, maar wil je daarom nooit meer naar zijn Ophelia kijken?'

'Je bent in je wiek geschoten,' zei ze verbluft.

'In mijn wiek geschoten.' Hij kneep zijn ogen tot spleetjes en keek haar aan. 'Goeie genade. Straks ga je me nog vertellen dat ik er mijn hoofdje maar niet over moet breken.'

'Zou dat helpen?'

Hij barstte in lachen uit. 'Helemaal niet.'

Ze haalde haar schouders op. 'Natuurlijk niet. Het helpt ons vrouwen ook nooit om dat te moeten horen.'

'Ik zal het onthouden,' zei hij, nog nagrinnikend.

Wat eigenaardig. Ze had hem nog niet eerder zien lachen. Hij had elke variant van een verleidelijke glimlach onder de knie, maar hij lachte nooit. Dat was misschien maar goed ook, want als hij lachte verschenen er alleraardigste kuiltjes in zijn wangen en hij had benijdenswaardig aantrekkelijke tanden.

Achter de folly werden de laatste roze getinte wolken door de donkere nachthemel opgeslokt.

Het was onverstandig om met hem alleen in de schemering te zitten, verwarmd door de wijn, terwijl ze de sigarettenrook die hij uitblies inademde. Het begon een beleefd – of misschien vertrouwelijk – gesprek te worden, en dat zou ze nu moeten afkappen.

'Ik verlang geen toonbeeld en ook geen perfectie,' zei ze daarom maar. 'Ik wil alleen maar de waarheid.'

Ze voelde dat hij ernstig werd en toen ze een blik op hem wierp, zag ze de vrolijkheid uit zijn ogen vervagen.

'Alleen maar,' herhaalde hij. 'Alleen maar de waarheid.'

'Eerlijkheid, waarheid. Oprechtheid. Hoe je het ook wilt noemen.'

'Dat is in feite veel gevraagd.'

Ze haalde haar schouders op. 'Maar is iets de moeite waard zonder waarheid?'

'Kleine puritein,' bromde hij. 'Je bent echt een fervente idealiste.'

Ze trok verbaasd haar wenkbrauwen op. 'Ik geloof niet dat iemand me ooit zo heeft genoemd.'

'Een idealiste?'

'Ja. Meestal noemen ze me vreselijk cynisch.'

Waarom vertelde ze hem dat? Dat wist ze niet. Ze wist dat zijn woorden over toonbeelden haar aan het denken hadden gezet en het verwonderde haar dat hij die uitwerking op haar had.

'Het komt allemaal op hetzelfde neer,' zei Tristan. 'Idealisme, cynisme. Twee kanten van dezelfde medaille.'

'En de medaille, wat stelt die voor?'

Hij maakte een wegwerpend gebaar met de sigaret. 'Een hunkering om ons grillige lot te beheersen.' Er klonk een vage dramatische ondertoon in zijn stem door. 'De cynicus is alleen maar een idealist die de schok van de teleurstelling voorkomt door zelf alles te bespotten. Ze hebben allebei te hoge verwachtingen. En je zou eigenlijk Tennyson moeten lezen, als je dat nog niet hebt gedaan. Ik heb het gevoel dat zowel de thema's van zijn gedichten als zijn morele karakter je goedkeuring kunnen wegdragen.'

Haar maag verkrampte van onbehaaglijkheid. Nu raadde hij haar zelfs al boeken aan, zoals een vriend zou doen.

De lucht om haar heen voelde warmer, of misschien kwam het door zijn lichaamswarmte, omdat de afstand tussen hen ongemerkt was weggevallen. Ze kon hem ruiken; de geur van zijn scheerzeep was vanavond sterker.

Ze schoof een stukje opzij. Hij volgde haar niet, daar was hij te slim voor. Maar om zijn lippen speelde een veelbetekenend lachje dat haar irriteerde.

'Jij hebt de schermclub overgehaald om een flink bedrag voor de vrouwenrechtenbeweging te doneren,' zei ze.

Hij reageerde niet verrast, maar nam de tijd om een rookring uit te blazen voordat hij vroeg: 'O ja?'

'Ja.' Ze begon ongeduldig te worden. 'Hoe heb je dat voor elkaar gekregen?'

Zijn glimlach was vaag. 'Dat verklap ik liever niet. Je zou me toch maar scherp veroordelen, kleine puritein.'

'Vertel me dan tenminste waarom.'

Hij fronste zijn wenkbrauwen. 'Wie weet? Misschien probeer ik bij je in een goed blaadje te komen, zodat je eindelijk toegeeft dat je me aantrekkelijk vindt en naar me toe komt.'

Zijn diepe stem was nog iets dieper en een beetje schor geworden, en er ging een golf van emotie door haar heen. Een ogenblik lang was ze weer terug in de paardenstal, waar ze boven op hem lag, gegrepen door een duister verlangen om zijn mond op de hare te voelen.

Zenuwachtig streek ze haar rokken glad. Ze had het gesprek vanavond veel te ver laten gaan, hier op deze bank. Ze kon hem niet vertrouwen. Erger nog, ze kon zichzelf niet vertrouwen als hij in de buurt was. Tristan zou zich nooit als heer gedragen door haar tegen haar eigen vrijpostigheid te beschermen. Hij zou net zo ver met haar meegaan als haar nieuwsgierigheid – nee, haar zwákheid – hen zou voeren en haar dan uitdagen om nog verder te gaan.

Ze ging staan. Haar benen waren stijf. De kou van het graniet was ongemerkt door haar dunne rokken tot in haar huid gedrongen.

'Voor een notoire gokker laat je je nogal onzorgvuldig in de kaart kijken,' zei ze koel.

Hij lachte zacht. 'Soms kan het erg nuttig zijn om je in het volle zicht te verbergen. Waarom probeer je het niet ook eens?'

Ze keek hem minachtend aan. 'Me in het volle zicht verbergen?'

'Nee. De kunst van het verleiden.'

Ze snoof smalend. 'In mijn ervaring hoef je alleen maar een vrouw te zijn en te ademen om de belangstelling van de meeste mannen op te wekken.'

'Ik heb het niet over mannen,' zei hij. 'Dat zou in ieders voorstellingsvermogen wel een lage maatstaf zijn. Nee, ik heb het over de maatschappij. Dat domme, grillige, kleingeestige systeem.'

De blik in zijn ogen was ondoorgrondelijk en ze vroeg zich af of hij vermoedde dat ze zich de laatste tijd innemender probeerde te gedragen. Ze vroeg zich af of dit ook hoorde bij zijn plan om haar te verleiden.

Hij schonk haar een verzoenende glimlach, alsof hij aanvoelde welke kant haar gedachten op waren gegaan. 'De maatschappij is dommer maar sterker dan jij,' zei hij zacht. 'Wees sluw. Wees subtiel. Als je dat kunt.'

Ze liet hem achter en liep zo snel als haar strakke rokken dat toelieten, terwijl ze zijn blik tussen haar naakte schouderbladen voelde prikken. Haar hart bonsde. Ze had lang aangenomen dat Tristan onverschillig was en zich snel verveelde omdat hij een traag verstand had. Ze had zich vergist. Hij verveelde zich omdat hij juist zo'n scherp verstand had.

Toen ze de groene salon binnenkwam, was ze niet in de stemming om zich onder de gasten te mengen en over koetjes en kalfjes te babbelen, dus ging ze naar haar kamer.

Geef eindelijk toe dat je me aantrekkelijk vindt en kom naar me toe.

Zijn woorden waren je reinste provocatie, maar zijn diepe stem bleef door haar hoofd weerklinken, bleef haar van binnenuit verwarmen. Woorden deden ertoe, dat wist ze. Ook de manier waarop ze werden gezegd deed ertoe. Dat had ze misschien onderschat.

Ze haalde een handvol exemplaren van het *Discerning Ladies' Magazine* uit haar tapijttas die ze op het kleine kersenhouten bureau uitspreidde, naast een stapel exemplaren van *The Female Citizen*, die ze wegens tijdgebrek nog niet had kunnen lezen.

Algauw verplaatste ze de tijdschriften naar het kleed in het midden van de kamer en sloeg elk blad aan het begin van een verschillende rubriek open.

De inhoud van elk nummer had telkens dezelfde structuur: eerst de verslagen van vooraanstaande societyevenementen: bals, bruiloften, exposities. Daarna de prenten van modetekeningen, advies over goede manieren en dan de recepten. De grootste rubriek werd gevuld met allerlei huishoudelijke raadgevingen. Op de laatste bladzijde stond een suikerzoet verhaal. Ertussenin uitgebreide advertenties voor korsetten, schoonheidsmiddeltjes en naaisters.

Op elke bladzijde stond een of ander verhaal dat elk op zijn eigen manier aantrekkelijk wilde zijn. Alle verhalen probeerden de wet voor te schrijven, door regels te geven voor de juiste wijze om iets te doen. Verbijsterend. Als het echt in de aard van de vrouw lag om altijd een ingetogen en aangenaam zonnestraaltje in de duisternis te zijn, dan waren er wel erg veel inkt en aanwijzingen voor nodig om de vrouw aan haar aard te blijven herinneren…

Wees sluw. Wees subtiel.

Ze had geen zin om in dit reusachtige huis naar Hattie en Catriona op zoek te gaan, en Annabelle zou tot na middernacht haar verplichtingen als gastvrouw moeten vervullen. Met hulp van een paar attente bedienden liet ze bij ieder van haar drie vriendinnen een bericht bezorgen om te vragen of ze de volgende ochtend nog voor het ontbijt naar haar suite wilden komen. Bij nader inzien schreef ze een vierde briefje dat ze naar lady Salisbury liet brengen.

19

'Ik geloof dat ik een idee heb hoe we de tijdschriften kunnen gebruiken,' zei Lucie toen iedereen in haar kamer rond het kleed op haar vloer zat.

Haar vriendinnen aanschouwden de chaos die ze de vorige avond had gecreëerd en keken haar toen nieuwsgierig aan.

'Ik ben een en al oor,' zei lady Salisbury. Ze had het zich gemakkelijk gemaakt in de diepe fauteuil, met haar wandelstok tegen de armleuning, en baadde in het ochtendlicht dat naar binnen stroomde.

'Het is nu geen coup meer,' verklaarde Lucie. 'Maar meer een geleidelijke ondermijning.' Ze pakte een exemplaar van het *Discerning Ladies' Magazine*. 'Deze periodieken vertellen vrouwen overal in het land elke week opnieuw hoe ze zich moeten kleden, hoe ze moeten koken, hoe ze zich moeten gedragen en wat er in de hogere kringen gebeurt. Dat kan een belangrijk middel voor ons zijn, een Trojaans paard bij wijze van spreken, zolang we ervoor kunnen zorgen dat elke rubriek een boodschap over het vrouwenkiesrecht bevat, maar vanzelfsprekend op subtiele wijze.'

Een verbluft stilzwijgen vulde de kamer. Misschien omdat ze het woord 'subtiele' had gebruikt.

'Kijk,' zei ze ongeduldig. 'Het idee om lezeressen door middel van periodieken over politiek te informeren is heus niet nieuw. Eerst had je *The English Woman's Journal* en *The Female's Friend*. Maar die tijdschriften zijn na een paar jaar alweer verdwenen, omdat het lezerspubliek te klein was. Zelfs als alle vrouwen op wonderbaarlijke wijze achter de goede zaak zouden staan, hebben ze een krap budget. Hoe jammer ik het ook vind, er zijn maar weinig vrouwen die het zich kunnen veroorloven kritische artikelen te kiezen boven advies voor een efficiënt huishouden. Daarom stel ik voor dat we het de vrouwen zo gemakkelijk mogelijk maken om allebei te kunnen lezen: zowel huishoud- en modeadvies als subtiele herinneringen dat we in feite bezit zijn. En dat allemaal in één tijdschrift.'

Haar voorstel werd zwijgend ontvangen.

'Je ziet eruit als Lucie,' zei Hattie, met een achterdochtige blik. 'Maar je klinkt niet als haar.'

Lucie keek haar veelbetekenend aan. 'Ik ben heus wel in staat mijn tactiek te veranderen.'

'Ik vind het wel een goed idee,' zei Annabelle. 'Maar wat is precies de bedoeling? We kunnen ons rapport niet zomaar laten varen.'

'Nee,' zei ze haastig. Alleen al bij de gedachte laaide haar verontwaardiging op. 'Nee. We gaan ons rapport hoe dan ook publiceren. We moeten allemaal naar een oplossing zoeken, bij voorkeur voordat er in het najaar over het amendement wordt gestemd. In de tussentijd moeten we de periodieken goed gebruiken. Ik zou bijvoorbeeld graag een nieuwe rubriek willen toevoegen. Uit de post die we hebben ontvangen publiceren we de minder schrijnende brieven, aangepast en ingekort, en die laten we beantwoorden door een dame van goeden huize.' Haar blik gleed naar lady Salisbury. 'Dat zou eerder op een gesprek lijken dan op een preek of provocatie. Maar zo zouden we gevoelige thema's toch naar de salons van eerzame burgers kunnen brengen.'

Catriona knikte, wat een goed teken was, omdat zij meestal de eerste was die een probleem voorzag. 'Ik vind het goed klinken,' zei ze. 'Die opzet bestaat al in wetenschappelijke tijdschriften: lezers sturen vragen op en de antwoorden worden gepubliceerd zodat iedereen ze kan lezen.' Ze aarzelde. 'Natuurlijk gaat het daarbij alleen om wetenschappelijke kwesties, niet om privéaangelegenheden.'

'Maar vrouwenkwesties zijn een privéaangelegenheid,' zei Annabelle. 'Daarom voelen we ons juist zo eenzaam met onze problemen.'

'Ik vind het ook een goed idee,' zei Hattie. 'Het doet me denken aan de vraag-en-antwoordrubriek in het tijdschrift voor meisjes waar ik op geabonneerd was. Die is erg populair.'

'Wat voor vragen worden er gepubliceerd?'

'O, geen politieke zaken. Verzoeken om aanbevelingen voor romans, vragen over ervaringen met dieetpillen, hoe je bepaalde woorden moet uitspreken en wat buitenlandse woorden betekenen...'

'Dieetpillen,' zei Lucie. 'Nogal onheilspellend, als je het mij vraagt.'

Lady Salisbury schraapte haar keel. 'Heb ik je goed begrepen? Wil je dat ik vrouwen in een tijdschriftrubriek advies geef met versluierde boodschappen over het vrouwenkiesrecht?'

'Niet zomaar een rubriek, minstens twee pagina's. En de antwoorden kunnen wij schrijven, als u er liever niet over nadenkt. Maar op die pagina's hebben we wel de naam nodig van iemand van aanzien.'

Hattie wreef zich in de handen. 'Geraffineerd.'

'Het idee is beslist de moeite waard,' beaamde lady Salisbury. 'Ik zal erover nadenken.'

'We zouden ook de moderubriek kunnen ondermijnen,' opperde Hattie met een kleur van opwinding. 'Er is immers die nieuwe Rational Dress Society en ik denk dat heel wat lady's zouden openstaan voor een nieuwe, comfortabelere mode.'

Lucie knikte instemmend. 'Dat is precies wat ik in gedachten had.'

'Wat vinden jullie van het verhaal op de achterpagina?' vroeg Catriona. 'Daar zouden we alleen verhalen kunnen opnemen over heldinnen die ernaar streven om vrij en gelijk te zijn.'

'Of heldinnen die door de maatschappij vreselijk onrechtvaardig behandeld worden,' zei Hattie, 'zodat de lezeres namens haar een revolutie wil ontketenen!'

Er speelde een lachje om Lucies mond. Voor het eerst sinds Tristan zich met London Print was gaan bemoeien, verheugde ze zich op het vooruitzicht een uitgeverij tot haar beschikking te hebben, of in elk geval een halve.

'Op dit moment hoeven we het alleen maar allemaal eens te zijn over de nieuwe richting,' zei ze. 'Stiekem oproer ontketenen.'

'Het is een uitstekende richting,' vond Annabelle.

'Daar sluit ik me bij aan,' zei lady Salisbury.

'Maar hoe moeten we die hervormde periodieken langs lord Ballentine smokkelen?' vroeg Catriona. 'We kunnen hem er ook niet van weerhouden dat hij zijn veto uitspreekt over die veranderingen.'

'Het is stuitend,' zei lady Salisbury verbolgen. 'Lord Ballentine is een schitterend exemplaar van een man, maar voor een heer geeft het geen pas om onze plannen op het nippertje te dwarsbomen.'

'Inderdaad,' zei Lucie grimmig. 'Laat hem maar aan mij over. Als hij ons alleen uit kwaadaardigheid tegenwerkt, hoewel onze veranderingen misschien wel populair zullen zijn bij de lezeressen, dan zal ik hem op mijn beurt net zo kwaadaardig tegenwerken.'

'Dat klinkt erg kinderachtig,' merkte lady Salisbury op.

'Dat is het ook,' zei Lucie. Toen kreunde ze en verborg haar gezicht in haar handen. 'Het gaat járen duren voordat onze manipulaties effect zullen sorteren. Daar kan ik toch niet op wachten? Hoe moet ik dat volhouden?'

'Door aan de overwinning te denken,' zei Annabelle.

'Een lange rij vrouwen op Parliament Square, gereed om hun eerste stem uit te brengen,' voegde Catriona eraan toe.

'Lady Lucinda, het eerste vrouwelijke lid van het Hogerhuis,' zei Hattie. 'Ik eis het exclusieve recht om voor Westminster je portret te schilderen.'

Lucie keek op. 'Ik zal mijn best doen om niet onuitstaanbaar te zijn tot we ons eerste aangepaste nummer publiceren.'

'Daar zullen we je aan houden,' verzekerde Hattie haar. 'Tot nu toe lukt het je uitstekend.' Tegen lady Salisbury zei ze: 'Lady Lucinda is bezig haar reputatie op te vijzelen.'

Lady Salisbury fronste haar wenkbrauwen. 'Aha. Het was me al opgevallen dat je er bijzonder modieus uitziet.' Ze liet haar blik goedkeurend over Lucies zachtpaarse middagjapon gaan.

'Het gaat me niet alleen om mijn garderobe,' verklaarde Lucie. 'Mijn kennismaking hernieuwen met bepaalde groepen uit de hogere kringen is het volgende punt op mijn lijst.' Ze keek naar de sierlijke klok op de schoorsteenmantel. 'Daarom mag ik het ontbijt niet missen.'

Lady Salisbury klakte misprijzend met haar tong. 'Waarom heb je me niet verteld dat je klaar bent voor zo'n verandering?' Ze pakte haar wandelstok en stond moeizaam op. 'Kom maar mee. Ik zal je aan iedereen voorstellen.'

Lady Salisbury's idee van voorstellen bestond eruit dat ze hen na het ontbijt meetroonde naar het zonovergoten gazon van de Engelse tuin. Witte baldakijnen van een gaasachtige stof en rieten stoelen nodigden de rondslenterende gasten uit plaats te nemen om met elkaar te babbelen en buiten thee te drinken. Vlak bij een aantal bomen was een croquetspel opgezet en de vrolijke kreten van de spelers zweefden op een briesje naar hun gezelschap.

Lady Salisbury liep voorop met Catriona, die zelf een lady was, terwijl de bankiersdochter Hattie en het zwarte schaap Lucie op korte afstand onopvallend achter hen aan zouden komen. Ineens merkte Lucie tot haar verbijstering dat de gravin uitgerekend op lady Wycliffe afkoerste, die met Cecily aan haar zij met twee oudere matrones stond te praten. Lucie en Hattie waren het groepje al bijna gepasseerd toen lady Salisbury zich vliegensvlug omdraaide.

'Ah, lady Lucinda,' riep ze uit, alsof ze verrast was Lucie te zien. 'Wat een beeldige japon en wat een bijzondere kleur. Komt u eens dichterbij, zodat ik u met mijn oude ogen beter kan bekijken.'

Vooruit dan maar. Lady Salisbury nam een groot risico door haar neus in de zaken van een vervreemde familie te steken. Het zou natuurlijk wel in Lucies voordeel zijn als men haar met haar moeder in gesprek zag.

De gravin nam de tijd om de alledaagse tinten zachtpaars nauwgezet te bewonderen. 'Is hij niet beeldschoon?' vroeg ze zo enthousiast dat lady Wycliffe zich genoodzaakt voelde de jurk nog eens goed te bekijken en toe te geven dat hij inderdaad heel mooi was.

De oudere dames begonnen een beleefde gedachtewisseling over mode toen Lucie vanuit haar ooghoek lady Hampshire naderbij zag komen, wild gesticulerend en diep in gesprek met een heer met witte haren en een baard.

De markiezin richtte haar blik prompt op Lucies moeder. 'Lady Wycliffe,' riep ze uit. 'Ik was al naar u op zoek. We hadden het juist over professor Marlows nieuwste onderzoek naar hysterie.'

'Nee maar,' zei haar moeder zwakjes. 'Wat fascinerend.'

'Nou, inderdaad,' beaamde lady Hampshire. 'Professor Marlow zal ongetwijfeld binnen de kortste keren voorzitter worden van de Royal Society, let op mijn woorden.' De dames maakten plaats toen ze de man vastbesloten in hun kring manoeuvreerde. 'De hertog heeft de professor speciaal op mijn verzoek uitgenodigd. Een man die als het nodig is kennis boven de etiquette plaatst heeft naar mijn mening een zeer filosofische uitstraling. Herinnert u zich het artikel dat ik aan het schrijven ben over de tegendraadse baarmoeder van ongehuwde vrouwen –'

Professor Marlow schraapte zijn keel en keek ernstig om zich heen. 'In het bijzijn van onschuldige oren stel ik voor dat we dit delicate onderwerp voorlopig laten rusten.'

Lady Hampshire verstrakte en wierp Cecily en Hattie een norse blik toe.

'We hadden het juist over katten,' zei lady Salisbury opgewekt, hoewel dat niet waar was. Maar lady Hampshires hooghartige gezicht klaarde onmiddellijk op. 'Ja, natuurlijk,' zei ze. 'Lady Wycliffe is net als ik deskundig op dat gebied en een van de weinigen die verstand heeft van huiskatten. Toen de rest van de samenleving de elegante dieren nog als ordinaire muizenvangers beschouwde, dachten wij aan hoe de oude Egyptenaren ze als goden vereerden, nietwaar?'

'Inderdaad,' zei Lucies moeder.

Lucie kon zich haar moeders katten vaag herinneren: verwende, slechtgehumeurde beesten die vrij rondzwierven in haar suite en die in chique manden naar obscure kattententoonstellingen werden vervoerd. Ze had haar moeder er altijd van verdacht dat ze alleen katten hield om Wycliffe te irriteren, die tot vervelens toe herhaalde hoe dom het was om keukendieren op de bovenverdieping te houden.

'De Egyptenaren mummificeerden ze,' zei lady Hampshire. 'Ik heb het geluk gehad zo'n kattenmummie van dokter Carson te hebben gekregen. Ik neem aan dat u van hem hebt gehoord.'

'Ik vrees van niet,' zei lady Wycliffe met een gezicht vol walging.

Dat was het moment waarop iets Hattie ertoe bracht om te verkondigen: 'Lady Lucie heeft een kat.'

'O ja?' zei lady Hampshire. Meer niet. Maar ze nam Lucie van top tot teen argwanend op, alsof ze haar nog maar net had opgemerkt.

Haar moeder boog iets naar haar toe en vroeg: 'Wat voor ras?'

'Dat zou ik niet weten,' antwoordde Lucie voorzichtig. Ze vond het een beetje verontrustend dat haar moeder zich naar haar toe boog. 'Ze is zwart. Ze is een vondeling.'

'Mijn hemel,' zei professor Marlow. 'Een schuurkat, in huis?'

'Eerder een misplaatste kat,' zei Lucie. 'Haar houding is veel te verwaand voor een kat van eenvoudige afkomst.'

De professor fronste, maar haar moeder knikte, alsof ze dat een volkomen logisch argument vond, en daarom begon Cecily ook te knikken.

'Ze heet Boudicca,' zei Lucie, terwijl ze lady Salisbury's priemende blik kon voelen.

'Genoemd naar een strijdlustige heidense koningin,' zei professor Marlow. 'Wat koddig.'

Lady Hampshire nam haar nog steeds zwijgend op. 'U bent erg slank, lady Lucinda,' zei ze nu. 'Hebt u misschien een lintworm gebruikt?'

Lucie was met stomheid geslagen. Was dat een strikvraag? Een belediging? Een grap?

'Extreme slankheid bij een vrouw is doorgaans een teken van een zeer nerveuze aard,' verklaarde professor Marlow. 'Ik raad u aan regelmatig langdurig te rusten.'

Voordat Lucie de man met lady Salisbury's wandelstok te lijf kon gaan, gaven Hattie en Catriona haar ieder een arm en sleepten haar mee onder het voorwendsel dat ze dringend nodig waren bij het croquetspel.

'Zo,' zei Hattie monter, terwijl ze naar het bosje toe liepen. 'Dat ging best goed.'

'Goed?' zei Lucie. 'Ze konden me niet uitstaan. Lintwormen? Goeie genade!'

'Ze probeerde alleen maar een praatje te maken, Lucie.'

'Ze insinueerde dat ik een parasiet heb.'

'Sommige dames slikken ze om slank te blijven,' zei Hattie ernstig. 'Er ontstaan vaak vriendschappen door dieetadviezen.'

'Toch kan ik me niet voorstellen dat ze mijn moeder zoiets zou vragen.'

'Nee. Met haar had ze liever in het openbaar over hysterische baarmoeders gesproken,' verklaarde Hattie.

Een onverwacht gegiechel borrelde op in haar keel. 'Nee, moeder was beslist niet onder de indruk.'

Ze wierp een blik over haar schouder. Haar moeder stond nog steeds met lady Salisbury te praten, maar vanuit haar ooghoek hield ze Lucie in de gaten. Hun blikken ontmoetten elkaar en hun subtiele band bleef bestaan tot Cecily naar voren boog en lady Wycliffes aandacht opeiste.

'Volgens mij was het geslaagd,' zei Catriona. 'Men kon je zien praten met invloedrijke personen en, belangrijker nog, met je moeder...'

'Kijk,' zei Hattie. 'Lord Peregrin speelt. Hij zal ons vast laten meedoen.'

Montgomery's jongere broer had het drietal al opgemerkt. Hij hield de croquethamer halverwege een zwaai in zijn ene hand omhoog en hief zijn andere als groet naar waar in een formelere situatie zijn hoed zou hebben gezeten. Vandaag ging hij sportief gekleed in een gestreept jasje in de kleuren van zijn Oxfordse roeivereniging. Zijn blonde haar, gebleekt door de zon, was verwaaid door de wind.

Catriona leunde ineens zwaar op Lucies arm. Een diepe blos kleurde haar wangen. 'Misschien zou ik liever een glas punch gaan halen,' mompelde ze.

'Dat kan niet,' mompelde Hattie terug. 'Hij heeft je al gezien.'

'Lady's, miss Greenfield,' brulde lord Peregrin. Alsof hij er geen twijfel over wilde laten bestaan dat hij hen had gezien, zwaaide hij wild met zijn hamer, waarbij hij lord Palmers krullenkop op een haar na miste.

'Verdorie,' fluisterde Catriona.

Het verbaasde Lucie dat haar anders zo onverstoorbare vriendin zo zenuwachtig was. Maar ineens herinnerde ze zich dat Catriona een paar maanden eerder Peregrins kant had gekozen tijdens een woordenwisseling met de machtige Montgomery. Verward vertraagde ze haar pas. 'Vind je hem soms áárdig?'

'Ssst,' siste Catriona.

'Hij kan ons nog niet horen,' mompelde Hattie. Ze was duidelijk goed op de hoogte.

'Het maakt toch niet uit,' zei Catriona mistroostig. 'Hij heeft me "makker" genoemd.'

Hattie bleef abrupt staan, met haar mond open van verontwaardiging. 'Wát zei hij?'

Catriona schoof haar bril hoger op haar neus. 'Na het voorval in de wijnkelder, toen hij me bedankte, zei hij dat ik "een goeie makker" was. Hij beschouwt me duidelijk niet als vrouw.'

'De schoft!'

Catriona zuchtte. 'Hij is niet de eerste. Er zit niets anders op dan gewoon door te gaan.'

Let maar niet op hem, wilde Lucie zeggen. Met zijn negentien jaar kwam lord Peregrin nog maar pas kijken vergeleken bij Catriona, die drieëntwintig was. Bovendien kon hij niet tippen aan haar briljante geest. Jammer genoeg viel er blijkbaar geen peil op de emoties van mannen te trekken. Terwijl ze naar het groepje mannen toe liepen, betrapte ze zich erop dat ze keek of zich een lange losbol met rood haar onder hen bevond, ook al had hij haar veel erger beledigd dan haar uitmaken voor 'makker'.

Ze nam Catriona bij de hand en knikte naar de spelers. 'Moeten we net doen alsof we er niets van terechtbrengen?'

'Natuurlijk,' zei Hattie opgewekt. 'Als je tenminste wilt dat een van die heren je vanavond ten dans vraagt. Een wals, was het toch? Ik raad lord Palmer aan. Hij is lichtvoetig en heeft een stevige greep.'

'Ik kan het niet uitstaan om een croquetbal vanuit precies de verkeerde hoek te moeten slaan.'

Catriona hield haar hand steviger vast. 'Ik zal voor ons winnen,' zei ze zacht. 'Ik dans nooit.'

Tristan kon zich geen saaier bal herinneren en de avond was nog niet eens begonnen. Cecily hing aan zijn arm, geurend als een roos en zo zag ze er ook uit in haar roze japon met ruches en plooien.

Lucies zwijgzame moeder en Tommy Tedbury, die een wrok tegen hem koesterde, volgden hem als zijn schaduw. De voortdurende aanwezigheid van het drietal benauwde hem meer dan de knoop van zijn vlinderdas, die akelig strak zat sinds hij Cecily en de gravin in hun suite had opgehaald.

Terwijl ze door de ridderzaal liepen ontdekte hij een paar oud-leerlingen van Eton met een cognacglas in de hand. Weston, Calthorpe, Addington en MacGregor, voor zover hij in de gauwigheid kon zien, en met door de cognac aangevuurd enthousiasme riepen ze prompt zijn naam.

Tristan draaide zich om. 'Tommy, mag ik het verder aan jou overlaten om Ceci naar de balzaal te begeleiden?' Hij legde haar gehandschoende hand al op de arm van zijn vroegere speelkameraad.

Thomas Tedbury keek hem nors aan. 'Het geeft geen pas om een dame als een pakketje over te dragen, Ballentine.'

'Ik zou haar nooit als minder dan een waardevolle vracht beschouwen,' zei Tristan, en hij slenterde naar het groepje van Eton.

Hun gedrag had zich sinds hun kostschooltijd nauwelijks ontwikkeld. Nog steeds dezelfde grappen, de bulderende lach, de joviale klap op de rug. De veranderingen waren alleen aan de buitenkant te zien: wijkende haargrenzen, toenemende roodheid in het gezicht. Toch vormden ze op dat moment het aangenamere gezelschap.

'Ik zou je met je mooie gedichten willen plagen,' zei Addington, die zijn glas naar hem hief, 'maar ik heb geen zin om ineens een dolk in mijn rug te krijgen.' Zijn grijns bereikte zijn ogen niet. Addington had op Eton meer dan eens een spreekwoordelijke dolk in zijn rug verdiend, want voor een jongere leerling die zijn plek in de kostschoolhiërarchie wilde verdedigen zat er niets anders op dan creatief te zijn. En wat Tristan aan discipline tekortkwam, wist hij altijd ruimschoots te compenseren met zijn creativiteit.

Hij wenkte een bediende die met een dienblad met drankjes

rondliep en koos een glas cognac. 'Hoe staan de zaken ervoor met je landerijen, Weston?'

Het was algemeen bekend dat Addington zich doodverveelde bij Westons verhalen, en zoals te verwachten begon Weston aan een lange verhandeling over zijn rundvee. Totdat zijn stem haperde, zijn ogen groot werden en hij zachtjes tussen zijn tanden floot. Waarschijnlijk had hij een vrouw gezien.

'Krijg nou wat. Daar heb je de Twistzieke Tedbury.'

Het kostte Tristan enige moeite zich niet onmiddellijk om te draaien, maar langzaam en met een onverschillig gezicht. Hij kreeg haar in het oog toen ze de laatste treden van de staatsietrap af liep.

Plotseling was het alsof de ridderzaal niet meer bestond. Heel even was alleen de sierlijke vrouw in het rood er nog. Nee, niet rood, maar karmozijn. Net als zijn favoriete jas. Net als de robijn in zijn ring. Net als de kleur van bloed dat naar het hart toe stroomt.

Ondanks de cognac werd zijn mond droog.

Met haar lichte haar was ze als vuur en ijs. Een kwaadaardig genie had een gaasachtige karmozijnrode cape aan de achterkant van haar mouwen bevestigd. De stof was zo teer dat de cape bij elke stap een beetje opfladderde, wat de indruk wekte dat Lucie als een vlinder op een briesje de trap af zweefde.

Zij was een Droombeeld van genot
Toen ze eerst blonk voor mijn blik,
Een dansende Gedaante, een Beeld,
*Dat opschrikt, volgt en met ons speelt...**

Hij kon de stem bijna in zijn hoofd horen galmen. Het was Wordsworth.

---

* Bron: *Enkele Gedichten van Wordsworth* (vertaald door Albert Verwey) uit *De Beweging*. Jaargang 10. W. Versluys, Amsterdam 1914.

Tristan bracht zijn glas naar zijn lippen en sloeg de inhoud in één teug achterover. Dat hij aan Wordsworth dacht betekende dat hij het zwaar te pakken had. Zijn maag verkrampte van een emotie die hij nauwelijks kon verdragen terwijl hij onaangedaan stil moest blijven staan.

'Moet je haar zien. Die mag er zijn.' Weston was duidelijk onder de indruk.

'Vergis je niet. Da's zo'n ijskouwe dat ze je ballen eraf zou laten vriezen,' zei Calthorpe.

'Met één blik,' voegde MacGregor er bezorgd aan toe.

'Ik zou haar wel even opwarmen,' bromde Addington.

Calthorpe grinnikte. 'Dat zou je niet durven.'

'Wees niet zo'n slappeling, ouwe jongen. Dat soort vrouwen zijn alleen zo rebels omdat mannen te zachtzinnig met ze omgaan. Ze snakken naar een harde hand en een harde pik om ze in het gareel te houden. Als je voor ze door het stof kruipt worden ze alleen maar hysterischer.'

'Hoho,' riep Weston uit.

MacGregor lachte zwakjes en schuifelde met zijn voeten.

'Voorzichtig, Addington,' zei Tristan, niet onvriendelijk. 'Ze is nog altijd Tedbury's zus.'

Een nuchtere man zou de dreigende toon in zijn stem hebben gehoord.

Addington grijnsde. 'Tedbury. Is hij hier ergens?' Hij schermde zijn ogen af met zijn hand en speurde theatraal de zaal rond.

'Ik neem namens hem aanstoot.'

Lucie was aarzelend onderaan de trap blijven staan. Een begeleider was nergens te zien. Ze zou in haar eentje een balzaal vol mensen die haar als zonderling beschouwden binnen moeten gaan. Als het op lef aankwam, konden de mannen om hem heen niet aan deze vrouw tippen.

Een warme golf van trots welde in hem op en vulde heel even de leegte in zijn borst. Later zou hij nadenken over wat dat betekende.

'Ik wed om twintig pond dat MacGregor die kenau niet ten dans durft te vragen,' zei Calthorpe.

MacGregor fronste zijn wenkbrauwen. 'Mijn ballen zijn me meer waard dan jouw miezerige twintig pond, hoor.'

'Dertig,' zei Calthorpe snel. 'En dat verdubbel ik als je haar zover kunt krijgen dat ze jou de eerste dans gunt.'

'MacGregor? Een wals met haar?' Weston schoot in de lach. 'Hier, ik verdubbel de inzet.'

'Gemene kerels,' zei Addington. 'Alsof MacGregor die snel verdiende honderdtwintig pond zou kunnen afwijzen, terwijl zijn ouwe heer zo gierig als de pest is.'

MacGregor kreunde als een verslagen man.

'En jij, Ballentine?' Addington sprak zachtjes bij zijn oor. 'Jij bent toch zo dol op de jongensachtige types, heb ik gehoord?'

Er had iemand duidelijk veel te diep in het glaasje gekeken.

Hij draaide zich om. 'Kun je dit even voor me vasthouden?' Hij drukte zijn lege glas in Addingtons vrije hand en de man sloeg verbluft zijn vingers eromheen.

Lucie stond bij een overdadig bloemstuk, als laatste in de zich langzaam voortbewegende rij naar de balzaal.

De wrong lichtblond haar boven haar smalle schouders zag er veel te zwaar uit voor haar ranke nek. Tristan wist dat ze tenger was, maar in feite was ze frêle. Hij kon haar waarschijnlijk met één arm optillen en in zijn borstzakje stoppen. Bij die gedachte kreeg hij het plotseling erg warm.

Ze keurde hem geen blik waardig toen hij naast haar bleef staan op de plek waar haar begeleider had moeten zijn.

'We hebben het er al vaker over gehad dat je me niet meer moet volgen,' zei ze stijfjes, terwijl ze haar ogen strak op de rug van de heer voor haar gericht hield.

'Goedenavond, vreemdeling.'

Ze verplaatste haar gewicht van de ene op de andere voet, alsof er een steentje in haar schoen zat.

'Wil je de aandacht trekken door in je eentje naar binnen te gaan?' vroeg hij. 'Of zou je mij als je begeleider kunnen accepteren?'

Nu keek ze hem aan. Hij knipperde met zijn ogen. Er viel een lok over haar voorhoofd en in haar kapsel waren rode bloemen gestoken. Dat was de huidige mode, wist hij, maar op het eerste gezicht leek ze daardoor werkelijk een vreemdeling.

'Met jou naar binnen gaan trekt ook de aandacht,' zei ze.

Hij knikte instemmend.

'Ik werd vandaag gedwongen om bij het croquetspel te verliezen,' merkte ze raadselachtig op.

'Is dat... heel erg?'

'Daardoor krijg ik echt zin om een onvergetelijke entree te maken,' mompelde ze, en ze wierp een blik op zijn arm.

Zijn hart ging sneller kloppen. 'Ik neem aan dat je daardoor ook mij de eerste dans wilt gunnen.'

Ze staarde weer voor zich uit naar de rug van de man voor hen. Toen ze sprak was het met een spottende ondertoon. 'Waarom probeer je daar niet achter te komen, milord?'

Waarom probeer je daar niet achter te komen, milord?

Blijkbaar wilde ze vanwege een onbenullig croquetspel iets roekeloos doen. Of misschien kwam het door de twee glazen champagne, die ze in de kleedkamer haastig had opgedronken. Lucie overwoog de balzaal aan zijn arm binnen te gaan, alsof haar karmozijnrode baljurk met cape niet genoeg was om misprijzende blikken op te wekken. Ze twijfelde of ze met haar aartsvijand zou walsen of om maar helemaal niet te dansen. Ondanks haar nederlaag bij het croquetspel had geen enkele heer haar ten dans gevraagd. Dat zou de rest van de balzaal hebben opgevat als een stellingname waartoe de heren kennelijk niet bereid waren. Uiteraard was Tristan excentriek genoeg om roddels over hem en het Schaamteloze Secreet amusant te vinden.

Vanuit haar ooghoek nam ze hem onderzoekend op. Hij zag er elegant uit in zijn zwart-witte rokkostuum dat hij met een charmante nonchalance droeg. Ze zou zijn verzoek om een dans moeten afwijzen, bij voorkeur waar iedereen bij was. Maar ze kwamen uitgerekend de balzaal binnen toen een waldhoorn juist 'An der schönen blauen Donau' inzette. Er ging een golf van opwinding door haar heen. Ze had in geen jaren meer gedanst.

Tristan stond tegenover haar, met één arm heel formeel achter zijn rug.

Haar ademhaling ging sneller. 'Je gaat het vragen, nietwaar?'

'Natuurlijk.' Hij maakte een ouderwetse buiging. 'Zou je mij de eer van deze wals willen gunnen, lady Lucinda?'

De hele balzaal keek toe; de nieuwsgierige blikken waren even voelbaar als een kille windvlaag.

Ze negeerde zijn uitgestoken hand en keek naar zijn gezicht. In zijn ogen lag een blik die veel complexer was dan spot. Dit was een nieuwe wapenstilstand. De trage melodie van de violoncello's ging over in een levendige driekwartsmaat, en als op bevel begonnen tientallen dansparen aan hen voorbij te wervelen.

Ze legde haar rechterhand in Tristans linkerhand.

Het was alsof er iets vonkte zodra hun handen elkaar raakten. Toen hij hun verstrengelde handen in de juiste positie bracht, kreeg ze ineens weke knieën. De warme druk van zijn hand op haar middel drong dwars door de lagen zijde en het korset heen tot ze het op haar naakte huid kon voelen. Hou je vijanden in de buurt, zei men, maar zo dichtbij? Geen goed idee.

Te laat. Hij stapte al achteruit naar de dansvloer en trok haar met zich mee. Ze had het gevoel alsof ze vloog, letterlijk, toen ze heel even met beide voeten van de vloer kwam. Het gilletje dat ze slaakte werd overstemd door de aanzwellende muziek en het ritmische geschuifel van schoenen op het parket, maar Tristan had het gehoord. Zijn greep om haar middel verstrakte, en een herinnering schoot door haar hoofd; zijn handen op haar heupen toen ze in de paardenstal boven op hem lag.

Ze besloot zich te concentreren op de knoop van zijn witte vlinderdas, die zich nog steeds boven haar ooghoogte bevond, en kantelde haar hoofd achterover.

'Je bent erg lang.' Haar stem klonk veel te schel.

Hij boog zijn hoofd. 'Je hebt een scherpe opmerkingsgave voor een vrouw. Ik stel me voor dat je de heren weleens afschrikt met je lef, hm?'

Lef?

Hij glimlachte en ze wendde haar blik af naar een minder oogverblindende plek. Zijn keel. Te intiem. Zijn linkerschouder. Die had ze naakt gezien, zongebruind en glad. Haar wangen begonnen te gloeien. Vanavond was geen enkel deel van hem neutraal.

'Waar kom jij zo plotseling vandaan?' vroeg hij plagerig. 'Ik heb jou nog nooit eerder gezien.' Zijn blik gleed over haar diepe, vierkante halslijn.

'Ik geloof dat dit als flirten wordt beschouwd, milord.'

'Ja, ik ben een schaamteloze flirt,' beaamde hij, en hij trok haar dichter naar zich toe. Tja. Hij had zich nooit laten afschrikken door haar lef. Haar huid gloeide nog na waar hij met zijn blik achteloos een spoor over haar borst had getrokken. De combinatie van champagne en een strak ingesnoerd korset was verraderlijk. Ze werd er impulsief en veel te vergevensgezind van.

Ze zwierden en zwaaiden, en om hen heen vermengden de rokken, waaiers en de met bloemenslingers omkranste zuilen zich tot een bontgekleurde sluier.

'Nu moet jij een geestige opmerking maken,' verklaarde Tristan.

'Goed,' zei ze. 'Waar is je oorbel?'

Verbaasd fronste hij zijn wenkbrauwen. 'Dat had ik niet verwacht.'

Sinds hun afspraak in Blackwell's had Lucie zich dat af en toe afgevraagd.

Een tijdlang zweeg hij. 'De oorbel heeft hetzelfde lot ondergaan als jouw broekrok,' zei hij ten slotte.

'Mijn broekrok?'

'Ja, die zag eruit alsof je hem van een oude rok had gemaakt, met brede, opbollende broekspijpen,' legde hij uit. 'Toen je probeerde de paardenstal in te sluipen werd je bijna betrapt. Je was die zomer vijftien, meen ik.'

Nu wist ze het weer. Het was de zomer geweest toen ze te oud was geworden om stiekem Tommy's rijbroek te lenen als ze op Thunder wilde gaan paardrijden. Maar omdat ze in een rok niet schrijlings kon rijden, had ze een broek gefabriekt. Dat Tristan zich dat herinnerde was verbluffend, maar anderzijds had het veel opschudding veroorzaakt toen ze haar hadden betrapt.

'Paardrijden in amazonezit vond ik verschrikkelijk,' zei ze. 'Tommy heeft me verklikt, de schoft. Ze hebben me drie dagen in mijn kamer opgesloten, om me ervan te doordringen dat het ongepast was.'

Hij beweerde dat het met zijn oorbel net zo was gegaan. Iemand had hem bevolen die eruit te halen. Maar wie, vroeg ze zich af, had de macht om de modekeuzes van een aristocraat te dicteren?

Ze wervelden langs lord Melvin en zijn danspartner, en Lucie beantwoordde zijn knikje met een glimlach.

'Lord Melvin,' zei Tristan, toen ze hem weer aankeek. 'Is hij je minnaar?'

Ze zou zijn gestruikeld als hij niet had geleid. 'Je hebt niet het recht om zoiets te vragen.'

'Jullie zagen er erg knus uit tijdens de soiree in de groene salon.'

Dat was niet zo. Maar belangrijker was: had Tristan haar soms in de gaten gehouden? Bij een andere man zou ze het opvatten als een teken van jaloezie. Maar Tristan zou nooit zo tactloos zijn om te laten blijken dat hij jaloers was, zelfs als hij daartoe alle reden had gehad.

'Merkwaardig dat jou dat is opgevallen,' zei ze. 'Aangezien jij in beslag werd genomen door lady Cecily. Hoe kwam mijn moeder erbij om het arme schaap aan jou te koppelen?'

Ze had onbedoeld een gevoelige snaar geraakt, want er verscheen een gesloten uitdrukking op zijn gezicht.

'Je hebt haar kattengedicht nog niet gehoord,' zei hij ten slotte onheilspellend. 'Anders zou je nog eens overwegen wie je van ons beiden als het arme schaap zou beschouwen.'

'Een kattengedicht? Nou, ik hou van katten. Was het een goed gedicht?'

'Afschuwelijk. En heel pikant. Al was dat volgens mij per ongeluk.'

Onwillekeurig schoot ze in de lach en hij keek haar verwonderd aan. Rond en rond zwierden en zwaaiden ze. Lucie probeerde eerlijk tegenover zichzelf te zijn. En de waarheid was dat ze zich aangetrokken voelde tot Tristan in al zijn verdorven glorie. Dat verklaarde waarom haar huid tintelde alsof ze in champagne baadde als hij zijn hand op haar middel legde. En ook waarom ze het soms zo warm kreeg als ze alle redenen bedacht waarom ze hem niet kon uitstaan. Het was een ziekelijk verlangen tegen alle redelijkheid in, en misschien maakte dat het juist zo aantrekkelijk. Een fatsoenlijke vrouw zou niet eens woorden moeten hebben voor de delen van haar lichaam die naar hem verlangden als hij zo naar haar keek, zo indringend alsof hij haar geheimen wilde weten. Maar ze werd al heel lang als een schaamteloze vrouw beschouwd. Ze kon dus met een gerust hart van een dans genieten zonder haar reputatie op het spel te zetten.

Van achter een zuil werd het onwaarschijnlijke stel door twee paar ogen nauwlettender gadegeslagen dan de andere dansers.

'Je bent bewonderenswaardig kalm, aangezien dit jouw dans had moeten zijn,' zei Arthur.

Cecily keek niet naar hem. Haar blik was gericht op de dansvloer, waar Tristan met een vrouw in een rode jurk rondzwierde op een wals, hoewel hij volgens een stilzwijgende afspraak inderdaad met haar had moeten dansen. Ze was echter lang niet zo kalm als ze leek. Het prikken in haar ogen verried dat haar tranen van ontzetting gevaarlijk dicht naar de oppervlakte waren gestegen.

'Het is duidelijk dat ze hem heeft belaagd,' zei ze zacht. 'Waarschijnlijk was ze bang dat niemand haar ten dans zou vragen. Hij was gewoon te beleefd om een dame uit zijn kennissenkring af te wijzen. Zelfs een dame als zij.'

Arthur knikte, want dat was de gebruikelijke reactie op Ballentines harteloze gedrag: men voerde verontschuldigingen voor hem aan. Hij had het allemaal al eens eerder gehoord. Dat had hij nota bene zelf ook gedaan. Maar hij was vermoedelijk al net zo lang verliefd op de man als zijn nicht. Op zijn elfde hadden zijn ouders hem voor het eerst naar Wycliffe Hall gestuurd om de zomervakantie bij verre verwanten door te brengen in plaats van hem mee op reis te nemen naar India. Hij had dagenlang zitten mokken, want de vijftienjarige Tommy vond hem saai en zelf vond hij Cecily saai, die net zo oud was als hij. En toen was hij gearriveerd. Tristan. Het stond Arthur nog helder voor de geest. De koets was gestopt, de deur was opengezwaaid en een beeldschone jongeling was op het grind gesprongen, met zijn hoed onder zijn arm. In de zomerzon had zijn haar geglansd als een vlam. Hij had zich gracieus als een danser bewogen. Arthur herinnerde zich dat zijn mond ineens droog werd en hoe hol hij zich had gevoeld. Pas veel later had hij begrepen dat dit zijn eerste ervaring van verliefdheid was geweest. Tristan was langs de rij mensen geslenterd die hem hadden verwelkomd en had achteloos Arthurs haar door de war gemaakt. 'Wie hebben we hier?' had hij gezegd. Tien jaar later hadden hun paden zich in een poel des verderfs opnieuw gekruist, maar Tristan had hem niet herkend. Het was zelfs alsof Arthur helemaal nooit op Wycliffe Hall was geweest en niet een maand lang met jongensachtige geestdrift achter hem aan was gelopen of nog veel langer van hem had gedroomd.

Nu zwierde Ballentine met de schandalige lady Lucie rond alsof hij boven ieders oordeel verheven was, en hoewel Arthur al flink dronken was, was hij nog lang niet beneveld genoeg om zonder ergernis toe te kijken. In feite was hij precies dronken genoeg om zich ronduit teleurgesteld te voelen. Hij had niets tegen zijn nicht Lucie persoonlijk. Tijdens zijn logeerpartij bij haar thuis hadden ze elkaar amper gezien. Ze was ouder dan Tristan en had zich het liefst afgezonderd in het park of op haar kamer. Maar nu Arthur haar in Tristans armen zag, vond hij haar onuitstaanbaar.

Hij wendde zich tot Cecily en zei met een ondertoon van minachting en medelijden in zijn stem: 'Hij gaat niet met je trouwen, Cecily.'

Ze draaide zich naar hem om en knipperde traag met haar ogen. 'Waarom zeg je dat?'

'Hij is niet het type dat trouwt.'

'Maar... hij moet wel. Het contract is al vrijwel opgemaakt.'

Toen Arthur zweeg zei ze: 'De enige reden waarom het nog niet officieel bekend is gemaakt, is omdat mijn oom erop stond dat lord Ballentine eerst zijn reputatie zou herstellen om de goede naam van onze familie niet te bezoedelen. Wat niet eerlijk is, want hij wordt alleen maar verkeerd begrepen.'

Arthur snoof minachtend. 'Kijk dan naar hem. Kijk maar eens goed naar hem, mijn beste.'

Ze draaide zich weer om naar de dansvloer en keek. Ze had Tristan al twee dagen lang niet uit het oog verloren. Er was geen mooiere man in heel Engeland, wat betekende dat hij de mooiste man van de hele wereld was. Zijn amberkleurige ogen, met die smeulende blik, zijn mooie mond, met die glimlach: ze kreeg het er warm van. Iedere vrouw in de balzaal verlangde naar hem.

Al sinds ze hem als meisje voor het eerst had gezien, wist ze dat hij voor haar bestemd was. Nou ja, misschien nog niet meteen de allereerste keer, maar zelfs toen hij nog niet oogverblindend mooi was, had hij altijd aandacht aan haar geschonken. Hij zou vast en zeker met haar trouwen. Arthur was alleen chagrijnig, een betreurenswaardige karaktereigenschap.

'Ik zie een man die hoffelijk genoeg is om met mijn onfortuinlijke nicht te dansen,' zei ze. Ook al was hij in haar ogen iets te hoffelijk. 'En de prins van Wales mag hem graag.'

Arthur vertrok ongeduldig zijn mond. 'Die man geeft niets om contacten. Of om eer. Hij heeft niets dan minachting voor mensen die hem bewonderen. Ik durf zelfs te beweren dat hij om zijn Victoriakruis lacht. Een huwelijk is wel het laatste waar hij aan denkt, let op mijn woorden. Er zijn maar twee dingen waar lord Ballentine om geeft: zichzelf en zijn genot.'

Cecily fronste. 'Je zegt die vreselijke dingen met zo'n overtuiging.'

'Omdat ik hem ken.'

'Ik ken hem ook.'

'Ik ken hem zoals jij hem niet kent.'

Cecily had de neiging om met haar voet te stampen. Ze wist dat heren een band met elkaar hadden die voor de vrouwen in hun leven niet was weggelegd. En dat stond haar niet aan.

'Hoe dan ook, ik wil met niemand anders trouwen dan met hem,' zei ze beslist.

Arthur nam haar uitgebreid op en knipperde met zijn ogen alsof hij haar wazig zag. 'Grote genade,' zei hij met dubbele tong. 'Je verlangt echt naar hem.'

Ze sloeg haar blik neer en haar wangen gloeiden.

'En hoe zit het met de vrouw die hem lijkt te hebben geïnspireerd om een hele bundel romantische gedichten te schrijven?' vroeg Arthur. Want het was duidelijk dat Ballentines gedichten aan een vrouw gewijd waren.

'Het is heel normaal dat kunstzinnige mannen een muze hebben. Of misschien is ze maar een hersenspinsel van hem.' En zij, Cecily, was veruit te prefereren boven een denkbeeldige vrouw. Als ze eerlijk was, ook boven veel echte vrouwen.

Juist op dat moment kantelde Tristan zijn hoofd achterover en barstte in lachen uit, zodat zijn witte tanden fonkelden. Toen hij weer naar Lucie keek, trok hij haar bij de volgende draai onfatsoenlijk dicht tegen zich aan. En er lag iets in zijn blik...

Cecily voelde een steek in haar borst. Onwillekeurig balde ze haar vuisten.

Natuurlijk had dit niets te betekenen. Het was tenslotte Lucie maar. Niemand mocht haar.

Maar hem te moeten gadeslaan terwijl hij zich duidelijk met een andere vrouw amuseerde... Stel dat hij hierna met een begeerlijke vrouw ging dansen... Ze slikte moeizaam. Zou het waar kunnen zijn? Stond haar verloving toch niet zo vast als haar was verzekerd?

Zwarte stippen dansten voor haar ogen. Met haar hand graaide ze naar de zuil om steun te zoeken.

Arthur keek haar vol medelijden aan. 'Ceci –'

Ze hief haar andere hand. 'Ik vind dit gesprek niet prettig. En ik vind het ook niet prettig dat hij met Lucinda danst.'

Arthur zweeg en bestudeerde haar rood aangelopen wangen en glanzende ogen. 'Goed,' zei hij sussend. 'Als iemand per se met hem moet trouwen, dan hoop ik dat jij het bent.'

De tranen prikten nog steeds in haar ogen. 'Maar stel dat hij me afwijst... Je schijnt er zo zeker van te zijn dat hij zal weigeren.'

'Weet je...' Hij omvatte haar kleine hand. 'Ik zou je iets kunnen vertellen wat zou kunnen helpen als hij weigert je officieel ten huwelijk te vragen. Maar dan moet je wel dapper zijn.'

In de waterige diepten van haar blauwe ogen blonk een sprankje hoop. 'Ik kan dapper zijn.'

Arthur voelde zich een beetje onpasselijk. Hij was veel meer aangeschoten dan hij dacht. 'Hij verdient jou niet, dat kan ik je wel vertellen.'

Cecily slaakte een beverige zucht. 'Jij bent altijd mijn lievelingsneef geweest, Arthur.'

Hij beantwoordde de zwakke druk van haar vingers. Hij wilde dat hij kon zeggen dat hij zijn aanbod alleen had gedaan om zich op te werpen als de redder in nood van zijn lieftallige nicht. Jammer genoeg was hij helemaal niet zo edelmoedig. Toegegeven, het was verachtelijk om te wensen dat Ballentine zich moest buigen of op zijn knieën moest vallen, zodat zijn arrogantie en lusten in elk geval gedeeltelijk door het huwelijk werden beknot. Misschien zou de man dan merken hoe het voelde om nooit precies te krijgen wat je wilde.

20

De ramp voltrok zich de volgende ochtend, op een nuchtere maag.

Lucie ging laat ontbijten, omdat ze in het schemeruur tussen dromen en waken nog even had willen nagenieten van de wals met Tristan de vorige avond. Daarna had ze de kamenierster om een ander ingewikkeld kapsel gevraagd en onbehoorlijk lang nodig gehad om de mooiste zijden bloemen als bekroning te kiezen.

Zodra ze de ontbijtzaal binnenkwam draaiden minstens driehonderd hoofden zich subtiel, maar allemaal tegelijk naar haar om, waardoor er een golfbeweging in de lucht ontstond.

Ze vertraagde haar pas.

In de zaal werd het zo stil als het graf. En net zo ijskoud.

Onwillekeurig bracht ze haar hand naar haar haar. De bloemen zaten nog stevig op hun plaats. Aan haar jurk kon het ook niet liggen…

Annabelle zat aan het hoofd van de tafel en keek haar met een vriendelijk lachje aan. Een formeel vriendelijk lachje.

Lucie kreeg een knoop in haar maag. Er was kennelijk iets gebeurd, tussen de vroege ochtenduren en nu, en wat het ook was, het was allesbehalve prettig.

De menigte herstelde zich, de gasten bewogen zich weer en het geroezemoes zwol aan.

Allerlei gedachten schoten door haar hoofd terwijl ze zich naar het ontbijtbuffet omdraaide, blindelings een bord greep en als in trance wat fruit van de etagères koos. Wat er ook was gebeurd, het was niet haar schuld.

De geur van lavendel zweefde dichterbij. Lady Salisbury was naast haar komen staan en veinsde belangstelling voor de sinaasappels in een grote zilveren schaal.

'Enkelen van ons hebben vanochtend iets op de gang gevonden,' mompelde ze zonder plichtplegingen.

'Wat hebben ze gevonden?' vroeg Lucie zachtjes.

Nu keek lady Salisbury haar aan. In haar doorgaans waterige blauwe ogen lag een doordringende blik. 'Pamfletten.'

Er ging een huivering van ongerustheid door haar heen.

Pamfletten van welke aard ook hoorden niet thuis op een hertogelijke gang. Vooral niet wanneer de prins van Wales te gast was. Niet wanneer Montgomery probeerde zijn goede naam te herstellen...

'Het was *The Female Citizen*,' zei lady Salisbury gespannen. 'De prins heeft er ook een gevonden.'

Het zweet stond Lucie in de handen. Appels en sinaasappels begonnen te vervagen.

In gedachten zag ze de pamfletten op de kersenhouten toilettafel liggen. Die had ze daar achteloos neergelegd toen ze de exemplaren van het *Discerning Ladies' Magazine* had uitgespreid, want wie zou er haar kamer binnenkomen en er aanstoot aan nemen?

Lady Salisbury had ze daar waarschijnlijk gisteren gezien. Geloofde zij misschien dat Lucie het had gedaan? Natuurlijk. Dat geloofde iedereen hier.

Ze draaide zich om naar de menigte. Aan haar ontbijtbord dacht ze niet meer.

Nu keek niemand haar rechtstreeks aan. Ze keken langs haar heen, door haar heen, alsof ze niet meer bestond. Nee, één man staarde haar strak aan. De hertog van Montgomery. Met zijn bleke ogen nam hij haar taxerend op vanaf zijn plek aan het hoofd van de lange tafel. Zijn gezicht was onbeweeglijk en koel, alsof hij uit ijs was gehouwen. De prins zat naast hem, met een champagneflûte in de hand, en wekte een bedrieglijk verveelde indruk.

Haar blik schoot door de zaal. Op elk gezicht kwam onmiddellijk een gesloten uitdrukking. Ze merkte dat lord Melvin wel naar haar keek, maar hij wendde snel zijn blik af.

'Neemt u me niet kwalijk,' zei ze tegen lady Salisbury, en ze begaf zich naar de deur.

Ze liep in een rustig tempo door de ridderzaal. Toch weerkaatste het getik van haar hakken als geweerschoten tegen de muren. Ze kwam langs een groepje babbelende gasten, die prompt stilvielen. Hun starende blikken boorden zich in haar rug tot ze de staatsietrap had bereikt. Haar strakke nieuwe rokken dwongen haar om met kleine stapjes de trap op te gaan. Op de overloop sloeg ze rechts af, naar de gang naar de oostvleugel.

Twee vrouwen liepen voor haar uit.

Lichtbruine pijpenkrullen en haar moeders onmiskenbare slanke gestalte. Lady Wycliffe sloop door de gang als een oude vrouw, licht gebogen en leunend op Cecily's arm. Vreemd genoeg bezorgde de aanblik haar een steek diep in haar borst.

Toen ze in een voorkamer verdwenen, versnelde ze haar pas en volgde hen naar binnen zonder te kloppen.

'Moeder?'

Ze stonden met hun rug naar haar toe voor de hoge ramen. Haar nicht wierp een blik over haar schouder en hapte naar adem. Haar ogen werden groot. Van angst?

Lady Wycliffe draaide zich niet om. Haar magere gestalte was stokstijf. 'Ga weg, Lucinda.'

De kille minachting in haar moeders stem hield haar aarzelende toenadering even doeltreffend tegen als een muur.

Cecily had haar blik neergeslagen.

'Nu.'

Lucie knikte. 'Zoals u wilt.'

Ze was al bij de deur toen de kille stem weer klonk. 'Je moest het met alle geweld doen, hè? Je kon het gewoon niet laten.'

Ze bleef staan, staarde naar het ijsblauwe hout van de deur en wist niet wat ze moest zeggen.

'Je hebt me altijd al willen kwetsen. Zo ongehoorzaam, zo lastig, al van jongs af aan. Eigenlijk zou ik me vandaag niet moeten verbazen. Maar dat je de hertog en zijn vrouw nota bene in het bijzijn van de prins van Wales durft te vernederen om je politieke opvattingen te botvieren…'

Het bloed bonsde in haar oren toen ze zich omdraaide. 'Ik was het niet.'

De gravin keerde zich vliegensvlug om, met een felle glinstering in haar ogen.

'Je bent egoïstisch,' zei ze. 'Dat ben je altijd al geweest.'

Cecily sloeg als een kind haar handen voor haar gezicht.

Lucie besloot dat ze beter weg kon gaan. Schijnbaar was haar moeder toch nog tot emotionele uitbarstingen in staat, en het schandaal was al groot genoeg.

'Dag, moeder.'

'Ach, natuurlijk. Je keert de chaos die je hebt gecreëerd doodgemoedereerd de rug toe.' De mengeling van hooghartigheid en teleurstelling, die zo typerend was voor haar moeder, vaagde de jaren weg en gaf Lucie het gevoel dat ze een onbeholpen meisje in een vrouwenlichaam was. Haar hand verstijfde op de deurgreep.

Haar moeder trok een eigenaardig triomfantelijk gezicht. 'Er zijn andere dames die zich aan politiek activisme wagen. Heb je je nooit afgevraagd waarom zij hun familie niet zijn kwijtgeraakt? Waarom zij nog overal welkom zijn?'

Achter haar moeders schouder hield Cecily nog steeds haar handen voor haar gezicht. Tja, confrontaties konden beangstigend zijn als je er niet aan gewend was. En de gravin van Wycliffe was duidelijk uit op ruzie. Haar woede stamde uit het verleden, een opgekropte woede die diep vanuit haar binnenste was opgeborreld. De gravin liet zich niet kalmeren.

'Ik zal er niet omheen draaien,' vervolgde ze. 'Wycliffe had het je misschien kunnen vergeven als je hem niet in het bijzijn van zijn collega's in verlegenheid had gebracht. Maar het kan jou niet schelen of je een grens overschrijdt, nietwaar, als je maar je doel bereikt. Vroeger dacht ik altijd dat je op je vader lijkt. Jullie zijn allebei erg egoïstisch. Het verschil is alleen dat Wycliffe een man is. Hij kan er niets aan doen.'

Ze liet haar blik over Lucie glijden, van de punten van haar nieuwe schoenen tot de zijden bloemen in haar kapsel. 'Het was allemaal maar een list, nietwaar, de mooie jurken en het beleefde gesprek?'

Lucie kreeg kippenvel van haar kritische blik. 'Waar hebt u het over?'

Haar moeder snoof spottend. 'Doe me een lol. Dacht je nou echt dat je je ware aard kunt verbergen door bloemen in je haar te stoppen?'

De hatelijke opmerkingen bezorgden haar een steek in het hart. Ze deed de deur open en vluchtte de gang op.

'Dat is iets wat je maar niet begrijpt.' Haar moeder kwam achter haar aan. 'Jouw eigenaardigheden zijn niet oppervlakkig. Die zitten in je diepste kern. Hoe had ik die moeten corrigeren? Dat heb ik geprobeerd, en hoe.' Ze was nu vlak achter Lucie, die haar adem in haar nek voelde. 'Besef wel dat elke normale man of vrouw je mannelijke aard al van ver kan waarnemen. Besef wel dat niets kan verhullen wat je bent, Lucinda. Je kunt niet voor de waarheid weglopen.'

Lucie bleef staan en draaide zich om.

'De waarheid?' Haar stem klonk kil als metaal, onpersoonlijk. Die toon gebruikte ze om treiteraars op hun nummer te zetten. 'De waarheid is dat u weliswaar met veel gezag spreekt, moeder, maar uw gezag is een illusie. Wycliffe hoeft maar met zijn vingers te knippen om daar heel eenvoudig een eind aan te maken. U hebt geen enkele rechten, zelfs niet over uw eigen lichaam, omdat u een getrouwde vrouw bent. Het voetstuk van waarop u op mij neerkijkt staat op drijfzand. Als u zich met dat lot kunt verzoenen, voor uzelf, voor de helft van de mensheid, dan zullen we het nooit met elkaar eens worden. Dus neemt u me niet kwalijk dat ik liever wegloop dan dat ik hier blijf om me door u te laten beschimpen.'

Lady Wycliffe richtte zich in haar volle lengte op. 'Het siert een vrouw dat ze blijmoedig haar kruis draagt,' zei ze ijzig. 'Het siert jou niet dat je dat koppig weigert te doen. Je vernedert alleen jezelf. Je gekrijs, je demonstraties, je pamfletten: het is vernederend.'

Lucies lippen krulden. *Herinnert u zich die ochtend in de bibliotheek in Wycliffe Hall, moeder? Toen hebt u gekrijst en gesmeekt om een beetje liefde van uw echtgenoot, terwijl hij openlijk pronkte met zijn maîtresses. Bestaat er een grotere vernedering dan om liefde te moeten smeken?*

'Denk je dat die activisten die je boven je eigen familie hebt verkozen ook maar iets om jou geven, afgezien van wat jij voor hen kunt doen?' Weer kwam haar moeder met snelle passen achter haar aan. 'Welnee. Let op mijn woorden: je wordt een verbitterde oude vrijster, zonder kinderen of vrienden die je op je oude dag tot steun kunnen zijn,' siste ze haar toe.

'Ik beloof dat ik u daarmee niet lastig zal vallen als het zover komt.'

'Wat ben je van plan als je beheerfonds opraakt? In het armenhuis leer je het wel af om trots te zijn.'

Bijna raakte haar voet verstrikt in haar zoom, terwijl de woorden haar recht in het hart troffen, dwars door de muur die ze had opgetrokken om zich tegen een geheime wereld van radeloosheid te beschermen. Ze kon het zich niet veroorloven bang te zijn. Voor haar zat er niets anders op dan door te gaan, altijd maar door te gaan.

Toen de gang zich naar links en naar rechts splitste, liep Lucie naar rechts op hetzelfde moment dat haar moeder naar links wilde gaan, zodat ze plotseling tegenover elkaar stonden. Ze hijgden allebei zwaar.

Toen Lucie om haar moeder heen wilde lopen, greep die haar bij de arm. 'Lucinda.' Haar stem klonk zacht. 'Niemand kan een egoïstische vrouw verdragen. Dat zou je toch moeten weten.'

'O, dat weet ik maar al te goed.'

Er lag een vochtige glans in de blauwe ogen van de gravin. 'Je... Je had alles kunnen hebben. Alles.' Ze haalde vluchtig, bijna hulpeloos, haar schouders op. 'Maar toch sta je hier je leven te vergooien. En waarvoor? Waarvoor?'

Voor iets wat u nooit zult begrijpen.

Voor iets waar ze zelf nooit meer zonder zou kunnen.

Ze keek haar moeder in de ogen. 'Voor vrijheid.'

Deze keer kwam er niemand achter haar aan.

De exemplaren van *The Female Citizen* waren van haar toilettafel verdwenen. Iemand had een paar nummers van het *Discerning Ladies' Magazine* ervoor in de plaats gelegd. Tja. Wie het ook was die haar probeerde te ondermijnen was daarin geslaagd.

Haar tapijttas en de koffer lagen in de kleedkamer. Werktuiglijk haalde ze armen vol jurken en petticoats uit de kast, die ze naar het bed droeg en op de sprei liet vallen. Haar zintuigen stonden nog op scherp, het bloed raasde nog door haar oren.

Jaren geleden, toen het activisme nog nieuw voor haar was, had ze zich afgevraagd hoe de andere lady's die zich voor de goede zaak inzetten hun positie en aanzien wisten te behouden. Hun families legden meestal een buitengewone tolerantie aan de dag. Maar de meeste lady's hielden zich dan ook verre van de werkelijk onaangename zaken. Die lieten ze over aan de activistes uit de middenklasse. En meestal waren ze geduldiger dan zij en namen ze er genoegen mee geleidelijk een project hier of daar mogelijk te maken. Het zoveelste vondelingentehuis, de zoveelste school voor meisjes, een academie voor gevallen vrouwen. Een positie als beleidsadviseur voor medische zaken dankzij persoonlijke connecties, net als Florence Nightingale. Dat was allemaal waardevol, maar lang niet genoeg. En zelf was Lucie eerzuchtig. Ze vond het eindeloze wachten moeilijk. Ze wilde vrouwelijke adviseurs in het ministerie van Economische Zaken zien. Ze wilde minder academiën voor gevallen vrouwen zien en meer veranderingen van de omstandigheden die ervoor zorgden dat vrouwen aan lagerwal raakten. Haar moeder had gelijk: ze was egoïstisch. Ze gaf toe aan haar ongeduld en wilde te veel, te snel.

Ze rukte de bloemen uit haar haar en smeet ze boven op de slordige stapel kleren. *Mannelijke aard.* Hoeveel mensen hadden haar achter haar rug uitgelachen om haar pogingen er aantrekkelijk uit te zien?

Ze begon de jurken in de koffer te proppen, waarbij fluweel en zijde werden gekreukeld.

Er klonk een zachte maar vastberaden klop op haar deur.

'Binnen,' zei ze zonder op te houden met inpakken.

Annabelle verscheen op de drempel. Met één blik nam ze de stapel kleren op het bed en de open koffer in zich op. Ze deed de deur achter zich dicht. 'Je bent toch niet van plan om te vertrekken?'

'Dat lijkt me het beste, gezien de omstandigheden.'

Annabelle kwam dichterbij. 'Hoe kom je daarbij?'

'Ach, toe nou. Iedereen denkt dat ik het heb gedaan. Jij ook.' Vergeeflijk van haar moeder, die haar amper had gekend. Maar van een vriendin zo kwetsend dat haar keel werd dichtgesnoerd als ze eraan dacht.

'Ik denk niet dat jij het hebt gedaan.'

Ze keek op. Annabelle keek haar aan met een gekwetste blik in haar ogen.

Lucie streek een losgeraakte lok achter haar oor. 'Ik zag hoe je naar me keek toen ik de ontbijtzaal binnenkwam.'

Annabelle schudde haar hoofd. 'Het zou stom en trouweloos zijn, en dat ben je allebei niet.'

Die opmerking kon de steek in haar borst echter niet wegnemen. 'Daar ben ik blij om. Maar ik zou een waarschuwing op prijs hebben gesteld voordat ik nietsvermoedend naar de ijzige ontvangst in de ontbijtzaal ging.'

Annabelle ademde diep uit. 'Ik kon Montgomery moeilijk alleen laten. We deden allebei ons best om net te doen alsof er niets aan de hand was.' Ze aarzelde. 'Maar ik heb de pamfletten gisteren inderdaad op je toilettafel zien liggen. En...'

'Ja?'

'En ik weet dat je een hekel hebt aan Montgomery.'

Lucie knikte. 'Dat klopt. Ik mag hem niet.'

'Maar nu verzet hij zich niet meer tegen onze goede zaak,' zei Annabelle kalm. 'In feite komt hij zelfs voor ons op.'

'Is er dan nog steeds sprake van "ons"?'

Er gleed een verbaasde uitdrukking over Annabelles gezicht. 'Ja, natuurlijk! Waarom zeg je zoiets?'

Omdat jij álles hebt wat een vrouw schijnt te moeten hebben, en het is slechts een kwestie van tijd voordat dat je ervan weerhoudt 'mannelijke' activiteiten te ontplooien.

Lucie haalde haar schouders op. 'Ik geloof dat ik het niet leuk vind hoe de hertog je verandert.'

'Hoe hij mij verandert? Wat bedoel je in vredesnaam?'

Het zou onverstandig zijn er dieper op in te gaan. Dus uiteraard ging ze er dieper op in. 'Jij hoort niet meer echt bij de studenten en je bent nog maar twee, hooguit drie dagen per week in Oxford, terwijl je er vroeger van droomde om de klassieken te bestuderen.'

Annabelle keek haar verbluft aan. 'Ik ben nu een getrouwde vrouw. Ik kan niet zeven dagen per week gescheiden zijn van mijn man. En dat wil ik ook helemaal niet.'

'Precies. Dat lijkt mij een gemiste kans, als je bedenkt hoe weinig vrouwen toegang hebben tot iets wat ook maar lijkt op hoger onderwijs.'

'Lucie, in Oxford mogen vrouwen niet eens een volledige studie volgen.'

'O, daar ben ik me van bewust. Ik schrijf elke week een brief en praat met meer intolerante mannen dan me lief is om dat te veranderen. Het betekent dat we juist harder moeten knokken in plaats van ons terug te trekken.'

'Maar ik trek me niet terug. Ik sluit compromissen. Dat ik getrouwd ben, wil niet zeggen dat ik de strijd ooit zal opgeven.'

'Meestal betekent het dat juist wel.'

Annabelle keek haar onderzoekend aan, alsof ze niet wist wat haar vriendin bezielde. 'Op dit moment mogen we in Oxford niet dezelfde eindexamens afleggen als mannen en we krijgen college in een zaaltje boven een bakkerij. We mogen niet dezelfde collegezalen in als de mannen. Je kunt moeilijk van me verwachten dat ik mijn relatie met Montgomery op het spel zet voor hun minachting en een derdeklasdiploma, vooral niet omdat ik een groot deel van mijn studie op afstand kan doen.'

Ze had natuurlijk gelijk. 'Maar toch,' zei Lucie, tegen beter weten in. 'Je loopt niet meer zo vaak met ons mee, omdat je jurken te strak zitten. En je praat anders. Moet je van hem soms spraaklessen nemen?'

Ze wist dat ze te ver was gegaan, dat wist ze nog voordat ze haar vriendin naar adem hoorde happen.

'Dat had ik niet moeten zeggen,' mompelde ze, met een akelig gevoel van moedeloosheid.

'Nee,' zei Annabelle zacht. Haar mooie gezicht was krijtwit geworden. 'Dat had je inderdaad niet moeten zeggen.'

'Ik ben een ellendige vriendin.'

'Je bent onredelijk.' Annabelle sloeg haar armen over elkaar. De lucht zinderde van haar onderdrukte woede. 'Is mijn leven veranderd? Nou en of. Ik heb de beperkingen van de armoede verruild voor de beperkingen van het protocol. Driemaal raden waar ik de voorkeur aan geef! Ik vind het heerlijk om veilig en goed gevoed te zijn. Ik heb liever strakzittende jurken dan dat ik mijn oude kleren telkens opnieuw moet verstellen, terwijl ik me zorgen maak hoe ik ze moet vervangen voordat ze tot op de draad versleten zijn. Ik vind het fijn dat ik over de kracht en de middelen kan beschikken voor zaken die niet noodzakelijk zijn om te overleven. Ik ben nu veel nuttiger voor de goede zaak dan voorheen. Maar dat maakt allemaal niets uit. Wat ertoe doet, is dat Montgomery bijna alles wat hij eerst belangrijk vond voor mij heeft opgegeven. En ik zou desnoods met hem in een krot hebben gewoond. Want er is niemand die me beter begrijpt en niemand die ik meer vertrouw.'

Lucie schaamde zich diep. 'Het spijt me vreselijk.'

'Wat had hij me nog meer kunnen geven? Hij zou alleen zijn leven voor me kunnen opofferen, maar ik weet zeker dat hij dat zonder aarzelen zou doen als het nodig was.' Annabelles ogen spuwden vuur. Ze zat zich vreselijk op te winden en dat kon Lucie haar niet kwalijk nemen.

'Het spijt me echt heel erg,' zei ze weer, en ze vond het afschuwelijk. 'Ik heb het er zomaar uit geflapt.'

Annabelle hield haar armen stevig over elkaar geslagen.

Lucie liet zich naast de slordige stapel jurken op het bed zakken.

Dit was erger dan de ijzige ontvangst in de ontbijtzaal. Erger dan de confrontatie met haar moeder. Ze begon op spectaculaire wijze in te storten, al sinds een paar dagen, en ondertussen kronkelde de verontwaardiging vernietigend om haar heen, als de tentakels van een kraken. Kon ze het haar vriendinnen kwalijk nemen dat ze aan haar begonnen te twijfelen?

Ze keek Annabelle ernstig aan. 'Dat is geen excuus voor mijn uitbarsting, maar voor wat het waard is: ik voelde me gekwetst.' Haar maag draaide om toen ze dat hardop uitsprak, alsof ze haar zachte, kwetsbare zijde aan een scherpschutter toonde. 'Ik heb afschuwelijk tegen je gedaan omdat ik me gekwetst voelde toen ik dacht dat jij geloofde dat ik het had gedaan. Ik zou je nooit in verlegenheid willen brengen, en al helemaal niet in je eigen huis.'

Annabelles blik werd vriendelijker. Ze kwam snel naast Lucie zitten en pakte haar hand vast.

'Mij spijt het ook.' Haar groene ogen vonkten niet meer, nu haar woede was bekoeld. 'Geloof me alsjeblieft.' Ze gaf een kneepje in Lucies hand. 'Ik heb je nooit willen kwetsen.'

Lucie haalde haar schouders op. 'Ik sta al jaren als onruststoker te boek. Logisch dat de mensen mij de schuld in de schoenen wilden schuiven.'

Annabelles ogen glansden verraderlijk. 'Ik ben niet "de mensen", ik ben je vriendin. Ik heb me door mijn emoties laten meeslepen. Kun je het me vergeven?'

Lucie zuchtte. Hoe kon ze kwaad blijven op haar vriendin?

'Er valt je niets te vergeven,' zei ze, en ze gaf op haar beurt een kneepje in Annabelles hand. 'En ik ben blij voor je, echt waar.'

Zelfs als ze berouwvol was, zag Annabelle er met haar waardige houding en hoge jukbeenderen uit alsof ze altijd was voorbestemd om iemand van aanzien te worden. Waardigheid en trots zaten haar in het bloed. Het was alleen een bittere pil dat er geld en de bescherming van een man voor nodig was om haar te helpen haar lot te verwezenlijken. Maar zo was het nu eenmaal. En misschien begon zij, Lucie, lang voor haar tijd al een verbitterd oud wijf te worden.

Annabelle speelde met een kwastje aan de ceintuur van haar jurk. 'Om eerlijk te zijn hou ik helemaal niet van beperkingen van welke aard ook, of het nou gaat om jurken, lijfwachten of het protocol. Maar weet je, Lucie...' Ze keek op en in de diepten van haar ogen lag zo'n intense emotie dat Lucie haar een ogenblik verbouwereerd aanstaarde. 'Ik ben nog nooit van mijn leven zo gelukkig geweest. Misschien ben ik hebberig, maar ik wil graag geloven dat ik het allebei kan: echtgenote zijn van de man van wie ik hou én werken voor de emancipatie van vrouwen.'

Dat betwijfelde Lucie.

Maar als er iemand was die dat allebei kon, dan was het Annabelle. 'Je hebt het recht om te wensen wat je maar wilt,' zei ze.

Bovendien was het zelfs haar duidelijk dat de hertog smoorverliefd was op Annabelle. Hij was nogal terughoudend van aard, maar zijn aandacht dwaalde onvermijdelijk naar zijn vrouw als ze toevallig ergens aanwezig was. Op het emotionele vlak leken ze goed aan elkaar gewaagd te zijn. Het was niet vernederend om te dwepen met een man die zelf net zo hard met jou dweepte.

'Wat ga je aan die pamfletten doen?' vroeg Lucie. 'Is de prins erg boos?'

Annabelle snoof spottend. 'Onder ons gezegd denk ik dat hij zich dood verveelt, dus hij is dankbaar voor elke afleiding. Afgezien daarvan kan hij provocaties tegen hem persoonlijk niet over zijn kant laten gaan.'

'Dat kan ik me voorstellen. Wat ben je van plan?'

Annabelle glimlachte vreugdeloos. 'Montgomery heeft hem al wijsgemaakt dat enkele aangeschoten dames in de kleine uurtjes na het bal op het idee kwamen de pamfletten te verspreiden. Een weddenschap tussen een paar dwaze vrouwen.'

'Slim. De handigste manier om de scherpe kantjes van een situatie af te halen.'

'Uiteraard. Geen enkele rechtgeaarde man zou zich met zulke onnozele zaken bezighouden.'

'Bij vrouwen ligt het vanzelfsprekend anders,' bromde Lucie. Ze dacht aan de afgewende ruggen, lady Salisbury's felle blik... haar moeders woedende schaamte. 'Ze denken dat ik de hertog belachelijk wilde maken. Of aandacht wilde trekken. De vraag is: wie heeft het gedaan? En waarom? Zijn er aanwijzingen?'

Annabelles gezicht betrok. 'Nog niet. Montgomery heeft heel wat lasteraars onder zijn gasten die hem maar wat graag in diskrediet willen brengen.'

'Die heb ik ook,' mompelde Lucie.

Annabelles ogen werden groot. 'Denk je dat dit tegen jou gericht was?'

'Dat was mijn eerste gedachte, maar waarom iemand zich zoveel moeite zou getroosten... O!' Er schoot haar iets te binnen, en haar maag draaide om. Ze kende één iemand die er vrij dringend belang bij had om haar geloofwaardigheid te ondermijnen. Iemand die veel ervaring had met gemene streken uithalen. Tristan.

Het zweet stond in haar handen en haar hart bonsde in haar keel.

'We komen er wel achter wie het was,' zei Annabelle vol vertrouwen. 'Intussen is het voorval alleen een provocatie als wij dat ervan maken. Zolang wij er luchtig over doen zal iedereen die er aanstoot aan blijft nemen een tactloze indruk maken. Die indruk wil niemand hier wekken.'

Dat was waar. Toch reikte Lucie naar haar tas. Ook al was de prins gekalmeerd, ze huiverde bij het idee nog een dag onder verdenking te moeten doorbrengen. De magie van de vorige avond – de warmte van Tristans handen, de onbezorgde vrolijkheid en de champagne – was in één klap verdwenen. Ze voelde zich leeg en hol. Haar lichaam reageerde veel te sterk op een mogelijk verraad door Tristan Ballentine.

Annabelle vouwde haar handen in haar schoot. 'Ik wil me nergens mee bemoeien, Lucie, maar...'

'Maar?'

'Zit je iets dwars? Ik hoop niet dat je het erg vindt dat ik het zeg, maar de laatste tijd lijk je een beetje kwaad.'

'Ik ben altijd kwaad.' Ze grinnikte.

Annabelle schudde haar hoofd. 'Dit is anders. Als je iemand in vertrouwen wilt nemen, kun je altijd bij me aankloppen.'

Een half uur eerder zou ze dat aanbod op prijs hebben gesteld. Maar als Tristan de *Citizen* in Claremont had rondgestrooid, dan verachtte ze hem weer. Dat was een simpele emotie die geen nader onderzoek behoefde.

Er werd een paar keer op de deur geklopt en even later kwamen Hattie en Catriona binnenvallen.

'Ik zei het toch?' zei Hattie, terwijl ze op het bed neerplofte. 'Heb ik het niet gezegd?' Toen iedereen haar wezenloos aanstaarde wierp ze haar handen in de lucht. 'Telkens wanneer we met ons vieren ergens naartoe gaan, is er een schandaal.' Ze keek Lucie veelzeggend aan. 'En dit had totaal niets te maken met dat ik mijn intuïtie niet kan beheersen.'

Annabelle keek van Hattie naar Lucie naar Catriona. 'Heeft ze haar verstand verloren?'

'Dat doet er nu niet toe.' Catriona ging op het laatste vrije stukje matras zitten. 'Hebben we een verdachte? Weten we of Lucie of Montgomery het doelwit was?'

Hattie knikte. 'We hebben een plan nodig om de dader te achterhalen en ervoor te zorgen dat de pijnlijke sfeer tot ons vertrek beperkt blijft.'

Lucies hart begon rustiger te kloppen. Het holle gevoel in haar borst stroomde vol met warmte, en met een brok in haar keel keek ze naar haar vriendinnen. 'Nog geen dader,' zei ze. 'Maar we doen net alsof het ons niets kan schelen.'

'Dat is ook zo,' zei Annabelle vastberaden.

Toen trok ze aan het schellekoord om een ontbijt te bestellen voor Lucie en nog meer thee en gebakjes voor iedereen.

Tristan kwam slaperig de ontbijtzaal binnen. Hij had dringend behoefte aan koffie, liefst pikzwart. Het bal was kort na middernacht afgelopen waarna hij een handvol heren, onder wie lord Peregrin, de jongere broer van de hertog, had overgehaald tot een potje eenentwintigen in de blauwe rooksalon van Claremont. Ze hadden gekaart en gedronken tot iedereen rood doorlopen ogen had en er verfomfaaid uitzag. Tristan had na ettelijke potjes kaarten gewonnen, maar omdat hij nog steeds helder genoeg was geweest om geobsedeerd aan een zekere vrouw in het rood te denken, had hij de jonge lord Peregrin kunnen verleiden Montgomery's drankenkast te plunderen. De jongen, die zich makkelijk liet leiden omdat hij pas negentien was, had een fles indrukwekkend oude port uitgekozen die Tristan nu een al even indrukwekkende hoofdpijn bezorgde.

Het was altijd de laatste fles die je een kater bezorgde, bedacht hij, terwijl hij met een knallende koppijn het leeggeplunderde ontbijtbuffet bekeek. Hij wenkte een van de lakeien die zich langs de muren met reliëfbehang hadden opgesteld, omdat de ontbijttafels in Montgomery's spartaanse huishouding kennelijk inderdaad al voor één uur 's middags werden afgeruimd. Hij verzocht de lakei hem buiten achter het huis een dienblad met ontbijt te komen brengen.

Door de hoge glazen terrasdeuren scheen een fel licht recht in zijn bonzende hoofd. Hij kneep zijn ogen tot spleetjes. Hij had beter de achteruitgang kunnen nemen, weg van de drukte. Het hele regiment gasten liep in hun zondagse goed op het terras en in de Franse tuin beneden te flaneren. Hij wilde zich al terugtrekken toen ze hem in de gaten kreeg.

'Milord!'

Cecily had heldere ogen en blozende wangen, omdat zij niet tot diep in de nacht was blijven drinken en gokken. Ze was van plan een ommetje door de Franse tuin te maken, liet ze hem weten, waarbij de hoop dat hij haar zou vergezellen op haar gezicht geschreven stond. Ondertussen nam Lucies altijd aanwezige moeder hem met koele blik op. In tegenstelling tot de onschuldige Ceci liet lady Wycliffe zich niet voor de gek houden door zijn zorgvuldig uitgezochte kleren en zijn te strak geknoopte halsdoek. Zij zag dat de cognac en de port nog steeds in zijn buik klotsten.

Het liefst zou hij willen zeggen dat iedereen moest ophoepelen.

In plaats daarvan bood hij Cecily zijn arm aan, die ze met haar ranke hand verbazend stevig vastgreep.

Ze babbelde ergens over toen hij de trap naar de Franse tuin af liep. Over het weer, vermoedelijk.

Zijn aandacht werd in beslag genomen door een groepje vrouwen die gearmd in hun richting slenterden. Hun opgewekte stemmen zweefden naar hem toe. Lucie en haar vriendinnen.

Lady Catriona, de dochter van de Greenfields en de hertogin beantwoordden zijn groet in het voorbijgaan.

Lucie wierp hem een vernietigende blik toe en hij wist direct dat ze hem iets kwalijk nam. Bijna was hij blijven staan om te vragen waarom ze zo in haar wiek geschoten was, maar toen het viertal langsliep ontstond er een ijzige sfeer rond lady Wycliffe. Hij kon moeilijk de vrouw aan zijn arm loslaten en in het volle zicht van iedereen achter een andere dame aan gaan. Er zat dus niets anders op dan door te lopen.

'De hertogin is erg grootmoedig,' mompelde Cecily toen hij haar verder de tuin in leidde. 'Hoewel sommige mensen zeggen dat daaruit haar eigen radicale inslag blijkt, om zo'n gemene streek door de vingers te zien.'

Tristan kneep zijn ogen tot spleetjes. Hij was blijkbaar nog te dronken om te begrijpen waar ze het over had. 'Een gemene streek?'

'Hebt u het nog niet gehoord?' vroeg Cecily op gedempte toon. 'Het schijnt dat lady Lucie op Claremont een paar radicale pamfletten heeft verspreid zodat de prins van Wales ze zou aantreffen.'

De uitdrukking op zijn gezicht veranderde niet, maar nu had ze zijn volle aandacht. 'Zei ze dat zij het heeft gedaan?'

Cecily keek hem verward aan. 'Nee. Ik heb het haar tenminste niet horen toegeven,' voegde ze er snel aan toe.

'Aha. Nou, dan is zij het niet geweest.'

'U klinkt erg overtuigd van haar onschuld.' Er lag een verwonderde blik in haar blauwe ogen.

'Het is een zinloze provocatie, een stomme streek. En aangezien de hertogin haar vriendin is, zou het ook trouweloos zijn. Je nicht is niet stom en ook niet trouweloos.'

Cecily schonk hem een mierzoete glimlach. 'U kent mijn nicht goed.'

'Men hoeft haar niet goed te kennen om dat van haar te weten.'

'Wat kunt u het karakter van iemand snel beoordelen,' zei Cecily bewonderend. 'Komt dat door uw opmerkzame schrijversoog, denkt u?'

Ach hemel, sta me bij, dacht hij, terwijl hij Cecily zo stralend toelachte dat ze over haar eigen voeten struikelde.

Lucie overviel hem toen hij naar de ontbijtzaal terugliep. Ze keek hem ijzig aan en hij wist dat hij hier beter tegen opgewassen zou zijn als hij eerst koffie had gedronken.

'Heb jij het gedaan?' vroeg ze op hoge toon.

Op zijn lichamelijke reactie op haar beschuldiging was hij niet voorbereid. Onwillekeurig spanden zijn spieren zich. Het warme gevoel dat sinds de vorige avond in zijn borst lag vervloog.

'Of ik een paar pamfletten door een hertogelijk paleis heb rondgestrooid? Om jou in opspraak te brengen? Terwijl niemand met ook maar een greintje verstand zoiets zou overwegen?'

Ze keek hem zo scherp aan alsof ze met haar blik diep in zijn ziel wilde doordringen. 'Het is geen geheim dat je probeert me te slim af te zijn.'

Hij herinnerde zich dat ze hem niet erg intelligent had gevonden. Traag van begrip of dwaas had ze hem genoemd, of misschien allebei. Blijkbaar dacht ze daar nu weer zo over.

'Vermoedelijk denk je dat onze dans gisteravond ook boze opzet was.'

‘Ik weet niet meer wat ik van je moet denken.’ Ze stapte dichterbij en hij rook de frisse citroengeur van haar zeep. Op haar gezicht lag een blik van afkeer. ‘Soms denk ik dat je niet weet of je me liever zou willen verleiden of ondermijnen.’

Hij haalde zijn schouders op. ‘Dat zou op hetzelfde neerkomen, nietwaar?’

Ze stak haar kin naar voren. ‘Ik geef toe dat ik heel even dacht dat je beter was dan je reputatie deed vermoeden.’

Hij had het kunnen afhandelen als de volwassen man die hij was. Maar nee, hij liet het roodharige joch de teugels in handen nemen. ‘Waarom neem je mijn aanbod niet aan? Dan kun je zelf controleren of ik beter ben dan mijn reputatie,’ zei hij zacht. ‘Het geldt de hele zomer, weet je nog?’

Tristan deed geen moeite haar te zien weglopen. Haar rug zou stijf zijn, haar rokken zouden ruisen, en al met al was het beter zo. Hij moest even afstand van haar nemen. Hij was weliswaar van plan geweest haar te verleiden, maar door met haar te dansen en te flirten, toen hij zijn gevoelens had getoond om haar in te palmen, was hij blijkbaar zelf ook niet onaangedaan gebleven. Gevoelens die hij niet meer meende te hebben waren blootgelegd en kwetsbaar geworden. Hij moest eerst zijn zelfbeheersing hervinden.

21

'Deze bevalt me het best.' Lucie schoof het tijdschrift over het kantoorbureau naar Hattie met haar wijsvinger op de opengeslagen pagina.

Hattie keek vluchtig naar het lapje stof onder de zwart-witte lithografie en schudde haar hoofd zo hevig dat de parels in haar oorbellen tegen elkaar tikten. 'Het moet zwaarder zijn en beslist niet paars. Paars, Lucie? Werkelijk?'

'Waarom niet?'

'Omdat het paars is!'

'Een kleur met een zekere ernst, maar niet grijs, want grijs is saai, zoals je me hebt verteld. En ik heb liever een dunne stof dan een dikke. Luchtige kamers fleuren de menselijke geest op. Dat staat in het artikel op pagina zevenentwintig in dit tijdschrift.'

Hattie hield haar lippen stevig op elkaar geperst.

'Nou, goed dan,' zei Lucie berustend. 'Geen paars.'

Ze had zich nooit met het uitkiezen van gordijnen moeten bemoeien. Een dag had maar vierentwintig uur, en er zat momenteel te weinig schot in de taken die dringender waren. Maar omdat ze vorige week op Claremont hadden besloten geen coup te plegen, maar hun hervorming voorzichtig aan te pakken, zou London Print naar alle waarschijnlijkheid blijven bestaan of zich zelfs uitbreiden. Dat vereiste een ander interieur waarin hun nieuwe richting tot uiting kwam en een ruimte die geschikt was voor vrouwelijk kantoorpersoneel. Tot Lucies verrassing had Tristan enkel geknikt en haar budgetplan goedgekeurd toen ze hem de maatregelen had voorgelegd die nodig waren voor de renovatie. Sindsdien was er nieuw meubilair gebracht, waren versleten tapijten verwijderd en werd er een scheidswand gesloopt. Dat veroorzaakte veel stof, en de zware schoenen van de werkmannen galmden door de gangen van de kantoorverdieping. Het personeel mopperde omdat ze in de chaos moesten werken. Ze konden niet eens een week vrij nemen, vanwege een explosie aan bestellingen van Tristans werk. Het bericht dat de prins van Wales de dagboeken had aanbevolen, had zich als een lopend vuurtje verspreid. De drukker was al in alle staten. 'We kunnen één van de boeken op tijd leveren, maar niet allebei, vooral niet als u ook de periodieken wilt veranderen,' had hij tijdens hun laatste vergadering met een rood hoofd van ergernis uitgeroepen.

Lucie dacht met kloppende slapen aan de vergadering terug. Haar leven, dat ze de afgelopen jaren zo zorgvuldig op al haar verschillende verplichtingen had afgestemd, dreigde elk moment grandioos te ontsporen. *Overweeg meer te delegeren… Delegeren is een kunst.* Melvin had makkelijk praten. Natuurlijk kon ze de inrichting van het kantoor helemaal aan Hattie overlaten, maar gisteren had haar vriendin nog wandkleden met jonge katjes voor het vrouwenkantoor voorgesteld. En hoe dol ze ook op katten was, dat was niet haar visie voor London Print. Als ze die taak aan iemand anders zou overlaten, zou ze Hatties gevoelens kwetsen, die vervolgens eindeloos zou blijven mokken. De hemel sta degene bij die tussen Hattie en haar zoektocht naar haar volgende project kwam.

'Wat vind je van nachtblauw?' vroeg Hattie. 'Blauw is rustgevend –'

De grootste van de bellen aan de muur achter hen luidde. Iemand die op dat moment achter het bureau in de wachtruimte zat, vroeg toestemming om binnen te komen.

'Neem me niet kwalijk.' Ze trok aan haar eigen schellekoord en even later stak lady Athena, de nicht van de gravin van Salisbury, haar rosblonde hoofd om de deur.

'Het spijt me dat ik stoor, maar de opzichter van de werkmannen vraagt waar hij de kisten met het nieuwe briefpapier moet neerzetten.'

Lucie gebaarde naar Hattie. 'Lady Athena, mag ik je voorstellen aan miss Greenfield. Hattie, lady Athena valt momenteel in voor, nou ja, voorlopig voor alle vacatures. Later zal ze de inhoud van het *Discerning Ladies' Magazine* gaan samenstellen.' Ze keek achterom naar de jonge vrouw bij de deur. 'Zeg maar tegen de man dat hij de kisten in de opslagkamer moet neerzetten, zoals we vanochtend hebben besproken.'

'Dat heb ik gedaan,' zei lady Athena misprijzend. 'Hij stond erop dat ik het ging navragen bij de heer die hier de leiding heeft.'

'Ach, natuurlijk. Voel je je in staat hem te vertellen dat jij gemachtigd bent om instructies te geven en dat hij de leidinggevende heer niet dient te storen als hij wenst te worden betaald?'

'Jazeker, met het grootste genoegen,' zei Athena. Met een vastberaden blik op haar intelligente gezicht deed ze de deur dicht.

Hattie keek haar vragend aan. 'Ze lijkt me erg bekwaam.'

'Tot nu toe is ze dat ook.'

'Is ze een suffragette?'

'In haar hart wel, geloof ik. Officieel nog niet.'

'Op den duur zul je haar vast overtuigen,' zei Hattie vol vertrouwen. 'Wat is er met de oude receptionist gebeurd?'

'Die heeft zijn ontslag ingediend op de dag dat Mr. Barnes vertrok.'

'O.'

Lucie haalde haar schouders op. 'Daardoor is er een extra vacature ontstaan voor een vrouw die werk zoekt. Ik heb een eerste ronde sollicitatiegesprekken voor morgen geregeld.'

'O, wat opwindend!' Hatties ogen straalden, want als iemand die nooit naar een betrekking zou hoeven te solliciteren, tenzij ze dat per se wilde, vond ze solliciteren en werken voor de kost exotisch en fascinerend.

'De annonce heeft gisteren in alle grote kranten gestaan,' zei Lucie. 'We zijn ook op zoek naar een nieuwe typiste en een extra bureauredacteur.'

Hatties wenkbrauwen gingen omhoog. 'Ik begrijp dat het tegenwoordig vrij gewoon is voor een vrouw om een opleiding tot typiste te volgen, maar ik heb nog nooit van een vrouwelijke bureauredacteur gehoord.'

'Die zijn er wel. Dat kan niet anders. Emily Faithfull heeft al in de jaren zestig de Victoria Press opgericht en op het kantoor van haar uitgeverij werkten uitsluitend vrouwen. Ik heb vorige week inlichtingen ingewonnen en de uitgeverij schijnt nu in handen te zijn van een man. Ik ben van plan bij hem langs te gaan om de uitgeverij nader te bekijken en met de vrouwen te praten die er eventueel nog werken.'

'Dat is slim,' vond Hattie.

'Maar wat ik eigenlijk nodig heb, is een vrouw die de hele onderneming kan leiden.'

'Welke onderneming?'

'Deze.' Met een breed gebaar omvatte ze het bureau, de halflege, doorgezakte planken langs de muren en de kroonluchter met zijn stoffige kristaldruppels. 'Ik kan niet een uitgeverij leiden en ook nog de suffragettebeweging. Het is me gelukt genoeg vrouwelijke investeerders bijeen te brengen om de uitgeverij te kopen en ik wil graag de juiste toekomstige richting helpen meebepalen, maar de dagelijkse leiding van de uitgeverij op me nemen... Hoe moet ik dat in vredesnaam doen?'

'Nee, natuurlijk lukt dat niet,' zei Hattie. 'Heb je iemand in gedachten?'

Had ze dat maar. Ze wreef over haar slapen. De laatste tijd had ze vaak last van een bonkende hoofdpijn. Die zou verdwijnen als ze een paar dagen naar het platteland ging om haar ogen rust te gunnen, maar voorlopig zou ze daar geen tijd voor hebben.

'Ik neem aan dat lady Athena tegen de taak opgewassen zal zijn, maar de overgangsperiode is een uitdaging.' Niet voor het eerst betreurde Lucie de gebrekkige planning. 'En nu heeft ze er ook nog het probleem bij dat ze met lord Ballentine moet omgaan.'

Hattie wilde iets zeggen, maar slikte haar opmerking zichtbaar in en hield het op een beleefd 'hm'.

'Hm?'

Hattie sloeg het tijdschrift dicht en meteen weer open. 'Misschien is het niet zo'n grote uitdaging als je denkt om een vrouw te vinden die lord Ballentine in het gareel kan houden. Je moet er alleen voor zorgen dat ze wat ouder is en kordaat en streng kan optreden, zoals bijvoorbeeld een schooldirectrice.'

'Maar ik bén wat ouder en gedraag me kordaat en streng.'

'Ja, natuurlijk,' zei Hattie haastig. 'Maar ben je het met me eens dat er nogal een, eh, speciale vijandigheid tussen jullie bestaat?'

Er verscheen een frons op Lucies voorhoofd. 'Nee. Volgens mij is onze vijandigheid volkomen normaal.'

Hoewel ze moest toegeven dat hun vijandigheid erger was geworden. Na het licht benevelde gesprek op een bank in de tuin en een dromerige wals was de terugkeer tot de werkelijkheid ontnuchterend geweest. Het was nog altijd niet duidelijk wie er achter het incident met de pamfletten zat, maar ze had niet haar excuses aangeboden omdat ze Tristan verdacht, aangezien hij het niet had ontkend. En nu gedroeg hij zich nog schurkachtiger dan eerst. Sinds hun thuiskomst had hij verschillende vergaderingen belegd om zijn boeken met het personeel en leveranciers te bespreken, maar zij was niet uitgenodigd. Iedere keer als ze tegelijk op kantoor waren, zag ze hem rondparaderen en zijn neus in de verschillende afdelingen steken, vragen stellen en verlangen de boekhouding in te zien. Gisteren had hij nota bene een plan opgesteld voor de veranderingen die hij noodzakelijk achtte voor het distributieproces van de boekenafdeling, opnieuw zonder dat met haar te overleggen.

Maar hoewel hij haar ongetwijfeld probeerde te provoceren, vond ze het zorgwekkender dat hij oprecht belangstelling leek te tonen voor het functioneren en verbeteren van de onderneming. En in tegenstelling tot Lucie had hij alle tijd om van 's ochtends vroeg tot 's avonds laat op kantoor te zijn en zich op de details te concentreren. Erger was dat hun wapenstilstand weliswaar voorbij leek te zijn, maar dat haar erotische dromen over hem voortduurden. Bespottelijke scenario's glipten lukraak haar slaap binnen, en hoe verhit de achtervolging ook was, de droom vervloog altijd op het moment dat hij met zijn lippen vlak bij de hare kwam. Vervolgens was ze dan de hele dag niet te genieten.

De bel aan de muur klingelde opnieuw. Het schelle geluid werkte haar op de zenuwen, en voordat ze aan haar schellekoord kon trekken, zwaaide de deur open en vulde Tristan met zijn brede schouders de deuropening.

Haar maag draaide om, alsof ze in een diep gat viel. Als je het over de duivel had...

Hij zag er engelachtig uit in zijn bordeauxrode gilet en zijn op maat gesneden jasje. Op zijn gezicht en zijn haar lag een gezonde glans.

'Lady Lucinda. Miss Greenfield.'

'Lord Ballentine,' fluisterde Hattie.

De nonchalance waarmee hij nu haar kantoor binnenslenterde, terwijl hij met een uitgestreken gezicht zijn blik door het half gerenoveerde vertrek liet dwalen, bezorgde haar een onaangename tinteling in haar nek.

Ze keek hem strak aan. 'Kan ik je ergens mee van dienst zijn?'

In zijn linkerhand hield hij een zwarte map. Dat beviel haar helemaal niet.

Voor haar bureau bleef hij staan.

Toen hun blikken elkaar ontmoetten bonsde haar hart tegen haar ribben. De lucht tussen hen in zinderde en een vluchtig moment meende ze weer de warme druk van zijn hand op haar middel te voelen toen hij haar tijdens de dans naar zich toe had getrokken. Ze ging verzitten op haar stoel en haar gevoelige huid schuurde onaangenaam tegen het katoen van haar ondergoed.

Alsof hij vermoedde dat hij die uitwerking op haar had smeet hij de map op haar bureau waar hij vervolgens achteloos tegenaan leunde. 'Ik wilde je alleen op de hoogte brengen van het nieuwe drukschema,' zei hij.

Lucie verstijfde. Ze had helemaal geen nieuw schema met de drukkerij of met wie dan ook besproken.

'Zoals je weet,' vervolgde hij, 'is onze capaciteit overbelast, dankzij duizend vooruitbestellingen van mijn oorlogsdagboeken en de tweede druk van de dichtbundel –'

'Heb je een nieuw schema besproken, met de drukkerij? Zonder mij?'

Hij keek licht ontstemd toen ze hem in de rede viel. 'Inderdaad.'

'Je mag het schema niet veranderen zonder met mij te overleggen.'

'Maak je maar niet druk,' zei hij minzaam. 'Ik heb alles geregeld met het belang van het bedrijf voor ogen.'

Ze boorde haar nagels in haar handpalmen. 'Als dat van invloed is op de tijdschriften, en zelfs als dat niet zo is, dan móét ik bij die besprekingen aanwezig zijn.'

'Maar we weten al dat de boeken voorrang moeten hebben. Op grond van de vooruitbestellingen is de potentiële winst na amper een week al hoger dan de winst van de voorgaande drie maanden bij elkaar. Kijk zelf maar.' Hij maakte de map open en tikte met zijn vinger op een van de cijferkolommen.

Ze stond op en keek hem strak aan. 'Ik wens voortaan aanwezig te zijn bij vergaderingen die ons allebei aangaan.'

'Dat geloof ik graag, schat, maar dat is echt niet nodig.' Hij had zich zo dicht naar Lucie toe gebogen dat ze hem kon ruiken. Er speelde een lachje om zijn mond. 'De mannen luisteren toch eerder naar mij dan naar jou.'

Het liefst zou ze die grijns van zijn zachte mond willen slaan. Het liefst zou ze van alles met zijn mond willen doen. Wat idioot dat ze verlangde naar een man die ze niet kon uitstaan.

Haar gezicht gloeide, maar haar stem was koud. 'Jouw spelletjes veranderen niets aan het feit dat mijn consortium de helft van deze uitgeverij bezit.'

'Ah.' Hij haalde zijn schouders op. 'Het is ook een feit dat mannen het gegil van een geagiteerde vrouw spontaan negeren. Vooral als er tegelijkertijd een redelijke mannenstem beschikbaar is.'

Bijna had ze werkelijk geagiteerd gegild, maar ze wist zich in te houden en zei enkel: 'Ik wil weten wie jou het geld voor je aandelen heeft geleend, zodat ik hem kan laten vergiftigen.'

Hij schoot in de lach. 'Dat zou ik willen zien. Maar zelfs jij zou moeite hebben om Blackstone af te maken. Volgens mij gorgelt hij elke ochtend met strychnine.'

Dat woord zei haar niets, maar Hattie hapte verbaasd naar adem waardoor Lucie zich ineens herinnerde dat ze niet alleen met Tristan was. Haar vriendin keek hem met grote ogen aan. 'Hoe kan dat?' bracht ze uit.

Hij hield zijn hoofd schuin. 'Wat bedoelt u, miss Greenfield?'

Hattie kreeg een kleur. 'Ik neem aan dat u het hebt over Mr. Blackstone, de investeerder.'

'Dat klopt.'

'Nou, hij is ongelooflijk eenzelvig, daarom vraag ik me af hoe u een overeenkomst met hem hebt kunnen sluiten,' zei Hattie. 'Mijn vader heeft het de laatste tijd onder het eten haast nergens anders over. Hij wil Blackstone heel graag overhalen tot een investeringsproject in Saragossa, maar ik begrijp dat hij nooit op uitnodigingen ingaat.'

'En het zou uw vader natuurlijk deugd doen dat u geheime informatie met ons deelt, hm?'

'Het is helemaal niet geheim,' zei Hattie haastig, maar ze bloosde nog heviger. 'Maar toch is het beter als u er met niemand over spreekt. Behalve met Mr. Blackstone, misschien,' voegde ze eraan toe, met een smekende blik in haar bruine ogen.

Tristan schudde zijn hoofd. 'Nee, mijn beste. Ik ga niet bemiddelen tussen de machtige Julien Greenfield en zijn aartsconcurrent.'

'Nee, nee, natuurlijk niet... Maar misschien kunt u me vertellen welke club hij bezoekt. Welke gezelligheidsvereniging.'

Het was even stil.

'Goed,' zei hij. 'Hij bezoekt inderdaad "gezelligheidsverenigingen".'

Bij de vage ondertoon bij het woord 'gezelligheid' viel Hattie verbluft stil, en in Lucies gedachten riep het woord beelden op van Tristan in zijn roodzijden kamerjas omringd door lichamen in allerlei stadia van ontkleding, de prins van losbandigheid in zijn rijk.

Ze schraapte haar keel. 'We hebben hier werk te doen,' zei ze, en hij richtte zijn aandacht weer op haar. 'Ik spreek je later nog over de kwestie van het drukschema.'

Tot haar verbazing knikte hij slechts en pakte zijn map op. 'Natuurlijk. Ik kijk ernaar uit.'

Hij liep de kamer uit en zag er zelfs van achteren zelfingenomen uit.

Lucie ademde diep uit en dacht koortsachtig na. Ze moest met de drukkerij spreken. Ze moest van Tristan af zien te komen. Ze moest lady Harberton helpen met haar campagne voor fietsende vrouwen. Ze zou dagen van veertig uur moeten hebben.

'Ik neem aan dat hij Mr. Blackstone niet heeft leren kennen in een respectabel etablissement.' Hattie staarde nog steeds naar de deur waardoor Tristan was vertrokken.

'Daar kun je heel zeker van zijn,' zei Lucie droogjes. 'Mag ik vragen wat de bedoeling was van die strenge ondervraging?'

'Het was niet echt een ondervraging,' mompelde Hattie.

'Je wilde hem niet laten vertrekken.'

Hattie liet haar schouders hangen. 'Nou, goed dan,' zei ze. 'Zoals je weet kan ik met mijn grote interesse in de kunst en omdat ik slecht in rekenen ben maar weinig bijdragen aan ons familiefortuin.' Ze beet op haar onderlip. 'Zachary is de erfgenaam, mijn zussen doen redelijke investeringen en Benjamin is mama's oogappel. Ik ben dat allemaal niet. Aan de eettafel is het net alsof ik niet besta. Als ik een afspraak had kunnen regelen tussen mijn vader en de beruchte Mr. Blackstone...'

'Wat is er zo berucht aan hem?'

'Nou, om te beginnen is hij schatrijk en erg gewiekst.' Hattie had haar stem weer tot een fluistering gedempt. 'Begrijp me goed, hij staat bekend als een investeerder en een zakenman, en de koopmansklasse wil zijn geld graag. Lord Ballentine had gelijk toen hij hem een concurrent van Greenfield noemde, want zijn investeringen zijn goed. Maar er zijn maar weinig mensen die hem persoonlijk hebben ontmoet. Niemand weet waar hij vandaan komt. En hij heeft verscheidene edelen schijnbaar zonder reden financieel te gronde gericht. Mijn vaders verzoeken om een afspraak negeert hij hardnekkig, iets wat alleen een bijzonder onbeschofte man zich kan veroorloven.' Ze huiverde. 'Sommige mensen noemen hem Beëlzebub.'

Beëlzebub?

'Geweldig,' zei Lucie koel. 'Of hij nu officieel een zakenman is of niet, het schijnt dat hij eerder de ongekroonde koning van de onderwereld is en dat hij op dit moment een deel van onze uitgeverij bezit.'

Hattie snakte naar adem. 'O jee. Als je het zo zegt –'

'Ik moet van hem af.'

Hattie trok haar wenkbrauwen op. 'Van wie?'

Weer werden ze door het geklingel van de bel gestoord. Lucie nam zich voor het ding te verwijderen. De spanning in haar schouders zakte af toen lady Athena binnenkwam, niet Tristan. De dame zag er een beetje verhit uit.

'Neem me niet kwalijk dat ik u alweer stoor,' zei ze. 'Er zijn zojuist enkele grote dozen met Ballentine-kaarten bezorgd en we hebben nog niet besproken waar we die moeten neerzetten.'

Lucie knipperde verbluft met haar ogen. 'Dózen vol?'

Lady Athena haalde verontschuldigend haar schouders op. 'Blijkbaar heeft een handelaar in Shoreditch de productie op zich genomen. Het schijnt dat lord Ballentine ze hier heeft laten bezorgen.'

'Hm.' Lucie vernauwde haar ogen tot spleetjes. 'Laat ze dan maar direct voor de deur van lord Ballentines kantoor neerzetten.'

Athena aarzelde. 'Direct voor zijn deur?'

'Ja.'

'Voor zijn kantoordeur?'

'Ja. Stapel ze maar hoog op.'

'Zoals u wilt,' zei Athena behoedzaam en ze liep weg met een frons op haar sproetige voorhoofd.

Hattie grijnsde en zag eruit als een roodharig duiveltje. 'Een volkomen normale vijandigheid, nietwaar?'

'Je hebt het net zelf kunnen zien. De man is een lastpost.'

Hatties grijns verdween. 'Om eerlijk te zijn, als hij kan opschieten met mannen als Mr. Blackstone, dan ben ik bang dat hij meer is dan een lastpost.'

Lucie zou nooit hardop toegeven dat ze tot dezelfde conclusie was gekomen, maar zij was er ook bang voor.

Nadat ze die avond in Oxford was aangekomen, bleef ze op weg naar huis voor het Randolph staan. Achter het raam van Annabelles suite op de eerste verdieping brandde nog licht. Blijkbaar was ze na de buitenpartij van Claremont teruggekeerd om haar studie te hervatten. Vermoedelijk was ze alleen, want Montgomery bracht nooit tijd door in het hotel. Lucie had begrepen dat de hertog in Londen was wanneer Annabelle in het Randolph logeerde.

Zo snel als de zware tas op haar heup het toeliet liep ze door het hotel. Ze wilde met alle geweld een onverwachte ontmoeting met haar moeder of Cecily vermijden, die inderdaad voor de hele zomer hier hun intrek hadden genomen.

Annabelle leek blij te zijn om haar te zien, ook al had ze haar bezoek niet aangekondigd. Ze voerde Lucie mee naar de zitkamer en installeerde haar in de makkelijkste leunstoel bij de open haard. Toen ze Lucies maag hoorde knorren vroeg ze of ze wat bij de hotelkeuken voor haar moest bestellen; kippenborst in citroensaus met gebakken aardappels misschien?

'Een cognacje klinkt nog interessanter,' zei Lucie, hoewel ze twijfelde of de drank haar hoofdpijn zou verlichten of juist erger zou maken.

'Ik heb sherry,' opperde Annabelle. Ze liep naar het elegant gewelfde barkastje onder een al even elegant landschapschilderij. Zacht neuriënd pakte ze een fles en schonk een glas in. In het gedempte licht dat door de roze gordijnen schemerde zag ze er sereen uit. Lucie trommelde afwezig op de armleuning, terwijl haar iets dwarszat aan de roze, opgeruimde oppervlakken, de weelderige stoffering en de lichte geur van jasmijnparfum en stijfsel in de kamer. Vanuit elke hoek zweefde een gemoedelijke tevredenheid omhoog, die werd benadrukt door het rustige tikken van de klok, waardoor Lucie zich vaag een indringster voelde.

Annabelle gaf haar het sherryglas. 'Hoe was je dag in Londen?'

Frustrerend.

'Hectisch,' zei ze in plaats daarvan. 'Om te beginnen zitten we met de renovatie en ik heb de sollicitatiegesprekken voor morgen gepland. De drukker krijgt zowat een beroerte, omdat we ruim duizend vooruitbestellingen hebben voor Ballentines nieuwe boeken en de herdrukken van de oude.' Ze hief het glas naar haar neus en rook eraan. 'Ik denk dat we ergens anders wat extra drukcapaciteit moeten kopen als we alles op tijd willen leveren.'

Annabelle installeerde zich in de stoel tegenover haar. 'Ik zou denken dat een groot aantal bestellingen juist een reden is om je over te verheugen.'

De sherry gleed brandend en zoet door haar keel. 'Dat is het ook.' Maar de cijfers gaven Tristan ook meer macht. Ze had vandaag het orderboek bekeken: afhankelijk van de productiekosten zag het ernaar uit dat hij hun bedrijf een flinke winst zou opleveren.

Ze kneep even haar ogen dicht bij een nieuwe hoofdpijnaanval.

'Voel je je wel goed?' hoorde ze Annabelle zeggen.

Ze knikte. 'Maar ik maak me zorgen dat we geen andere manier kunnen vinden om ons rapport te publiceren. Het zou bijzonder nuttig zijn geweest om het te publiceren voordat Montgomery het amendement in het Hogerhuis indient.'

'Inderdaad.'

'Niet alleen kunnen we op dit moment geen oplossing vinden, maar nu word ik ook nog in beslag genomen door een geheel nieuwe, onverwachte onderneming waar ik tijd en middelen aan moet besteden naast mijn eigenlijke werk.'

Ze hulden zich in een doezelig stilzwijgen. De sherry begon te werken: Lucie werd warm vanbinnen en ze voelde zich aangenaam loom en licht in het hoofd. Ze bestudeerde Annabelle, die er behaaglijk en welwillend uitzag in haar leunstoel, en het knagende gevoel stak weer de kop op.

Ik ben jaloers, besefte ze. Ik ben jaloers op een dierbare vriendin.

Ze benijdde Annabelle niet om haar smoorverliefde hertog, hoewel het vast zijn bekoring had om getrouwd te zijn met een man die haar graag met zijn enorme rijkdom en genegenheid wilde overladen.

Nee, ze benijdde Annabelle om haar tevredenheid, haar gratie en zachtheid, rond een staalharde kern, en om het feit dat ze een beetje kon geven en nemen als dat nodig was, zodat ze niet zou breken zelfs wanneer een formidabele kracht als Montgomery zich op haar afreageerde. Ze was als een grassprietje dat de ene dag bijna platgedrukt kon liggen om de volgende dag weer kaarsrecht overeind te staan.

Ze vermoedde dat het bij haar precies andersom was: zij was uiterlijk staalhard, wat nuttig was om wegen te banen waar die ontbraken, maar onder die harde buitenkant, afgezien van de feiten, cijfers en te bereiken doelen, was alles erg vaag. Haar emoties waren zelden fatsoenlijk en sinds ze Tristan naakt met zijn hand om die kandelaar had gezien waren ze een onbeschaafde wirwar geweest. Een harde buitenkant, maar een plooibare kern. Nee, zij was beslist geen grasspriet; zij had meer weg van een insect met een uitwendig skelet. Een overspannen insect, de laatste tijd.

Ze sloeg de rest van haar sherry in één teug achterover en zette het glas neer. 'Annabelle, stel dat ik een minnaar zou nemen, wat zouden de gevolgen zijn, denk je?'

Annabelle bleef roerloos zitten.

Waarschijnlijk was ze gechoqueerd, dacht Lucie. Aan een andere vrouw zou ze zoiets nooit hebben gevraagd, maar ze vermoedde dat Annabelle en Montgomery het niet bij smachtende blikken hadden gelaten voordat ze besloten de conventie aan hun laars te lappen en te gaan trouwen. Haar vriendin zou toch zeker niet heel erg gechoqueerd zijn over het idee van een minnaar?

'Tja,' zei Annabelle ten slotte. Ze keek Lucie vastberaden in de ogen. 'Ik denk dat jij, gezien je beroep, beter dan de meeste mensen weet wat de consequenties kunnen zijn voor een vrouw die intieme omgang heeft met een man.'

Lucie boog haar hoofd. 'Misschien.'

'Doordat je nu vraagt of ik het kan uitleggen, vermoed ik dat je van mij wilt horen dat het een slechte beslissing zou zijn,' vervolgde Annabelle. 'En daardoor vermoed ik dat je zelf vindt dat je die slechte beslissing al veel te graag wilt nemen.'

'Ik heb je combinatievermogen altijd al bewonderd.'

Annabelle snoof spottend. 'Ik geloof dat het ervan afhangt.' Ze schonk haar een aarzelende glimlach. 'Heb je een heer ontmoet die je leuk vindt? Hoewel, als het een echte heer was, zou hij je niet alleen maar een vrijage aanbieden.'

'O god, nee. Ik vind hem helemaal niet leuk.'

Annabelles gezicht betrok. 'Dan ben ik bang dat ik het niet snap.'

Ik ook niet.

Tristan zag er natuurlijk schandalig aantrekkelijk uit en dan was er nog zijn reputatie, wat een vrouw ertoe kon verleiden te denken dat een intieme relatie met hem de moeite waard was, ondanks zijn onbeschaafde karakter. Maar in feite was het veel ingewikkelder. Misschien dacht ze juist aan hem omdát hij een schoft was. Het idee van een intieme verhouding met een rechtschapen, zachtaardige heer bracht haar van haar stuk, want zoals Annabelle had gezegd, zou zo'n man haar een aanzoek doen. Dat was volstrekt uitgesloten, en bovendien moest een relatie met zo'n brave man wel op een teleurstelling uitlopen. Maar een losbol als Tristan? Tegenover hem hoefde ze niet beleefd te zijn. Bij hem hoefde ze nooit moeite te doen zich beminnelijk te gedragen of zich anders voor te doen dan ze was. Het kon hem toch niets schelen hoe ze zich gedroeg.

'Het zou nog altijd riskant zijn,' mompelde ze.

'Inderdaad,' zei Annabelle op vlakke toon.

'Als iemand erachter kwam, zou mijn reputatie geruïneerd zijn.' Er waren tal van getrouwde vrouwen en weduwen die discreet een minnaar namen zonder dat ze daar consequenties van ondervonden, maar ongehuwde vrouwen? Bij de buitenpartij op Claremont had ze in de ontbijtzaal al een voorproefje gehad van wat ze kon verwachten: starende blikken en afgewende ruggen, alsof ze besmettelijk was. Haar dagelijkse ervaring vertienvoudigd. Maar bovendien zouden de mensen die haar dierbaar waren dan ook gedwongen zijn haar links te laten liggen: de vrouwen en activistes die ze was gaan bewonderen en op wie ze was gaan rekenen tijdens hun gemeenschappelijke strijd voor de goede zaak.

'Het gevaar van geruchten en een bezoedelde reputatie bestaat natuurlijk,' zei Annabelle. 'Maar er zijn veel ernstigere gevolgen te bedenken.'

'Een kind.'

Annabelle knikte vluchtig.

'Er zijn manieren om dat te voorkomen.' Lucie kende ze allemaal. Ze wist ook dat ze geen van alle gegarandeerd werkten.

'En ziekten, niet te vergeten, nu we toch zo schandalig openhartig zijn,' zei Annabelle. 'Verder zijn er natuurlijk nog allerlei andere manieren waarop een man als hij een vrouw kapot kan maken.'

Lucie verstijfde. *Een man als hij?*

'Maak je geen zorgen,' zei Annabelle nadrukkelijk. 'Ik weet niet wie het is. Maar als je een geheime affaire overweegt met een man om wie je niets geeft, dan ken ik zijn soort wel. Vermoedelijk heeft hij alleen met zijn aantrekkelijkheid je aandacht getrokken. Je denkt dat hij een uitstekende minnaar zou zijn. Waarschijnlijk is hij dat ook, maar zulke mannen hebben allemaal één ding gemeen: een affaire met hen raakt een vrouw diep in haar ziel.'

Lucies gezicht verstrakte. 'Maar ik zei toch dat ik niets om hem geef?'

'Nou, goed.' Annabelle boog zich dichter naar haar toe. 'Uit ervaring weet ik dat een goede minnaar je het hoofd op hol kan brengen. Hij kan je dingen laten voelen die je niet had verwacht en ook niet wilde voelen. En stel dat de passie die je met hem beleeft ongeevenaard is, waardoor je daarna voorgoed voor alle anderen verpest bent.'

Lucie wuifde haar bezwaar weg. 'Als je al een minnaar neemt, heeft het weinig zin om een middelmatige te kiezen. Maar ik maak me wel zorgen om mijn reputatie. Dat zou koren op de molen van onze tegenstanders zijn.'

Annabelles blik verzachtte. 'En hoe zit het met jou?'

'Met mij?'

'Ja, met jou. Als je werkelijk naar een lang en gelukkig leven met een man verlangt, dan kun je dat bereiken.'

Ze hapte verrast naar adem. 'Ik moet zeggen dat ik me moeilijk een sprookjesachtige afloop met een man kan voorstellen, gezien de omstandigheden.'

Vroeger dacht ze dat ze geluk had dat ze nu geboren was in plaats van een paar eeuwen eerder. 'Pittige' meisjes met ambitie konden zich tegenwoordig heel fatsoenlijk redden als ongehuwde vrouw of op een gegeven moment een gezapig leven gaan leiden met een saaie oude professor.

Annabelle zuchtte. 'Nou, waar je ook voor kiest, bedenk goed dat er een groot verschil is tussen een plan opvatten en het daadwerkelijk uitvoeren. De werkelijkheid heeft onvoorspelbare gevolgen. Je zou per ongeluk een onherroepelijke beslissing kunnen nemen.'

De volgende ochtend nam Lucie een vroege trein naar Londen. Ze droeg haar kobaltblauwe jurk en had haar haar zo goed mogelijk in een praktische knot opgestoken, want dat was precies wat nu van haar verlangd werd: praktisch zijn. Dat ging haar de laatste tijd niet makkelijk af.

Toen ze vlak bij de imposante granieten gevel van London Print was, geloofde ze haar ogen niet. Op de stoep voor de ingang van de uitgeverij had zich een lange rij keurig geklede vrouwen gevormd. De rij slingerde zich dwars door de ingangshal.

De vrouwen wierpen haar steelse blikken en nerveuze lachjes toe terwijl ze voorbijliep, en toch drong pas tot haar door toen ze haar kantoorverdieping had bereikt, waar de rij tot een kleine menigte rond een overrompelde lady Athena was uitgewaaierd, dat dit haar sollicitanten waren voor de betrekkingen waarvoor ze had geadverteerd.

'Goedemorgen,' zei ze verbijsterd en in het algemeen.

Een koor van groeten galmde terug, wat haar deed denken aan een klas vol brave leerlingen op een dorpsschool.

Er gleed een lachje over haar gezicht toen ze haar kantoor binnenging. Dat was nog eens een onverwachte, geweldige opkomst.

De eerste sollicitante was een miss Granger, vijfentwintig jaar oud, uit Islington. Er verschenen rode vlekken van spanning in haar hals boven haar hoge kraag toen ze de map met haar referenties over het bureau schoof.

Lucie glimlachte haar bemoedigend toe en pakte haar pen. 'Kunt u me vertellen waarom u graag voor London Print zou willen werken, miss Granger?'

'Nou, milady, er zijn tegenwoordig gewoon niet genoeg heren beschikbaar voor het huwelijk, nietwaar?'

'... juist.'

'Ik wilde eerst een speciale toelage aanvragen waarmee de overheid ongehuwde vrouwen wil helpen om in Australië een echtgenoot te zoeken. Maar na rijp beraad heb ik besloten dat ik liever in Engeland blijf om hier werk te zoeken. In elk geval moeten we bereid zijn om zelf ons brood te verdienen tegenwoordig.'

'Inderdaad,' zei Lucie. 'Maar waarom wilt u liever hier werken dan bijvoorbeeld in een overheidskantoor?'

De blauwe ogen van de vrouw lichtten op. 'O. Ik geniet van de tijdschriften. Mijn moeder is geabonneerd op *Home Counties Weekly* en ik lees elk nummer.'

Lucie knikte en maakte aantekeningen. Dit was precies het enthousiasme dat ze wilde zien. Het arbeidsleven in Londen bracht uitdagingen voor een vrouw met zich mee. Enige motivatie naast het loon zou iedereen die zich bij het bedrijf aansloot helpen het vol te houden.

'Ik ben ook dol op *A Pocketful of Poems,*' zei miss Granger met een dweperige ondertoon in haar stem.

Lucie hief langzaam haar blik van haar notitieboekje. 'O ja?'

De blos van nervositeit verspreidde zich over miss Grangers wangen en neus. 'Ja. Ik was erg verrast toen ik hoorde dat lord Ballentine de dichter was.'

'Wie niet,' reageerde Lucie. De opgewonden blik in miss Grangers ogen beviel haar niet.

'Hij heeft zo'n scandaleuze reputatie, maar uit zijn gedichten maak ik op dat die op praatjes berusten,' zei miss Granger enthousiast. 'Een ware losbol zou toch niet tot zulke emotionele diepten in staat zijn?'

'Wat een interessante gedachte.'

'Is hij vaak hier op kantoor? Lord Ballentine, bedoel ik?'

'Jammer genoeg niet, nee.'

Het had onmiskenbaar te nors geklonken, want miss Granger keek vaag gegeneerd, alsof ze op iets onbehoorlijks betrapt werd.

Lucie ademde diep in. Het hielp niet. Haar hoofdpijn kwam weer bonzend opzetten.

De volgende sollicitante heette Mary Doyle, zat onder de sproeten en was twintig jaar oud. Ze was helemaal vanuit Birmingham gekomen en de donkere kringen onder haar ogen verrieden dat ze op een onchristelijk tijdstip was opgestaan om op tijd in Londen te zijn.

'Miss Doyle, u solliciteert naar de functie van typiste, maar uit uw papieren is niet duidelijk hoelang u een schrijfmachinecursus hebt gevolgd of waar u hiervoor hebt gewerkt,' stelde Lucie vast, terwijl ze fronsend de sollicitatiebrief van de vrouw doornam.

Miss Doyle bestudeerde het houtnerfpatroon van het bureau. 'Ik heb de opleiding tot typiste nog niet helemaal afgerond, milady.'

Lucie trok een wenkbrauw op. 'O?'

Een schuchtere blik. 'Ik hoopte dat ik de nodige vaardigheden hier, bij London Print, kan opdoen.'

Lucie schudde haar hoofd. 'Ik bewonder uw ambitie, maar voor deze functie is een ervaren typiste vereist.' Bij het zien van miss Doyles teleurgestelde gezicht voegde ze eraan toe: 'Maar het is een goed idee om hier een cursus te organiseren om vrouwen zulke vaardigheden te leren.'

Het was zelfs zo'n goed idee dat ze er een aantekening van maakte.

'Omvat het werk ook het zorgen voor lord Ballentines administratieve behoeften?' vroeg miss Doyle.

Een ogenblik werd haar eigen handschrift wazig voor Lucies ogen. Ze keek op, licht verbaasd dat het meisje niet versteende toen hun blikken elkaar ontmoetten.

'Geen enkele betrekking hier omvat het zorgen voor lord Ballentines "behoeften".'

Mary Doyle liet haar schouders hangen. 'Ik heb gehoord dat hij de eigenaar van London Print is.'

'Van de helft. Hij is de eigenaar van de helft.'

De kleine tijdverspilster uit Birmingham fleurde op. 'Hebt u dan misschien iemand nodig om verfrissingen te serveren? Ik heb al wat ervaring met een theewagen opgedaan.'

Toen de volgende kandidate binnenkwam, een vrouw in een zonnegele katoenen jurk met een verdacht enthousiast verende tred, voelde Lucie haar hartslag bonzen achter haar slapen.

Ze schraapte haar keel. 'Goedemorgen, miss...'

'Potter, milady,' zei het meisje. Toen bloosde ze, maakte een reverence en schoof de sollicitantenstoel naar achteren.

'Miss Potter, waarom hebt u bij London Print gesolliciteerd, afgezien van de kans om een glimp van lord Ballentine op te vangen?'

Het meisje verstarde toen ze juist haar billen op de stoel wilde laten zakken. Ze deed haar mond open en weer dicht. 'Neuh,' bracht ze ten slotte uit. 'Ik moet mijn eigen brood verdienen, milady. Ik heb hier in Londen werk nodig om voor m'n moeder te zorgen.' Ze beet op haar lip en haalde verontschuldigend haar schouders op. 'Maar het is algemeen bekend dat milord eruitziet als een engel.'

'Ik begrijp het,' zei Lucie. 'Wilt u me even excuseren?'

In de wachtkamer keerden tientallen gezichten zich naar haar om, bleke ovalen onder breedgerande hoeden en kunstig gecoifferde lokken. Hoevelen van hen hadden vanochtend extra zorgvuldig hun haar gedaan, met slechts één gedachte in hun hoofd? Tegen de tijd dat Tristans kantoordeur in het zicht kwam, bonsde haar hart heviger dan haar hoofdpijn.

Hij zat achter zijn bureau in hemdsmouwen en zijn gilet, met zijn hoofd schuin, en schreef iets. Een lok van zijn veel te lange haar was losgeraakt en viel voor zijn ogen.

Ze trok de deur stevig achter zich dicht.

Hij keek op met een verveelde blik op zijn gezicht, maar in zijn ogen fonkelde een lichte nieuwsgierigheid toen hij het notitieboekje in haar hand zag. Het viel haar toen pas op dat ze het nog steeds vasthield. Het liefst zou ze het naar zijn stomme, aantrekkelijke kop smijten.

'Ik neem het aan,' zei ze.

Er gleed een verwonderde uitdrukking over zijn gezicht. 'Nou, dat is fijn. En wat mag "het" precies wezen?'

Ze smeet het notitieboekje op de dichtstbijzijnde stoel.

'Je aanbod.' Ze stak haar kin naar voren. 'Eén nacht in jouw bed voor één procent van de aandelen. Ik neem het aan.'

Zijn verwondering was op slag verdwenen. Zijn gezicht was volkomen uitdrukkingsloos.

Haar boezem ging heftig op en neer en het bloed suisde in haar oren als een storm die door een bos raasde.

'Ach, is het heus,' mompelde hij.

Ze knikte slechts, want haar keel werd dichtgesnoerd.

Zijn blik boorde zich in de hare, en ze staarde terug, met gloeiende wangen en gebalde vuisten. Laat hem maar proberen haar op de proef te stellen.

In de goudbruine diepten van zijn ogen zag ze een verdorven schittering verschijnen.

Hij leunde naar achteren in zijn stoel en speelde een ogenblik met de vulpen tussen zijn vingers.

'Dan stel ik voor dat je de deur op slot doet.'

22

Ze had het gedaan. Nu was er geen weg terug meer. Haar woorden waren eruit voordat ze er erg in had, als jachthonden die achter een haas aan gingen. Als een vallende steen die een lawine veroorzaakte.

Blindelings tastte Lucie achter haar rug naar het slot van de deur. Toen ze de sleutel met een metaalachtig klikje omdraaide gingen de donshaartjes in haar nek overeind staan.

Tristan bleef roerloos achter zijn bureau zitten en keek gebiologeerd toe.

Ze sloeg haar armen over elkaar. 'Heb je je tong verloren, milord?'

Hij liet zijn oogleden iets zakken, maakte spleetjes van zijn ogen. 'Kom hier.'

Haar hart begon zo snel te slaan dat het bijna pijn deed. Ze liet haar armen langs haar zij vallen en kwam dichterbij, zoals hij had bevolen, maar hield de pas in toen ze om zijn bureau heen kwam. Net buiten zijn bereik bleef ze staan.

Zijn stoel schuurde over de vloer toen hij die naar achteren schoof. Met zijn knieën gespreid en zijn hoofd schuin bekeek hij haar en ze verdroeg zijn inspectie met een spottend lachje op haar gezicht. Ze verdroeg het terwijl de gonzende stilte tussen hen voortduurde.

Met een lome beweging van zijn pols wenkte hij haar. 'Maak je haar los.' Zijn stem klonk schor.

Haar knieën knikten. Hij ging erg ver om haar op de proef te stellen. Of misschien stelde hij haar helemaal niet op de proef. Misschien meende hij het serieus. Misschien wilde hij 'het' meteen hier doen. Daar was hij verdorven genoeg voor.

Ze bracht haar hand omhoog naar haar haarspeld.

Zijn ademhaling stokte hoorbaar, en ze aarzelde.

Zijn ogen waren strak op haar vingers boven de haarspeld gericht. Er lag een hunkerende blik in.

Interessant.

Hij mocht dan wel breeduit gaan zitten en haar commanderen, maar het liet hem niet koud. Daarom trok ze aan de haarspeld. Nog een rukje en haar opgestoken haar kwam los. De geur van citroenzeep zweefde omhoog toen de lange strengen als een waterval over haar schouders vielen.

Tristan ging verzitten en op zijn wangen verscheen een lichte blos. Een vaag gevoel van triomf welde in haar op ondanks haar afgrijzen, en met een lome polsbeweging waarmee ze de zijne spottend imiteerde streek ze haar haar naar achteren.

Zonder zijn blik van haar af te wenden klopte hij op zijn linkerbovenbeen. 'Ga zitten,' zei hij zacht.

Ze verstarde en haar triomfantelijke gevoel verdween. 'Dat is niet nodig.'

Zijn lachje was een beetje wreed. 'Je zou al heel gauw op veel intiemere delen van mijn lichaam gaan zitten als je mijn aanbod aannam.'

Áls?

'Prima.'

Ze stapte tussen zijn benen, draaide hem houterig haar rug toe en ging zitten.

Hij sloeg onmiddellijk zijn linkerarm om haar middel en hoewel hij haar voorzichtig vasthield, was het gebaar alleen al bezitterig.

Ze staarde voor zich uit naar de muur, zich vaag bewust van een houten kast, druk behang, ouderwetse muurkandelaars.

Zelfs dwars door enkele lagen stof heen bespeurde ze de vreemde gespierde kracht van een mannendij onder haar benen. Ze voelde zich ineens zo zwak dat ze zich niet had kunnen verzetten als ze dat had geprobeerd.

Tristan boog zich dicht naar haar toe, zodat zijn borstkas tegen haar rug leunde.

'Waarom ben je hier, Lucie?'

Zijn adem streek over haar nek. Zijn borst voelde warm en hard als een door de zon verwarmde stenen muur tegen haar schouderbladen. Lucie kreeg kippenvel. *Je zou al heel gauw op veel intiemere delen van mijn lichaam gaan zitten.*

'Omdat ik het aanbod aanneem,' wist ze uit te brengen. 'Je zei dat het tot het eind van de zomer geldt.'

Hij maakte een geluid dat half spottend, half grommend klonk. 'Je verlangt dus naar me?'

Zijn norse vraag bracht haar van de wijs. De muur, de kast, de muurkandelaars leken voor haar ogen te deinen. 'Ik verlang dat je zo ver mogelijk bij London Print uit de buurt blijft.'

Hij begroef zijn vrije hand in haar haar. Ze verstrakte, maar zijn aanraking was voorzichtig. Verwarrend voorzichtig. Hij liet een lok tussen zijn vingers glijden en toen nog een, langzaam, alsof hij elke blonde streng bestudeerde voordat hij die weer losliet, en een andere spanning nam bezit van haar. Ze perste haar knieën tegen elkaar om de drang zich te bewegen te onderdrukken. Haar hoofd voelde warm aan van de lichte rukjes van zijn vingers terwijl hij door haar haar kamde. Het warme gevoel verspreidde zich naar haar nek, zakte in haar borsten, diep in haar buik tot in haar tenen.

Ze hapte naar adem toen hij met zijn duim over haar blote nek streek.

Zijn lippen beroerden haar oor. 'Het is een eenvoudige vraag, schat: wil je me in je bed of niet?'

Ze zette haar kiezen op elkaar. 'Ik heb er alles voor over om van je af te komen,' zei ze ten slotte.

'Aha.'

Hij gleed met zijn vingers van haar nek langs haar arm naar haar pols. Zachtjes duwde hij haar hand plat tegen de binnenkant van zijn rechterdij. Daarna voerde hij haar hand mee omhoog. En nog hoger.

Het duizelde haar, want ze wist wat hij van plan was; in haar keel welde een zacht geluidje op.

Heel even wachtte hij. Toen legde hij haar hand op zijn lid.

Een vurige hitte doorstroomde haar. Het enige geluid in de kamer was haar ademhaling. Ze beroerde het lid van een man, dat verbluffend hard, warm en zwaar was, waardoor ze zich vluchtig afvroeg hoe... hoe het in zijn werk zou gaan.

Ze probeerde haar hand weg te rukken. 'Laat los.'

Dat deed hij, maar het was al te laat. Nu wist ze het. Dit was de grimmige werkelijkheid van de afspraak die geen ruimte liet voor illusies, niets waar ze zich achter kon verschuilen. Ze zou dit nooit ongedaan kunnen maken als het eenmaal gebeurd was.

'Ben je zo ijdel dat je begeerd wil worden om jezelf?' snauwde ze hem toe. 'Ach, natuurlijk ben je dat.'

'De dapperste vrouw die ik ken, maar zo ontwijkend.' Hij had een onderhoudende toon aangeslagen, alsof hij niet zojuist haar hand op zijn stijve lid had gelegd. 'Waarom wil je me geen antwoord geven?'

Haar hand gloeide nog na van de aanraking. Ze balde haar vuist. 'Het antwoord is eenvoudig: je laat me geen andere keus.'

'Is dat wat je jezelf moet voorhouden om je lust te bevredigen?' vroeg hij zacht. 'De toestemming die je nodig hebt om gemeenschap te hebben met een man als ik: dat je geen andere keus had? Nou, goed dan.' Hij trok haar tegen zich aan en begroef zijn gezicht in haar hals. 'Lucie, Lucie. Voortaan zal ik je voor elke vergadering van London Print uitnodigen, ongeacht of die voor jou van belang is. Ik zal alles ondertekenen wat je maar wilt, tenzij het onze inkomsten zou schaden. Geen spelletjes meer op kantoor, op mijn eer. Nou? Vind je nog steeds dat je geen andere keus hebt?'

Haar hart bonsde tegen haar ribben, tegen zijn arm rond haar middel. Hij las haar met zijn lichaam, ademde haar geur in als een roofdier dat lucht krijgt van zijn prooi, en haar verstand liet haar volkomen in de steek.

Ze draaide haar hoofd naar hem om en keek hem aan. In zijn ogen fonkelde een smeulend vuur.

'Eer? Jij?' vroeg ze smalend. 'Nee. Ik denk dat je me ervan af wilt brengen. Je probeert me af te stoten omdat je toch de controle over het bedrijf wilt behouden, maar te laf bent om je aanbod in te trekken.'

Hij lachte grimmig. 'Je mag van me denken wat je wilt. Maar ik kan je wel vertellen dat ik liever doodga dan dat ik met jou vrij, tenzij je goede redenen hebt om het te willen. En de enige goede reden is wellust. Pure, onvervalste wellust.'

Ze had het vreselijk warm, en toen ze besefte dat het misschien door wellust kwam sprong ze overeind. In haar haast viel ze bijna op de grond, omdat Tristan haar niet had tegengehouden.

Ze draaide zich naar hem om en merkte dat de blik in zijn ogen was bekoeld.

'Ik had er de pest in toen ik het aanbod deed,' zei hij. 'Je had me nijdig gemaakt met je brave geraaskal over mijn nutteloosheid, terwijl je de hele tijd met wellustige blikken naar mijn borst keek.'

Ze verbleekte. 'Je bent een ellendeling.'

Hij trok een schouder op. 'Tja, ach. Ik heb de indruk dat dat bij mijn charme hoort.'

Sprakeloos staarde ze hem aan omdat hij er zo kalm uitzag. Hij nam niet eens de moeite de onmiskenbare bobbel in zijn broek te verhullen. Ineens schoot de dwaze gedachte door haar hoofd dat ze hem dolgraag door de knieën wilde zien gaan.

Maar eerst... O, het viel niet mee hem in de ogen te kijken.

'Neem maar aan dat ik naar je verlang,' zei ze. 'Neem maar aan dat ik naar je verlang. Ik wil nog steeds mijn aandelen hebben, zoals je hebt aangeboden.'

Tristan zweeg en wierp haar een ondoorgrondelijke blik toe, waarin een aantal tegenstrijdige emoties te zien waren.

'Ga weg.' Hij stond abrupt op. 'Ga naar huis. Nu.'

Een eigenaardige woede nam bezit van haar. 'Waarom?' vroeg ze op hoge toon.

'Zodat je je driftige hoofd kunt laten afkoelen en er nog eens over kunt nadenken.'

Hij torende boven haar uit en ze keek hem kwaad aan, zonder zich te verroeren. 'Jij bent hiermee begonnen, milord. Je kunt nu niet zomaar de voorwaarden veranderen. Ik verwacht je vanavond bij mij thuis. Elf uur zou me goed schikken.'

Tristan aarzelde. 'Nou goed dan,' zei hij ten slotte gespannen. 'Maar nu moet je gaan.'

Hij kwam in beweging, waardoor Lucie een stap achteruit moest doen en toen nog een stap, uit angst dat ze zich weer dicht tegen hem aan wilde vlijen. Onder de gebronsde kleur van zijn huid was hij iets bleker geworden, zag ze nu. Om zijn mond lag een vreemd trekje en de pezen in zijn nek stonden strak. In een deel van haar gedachten dat zich niet met de bizarre situatie bezighield besefte ze dat hij in een soort tweestrijd stond, en dat hij moeite had zich te beheersen. Hij duwde haar ook lijfelijk naar de deur toe.

Ze draaide zich om en wilde weggaan, maar wierp nog snel een blik over haar schouder. 'Je moet tot elke prijs discreet zijn. Neem het steegje tussen mijn huis en het huis links ervan. Stap daarna over de lage muur rond mijn achtertuin. Ik zal je binnenlaten door de keukendeur.'

Hij mompelde een verwensing. 'Als je je bedenkt, kom dan niet naar de deur. Doe niet open. En dan ga ik weer weg.'

'Ik zal me niet –'

'Ga,' zei hij schor. 'Tenzij je wilt dat ik de waar nu onmiddellijk hier op mijn bureau ga keuren.'

'Je bent erg vulgair.' Met haar hand op de sleutel draaide ze zich nog een keer om. 'We moeten een overeenkomst opstellen dat je de aandelen aan mij zult geven.'

'Vanzelfsprekend.' Hij keek haar spottend aan. 'Een contract misschien? Zal ik maar meteen mijn advocaat laten komen, zodat hij kan noteren dat jij mijn maîtresse bent die voor verleende diensten in bedrijfsaandelen wordt betaald?'

'Ik wil zeker weten dat je je woord houdt.'

Hij zweeg even. 'Moge de bliksem me treffen als ik dat niet doe,' zei hij toen ruw.

Misschien was het naïef, maar ze knikte en liep zijn kantoor uit. Haar benen trilden nog na, alsof ze de strijd gewonnen had, terwijl dit pas het begin was geweest.

Vele uren later, toen de smalle sikkel van de maan boven Oxford was opgekomen en de uilenkreten door University Park zweefden, bedacht Tristan dat hij de ironie van de situatie niet kon waarderen. Het was ongetwijfeld ironisch dat hij op weg was naar het huis van een vrouw, nadat hij er heel lang van had gedroomd haar te verleiden, om haar af te wijzen en zichzelf het genoegen te ontzeggen. Zodra de vleesgeworden verleiding die ochtend zijn kantoor uit was gestormd, was het triomfantelijke gevoel over haar overgave uitgebleven. Het had hem opgewonden toen ze op zijn schoot zat en zodra zijn opwinding was gezakt, was het duidelijk dat hij haar niet kon hebben zolang ze in ruil daarvoor zijn aandelen verlangde.

Op de hoek naar Norham Gardens vertraagde hij zijn pas. De nacht was nog jong, de lucht was mild en rook vaag naar houtvuur en bloemen. De heldere sterrennevel van de Melkweg strekte zich langs de hemel uit. Als hij zich aan zijn aanbod zou houden, zou hij voor hun rendez-vous naar een afgelegen plek in de natuur gaan. Maar dat was hij niet van plan.

Er waren nog andere mogelijkheden om zich onafhankelijk van London Print van een inkomen te verzekeren, maar die waren lastig en riskant, aangezien hij in het buitenland zou zijn en dus niet in staat de boel in de gaten te houden. Hij kon natuurlijk met haar naar bed gaan en zijn aandelen gewoon houden. Maar dan kon hij op zijn vingers natellen dat ze alles op alles zou zetten om het succes van zijn boeken te saboteren en daarin zou slagen, in elk geval tijdens zijn afwezigheid. Waarschijnlijk zou ze dat ook doen als hij vanavond niet persoonlijk kwam opdagen om haar af te wijzen. Ze mocht dan wel naar hem verlangen, maar ze kon het niet uitstaan dat ze zulke gevoelens voor hem had. Als hij haar nu afwees, zou dat emoties opwekken die hij dan maar over zich heen moest laten komen. Dat waren allemaal gegronde redenen waarom hij nu in het holst van de nacht bij haar op de stoep stond.

Het huis was in stilte gehuld, de donkere ramen staarden somber naar buiten.

Hij liep het donkere steegje in dat ze had genoemd en toen hij eruit tevoorschijn kwam, zag hij aan zijn rechterhand de lage muur rond haar achtertuin.

Ook de keukendeur vond hij moeiteloos. Hij klopte aan met zijn stok en de glas-in-loodruiten rinkelden in de verrotte kozijnen.

Interessant. Hij had verwacht dat iemand als Lucie haar spullen nauwgezet zou onderhouden.

Een nerveuze spanning maakte zich van hem meester toen haar gezicht achter het raam verscheen, een bleke hartvorm in het donker dat zonder waarschuwing opdook, alsof ze door de keuken was komen zweven.

Hij ontspande zijn gebalde vuisten. Ze zou de deur voor hem opendoen.

Knarsend draaide de sleutel in het slot.

'Ssst,' fluisterde ze, en ze strekte haar hals om haastig links en rechts langs hem te kijken. Daarna greep ze hem bij zijn mouw. 'Vlug!'

In het donker was de keuken slechts vaag te onderscheiden bij het zwakke licht van de maan dat op de muurtegels blonk. Lucies geur omhulde hem, frisser en doordringender dan gewoonlijk, alsof ze zojuist een bad had genomen. Dat leidde hem behoorlijk af.

Nu pas zag hij dat ze een kamerjas droeg die ze voor haar borst dichthield. De kleur was in het donker niet te zien, maar het gewaad was erg lang, want de glanzende stof hing rond haar voeten op de grond. Hij had geïntrigeerd kunnen zijn. Wel verdraaid, hij wás geïntrigeerd.

'Goed,' zei hij met tegenzin. 'Ik zal snel zijn –'

'Ja, dat heb ik het liefst. Kom.'

Ze draaide zich om en verdween zachtjes in de schaduw alsof ze op vleugels zweefde. Zou ze soms blootsvoets zijn?

Hij slaakte binnensmonds een verwensing, maar volgde het spoor van citroengeur naar een pikzwarte gang. Een paar passen voor hem uit danste een oranje schijnsel op de muur, dat door een open deur aan de linkerkant kwam. Vermoedelijk was Lucie daarin verdwenen.

Toen hij bij de deur was, bleef hij abrupt staan.

Achter in de kamer schemerde een eiland van licht, afkomstig van gaslampen en kandelaars die in een halve cirkel waren opgesteld. In het midden, voor een knapperend haardvuur, had ze een dikke laag dekens uitgespreid.

Ze had een liefdesnest voor hen gebouwd.

Hij stond niet vaak met zijn mond vol tanden, maar nu wist hij niet wat hij moest zeggen. Dit... maakte de zaak ingewikkeld.

Lucie stak een laatste kaars aan. Toen ging ze rechtop staan en draaide zich naar hem om. Een roodachtige gloed omkranste haar slanke figuur. Haar haar viel soepel over de glanzende stof van haar kamerjas, en hij merkte dat hij opgewonden werd bij de herinnering aan de zijdeachtige strengen in zijn hand, aan haar gewicht op zijn been, de druk van haar zachte hand op zijn stijve lid...

Het zweet parelde op zijn voorhoofd. Hij haakte een vinger in zijn kraag om die losser te maken. 'Lucie, we moeten nodig praten.'

Ze stak haar kin naar voren. 'We hebben al genoeg gepraat, vind je niet?' Ze trok aan de knoop van haar ceintuur, de kamerjas ging aan de voorkant uiteen en onthulde een roomblanke huid.

Ze was naakt.

Tristan maakte een primitief en onbeheerst geluid.

Ze deed de kamerjas weer dicht, maar hij had genoeg gezien. Genoeg om dingen te weten die hij nooit meer van zich af zou zetten. Ze was veel lieftalliger dan zijn verdorven fantasie hem had voorgeschoteld. En ze was blond – overal.

'Dat is niet eerlijk,' zei hij schor.

Ze wierp haar hoofd in haar nek. 'Tja, in oorlog en liefde is alles geoorloofd, zegt men.'

In dat geval...

'Dan is het oorlog,' mompelde hij. Het geluid van zijn wandelstok die op de grond kletterde leek van ver weg te komen. Achteloos smeet hij zijn overjas, zijn hoed en zijn jasje neer terwijl hij naar haar toe beende. Tegen de tijd dat hij boven haar uittorende, zag ze verschrikt dat hij de laatste knoop van zijn gilet losmaakte. Haar blik volgde de bewegingen van zijn vingers en gleed naar zijn gezicht toen het kledingstuk met een zwaai op de dekens was beland.

'Wat?' vroeg hij, en hij schoof zijn bretels van zijn schouders. 'Geef je je al over, Tedbury?'

'Ik –'

'Dat komt nog wel,' beloofde hij, en hij begroef zijn vingers in haar haar en kuste haar. Toen ze naar adem hapte, maakte hij daar gebruik van door zijn tong tussen haar lippen te dwingen.

Een ogenblik lang zweefde hij, zwelgend in haar zachte, intieme warmte. Eindelijk wist hij hoe ze smaakte. *Eindelijk.*

Als betoverd likte hij dieper in haar mond. Met een laatste zweempje gezond verstand verwachtte hij dat ze hem zou bijten. Hij voelde haar tanden schuren, eerder onbeholpen dan kwaad. Wat hem betrof mocht ze hem tot bloedens toe bijten als ze dat fijn vond.

Hij nam haar in zijn armen en trok haar omhoog zonder de kus te beëindigen, met zijn borst tegen de hare. Haar verraste kreetje bereikte hem als door een waas, want hij werd overspoeld door een vloedgolf van sensatie, opgewekt door haar zoete lippen, haar zachte tong, haar buigzame kracht in zijn armen. Het verlangen om dichter bij haar te zijn was overweldigend, als een drenkeling die worstelde om aan de oppervlakte te komen, om lucht te krijgen.

Hij verbrak de kus en zette haar neer om zijn hemd over zijn hoofd uit te trekken.

Haar blik gleed van zijn borst naar zijn brede schouders en daarna omlaag naar zijn gespierde buik. Een inschatting die elke vrouw maakte om te beslissen of het de moeite waard zou zijn.

Hij had zich al jaren niet meer afgevraagd of hij ermee door kon. Nu vroeg hij zich dat ineens af.

Hun blikken vonden elkaar.

Haar ogen stonden glazig en beneveld.

Mooi zo.

Want zijn finesse had hem in de steek gelaten, en door zijn begeerte reageerde hij onbehouwen en snel. Zijn handen lagen al op haar schouders en schoven haar kamerjas omlaag, niet voorzichtig, maar gehaast. Borsten. De zachte welving van haar heupen. Opvallend welgevormde dijen.

De vlammen sloegen hem uit en hij liet zich voor haar op zijn knieën vallen.

Ze slaakte een gilletje toen hij haar heupen vastpakte en zijn gezicht tegen haar buik drukte.

'Tristan –'

Hij kuste haar onder haar navel, likte haar toen, en ze viel stil. Ze trok haar rug hol toen hij haar opnieuw liefkoosde, en hij verstrakte zijn greep omdat hij zelf ook beneveld was – door haar naaktheid en haar geur, een zinnenprikkelend mengsel van citroenzeep, zijdezachte huid en de intiemere accenten van haar opwinding. Hij trok een spoor van kussen over haar buik en volgde die accenten, de vrouwelijke geur die het dier in een man kon opwekken. Toen hij met zijn mond over haar intiemste plekje streek, aarzelde hij.

Hitte pulseerde tegen zijn lippen, het ritme van begeerte. O god. Het voelde precies goed.

Met zijn tong verkende hij haar gevoeligste plekje. *Ja.* Hij zou met alle plezier de rest van zijn leven hier willen doorbrengen, met zijn hoofd tussen haar dijen, schunnige en lovende woorden fluisterend tussen het kussen door...

Een scherpe ruk aan zijn haar haalde hem ruw uit zijn gelukzaligheid. Boven hem verscheen haar verwarde, blozende gezicht.

'Vind je het niet fijn?' Zijn stem klonk rauw.

In haar ogen schitterden allerlei emoties. 'Ik geloof het wel,' zei ze. 'Ja, ik geloof dat ik het fijn vind.' Toch liet ze zijn haar niet los. Hij besefte dat hij veel te haastig was en daarmee zijn reputatie als bedreven minnaar tenietdeed, alleen omdat hij zo begerig was. Begerig? Of misschien een minder flatteuze, eerder grillige emotie: dat ze in zijn omhelzing zou verdwijnen als een fee en hij haar nooit meer in zijn armen zou houden.

'Mag ik?' Hij liet zijn handen van haar heupen naar haar middel glijden, een ruk en ze viel in zijn armen. Met grote ogen staarde ze naar hem op, van haar stuk gebracht, alsof ze zojuist in een vreemd land was aangekomen. Een verwarde Lucie, naakt, in zijn armen. Een beeld dat hij zo goed kende uit zijn dagdromen dat hij haar met zijn ogen dicht had kunnen schetsen: de licht geopende mond. De grote pupillen. Haar tere keel die bewoog, het nerveuze slikken.

Dagdroom-Tristan ging dan verdorven, zondige dingen met haar doen.

Dagdroom-Tristan had geen rekening gehouden met de zoete kwelling. Want het deed pijn om haar zo vast te houden, een hunkerende pijn diep in zijn borst, een gevoel dat zich door zijn hele lichaam verspreidde, zijn keel dichtsnoerde en zijn spieren verkrampte.

Behoedzaam legde hij Lucie op de dekens, ging zelf languit naast haar liggen en sloeg zijn nog steeds geklede been over haar naakte dijen.

Schaduwen en het flakkerende schijnsel van het vuur dansten over haar tere huid.

Wat zag ze er klein en tenger uit, zoals ze naast hem lag. Hij zou haar makkelijk pijn kunnen doen. Veel te makkelijk.

Hij liet zijn hand op de lieflijke welving van haar buik rusten. Zelfs daar kon hij haar hartslag voelen, een hectische echo tegen zijn vlakke hand.

Hij spreidde zijn vingers. 'Hoe vind je het het fijnst?'

Onzeker keek ze hem aan. Hadden haar minnaars haar dat dan nooit gevraagd?

'Op de gebruikelijke manier,' antwoordde ze toen, met een ondoorgrondelijke blik.

'Ik ben benieuwd wat jij "gebruikelijk" vindt,' zei hij geamuseerd.

Ze haalde vluchtig haar schouders op. 'Waarom probeer je dat niet te ontdekken?'

Wilde ze dat hij er zelf achter kwam wat ze fijn vond? 'Met alle plezier.'

Ze jammerde zachtjes toen hij haar opnieuw kuste. Hij glimlachte in zichzelf. Dat geluid had ze onwillekeurig gemaakt. Hij verloor elk gevoel van tijd terwijl hij hen allebei in extase bracht door haar met zijn vingers en zijn tong te liefkozen, wat haar nog meer zachte kreetjes van genot ontlokte, totdat zijn rug baadde in het zweet en het verlangen om in haar te zijn bijna overweldigend werd.

Ze kronkelde onder hem, vochtig en hijgend. 'Ik zou het nu graag willen doen.'

Dat wilde hij ook. Maar hij voelde dat ze nog steeds te strak was rond zijn ene vinger. Zelfs Dagdroom-Tristan zou nu niet zijn doorgegaan.

Hij schudde zijn hoofd. 'We zijn nog niet zover.'

Rusteloos streek ze met haar voeten over de dekens. 'Toe nou. Alsjeblieft.'

Hij gleed met een tweede vinger bij haar naar binnen, misschien iets te ongeduldig, maar juist op dat moment kromde ze zich tegen zijn hand aan. Ze kneep haar ogen dicht en siste van pijn.

Hij hield zijn hand stil.

Zo'n reactie had hij nog niet eerder meegemaakt. En die beviel hem helemaal niet.

Geleidelijk aan ontspande haar gezicht. Van genot? Of om haar emoties voor hem te verhullen?

Een onbehaaglijk gevoel bekroop hem.

Zijn wellust verflauwde, hij werd zich weer bewust van de kamer, het geknetter van het vuur. De ruwe deken tegen zijn zij. Enkele details schoten hem te binnen: de onbeholpen kus, de verraste kreetjes, de manier waarop ze zich te krampachtig, te gespannen aan hem vastklampte… Het zou toch niet? Wel verdraaid.

Hij trok zijn vingers voorzichtig terug en durfde nauwelijks te kijken.

'Lucie.'

Ze sloeg haar ogen open, op haar hoede en alert.

Haar gedurfdheid om hem naakt te ontvangen. Alleen een wereldwijze vrouw zou zoiets doen. Of een vrouw die instinctief eerder zou vechten dan vluchten als ze met een uitdaging werd geconfronteerd. Ongeacht de uitdaging. Hij kreeg een wee gevoel in zijn maag.

'Je...' Hij probeerde het opnieuw. 'Je hebt toch ervaring? Met mannen, bedoel ik. Nietwaar?'

23

Je hebt toch ervaring? Met mannen, bedoel ik. Nietwaar?

Door de onstuimige gevoelens die ze in Tristans ogen weerspiegeld zag was Lucie geneigd te liegen. Maar ze loog nooit.

'Is dat van belang?' Ze klonk nogal opstandig.

Tristan nam haar op alsof ze een vreemde was. 'Of dat van belang is? Nou en of! Want ik ga niet met maagden naar bed.'

'Nee?'

'Nooit,' beet hij haar toe, en hij ging rechtop zitten.

Lucie greep een geruite deken om haar borst te bedekken en ging ook rechtop zitten. 'Waarom niet?'

'Omdat ze nog maagd zijn.' Dat klonk preuts, wat helemaal niet paste bij zijn blote, getatoeëerde borst.

'Hemeltjelief,' zei ze verbaasd. 'De verleider heeft een geweten.'

Hij verbleekte. 'Welnee. Ik hou alleen niet van theatraal gedoe. Van een stuntelige, huilende vrouw in mijn bed moet ik niets hebben.' Hij griste zijn hemd van de dekens. 'En een onervaren vrouw in de liefde te moeten inwijden is vervelend.'

Een golf van paniek overspoelde haar toen hij opstond. Hij wilde weggaan! De brandende pijn die hij had veroorzaakt begon nog maar net te zakken. Hij zou haar achterlaten met de pijn en haar het genot ontzeggen.

'Het is dus een kwestie van gemak,' waagde ze.

'Absoluut.' Hij trok zijn hemd over zijn hoofd, eerst achterstevoren, en toen zijn hoofd weer verscheen, zei hij: 'Geen enkele wip is veel overlast waard. Daarom duik ik niet met maagden in bed. En ook niet met de zussen, dochters of moeders van goede vrienden. Gedoe met advocaten betekent altijd veel overlast.' Hij bukte zich om zijn gilet op te rapen.

'Moeders?' riep ze verbijsterd uit. 'Dochters?'

Met militaire precisie knoopte hij zijn gilet dicht. Hij wilde werkelijk opstappen.

Ze worstelde met een opkomende vlaag nervositeit. 'Ik zal geen overlast veroorzaken,' zei ze. 'Ik huil nooit. En ik heb er veel over gelezen, allerlei soorten artikelen, ook wellustige. Ik weet genoeg.'

Hij keek haar koel aan. 'Je weet helemaal niets.'

Haar eigen woede stak de kop op en ze ging staan. 'Je hebt nooit gevraagd of ik al minnaars heb gehad. En dat heb ik nooit beweerd.'

'Jij hebt het over vrouwen die hun begeerte erkennen,' zei hij zacht, terwijl hij naar zijn jasje liep dat op de grond lag. 'Een tijdje geleden viel het me op dat je jas rook zoals die van mijn mannen als ze naar een bordeel waren geweest. Anderzijds zie ik je er gerust voor aan dat je tot aan je nek door een poel des verderfs loopt alleen om aantekeningen voor een essay of iets dergelijks te maken.'

Ze richtte zich in haar volle lengte op. 'Het was beslist niet mijn bedoeling om jouw eerzame regels te schenden,' zei ze tegen zijn rug. 'Maar het is al te laat. Ik ben bang dat ze al geschonden zijn: zowel de eer als de regels.'

Hij bleef staan. De hand die haar zo intiem had gestreeld, balde zich nu telkens langs zijn zij tot een vuist.

De snelheid waarmee hun stemming van extase in onbehagen was omgeslagen was verbluffend. Het duizelde haar. Hij had gelijk: ze wist heel weinig. Niettemin…

'Aangezien ik mijn eer toch al heb vergooid, kun je net zo goed blijven.'

Hij draaide zich om en keek haar vol ongeloof aan. 'Vergooid,' praatte hij haar na.

Ze haalde verontschuldigend haar schouders op. 'Ik moet toegeven dat het idee om als oude vrijster te sterven me nooit heeft kunnen bekoren.'

Om te worden begraven zonder ooit door een man te zijn aangeraakt. Zonder ooit te zijn gekust.

Lucie had zich afgevraagd hoe het zou zijn om Tristan te kussen, maar haar verbeelding was tekortgeschoten. Het was schitterend en angstaanjagend geweest, een allesoverheersend ogenblik, te vergelijken met het gevoel dat je krijgt als je op het glinsterende oppervlak van het water afraast nadat je van grote hoogte bent gesprongen. Natuurlijk was ze vroeger gestraft omdat ze van die rots af was gesprongen.

Het voelde alsof ze nu ook gestraft werd.

Hij staarde haar aan met woede in zijn ogen.

Het drong tot haar door dat zijn overdreven reactie misschien eerder van praktische dan morele aard was. Tristan had het over advocaten gehad. Hij was een aristocraat. En uiteindelijk was zij nog altijd de dochter van een graaf, ongetrouwd en nog jong genoeg om kinderen te baren. Mannen als Tristan konden vrouwen als zij niet ongestraft ruïneren; het huwelijk was meestal de enige manier om voor zo'n schending te boeten, en losbol of niet, de hogere kringen zouden altijd vasthouden aan hun heiligste principes.

Ze slaakte een zucht van verlichting, maar hij fronste afkeurend zijn wenkbrauwen.

'Tristan, je weet toch dat de eer van een vrouw van mijn leeftijd geen prijs is,' zei ze. 'Die heeft weinig ruilwaarde. Frons niet zo. Ik snap zelf niet precies hoe het werkt. Maar het ene ogenblik is de eer van een lady haar enige waarde, het enige attribuut dat bepaalt wie er met haar zal trouwen, en het volgende ogenblik is het iets om meewarig over te giechelen, omdat de lady er niet in is geslaagd haar eer snel genoeg aan de man te brengen. Dan is ze ineens een oude vrijster. In mijn situatie is eerzaamheid, eerlijk gezegd, volstrekt nutteloos.'

Tristan schudde langzaam zijn hoofd. 'Kom nou niet met politiek aanzetten om me over te halen met je naar bed te gaan.'

Hij liep de kamer uit zonder zijn hoed mee te nemen.

Terneergeslagen keek ze naar de lege deuropening. De meest gewetenloze verleider van Engeland liet haar doodleuk staan, zonder haar nog een blik waardig te keuren, nadat hij alleen maar een voorproefje had genomen.

'Je hébt me al geruïneerd! Doe het dan tenminste goed,' riep ze hem na.

De stilte die daarop volgde kon niet veelzeggender zijn.

Ze liet zich weer op de dekens zakken. 'Alsjeblieft.'

Een verlammende kilheid verspreidde zich door haar hele lichaam. Ze deed haar ogen dicht en dwong zich rustig te ademen. Het was onaanvaardbaar om van streek te raken over een man. Vooral over zo'n wispelturige man.

Toen ze haar ogen opensloeg, stond hij in de deuropening en wierp haar een blik toe die ze in geen honderd jaar zou kunnen duiden.

Ze beet op haar lip. Was hij teruggekomen voor zijn hoed?

Hij liep er regelrecht langs en stapte weer in de kring van licht, waardoor de kaarsvlammen flakkerden. Hij liet zich voor haar op zijn knieën vallen, met een blik van bezorgdheid en begeerte op zijn gezicht.

'Verdorie,' zei hij zacht. 'Als je het zo netjes vraagt kan ik je niets weigeren.'

Met zijn hand omvatte hij haar achterhoofd en toen kuste hij haar. Overrompeld stak ze haar handen omhoog en legde ze toen op zijn schouders. Het was verontrustend hoe snel haar lippen weer zacht werden onder de zijne, hoe ze zich alweer aan hem vastklampte…

Tristan hief zijn hoofd op, zijn ademhaling klonk hortend en zwaar. 'Heb je de kat opgesloten?'

Ze knipperde traag met haar ogen. 'Hoezo?'

Hij keek haar veelbetekenend aan. 'De enige klauwen die ik vannacht in mijn rug wil voelen zijn de jouwe.'

'O. Ik heb haar buitengezet voordat je hier kwam.'

Hij knikte. 'Dan gaan we met je college beginnen. Les één: zeg nooit tegen een man dat je geen overlast zult veroorzaken.'

Ze wilde iets zeggen, maar hij schudde zijn hoofd. 'Nooit,' zei hij. 'Jullie zouden allebei alleen maar diep teleurgesteld worden. Zo. Kleed me nu maar uit.'

Met een uitdagende blik in zijn ogen ging hij op zijn hurken zitten.

Ze nam hem onderzoekend op. Er zat een bedoeling achter, maar ze wist niet precies welke.

'Goed dan.' Ze hief haar handen om de overjas van zijn schouders te schuiven, waardoor haar deken afzakte en rond haar heupen bleef hangen. Ze kreeg een kleur. Hij was geheel gekleed en zelf was ze naakt, afgezien van de sluier van haar haar.

Hij bleef haar strak aankijken. 'Ga door.'

'Niet zo ongeduldig, milord.'

Ze hielp hem uit zijn overjas en ging toen verder met zijn jasje. Hij stak geen vinger uit om haar te helpen, en het werd bijna een omhelzing toen ze zijn armen uit zijn getailleerde mouwen wurmde. Toen haar borsten langs het zijden gilet streken, ging een schok door haar heen helemaal tot in haar tenen. Hij bewoog zich toen ze een kreetje slaakte. Ze keek op en zag de spanning in zijn gezicht, zijn ogen waren zwarte spiegels in het grillige lichtspel van het vuur.

'Flink zijn,' mompelde hij. 'Het bijt niet.' Hij knikte naar zijn borst, naar zijn gilet.

Ze aarzelde. Het losmaken van knopen had iets doelbewusts. Ze werd ineens overvallen door een verlegenheid waar ze geen last van had gehad toen hij voor haar knielde en schandalige dingen met zijn mond deed. Het zou makkelijker zijn, bedacht ze, als hij haar nu gewoon weer zou overrompelen.

Het paarlemoer van de knopen voelde glad onder haar vingertoppen. Bij de vierde knoop was ze er handig in geworden.

'Dit is nog steeds bedoeld om me van gedachten te laten veranderen, nietwaar?' zei ze, terwijl haar handen bezig waren.

Hij glimlachte vreugdeloos. 'Als je hier al over twijfelt, kun je wat hierna komt beter niet doen.'

Hij gaf haar niet alleen meer tijd om zich te bedenken, besefte ze. Terwijl ze katoen en zijde door haar vingers liet glijden, raakte ze ook vertrouwd met zijn lichaam. Ze verkende zijn kracht, zijn grootte en de structuur van zijn huid, de hardheid van zijn schouders bij het afdoen van zijn bretels. Zijn warme, gladde huid toen ze met haar vlakke handen over zijn buik streek en nog lager om zijn broek uit te trekken. Bij het losmaken van de eerste knoop voelde ze zich wazig en ademloos. Bij de laatste knoop brandde ze van verlangen. Zonder te kijken beroerde ze hem, streelde ze zijn fluwelen mannelijkheid totdat Tristan hulpeloos zijn lippen opende.

Hij rukte haar hand weg en trok de rest van zijn kleren verbazend snel uit. Ze werd zachtjes op haar rug geduwd en het volgende moment was hij boven op haar, groot en naakt, en straalde een vurige hitte uit.

'Wacht even.'

Ze was goed voorbereid; ze reikte achter zich en schoof het houten doosje met de condooms naar hem toe.

Het duistere verlangen in zijn blik haperde niet, hij knikte slechts en handelde de kwestie vlot en behendig af. Maar toen hij haar weer in zijn armen nam, voelde ze zich zwak worden bij de gedachte aan het onvermijdelijke dat er ging gebeuren. Hij rolde over haar heen, maar hield zijn benen tussen haar dijen, en zijn lichaam voelde zwaar en overweldigend op het hare. Eén blik in zijn ogen, glazig van begeerte, verried dat ze zich nooit uit zijn omhelzing zou kunnen bevrijden tenzij hij dat toeliet.

Hij moest haar onbehaaglijke gevoel hebben bespeurd, want zijn gretigheid nam af.

'Lucie.'

Haar ademhaling werd onregelmatig.

'Lucie.' Hij omvatte haar gezicht.

'Ja?'

'Moet ik stoppen?'

Ze bekeek zijn brede schouders en voelde zich heel klein. Zijn nauwelijks beteugelde begeerte zinderde in zijn spieren. 'Kun je dat wel?'

Hij keek haar verbaasd aan. 'Ja, natuurlijk. Altijd.'

Ze verslapte haar omhelzing en legde haar handen plat op zijn nek.

Zachtjes streelde hij met zijn duimen over haar wangen. 'Ik vraag je niet om me te vertrouwen. Maar vertrouw me alleen vannacht. Als je wilt dat ik stop, dan is een enkel woord voldoende.'

Haar verlangen laaide opnieuw vurig en kwellend op, en ze trok hem weer naar zich toe. 'Ik wil niet dat je ophoudt.'

Hij kuste haar ruw, maar hij was teder toen hij haar in bezit nam. Ze merkte hoe voorzichtig hij met haar was aan zijn langzame tempo, alsof ze door honing waadden. Met de zachtheid van zijn lippen op haar wangen, haar neus, haar voorhoofd probeerde hij de druk te verlichten terwijl hij bij haar naar binnen gleed. Hij ging zo voorzichtig met haar om alsof ze in zijn handen zou kunnen breken. Een betoverend gevoel om zo broos en behoedzaam te worden behandeld. Het was ook fascinerend om de onverholen emoties te zien die over zijn gezicht gleden. Hij was een vreemdeling terwijl hij in haar bewoog, en ze gaf zich over aan het gestage, glijdende ritme, aan zijn warme geur en zijn zuchten van genot. Het was alsof ze zweefde, alsof ze hen van boven zag, omgeven door een ring van vuur, zijn brede rug boven haar, haar slanke bleke benen rond zijn heupen geslagen. Ze keek naar hun liefdesspel totdat Tristan zijn rug hol trok en met een rauwe kreet zijn hoofd in de nek gooide.

Ze lag met haar hoofd op zijn borst en hij had zijn armen om haar heen geslagen alsof hij nog niet van haar gescheiden wilde zijn. Roerloos lag ze in zijn omhelzing te luisteren naar zijn snelle hartslag onder haar oor, en ook haar eigen hart bonsde nog van wat er was gebeurd. Maar terwijl haar verstand zich herstelde en probeerde vast te stellen of het normaal was om na afloop zo intiem bij elkaar te liggen, vlijde haar lichaam zich al tegen hem aan. Alsof het intussen helemaal met Tristan vertrouwd was en hem als een veilige rustplek beschouwde.

Toen zijn ademhaling geleidelijk aan vertraagde, voelde haar hoofd zwaar op zijn schouder. 'Jij hebt mijn pamfletten in Claremont toch niet gestolen, hè?' vroeg ze zacht.

'Natuurlijk niet, malle meid.' Hij klonk slaperig. Ze lag naar hem te luisteren toen hij in slaap viel.

Op een gegeven moment tussen het donkerste uur van de nacht en de dageraad strekte hij zich weer uit naar haar of zij naar hem. Weer lag ze onder hem, streelde warme, stevige spieren en kuste zijdezachte lippen tot het oplaaiende verlangen haar uit haar dromen haalde en ze hem nog een keer toeliet. Hij versmolt met het donker, toen hij met zijn handen haar knieën optilde. Overal waar hij haar beroerde laaide een vurige hitte op. Deze keer werd ze verteerd door zijn hartstocht en zijn geduldige tederheid, totdat er een withete gloed achter haar gesloten oogleden oplaaide. Ze beet hard op haar lip om haar kreten te smoren.

24

De meeste mannen zijn van nature nogal pervers, en als ze de kans krijgen, zullen ze aan de meest stuitende praktijken doen, zoals het verrichten van de daad in een abnormale stand, het vrouwelijk lichaam met de mond beroeren, en omgekeerd hun eigen verdorven lichaam met de mond laten beroeren.

De vloerplanken drukten in haar heup terwijl ze opgerold op haar zij lag en naar de lichte patronen keek die de ochtendzon op de muren en gordijnen maakte. Het vertrek zag er anders uit, gezien vanaf een nest van dekens bij de haard. Een vredig tableau van door de tijd versleten meubels en vaal geworden oosterse tapijten, alle lijnen verzacht door het wazige goud van de dageraad.

Tussen haar benen voelde ze een dof schrijnen, wat nieuw was. Ze had dit wel verwacht. Het verrassende was dat het gevoel niet geheel onaangenaam was. Ze glimlachte naar de kamer. Geen oude vrijster meer.

Sommige jonge vrouwen kijken daadwerkelijk met nieuwsgierigheid en verwachting uit naar de beproeving van de huwelijksnacht. Weest op uw hoede voor een dergelijke houding!

Ze had een grote verscheidenheid aan onzedelijke artikelen gelezen om de intieme relaties tussen mannen en vrouwen te begrijpen, maar het was het zedige advies van Ruth Smythers voor de getrouwde vrouw dat zich aan haar bleef opdringen. De Smythersen van de wereld zouden een appelflauwte krijgen als ze haar nu zouden zien; naakt en gloeiend van warmte, van haar vingertoppen tot haar tenen. Er was geen centimeter van haar lichaam waar Tristan niet met zijn mond was geweest. Niet één stukje dat hij niet had gelikt of gekust tegen de tijd dat het ochtendkoor door de ramen had geklonken. Ze kneep haar ogen dicht, haar gezicht werd warm. De dingen die ze hem had laten doen… Een zachte ademhaling achter haar rug zorgde ervoor dat ze verstijfde.

Hij was blijven slapen.

Wat zei men de volgende ochtend tegen elkaar?

Zijn regelmatige ademhaling vertelde haar dat hij nog sliep.

Voorzichtig rolde ze op haar rug en bleef vervolgens stilliggen. Toen hij daar niet wakker van werd, draaide ze zich heel langzaam op haar andere zij.

Hij sliep op zijn rug, zijn krachtige schouders bloot, het gezicht naar haar toe gekeerd. Zijn arm lag achteloos boven zijn hoofd.

De afgelopen nacht was hij niet zo nonchalant geweest. Hij was in slaap gevallen met zijn armen van achteren om haar heen geslagen, en telkens wanneer ze naar een koelere, minder verontrustend intieme plek probeerde te schuiven, had hij haar zonder te ontwaken weer tegen de ronding van zijn lichaam aan getrokken. Misschien was dit waarom sommige van zijn verhoudingen eindigden met krantenkoppen waarin vrouwen dreigden zich in een rivier te storten; hij gaf zijn minnaressen zo gemakkelijk het gevoel dat ze de enige vrouw op aarde was, en dat hij zelfs in zijn slaap wist dat hij haar dicht bij zich moest houden. Toegegeven, het was een bedwelmend gevoel.

De zonnestralen die naar binnen vielen, verleenden hem ook een gouden gloed. Hij had geen verguldsel nodig. Nu zijn sluwe brein in rust was, werd zijn gezicht niet ontsierd door een wellustige, cynische of berekenende uitdrukking. Aanschouw het zuivere, schitterend symmetrische gelaat van de engel die Hattie en iedere Oude Meester aspireerden op het doek te vereeuwigen. *De vredig slapende Gabriel.*

Vreemd. Ze had hem liever wakker. Ze was bepaald geen kunstenares, en zelfs zij zag dat zijn gezicht door zijn verdorven brein veranderde van perfectie in verleidelijk.

Haar rechterhand gleed onder de deken vandaan. Haar vingers zweefden boven zijn voorhoofd door de lucht. Boven zijn edele neusbrug. De welving van zijn linkerjukbeen. Die had ze een keer rood zien opgloeien van haar handafdruk. Zo kwaad was ze geweest om hoe de wereld in elkaar stak, die dag in Wycliffe Park. Zo hulpeloos.

Haar hand dwaalde lager, naar zijn hals.

Een plotselinge beweging, een ritselend geluid, en haar hand zat klem in een onbuigzame greep.

Tristans ogen waren op haar gericht, half geloken maar alert.

Hij moest al even wakker zijn geweest.

Ze probeerde haar hand los te trekken.

Hij bleef hem vasthouden, maar minder strak. In zijn aanhoudende blik zaten alle uren van de afgelopen nacht gevangen. Een schaamteloze herhaling van elke diepe kreun en kus en uiteindelijke capitulatie. Twee capitulaties, om heel eerlijk te zijn. En ja hoor, een zelfvoldane schittering kwam in zijn ogen en ze voelde dat ze moest blozen.

'Hoe wist je dat mijn hand daar was?' mompelde ze.

Er verschenen lachrimpeltjes om zijn ogen. 'Dat rook ik.' Hij bracht haar hand naar zijn gezicht en drukte zijn neus op de plek waar ze de avond ervoor parfum had gedept. Zijn stem was ongewoon, dieper en schor van de slaap. Opwindend. Ze was nu al ontaard, tot haar schande.

Ze richtte zich op een elleboog op. 'Dan heb je een goede neus.'

Zijn wazige blik ontmoette die van haar over haar pols heen. 'Een uitzonderlijk goede neus,' corrigeerde hij.

'Je hebt een dierlijk instinct.'

'Ik heb je daar gisteravond anders niet over horen klagen.' Hij streek met zijn lippen langs de plek waar haar pols klopte, en het zachte contact maakte haar onrustig. Tristan opende zijn ogen iets wijder en er lag een smeulende blik in die haar gisteren nog zou hebben geïrriteerd. Nu maakte hij verwachting in haar wakker. Maar zijn gezicht werd ernstig. Zijn hand gleed over haar arm omhoog en omvatte haar gezicht, en hij legde zijn duim op haar onderlip, waar ze in vervoering op had gebeten. Het was nog gevoelig. 'Je hebt gisteravond maar weinig geluid gemaakt,' zei hij.

Ze trok haar gezicht naar achteren. 'Dat lijkt me ook geen vereiste.'

'Dat is het ook niet. Maar luidruchtig genieten is niets om je voor te schamen.'

Ze wendde haar blik af. Er waren een aantal laatste verdedigingslinies die een vrouw moest behouden wanneer ze dwaas bezig was, en om redenen die ze niet onder woorden kon brengen, zou *luidruchtig genieten* voelen als het prijsgeven van een laatste bolwerk. Dat wilde ze niet.

Tristan ging rechtop zitten en keek om zich heen in de kamer, zijn blik bleef kortstondig hangen bij Mary Wollstonecrafts oproep voor gelijkheid voor vrouwen boven de schoorsteenmantel.

'We zijn hier in slaap gevallen,' zei hij. 'Samen.'

'Dat klopt.'

Hij schudde zich licht, als om van een heimelijke verwarring af te komen. 'Waarom hier? En op de vloer?'

'Mijn bed is te smal,' antwoordde ze afwezig.

Een Tristan met ontbloot bovenlijf was indrukwekkend om te aanschouwen als de aanblik door schaduwen en licht van het vuur werd verzacht. In de ochtendzon, met de omlaaggegleden deken tot zijn heupen, was het intimiderend om naar hem te kijken maar ook onmogelijk om het niet te doen.

De inkttekening die zijn rechterborstspier bedekte stak gedetailleerd af in het licht. Een ingewikkeld patroon zo groot als een schoteltje in verschillende tinten blauw, en middenin een danseres met lang haar die... met meerdere armen zwaaide? Het bestuderen ervan gaf haar tijd om te bedenken wat ze moest zeggen, wat ze moest voelen, terwijl ze dicht bij elkaar zaten en warm naar hun liefdesspel en slaap geurden.

De tatoeage was merkwaardig: de gezichtsuitdrukking van de danseres was sereen, haar lichaam gestokt in een beweging, een gracieuze draai, gevangen. Ze was naakt, maar tot Lucies verrassing werd haar eerbaarheid door haar lange lokken bedekt.

'Alleraardigst, vermoed ik,' zei ze.

'Alleraardigst? Het is het schitterendste handwerk van Pierre Charmaine.'

Ze sloeg haar ogen naar hem op. 'Wie is dat?'

'Monsieur Pierre is een voormalig officier van het Franse vreemdelingenlegioen. Om redenen die hij nooit heeft onthuld belandde hij een aantal jaren geleden in Londen en nu vraagt hij exorbitante prijzen in een clandestiene tatoeagesalon aan Mulberry Walk. Ik vermoed dat het door een vrouw komt dat hij in ongenade is gevallen.'

'Het komt altijd door ons,' zei ze droog. 'Waarom heeft de vrouw vier armen?'

'Omdat ze is geïnspireerd op de god Shiva.'

'Aha. En wie mag dat zijn?'

De vier armen trilden toen Tristan grinnikte. 'Shiva is een van de drie belangrijkste goden van het hindoeïsme en wordt ook wel Mahadeva genoemd. Hij is de god van hemelse energie, schepper van het universum, de god van de transformatie en de vernietiging. Hij heeft nog meer rollen en namen, afhankelijk van de hindoeïstische stroming die je bestudeert. Het is complex. Hij wordt vaak afgebeeld met een blauwe huid, vier armen, en een slang om zijn nek.'

'Een god van de vernietiging.' Ze was verbijsterd. 'Maar jij laat dan natuurlijk een vrouw op je huid tekenen.'

Hij keek haar ernstig aan. 'Weet wel dat ik toen ik in het huis van generaal Foster verbleef gesprekken heb gevoerd met de Pujari, de priester van de tempel, waarna het me verstandig leek om geen almachtige goden op mijn volkomen verdorven Engelse lijf te laten tatoeëren.'

Nog meer regels en principes. En zijn verdorven lijf had nu het hare volkomen verdorven. Als ze zo heftig bleef blozen, zou haar gezicht binnenkort permanent roze blijven.

'Mulberry Walk?' vroeg ze. 'Ik verwachtte een verhaal over een zeeman, een dronken weddenschap en een achterafstraatje in Kaboel.'

Hij schudde zijn hoofd. 'Toen ik uit Azië vertrok waren mijn littekens nog niet genezen.'

Het duurde een poosje voordat verschillende fragmenten die ze in de afgelopen maanden in haar geheugen had opgeslagen zich samenvoegden. Hij was neergeschoten toen hij zijn kapitein redde.

Ze tuurde naar de inkttekening. Het kleine podium onder de puntige voet van de danseres was niet zo mooi uitgevoerd. De huid was bobbelig, en de paarsige schakering was geen inkt. Het was de kleur van littekenweefsel.

'Wat... vreselijk buitenissig,' flapte ze eruit.

'Ja, hè,' stemde hij brommerig in.

Ze dacht niet na. Ze leunde naar voren en drukte haar lippen erop.

Hij schrok er net zo van als zij. Toen ze haar ogen opsloeg, was zijn gezicht vreemd verstard.

Hij herstelde zich in een oogwenk. 'Ik neem aan dat een felicitatie op zijn plaats is,' zei hij luchtig, en toen ze stil bleef van verwarring, boog hij zijn hoofd. 'Met het meerderheidseigendom van London Print.'

Ze knipperde met haar ogen. 'Natuurlijk. Ja.'

Ze trok de deken strakker om haar schouders. Vanuit haar ooghoek ontdekte ze haar kamerjas, die slap aan het voeteneind van hun geïmproviseerde bed hing. Ernaast lag het houten doosje.

Ze wendde haar blik af. 'Ik moet met het investeringsconsortium spreken voordat ik het bedrag kan overmaken,' zei ze. 'Dat zal een paar dagen duren.'

'Er is geen haast bij.'

Het bespreken van de transactie was het eerste sinds ze de liefde hadden bedreven dat haar het gevoel gaf een sloerie te zijn. Hij moest hebben geweten dat het dit effect zou hebben. Een nogal distantiërend effect.

Er klonken paardenhoeven buiten haar raam, en de fijne haartjes op haar armen gingen overeind staan van een plotselinge vlaag van zenuwen. 'Mijn huishoudster komt weldra terug,' zei ze. 'Ik heb haar vrijaf gegeven voor de avond, maar ze kan nu ieder moment terugkomen.'

Tristan was al bezig zijn overhemd over zijn hoofd aan te trekken, en ze wendde zich af om hem privacy te geven toen hij opstond om zijn broek te pakken.

Ze wierp wel een heimelijke blik terwijl hij met zijn rug naar haar toe stond. Het overhemd was lang genoeg om zijn billen te bedekken. Na ze gisteravond te hebben aangeraakt, had ze die graag willen zien.

'Ik zal de prijs betalen die jij voor de aandelen hebt betaald, in plaats van wat ze nu waard zijn,' zei ze.

Hij stopte even met het vastmaken van zijn bretels. De blik die hij haar over zijn schouder toewierp was ondoorgrondelijk. 'Je bent een harde onderhandelaar, milady. Het is mijn eigen schuld dat ik niet vooraf op een contract heb aangedrongen.'

Ze sloeg haar armen over elkaar, en hij draaide zich nu helemaal naar haar om.

'Ik maak maar een grapje,' zei hij. 'In ogenschouw genomen dat je aan het kortste eind hebt getrokken, is het volkomen acceptabel.'

'Hoezo?'

Hij trok zijn gilet aan. 'Jij hebt de kwelling van genot slechts één keer ervaren, nietwaar?'

De kwelling van genot. De withete golf die haar had overvallen tijdens hun tweede vrijpartij.

'Het was allemaal nieuw voor me,' zei ze.

Zijn blik verzachtte. 'Het was geen verwijt. Allerminst.'

Haar glimlach was een beetje vals. 'Maar het zou een uiterst onflatteus gerucht vormen, nietwaar? Ballentine, de beruchte verleider, niet in staat te bevredigen.'

Hij kneep zijn ogen tot spleetjes. 'Mogelijk.'

Hij stak zijn kin omhoog en strikte zijn halsdoek met het moeiteloze gemak dat van een jarenlange ervaring getuigde, een uiterst mannelijk gebaar; verrassend ook, aangezien hij een persoonlijke bediende had. Haar hartslag versnelde ervan. Hij moest het hebben gemerkt, want hij liet een zeer onbetamelijke blik over haar verfomfaaide verschijning gaan en zei: 'Je zou me natuurlijk kunnen toestaan het goed te maken.'

Haar hart maakte een onhebbelijk gretig sprongetje. Nog een nacht met hem?

Het was stil terwijl het verstand worstelde met oudere, lagere instincten.

'Dat zou wel kunnen,' zei ze uiteindelijk, zonder hem echt aan te kijken. 'Mijn huishoudster heeft elke vrijdagavond vrij.'

Weer een stilte.

'Morgen is het vrijdag,' zei hij terloops.

'Dat is juist.'

'Dat komt goed uit.'

Een wee gevoel maakte zich van haar meester toen ze toekeek terwijl hij zijn wandelstok en jas pakte. Hij zou nu vertrekken, en zij zou hier alleen achterblijven met het overweldigende besef van wat ze had gedaan. En wat ze nog eens zou doen.

Hij zette zijn hoed op en toen was zijn transformatie tot edelman, zij het een ietwat verfomfaaide, compleet. De blik die hij haar toewierp ging dwars door de deken, die ze als een belaagde maagd nog steeds tegen zich aan klemde.

'Dezelfde tijd en plaats?' vroeg hij.

Ze kon alleen maar knikken.

Een knipoog, een buiging, en weg was hij. Even later hoorde ze de keukendeur dichtvallen, en de oude ruiten rammelden in hun sponningen.

Gewoonlijk wanneer seksuele bedwelming vervaagde, keerde er een gevoel van aangeleerde onverschilligheid voor terug. Vandaag was dat niet het geval. Hij wachtte erop, maar het gevoel kwam niet, en tegen de tijd dat hij twintig minuten had gelopen en Banbury Road bereikte, was hij van streek. Hij had eindelijk het bed gedeeld met de vrouw op wie hij al zijn halve leven een oogje had en na afloop was hij van de wijs. Zijn hoofd tolde, van het zomerachtige weer of een duizeligheid die in het geheel niets met het weer te maken had, en het kostte hem meerdere pogingen om een huurrijtuig aan te houden.

In de donkere warmte van de koets kwam de nacht met volle kracht terug. Een naakte Lucie. Een opgewonden Lucie. Lucie plat op haar rug, afwachtend en nerveus naar hem opkijkend. Elk beeld in schitterende kleuren op zijn netvlies geschroeid, alsof het zijn eerste ervaring van erotische opvoeding was geweest.

Hij liet zijn hoofd achterovervallen tegen de versleten leren bekleding. Het zweet sijpelde over zijn rug. Hij bleef nooit tot de ochtend. Hij had al snel geleerd dat dat verwachtingen schiep, wat weer complicaties met zich meebracht. Hij was niet alleen gebleven, nee, hij had om een *encore* gevraagd en hij moest om zijn eigen dwaasheid lachen. Hij had verwacht met precies één maagd het bed te delen: zijn echtgenote, een gezichtsloos vrouwspersoon in een vage toekomst. De wanden van het rijtuig kwamen op hem af.

Lucies handen op zijn lijf, met de ongetemde nieuwsgierigheid van een kitten. Hij zag nu in dat ze met opzet hem gekozen had om 'haar eer te vergooien', om haar onelegante uitdrukking te gebruiken, en hij had geen idee waar hij dat vertrouwen aan had verdiend. De neiging om dat kwetsbare, kostbare ding weg te smijten rolde in golven door zijn lijf. Een dieper, duisterder deel van hem wilde het helemaal achter in een grot stoppen en bezitterig bewaken tot in de eeuwigheid.

Een andere kwestie drong zich aan hem op: als hij een man van zijn woord wilde zijn, had hij een probleem. Omdat ze volhield dat ze die vermaledijde aandelen wilde, om vervolgens iets onbezonnens en progressiefs te doen met de periodieken en daarmee London Print te schaden en dientengevolge zijn banksaldo.

Tegen de tijd dat hij bij de voordeur van zijn onderkomen in Logic Lane arriveerde was hij wat gekalmeerd. Natuurlijk zou er een tweede ontmoeting nodig zijn om meer dan tien jaar van doorstane kleineringen en jongensfantasietjes te bevredigen. En vanzelfsprekend zou hij een manier vinden om zijn inkomstenbron intact te houden.

'Goedemorgen, Avi.'

'Milord.' Zijn persoonlijke bediende deed niet erg overtuigend alsof hij niet zag dat hij de inmiddels hopeloos verfomfaaide kledij van de voorgaande dag nog droeg.

'Ik heb behoefte aan een bad. Een warm bad, alsjeblieft.'

'Natuurlijk, milord.' Avi liep achter hem aan de trap op. 'Ik heb de treinkaartjes en het boeket voor lady Rochester op het bureau gelegd, zoals milord vroeg.'

Hij had geen idee waar de man het over had, tot hij zich herinnerde dat hij zijn moeder alle roddels van de buitenpartij had beloofd. Hij zou naar Ashdown reizen. Vandaag. De echte reden voor een bezoekje was natuurlijk dat hij moest inschatten of ze in staat was een zeereis te maken en besluiten hoe hij haar het best uit het huis kon ontvoeren.

'Wel vervloekt,' mompelde hij, en toen: 'Trek niet steeds stiekeme afkeurende blikken achter mijn rug, Avi; toen je deze baan accepteerde wist je dat ik hele dagen lang achter de vrouwen aan zou zitten en zou vloeken.'

'Jawel, milord.'

'Dat zal niet veranderen, geloof me, echt niet.'

'Natuurlijk niet, milord.'

Er lag een brief op zijn bureau naast de treinkaartjes, zonder een adres van de afzender, maar hij herkende met één blik Blackstones nette, nauwkeurige handschrift. De man kon iemand ruïneren en blijkbaar achter zijn adres komen wanneer hij dat wilde, maar schreef nog steeds als een kind dat het alfabet oefende... De rest van de brief was ook geheel in Blackstones stijl; hij feliciteerde hem met het afbetalen van de eerste rente van de lening en bevestigde dat uitgeven tegenwoordig een solide investering was. Het klonk vriendelijk genoeg, maar het was bovenal een herinnering dat Blackstone hem in de gaten hield.

Tristan smeet de brief in de prullenmand. Hij had zijn voormalige partner zijn map met schulden en geheimen als betaling moeten geven en dan was hij ervanaf geweest. Laat de investeerder maar omgaan met de eentonigheid van het incasseren van gokschulden en de netelige manoeuvres die nodig waren om ze op te eisen. Hij had er in geen jaren gebruik van gemaakt. Maar hij kreeg een onheilspellend gevoel bij de gedachte aan het weggeven van de map, en zijn intuïtie liet hem nooit in de steek.

Een half uur later vouwde hij zich in de dampende koperen kuip en vroeg hij zich af of zijn intuïtie hem gisteravond voor het eerst in de steek had gelaten toen die hem had aangespoord de nacht door te brengen tussen Lucie Tedbury's blanke dijen. Spieren waarvan hij het bestaan niet had vermoed, deden pijn omdat hij op een hardhouten vloer had geslapen. En hij was een bedrijfsaandeel armer wakker geworden.

Tristan gooide zeepwater over zijn borst en drukte met een tastende vinger op zijn kogellitteken, dat reageerde met dezelfde doffe pijn als altijd, alsof Lucie die niet had weggekust.

Hij sloot zijn ogen en probeerde te ontspannen in de naar dennen geurende warmte die om hem heen kolkte. De spanning bleef strak in zijn ledematen zitten, want hoewel men net zo goed de wind kon opeisen, keerde er steeds maar weer een gevoel terug: *ze is nu de jouwe. Ze is van jou.*

25

Rochester moest op de loer hebben gelegen toen hij van zijn aankomst op de hoogte was gesteld, want hij stevende uiterst doelmatig op hem af zodra hij de ridderzaal binnenkwam.

'Tristan, een moment alsjeblieft.'

Hij keerde zich met een beleefd masker op zijn gezicht naar zijn vader. Als Rochester ook maar een spoortje van zijn persoonlijke verwarring zou bespeuren, zou hij graven naar de oorzaak als een jachthond die bloed rook, en daar kon niets goeds van komen.

De graaf kwam naast hem in de pas lopen, zijn blik vooruit, zijn handen ineengeslagen achter zijn rug. De ogen van een tiental lang geleden gestorven voorouders volgden hun zwijgzame gang langs de portrettengalerij tot Rochester zei: 'Mijn complimenten.'

Tristan was onmiddellijk op zijn qui-vive.

'Ik heb gehoord dat je een groot succes was op de buitenpartij van Montgomery,' ging Rochester verder. 'De prins, de matrones: iedereen was content.'

Hoewel dat allemaal goede zaken waren in Rochesters wereld, stonden zijn ogen vreemd mat toen hij eindelijk naar hem keek. 'Het heeft erin geresulteerd dat Wycliffe het huwelijkscontract heeft getekend.'

Alles binnen in hem werd stil. Hij zag Lucie naar hem kijken, haar normaal zo scherpe gezicht zacht en vol vertrouwen. Zijn knokkels kraakten in de stilte.

'Gefeliciteerd,' zei hij. Hij klonk verveeld.

Rochester hield stil. ‘Er is mij ook ter ore gekomen dat je een onderneming financiert met geld van Blackstone.’

Dat was dus de reden voor zijn vaders stemming.

‘Deels, ja,’ antwoordde hij.

Rochesters pupillen werden kleiner. ‘Die man is gevaarlijk.’

‘Is dat zo?’ zei Tristan luchtig. ‘Dat is me vast ontgaan.’

Het was even stil, terwijl Rochester nadacht. ‘Blackstone was een van de redenen waarom ik je bij het leger heb aangemeld,’ zei hij vervolgens, en toen hij de verbazing op Tristans gezicht zag, knikte hij. ‘Ik weet niet precies met wat voor misdaden je je bezighield, maar het was slechts een kwestie van tijd voordat de reputatie van dit huis zou zijn besmeurd, of voordat jij dood zou zijn. En hij mag zich dan nu misschien voordoen als een zakenman, Blackstone heeft reeds eerder opzettelijk de levens van edelen verwoest, geloof me, hij is meedogenloos.’

‘Hij is volkomen meedogenloos,’ beaamde Tristan, ‘en gevaarlijk, en lastig… En volkomen buiten uw bereik, neem ik aan.’ Dat was precies de reden waarom hij van Blackstone had geleend.

Rochester deed een plotselinge kleine stap naar hem toe. ‘Ik weet nog niet wat je van plan bent,’ zei hij zacht. ‘Maar ik weet dat je iets in je schild voert. En ik hou je in de gaten.’

Tristan hield berustend zijn hoofd schuin. ‘Ik had niet anders van u verwacht.’

Terwijl hij de trap naar de westvleugel beklom, hoopte hij dat het beter zou gaan met zijn moeder, omdat hij het gevoel had dat hun tijd meer begon te dringen dan verwacht.

Zijn wens werd vervuld toen de kamenierster hem binnenliet in een door zon overgoten slaapkamer. Moeder zat overeind, ondersteund door een aantal grote kussens, haar vlecht netjes en haar ogen veelbelovend helder. Haar gezicht fleurde op toen ze het boeket zag dat hij bij zich had: in kassen gekweekte roze pioenen met grote volle bloemen.

De kamenierster nam de bloemen gauw over en ging een vaas pakken.

Hij liep naar het bed.

Zijn moeder stak een bleke hand naar hem uit, en hij boog ernaartoe.

'Mijn lieve jongen, ik ben boos op jou,' zei ze mild berispend.

Hij schrok en voelde zich betrapt. Nee, ze kon onmogelijk weten wat hij met Lucie had gedaan.

Hij zette een stoel bij het bed en ging erop zitten. 'Wat heb ik gedaan, moeder?'

'Je had het me moeten vertellen.' Ze knikte naar een brief op haar rommelige nachtkastje, een aantal kantjes volgeschreven met rechte, smalle letters. 'Lady Wycliffe vertelt me dat jij en lady Cecily verloofd zijn.'

'Nee,' zei hij, en toen ze haar voorhoofd fronste om zijn abruptheid, voegde hij er rustiger aan toe: 'Ik heb nog geen papieren ondertekend. Er is nog niets aangekondigd.'

'Aha,' zei zijn moeder, en de frons verdween van haar voorhoofd. 'Een aankondiging is niet nodig. Ik kan de verandering in je zien; je straalt van geluk.' Haar vingers maakten een fladderende beweging naar zijn hoofd, en hij kon het niet aan een van haar drankjes wijten, want dit was karakteristiek voor haar om te zeggen, zelfs als ze in orde was.

'Toch,' ging ze verder, 'had ik het graag van jou willen horen, in plaats van bevestiging te moeten vragen aan Rochester. Wat enorm onorthodox overigens, om de totstandbrenging aan de heer des huizes over te laten in plaats van aan de vrouw des huizes. Al kun je me tegenwoordig niet echt meer de vrouw des huizes noemen.'

'Maakt u zich daar maar geen zorgen over,' zei hij snel.

'O, dat doe ik wel, maar ik ben ook blij voor je, Tristan.'

Hij verbleekte. 'Echt?'

Haar ogen gingen nog wijder open en haar stralende blik benam hem bijna de adem.

'Natuurlijk,' zei ze. 'Ik wil dolgraag dat je gelukkig wordt. En een vrouw zal je misschien rustig maken.'

'Ah,' zei hij geamuseerd. 'Maar ik ben nu toch ook rustig?'

'Alle officieren zijn de weg kwijt na de oorlog, lieverd. Als vissen op het droge. Maar goed. Vertel me alles. Want hoewel dat meisje duidelijk al dolverliefd op je is sinds ze nog vlechtjes droeg, moet ik bekennen dat me nooit enige affectie voor haar van jouw kant is opgevallen.'

Ze keek hem verwachtingsvol aan terwijl hij deze onthulling van Cecily's aanhoudende gehechtheid aan zijn persoon verwerkte. Ondertussen was de kamenierster nog in de weer met de vaas, het hoofd gebogen, haar wangen rood, schuwer dan gewoonlijk. Ze spitste ongetwijfeld haar oren.

'Nou,' zei hij. 'Rochester heeft haar in elk geval van ganser harte aanbevolen.'

'Je vader heeft geen hart, lieverd.'

'Daar heb ik niets op te zeggen,' zei hij langzaam.

Er was iets anders aan zijn moeder vandaag. Glimpen van haar oude levenslust schemerden door, mogelijk opgebloeid door het vooruitzicht van een bruiloft. Wel verdraaid.

'Wie had kunnen denken dat zo'n ingetogen meisje jouw aandacht zou trekken?' mijmerde ze. 'Maar de stillen zouden vermoedelijk goede echtgenotes vormen.'

'Vermoedelijk,' sprak hij haar naar de mond.

'Ik ben zo ontzettend gelukkig.' Ze zuchtte, en nogmaals slaagde ze erin haar lippen tot een glimlach te plooien.

Zijn keel kneep weer onaangenaam samen. 'Wat heerlijk om u gelukkig te zien,' zei hij.

Ze klopte op zijn hand. 'Je moet haar mee uit nemen.' Ze keek naar de brief. 'Lady Wycliffe zegt dat jullie een paar straten van elkaar vandaan verblijven. Ik begrijp dat ze zich daar voor de zomer hebben gevestigd opdat jullie elkaar beter kunnen leren kennen. En jullie hebben samen nog niet één uitstapje gemaakt in Oxford.'

Hij was verbijsterd. Hadden ze zich om hém in Oxford gevestigd? 'Lady Wycliffe is zeer betrokken,' zei hij.

'Maar natuurlijk. Wij vrouwen zijn altijd bezorgd om onze pupillen. En een welopgevoede lady moet het hof worden gemaakt, vooral' – en nu werd haar toon wat streng – 'wanneer de bruidegom een verleden heeft. Je moet ervoor zorgen dat lady Cecily geen enkele twijfel heeft over jouw genegenheid als je je liefje gerust wilt stellen.'

Hij ging verzitten op zijn stoel. 'Aha...'

'Waarom nodig je ze niet uit voor een picknick? Nee, ik weet het: neem ze mee uit varen.' Die gedachte verkwikte haar zichtbaar.

Het beeld van hem, Cecily de Poezenpoëet, en de moeder van de vrouw die hij onlangs had ontmaagd, in gedwongen nabijheid in een wiebelige vlet, drong zich aan hem op, en hij liet zich liever nog een keer naar de Hindoekoesj uitzenden.

'O, wat ziet de lucht er vanaf hier mooi uit,' zei zijn moeder, haar ogen nu weemoedig op de strook blauw gericht die door de hoge ramen zichtbaar was. 'Is het warm buiten? Ik ben van zins om een reisje te maken.'

'Magnifiek,' zei hij snel. 'Wat dacht u van, laten we zeggen, India?'

Ze wierp hem een geamuseerde blik toe. 'Ik dacht eerder aan de folly.'

De folly. Nog geen kilometer van het huis.

'Carey,' zei ze tegen de kamenierster, 'wat dacht je van een uitje naar de folly?'

Carey, die als een lusteloos spook op de achtergrond had rondgehangen, kreeg weer vaste vorm. 'Ik weet het niet, milady.' De bezorgdheid was merkbaar in haar stem. 'Misschien voldoet de fontein voor nu ook prima?'

De fontein. Tweehonderd meter van het huis.

Een zeereis met een invalide richting een onbestemde toekomst leek een steeds minder goed plan. Was het ooit een goed plan geweest? Of slechts een denkbeeldig idee dat hij beide kon doen: haar in veiligheid brengen én aan Rochesters huwelijksplannen ontsnappen?

Stel dat hij het haar zou vertellen... *Moeder, uw echtgenoot gebruikt u als lokaas en u bent niet veilig in uw eigen huis.* Ze zou ter plekke de geest geven. Ze verslapte nu al voor zijn ogen; te veel gepraat en bruiloftsopwinding. Ze reageerde amper toen haar kamenierster de vaas naast haar bed zette.

'Carey heeft me je poëzie voorgelezen,' zei ze toen hij al afscheid had genomen en onderweg was naar de deur. 'Ik ben trots op je.'

Hij huiverde van haar betekenisvolle ondertoon. Hij draaide zich om en zag dat haar blik onscherp was geworden, en dat ze hem misschien helemaal niet goed kon zien.

'En Rochester haat je niet,' mompelde ze. 'Hij is bang dat je net als ik wordt.'

Gek, net als ik, waren de onuitgesproken woorden. Hij stond als aan de grond genageld.

'Wat eigenaardig om te zeggen, moeder.'

Het had natuurlijk al vele malen door zijn hoofd gespookt of stemmingen in de familie zaten.

Alsof hij hardop had gesproken schudde ze haar hoofd. 'Ik ben een grote teleurstelling voor je vader geweest. Voor iedereen, ongetwijfeld. Zijn boosheid is deels angst, Tristan. Maar je moet niet bang zijn, lieverd... Je hebt alles in je wat goed aan mij was, en niets van de vloek. Op jouw leeftijd leed ik er reeds lange tijd aan. Helaas is Rochester niet iemand die nuances herkent; voor hem is het allemaal hetzelfde.

Hij deed een stap naar het bed. 'U bent niet vervloekt. Waarom vertelt u me dit?'

Ze dommelde al in, of deed net alsof, en uiteindelijk vertrok hij, met zijn gevoel voor narigheid op scherp.

Rochesters persoonlijke bediende, Jarvis, stond verscholen in de gang, op enkele meters van de kamerdeur. Rochester had zijn spion tenminste niet met hem mee de slaapkamer in gestuurd.

'Milord.' Hij draaide zich om toen hij de gedempte vrouwenstem hoorde. Carey was achter hem aan de deur uit geglipt. Toen ze Jarvis opmerkte, kwam de kamenierster abrupt tot stilstand, haar donkere ogen werden groot onder haar kapje voordat ze vlug haar blik neersloeg.

Onwillekeurig plaatste Tristan zijn lichaam tussen de persoonlijke bediende van zijn vader en de vrouw. 'Wat is er, Carey?'

De punten van haar oren werden vuurrood. Dat kon een aantal oorzaken hebben: dat ze tegen hem had gesproken zonder door hem aangesproken te zijn, dat ze naar hem had gekeken, dat ze bang was voor de persoonlijke bediende. Ze keek op, haar blik ontmoette die van hem net niet.

'Niets, milord,' fluisterde ze gegeneerd. 'Gefeliciteerd met uw verloving.' Ze haastte zich met gespannen schouders langs hem heen.

Tussen donderdagochtend en elf uur vrijdagavond was de tijd langzamer vooruit gekropen dan dat een vrouwenrechtenamendement werd aangenomen. Lucie had ruim de mogelijkheid gehad om aan het twijfelen te slaan en haar beslissing om een donjuan opnieuw in haar bed uit te nodigen in te trekken, en ze had geaarzeld. Ze kwijnde weg in de onbekende kwelling van smachten naar een man en vond het maar niets. Ze kreeg vlinders in haar buik telkens wanneer ze dacht aan Tristan, die weer loom op de dekens in de zitkamer lag uitgestrekt. Tegen de tijd dat hij door haar keukendeur binnenkwam, onaangedaan en heerlijk geurend naar zichzelf en een zweempje houtrook, had ze een lichtelijk slecht humeur ontwikkeld.

Hij wist het na één blik op haar gezicht, want zijn mond krulde in een wellustig lachje, en voordat ze een woord kon uitbrengen, lag zijn rechterhand op haar achterhoofd en trok hij haar naar zich toe voor een kus.

Haar hoofd tolde nog toen hij zijn jas en hoed naast de porseleinkast aan de bediendenkapstok hing.

'Wat ben je stil,' merkte hij op, terwijl hij naar de gootsteen liep om de kraan aan te zetten. 'Een beetje gespannen, zelfs?' Hij had een plagende toon in zijn stem.

Ze stond op het punt weer met hem de liefde te bedrijven. Ze was al schaamteloos gekleed in haar kamerjas, en haar voeten waren bloot. Natuurlijk was ze gespannen.

'Helemaal niet,' zei ze, haar eerste leugen in jaren.

'Niet? Nou, mooi.' Hij keek naar haar met een zachte warme gloed in zijn ogen terwijl hij zijn handschoenen uittrok, langzaam, vinger voor vinger. Tegen de tijd dat de handschoenen naast elkaar op het aanrechtblad lagen, tintelde er warmte in haar wangen en lippen. Ze wist nu wat hij met die vingers kon doen

Ze keek toe terwijl hij de schuimige zeep over zijn handen verdeelde, hoe een haarlok voor zijn voorhoofd gleed en hoe het licht van de gaslamp zijn angstaanjagend schitterende profiel in schril reliëf zette, en de plotselinge kracht van haar verlangen naar hem beangstigde haar. *Een goede minnaar kan je hoofd op hol brengen*, had Annabelle haar gewaarschuwd. *Hij kan je dingen laten voelen die je niet had verwacht en ook niet wilde voelen.*

Hij was zijn handen aan het afdrogen toen een rommelend geluid opklonk in de gespannen stilte. Verontschuldigend trok hij een wenkbrauw op.

'Heb je honger?' vroeg ze snel. 'Heb je niets gegeten?'

Hij schudde zijn hoofd. 'Ik ben rechtstreeks vanuit het kantoor in Londen hierheen gereisd. Kom hier.'

Ze sprong dichterbij als een nerveus veulen. 'Je moet iets eten,' zei ze tegen hem.

Zijn mondhoek kwam omhoog in een glimlachje. 'Dat ga ik ook doen,' zei hij. 'Straks. Draai je om.' Met zijn wijsvinger maakte hij een langzaam draaigebaar.

Ze aarzelde, maar zijn glimlach werd uitdagend, en dus draaide ze haar rug naar hem toe.

Hij streek haar haar over een schouder.

'Wat...' Ze kreunde verbaasd toen zijn duimen bedreven in haar schouders drukten.

Zijn lippen waren warm op de blote zijkant van haar hals.

'Heerlijk,' fluisterde hij. 'Doe dat nog eens.'

'Jij...' mompelde ze, en haar stem stierf weg omdat hij verderging met zijn voorzichtige massage, bedreven het gevoelige holletje van haar nek vond en dan weer omlaag. Hij kneedde voorzichtig aan beide zijden van de knobbels van haar ruggengraat, tot haar hoofd naar achteren viel tegen zijn borst. Haar ogen waren gesloten; ze wilde niet dat hij zag hoe graag ze door hem gekust wilde worden. Hoe haar lichaam al zwaar was van verlangen en erom smeekte dat zijn handen naar voren zouden glijden over haar borsten...

Zijn vingers spreidden zich over haar kaak en draaiden haar hoofd schuin. Ze voelde zijn lippen op de hare en toen de warmte van zijn mond. Ze kreunde en haar gedachten losten op. Zijn andere hand streek over haar borsten, haar buik, tussen haar benen, waar zijn vingertoppen druk uitoefenden. Duisternis explodeerde achter haar oogleden en even bleef ze alleen nog maar overeind door zijn handen. En die waren erop uit om haar te ruïneren, aanraking voor slimme aanraking.

Zijn opwinding drukte hard in haar rug. De gekte had tenminste ook effect op hem. Ze kromde haar rug, en hij kreunde, zijn greep werd steviger. Ze werd omgedraaid in zijn armen en zoenend en graaiend achteruit geleid. De rand van de keukentafel stootte tegen de achterkant van haar dijen.

Hij tilde haar erop en ging tussen haar benen staan.

Haar ogen waren halfdicht. 'Op de tafel?' mompelde ze.

Hij streek met zijn wijsvinger over haar vochtige onderlip en gleed ermee omlaag over haar keel.

'Je zei toch dat ik moest eten,' zei hij, en hij liet zich op zijn knieën zakken.

Een jammerkreetje. Het moest van haar zijn gekomen. Ze wist ook wat hij met zijn mond kon doen. Zijn handen gleden omhoog over haar dijen, schoven haar kamerjas opzij, en zijn vingertoppen drukten in haar heupen toen hij haar dichter naar de rand trok. Haar ogen waren nu weer gesloten, maar ze voelde hem. Hij drukte zijn gezicht tegen de donzige binnenkant van haar dijen en schuurde met ruwe wangen over haar huid, toen het fluweel van zijn lippen, om en om wisselden ruw en zacht elkaar af, tot haar trillende vingers in zijn haar grepen om te proberen zijn hoofd daar te krijgen waar ze hem zo graag wilde.

Een lage lach liet zijn schouders schudden. Hij keek op. 'Zeg eens,' zei hij, zijn ogen zwart van lust. 'Walg je nu nog steeds van me?'

Ze hapte naar lucht. 'Dat is niet eerlijk.'

'Natuurlijk niet,' zei hij rustig, 'in oorlog en liefde, was het toch?' Hij kuste haar op enkele centimeters van waar ze ernaar hunkerde. 'Zeg het,' eiste hij, zijn mond heet op haar huid.

'Ik walg van je,' fluisterde ze. 'Heel erg.'

Maar toen trok hij haar dij over zijn schouder en voelde ze de vochtige zachtheid van zijn tong, en de stortvloed van emoties die haar overspoelde was duidelijk ver van de oorlogskant van de dingen.

26

Toen ze de volgende ochtend ontwaakte in de zitkamer, dacht ze aan de keukentafel, en dat ze er nooit meer naar zou kunnen kijken zonder te blozen. Zou ze daar nu haar ontbijt kunnen eten zonder dat haar gedachten naar gisteravond zouden afdwalen? Echt iets voor Tristan om een volkomen onschuldig meubelstuk te verpesten.

Hij was weer blijven slapen, nadat hij haar krachteloze gestalte uit de keuken had gedragen om de liefde met haar te bedrijven bij het vuur.

Hij was nu wakker, opgericht op een elleboog, zijn kin in zijn hand, en bestudeerde haar met een uitdrukking van lome bevrediging op zijn gezicht. Er school verdacht weinig slinksheid in zijn ogen.

Ze had zelf gemengde gevoelens. Dit was de laatste ochtend dat ze samen met een man wakker werd. Laatste keren hadden iets nostalgisch, ook al waren ze nog niet voorbij.

Tristan leek zich hier niet van bewust; zijn vrije hand speelde met haar haar, draaide het tussen zijn vingers. 'De vorige keer dat ik hier was,' zei hij, 'zei je dat je prikkelende verslagen over de liefdesdaad had gelezen.'

Ze knipperde langzaam met haar ogen. 'Ja.'

Hij trok aan de haarlok die hij vast had, en het zachte trekken aan haar hoofdhuid bezorgde haar kippenvel over haar rug.

'Wat had je dan gelezen?' Zijn stem was een diep, erotisch gebrom.

Ze haalde lichtjes haar schouders op. 'De meest prikkelende stonden denk ik in *The Pearl.*'

Hij verstarde. '*The Pearl*,' herhaalde hij. 'Van de Society of Vice?'

'Ja.'

'Lieve hemel.' Hij leek verscheurd tussen shock en verrukking. 'Dat is je reinste vunzigheid, het ergste wat je had kunnen kiezen.'

'Daar ben ik ook achter gekomen,' zei ze, 'en ook uitermate ridicuul.'

'Ridicuul?'

'Ja. Al die charmante dienstmeisjes en lieve maagdelijke nichtjes die de nietsvermoedende mannelijke gast zo graag willen delen; dat leek een nogal veelvoorkomend thema in de verhalen.'

Hij liet zich achterovervallen en leek zowel een lachaanval als een hoestaanval te krijgen.

Ze ging rechtop zitten. 'Gaat het wel?'

Hij keek naar haar op, met tranen in zijn ogen, en schudde zijn hoofd. 'Dat is een recente publicatie,' zei hij, en zijn blik werd berekenend. 'Of je bent laat begonnen met je opvoeding, of je onderhoudt die... ijverig.'

'En wat zou dat?' mompelde ze.

Hij raakte haar wang aan. 'Stond er ook iets in die verhalen wat je wél aanstond?'

Er lag een belofte in die vraag. *Vertel me je verlangens, je meest duistere.*

Hij zou doen wat ze maar van hem vroeg, begreep ze. Ze keek naar hem, magnifiek in al zijn naaktheid, en kortstondig voelde ze zich dronken van de mogelijkheden die een minnaar met weinig principes met zich meebrachten. Het voelde eigenaardig veel als vrijheid.

Maar dit was hun laatste ochtend. En zo hoorde het.

'Je kunt beter weggaan.'

Hij was even stil en keek toen naar de klok op de schoorsteenmantel.

'Je hebt helemaal gelijk.' Hij liet haar haar los. 'Wat onbeleefd van me.'

Hij ging zitten en boog naar haar toe om haar een kus op haar voorhoofd te geven, zijn lippen kwellend zacht. Hij moest een hart van steen hebben, om zulke kleine intimiteiten uit te delen en vervolgens zonder ook maar één blik achterom te vertrekken.

Ze keek naar hem toen hij zich omdraaide en vooroverboog om zijn overhemd te pakken, dat achteloos op de vloer naast hun liefdesnest was gesmeten.

Het ochtendlicht scheen fel op zijn rug. Het onthulde een wirwar van vervaagde witte strepen, van tussen zijn schouders omlaag naar zijn onderrug, en het duurde even voor ze had bedacht hoe hij aan zulke littekens kon zijn gekomen. Ze legde een hand op zijn zij.

'Ik dacht dat het leger zweepslagen reeds tientallen jaren geleden had afgeschaft,' zei ze. 'Ik was zelfs in de veronderstelling dat edelen nooit werden gegeseld.'

Tristan verstarde onder haar handpalm. 'Dat is niet van het leger,' zei hij toen.

Hij kwam overeind, en de verontrustende patronen verdwenen onder een laag dun katoen. Ze was in de war. 'Het schoolhoofd dan?' vroeg ze, want wanneer ze in de war was, ging ze op onderzoek uit.

Hij draaide zich naar haar om terwijl hij zijn bretels vastmaakte. 'Die moet daar vast weleens van gedroomd hebben, maar nee.'

Een kil gevoel drukte op haar hart. 'Rochester.'

Hij knikte, en toen haar afschuw op haar gezicht te zien moest zijn, haalde hij zijn schouders op. 'Zo veel vaders ranselen hun zonen weleens af. Wie zijn kind liefheeft, spaart de roede niet.'

'Dit is geen afranseling,' zei ze zacht. 'Dit is wreedheid. Hij moet je bijna hebben laten doodranselen.'

'O, maar hij deed het altijd zelf,' zei Tristan. 'Dat moet ik hem nageven.'

Zijn gezicht stond volkomen kalm, maar ze zag een slungelige adolescent voor zich die moest hebben gebloed en veel pijn moest hebben gehad, en een hevige emotie raasde door haar lichaam en zorgde ervoor dat ze overeind schoot.

Tristan stopte met zijn gilet dichtknopen en hield zijn blik strak op haar gericht, en ze besefte dat ze naakt voor hem stond.

Ze kruiste haar armen voor haar borst. 'Wat Rochester je heeft aangedaan is fout.'

'Wat een schitterende aanblik,' mompelde hij. 'Zo woest en verdorven.'

Onverwachts pakte hij haar vast en trok haar tegen zich aan.

Het plotselinge gevoel van zijn geklede lichaam tegen haar naakte gestalte was een schok. Ze stond stokstijf stil terwijl zijn ene hand een langzaam, warm spoor over haar rug trok en vervolgens suggestief op haar billen bleef liggen.

Hij wist wat hij deed. Hij kon haar dingen laten voelen, hij kon haar stemming veranderen met een goedgeplaatste aanraking. Het was, bij nader inzien, afschuwelijk.

En het trieste was dat ze het betreurde dat het hun laatste ochtend was.

Vluchtig vroeg ze zich af of het zo begon voor de arme zielen die hun dagen eindigden in een opiumhol, met de gedachte: *nog één keer maar.*

Ze sloeg haar blik naar hem op.

Zijn oogleden waren zwaar geworden; hij leek in beslag genomen door hoe ze aanvoelde. Maar ze wist dat hij het nooit zou vragen. *Het mannetje pronkt met zijn veren, het vrouwtje kiest.*

Het zou niet verstandig zijn om het hem te vragen.

'Ik wil je graag weer zien,' zei ze.

Zijn ogen gingen open, en haar maag verkrampte. Ze had er een gruwelijke hekel aan; om dingen vragen. En dan nog wel aan hém.

Hij legde zijn hand plat op haar onderrug.

'Wanneer?' vroeg hij simpelweg.

De spanning in haar schouders zakte een beetje af. 'Binnenkort. Maar niet hier.'

Er volgde een stilte.

'Ik regel het,' zei hij, en toen waren zijn vingers bij haar kin en kantelde hij haar gezicht, zodat ze hem wel aan moest kijken. 'Maar dan wordt het wel tijd voor een aantal regels.'

Haar wenkbrauwen kropen naar elkaar toe. 'Nog meer regels?'

'Ja. Twee nachten kan nog doorgaan voor een ongelukje. Drie nachten zijn het resultaat van weloverwogen opzettelijkheid.'

'En dat is een reden tot zorg?' vroeg ze, want er lag een onderstroom van aarzeling in zijn stem.

Hij schudde zijn hoofd. 'Nee. Soms duurt het langer om een bepaald verlangen te stillen. Maar dan is het wel van belang dat je me deelgenoot maakt van jouw verwachtingen.'

'Wat heeft het voor zin om die uit te spreken?' Ze klonk sceptisch.

'Dat kan betreurenswaardige misverstanden voorkomen.'

Hij had eerder dit soort regelingen getroffen, en ze wilde er liever niet aan herinnerd worden. Ze gleed uit zijn armen om haar kamerjas te pakken.

'Discretie,' zei ze, met haar rug naar hem toe. 'Ik verwacht dat je discreet zult zijn.' Haar ogen boorden zich waarschuwend in de zijne. 'Mijn werk en mijn reputatie zijn geruïneerd als dit uitkomt.'

'Je neemt een groot risico, lieveling.'

Ze was zich daar hevig van bewust. 'Ik zal er niet voor terugschrikken om je boeken te gijzelen,' zei ze koeltjes.

'Alleraardigst,' mompelde hij. 'Maar duidelijk. Nog meer?'

Ze knikte. 'Eerlijkheid.'

'Eerlijkheid,' herhaalde hij, het woord proevend.

'Ja. Zonder eerlijkheid is er geen vertrouwen.'

'Ah, lieverd.' Een scheve glimlach. 'Mijn tweede regel is: vertrouw me niet. Niet op een diepe, blinde manier.'

'Waarom niet?'

'Omdat zelfs ik mezelf niet op die manier vertrouw.'

'Alleraardigst,' zei ze spottend. 'En je eerste regel?'

Zijn toon was vriendelijk, maar zijn ogen stonden zeldzaam ernstig. 'Word niet verliefd op me.'

27

'Hoeveel brieven hebben we nu?'

Lucies vragende blik viel op Catriona. Het was geen maandag, maar de extra werklast veroorzaakt door het moeten produceren van nieuwe tijdschriftinhoud en het renoveren van de uitgeverij vereiste extra vergaderingen. Ze kon al bijna de hele lengte van haar zitkamer opvullen met haar takenlijst.

'De telling staat op vijftienduizend driehonderd,' antwoordde Catriona, 'en er zal nog wat post onderweg zijn.'

'Goed. Verder met het volgende punt.' Verdorie. Ze schraapte haar keel. 'Heeft iemand nog nieuwe ideeën over hoe we onze bevindingen kunnen publiceren?'

Terwijl ze hun hoofd schudden, spanden haar vingers ongemakkelijk om haar vulpen. Dit zou een goed moment zijn om mee te delen dat ze, in elk geval in theorie, het meerderheidseigendom van London Print terug had. Helaas kon ze het niet opbrengen te vertellen hoe ze eraan was gekomen. Bovendien stond het idee om de inhoud van de periodieken langzaamaan te ondermijnen haar nu eigenlijk best aan. Maar ze had wel een daadkrachtigere poging moeten doen een oplossing voor het rapport te vinden.

Het kwam door haar vrijage. Het feit dat ze voortdurend in beslag genomen was door hun gezamenlijke nachten was haar overdag gaan afleiden. Tristan had een kamer voor hen geregeld in Adelaide Street, op nog geen kilometer van haar huis. Een rijtjeshuis met een respectabele gevel en een goed verborgen achteringang, en een huishoudster die ze nooit zagen. Ze had Tristan niet gevraagd hoe hij afwist van zo'n plek, die duidelijk slechts één doel diende: clandestiene ontmoetingen mogelijk maken. Ze was daar nu een week lang bijna elke avond na zonsondergang naartoe gelopen, had zichzelf binnengelaten en de deur voor hem van het slot gelaten. En dan wachtte ze. Op zijn voetstappen. Op de vlinders die automatisch door haar buik fladderden als hij in de deuropening verscheen. Op de botsing van zijn lippen met de hare.

Een affaire met een donjuan in een gehuurde kamer was in alle opzichten het toppunt van smakeloosheid. Hadden haar lasteraars haar toch al die tijd goed geclassificeerd, dat ze niet goed in elkaar stak als vrouw, dat ze verdorven was. Ze wist dat omdat het góéd voelde als ze verzadigd op zijn borst lag, op een matras dat kraakte, terwijl het vreselijk zou moeten voelen. Het was niet eerzaam wat ze deden, en toch kwam ze tot leven in zijn armen op een manier die ze niet voor mogelijk had gehouden. Het was alsof ze eindelijk goed in haar vel zat door zijn aanraking, zichzelf oprekte zelfs, terwijl ze dacht dat ze al volgroeid was. Er kwam ook nooit een veroordelend woord over zijn lippen. Zijn mond bezorgde haar alleen genot. En omdat hij onmogelijk te choqueren was, deelde ze haar gedachten vrijelijk, zonder vooraf te overdenken wat acceptabel was om uit te spreken. In zijn armen ademde ze zo diep dat ze er duizelig van werd.

'Lucie?'

Ze knipperde naar de drie verwachtingsvolle gezichten die naar haar keken.

'Goed,' zei ze. 'Ik heb op dit moment dus geen idee welke andere mogelijkheden we hebben om ons rapport te publiceren.'

Dat was geen leugen. Bovendien werden de papieren voor de aandelenoverdracht nog opgesteld door een nogal verbaasde notaris Beedle.

'Lucie?'

Nu keken ze naar haar met verholen verbijstering.

'Wat is er?'

'We, eh, hadden het niet langer over het rapport,' zei Hattie voorzichtig. 'We hadden het over de St. Giles Fair.'

'Mijn excuses. Natuurlijk. De jaarmarkt.'

De jaarlijkse markt met kermis in een van Oxfords belangrijkste straten, waar bezoekers uit heel Engeland op afkwamen.

'Dat is over drie weken, nietwaar?'

'Correct,' zei Annabelle. 'Gaan we voor een kraam? Een spandoek? Zullen we folders uitdelen?'

Lucie slaakte een zucht. 'Het is wel een gok, politiek bezig zijn op een jaarmarkt.'

De St. Giles Fair werd wél goed bezocht, vandaar dat hun afdeling aanwezig zou moeten zijn. Aan de andere kant, de kermismuziek en uitbundige stemming die bij de sfeer van een jaarmarkt hoorden, zorgden ervoor dat aanhangsters van de vrouwenrechtenbeweging en hun pamfletten er bijzonder somber bij afstaken, alsof ze erop uit waren de mensen al hun plezier te misgunnen, tenminste, dat had ze herhaaldelijk te horen gekregen als ze zich op dat soort evenementen vertoonden. En op een locatie in het hart van Oxford was er een groot risico dat professoren vrouwelijke activisten zouden herkennen die aan de universiteit studeerden, en de universiteit stond afkeurend tegenover het vrouwenkiesrecht.

'We moeten het doen,' zei Catriona. 'Ik heb gehoord dat de trapeze weer wordt opgebouwd. Weet je nog vorig jaar, toen vrouwen en meisjes er ook één dag op mochten, waarna de eigenaar werd gevraagd alleen nog mannen en jongens toe te laten? Ik stel me zo voor dat er genoeg vrouwen verbolgen zullen toekijken, denkend aan toen ze er nog wél op mochten.'

Hattie knikte enthousiast. 'Laaghangend fruit,' zei ze. 'Wie wil er nu niet een keer de trapeze uitproberen?'

Dat waren goede argumenten. Die had ze zelf moeten bedenken.

Het was niets voor haar om rekruteringsmogelijkheden over het hoofd te zien.

'Goed. Laten we wat folders opstellen en de boodschap op de trapeze afstemmen in plaats van iets openlijk politieks,' besloot ze. 'Annabelle, heb jij misschien tijd om te helpen dit voor te bereiden?'

Want ze had zelf echt geen tijd. Ze moest morgen op kantoor in Londen zijn om sollicitatiegesprekken te voeren met de volgende lichting potentiële typistes en secretaresses, en de nog altijd uitgestelde fietscampagne voor lady Harberton hing boven haar hoofd als het zwaard van Damocles.

'Ik zal een folder voor je opstellen,' zei Annabelle. 'Wat me eraan herinnert: je hebt over twee weken in Westminster een afstemmingsbijeenkomst met lord Melvin over Montgomery's amendementsvoorstel.'

Lucie krabbelde het onverschillig in haar agenda. Haar takenlijst was nog een paar centimeter langer geworden. Ze kon het haar gedachten bijna vergeven dat ze weer vooruit dwaalden naar wat de nacht zou brengen.

Zou hij komen?

Ze was zich gaan afvragen waarom hij kwam, waarom hij het nog niet beu was. Gisteravond had ze zich afgevraagd of het was omdat het bezitten van haar lichaam niet genoeg was voor een man met zijn begeerten. Ze vroeg zich af of hij op haar ziel uit was.

Tristan lag op zijn rug, nog aangenaam loom, en genoot van het gevoel van Lucies haar dat op zijn blote borst lag. Winters rivierwater op door de zon gewarmde steen. De dichter in hem kromp een beetje ineen van het onbeholpen beeld. Ze inspireerde hem tot monsterlijk erotische vergelijkingen en sentimenten, maar hij had het niet voor het kiezen, en er kwamen nu tenminste eindelijk woorden bij hem op. Ze zou natuurlijk steigeren bij het idee dat ze een muze was en een man passief inspireerde enkel en alleen omdat ze bestond.

Ze sliep, dus pakte hij een haarlok en liet die door zijn vingers glijden. Daar zou hij nooit genoeg van krijgen, hij zou altijd de verleiding voelen om haar lokken om zijn vuisten te wikkelen, om zijn nek, zijn lid, tot hij verstrikt raakte in een sensueel web dat geheel uit Lucie bestond. Maar de ochtend scheen door de gordijnen in Adelaide Street, en van ver weg kwamen de geluiden van een al drukke straat: kletterende emmers, hoefgetrappel. Dat was het gevaar van kleine kamertjes bedoeld voor genot; je vergat er de tijd en de hinderlijke realiteit.

Hij legde Lucie voorzichtig op haar rug en richtte zich op één elleboog op om de aanblik te bewonderen. Ze had haar nachthemd niet weer aangetrokken voordat ze gisteravond in slaap viel, waardoor hij haar volop kon bewonderen, wat hij natuurlijk deed. Jarenlang had hij over haar borsten gefantaseerd. Haar stijve grijze japonnen hadden niets onthuld, en dus was zijn fantasie met hem aan de haal gegaan, zich alles voorstellend van mooie tepels op een jongensachtige borst tot een onverwachts royale maar altijd ingesnoerde boezem. Hij vond ze mooi zoals ze waren, omdat ze van haar waren, en hij ze eindelijk mocht likken. En dat deed hij, hij liet zijn hoofd zakken en zijn tong het werk doen op het zachte rozenknopje tot dat in de houding stond.

Lucie werd er wakker van. Hij tilde zijn hoofd op en keek hoe haar wimpers langzaam van elkaar kwamen.

Hij pinde haar vast met zijn blik, liet zijn hand over haar buik glijden en naar haar dijen, en zijn strelingen werden doelbewust. Ze bewoog zich, haar voeten streken rusteloos over de lakens, terwijl zijn vingers over het zachte plekje tussen haar benen dansten tot ze zachtjes voor hem kreunde.

'Goedemorgen,' mompelde hij, en hij wilde haar weer kussen.

Met een snelle tik sloeg ze zijn verkennende hand weg.

Hij knipperde met zijn ogen. 'Nu ben ik in de war.'

Kreunend sloot ze haar ogen weer.

Hij boog met een frons over haar heen. 'Gaat het wel goed met je? Zeg iets, Lucie.'

Ze wierp hem een beschuldigende blik toe. 'Het moet wel slecht voor onze gezondheid zijn.' Haar stem klonk slaperig. Misschien was ze nog aan het dromen.

'Onze... Wat bedoel je?' vroeg hij.

'De frequentie van het...' Ze snoof en trok het laken omhoog om zichzelf te bedekken. 'Je zei dat er soms meer dan één of twee nachten nodig zijn om een verlangen te stillen.'

'Dat zei ik, ja.'

'Hoeveel? Hoeveel nachten?'

Hij hield zijn hoofd iets achterover. 'Wat een eigenaardige vraag.'

Ze staarde naar het plafond, haar armen met maagdelijke zedelijkheid voor haar borst gekruist. Gisteravond was ze verre van maagdelijk geweest. Ze had hem bereden alsof haar leven ervan afhing, en hij voelde zijn lid warm worden bij alleen maar de gedachte eraan.

'Deze... drang,' mompelde ze. 'Hij gaat niet weg. Zeg nu niets zelfvoldaans.'

'Het is nog te vroeg,' zei hij, en verbazingwekkend genoeg dacht hij niets zelfvoldaans. Een mengeling van verlangen en schrik misschien, want ze had gelijk; de drang om de liefde met haar te bedrijven nam niet af. Die werd zelfs sterker, en dat was voor hem ook nieuw. Hij had het zo goed mogelijk proberen te negeren.

'Twaalf,' zei ze. 'Het duurt nu al twaalf dagen.'

'Je hebt ze geteld.' Hij verstrengelde zijn vingers met de hare en tilde haar hand naar zijn lippen.

Ze slaakte een gilletje toen hij haar pink in zijn warme mond zoog. Achter gesloten deuren was ze vol geluidjes. Bevallige, vurige, niet-cynische kreetjes, en allemaal intrigerend. Maar nooit als ze haar hoogtepunt bereikte. Dan was ze stil. Zelfs gisteravond, toen hij nagenoeg had gebruld van genot. Ze hield zich in, of iets deed dat ondanks haarzelf, en dat knaagde, hoewel hij er angstvallig niet over begon. Er moest een reden voor zijn als de meest uitgesproken vrouw die hij kende stil bleef.

Hij liet haar hand los en zei: 'Ik ben niet eerlijk tegen je geweest.'

Ze verstijfde onmiddellijk. 'Hoezo?'

'Sommige driften kunnen er niet uit worden geneukt.'

'O.'

'We hebben hier misschien van doen met een ingewikkelde zaak. Soms is het een verlangen dat alleen verdwijnt als je het uithongert. Eraan toegeven maakt het alleen maar erger.'

Ze dacht hier in stilte over na en liet hem uiteindelijk liggend in het bed achter terwijl ze zich bij het wasbekken in de hoek ging wassen.

Deze kamer is niets voor haar, dacht hij terwijl hij toekeek terwijl ze voorzichtig door de krappe ruimte liep en ze zich afdroogde met een handdoek die rafelig was van te veel wasbeurten. Hij wilde op een geschikter plek met haar de liefde bedrijven. Een fatsoenlijke grote slaapkamer in een landhuis, het liefst een landhuis waarvan hij eigenaar was, met personeel dat haar in de ochtend een dienblad met ontbijt bracht. Ze werd vaak uitgehongerd wakker.

Nu hij haar beter kende, vermoedde hij dat ze, liever dan op zijde en dons te worden bemind, wilde dat hij haar over zijn persoonlijke situatie zou vertellen. Eerlijkheid was haar tweede regel. Eerlijkheid betekende waarschijnlijk dat hij haar moest vertellen dat zijn vader probeerde hem met haar nicht in de echt te laten verbinden, en dat hij met zijn moeder naar India wilde om Rochesters tirannie voor eens en voor altijd achter zich te laten. Maar hoe begon je eraan zoiets te vertellen? Twaalf dagen geleden, een week geleden, waren het nog zijn eigen zaken geweest, waar zij niets mee te maken had. Hij had geen idee wanneer ze precies een grens hadden overschreden waardoor hij vermoedde dat ze zich bedrogen zou voelen als hij het haar nu vertelde. Hij wist alleen intuïtief dát ze een grens hadden overschreden. En dat hij nog niet wilde dat ze hem zou haten.

Ze was klaar met wassen en er kwam een rusteloosheid over hem toen hij haar mooie ledematen onder een laag kleding zag verdwijnen.

'Ik kan je morgenavond niet zien,' zei ze, terwijl ze haar jas dichtknoopte.

De steek van teleurstelling die hij bij die woorden voelde was verbazingwekkend heftig. Maar hij knikte. Ze was hem geen verklaring schuldig waarom ze hem niet wilde zien. Hij had haar verdorie zelf net alle reden gegeven met zijn toespraak over het uithongeren van verlangens.

Hij leek evengoed een aarzeling in haar te ontwaren, dus hield hij bemoedigend zijn hoofd schuin.

Een rode gloed verspreidde zich in haar hals. 'Ik verwacht onwel te zijn,' mompelde ze.

Het duurde even voordat haar betekenis tot hem doordrong, aangezien zulke dingen niet echt een gespreksonderwerp waren tussen mannen en vrouwen. Het was op een vreemde manier aandoenlijk dat ze zo'n intieme kwestie ter sprake bracht in plaats van hem te laten raden waar ze kon zijn.

Hij schraapte zijn keel. 'Dan neem ik aan dat je me een week niet kunt zien.'

Ze knikte en draaide zich om om een laatste keurende blik in de kleine spiegel te werpen. Weldra zou ze de deur uit lopen. En zou hij haar een week lang niet zien.

'Vergeef me dat ik het vraag,' zei hij, 'maar ben je gedurende de dag ook onwel?'

Ze keek naar hem, nog blozend. 'Hoezo?'

'Ik wil je graag meenemen op een uitstapje.'

Haar wenkbrauwen kropen verward naar elkaar toe. 'Een uitstapje, slechts een uitstapje?'

'Niet slechts,' zei hij. 'Mijn uitstapjes zijn spectaculair.'

Ze moest op haar wang bijten om niet te lachen.

'Laat me je overmorgen meenemen op een vlet,' zei hij.

Een flikkering van opwinding maakte haar grijze ogen zilverkleurig, maar toen schudde ze haar hoofd. 'We zouden gezien worden.'

'Niet als we stroomopwaarts gaan. Ten westen van Lady Margaret Hall zijn er alleen maar konijnen en koeien.'

Het idee stond haar wel aan, en ze wist niet zo goed wat ze daarvan moest denken. De worsteling stond duidelijk op haar gezicht te lezen.

'Dan gaan we natuurlijk ook picknicken,' zei hij terloops. 'Het is de tijd voor aardbeientaartjes.'

Ze beet zichtbaar in tweestrijd op haar onderlip, en hij wist dat hij haar had overtuigd. Hij probeerde zijn grijns niet eens te verbergen. Ze was, op zo veel manieren, net zo'n smulpaap als hij.

28

Aardbeientaartjes. Vroeger was haar moeder ervan overtuigd geweest dat haar hang naar zoetigheid haar ondergang zou worden, maar nu was het dobberen op de Cherwell onder een helderblauwe hemel onverwachts een betoverende weg naar de verdoemenis. De zon was warm op haar gezicht. Het was windstil en de lucht was vervuld van de geur van wilde appelbloesem en het gekabbel van de golfjes terwijl Tristan hen stroomopwaarts duwde.

Ze keek naar hem door tot spleetjes geknepen ogen. Hij was een donkere silhouet tegen de glinsterende zon, zijn sterke armen waren onophoudelijk met lome, gelijkmatige slagen in beweging, en hij was deze hele dag van haar. Nam haar mee op een uitstapje, alsof hij haar liefje was. Ze voelde zich opgetogen en een beetje verdwaasd. Ja, dat was duidelijk verdoemenis.

Omdat hij geen strohoed had opgezet, hield hij zijn hand boven zijn ogen. 'Je kunt nu wel rechtop gaan zitten.'

Ze was stroomopwaarts van het vlethuis van Lady Margaret Hall aan boord geklommen om niet gezien te worden, en had het verstandig geacht plat te gaan liggen tot ze uit het zicht van het voetpad waren. De achterkant van haar lichtblauwe japon werd beschermd door een geruite plaid die Tristan had meegebracht.

Ze kwam overeind en zette haar hoed weer op haar hoofd. 'O, wat prachtig.'

Door welig groen omzoomde rivieroevers. Treurwilgen doopten hun takken in het glinsterende water. Haar schouders gingen op en neer met een diepe in- en uitademing. Ze was niet meer omgeven geweest door een dergelijke kalmte sinds... lange tijd. Ze trok haar rechterhandschoen uit en liet haar vingers in de zachte koelte van de Cherwell slepen, en ze voelde dat Tristan naar haar lachte.

Hij stuurde de vlet uiteindelijk naar een halvemaanvormig stuk wit zand waar ze de plaid konden uitspreiden.

'Eens kijken wat mijn beste Avi onontbeerlijk acht voor een lunch in de buitenlucht,' zei Tristan terwijl hij op zijn knieën ging zitten om de mand open te maken.

Ze liet haar armen van achteren om zijn nek glijden en keek over zijn schouder mee. 'Sterkedrank, dunkt me.'

Voor het overgrote deel werd de ruimte in de mand in beslag genomen door een ingezwachtelde kristallen kan, flessen Pimm's, champagne, en limonade, en een teleurstellend klein potje aardbeien. Een vrij lang, in bruin papier gewikkeld voorwerp bleek een geschilde en gesneden komkommer, om samen met de aardbeien in de cocktail te doen.

Tristan krabde zich achter op zijn hoofd. 'Ik zal de volgende keer duidelijker instructies geven.'

'Niet boos zijn op de arme man,' zei Lucie nadrukkelijk. 'Hij heeft waarschijnlijk gewoon ingepakt wat hij normaal gesproken inpakt voor je uitstapjes met tientallen andere vrouwen.'

'Lief jaloers meisje,' zei hij, en hij trok zijn jasje uit om de Pimm's klaar te maken in de kan.

Zijn cocktail viel nogal sterk uit. Een paar glazen en vele in champagne gedoopte aardbeien later was Lucies hoofd aan het tollen. Tristan ging languit op de plaid liggen en gebruikte haar schoot als kussen.

Toen hij naar haar opkeek was zijn gezichtsuitdrukking zacht van loomheid. 'Ik verzeker je dat er geen tientallen andere vrouwen zijn,' zei hij.

Ze legde haar blote handpalm op zijn door de zon gewarmde wang. 'De kranten en tientallen vrouwen denken daar anders over.'

Hij drukte zich tegen haar aanraking aan als een luie kat. 'Dat liegen ze dan,' zei hij, en zijn ogen gingen dicht. 'Denk maar eens na, ik ben nog niet zo lang in het land sinds ik uitgezonden ben geweest. Mijn arme lid zou uitgeput zijn als hij met iedereen het bed had gedeeld die dat beweert.'

Ze schudde haar hoofd. 'Waarom zouden vrouwen daar in hemelsnaam over liegen?'

'Ik veronderstel dat zodra het gerucht gaat dat je goed in bed bent, genoeg mensen zich graag inbeelden dat ze dat ook hebben meegemaakt. Veel kerels zijn namelijk slecht in verleiden, zowel binnen als buiten de slaapkamer. Vele huwelijksbedden zijn koud.'

Haar intuïtie zei haar dat er een kern van waarheid in zijn woorden zat en ze voelde een nerveuze steek in haar buik. Ze hoefde er niet aan te worden herinnerd dat de stormvloed van emoties die ze ervoer als ze in zijn armen lag iets zeldzaams was, zo niet onmogelijk om ooit nog eens te ervaren. En er viel haar een gedachte in die haar vanbinnen verkilde: hoe kon je goed en vol bewustzijn verder leven in de wetenschap dat de grootste verrukkingen al achter je lagen?

Ze zat heel stil terwijl de schitterende kleuren van de oever in elkaar overgingen. Háár grootste verrukking zou toch zeker zijn wanneer ze haar eerste stem uitbracht voor een parlementaire verkiezing, het resultaat van haar levenswerk. En dat moment lag absoluut in het verschiet. Welbeschouwd bleef het even standvastig buiten bereik als een regenboog…

Afwezig streelde ze Tristans wang. 'Dus de affaire met lady Worthington is maar een verzinsel?'

Hij grinnikte. 'Ik heb die vrouw zelfs nog nooit gesproken.'

'Het voorval met Mrs. Bradshaw in de linnenkast?'

'Geheel verzonnen door een malle redacteur van *Punch*.'

'De sprong in de rozenstruik vanuit het raam van lady Rutherford?'

Hij deed één oog open. 'Dat is wél waar.' Hij draaide zijn hoofd en drukte een kus op haar strelende vingers. 'Je bent goed op de hoogte van mijn gangen.'

'Dat komt door Hattie,' mompelde Lucie, afgeleid door hoe zacht zijn lippen op haar duim voelden. 'Ze leest alle roddelrubrieken en deelt dat dan met ons. Waarom zou je zo'n reputatie cultiveren als slechts de helft ervan waar is?'

Ze voelde zijn gladde tong tussen haar middel- en ringvinger en trok haar hand terug.

'Goed,' zei hij. 'Toen ik jong en onvolwassen was, merkte ik dat het zowel Rochester irriteerde als de vrouwen naar wie ik wél verlangde geïnteresseerd in me maakte. Heel efficiënt. Dus natuurlijk gooide ik olie op het vuur. Algauw ging het een eigen leven leiden; het volk besluit wanneer het een persona in de vergetelheid laat zinken.'

'Dat is waar,' zei ze grimmig.

'Jij kunt het weten,' zei hij, en zijn ogen ontmoetten de hare. 'Twistzieke Tedbury.'

Ze glimlachte toen ze een blik van verstandhouding wisselden, van de ene beruchte figuur naar de andere.

Hij ging overeind zitten, om haar in zijn armen te nemen en haar met zich mee omlaag op de deken te trekken, haar rug tegen zijn borst, zijn gezicht in haar haar gedrukt.

Het was verbazingwekkend hoe vanzelfsprekend hun lichamen de laatste tijd in elkaar pasten. Alsof ze ervoor gemaakt waren, ondanks hun lengteverschil. Liggend pasten ze perfect.

De wol van de plaid was warm en ruig tegen haar wang. Een zoemende bij onderzocht haar, en ze tilde nog geen vinger op om hem weg te jagen. Een aangename doezeligheid omsloot haar. Ze had in geen weken hoofdpijn gehad, besefte ze.

'Je houdt me tijdens het slapen vaak zo vast,' mompelde ze.

'Dat klopt.' Zijn stem was vlak bij haar oor. 'Dat vermindert de nachtmerries.'

'Nachtmerries,' herhaalde ze. 'Vanwege de oorlog?' Ze herinnerde zich hun gesprek voor haar deur in de regen, na de problemen in het park. 'Kwellen die je 's nachts?'

'Zo nu en dan.'

Ze weerstond de neiging om bij hem aan te dringen meer te vertellen en was verbaasd toen hij haar losliet en op zijn rug rolde om te zeggen: 'Het was namelijk heel akelig.'

Ze steunde op één elleboog.

'Akelig,' zei hij tegen de lucht. 'En zinloos. De zinloosheid is het ergste.'

'Hoezo zinloos?'

Hij keek nog steeds niet naar haar. 'Je wilt mijn mening over de oorlog weten?'

'Ja.' Het geval wilde dat ze zijn mening over heel veel dingen wilde weten.

'Het is een misdaad, tegen de vijand, en tegen ons,' zei hij, en hij keek haar vluchtig aan. 'Ben je nu geschokt?'

'Ga verder,' zei ze langzaam.

'Ik weet nog wanneer dat voor het eerst tot me doordrong. Ik was onze tenten aan het opzetten op een kale vlakte, en alles om me heen was vreemd; de grillige bergtoppen in de verte, de dieren, de smaak in de lucht. Het had net zo goed de maan kunnen zijn en was ook zo ongeveer net zo ver van Groot-Brittannië vandaan, aangezien er een maand reizen tussen onze landen ligt. Heel Afghanistan kon van de aardbodem zijn verdwenen zonder dat ook maar één Engelsman in Londen dat zou weten, en vice versa. Maar in plaats daarvan nemen we de moeite om daarheen af te reizen, aangezien ze nooit naar ons toe gekomen zijn en dat ook nooit zullen doen. De inwoners verhongeren en worden afgeslacht, en ik moest goede

Engelse mannen in buitenlandse grond begraven. Allemaal vanwege een expansionistisch verkiezingsprogramma, de persoonlijke ambitie van Disraeli. Jawel, er zouden economische belangen mee gemoeid kunnen zijn via een lange, ingewikkelde keten van oorzaak en gevolg, maar het gevoel van zinloosheid blijft en dat is het ergste. Voor een waardig doel kun je best leven en sterven, maar voor een zinloos doel?'

Ze ging rechtop zitten en keek enigszins geschrokken naar hem. 'Is dat ook wat je in je oorlogsdagboeken hebt geschreven?'

Hij keek door samengeknepen ogen naar haar. 'Misschien.'

'Dus je wilt London Print ruïneren met aanstootgevende publicaties, maar verbiedt mij hetzelfde te doen?'

Je openlijk tegen de expansionistische oorlogen uitspreken kwam neer op hoogverraad onder de Tory-regering; de mensen die dat deden werden als radicalen gezien. Wat de huidige premier Gladstone betrof, had ze er op dit moment geen vertrouwen in dat hij heel anders zou zijn.

Tristan observeerde haar met een schittering van intrige in zijn blik. 'Maak je je zorgen om me? Ben je bang dat ze me terecht zullen stellen?'

Ze ging ongemakkelijk verzitten. Ze had niet verwacht dat hij er zulke radicale ideeën op na hield. Ze had ook – naïef, begreep ze nu – onderschat hoe diep de littekens waren die hij van de oorlog mee naar huis had genomen. En ja, ze maakte zich inderdaad zorgen.

'Ik deel je mening,' zei ze naar waarheid. 'Ik denk alleen dat ik al te gesteld ben geraakt op onze uitgeverij.'

'Van óns, hè?' zei hij. 'Maak je geen zorgen. Ik kan aardig met woorden overweg. Ze zullen in mijn dagboeken lezen wat ze er maar in willen lezen.'

'Je kunt inderdaad met woorden overweg,' zei ze, en omdat ze niet nog meer herinneringen bij hem wilde uitlokken: 'En de poëzie? Ga je binnenkort nog meer gedichten schrijven?'

In plaats van dat dit hem afleidde, werd zijn gezichtsuitdrukking nog duisterder. 'Geen idee.'

'Waarom niet?'

'Zoals je op Claremont onmiskenbaar liet weten, wil je waarheid in kunst.'

Ze dacht er met een vaag glimlachje aan terug. 'Daar zijn je stekels van overeind gaan staan.'

'Dat klopt,' zei hij. 'Want ik ben het met je eens. En de waarheid en ik hebben een nogal gespannen verhouding.'

Er verschenen rimpels in haar voorhoofd. 'Ga verder.'

Hij knikte, als tegen zichzelf. 'Mijn vader heeft zijn best gedaan om me in vorm te ranselen, zoals je weet. Hij genoot er in elk geval meer van dan had gemoeten, maar ik denk dat hij het deels deed in de hoop dat het alles eenvoudig zou maken voor me, door me heel duidelijk het verschil tussen goed en fout te leren. Ik neem aan dat hij dacht dat het makkelijker voor een man was om rechtschapen te zijn als de dingen in zijn hoofd duidelijk en eenvoudig waren. Maar ondanks zijn pogingen, heb ik ontdekt dat dingen slechts zelden óf het een óf het ander zijn. En dat de waarheid geen grenzen kent; grijp ernaar, en het glipt door je vingers. Het is me maar één keer gelukt het vast te houden en ik maakte er gedichten van in *Pocketful.* Toen ging ik naar het buitenland en sindsdien heb ik niets meer geschreven wat de moeite waard was.' Hij haalde zijn schouders op. 'Dus wie zal het zeggen?'

Ze begreep toen dat hij met de waarheid niet eerlijkheid bedoelde, maar iets essentiëlers: hetzelfde mysterie misschien waardoor Hattie dagenlang geïrriteerd was omdat haar schilderij geen 'essentie' bezat, of waardoor Annabelle tot diep in de nacht doorwerkte om met haar vertaling 'de ware geest te vatten' van een al eeuwenlang dode taal.

Ze streek met een vingertop over Tristans bovenlip. 'Voor wat het waard is,' mompelde ze, 'ik denk dat je vader je uit de vorm heeft geranseld, niet in vorm.'

Hij werd heel stil. Een stoet van gedachten en emoties flitste over zijn gezicht, en weg waren ze toen hij weer knipperde.

Hij rolde zich op zijn zij en legde zijn kin op zijn handpalm, zijn gezichtsuitdrukking angstvallig blanco. 'En jij?' vroeg hij. 'Heb jij nog andere ambities, buiten je werk voor het vrouwenkiesrecht?'

'Nee.' Ze schudde haar hoofd, geamuseerd om de onwetendheid van de vraag. 'Nooit.'

'Nooit is een lange tijd,' zei hij goedaardig.

'Het is een noodzaak. Herinner je je het citaat boven mijn schoorsteenmantel nog?'

Hij dacht even na en knikte toen. '"Ik wil niet dat vrouwen macht hebben over mannen, maar over zichzelf."'

'Ja. Mary Wollstonecraft schreef dat in 1792. In 1792, Tristan. Het is bijna honderd jaar later, en we strijden nog altijd.'

Verbaasd bewoog hij met zijn wenkbrauwen. 'Dat is inderdaad lang.'

'En neem John Stuart Mill, die strijdt al vijftien jaar voor gelijkheid voor vrouwen. Wist je dat?'

'Dat wist ik, ja.'

'En het is hem niet gelukt. Of neem Gladstone. Die beloofde ons gouden bergen als we zijn campagne steunden. Nu hoorde ik dat hij leden van zijn kabinet het zwijgen heeft opgelegd toen er over een onderdrukkend beleid moest worden gestemd. Hij heeft Millicent Fawcetts echtgenoot persoonlijk gewaarschuwd zich niet van stemmen te onthouden; stel je voor, hij mag niet eens weigeren tegen ons te stemmen, tegen het belang van zijn eigen vrouw.'

'Wat schandalig dat Gladstone zoiets doet,' zei Tristan zachtjes.

'Dus zie je, als ik zeg "nooit", dan meen ik dat. Als ze ons wilden horen, zouden ze ons intussen allang gehoord hebben. Ik probeer dat niet te geloven, ik kan niet anders, maar naar alle waarschijnlijkheid lig ik reeds lang en breed in mijn graf voordat de vrouwen van Groot-Brittannië vrij zijn.'

Tristan omvatte met warme druk haar hand. 'En als dat echt zal gebeuren?'

Ze keek op in zijn vragende ogen. 'Dan zal ik deze wereld verlaten in het besef dat ik mijn leven aan een goed doel heb gewijd, en geen spijt hebben.'

Hij kwam plotseling in beweging en pinde haar onder zich vast. Haar verbaasde lach ebde snel weg, want hij keek op haar neer met een vurige gloed in zijn ogen waar ze een beetje week van werd.

'Ah, prinses,' zei hij, met een zeldzame tederheid in zijn ogen. 'Je stemt me nederig.'

'Alsof íéts jou nederig kan stemmen.' Ze draaide haar hoofd opzij toen hij haar wilde kussen. 'En waarom noem je me zo? Prinses?'

Hij zuchtte. 'Je hebt dus nog steeds geen Tennyson gelezen?'

'Dat klopt.'

'Hij schreef een gedicht getiteld "De prinses". Het gaat over vrouwen als jij.'

Ze glimlachte verbaasd, en een beetje gevleid. 'O ja?'

'Ik zal een passage citeren, dan hoor je het zelf.'

'Als je erop aandringt.'

Hij grinnikte. 'Hoe kan ik zo'n hartstochtelijk verzoek weigeren?' De glimlach bleef in zijn stem toen hij citeerde:

'Terwijl zij spraken, zag ik boven hen
De feodale krijgsvrouw, en ik dacht
weer aan mijn boek, dat ik toen opensloeg
bij het verhaal van d' oude ridder Ralph,
steekspel, toernooi... en dan 't verhaal van haar
die al haar vijanden verwondde en versloeg,
ik prees haar edel hart en Walter vroeg
terwijl hij Lilia's lange lokken streelde:

"Waar vinden wij dan zulk een vrouwe nu?"
Snel sprak toen Lilia: "Duizenden daarvan
kan ik u wijzen, maar de maatschappij
houdt hen geknecht, door opvoeding alleen:
Dat doet gij, mannen: gij, veracht'lijk slag!
Ach, was ik groot en machtig! Was ik maar
Een machtig dichteres, 'k zou u doen blozen,
daar gij ons klein en kwetsbaar houdt! Was ik
een groot prinses, dan bouwde ik voorwaar
een Academie, ver bij u vandaan,
waar vrouwen 't zelfde leren als een man;
maar dan tweemaal zo snel!"' *

Lang voordat hij klaar was, liep er een eigenaardige sensatie over haar ruggengraat op en neer. Gedachteflarden verschoven terwijl ze probeerden een manier te vinden om in elkaar te passen.

'Ik moet toegeven,' zei ze, 'dat ik dit mooier vind dan Patmores *Angel in the House*.'

'En toch lijk je lichtelijk ontdaan,' merkte hij op. 'Hoe komt dat?'

Ze keek hem recht aan. 'Dit gedicht drukt bewondering uit voor onconventionele vrouwen, of volgt er op het einde een boosaardige conclusie?'

Er verschenen lachrimpeltjes om zijn ogen. 'Nee. Het drukt daadwerkelijk bewondering uit.'

'Maar je noemt me al jaren prinses, terwijl we elkaar pas onlangs aardig zijn gaan vinden.'

Zijn ogen werden mat, als een bron die troebel wordt door een plotselinge verstoring in de diepte.

Hij omvatte haar gezicht, en ze voelde zijn duimen, heel zacht, op haar jukbeenderen.

---

* Vertaling: Gerda Baardman

'Misschien heb ik je altijd aardig gevonden en bewonderd, Lucie.'

Daarop wist ze niet meteen iets te zeggen.

Het was zowel een mededeling als een vraag, en het maakte haar ademloos en kortstondig gedesoriënteerd.

'En heb je de gewoonte om het haar blauw te verven van elke vrouw die je bewondert?' vroeg ze.

Hij glimlachte niet. 'Ik was een dwaze jongen toen ik je vlechten in de inkt doopte. En hoewel ik mijn verontschuldigingen ervoor wil aanbieden, heb ik er geen spijt van; jouw haar was het zachtste wat ik ooit had aangeraakt en dat bleef nog jaren zo.'

Hij raakte het nu aan, en ze voelde zijn eerbied. Het was het eerste geweest wat hij haar had gevraagd toen ze de grens hadden overschreden: of ze haar haar wilde losmaken. Hoelang had hij ervan gedroomd het weer aan te raken?

Haar hart klopte veel te snel. Met elke achteloze zin herordende hij haar verleden.

'Ik heb liever dat je dat soort dingen niet zegt,' zei ze zacht.

Hij hield op met strelen. 'En waarom niet?'

'Omdat ik ze misschien ga geloven.'

Toen hij hierop wilde reageren, schudde ze haar hoofd. Want bovenal was ze bang. Het bonzende hart, de ademloosheid: allemaal angst. Het leek logisch en natuurlijk dat als er een teder verleden was, en een magisch nu, er ook een toekomst zou zijn.

En er kon geen toekomst zijn.

Niets bloeide, of overleefde, tenzij het kon blijven groeien, en de aantrekkingskracht die tussen hen was ontsproten kon nergens naartoe buiten deze heimelijke, heerlijke uren. Zelfs als zijn woorden nu in ernst waren en geen deel uitmaakten van een onverschillige verleidingspoging wilde ze niet trouwen. Zelf zou hij wel moeten trouwen. En op dit moment, hier bij de rivier, dronken van de Pimm's en de tedere aanraking van zijn vingers in haar haar, wenste ze dat het op de een of andere manier allemaal anders kon zijn. En dat joeg haar nog de meeste angst aan.

Ze wierp een blik op zijn knappe gezicht, en haar armen gleden om zijn rug. 'Kus me.'

Er was een aarzeling, alsof hij op het punt stond op antwoorden aan te dringen, maar toen kwam er zichtbaar een gedachte bij hem op die hem tot bezinning bracht, en vlak voordat zijn wimpers sloten, vroeg ze zich af of ze een schuldgevoel in zijn ogen had gezien.

Een paar dagen later zat ze achter haar bureau en probeerde een ellendige juridische tekst over het scheidingsrecht te begrijpen die ze al dagen vlijtig uit de weg was gegaan, toen Annabelle onaangekondigd bij haar op bezoek kwam.

Annabelles serieuze gezicht maakte het al voordat ze een begroeting hadden uitgewisseld duidelijk dat dit niet zomaar een spontaan bezoekje was. Lucie vroeg Mrs. Heath of ze thee in de zitkamer wilde serveren.

'We hebben een verdachte in de pamflettenzaak,' zei Annabelle toen ze aan de rommelige tafel plaatsnam.

Het verraste Lucie hoe verbaasd ze was, niet over de potentiële verdachte, maar hoezeer de afschuwelijke dag op Claremont al uit haar herinnering was vervaagd. De afgelopen weken waren één waas geweest.

'Ik ben één en al oor.'

Mrs. Heath kwam binnengestommeld en zette een dienblad met thee op tafel, en Annabelle wachtte tot ze de kamer uit was.

'We vermoeden dat het je nicht Cecily was.'

Hiervan ging ze rechtop zitten. 'Weet je dat zeker?'

Annabelle knikte. 'Een lady aan wier beschrijving zij geheel voldoet is op de avond van het bal gezien terwijl ze jouw kamer binnenging en kort daarna weer naar buiten kwam. Deze informatie hebben we nu pas gekregen omdat de bediende die haar heeft gezien, zonder er iets achter te zoeken, de volgende ochtend met verlof ging.'

Lucie was lange tijd stil. 'Dit roept meer vragen op dan het beantwoordt,' zei ze uiteindelijk. 'Wat kan in hemelsnaam haar motief zijn geweest?'

'Ik weet het niet, maar ik heb Montgomery gevraagd geen verdere stappen te ondernemen voordat we met jou hadden overlegd. Het is tenslotte jouw familie.'

'Dat stel ik op prijs,' zei Lucie, 'hoewel ik niet goed weet wat te doen. Gebaseerd op het bewijs dat jullie hebben, denk ik dat mijn ouders geneigd zullen zijn het weg te wuiven, of erger nog, ze zullen vermoeden dat ik Cecily de schuld in de schoenen probeer te schuiven en daar jouw invloed op Montgomery voor gebruik.'

Annabelle knikte. 'Dat is ook precies waar ik bang voor was.'

Cecily. Wie had gedacht dat er achter zulke lieftallige blauwe ogen zo'n verraderlijkheid schuilging? Maar was ze niet altijd al schijnheilig geweest?

'Ik stel voor dat we er voorlopig niets mee doen,' zei ze.

'Het spijt me dat ik je zulk vervelend nieuws moest brengen.'

'Ik ben heel blij dat je me het hebt verteld.'

Ze besloot ter plekke dat zij ook iets te vertellen had. Ze stond op en liep naar haar bureau om Annabelles uitnodiging te pakken die ze eerder die ochtend had geschreven.

'Een uitnodiging voor een feestelijke lunch, gegeven door het investeringsconsortium.'

'Enig.' Annabelle draaide de envelop in haar hand. 'Is het vanwege een speciale gelegenheid?'

Lucies hartslag ging tekeer. 'Ja.'

Annabelle sloeg alert haar blik naar haar op.

'We hebben weer het meerderheidseigendom van London Print.'

Beedle had de dag ervoor de papieren in orde gemaakt, en Tristan en zij hadden beiden hun handtekening op de stippellijn gezet. Tristan was daarna stil geweest, en zij had zich lang niet zo opgetogen gevoeld als ze had gedacht.

Annabelle legde de uitnodiging op tafel. 'Om de een of andere reden durf ik haast niet te vragen hoe je dit precies hebt klaargespeeld.'

'Ik denk dat de teerling geworpen is.'

Annabelles ogen werden groot. 'O, lieve help. Het is lord Ballentine, nietwaar?'

Lucie knikte licht.

'O, hemeltje.'

Eén vreselijke seconde lang vroeg ze zich af of het verkeerd was geweest om hun vriendschap met zo'n geheim te belasten, of het roekeloos en egoïstisch van haar was geweest om haar hart te luchten.

Maar niet alleen een slecht geweten had de woorden zojuist uit haar mond gedwongen. Er was een drang om met de wereld te delen dat Tristan haar minnaar was. Ze moest regelmatig de neiging onderdrukken het van de spitse daken van Oxford te schreeuwen.

Annabelle schoof haar hand naar de hare. 'Gaat het wel met je?' Haar groene ogen stonden bezorgd.

'O. O, jawel. Het was lord Ballentines idee. Maar geheel mijn eigen keuze.' Een keuze die ze steeds opnieuw maakte, elke nacht weer. Net als iemand die van opium hield er elke dag voor koos het hol te bezoeken…

Annabelle moest dat hebben geraden, want haar gezichtsuitdrukking veranderde van bezorgd in ongerust. 'Is hij goed voor je?'

Was hij goed voor haar?

Ze wist dat ze zich in zijn armen licht voelde en zelfs gelukkig. Hij maakte haar aan het lachen. Na het teleurstellende uitblijven van aardbeientaartjes tijdens hun uitstapje, had hij haar de vorige avond een hele mand vol gebracht.

'Aha,' zei Annabelle, en Lucie realiseerde zich dat ze met een grote glimlach op haar gezicht op haar stoel zat.

'Wat heb je het consortium verteld?' vroeg Annabelle. 'Over hoe deze, eh, verandering tot stand is gekomen?'

'De halve waarheid,' gaf ze toe. 'Ik heb ze verteld dat onze dagelijkse nauwe omgang bij London Print lord Ballentine heeft overtuigd van mijn deskundigheid en welwillendheid, en dat hij een rustiger leven kan gaan leiden, maar evengoed van alle voordelen kon profiteren als hij ons zijn aandelen zou verkopen.'

'Dagelijkse nauwe omgang,' zei Annabelle droogjes. 'Goed. En Lucie...'

'Ja?'

'Je kunt altijd bij me langskomen wanneer je erover wilt praten.'

Wanneer, niet *als*. Maar natuurlijk had Annabelle gelijk. 'Heb je nog nieuws over de pamfletten voor de St. Giles Fair? Ik hoorde gisteren dat de drukkerij ze voor het einde van de week moet hebben.'

Een paar dagen later lag ze te luieren op het krakerige bed in Adelaide Street terwijl Tristan in de achtertuin vers water bij de pomp haalde, en nam in gedachten haar takenlijst door.

Ze was Millicent Fawcett nog steeds een antwoord schuldig over het meest recente amendementsvoorstel voor de wet op besmettelijke ziekten.

Ze moest de nieuwsbrief van juli voorbereiden.

De eerste nieuwe artikelen voor het tijdschrift moesten worden klaargemaakt voor de drukker.

Ze had nog geen vorderingen gemaakt met die verdraaide fietscampagne van lady Harberton.

En ze had lord Melvin nog niet de samenvatting van de activiteiten van de vrouwenrechtenbeweging gestuurd.

Melvin. Melvin...

'O, verdorie...'

De bespreking van het amendementsvoorstel van de Property Act met Melvin was vandaag.

Ze was de afspraak vergeten!

Ze sprong uit bed. Haar blik schoot het vertrek door, op zoek naar verspreid liggende kledingstukken.

Haastig pakte ze een kous op.

Er ging om elf uur een rechtstreekse trein naar Paddington. Alleen moest ze wel heel veel geluk hebben om meteen een huurrijtuig aan te kunnen houden... Ze kleedde zich vliegensvlug aan. Lange onderbroek, hemd, de juiste kous, onderrok. Linten en strikken glipten uit haar greep; haar handigheid was blijkbaar samen met haar plichtsgevoel verdwenen.

Zo vond Tristan haar, draaiend om haar eigen as op zoek naar de verborgen sluitingen aan de achterkant van haar rok. Met een kan in de hand keek hij met toenemende schik naar haar verwoede dans. 'Ik laat een doezelende helleveeg achter en kom terug naar een dansende derwisj,' zei hij. 'Wat is er gebeurd?'

'Ik moet naar Londen, ik zou al in Londen moeten zijn.'

Ze moest ook haar prioriteiten heroverwegen. Ze was nalatig geweest. Ze was in geen dagen thuis geweest.

Tristan zette de kan op tafel. 'Londen... Waarvoor dan?'

'Een bespreking. Om twaalf uur. Help me, alsjeblieft.'

Hij hielp haar in haar middagjapon. 'Om twaalf uur?' vroeg hij. 'Dat haal je niet meer.'

'Het moet,' beet ze hem toe en ze knoopte het lijfje dicht.

'Maar...'

Een knoopje knapte los en hing nog aan één draadje. 'O, verdorie.'

'Lucie.'

Ze voelde dat hij zijn hand boven op haar hoofd legde, en haar reactie was die weg te slaan.

Maar ze kon dit hem niet kwalijk nemen; dit was haar eigen schuld. Goed, hij had er niet bepaald op aangedrongen dat ze naar huis zou gaan en haar plicht zou doen, maar waarom zou hij, als hij haar ook plat op haar rug onder zich kon hebben?

Ze ademde diep in en keek hem in de ogen. 'We kunnen zo niet doorgaan.'

Hij bleef vreemd verstijfd staan.

Door de overeenkomstige steek in haar borst hield haar hart er bijna mee op. Eén nacht. Eén nacht was uitgegroeid tot een trein die door haar leven denderde en ervoor zorgde dat ze afspraken vergat.

Tristan verroerde zich nog steeds niet. 'Maak je een einde aan deze verhouding?'

'Ik...' Ze schudde haar hoofd. 'Het kan zo niet doorgaan.'

Zijn rigide houding ontspande iets. 'Het is het voorrecht van de dame om een verhouding te beëindigen. En normaal gesproken zou ik niet om een verklaring vragen. Maar omdat je zo verbluffend snel half buiten zinnen bent geraakt nadat je eerst zo in je nopjes was, kan de etiquette me gestolen worden. Wat is er, Lucie?'

Ze spreidde geïrriteerd haar vingers. Waar moest ze beginnen met de lijst die ze net in haar hoofd had opgesteld? 'Ik heb verantwoordelijkheden,' zei ze. 'Ik heb heel veel verantwoordelijkheden.'

'Dat is altijd zo geweest. Dat verklaart niet waarom je nu zo gehaast op de vlucht slaat.'

Hij wachtte met een stalen blik in zijn ogen af. Maar als ze zou besluiten de kamer uit te rennen, haar betekenisvolle routine in, zou hij haar niet tegenhouden. Helaas zou ze haar oude leven niet zomaar terugkrijgen als ze de kamer uit vluchtte.

'Ik ben de afspraak met lord Melvin vergeten,' zei ze bits. 'Omdat ik met jou in bed lag.'

Hij knipperde met zijn ogen. 'Melvin.'

'Ik had niet verwacht dat je het zou begrijpen.' Dat had ze wel, en ze was teleurgesteld. 'Maar ik neem mijn afspraken serieus; ze zijn van belang omdat ik het vrouwenkiesrecht belangrijk vind, en ik…' Tot haar ontzetting voelde ze dat haar keel dichtsnoerde. 'Waar zijn mijn schoenen?'

Ze vond er eentje bij de stoel. Hij lag op de zijkant, de veters ernaast, als een dier dat door een koets was geraakt en op de weg was blijven liggen. Ze plofte op de stoel neer en duwde haar voet in de schoen.

Tristan ging op één knie zitten, trok haar handen van de schoen, en verstrengelde hun vingers.

'Laat mij helpen.'

'Jij,' zei ze, en ze keek verbaasd naar hem. 'Helpen.'

'Ik probeer niet beledigd te zijn door je ongeloof.'

'Ik heb geen hulp nodig.'

'Prima. Gun me dan het plezier mezelf nuttig te maken, koppige godin van me.'

Ze aarzelde. 'Maar je weet niets van mijn werk.'

Hij trok zijn linkerwenkbrauw op. 'Je hebt het voortdurend over je werk.'

'Echt?'

'Voortdurend,' zei hij lijzig.

'En daar heb jij naar geluisterd?'

Hij haalde zijn schouders op. 'Ik luister. Als ik geïnteresseerd ben.'

'O, en hoelang ben je al geïnteresseerd in het vrouwenkiesrecht?'

'Ik ben er nooit tegen geweest. En ik ben geïnteresseerd in jou, dat is voldoende.'

Goed dan. Hij leek serieus genoeg.

Misschien was het tijd dat ze er beiden achter kwamen of het vrouwenkiesrecht op zichzelf ook interessant kon zijn voor hem. De afspraak met lord Melvin was hoe dan ook niet meer te halen, dus ze kon net zo goed verdergaan met het werk op andere fronten, zoals de post die bij haar thuis lag.

Haar ademhaling was een beetje beverig. Wat een emotionele uitbarsting. Ze kwam tot de ontdekking dat ze dat was: emotioneel.

'Ik ga vast vooruit,' zei ze. 'Ik zal de keukendeur voor je van het slot doen.'

29

Toen Tristan de drie uitpuilende juten zakken midden in haar zitkamer zag staan, bleef hij in de deuropening staan en floot door zijn tanden. 'Toen je zakken vol post zei, was dat niet overdreven.'

Hij drentelde naar het bureau en trok zijn jas uit, waarna hij kortstondig haar aandacht afleidde door zijn mouwen op te rollen en gespierde onderarmen te onthullen. Hij zag er verleidelijk doelbewust uit.

'Wat moet ik doen?' Hij wendde zich tot haar, zijn gezicht afwachtend.

Me kussen.

Ze schraapte haar keel. 'Je pakt een brief. Je stelt vast of de schrijfster een getrouwde vrouw is en of haar ellende gerelateerd is aan haar huwelijk. Wanneer dat het geval is, plaats je de brief in een van de categorieën.'

Ze draaide zich om, maakte de deurtjes van haar kersenhouten kast open en haalde er de geëtiketteerde dozen uit en het schrift met de telling.

'We verdelen ze in de vijf voornaamste grieven van getrouwde vrouwen,' zei ze, terwijl ze de dozen naast elkaar op de lange tafel zette. 'Emotionele, lichamelijke of financiële mishandeling, melancholie wegens een gebrek aan een doel, of een combinatie van die vier.'

Tristan was stil, en toen ze naar hem keek, stond er een frons op zijn gezicht.

'Begrepen,' zei hij, en hij gebaarde met zijn hand. 'Ga verder.'

'Je wijst elke brief toe aan een categorie en telt ze op in dit schrift. Dat is alles.'

'Aha,' zei Tristan, zijn toon verdacht neutraal.

'Ga je gang.' Met een sierlijk gebaar gaf ze hem de open zak.

'Lucie.' De frons was er weer. 'Wat kan in hemelsnaam het nut zijn van deze... gruwelijke taak?'

'Gruwelijk? Dit is onderzoek.'

'Met welk doel?'

'Weet je wat het belangrijkste argument van tegenstanders van een amendement van de Property Act is?'

Hij had het fatsoen om lichtelijk berouwvol te kijken. 'Ik ben bang van niet.'

'Ze voeren aan dat de huidige status quo moet worden gehandhaafd omdat het een bedreiging voor de huiselijke harmonie zou zijn als een vrouw wettelijk niet geheel en al is ondergebracht bij haar echtgenoot. Ze redeneren dat een echtgenoot zich alleen verplicht zal voelen om ondanks zijn egoïstische mannelijke belangen voor zijn vrouw te zorgen als ze in alle opzichten volledig van hem afhankelijk is. In dezelfde geest zal zij daardoor ontmoedigd worden haar broodwinner dwars te zitten en zal ze zich als een goede echtgenote gedragen.'

Zijn lippen krulden zonder humor. 'Daar zit een logica in.'

Ze wierp hem een duistere blik toe. 'Logica doet er niet toe als de aannamen niet op de werkelijkheid zijn gestoeld. We hebben omvangrijk bewijs verzameld dat de gehuwde staat vrouwen niet beschermt tegen verwaarlozing of letsel. We kunnen zelfs zo ver gaan te beweren dat het tegenovergestelde waar is. Wat betekent dat de belangrijkste reden tegen het amenderen van de Act een drogreden is, zowel moreel als feitelijk, en mensen die dat blijven volhouden zullen dat moeten doen geconfronteerd met een overweldigend bewijs van het tegendeel. Dit,' ze maakte een gebaar dat alle post omvatte, 'is onze zaak tegen de Property Act.'

Tristan keek vol bewondering naar haar, maar ze kon vanaf haar plek zijn hersens horen werken.

Hij schudde zijn hoofd en pakte de briefopener.

Hij haalde een van de enveloppen uit de zak en maakte die met een soepele polsbeweging open.

'*Geachte vrouwe,*' las hij hardop. '*Het is dertig jaar geleden dat Florence Nightingale naar de slagvelden van de Krim afvoer, waar ze eigenhandig duizenden van onze gewonde soldaten van een wisse dood redde. Helaas is het bestaan van vrouwen zoals ik niet veranderd, hoewel miss Nightingale bewees hoe vasthoudend en deskundig het vrouwelijk geslacht kan zijn. En ik noem het een bestaan, in plaats van leven, omdat we veel weg hebben van een decoratief sieraad, slechts voor de sier en uiteindelijk nutteloos, onze plaats wordt door anderen bepaald. Ik heb werkelijk het gevoel dat ons leven betekenis mist, kunstmatig gevuld wordt met nietige taken en rituelen die leeg zijn en niets doen om ons brein te stimuleren of iets te ondernemen tegen de wrede werkelijkheid die deze wereld verwoest; armoede, verspreiding van ziekten, kindermishandeling, om er een paar te noemen. Er zijn dagen dat ik het gevoel heb dat ik geen adem krijg, en mijn hart gaat tekeer als ik toekijk terwijl mijn leven door mijn vingers glijdt als zand in een zandloper...* Huh.'

Hij liet de brief op de tafel zakken en keek haar met opgetrokken wenkbrauwen aan. 'Ik neem aan dat deze in de categorie melancholie gaat?'

Hij koos de volgende envelop van boven op de stapel.

'Van ene Mrs. Annie Brown... *Geachte vrouwe... Ik ben er steeds meer van overtuigd dat de strijd voor de rechten van de getrouwde vrouw een langer en harder gevecht wordt dan er ooit op de wereld heeft gewoed. Er is mannen geleerd dat ze de absolute heerser in hun gezin zijn, al sinds de wereld begon, en dat het geen moord is wanneer ze hun vrouw beetje bij beetje ombrengen...*'

Hij stokte. 'Allemachtig,' zei hij, na een korte stilte, en daarna zei hij een hele poos niets meer.

Eerst probeerde ze hem zo nu en dan aan te spreken, en reageerde hij met afwezig gebrom, tot ze het opgaf. De kop thee en koekjes die ze voor hem neerzette toen de klok elf uur sloeg, bleven onaangeroerd. Hij wuifde de cognac die ze aanbood ook weg. Een geconcentreerde Tristan, met diepe groeven in zijn voorhoofd. Ze bleef tussen de brieven door maar blikken op hem werpen. De man van wie ze ooit had gedacht dat hij zo oppervlakkig was, had zo veel kanten.

Haar postzak was leeg en vervangen door de volgende, terwijl die van hem nog halfvol leek. Ze had een scherp oog ontwikkeld voor de essentie van de kwestie en hoefde een brief maar zelden helemaal te lezen. Hij liet haar schrikken toen hij abrupt opstond en voor zich uit staarde.

Ze liet haar brief in haar schoot zakken. 'Wil je iets eten?'

'Nee,' zei hij afwezig, en hij liet heel onbeschaafd zijn knokkels kraken.

'Als het te eentonig is, kun je ook...'

'O, nee. Dit is interessant.' Zijn smalende toon deed haar opkijken. 'Zeer interessant.'

'Meen je dat echt?'

Zijn glimlach was volstrekt boosaardig. 'O ja. Het is werkelijk een schat aan inzichten. Zo veel juweeltjes. Dit is mijn favoriet.' Hij pakte een brief die hij opzij had gelegd.

'*Geachte vrouwe... Ik wend me in vertrouwen tot u, in de hoop dat u me kunt helpen met een kwestie waar een vrouw over behoort te zwijgen als het graf, maar ik kan niet langer zwijgen. Ik ken een man die tegen zijn vrouw zegt: "Jij bent mijn bezit, dat heb ik op papier laten vastleggen, ik heb het recht om met jou te doen wat ik wil", en in de wet van een christelijk land staat dat ze zich moet onderwerpen aan obsceniteiten waar een fatsoenlijke duivel nog van zou blozen van schaamte. De man, die naar Gods beeld zou zijn geschapen, is het laagste dier ter wereld, en het wreedste. Het verwoest mijn geloof in Gods goedheid zelfs zozeer dat ik vrees voor mijn eigen verstand.'*

Hier stopte hij, en zijn blik boorde zich in de hare over het papier heen.

Ze hield haar hoofd scheef. 'Ja?'

'Ik neem aan dat jij dit soort dingen dagelijks leest.' Er was een verontrustende glinstering in zijn ogen verschenen.

'Dat klopt, ja.'

'Hoelang al?'

Ze moest erover nadenken. 'Ze begonnen zo'n vijf jaar geleden binnen te stromen, toen mijn naam algemeen bekend was geworden. We zijn nu bijna twee jaar bezig ze te verzamelen en categoriseren.'

'We?'

'De afdelingen van de suffragettebeweging door heel Groot-Brittannië. Elke veertien dagen tel ik alle standen bij elkaar op.'

'Aha.'

Hij ijsbeerde door de kamer met zijn handen op zijn rug.

'Hoeveel?' vroeg hij vervolgens kortaf. 'Brieven, bedoel ik.'

'Op dit moment staat de telling op vijftienduizend.'

Zijn lach klonk ruw. 'En dat zijn alleen nog degenen die een brief sturen.'

'Ik verwacht dat er veel meer vrouwen zijn die nooit hun mond opendoen,' gaf ze toe.

'Reken maar.' Hij aanschouwde haar met een alertheid alsof hij haar nooit eerder echt had gezien. 'En het is nog niet bij je opgekomen de eerste de beste man die op je pad komt ter plekke neer te schieten?'

Nu had hij haar volledige aandacht. 'Wat een eigenaardige opmerking.'

'Of het parlement in brand te steken?'

'Je bent boos,' zei ze verbaasd. 'Je bent geschrokken van de brieven.'

'Ik wist dat mijn vader een verachtelijke echtgenoot was.' Zijn blik viel somber op de vijf dozen, die nu tot de rand toe gevuld waren. 'Ik had me niet gerealiseerd dat ze dat allemaal zijn.'

'Niet allemaal,' zei ze. 'Het is nogal een gefilterde selectie. Tevreden vrouwen schrijven ons niet. Hoewel zij natuurlijk net zo goed in de val zitten als hun geluk omslaat.'

Hij staarde haar strak aan. 'Het is afgrijselijk. Dit alles.'

Een knoop van spanning waarvan ze tot nu toe niet had beseft dat hij er was geweest, loste op in haar borstkas. Door een plotseling gevoel van lichtheid verstrengelde ze haar vingers in haar rok, alsof dat zou voorkomen dat ze omhoog zou zweven naar het plafond.

Tot nu toe was ze er niet zeker van geweest hoe haar minnaar zou reageren op de werkelijkheid die de meeste mensen weigerden te zien. Tot nu toe was ze er niet helemaal zeker van geweest of hij ten prooi zou vallen aan de eigenaardige, selectieve blindheid die overigens volkomen verstandige mensen trof wanneer ze werden geconfronteerd met iets lelijks. Of hij zou zoeken naar verklaringen, hoe belachelijk ook, of zou proberen weg te bagatelliseren wat hem van zijn stuk bracht in plaats van de ongemakkelijke waarheid onder ogen te zien. Ze had hem moeten vertrouwen. Zijn brein was soepel en snel, het nam aanstoot aan de starheid van conventies in plaats van troost te vinden in beperkingen.

Er verscheen een glimlach op haar gezicht. Misschien was dat waarom ze haar werk tot vanochtend niet zo grondig met hem had besproken. Hij bezorgde haar zo veel vreugde. Een ochtend met hem in bed liggen, in elkaar verstrengeld en tevreden als een simpel dier, gaf haar de hele dag een warm en vrolijk gevoel. Haar tijd van vreugde en warmte zou op slag zijn geëindigd als zou zijn gebleken dat hij het niet wilde zien. Ze was er niet klaar voor geweest om daarachter te komen. Ze was er nog niet klaar voor geweest hem op te geven. En nu bleek dat ze hem nog niet hoefde op te geven.

'Ze zijn allemaal hetzelfde, nietwaar?' Hij gebaarde met een zwaai naar de post uit alle drie de zakken.

'Ik ben bang van wel.'

'En toch zit je daar zo kalm in je stoel.'

Ze trok een verbaasd gezicht. 'Ik ben in geen tien jaar kalm geweest, Tristan.'

Hij vernauwde zijn ogen tot spleetjes. Een paar tellen tikten in een zware stilte voorbij.

'Nee,' zei hij uiteindelijk. 'Dat is ook zo. God.' Hij ging met zijn vingers door zijn haar en maakte het daarmee warrig. 'Lucie. Je moet de resultaten publiceren.'

Ze kon niet voorkomen dat er een uiterst cynische glimlach om haar mond verscheen. 'Dat was zeker het plan.'

'Maar een krant vinden om dat te publiceren zal een uitdaging zijn; het is verderfelijk.'

'Het is welhaast onmogelijk,' bevestigde ze. 'We hebben het geprobeerd. Maar zoals je je kunt voorstellen, ziet men het liever niet. De maatschappij is zich er natuurlijk reeds sinds *Oliver Twist* terdege van bewust dat vrouwen gevaar lopen van hun mansvolk, je weet wel, toen Dickens die arme Nancy liet vermoorden door Bill Sikes. Maar Nancy was een sloof uit de arbeidersklasse, nietwaar? Het zal je vast en zeker zijn opgevallen dat de meeste van deze brieven eloquent zijn, soms zelfs geschreven op zeer kostbaar briefpapier. Dit zijn vrouwen uit de gegoede burgerij en dames van goeden huize, Tristan. De mishandeling van getrouwde vrouwen is geen geheim, maar men wil je laten geloven dat het een armenprobleem is. Nee, het is alomtegenwoordig. Niemand wordt gespaard. Dat kunnen wij bewijzen. En dat is het verderfelijke waarover jij het hebt.'

Tristan was bleek. 'Je moet ermee naar het Lagerhuis.'

Ze snoof. 'Om deze waardevolle stemmen tussen twee agendapunten over importtarieven te laten proppen? Alleen zodat het wordt weggewuifd en vergeten, zoals meestal het geval is, of om weer aan te horen dat we nog wat langer moeten wachten? Nee. Er strijden nu al twintig jaar invloedrijke mannen voor het vrouwenkiesrecht op de parlementsvloer. Denk niet dat we niet over alle mogelijkheden hebben nagedacht, wij doen ook al twintig jaar pogingen.'

Hij staarde haar peinzend aan. 'Je hebt de *Manchester Guardian* geprobeerd, neem ik aan?'

'Natuurlijk. Uiteindelijk hebben we ertoe besloten onze eigen distributiemogelijkheid aan te schaffen.' Ze wierp hem een veelzeggende blik toe. 'Onverwachte omstandigheden hebben roet in het eten gegooid.'

Een moment van verwarring.

Toen de kwartjes een voor een vielen, veranderde zijn gezichtsuitdrukking voor haar ogen in een van lichte schok. 'London Print.'

Ze knikte.

'O, magnifiek,' zei hij, en toen: 'Dit had de hele uitgeverij kunnen ruïneren.'

'Mogelijk.' Ze glimlachte verontschuldigend. 'We hoopten natuurlijk heel erg dat het bedrijf het zou overleven. Op de een of andere manier.'

Tristan schudde zich alsof hij uit een droom ontwaakte. 'Jullie hebben een gehele uitgeverij gekocht met als doel één publicatie uit te brengen.'

'Een zeer belangrijke publicatie. Die rechtstreeks in de handen zou vallen van tienduizenden vrouwen van de soort die ons schrijven. Ze zouden hebben geweten dat ze niet alleen zijn. En we zouden evengoed de krantenkoppen hebben gehaald.'

Zijn hersens werkten op volle toeren. 'Een nogal gecompliceerd plan,' zei hij uiteindelijk. 'Maar doortastend, en gek genoeg briljant, gezien de omstandigheden. Vrouwen uit het hele land richten zich tot andere vrouwen vanaf de pagina's van de tijdschriften die ze voor hun vermaak lezen. Brutaal ook. Ik ben overigens wel verbaasd dat je zo met het geld van je investeringsconsortium gokt.'

'Tristan.' Haar toon was vriendelijk. 'Ze zijn ervan op de hoogte.' En toen ongeloof in zijn ogen zichtbaar werd: 'Ik zou nooit zonder de toestemming van de lady's hebben gehandeld. Nee, ze wisten allemaal dat ze hun geld misschien nooit meer zouden terugzien. Om die reden was het ook een behoorlijke uitdaging om een consortium bij elkaar te krijgen. Er zijn maar weinig vrouwen in Groot-Brittannië die zowel rijk en onafhankelijk als zo'n voorstander van het vrouwenkiesrecht zijn dat hun de plannen voor onze coup konden worden toevertrouwd.'

Hij keek als een man die zojuist had gehoord dat de aarde niet plat was. 'We hebben een kring van financieel suïcidale vrouwen in Groot-Brittannië; de kleine lady Salisbury? Werkelijk waar?'

Ze had bijna met hem te doen op dat moment. 'Ik ben niet de enige vrouw in Groot-Brittannië die boos is.'

'Nee,' zei hij langzaam. 'Dat blijkt wel.'

Met een vastberaden blik op zijn gezicht liep hij langs haar heen, zo de deur uit.

Hij was in de gang, had zijn jas al aan, en pakte zijn hoed van het rek.

Haar hart bonsde wild van schrik. 'Ga je weg? Waarheen?'

Hij pakte zijn wandelstok. 'Naar Londen.'

Kom je nog terug?

Met één hand op de deurklink keek hij over zijn schouder, zijn blik al gericht op iets in de toekomst. 'Als je me vanavond wilt, wacht dan op me in onze kamer. Hoewel ik nog niet weet wanneer ik terug zal zijn. Hou de achterdeur op slot, dat is veiliger voor jou.'

'Maar wacht, hoe kom je dan binnen?'

Hij was al weg, en pas later kwam bij haar op dat hij in het volle daglicht het trapje van haar voordeur af was gerend. Ze werden op veel te veel manieren onvoorzichtig.

Hij kwam terug toen het achter de gordijnen in Adelaide Street pikdonker was. Ze was al lang in een onrustige slaap gevallen en werd gedesoriënteerd wakker bij het geluid van voorzichtige voetstappen. Ze knipperde, maar merkte dat het niet uitmaakte of ze haar ogen open of gesloten hield.

'Ssst,' kwam een stem van ergens boven haar. 'Ik ben het.'

Het bed boog met een loom gekraak door onder zijn gewicht.

Ze stak haar armen naar hem uit en haar handen vonden een satijnzachte huid en spieren. Ze was niet wakker geworden van zijn binnenkomst, of toen hij zijn kleren uittrok.

'Je bent teruggekomen.' Haar slaperige hand ging over het holletje van zijn rug, en ontlokte hem een spinnend geluid.

Hij tilde de deken op en ging boven op haar liggen, één met de duisternis. Hij rook lekker. De warmte van zijn naakte lichaam raakte haar huid, en verlangen begon op te wellen.

Haar hand vond zijn zijdezachte haar. 'Wat heb je gedaan?'

'Met een paar heren gesproken.' Zijn lippen plaagden haar oor, toen de zijkant van haar door slaap verwarmde nek. 'En ik heb mijn zetel in het Hogerhuis ingenomen.'

Haar ogen waren ineens wijd open.

'Nog een zwaard voor uw troepen, prinses.' Zijn adem streek over haar kin. 'Ik was al van plan het te doen toen je me vertelde over honderd jaar sinds Wollstonecraft, maar...'

Ze tilde haar hoofd op en haar mond vond de zijne, en hij maakte een verrast geluidje. Toen hun tongen elkaar raakten, kreunde hij. Zijn gewicht rustte zwaar op haar. Het werd warm tussen haar benen. Ze kromde zich naar hem toe, op zoek naar de druk van zijn borst tegen de hare.

Niet genoeg. Ze spande haar spieren aan, vastgebonden in lakens en haar nachthemd.

Hij brak de kus af, zijn lach een diep gerommel. 'Wat ben je ongeduldig.'

Haar nagels kromden zich om zijn schouders omdat ze zo naar hem verlangde dat het pijn deed. Ze hunkerde naar hem. 'Ik wil je.'

Hij maakte een geruststellend geluid. 'Dan krijg je me.'

Het bed kraakte toen hij zich naast haar uitrekte en zijn warme hand onder de zoom gleed, omhoog over haar dij en nog hoger. Het respijt dat ze voelde omdat ze intiem werd aangeraakt was maar vluchtig; een spanning bouwde zich op onder haar huid tot ze hem helemaal in zich wilde voelen. Ze drukte haar dijen tegen elkaar aan in een poging zijn traag cirkelende hand vast te pinnen.

'Arme schat.' Hij bewoog en ze hoorde het schuiven van het doosje dat altijd aanwezig was tijdens hun ontmoetingen.

Haar vingers krulden om zijn pols.

Hij stopte.

'Laat dat maar,' zei ze zacht, 'als je wilt. Wees wel voorzichtig.'

Hij rolde boven op haar, en ze werd overvallen door een waas, er was alleen vloeibare warmte en de doffe druk van hem toen hij bij haar naar binnen wilde. 'O, god,' zei hij. Ze kon niets uitbrengen. Zijn zachte glijbewegingen waren anders dan hij haar ooit had laten voelen. Kreetjes zochten oncontroleerbaar een uitweg uit haar keel. Ze loste op in sensaties. Haar ene hand lag op zijn schouder, de andere laag op zijn rug, ze voelde met haar handpalmen hoe hij tussen haar benen bewoog. Ergens ver weg hoorde ze het ritmische gekraak van het matras. Een echo van zijn stem, mompelend dat ze van hem kon genieten zo lang ze wilde, zo lang als nodig was, de hele nacht, voor altijd. Maar ze had helemaal niet lang nodig. De spanning liet haar tenen krullen in hete zinnelijke spasmen, en een sterrennacht haastte zich op haar af terwijl ze het uitschreeuwde.

Ze lag nog na te hijgen toen ze weer bijkwam, en ze had een piep in haar oren.

Haar vingers streelden onophoudelijk over zijn vochtige nekhaar.

De kwelling van het genot, inderdaad.

Toen hij zijn hoofd optilde, voelde ze dat hij naar haar keek.

'Natuurlijk.' Zachte ironie kleurde zijn stem. 'Ik had moeten weten dat politiek je de meeste bevrediging zou bezorgen.'

Haar handen lagen nu plat op zijn bezwete nek. Zijn spieren waren aangespannen, hij ondersteunde zijn eigen gewicht om haar niet plat te drukken.

Haar buik voelde plakkerig. Hij was inderdaad voorzichtig geweest.

'Je bevredigt me anders prima,' fluisterde ze.

Ze moest moeite doen om wakker te blijven, zodat hij haar kon vertellen dat ze hem niet moest vertrouwen, hem niet nodig hoorde te hebben, maar hij zweeg tot ze in slaap viel.

Hij lag op zijn zij, zijn lichaam beschermend om de slapende vrouw in zijn armen gekruld. Zijn bloed raasde nog door zijn lijf, zijn ogen en oren waren alert alsof er in de schaduwen gevaren dreigden, en hij was er klaar voor. Hij zou haar tegen alles proberen te beschermen.

Al ging de dreiging op dit moment natuurlijk naar hem zelf uit. Hij voelde haar hart kloppen onder zijn hand, zijn achteloze hand. Wist ze dat ze verliefd op hem was?

Hij was zich er pijnlijk van bewust dat hij ook verliefd op haar was. Hij had zich bijna niet kunnen beheersen toen ze zich helemaal liet gaan. Eén wild moment was hij in de verleiding gekomen.

Hij begroef zijn gezicht in haar haar en ademde in. Hoogmoed kwam voor de val, zei men. En hij was hard gevallen, en viel nog steeds. Het betekende dat hij niet in India zou kunnen blijven. Hij moest een nieuw plan maken, een plan dat betekende dat hij zo snel mogelijk terug zou komen. En hij moest de stoute schoenen aantrekken en haar alles vertellen. Dat was wat een goede man zou doen. Hij had een half leven lang niet goed willen zijn, maar nu wel. Hij verlangde er zo naar dat het bijna pijn deed. Cecily, Rochester, India. Hij zou het haar allemaal vertellen. Zijn armen trokken uit zichzelf strakker om haar heen bij de gedachte, als om te zeggen dat ze het geluk nog een poosje langer wilden vasthouden.

30

Toen Tristan de volgende middag bij zijn onderkomen in Logic Lane arriveerde, lag er een brief van generaal Foster op zijn bureau: het zou de generaal een genoegen zijn hem en zijn moeder te gast te hebben in Delhi tot hij een eigen huis had gevonden. De bevestiging bezorgde hem geen opluchting, want op dat moment voelde hij een bijna lichamelijke afkeer als hij dacht aan het verlaten van Groot-Brittannië. Evengoed gaf hij Avi opdracht drie passagebiljetten te kopen voor een schip vanuit Southampton over drie weken. Dat zou hem voldoende tijd geven zijn financiële en administratieve zaken op orde te krijgen en het productieproces op London Print te overzien. Om ten behoeve daarvan zijn werkdagen te verlengen besloot hij een paar nachten per week in het directeursappartement op de bovenste verdieping van de uitgeverij door te brengen. Daar had hij ook afkeer van, want dat waren nachten die hij niet met Lucie kon doorbrengen. Vanmorgen had hij haar natuurlijk niets verteld. Haar ogen waren gevuld met een emotie die hij, heel egoïstisch, niet had willen verpesten. Hij wilde eerst een oplossing vinden. Als hij het dan toch moest opbiechten, zou hij dat pas doen als hij er een oplossing bij kon geven, ongeacht of ze hem dan nog wilde of niet.

Zou hij haar kunnen overhalen met hem op het kantoor te overnachten? Uitgesloten. Hij wilde met haar de liefde bedrijven op zijde, niet op het zoveelste versleten divanbed. Bovendien zou ze het bezwaarlijk vinden dat ze van haar taken in Oxford werd afgehouden. Tijdens hun afscheid vanmorgen had ze hem nog gezegd vanavond niet te komen, aangezien haar werklast te zeer op haar drukte.

Hij bekeek de rest van zijn stapel post. Nog een vriendelijke dreigbrief van Blackstone, zo te zien. Die smeet hij ongeopend in de prullenmand.

Een telegram van de uitgever van de *Manchester Guardian*. Dat legde hij op de stapel 'belangrijk'.

Een envelop zonder afzender erop, het handschrift duidelijk vrouwelijk, ging bijna achter Blackstones brief aan. Het zou niet de eerste keer zijn dat een vrouw achter zijn verblijfadres was gekomen en hem ongevraagd een liefdesbrief stuurde... Toen keek hij nog eens goed. Een akelig voorgevoel bezorgde hem rillingen over zijn rug. Het was het handschrift van zijn moeders kamenierster. Bekend van incidentele correspondentie wanneer zijn moeder te futloos was geweest om zelf te schrijven. Hij scheurde de envelop open.

Milord,

Ik schrijf u om u te informeren dat milady, de gravin van Rochester, gisteravond uit Ashdown is verdwenen en dat niemand weet waar ze zich bevindt. Er gingen geruchten onder het personeel dat ze misschien niet veilig was op Ashdown. Ik denk dat ze zou willen dat u op de hoogte bent; uw terugkeer heeft haar weer wat kracht geschonken. Ik hoop dat dit bericht u bereikt, aangezien ik reden heb aan te nemen dat men op mij let...

De brief was drie dagen geleden verzonden. Dat betekende dat zijn moeder al vier dagen vermist werd.

'Avi,' zei hij. Zijn stem was ijzig. 'Maak je klaar. We gaan naar Ashdown.'

Jarvis, zijn vaders persoonlijke bediende/spion/lijfwacht, stond met zijn voeten stevig op de vloer geplant voor de deur van Rochesters werkkamer.

'Ga opzij of sterf,' zei Tristan vriendelijk.

Jarvis sprong uit de weg alsof hij met blote voeten op hete kolen stond, en Tristan liep ongehinderd de werkkamer binnen. 'Waar is ze?'

Rochester zat achter zijn bureau en keek met samengeknepen ogen naar zijn gebogen gestalte. 'Tristan. Dat komt goed uit. Ik wilde je al laten halen.'

'Gek genoeg had ik van u geen verandering van de regels verwacht.'

Rochester keek alert toe hoe hij dichterbij kwam. 'Ik zei toch dat ik je in de gaten hield. En wat ik zag was het gebruikelijke gebrek aan medewerking...'

Tristan was regelrecht om het bureau heen gelopen en stond nu vlak voor zijn vader.

'U hebt me drie maanden gegeven,' zei hij, en hij hield zijn gezicht dicht bij het kille gelaat van Rochester. 'Die zijn nog niet voorbij.'

'Dat hoefde ook niet, aangezien...'

'Waar is de gravin?'

'Als je dit ondertekent, is ze zo weer terug.'

Zonder het oogcontact te verbreken tikte Rochester met zijn vingers op de documenten op zijn bureau. Tristan wierp er een vluchtige blik op. Hij kon het geschrift amper ontcijferen door het rode waas voor zijn ogen, maar het was genoeg om te begrijpen dat het een huwelijkscontract was. Al ondertekend en bezegeld door de graaf van Wycliffe.

Hij deed een stap naar achteren en trok de kling zo snel uit zijn wandelstok dat er een hoog galmend geluid door de kamer klonk.

Rochester stond doodstil, zijn blik schoot heen en weer tussen Tristans gezicht en het scherpe, trillende staal vlak bij zijn wang. 'Je zou niet durven,' zei hij, waarbij hij zijn lippen amper bewoog.

'Wat niet,' vroeg Tristan. 'Harry's oude tapijt in stukken snijden? Heus wel.' En hij stak de punt van zijn zwaard in Rochesters geliefde wandtapijt, dwars door de stamboom.

'Nee!' Rochester greep naar de kling, bedacht zich toen en stortte zich op Tristans keel.

Maar Tristan was sneller.

Zijn vaders vingers boorden in zijn arm om de vuist los te wurmen die hem met zijn halsdoek probeerde te wurgen.

'Waar is ze?' wilde Tristan weten.

'Dit is niet erg eerbiedwaardig,' gromde Rochester tijdens hun worsteling.

Tristan schudde hem door elkaar. 'Waar is ze?'

'Dat weet ik niet.'

Een snelle beweging van zijn rechterpols en eeuwenoude zijden draden weken als boter uiteen.

'Ik weet niet waar ze is!' schreeuwde Rochester, en zijn knappe gelaat was verwrongen van kwaadheid.

Vervloekt.

Withete woede raasde door Tristan heen, maar zijn intuïtie zat er zelden naast. Zijn vader sprak de waarheid. Zijn moeder was weg, maar niet zoals Rochester het had gepland.

Wat betekende dat de schoft zojuist door middel van bluf had geprobeerd hem zijn spreekwoordelijke doodvonnis te laten ondertekenen. Wat weer betekende dat hij bang was dat zijn macht over Tristan substantieel was afgenomen.

Hij liet zijn vaders halsdoek los. Het zwaard liet hij niet zakken.

'Wat zegt haar kamenierster, of is die ook weg?'

Rochester likte met het puntje van zijn tong langs zijn mondhoek. De blik in zijn ogen was er een van pure moordzucht. Waarschijnlijk keek Tristan nog moordzuchtiger, aangezien Rochester bleef staan waar hij stond en zo meegaand was.

'Dat wicht was er ook vandoor,' zei Rochester. 'We hebben haar gevonden, maar ze beweert van niets te weten, dus we hebben haar laten gaan.'

'Maar niet zonder toezicht op haar te houden.'

'Natuurlijk,' snauwde Rochester.

Tristan nam zich voor bij de vrouw langs te gaan om te kijken of ze ongedeerd was en of ze misschien toch wat wist. Bij zijn vorige bezoek had ze tenslotte geprobeerd iets tegen hem te zeggen. Die vervloekte Jarvis had haar afgeschrikt, en hij had het toegelaten.

De graaf keek naar de dertig centimeter grote scheur die Tristan in het tapijt had aangebracht. 'Hierom zal ik je toelage reduceren tot niets.'

Tristan schudde zijn hoofd. 'Ik heb u nooit zo bezorgd gezien om een menselijk wezen als om dit stuk stof.'

Rochesters bovenlip krulde minachtend. 'Mensen sterven,' zei hij. 'Gedachtegoed en tradities en glorie blijven bestaan, lang nadat jouw vlees in de grond is weggerot.'

Tristan knikte. Gesproken als een ware tiran. Trouw aan hun voorouders die op het tapijt waren vereeuwigd, die hun titels en landgoederen hadden verworven en verdedigd door sluw hun ondergeschikten als kanonnenvoer in de ene of de andere oorlog in te zetten. Aangezien hetzelfde bloed door zijn aderen stroomde, had hij waarschijnlijk nog stukken erger kunnen uitvallen dan hij was: een volstrekt monster, naast een achteloze losbol. Alleen... was hij dat niet.

Dat was hij niet.

Hij staarde naar de stamboom, de met sierlijke krullen geschreven namen van allen die hem waren voorgegaan, en wist dat hij nog eerder een bedelaar in lompen zou redden dan iets materieels. Dat besef bezat een juistheid, een instinctieve eigenschap net als ademen. Hij schudde verdwaasd zijn hoofd. Hier in deze werkkamer, voor het nu verminkte tapijt, had Rochester jarenlang geprobeerd dat instinct uit hem te slaan. Tussendoor had hij ook nog een kitten of twee vermoord. *Hij heeft je uit de vorm geranseld, niet in vorm.*

Hij stak het zwaard in zijn schede en wierp Rochester een indringende blik toe. Toen beende hij de kamer uit zonder nog achterom te kijken. Was zijn karakter hier en daar verwrongen? Zonder twijfel. Maar Rochester was er niet in geslaagd hem wezenlijk te veranderen. Verre van. En het merkwaardigste was nog wel dat het zo lang had geduurd voordat hij dat inzag.

Terwijl hij in het rijtuig stapte dat bij de achteruitgang stond te wachten, bedacht hij dat zijn moeder misschien al een tijd bezig was geweest plannen te maken voor haar vlucht. Achteraf leken haar afscheidswoorden bij zijn laatste bezoek verdacht veel op afscheidswoorden voor altijd.

Nu moest hij haar alleen maar zien te vinden voordat Rochester haar vond. Ergerlijk genoeg vereiste de enige mogelijke aanwijzing die hij tot nu toe had dat hij bij twee dames langs moest gaan bij wie hij liever nooit op bezoek zou willen. Zodra hij terug was in Oxford stopte hij bij het Randolph Hotel en liet een kaartje achter voor lady Wycliffe met een uitnodiging voor een uitstapje.

Hij ging terug naar Logic Lane om een paar belangrijke brieven te beantwoorden en er zelf een aantal te schrijven, waarna hij tegen haar instructies in naar Lucies huis ging, want vandaag verlangde hij naar haar.

Ze kwam de keukendeur niet opendoen. Maar ze moest thuis zijn, want vanuit de tuin had hij licht achter de gordijnen van haar zitkamer zien schijnen. Hij tikte op het raam, maar toen ze niet reageerde besloot hij het slot van de keukendeur te forceren en zichzelf binnen te laten.

'Lucie,' fluisterde hij in de stilte. Haar huishoudster was waarschijnlijk thuis en lag boven te slapen. Het was onvoorzichtig van hem om hier te zijn. Lucie werd vast kwaad. Maar dat moest dan maar.

Nadat hij twee stappen de zitkamer in had gezet, bleef hij staan.

Ze lag opgerold op haar zij voor de haard, en was op een stapel brieven in slaap gevallen.

Achter haar waren de houtblokken op het rooster in elkaar gestort tot een zachtjes knisperend, gloeiend hoopje. De gloed omlijnde haar opgerolde gedaante met een vurige rand.

Zo sliepen zijn mannen, na de strijd, als het hun niet uitmaakte waar ze lagen.

Boudicca zat op haar rok, haar groengele ogen in een stille waarschuwing op hem gericht toen hij naderbij kwam. Het kleine zwarte mormel bewaakte haar bazinnetje beter dan hij had kunnen hopen.

'Brave meid,' mompelde hij.

Ze zwiepte licht met haar staart, maar zette niet haar klauwen in hem toen hij zich op zijn knie naast de sluimerende Lucie liet zakken.

Ze sliep zoals ze leefde: verstrikt in haar werk. De ene hand lag met de palm naar boven naast haar wang, de andere lag onder een open boek: een juridisch uitziende dikke pil waarvan hij binnen een paar minuten in slaap zou zijn gevallen.

Hij voelde een steek van tederheid, maar ook een schuldgevoel bekroop hem. Ze moest zijn overvallen door pure uitputting. Hij maakte bijna elke avond aanspraak op haar en ze weigerde hem nooit, want haar onlangs ontdekte vermogen om de grootste hoogten van genot met hem te bereiken maakte hen allebei gulzig. Daarna werkte ze overdag onafgebroken. Omdat ze bang was dat ze al lang en breed in haar graf lag voordat zij en haar seksegenoten vrij zouden zijn.

Voorzichtig tilde hij het boek van haar hand. Lucie verroerde zich niet. In haar slaap was haar voorhoofd zo glad als dat van een baby, haar mond ontspannen tot een zeldzame zachtheid.

Hij streek licht met zijn vingers tussen haar wenkbrauwen. Hij moest haar over India vertellen. God, dat moest echt. Eigenlijk moest hij haar wakker maken en het haar nú vertellen. Hij kon haar vragen of ze met hem mee op reis wilde. Dat wilde hij absoluut, besefte hij, heel graag zelfs. Een reis, wat voor reis dan ook, met een vrouw als Lucie aan zijn zij zou een verplichting in een avontuur veranderen. Hij verstijfde en bleef daar op zijn knieën een ogenblik verstrooid zitten. Had hij zojuist tegenover zichzelf toegegeven dat het hem vreugde kon schenken als hij zich aan een vrouw zou binden?

Niet zomaar een vrouw.

Lucie.

De vrouw die haar leven had gewijd aan de strijd tegen de huwelijkswetten van Engeland.

'Goed dan.'

Hij liet zijn armen onder haar knieën en schouders glijden en tilde haar op tegen zijn borst.

De trap naar haar slaapkamer kraakte onder hun gezamenlijke gewicht.

De maan wierp een rechthoek van vaal licht op haar slaapkamervloer. Haar bed was smal, net breed genoeg voor een vrouw alleen.

Ze nestelde zich tegen hem aan toen hij probeerde haar onder de sprei te leggen.

'Ik had gezegd dat je niet moest komen,' mompelde ze slaapdronken.

Hij knielde naast haar bed en leunde met zijn voorhoofd tegen dat van haar. 'Dat weet ik. Ik heb niet geluisterd. Ik zal weer gaan.'

Haar hand zocht hem en gleed onder zijn jas, en hij verroerde zich niet.

'Blijf,' zei ze.

'Je huishoudster is aanwezig, gulzigaard.'

Haar vingers werden een vuist in zijn overhemd. 'Blijf,' mompelde ze. 'Hierbinnen. Zal haar… morgen wegsturen.'

'Goed,' zei hij. De vloerplanken voelden oncomfortabel hard tegen zijn knie.

Hij pakte haar hand, die nu slap tegen zijn borst hing, en stopte die onder de deken.

Hij maakte zijn schoenveters los, deed zijn halsdoek af en ging op het kleed naast haar bed liggen.

De lakens ruisten en Lucie maakte gefrustreerde geluiden. 'Vertel me eens iets,' mompelde ze. 'Ik hou zo van je stem.'

Hij staarde in de duisternis en vroeg zich vluchtig af of er hierna nog wel een weg terug was naar zijn leven als beruchte verleider. Maar nu al stroomden melodieën zijn gedachten binnen. 'Wat vind je van Yeats?'

'Hmm.'

Dat vatte hij op als instemming.

'Wanneer je oud en grijs bent en vol slaap
en knikkebolt bij 't vuur, neem dan dit boek ter hand
en lees het traag, droom van de zachte blik die eens
je ogen hadden, met diepe schaduwen omrand.
Hoe velen hielden niet van je soms blije gratie
en hielden van je schoonheid, met liefde goed of kwaad;
*één man beminde slechts de pelgrimsziel in jou…'**

Uit het bed boven hem kwam gesnurk.

Hij bleef stil liggen. 'Filistijn,' mompelde hij toen. *Je kunt wach-*

---

* Bron: W.B. Yeats, *Al keert het grote zingen niet terug*, Gedichten vertaald door J. Eijkelboom.

ten tot je een ons weegt voordat je je hier nog uit kunt redden, fluisterde een spottend stemmetje in zijn hoofd.

Dat ze de nacht in haar huis hadden doorgebracht in plaats van in Adelaide Street betekende dat ze tussen het ontbijt en het middaguur samen in de zitkamer konden werken, terwijl Mrs. Heath voor haar op pad was voor een langdurige boodschap in het dorp verderop. Dat was heel praktisch, aangezien ze elkaar toch moesten raadplegen bij grote redactionele beslissingen. En toch. Lucie bleef maar omzichtige blikken op Tristan werpen. Hij hing in haar oorfauteuil en maakte aantekeningen in een notitieboekje dat hij altijd in zijn borstzak bij zich droeg, terwijl Boudicca respectloos over hem heen klom.

Het was lichtelijk alarmerend hoe prettig het was om in zijn gezelschap aan haar takenlijst te werken. Ze voelde zich uiterst beschermend over deze kamer, die van haarzelf was, haar heiligdom, en toch hing er een aangename huiselijkheid om hen heen die volkomen natuurlijk voelde. Alsof ze dit vaker hadden gedaan en weer zouden moeten doen.

'Ik denk erover om een nieuwe rubriek te introduceren over hoe een onrechtvaardig beleid op allerlei manieren invloed kan hebben op het dagelijks leven van vrouwen,' zei ze. 'In eenvoudige bewoordingen uitgelegd natuurlijk, en ik zal denk ik ook een manier moeten vinden om het lezen ervan aantrekkelijk te maken. Wat vind jij?'

Tristan keek op, nam de aanblik in zich op van Lucie geknield midden in een kring van opengeslagen strokenproeven van het *Discerning Ladies' Magazine* met haar gele rok achteloos achter haar opgehoopt.

Hij stond op en liep naar haar toe. Hij knielde naast haar.

'Op het eerste gezicht een uitstekend idee,' zei hij.

'Ik vraag me ook af of ik een paar van deze annonces eruit moet halen.'

Ze zweeg, half afgeleid door zijn vingers die door het fijne katoen van haar ochtendjapon over het holletje van haar rug streken. Nadat ze eerst nog nooit van haar leven door een man was aangeraakt, werd ze nu uitbundig gekust of gestreeld als hij in de buurt was, en de verwondering daarover was nog lang niet gesleten.

Ze schraapte haar keel. 'Kijk.' Ze wees naar een opengeslagen strokenproef waarop een geschreven advertentie een halve pagina vulde. '"Om de taille te verkleinen en een fraaie vorm te verkrijgen. Is uw middel dikker geworden dan welgevallige molligheid? Krijgt u van lintwormbehandelingen een onaangename gelaatskleur? Als u uw echtgenoot wilt behagen, stuur dan vandaag nog een telegram naar Dr. James Mountebank voor uw eerste monster van de hoogst efficiënte chemische Afvalpillen." Het idee dat vrouwen wormen innemen staat me al niet aan, maar deze pillen vind ik ook niets.'

'Het is waarschijnlijk gewoon kwakzalverij,' zei Tristan. 'Wat kruiden en meel en lijm.'

Ze leunde tegen zijn zij, en hij sloeg afwezig zijn arm om haar middel.

'En deze dan.' Hij knikte naar een andere pagina waarop het portret stond van een glimlachende matrone met een grote strik onder haar kin. 'Ik ben vandaag vijftig geworden, maar dankzij Pear-zeep is mijn huid pas zeventien', beweerden de stellige letters die over haar boezem waren gedrukt.

'Een schaamteloze leugen,' gaf Lucie toe, 'ze ziet er niet uit als zeventien.'

'Omdat ze bijna drie keer zo oud is, dus dat is haar goed recht.'

Ze draaide haar gezicht naar zijn hals en genoot onbeschaamd van zijn geur. 'Onze voorgangers dachten blijkbaar dat niet iedereen zo dol is op vrouwen van een zekere leeftijd als jij.'

Hij streek met zijn lippen over haar voorhoofd. 'Laat me je deze wapens achter de rug van het broederschap om aanreiken: als vrouwen eens zouden weten wat jongens die vastzitten op Eton en mannen die in dienst zijn van het Britse leger denken, zouden ze nooit meer een gedachte verspillen aan lintwormen om een bewonderaar te behagen.'

'Is het werkelijk zo eenvoudig?'

'Jazeker. De meeste mannen zouden allang blij zijn om in de gunst te vallen van een gewillige vrouw.'

'We zouden jou een rubriek over de succesvolle jacht op een echtgenoot moeten laten schrijven.'

'Je zit vanochtend boordevol goede ideeën,' zei hij, en hij kuste haar. Tongen versmolten en het contact werd zinnelijk en verlangend. Te verlangend. Hij had een monster gecreëerd.

Hijgend trok ze haar hoofd terug. 'Ik had nog een ander goed idee. Maandag vangt de St. Giles Fair aan.'

'Ja, en?' Misschien beeldde ze het zich in, maar de gloed in zijn ogen leek af te zwakken.

'Ik dacht dat we misschien weer een uitstapje konden maken.'

'Naar de jaarmarkt... Samen?' Er klonk een gekunstelde lichtheid door in zijn stem, en ze werd somber van teleurstelling. Hij wilde niet samen met haar naar de jaarmarkt.

Hij pakte haar hand. 'Dus die absolute discretie waar je zo stellig in was kan je gestolen worden?'

Nee, natuurlijk niet. Maar in de krioelende menigte op de jaarmarkt zou hun nabijheid toevallig kunnen lijken. Of dat had ze zichzelf tegen beter weten in proberen wijs te maken. Haar dagdromen waren riskanter geworden en draaiden om uitstapjes met Tristan, te paard, of in een gesloten rijtuig, op weg naar onbekende bestemmingen. Ze had warme visioenen gehad van hoe ze naar elkaar glimlachten boven een zonovergoten ontbijttafel in een schilderachtig kusthotel, weg van documenten en artikelen. Het meest verontrustend waren haar fantasieën over hoe hij languit in een oorfauteuil lag, in beslag genomen door zijn schrijfwerk, terwijl hij afwezig achter Boudicca's oren krabde...

Ze zuchtte bedroefd. 'Je hebt gelijk. Het was maar een idee.'

Hij glimlachte vaag. 'Het was een goed idee,' zei hij, en hij drukte een kus in haar handpalm. 'Moeten we zeker doen. Een andere keer.'

31

Hij zou het heel leuk hebben gevonden om met Lucie naar de St. Giles Fair te gaan. Hij zou elke prul voor haar hebben gewonnen bij de schietkraam, met plezier hebben toegekeken hoe ze stukken met de hand gesponnen suikerspin verslond, en prikkelende opmerkingen hebben gemaakt over dat ze een neppaard bereed.

Het geval wilde dat het maandagavond was, de lucht zoet naar gekonfijt fruit geurde en hij inderdaad op de jaarmarkt was, echter in het gezelschap van lady Cecily, die zich aan zijn arm vastklampte met de kracht van een bankschroef. Een jaarmarkt was de minst intieme plek geweest die hij had kunnen bedenken voor een op onacceptabel korte termijn vastgelegd uitstapje. Circusmuziek schalde uit draaiorgels en ratelende stoomcarrousels, en uitgelaten mensen dromden schouder aan schouder door de straten. Helaas waren er daardoor ook bedreven kunstgrepen nodig om een gesprek te voeren dat lang genoeg was om bij lady Wycliffe mogelijke informatie over zijn moeder los te peuteren. En het was eigenlijk maar een gok; dat de dames recentelijk hadden gecorrespondeerd en het in hun correspondentie over verlovingen hadden gehad, betekende nog niet dat er ook vertrouwelijkheden over de situatie op Ashdown waren gedeeld. Hoe dan ook leek lady Wycliffe vastbesloten achterop te blijven lopen met haar bediende in plaats van deel te nemen aan het gesprek.

'O, kijk.' Cecily hield halt en wees. Een klein eindje verderop werd op een verhoging hoog boven de deinende zee van hoeden en petten een man klaargemaakt om te gaan vliegen. Hij werd met een tuigje bevestigd aan een dikke kabel die boven hun hoofden tussen twee palen hing.

'Doorlopen, Cecily,' klonk de stem van lady Wycliffe van achteren. 'Blijf dicht bij lord Ballentine. Het stikt hier van de dieven.'

Hij had het niet voor mogelijk gehouden, maar Cecily's greep op zijn arm werd nog strakker toen onder haar rijkversierde hoed een schaduw van bezorgdheid over haar omhooggedraaide gezicht viel.

Zijn stem werd merkbaar kil van ergernis. 'Het zijn maar mensen van de arbeidersklasse die zich een avondje vermaken,' zei hij. 'De meesten zullen niet van plan zijn vanavond keurige meisjes te stelen.'

Gerustgesteld zei ze met een glimlach: 'Dat zou u toch niet laten gebeuren.'

'Aaaaaah!' De man op de verhoging had de sprong gewaagd en vloog over hun hoofd, zijn beide handen op zijn pet. Ergens krijste een aap, waarschijnlijk zo'n schurftig beest dat gekleed in een pakje op een draaiorgel zat. Het enige wat nog ontbrak was een uit het niets verschijnende Hoedenmaker uit *Alice in Wonderland.*

Cecily trok aan zijn arm. 'Kunnen we wat dichter bij de verhoging gaan staan? Ik zou ze graag zien springen.'

Hij stemde in omdat hij een bord van een drankkraampje had gezien vlak bij de rij van de attractie. Hij zou zijn gesprek met lady Wycliffe verlangen bij een glas citroenlimonade.

Natuurlijk stopten ze tientallen meters bij de kraam vandaan, omdat Cecily ineens gefascineerd raakte door de schietkraam, waar een handjevol kerels manhaftig op tinnen blikken schoot. De exploitant daagde met een zwaar Iers accent de voorbijgangers uit een trofee voor hun liefje te winnen. Bosjes treurig uitziende bloemen van was, zo te zien.

Cecily legde haar vrije hand op zijn onderarm. 'Waarom maken de geweren zo weinig lawaai?'

'Omdat het windbuksen zijn. Ben je nog nooit naar een jaarmarkt geweest?'

Ze schudde haar hoofd. 'O, wat zou ik graag zo'n boeket hebben.' Haar ogen werden groot. 'Dat zou me voor altijd herinneren aan ons eerste bezoekje aan een jaarmarkt.'

Voordat hij haar verzoek kon afwijzen, stond lady Wycliffe ineens naast hem. 'Gaan jullie je maar lekker vermaken,' zei ze stellig. 'Ik kijk toe bij de limonadekraam, ik snak naar iets te drinken. Matthew?'

De bediende wierp een lange, verlangende blik op de schietkraam. 'Ja, mevrouw.'

Tristan keek met snel afnemend geduld toe terwijl haar rechte rug in de menigte verdween. Maar als hij de vrouw nu mishaagde, zou hij niets anders dan korte antwoorden uit haar krijgen.

'Eén ronde,' zei hij tegen de Ier.

'Jawel, m'neer, goeie keus, m'neer.' De man griste de munten van de toonbank en draaide zich om om een geweer van de muur te pakken.

Tristan trok zijn jas uit. Hij wilde hem op de toonbank leggen, maar Cecily stak met zo'n gretige glimlach haar armen ernaar uit dat hij geen andere keus had dan haar het kledingstuk te geven.

Berustend legde hij het geweer tegen zijn schouder. Er liep een huivering over zijn rug toen zijn lichaam de vaak geoefende beweging herkende. En toen verstarde hij.

Hij voelde haar aanwezigheid voor hij haar zag. Voelde dat haar blik een gat in de zijkant van zijn gezicht brandde.

Tristan herkende haar tengere gestalte vanuit zijn ooghoek.

Lucie.

Hij kreeg een akelig gevoel in zijn buik.

Ze stond stil als een standbeeld in de uitbundige mensenmassa, in haar lichtblauwe japon. Dezelfde als ze tijdens hun uitje op de Cherwell had gedragen.

Er was een reële kans geweest dat ze zonder hem naar de jaarmarkt zou gaan.

Blijf waar je bent, smeekte hij haar in zijn hoofd. Zijn intuïtie zei hem dat er zich ongetwijfeld een ramp zou voltrekken wanneer de twee vrouwen in elkaars nabijheid zouden verkeren.

Ze kwam recht op hem af.

Hij liet het geweer zakken en draaide zich naar haar om.

Met een stijve vuist hield ze een stapel pamfletten tegen haar borst gedrukt. Haar gezicht was ook verstijfd.

O, geweldig.

Ze bleef net buiten zijn bereik staan en nam hem met haar grijze ogen killetjes op.

'Lord Ballentine. Wat een toeval dat ik jou hier tegenkom.' Ze knikte naar Cecily. 'En nicht Cecily. Nog meer toevalligheden.' Ze keek weer naar hem, haar wenkbrauwen cynisch opgetrokken.

Hoewel hij zijn jas had uitgedaan, brak het zweet hem uit op zijn rug.

Ze was gekwetst. Hij had haar gekwetst.

Cecily voelde de beroering in de lucht; ze leunde tegen de beschutting van zijn lichaam, drukte zich met haar volle lengte tegen hem aan.

Het werd steeds erger.

'Hé,' riep de uitbater van de schietkraam uit. 'Kijk eens. Een suffragette.'

Hij had vast Lucies pamfletten gezien. Of de speld op de revers van haar jas.

'Hé, een suffragette bij McMahons schietkraam!'

Hoofden draaiden hun kant op.

'Beheers je, kerel,' gromde Tristan.

'Natuurlijk, m'neer.' De man maakte een buiging en zei toen tegen Lucie: 'U hebt zo'n scherpe tong en ik wed dat u ook scherp kunt schieten. Hier, miss.' Hij pakte een geweer en tilde het over zijn hoofd. 'Dit is uw kans om dat te bewijzen!' Hij was nog altijd uitgelaten, schreeuwde nagenoeg weer, en er begon zich een halve cirkel van nieuwsgierige gezichten om hen heen te drommen.

'Toe, miss, één ronde, van het huis.' McMahon, die duidelijk levensmoe was, legde het geweer voor Lucie neer op de toonbank.

Ze gunde het wapen geen blik waardig. 'Verbazingwekkend dat u aanneemt dat ik mezelf tegenover wie dan ook zou willen bewijzen,' zei ze op zo'n scherpe toon dat je er glas mee kon snijden.

Ze keek weer naar Tristan. Onwillekeurig voelde hij de neiging haar in zijn armen te nemen en stevig vast te houden. Bleek en hooghartig was ze etherisch, ze zou gemakkelijk in het niets oplossen in een briesje, en nu was er zwaar weer op komst.

'Milady,' zei hij zacht, en omdat hij onmogelijk iets kon zeggen: 'Gaat het... werven goed?'

Ze ontblootte haar kleine tanden. 'Ongelooflijk goed,' zei ze opgewekt. 'En jij, milord, geniet jij van de jaarmarkt?'

'O, jazeker,' kwam Cecily tussenbeide, haar stem zoet en glad als een gekonfijte appel. 'Het is een bron van inspiratie; de felle kleuren en de vrolijke muziek, o, en al die luchthartigheid. Ach, lieve lord Ballentine, wat dacht u van een themabal om de verloving mee aan te kondigen?'

Zijn hart stond stil.

'We gaan namelijk trouwen,' vertelde Cecily aan Lucy. 'En ik heb zo het gevoel dat themafeesten het helemaal gaan worden in Londen.'

Zijn blik ging met een nachtmerrieachtige traagheid naar Cecily en zij keek terug.

De zachte lijn van haar kin stak halsstarrig vooruit. Haar blauwe ogen waren helder. Hij kon zo naar binnen kijken naar het laagje staal erachter. Dat was hem niet eerder opgevallen. Daar had hij op eigen risico overheen gekeken. Deze vrouw was geen engeltje.

Wel vervloekt!

Hij kreeg een angststeek in zijn buik voordat hij weer naar Lucie keek, net zoals toen hij nog niet zo lang in de oorlog vocht, vlak voordat hij na een slachtpartij naar overlevenden had gezocht.

Het was akelig. Alle kleur was uit Lucies gezicht weggetrokken. Haar lippen waren krijtwit.

Hij deed een stap naar haar toe, en ze zette onmiddellijk een stap achteruit.

'Aha,' zei ze zacht. 'Gefeliciteerd.' Haar blik werd onscherp, begon over de menigte te dwalen. 'Ik... Ik moet terug naar mijn standplaats,' zei ze. 'Gefeliciteerd. Goedenavond.'

Hij keek toe terwijl ze wegliep en zichzelf vreselijk rustig hield.

'Milord?'

Hij schudde Cecily's graaiende handen van zich af en wierp haar een boze blik toe. 'Wat bezielde je?' Hij herkende zijn stem amper. Zijn hart ging tekeer. *Ga haar achterna. Ga haar achterna.*

Cecily's ogen werden groot. 'Maar... ze is familie...' stamelde ze. 'Ze mag het toch wel weten voordat het officieel is?'

'Het zal nooit officieel worden,' zei hij. Deze schijnvertoning had lang genoeg geduurd.

Cecily's kin trilde. 'Wat bedoelt u in godsnaam?'

'Gaat er nog iemand schieten?' riep McMahon. 'Een halve penny voor vijf schoten!'

Lucie was in de menigte verdwenen; dat kon ook niet anders, ze was klein en snel.

'Milord?' Cecily liet het als een snik klinken.

Hij schudde zijn hoofd en ging zijn hart achterna.

32

Ze had een kwartier nodig om thuis te komen, en haar ademhaling was nog steeds een ver, zwaar zagend geluid in haar oren. Ze wist dat ze een hartslag had, die ergens in haar holle borst ratelde, maar die voelde ze niet meer; de verbinding was weg, ze was een koud, lichaamloos hoofd dat doelloos van vertrek naar vertrek zweefde.

Tristan had tegen haar gelogen.

Tristan was met Cecily verloofd.

Tristan had tegen haar gelogen.

Na nog geen tien minuten stormde hij haar keuken binnen.

Zijn vertrouwde gestalte, met een schuldbewuste blik op zijn knappe gezicht, terwijl ze hem eigenlijk helemaal niet kende, bezorgde haar een steek van pijn in haar borst. Ze besefte dat ze met haar handen op haar hart drukte.

Met drie lange passen doorkruiste hij de keuken en bleef voor haar staan. 'Lucie...'

Ze sloeg hem hard in zijn gezicht, zo hard dat zijn hoofd ervan opzijdraaide.

Toen hij weer naar haar keek, glinsterden zijn ogen fel. 'Laat me het uitleggen.'

Haar hand had een rode afdruk op zijn wang achtergelaten.

'Ik verkoop je liever nog een klap,' zei ze.

Hij haalde met opgeheven handen zijn schouders op. 'Als je het niet laten kunt.'

Ze strekte haar pijnlijke vingers. 'Ik wil dat je weggaat.'

Ze raasde en tierde tenminste niet. Haar stem was net zo kil als ze zich vanbinnen voelde.

Hij schudde zijn hoofd, wilde iets zeggen, maar ze hief haar hand op.

‘Het enige wat ik van je vroeg was eerlijkheid. Maar eerlijkheid is een onmogelijke eis voor iemand als jij, nietwaar? Ik had net zo goed een tijger kunnen vragen me niet te doden; het zit in zijn aard. Ik ben dom geweest.’

Hij zette even zijn tanden op elkaar. ‘Je bent niet dom geweest en ik heb niet gelogen.’

Ze sloeg haar armen over elkaar. ‘Ben je nou wel of niet verloofd met mijn nicht?’

‘Dat ben ik niet,’ antwoordde hij en zijn blik was zo direct, zo helder, dat het oprecht voelde. Er steeg een verraderlijk zweempje hoop op in haar borstkas. Ze drong het gauw terug.

‘Waarom zou ze dan zoiets beweren?’

Hij kneep zijn ogen tot spleetjes. ‘Die kleine...’ Hij schudde zijn hoofd. ‘Het valt haar niet echt te verwijten. Rochester...’

Toen hij dat zei werd ze overmand door een vreselijke moeheid, die haar ertoe aanmaande zich terug te trekken, zich op te rollen in een zwart gat, zodat ze hem niet hoefde te zien.

‘Jij weet altijd de schuld bij een ander te leggen.’ Ze keerde hem de rug toe, aangezien hij niet wegging.

Hij liep achter haar aan door de gang, en ze kon zijn hevige verlangen op haar huid voelen.

‘Ga weg,’ zei ze met stemverheffing.

‘Niet zolang je vindt dat je dom bent geweest,’ klonk zijn kille stem. ‘Dit is geheel mijn fout.’

‘Dus je geeft het toe.’

‘Natuurlijk... Maar ik hoop dat je de verzachtende omstandigheden wilt aanvaarden.’

Ze bracht een hol lachje voort.

'Rochester chanteert me en houdt mijn moeder gegijzeld.' Hij zei het snel.

Ze verroerde zich niet.

Toen ze zich naar hem omdraaide, keek hij haar recht aan, maar hij leek ontdaan en hij hield zijn handen tot vuisten gebald langs zijn zij.

Er verscheen een scheur in de ijzige huls die haar bijeenhield, ze voelde het gebeuren. Evengoed kromp ze ineen toen hij haar arm wilde vastpakken, en hij trok hem fronsend terug.

'Goed,' zei ze. 'Je mag het uitleggen.'

Ze ging hem voor naar de zitkamer en nam op de oude sofa plaats, haar handen gevouwen, haar rug stijf als een plank. Hij stond voor haar, schoorvoetend als een misdadiger in de beklaagdenbank.

'Rochester is vastbesloten de Ballentine-lijn veilig te stellen,' begon hij. 'Hij raakte in paniek toen ik hem duidelijk maakte dat ik niet van plan was binnen afzienbare tijd te trouwen.'

Met een loodzwaar gevoel in haar borst trok ze zich in zichzelf terug. Het zou haar niets moeten uitmaken, zijn tegenzin om te trouwen, maar het knaagde ergens wel aan haar ziel om het hem met zoveel overtuiging te horen zeggen.

'In deze levensfase is een erfgenaam verwekken je belangrijkste taak,' zei ze koeltjes. 'Het is niet een bepaald onredelijke eis van je vader.'

Hij boog het hoofd instemmend. 'Maar het is wél onredelijk dat hij nagenoeg tot moord in staat is om ervoor te zorgen dat de Ballentines de Rochester-lijn behouden. Hij was bezig een huwelijk met jouw nicht voor me te regelen en gaf me een paar maanden om mijn reputatie te herstellen, zodat ze me kon accepteren zonder dat er over onze familie geroddeld zou worden. Om ervoor te zorgen dat ik meewerkte, dreigde hij mijn moeder in een gesticht te stoppen. En als er één ding is wat je moet weten over Rochester, dan is het dat hij nooit loze dreigementen uit.'

Er verscheen kippenvel op haar armen. Zijn verhaal leek rechtstreeks uit een gotische roman te komen.

Maar zijn moeder werd altijd al als labiel en apart beschouwd. Hinderlijke edelvrouwen werden zo nu en dan inderdaad weggestopt in een particulier gesticht... En ze had de littekens gezien die Rochester op Tristans rug had achtergelaten, dus van hem zou zo'n lage streek haar niets verbazen.

'Dus daarom heb je geld nodig,' zei ze langzaam. 'Het passieve inkomen van London Print.'

Hij knikte. 'Ik zou pas na mijn vaders dood aanspraak kunnen maken op het familiefortuin. En om in India in het onderhoud van twee personen te voorzien heb je diepe zakken nodig.'

India.

Ze slikte. 'Aha.'

Zijn ogen werden donker van wroeging.

'Lieve...'

Ze schudde haar hoofd. 'Wanneer zou je vertrekken?' Haar stem was onvast.

Hij wreef met een hand over zijn gezicht. 'Over een paar weken.'

'Zo snel al,' zei ze zacht.

'Ik had het je eerder moeten vertellen. Dat had ik moeten doen toen ik al die brieven las... Op dat moment zag ik in dat je tenminste de absurditeit van de situatie zou hebben begrepen.'

Bedroefd, ze voelde zich zo bedroefd. 'Waarom heb je het me dan niet verteld?'

Hij zat op zijn knieën voor haar en keek naar haar op met zo'n oprechtheid in zijn ogen dat die haar in haar ziel raakte. 'Omdat het aanvankelijk mijn eigen probleem was om op te lossen. Voor wat het waard is: ik had niet verwacht dat er wederzijdse gevoelens en respect tussen ons zouden groeien. Maar dat gebeurde wel, en snel ook, en ik wilde er liever niet voor uitkomen dat ik als man had gefaald. Het is al beschamend genoeg dat ik mijn eigen moeder niet kon beschermen toen ik nog op Ashdown woonde. Zoals je je kunt voorstellen, is Rochester altijd een nare man geweest. Bovenal vreesde ik dat precies dit ervan zou komen als ik het je zou vertellen.'

Gevoelens en respect.

Ze keek naar zijn verhitte, knappe gezicht. 'Dus je was een lafaard.'

Hij werd bleek. 'Dat klopt.'

Hoe zou hij het haar uiteindelijk hebben verteld? Persoonlijk? In een brief, die ze pas zou lezen als hij al op weg was naar het subcontinent om jarenlang niet terug te keren? Hoe dan ook zou hij haar verlaten, en diep in haar borstkas brak er iets.

'Daarom leende je bij Blackstone, is het niet?' zei ze monotoon. 'Een nog grotere schoft dan je vader.'

Hij knikte. 'Hij is onaantastbaar voor Rochester. Maar er is iets gebeurd: mijn moeder is onlangs verdwenen, en Rochester zit er niet achter. Zolang ik geen idee heb waar ze is, kan ik echt geen kant op. Ik moet haar vinden voordat mijn vader haar vindt.'

Haar hoofd tolde, van de sensatie van zijn handen waarmee hij haar rok had vastgegrepen, het inademen van zijn warme geur. Ze schudde haar hoofd in een poging het helder te krijgen. 'Dit klinkt allemaal... ongelooflijk bizar.'

Zijn wenkbrauwen schoten omhoog. 'Echt? Na alles wat jij weet over de toestand van echtgenotes die gevangenzitten achter gesloten deuren?'

De kleur was teruggekomen in zijn gezicht en zijn blik was zachter. Hij zag eruit als een man die bevrijd was van een onmogelijke last die hij te lang met zich had meegedragen, en dat deed haar laatste twijfels vervagen; hij vertelde haar de waarheid.

'En toch,' mompelde ze, 'en toch kwam je naar mijn bed, terwijl het je financiële situatie en dus je plan in gevaar bracht.'

Hij wierp haar een duistere blik toe. 'Tja. Je was naakt.'

Ze verborg haar gezicht in haar handen. Zoals ze al die tijd al had vermoed: hij had niet de liefde met haar willen bedrijven, hij was gewoon de controle over zijn driften kwijtgeraakt.

Ze ademde door nog een steek van pijn heen. 'Ik begrijp dat je niets over je moeder hebt verteld,' zei ze. 'Ik zou zulke omstandigheden ook voor mezelf hebben willen houden; het is niet bepaald geaccepteerd om over onaangenaamheden binnen je eigen familie te praten. Maar toch zou ik willen dat je het wel had gedaan.'

Want hoewel haar hoofd het begreep, waren haar zenuwen nog aan flarden, was haar hartslag nog huizenhoog. *India*. Hij zou zijn weggegaan, en hij was niet eerlijk geweest. Dat besef bleef brandend als een zuur door haar aderen op en neer stromen. Beelden bleven opdoemen, van Cecily's gezicht, de triomfantelijke glinstering in haar ogen, het schuldgevoel in Tristans blik. Haar dwaze verzoek of hij met haar naar de jaarmarkt wilde gaan, haar dromen om ook maar ergens met hem naartoe te gaan. Het voelde alsof ze viel.

'Liefste.' Zijn handen gleden omhoog van haar heupen en sloten zich om haar middel. De warme, bezitterige druk was onwelkom en afgrijselijk. Instinctief wilde ze weg van hem, de bron van haar pijn en verwarring. Maar de verschrikkelijke paradox was dat het zijn armen waren waar ze naartoe wilde vluchten.

Ze schudde haar hoofd.

Er verscheen een vurige gloed in zijn ogen. Hij kwam overeind en zijn gezicht was dicht bij het hare.

'Je voelt nu erg ver weg,' zei hij.

Ze wendde haar gezicht af, omdat hij dichtbij genoeg was om hem te kunnen kussen en ze dat stom genoeg nog wilde ook.

Hij boog zich naar haar toe en begroef zijn gezicht in haar hals.

Ze verstarde in zijn omhelzing. Maar zijn lippen streken over haar keel en het zachte, vertrouwde contact veroorzaakte een warme golf van verlangen die tot haar benen reikte en ze nutteloos maakte.

Ze pakte een vuistvol van zijn haar en trok eraan. Hij had afbreuk gedaan aan iets prachtigs en ze wilde dat hij ervoor zou boeten.

'Ik heb je nooit willen kwetsen,' mompelde hij in haar oor. 'Ik vraag je om vergiffenis. Vergeef me.'

'Lieve woordjes helpen je niet.'

Hij trok zijn hoofd terug, zijn ogen glinsterden. 'En dit?'

Ze maakte een boos geluid toen zijn mond de hare bedekte, maar haar lippen weken uiteen en lieten hem binnen. Zijn kus was doordrenkt van verlangen, haar hand gleed van zijn haar over het holletje van zijn nek om hem dichterbij te trekken en ze verfoeide zichzelf erom. Hij sloeg zijn armen steviger om haar heen en drukte haar tegen zijn borst, en ze werd zacht en gedwee en dat verafschuwde ze ook. Ze smolt, verlangde naar hem, zelfs zonder eerlijkheid, zelfs zonder vertrouwen. Ze wilde hem in zich voelen en verafschuwde hem tegelijkertijd. Wat verachtelijk, wat grotesk.

Met zijn dijen pinde hij haar rokken tegen de sofa, zodat haar benen gevangenzaten. Ze kon hem wel bijten, maar ze kon zijn opwinding ruiken, en voelde de warmte van zijn zinnelijke verlangen, en ze wist dat hij alleen zou stoppen als zij hem dat zou vragen. En de woorden kwamen niet.

Met een kwade kreun liet ze haar hand over zijn platte buik glijden, over de voorkant van zijn broek, en ze voelde dat hij hard was. Hij bracht een geluid voort diep in zijn keel en hij stortte zich op haar, duwde haar tegen de stoffering. Het was een stoeipartij, een verhitte verstrengeling van tongen, van vingers die kleding afstroopten en koorden losmaakten totdat er stof scheurde en ze zich losrukte. Ze hapte naar lucht toen ze de overblijfselen van haar onderjurk zag. Er zat een scheur in van haar sleutelbeen tot aan haar navel.

Hijgend keek ze Tristan boos aan. 'Beheers je!'

Hij glimlachte flauwtjes. 'Moet je je eens voorstellen als ik dat níét zou doen.'

Met zijn handen haalde hij de geruïneerde stof uiteen en ontblootte haar borsten, en stortte zich erop. Een hittegolf kroop over haar huid terwijl haar lichaam zich kromde.

Ze liet haar hoofd achterovervallen tegen de sofa. Ze waren nu allebei niet meer te houden. Hij was in de greep van iets wat sterker en ouder was dan het verstand, en ze wilde hem nog een laatste keer in zich voelen. Nog één keer. Ze bood geen weerstand toen hij haar rok omhoogschoof. Ze had een schelm in haar bed toegelaten, in haar leven, dus een laatste hevige vrijpartij in een gescheurd lijfje was een passend afscheid.

Hij boog zich over haar heen, een hand op de rugleuning van de sofa, zijn andere hand deed iets tussen hen in, maakte zijn broek los, zijn blik zo duister vastberaden dat ze hem amper herkende.

Ze liet haar oogleden dichtvallen om hem buiten te sluiten.

Met een gekweld gezicht hing hij boven haar. 'Lucie,' zei hij schor. 'Zeg dat je me wilt.'

Hoe verleidelijk om hem zijn genot te ontzeggen op het hoogtepunt van zijn kwelling.

Helaas zou het haar net zozeer kwellen.

Nog één keer.

Ze liet haar handen over zijn armen glijden en pakte zijn schouders beet. 'Ik wil je.'

Hij kwam in haar met de kracht van een orkaan, dwong er de lucht mee uit haar longen, en ze klampte zich aan hem vast, haar mond onder de zijne, terwijl ze in een donker gat vielen. Ze wist dat hij pas zou ophouden als ze het uitschreeuwde. Die strijd verloor ze maar al te graag. Wat was ze dwaas geweest om te denken dat ze door haar stem in te houden ook haar hart zou inhouden. En wat was hij dwaas om te denken dat ze hem opnieuw haar hart zou schenken als hij haar nu onder zoete dwang zo'n genot bezorgde. Ze hield het lang genoeg vol om hem te laten zweten, totdat het hem zeer moest doen, en toen ze door een withete gloed van extase werd verzwolgen, gilde ze het uit.

Hij lag zwaar op haar tot het bonzen van zijn hart tegen haar ribben vertraagde. Hij liet zich met haar in zijn armen op de vloer glijden, hield haar dicht tegen zich aan.

'Laat me vannacht bij je blijven,' mompelde hij.

Ze was te afgemat om hem weg te sturen. 'Doe de gordijnen dicht en de deur op slot,' zei ze, terwijl de logge uitputting van de schok haar al opeiste. Tegen de tijd dat hij weer bij haar was, sliep ze.

Het gevoel van verraad keerde terug met het koude licht van de dageraad dat tussen de gordijnen door kroop. Ze lag met vermoeide ogen naar het plafond te staren. Hoe langer ze keek, hoe meer spinrag ze zag, dunne gescheurde sluiers die grijs waren van het stof.

Tristan ging nog steeds naar India, en ze voelde zich nog steeds dom. Het drukte op haar borst en grijnsde grotesk naar haar als de waterspuwers die uit elk dak in Oxford staken.

Ze zou blij moeten zijn. Als Tristan weg was, zou ze weer tijd hebben voor alle dingen die ertoe deden, en zou ze in elk geval de facto meer controle hebben over London Print. Vrij spel. Was dat een maand of twee geleden niet haar hartenwens geweest?

Zo snel konden de dingen dus veranderen. De gedachte dat hij weg zou zijn bezorgde haar een hol gevoel.

Wat haar nog het meest voor een raadsel stelde, was dat er vóór hem niets aan haar leven had ontbroken, dus hoe kon hij nu dan zo essentieel voelen?

Ze ademde hortend in en rolde op haar zij, weg van hem, en hees zichzelf overeind tot ze zat. Hij werd wakker, dat kon ze voelen.

Een zacht geruis van de deken, en toen voelde ze zijn vingers op haar blote ruggengraat. Haar schouders spanden zich aan.

De streling vervaagde. 'Ik neem aan dat je nog steeds boos bent,' zei hij.

De intieme schorheid van zijn ochtendstem deed haar pijn. Hoe sneller hij weg was, hoe beter.

'Inderdaad,' zei ze tegen de kamer. Het moest wel boosheid zijn. Dat holle gevoel, dat akelige gevoel in haar borstkas.

Het bleef een poosje stil. Nog wat geruis toen Tristan ook ging zitten. 'Kijk me eens aan?' vroeg hij bars.

Ze wierp een blik over haar schouder en knipperde tegen de verse pijn die de aanblik van zijn warrige haar en blote schouders haar bezorgde.

'Grappig, nietwaar?' zei ze. 'Je zei me dat ik je niet moest vertrouwen, maar ik deed het toch. Ik zei dat je eerlijk moest zijn, en dat was je niet. We hebben ons allebei niet aan de regels gehouden.'

Zijn blik was hard. 'Nee,' zei hij. 'Het is niet grappig.'

Ze wendde haar blik weer af. Hij probeerde zijn gebrek aan eerlijkheid tenminste niet te ontkennen of voor te doen als geheimhouding. Oneerlijkheid, geheimhouding, goede redenen of niet: uiteindelijk had ze niets vermoed. Ze had zich aan hem gegeven, had in zijn ogen gekeken terwijl hij in haar was, en ze had niets vermoed. Hij was heel goed in zijn geheimen bewaren. Hij kon wat hij maar wilde voor haar verbergen, tot het niet meer ging, want geheimen kwamen altijd aan het licht en dan zouden ze de grond onder haar voeten vandaan trekken.

'Nee,' beaamde ze. 'Het is niet grappig.'

Ze begroef haar gezicht in haar handen en duwde met haar palmen tegen haar ogen. Ze moest er verzorgd uitzien tijdens de feestelijke lunch met het investeringsconsortium in het Randolph vandaag. Dat werd niets. Ze was zo moe dat het voelde alsof haar gezicht van haar schedel smolt.

'Ik zou het op prijs stellen als je nu wegging,' zei ze.

Ze wendde haar blik af toen hij zijn kleren oppakte en zich aankleedde, want dit was de laatste keer dat ze hem dit zou zien doen.

Hij liet zich naar de keuken drijven zonder protest of pogingen haar op andere gedachten te brengen, misschien omdat hij zich nog altijd schuldig voelde.

Een goed aantal passen bij de achterdeur vandaan draaide hij zich naar haar om. 'Ik wil je vanavond graag zien.'

Ze schudde vlug haar hoofd. 'Liever niet.'

Hij balde zijn vuisten langs zijn lichaam, alsof hij zich ervan moest weerhouden zijn armen naar haar uit te strekken.

'Vanwege het geschonden vertrouwen,' zei hij rustig, maar zijn lichaam was een zuil van spanning.

Vanwege alles.

Ze kon alleen maar knikken.

Er welde een vreselijke emotie tussen hen op; ze stonden hulpeloos naar elkaar te kijken terwijl wat er tussen hen was gegroeid net zo onweerhoudbaar veranderde als het veranderen van het getij.

Toen kneep hij zijn ogen dicht, de amberkleurige gloed was eruit verdwenen. 'Ik zal de gravin vinden,' zei hij. 'En daarna zal ik jouw vergeving verdienen.'

Het geluid van de achter hem dichtvallende keukendeur leek van ver te komen. Een ogenblik later verduisterden zijn hoofd en schouders het keukenraam toen hij erlangs liep, zijn blik recht vooruit gericht.

Met haar rug tegen de keukenmuur liet ze zich langzaam op de vloer glijden, haar benen voor zich uitgestrekt op de koude tegels.

Het probleem was niet dat ze het hem niet had vergeven. Het probleem was dat ze dat al had gedaan. Het scheelde een haartje of ze was achter hem aan de deur uit gesprint en had zijn naam geroepen. Ze wilde zich in zijn armen werpen en haar gezicht in zijn hals begraven. Ze wilde zijn geur inademen en hem vragen te blijven, om alles te vergeten wat er was gebeurd en alles te negeren wat nog op hen afkwam.

Het scheelde maar een haartje of ze werd zijn schepsel. Het scheelde weinig of ze werd iemand die haar man zou smeken als hij 's nachts niet thuiskwam, die smoesjes bedacht als hij loog, die zichzelf voorloog alleen maar om rond het wispelturige wezen dat man was te kunnen blijven draaien. Het scheelde weinig, hoewel Tristan niet de bron was van het voedsel dat ze at, noch het dak dat haar beschutte, noch de naam die haar beschermde.

Ze had een keus. En daar zat ze dan, op de vloer.

Haar neus prikte. Een warme traan rolde over haar wang. Ze veegde hem weg. Wat vernederend, om geheimen waarvan ze niet wist dat ze die had zo onthuld te zien, door Cecily nog wel. *We gaan trouwen*. De pijn was onverwachts geweest, als een snee van een scheermesje dat in stroop zat verstopt.

Ze was zo zeker geweest van haar besluit om haar leven nooit met een man te delen. Zo heilig ervan overtuigd dat tedere gevoelens en huiselijkheid iets voor andere mensen waren. Die zekerheid had het eenvoudig gemaakt, had de opoffering uit haar werk gehaald, dat eiste dat ze alleen bleef, alleen.

Ze begon hartverscheurend te snikken, en haar gesnik was even onbeheersbaar als de hik. Het klonk dwaas in de stilte, maar ze kon het niet tegenhouden. Ze had zichzelf voor de gek gehouden. Er was tot nu toe gewoon nooit iemand geweest om haar voldoende in de verleiding te brengen. En ze moest meteen hele stukken van haar hart in Tristans achteloze handen hebben gelegd, want nu deed de binnenkant van haar borst pijn, het voelde verscheurd en bloederig. Ze moest ergens diep vanbinnen de hoop hebben gekoesterd dat ze het ondanks de ervaringen in haar dagelijkse werkelijkheid net als iedere vrouw verdiende om behoedzaam te worden behandeld.

Een donkere vlek naderde haar en Boudicca kroop op haar schoot, geruststellend zwaar en zacht, en mauwde verontrust.

Lucie drukte het kleine, zachte lijf tegen zich aan. 'Maak je geen zorgen. Ik sta zo weer op. Dat doe ik altijd, dat weet je. Ik heb op dit moment alleen erg veel zelfmedelijden.'

Een zwarte poot landde op haar borstkas, precies op de plek van de pijn.

Tristan zag of hoorde niets onderweg naar zijn onderkomen, in beslag genomen door het emotionele bloedbad dat in Norham Garden had gewoed. Dat binnen in hem woedde. Zijn walging van zichzelf was tastbaar, het trok aan zijn zenuwen en elke vezel van zijn spieren. Tedere gevoelens en zijn afwijkende aard gingen blijkbaar slecht samen. Maar hij had een lang leven van afwijkend gedrag achter de rug en slechts een maand waarin hij van een vrouw hield, en dus had hij een fout gemaakt. Macht der gewoonte. Hij zou het rechtzetten en Lucie terugwinnen, want het voelde verdraaid veel alsof hij haar vandaag had verloren.

Hij bonsde met zijn vuist op zijn deur in Logic Lane.

Na korte tijd klonken er voetstappen. Hij kneep zijn ogen tot spleetjes, want dat waren niet de lichte passen van Avi.

Zijn lichaam beefde van spanning toen even later de deur openging.

Alle andere gedachten werden verdrongen.

Hij stond oog in oog met de graaf van Wycliffe.

33

De graaf, die van gemiddelde lengte was en een gemiddeld postuur had, moest zijn hoofd wat achteroverkantelen om Tristan aan te kijken, en hij kneep zijn grijze ogen kortstondig geïrriteerd samen.

Hij was lang niet zo geïrriteerd als Tristan. Dit was de man die zijn eigen dochter had verbannen, en hij stond hier onaangekondigd en onuitgenodigd in zíjn hal.

'Goedemorgen, Wycliffe,' zei hij lijzig. 'Wat een onverwachte eer.'

Vooral onverwacht. Wat de reden ook mocht zijn, zijn onaangekondigde aanwezigheid kon nooit een goed teken zijn.

'Zullen we dit binnen bespreken?' stelde Wycliffe voor.

Het was druk in zijn ontvangkamer: Avi stond verdekt opgesteld bij de koude haard, zijn lippen waren op elkaar geklemd en hij keek beledigd. Duidelijk op een veilige afstand van hem stond een bebrilde man met het ernstige uiterlijk van een notaris en nog een man, die al twintig jaar Wycliffes persoonlijke bediende was. De bediende hield zijn karmozijnrode jas vast. Die moest hij gisteravond op de jaarmarkt hebben achtergelaten.

'Het spijt me, milord,' zei Avi met uitgestoken kin. 'Mijnheer drong aan.' Zijn blik schoot mismoedig naar de graaf.

'Je hebt juist gehandeld.' Hij klonk kalm. Hij voelde zich ook alarmerend kalm.

Hij richtte zich tot de graaf. 'Vertelt u me alstublieft wat ik voor u kan betekenen.'

Wycliffe wees met zijn wandelstok naar zijn eigen bediende. 'Is dit uw jas?'

'Aangezien mijn monogram en familiewapen prominent in de voering staan, neem ik aan dat dat een retorische vraag is. De vraag is: waarom vraagt u dat?'

Er verscheen een hardvochtige trek op Wycliffes gezicht. 'Mijn pupil, lady Cecily, droeg deze jas toen ze naar haar hotelkamer terugkeerde,' zei hij. 'Gisteravond tegen middernacht, na een vergeefse zoekactie.'

Tristan werd koud vanbinnen toen de betekenis van die woorden tot hem doordrong.

Het was nog niet eens negen uur. Wat Cecily ook had verteld, het moest met grote spoed per telegram naar Wycliffe Hall zijn gestuurd en de graaf ertoe hebben aangezet de eerstvolgende trein naar Oxford te nemen.

'Wat impliceert u precies?' vroeg hij met heel zachte stem.

Wycliffe trok vol ongeloof zijn wenkbrauw op. 'Dat we een probleem hebben.'

'Feitelijk hebben u en Cecily een probleem.'

'Waar u de oorzaak van lijkt te zijn.'

'Is dat wat de dame beweert?'

Wycliffe keek verward. 'Ze beweert helemaal niets, zoals men ook zou verwachten in een dergelijke situatie. Wat duidelijk is, is dat u samen op een jaarmarkt bent gezien, net zoals men u heeft gezien toen u samen van die jaarmarkt vertrok en wel zo schielijk dat lady Wycliffe haar pupil onmogelijk kon volgen. Wat ook duidelijk is, is dat men mijn nicht uren later in radeloze toestand het boothuis van Lady Margaret Hall heeft zien verlaten, met uw jas aan, nadat er een zoekactie naar haar op touw was gezet.'

Tristan voelde een ijskoude steek in zijn borst. Voor roddelaars was zulk indirect bewijs glashelder. En die waren uiteindelijk doorslaggevend in zulke zaken.

'Mijn jas kan dan misschien bij lady Cecily in het boothuis zijn geweest, maar ik absoluut niet,' zei hij, meer tegen Avi dan tegen

Wycliffe, omdat zijn bediende met grote, teleurgestelde ogen naar hem keek, en verdraaid, dat stak.

'Waar was u dan tussen acht uur gisteravond en middernacht?' wilde Wycliffe weten.

In de hoek was de man in het grijs in zijn notitieboek begonnen te krabbelen.

En Tristan wist dat zijn charmes, drank of een gevecht hem hier geen uitweg boden. Het stevende in een feilloze baan als van een kogel op hem af, en hij stond met zijn rug tegen de muur.

Hij knikte, als tegen zichzelf. 'Waar ik mijn nachten doorbreng gaat u niets aan,' liet hij Wycliffe weten.

De graaf bleef stoïcijns; hij had dit verwacht. 'Dan moet ik u vragen ons naar Wycliffe Hall te vergezellen.'

'Natuurlijk,' zei Tristan vriendelijk. 'Zodra mijn advocaat hier is. Avi, wil je zo vriendelijk zijn een telegram te sturen naar de woning van Beedle in St. James's?'

Wycliffes gezicht betrok. 'Naar Londen?'

'Ja.' Tristan ging in de oorfauteuil zitten en strekte zijn lange benen voor zich uit. 'Het zal minstens drie uur duren voor hij hier is. Wilt u misschien iets drinken?'

De lichte, luchtige lunchruimte van het Randolph geurde naar zomer dankzij de bloemen die uit de weelderige bloemstukken op alle tafels puilden. Tussen de zilveren etagères overladen met vingersandwiches en stukjes citroenkwarktaart stonden kleine violette potjes met jam, die samen met de dikke room bedoeld was voor op de versgebakken scones. Het zou een feestmaal moeten zijn voor een zoetekauw als Lucie, maar ze had net zo goed zaagsel naar binnen kunnen lepelen. Haar zintuigen waren als verdoofd. Steeds weer zag ze Tristans bleke profiel voor zich toen hij langs haar keukenraam liep. Het is voorbij, dacht ze. Nooit meer zou ze zijn kussen voelen.

'Lieve schat, als je liever wilt gaan, neemt niemand je dat kwalijk.'

De zacht gemompelde woorden gingen dwars door haar heen.

Langzaam draaide ze zich om naar lady Salisbury, die rechts van haar zat en zich naar haar toe had gebogen. *Hoe wist ze het?* Er stond duidelijk bezorgdheid op het gezicht van de gravin geschreven.

Ze schraapte haar keel. 'Mijn excuses,' zei ze behoedzaam. 'Ik ben er niet helemaal bij met mijn hoofd.'

Lady Salisbury knikte. 'Nou, ik vind het een schande,' zei ze. 'Hou in gedachten dat jou niets te verwijten valt, hoewel sommigen van hen misschien hatelijk tegen je zullen doen. Persoonlijk heb ik er nooit de gewoonte op na gehouden om een heel huis in *Sippenhaft* te plaatsen, oftewel collectief te straffen voor de dwaasheid van één der leden; dat vind ik nogal socialistisch overkomen.'

Lucie begreep niet waar ze het over had.

Ze wierp een steelse blik rond de tafel en vervolgens door de zaal. Er hing onmiskenbaar een gespannen sfeer in de oogverblindende weelde, merkte ze nu. Subtiel, maar absoluut aanwezig. Blikken werden afgewend als ze de hare vingen, hoofden die bij elkaar waren gestoken om fluisterend te roddelen werden bij elkaar vandaan getrokken.

Ze zette het theekopje neer dat ze de afgelopen minuut wezenloos omhoog had gehouden.

'Voor een feestelijke lunch lijkt iedereen lichtelijk nerveus,' mompelde ze.

Lady Salisbury keek haar indringend aan. 'Weet je het dan niet?'

'Wat?'

'Och hemel, dus echt niet.'

Er ging een alarmerende rilling over haar rug. 'Wat is er gebeurd?'

Lady Salisbury keek naar links en rechts en boog toen nog verder naar haar toe. 'Het betreft je nicht, lady Cecily,' fluisterde ze. 'Ze schijnt gisteravond niet te zijn thuisgekomen na een bezoek aan de jaarmarkt. Er is een zoekactie op touw gezet.'

Lucie verstarde. 'Hebben ze haar gevonden?'

De gravin klakte met haar tong. 'Ze is zelf teruggekomen. Ongeschonden. Nou ja, bijna.' Ze trok haar linkerwenkbrauw betekenisvol op. 'Schijnbaar was ze samen met lord Ballentine verdwenen. Ze is in het donker gezien met zijn jas aan.'

Stilte vulde haar hoofd. De randen van haar gezichtsveld werden wit. Toen kwamen de kleuren en vormen van haar omgeving weer scherp in focus en zwol het gemompel van stemmen aan.

'Lady Lucinda?'

Ze keek in lady Salisbury's vragende blauwe ogen. 'Dat kan niet,' fluisterde ze.

De gravin schudde haar hoofd. 'Eeuwig zonde. Zo'n enig meisje. Nu zal haar verloving worden bedorven door een schandaal. Hoewel de dwaze gansjes van haar leeftijd het ongetwijfeld uiterst romantisch zullen vinden...'

Ze wilde een hand over lady Salisbury's bewegende lippen leggen om te voorkomen dat er nog meer gif uit stroomde.

Dit was allemaal één grote leugen.

En niemand wist dat behalve Tristan en zij.

Tenzij hij al de waarheid had opgebiecht en ze nu een sociale verschoppelinge was.

'Ben je wel in orde?' Lady Salisbury's gezicht stond oprecht bezorgd. 'Wel verdraaid. Ik had dat nieuws niet zo plompverloren moeten brengen.'

Ze schudde haar hoofd. 'Ik heb alleen wat frisse lucht nodig.'

Ze was misselijk.

Wanneer een heer een onschuldige dame in opspraak bracht, trouwde hij met haar. Als de geruchtenmolen eenmaal op volle toeren draaide, had hij bijna geen keus; als hij weigerde, tekende hij het sociale doodvonnis van de dame. En van zichzelf.

Ze haastte zich de zaal uit, terwijl ze verontschuldigingen mompelde en de ferm priemende en boze blikken probeerde te ontwijken. Ze moest Tristan spreken.

Oxford vloog langs in een waas van geluiden en bewegingen. Ratelende rijtuigen. Voorbijgangers en studenten in zwart-witte kleding ontweken haar met tonggeklak en gemompel. De Normandische toren doemde grijs en scheef op als een gigantische grafsteen. Toen ze de klokken van St. Mary's Church hoorde luiden, probeerde ze zichzelf in de hand te krijgen omdat ze wist dat ze bijna in Logic Lane was.

Ze drukte herhaaldelijk met haar vinger op de deurbel van nummer drie.

Na een lange poos zwaaide de deur open en verscheen Avi, zijn donkere ogen wantrouwig tot spleetjes geknepen.

De moed zonk haar in de schoenen. 'Goedemorgen, Avi.'

'Milord is niet...'

'Alsjeblieft.' Ze legde haar hand plat tegen de deur. 'Ik heb belangrijk nieuws voor hem.'

Stilte.

'Avi, hoe eerder hij het weet, hoe beter.'

Avi's gelaat kreeg harde trekken terwijl hij erover nadacht. 'Goed,' mompelde hij uiteindelijk en hij stapte opzij. 'Misschien kan milady een kaartje of briefje voor hem achterlaten...'

Ze liep langs hem naar de trap.

Tristan was er niet. Het hele pand voelde verlaten aan. Ze liep over de overloop naar zijn slaapkamer, waar het bed netjes was opgemaakt en de sofa een gapende leegte, op een openliggend boek na. Een pluizige laag stof bedekte zijn bureau en de planken. Hij was niet veel thuis geweest. De afgelopen weken was hij of in Londen of bij haar geweest.

Ze holde de trap af, de zitkamer in. Niets, niet eens koude as in de haard.

'Milady...'

Ze draaide zich vliegensvlug om en pinde de bediende vast met haar blik. 'Staat zijn verdwijning soms in verband met een incident betreffende lady Cecily?'

Zijn wenkbrauwen schoten omhoog. 'Dat kan ik niet zeggen, milady.'

'Kun je dat niet of wil je dat niet?'

Hij perste zijn lippen op elkaar.

Grote goedheid, geef me geduld, dacht ze. 'Vind je lord Ballentine aardig?' probeerde ze.

Avi hield zijn hoofd schuin. 'Lord Ballentine is, op zijn manier, een goede meester. Maar ik hoorde dat hij misschien de reputatie van een jongedame heeft bezoedeld.'

Hij leek oprecht van streek. Hij wilde niet dat Tristan schuldig was, vermoedde ze.

'Ik heb goede redenen om aan te nemen dat hij dat niet heeft gedaan,' zei ze.

Avi verstarde. 'Heeft hij het niet gedaan? Dat doet me deugd. Het verbaasde me reeds dat milord zoiets zou doen.'

'Ik ben hier gekomen om te helpen,' zei ze, wat een leugen was, want ze was hier omdat ze zelf hulp nodig had.

'Kan ik milady thee brengen?' Avi's blik was nu hartelijk. 'Of misschien een sherry?'

'Vertel me alsjeblieft maar wat je weet.'

'Goed. Ze kwamen hier om op hem te wachten; als ik het had geweten had ik ze niet binnengelaten. Maar dat heb ik wel gedaan, en hij is met hen meegegaan.'

Een vreselijk vermoeden bekroop haar en haar nekharen gingen overeind staan. 'Met wie?'

'De graaf van Wycliffe en diens entourage.' Hij perste zijn lippen even op elkaar. 'Ongure heerschappen.'

'Inderdaad,' zei ze somber.

'Slechte mensen.'

'Wat zeiden ze? Wat wilden ze?'

'Ze zeiden dat milord en de dame waren gezien terwijl ze samen de jaarmarkt verlieten en dat zij 's nachts alleen is teruggekomen, met zijn jas aan. Lord Ballentine kon geen alibi leveren. Milady?'

Ze had zich op een stoel laten ploffen.

'Geen alibi,' herhaalde ze. 'Hij heeft ze niet verteld waar hij gisteravond was?'

Avi schudde zijn hoofd en ze zag dat zijn gevatte brein een eigen verhaal over de situatie uitwerkte. 'Ze gingen naar Wycliffe Hall,' vulde hij aan. 'Om huwelijkspapieren te ondertekenen, dacht ik.'

'Nee.' Ze schoot overeind. 'Hij kan niet zomaar met iemand trouwen vanwege een beschuldiging. We leven niet in de middeleeuwen.'

'Maar de reputatie van de dame zou nagenoeg verwoest zijn als het bekend werd. Net als de zijne als hij geen verloving bevestigt.'

'Er is geen verloving,' snauwde ze.

Avi knikte. 'Er was een afspraak, zij het een informele.'

Hij had gelijk. Ze begon door de kamer te ijsberen. Tristan had geen alibi verschaft. Hij beschermde haar, en dat ontketende een storm van verhitte emoties in haar borst.

'Ik begrijp dat de maatschappij heimelijk dol kan zijn op een schelm,' zei Avi. 'Maar een schelm die zich tegen een van hun onschuldigen keert, wordt verstoten.'

Ze bracht een hol lachje voort. 'Inderdaad.'

'En hij kan zich, vrij letterlijk, geen bezoedelde reputatie veroorloven, nietwaar?'

Ze stond plotseling stil. 'Wat bedoel je?'

'Misschien is milady ervan op de hoogte dat lord Ballentine een lening heeft afgesloten bij een slechte man?'

'Hemel, ja. Mr. Blackstone.'

Avi keek haar ernstig aan. 'Als hij de naam zou krijgen van iemand die een debutante heeft geruïneerd of een verlovingsbelofte heeft verbroken, wie zou dan nog zijn boeken kopen? Hoe zouden de dames zijn romantische poëzie nog aantrekkelijk kunnen vinden? En hoe zou hij dan nog die lening kunnen terugbetalen?'

Met elke vraag werd ze duizeliger.

'De prins van Wales zal zijn aanbeveling voor de andere boeken intrekken.' Ze keek Avi aan. 'Bij iemand als Blackstone wil je geen wanbetaler zijn, naar ik aanneem.'

'Dat neem ik ook aan,' zei Avi beleefd.

'Ik veronderstel dat dat meer inhoudt dan een torenhoge rente.'

'Dat veronderstel ik ook, milady.'

Ze liet zich weer op de stoel zakken. 'En het is nog erger,' zei ze. 'We hebben capaciteit bij een andere uitgeverij moeten kopen. De productie is al begonnen, maar klanten zullen hun bestellingen intrekken. En dan hebben we ook nog aanzienlijke kosten gemaakt met de renovatie...' Ze hield op met praten. Avi's ogen waren groot geworden van verbijstering en ze moest de beste man niet verder van streek maken.

Ze ademde diep in. 'Hoe laat zijn ze vertrokken?'

Avi's blik ging naar de klok op de schoorsteenmantel. 'Ongeveer een half uur geleden, milady.'

Ze hield haar pas in toen ze High Street eenmaal weer had bereikt omdat haar benen trilden. Ze stond even stil naast een blauwe pilaar van de Oxford Marmalade Shop. Achter de ruit waren jampotten kunstig tot een piramide opgestapeld.

Misschien had Tristan haar nu wel genoemd als alibi. Of misschien zou hij hun geheim eerbaar mee het graf in nemen. Ze wist niet welke mogelijkheid haar de meeste angst aanjoeg. Want ze was doodsbang.

Bekneld tussen een marmeladepiramide en groepen studenten die zich langs haar haastten, moest ze een beslissing nemen, en snel. Aan de andere kant van de straat wees de lange wijzer van de klok van St. Mary's Church bijna kwart voor twaalf aan. De volgende trein in de richting van Wycliffe Hall vertrok vlak voor twaalven. Twee minuten. Ze had twee minuten om te beslissen of ze in die trein zou stappen of niet.

Ze kreeg geen lucht.

Tristan zou precies weten wat er voor hem op het spel stond. Hij wilde Cecily niet, maar met haar trouwen was nu zijn gunstigste optie, zowel sociaal als financieel. Zelfs als hij ervoor koos zijn onschuld te bewijzen door haar, Lucie, voor de wolven te gooien, zouden ze hem nog kunnen dwingen met Cecily te trouwen, want het was nu zaak haar onschuldige reputatie te beschermen, terwijl het beschermen van Lucies bezoedelde reputatie waarschijnlijk niemand iets kon schelen.

Tristan zou haar naam niet noemen. Het zat in zijn bloed om iemand te beschermen die zichzelf niet meer kon beschermen, daar was zijn litteken het bewijs van. Hij zou nooit de trekker overhalen op een weerloze vrouw.

Dus ze kon gewoon naar huis gaan. Ze kon verder met het leven dat ze had opgebouwd. De dag dat Tristan een andere vrouw zijn gravin zou maken, had hun al lang boven het hoofd gehangen.

Of ze kon links afslaan naar station Oxford Rawley en een trein pakken.

De wijzer van de klok bewoog.

Een koude kalmte kwam over haar heen. Haar hart wist het voor haar hoofd het in woorden durfde om te zetten.

Ze kon niet naar huis. Niet alleen omdat de gedachte aan Tristan in Cecily's armen haar ziek maakte. Dag na dag stond ze op om te strijden voor meer vrijheid en keuzevrijheid. Kon ze dat nog met behoud van haar zelfrespect doen als ze wist dat ze had gezwegen toen Tristans vrijheid en keuzevrijheid ten prooi vielen aan een grote onrechtvaardigheid? Natuurlijk niet. Het zou haar vanbinnen opvreten, zoals verrotting aan een slechte fundering vrat.

Maar de goede zaak dan. Als dit bekend werd, zou ze er misschien nooit meer haar steentje aan kunnen bijdragen…

Het zware gebeier van de kerkklok kondigde aan dat het kwart voor twaalf was.

Ze keek omhoog naar de toren.

Blijkbaar was nog steeds een deel van haar gescheiden gebleven van haar werk. Ze was zo lang met niets anders opgestaan en naar bed gegaan dan de goede zaak, dat ze had aangenomen dat haar principes en de beweging één waren. Dat was niet zo.

Het gekke van goede doelen is dat ze over het algemeen uitstekend zonder één bepaald individu kunnen. De vraag is alleen of het ene bepaalde individu zonder het goede doel kan.

'Verdomd, Melvin,' fluisterde ze.

Ze tilde haar rokken op en rende naar een huurrijtuig.

34

Het stadscentrum rond station Newbury was gelukkig niet veranderd sinds ze er tien jaar geleden voor het laatst was geweest. Toen ze naar de hoofdingang holde, werd de stenen gevel van de koetsiersherberg aan de andere kant van het marktplein al zichtbaar. Ze zou Wycliffe en Tristan nooit kunnen inhalen, maar proberen zou ze het.

De herbergier zelf stond achter de toog; hij moest het wel zijn, want hij las de *Pall Mall Gazette* onder werktijd en verwaardigde het zich niet om op te kijken toen ze binnen kwam zeilen. Achter hem in de linkerhoek zat in een rieten stoel een oudere, in een omslagdoek gewikkelde vrouw te breien.

'Ik wil een paard huren,' zei ze tegen de *Pall Mall Gazette*, terwijl ze nog op adem probeerde te komen.

Het hoofd van de man kwam tevoorschijn. Hij tuurde naar haar over de krant heen. 'Waar gaat u heen dan, milady?'

'Wycliffe Hall.'

Hij knikte. 'De diligence die daar vlak langskomt vertrekt over een half uur. Een kaartje is drie pence.'

'Hebt u een paard te huur?'

Wycliffe Hall lag vijf kilometer ten zuiden van Newbury, dwars door de velden. Met de diligence was het twee keer zo ver.

De man bekeek haar sceptisch. 'Een paard?'

'Een paard,' bevestigde ze. Haar mond was droog. De spanning zinderde door haar ledematen. De grote wijzer van de klok op de muur achter de man vertelde haar dat ze kostbare minuten aan het verliezen was. Tristan kon op dit moment zijn huwelijkscontract wel aan het ondertekenen zijn.

De man draaide zich naar de vrouw in de rieten stoel. 'Beth, is er een paard?'

De vrouw keek op en dacht na. '*Aye*,' zei ze uiteindelijk. 'De pony. Maar we hebben geen dameszadel.'

De waard keek naar Lucie en haalde zijn schouders op. 'We hebben helaas geen dameszadel, milady. Wilt u het kaartje van drie pence?'

'Nee,' zei ze. 'Ik gebruik wel een gewoon zadel.'

De ogen van de man werden groot. 'Ha, ha,' zei hij uiteindelijk. 'Leuke grap.'

'Ik maak geen grap.' Haar gevaarlijk kalme toon had hem als waarschuwing moeten dienen.

'Hier, milady. Het wordt helaas het kaartje van drie pence.'

'Ik heb het paard nodig, met het gewone zadel.'

De man schudde zijn hoofd. 'Voor uzelf, milady? Dat is niet veilig.'

En hij wilde zijn krant weer omhoogdoen.

Lucie liet haar rechterhand in de zak van haar rok glijden.

De metalige klik deed de man fronsend opkijken. Toen hij oog in oog stond met een derringer verstijfde hij, zijn mond open van schrik.

'Geef me het paard,' zei Lucie. 'Met het gewone zadel.'

De handen van de man gingen langzaam omhoog boven zijn hoofd, zijn krant dwarrelde op de grond.

'Lieve help, man, dit is geen overval,' zei Lucie geïrriteerd. 'Hier is een shilling voor het paard, en drie pence voor uw omslagdoek.' Ze zwaaide met het pistool naar de al even geschokte vrouw, terwijl ze met haar linkerhand het geld op de toog legde.

'Dit hele gedoe zou allemaal niet nodig hoeven zijn als vrouwen maar broeken mochten dragen,' zei ze nog geen tien minuten later tegen de jonge vrouw, waarschijnlijk de dochter van de waard, die een gezadelde en getuigde New Forest pony in het middenpad van de stal voor haar gereedhield. Het meisje staarde alleen maar terwijl Lucie haar modieus smalle rok en onderrok oprolde tot een stoffen worst rond haar dijen. Toen ze zich op het zadel had gehesen, drapeerde ze de omslagdoek over haar benen om nog wat eerbaarheid te behouden. Haar enkels en een paar centimeter van haar kuiten waren nog zichtbaar en ze voelde zich vreselijk naakt toen ze de stal uit reed.

Ze staken in snelle draf het marktplein over. Er werden haar schandalige blikken nageworpen. Toen volgde een eeuwigheid over keienstraten tot ze de rand van de stad bereikte, waar groene en geelbruine velden zich helemaal tot Wycliffe Hall in de verte uitstrekten. Ze leidde de pony van de weg af en vierde de teugels. Voor hetzelfde geld was ze al te laat.

Tristan had al verwacht dat zijn vader in Wycliffes bibliotheek op hen wachtte. Rochester stond voor het bureau, stijf als een plank, naast een zuinig kijkende Tommy Tedbury en een man die hij herkende als Rochesters notaris. Interessant genoeg was lady Wycliffe ook aanwezig, op een afstandje, staand bij de open haard. De belangrijkste speler in dit moeras ontbrak echter.

Hij keek nors naar Rochester. 'Waar is ze?'

'Als je het over lady Cecily hebt, die is onwel,' antwoordde de graaf kil.

'Is dat zo?' zei hij, en zijn stem klonk zo dreigend dat lady Wycliffes hand naar haar keel schoot.

'De jongedame hoeft niet aan nog meer leed te worden blootgesteld,' zei Rochester. 'Je hebt al genoeg gedaan.'

'Zit u hierachter?' De mogelijkheid was bij hem opgekomen tijdens de lange, stille treinreis naar Newbury.

'Nee.' Rochester glimlachte dunnetjes naar hem. 'Dit is jouw afrekening. Dit is boeten voor je zonden.'

Achter Tristan schraapte Wycliffe zijn keel. 'Ik moet toegeven dat het me een raadsel is waarom u een huwelijk met een dame als mijn pupil als straf ervaart.' Hij ging naast Rochester en Tommy Tedbury staan om een verenigd front te vormen. 'Alles welbeschouwd is het voor u een geweldig interessante overeenkomst, Ballentine. Daarom is het me ook een raadsel waarom u ons allemaal zo aan het lijntje houdt; eerst stelt u het tekenen van de papieren uit, dan ruïneert u het meisje, en nu weigert u te doen wat juist is terwijl het allemaal eigenlijk heel eenvoudig is.'

'Eenvoudig,' zei Tristan, 'en toch kwam u me halen met uw notaris op sleeptouw.'

Wycliffe haalde zijn schouders op. 'De verloving is nu noodzaak en de papieren zijn nog niet ondertekend.'

Tristan wendde zich tot Beedle, die er ongemakkelijk bij stond nu hij zwaar in de minderheid was. 'Beedle. Ik hou niet van dwang. Wat zegt de wet?'

Beedle verplaatste zijn gewicht van het ene naar het andere been. 'Een alibi voor gisteravond zou helpen, milord. Dat zou de reputatieproblemen van de dame nu niet meer oplossen, maar wel uw reputatie herstellen in de ogen van de familie en de maatschappij.'

Dat was dan jammer. Natuurlijk had hij wel overwogen Wycliffe te vertellen dat hij met zijn dochter in bed had gelegen. Dan zou de graaf vast twee keer nadenken over wie er nu met wie moest trouwen.

In de trein, terwijl de heiige zomerse schoonheid van het Engelse landschap langsgleed, was elk mogelijke pad voor zijn leven door zijn hoofd gegaan. En elke optie was op een koud, zwart doodlopend eind gestuit, want geen ervan leidde naar Lucie. Lucie. Zijn prikkelbare elfje, zijn grote liefde. Zijn lichaam schrijnde van de drang om naar haar toe te gaan, zelfs al zou hij er duizend kilometer voor moeten lopen. Nu, terwijl hij op het punt stond haar kwijt te raken, zag hij de waarheid onder ogen: hij zou vandaag nog met haar trouwen. Niet om zichzelf te redden van een bestaan met Cecily, of van de meedogenloze kunstgrepen die nodig waren om zoiets te voorkomen, niet voor London Print, en ook niet omdat hun echtvereniging een goed verbond tussen twee graafschappen zou smeden. Hij zou met haar trouwen omdat zij de constante was, zij was het licht. Als hij haar nu zou noemen, kon hij haar krijgen. Ze zou hem haten. Maar ze zou wel de zijne zijn, en het duistere, egoïstische deel van hem had hem heel verleidelijk ingefluisterd dat het de moeite waard zou zijn. Kort voordat de trein Newbury bereikte, had hij geweten dat hij het nooit zou doen, en dat hij zich nog liever weer zou laten neerschieten dan haar te kortwieken. In plaats daarvan had een ijzige woede de leegte in zijn borstkas opgevuld.

'Een alibi,' zei Wycliffe ongeduldig. 'Zelfs al was er een alibi, dan nog zou de enige juiste handelwijze zijn om mijn pupil de bescherming van uw naam te verlenen.'

'Dat zal hij doen,' zei Rochester. 'Hij weet dat ze anders beiden geruïneerd zijn.'

Tristan wierp hem een sarcastische glimlach toe. 'In het belang van de waarheid en rechtvaardigheid: heeft ze daadwerkelijk beweerd dat ik haar heb meegenomen naar het boothuis?'

Rochester trok een gezicht.

Wycliffe haalde zijn schouders op. 'Het was niet bepaald nodig dat ze een relaas gaf van de vernederingen. Het gaat erom dat de omstandigheden duidelijk zijn, en dat ze gezien is.'

Er klonken gehaaste voetstappen in de hal.

Achter hem vloog de deur open.

Iedereen die met het gezicht naar de deur stond, schrok en kreeg een ongelovige blik op het gezicht. Daardoor wist hij precies wie er was binnengekomen.

Hij draaide zich langzaam om en probeerde zijn plotseling galopperende hart te kalmeren.

Lucies wangen waren felrood, haar haar wapperde los rond haar gezicht. Ze was een vrouw die zich wilde wreken.

Toen ze het vertrek binnenschreed, haar kleine kin vastberaden vooruitgestoken, besefte hij helaas dat ze hier was… om hem te wreken.

Hij wierp zich in haar pad. 'Niet doen, Lucie.'

Ze negeerde hem en liep regelrecht op lord Wycliffe af. 'Lord Ballentine is onschuldig,' zei ze. 'Ik ben zijn alibi. Hij was de hele tijd bij mij.'

35

Een oorverdovende stilte vulde de bibliotheek. De stilte na een explosie, dacht Lucie afwezig. Iedereen zag net zo bleek als na met granaten te zijn bestookt. De tijd moest ook tot een kruiptempo zijn vertraagd, want ze had een hele poos om alle aanwezigen in zich op te nemen. Tommy, haar moeder, mannen met notitieboeken die eruitzagen als advocaten: allemaal stonden ze daar, kaarsrecht als levensgrote tinnen soldaten. Daar was Rochester, naast Wycliffes oorfauteuil, die nog op dezelfde plek stond als al die jaren geleden. Er stond ook een chesterfield waarachter ze zoveel ochtenden had doorgebracht, schuilend, lezend, schakend, en die zag er veel minder imposant uit dan in haar herinnering. Het was eigenlijk maar een gewone sofa. En het plafond leek lager, de boeken op de planken waren bedekt met stof. Het tapijt was erger versleten dan zelfs voor een landhuis acceptabel was. Was het hier allemaal begonnen?

Dat ze oog in oog met haar vader stond liet haar ook verbazingwekkend koud. Net als zijn bibliotheek was hij ouder en kleiner dan ze zich herinnerde, de lijntjes aan weerszijden van zijn mond waren nu diepe groeven. Hij zag er een beetje komisch uit, met grote verbaasde ogen in een verstijfd gezicht. Was dit de man wie ze half had gevreesd en half had gehaat terwijl ze opgroeide?

Rochester deed een stap naar voren en plotseling was ze weer in het heden. Tristans vader was nog altijd lang en imposant, met een vijandige blik in zijn groene ogen. 'Wat heeft dit te betekenen?' wilde hij weten.

'Wat het betekent,' zei ze luid, 'is dat als lord Ballentine die nacht in mijn bed heeft doorgebracht, hij dus niet tegelijkertijd mijn nicht in opspraak kan hebben gebracht.'

Er klonk een gesmoord geluid uit haar moeders richting.

Ze voelde dat Tristan naar haar staarde, maar ze ontweek zijn blik. Het zou pijn doen om hem aan te kijken en ze kon zich nu geen zwakte permitteren.

'Hou op met schrijven,' grauwde Wycliffe. 'Als hiervan ook maar één woord deze kamer verlaat, zal ik er persoonlijk voor zorgen dat jullie allemaal je vergunning kwijtraken.' De drie mannen die eruitzagen als advocaten verstijfden, met hun vingers om hun pen.

Rochester staarde haar aan. 'U doet een ongeloofwaardige uitspraak. Kunt u het bewijzen?'

'U wilt een getuige?' Ze hield haar hoofd schuin. 'Het is niet bepaald gebruikelijk om bij dergelijke ontmoetingen een derde persoon in de kamer te hebben.'

'Stilte,' blafte haar vader. Zijn bleke gezicht was zorgwekkend vuurrood geworden.

Haar hart ging tekeer, het bonkte zwaar in haar oren. De dromerige sfeer van de situatie begon te verdwijnen; de drang die door haar heen had gebeukt op de velden en haar een bovennatuurlijke vastberadenheid had verschaft stroomde nu uit haar weg.

'U kunt me hier misschien het zwijgen opleggen,' zei ze, 'maar ik zal niet aarzelen naar de kranten te stappen om het uit de doeken te doen. En al helemaal niet als ik merk dat er "gevolgen" zijn.' Ze legde veelbetekenend een hand op haar buik.

Er werd zo collectief naar adem gehapt dat alle lucht uit het vertrek werd gezogen.

Tristan zette een stap naar haar toe voordat hij zich met moeite in bedwang kreeg; vanaf de andere kant van de ruimte kon ze voelen dat hij het moeilijk had. Ze wierp een vliegensvlugge blik op hem en zag dat zijn gezicht bleek was. *Wat heb je gedaan?* zei de blik in zijn ogen.

'Thomas,' zei haar vader, zijn donkere blik nog op de hand die op haar buik lag. 'Ga je nicht halen.'

Tommy draaide zich met een geschokte blik van afkeuring naar zijn vader.

'Nu,' zei Wycliffe. Lucie kende deze toon. Het was er een die voorafging aan vaderlijke discipline.

Tommy perste zijn lippen stijf op elkaar, maar liep wel naar de deur.

Niemand zei een woord tot hij terugkwam.

Cecily zag er absoluut uit alsof ze was verleid in een heg en dat nu betreurde. Haar haar zat door de war en haar mooie gezichtje was vlekkerig en opgezwollen van het huilen. Lucie schrok ervan; het was niet gek dat de mannen in deze ruimte haar graag wilden beschermen, en als ze niet beter wist zou dat ook haar reactie zijn geweest.

Toen Cecily Tristan naast het bureau zag staan, werden haar blauwe ogen groot van paniek. Een blik die omsloeg in verbijstering op het moment dat ze Lucie herkende. Haar gezicht verstarde helemaal toen Wycliffe haar over Lucies bewering vertelde.

'Wat heb je daarop te zeggen, Cecily?' vroeg Wycliffe.

Cecily keek niemand aan; ze stond erbij met hangende schouders. Toen ze sprak, was dat met een hoge en zachte stem. 'Het lijkt er voor mij op dat nicht Lucie lord Ballentine zelf wil opeisen.'

Wycliffes wenkbrauwen schoten verbaasd omhoog en onder de notarissen ontstond wat gemompel. Dit was geen verdediging, maar een aanval.

Lucie vertrok haar gezicht. 'Ik laat liever al mijn tanden uittrekken dan dat ik zou trouwen, Cecily.'

'En toch sta je nu hier,' mompelde Cecily. 'En je zegt dat hij...' Ze stokte een beetje alsof ze zich er niet toe kon zetten de woorden uit te spreken en trok haar neus op alsof ze tegen de tranen vocht.

‘Cecily,’ zei Wycliffe op merkbaar killere toon. ‘Nogmaals: heb je iets nuttigs over de kwestie in te brengen?’

Cecily keek Lucie voor het eerst recht in de ogen. ‘Je hebt me nooit gemogen,’ zei ze. ‘Ik denk dat je me zelfs benijdde.’

‘Jou benijden?’ Lucie was oprecht verbaasd.

Cecily knikte. ‘Omdat ik je plaats heb ingenomen. En misschien probeer je daarom nu wel mijn geluk te verpesten.’

Achter Cecily’s schouder zag Lucie haar moeder een hand naar haar mond brengen.

Langzaam schudde ze haar hoofd naar haar nicht. ‘De plek die jij inneemt heb ik nooit gehád, Cecily, en ik was hier zeker niet gelukkig. Wat jouw geluk betreft... Denk je echt dat het juist is om lord Ballentine te dwingen?’

Cecily vernauwde haar ogen naar haar, met een kwade glinstering erin.

‘Stop,’ zei Tommy, die boos een stap naar voren deed. ‘Dit staat me niet aan. Het lijkt wel een kruisverhoor. En het is nergens voor nodig. Cecily heeft niemand gedwongen.’

‘Waarom ben ik dan hier?’ vroeg Tristan goedig. Hij leunde tegen het bureau, zijn voeten bij de enkels over elkaar, en hij oogde bedrieglijk ontspannen. Lucie voelde zijn ingehouden woede, ondanks de rust die hij uitstraalde, en ze kreeg het verontrustende gevoel dat die grotendeels op haar was gericht.

Tommy viel tegen hem uit. ‘Omdat een dame niet gedetailleerd over zoiets schandelijks zou spreken, en dat is ook niet nodig. Ze was met jou en ze was een paar uur weg, zonder chaperonne. Dat is voldoende om haar reputatie te ruïneren en je zult verdorie doen wat juist is.’

Tristans glimlach kreeg nu iets venijnigs. ‘Je zus zegt dat ik haar ook heb geruïneerd, en dat zal ik niet ontkennen; wilde je voorstellen dat ik met beide vrouwen trouw? Beedle?’

‘Ehm,’ zei Beedle.

'Hij heeft een tatoeage,' flapte Cecily eruit. 'Lord Ballentine heeft een tatoeage op zijn borst.'

Alle hoofden draaiden zich nu weer naar Cecily, en Lucies hart sloeg over.

Haar blik schoot naar Tristan. De blik in zijn ogen vertelde haar dat dit hem ook overviel.

'Is dat zo?' klonk Rochesters gretige stem. 'Beschrijf die eens voor ons.'

Cecily werd zo rood als een biet, maar toen Rochester bemoedigend knikte, zei ze: 'Aan de rechterkant van zijn borstkas.'

Wycliffe wendde zich tot Tristan. 'Is dat waar?'

Tristan knikte. 'Ja.'

Tommy deed een stap naar hem toe. 'Jij,' bracht hij knarsend uit. 'Hoe haalde je het in...'

'Wacht eens even,' zei Lucie. 'Cecily kan dit makkelijk op het damestoilet hebben gehoord in plaats van het zelf gezien te hebben.'

'Dat is belachelijk,' zei Wycliffe. 'Het meisje verkeert nu niet bepaald in kringen waar de tatoeages van lord Ballentine in het bijzijn van debutantes worden besproken.'

Haar vader had duidelijk geen idee wat vrouwen onder elkaar allemaal bespraken in afgezonderde ruimten tijdens met wijn overgoten sociale bijeenkomsten.

Haar blik ontmoette die van Cecily. Haar nicht zag eruit alsof ze zich in te diep water had gewaagd, maar de roekeloze blik in haar ogen verried dat ze niet zou toegeven.

'Beschrijf hem dan maar,' zei Lucie. 'Want ik durf te wedden dat je dat niet kunt.' Het was een gok, maar er viel nu niets meer te verliezen.

Stemmen zwollen op om hen heen, protesterend, klagend, bevelend...

'Het is een... naakte vrouw die dansend een rondje draait,' zei Cecily.

Het waren haar steels naar rechts schietende ogen toen ze het zei die Lucie rillingen bezorgden. 'Ben je daar zeker van?' zei ze snel.

Cecily lachte haar kleine tanden bloot. 'Wat ben je vreselijk vasthoudend, nicht.'

'Een vrouw, zeg je?'

'Dat zei ik net, ja.'

'En er was niets ongewoons aan haar?'

Cecily leunde naar voren, knielde bijna. 'Ze is heel duidelijk naakt.'

'Duidelijk, zeg je. Dus je hebt haar van dichtbij gezien?'

'Inderdaad.'

Het was nu muisstil in de bibliotheek toen iedereen in het vertrek zich een situatie voorstelde waarin Tristans blote borst dicht bij Cecily's ogen kon zijn geweest...

'En je vond het niet opvallend dat ze vier armen had?' vroeg Lucie.

Cecily staarde haar even zonder te knipperen aan. Toen lichtte haar gezicht op omdat ze iets besefte, alsof ze zojuist een heel lastige puzzel had opgelost. 'Waarom wil je me met alle geweld misleiden?' riep ze uit. 'Natuurlijk heeft ze geen vier armen.'

'Nu is het genoeg geweest,' zei Wycliffe. 'Genoeg nu. Heren...'

'Eerlijk gezegd,' zei Tristan, 'heeft ze inderdaad vier armen.'

Iedereen keek naar hem. Alleen Cecily deed een stap achteruit.

Tristan bracht zijn handen naar zijn halsdoek. 'Wenst iemand een demonstratie?'

'Nee, zeg,' zeiden Wycliffe, Tommy en Rochester in koor. Ze klonken ontzet. En onzeker.

Ondanks de eerdere bedreiging van hun vergunning volgden de notarissen met hun pen in de aanslag heel geboeid de woordenwisseling, alsof ze naar een potje tennis keken. Gespeeld met granaten.

Lady Wycliffe kwam naar voren. Bleek en glanzend had ze een

wassen beeld kunnen zijn toen ze naar haar nicht toe liep. 'Cecily,' zei ze zacht, met uitgestoken hand. 'Zeg dat het niet waar is.'

Cecily deinsde nog steeds achteruit.

'Godallemachtig,' zei Wycliffe.

Cecily's onderlip trilde. 'Arthur heeft me ertoe aangezet,' zei ze en haar ogen schoten alle kanten op. 'Het was Arthurs idee. Hij zei... De tatoeage... Hij heeft het me verteld... Het was niet mijn bedoeling. Ik raakte gewoon verdwaald toen ik achter u aan rende, nadat u me op de jaarmarkt zomaar had laten staan.' Ze keek Tristan met een betraand gezicht aan.

'Wegwezen,' zei Wycliffe met vlakke stem tegen de notarissen. 'Eruit, nu.'

'Ik ben in het boothuis gaan zitten huilen, omdat lord Ballentine zo vreselijk wreed tegen me had gesproken,' zei Cecily tussen twee snikken door. 'En van uitputting ben ik op zijn jas in slaap gevallen. Toen ik wakker werd, was het al laat en de duisternis was ingevallen. Had ik soms de nacht in het boothuis moeten doorbrengen? Ik moest wel zonder chaperonne teruggaan, ik had geen keus.'

'Maar je kon er wel voor kiezen mijn naam te zuiveren,' opperde Tristan rustig.

Ze wierp hem een ongelovige blik toe. 'Er is een zoekactie op touw gezet, een schandaal was onvermijdelijk. U zou niet met me zijn getrouwd als er een schandaal was geweest waarbij u niet zelf betrokken was.'

Tristan schudde langzaam zijn hoofd. 'Ik heb nooit met je willen trouwen, en het spijt me als je een andere indruk hebt gekregen.'

Cecily balde haar vuisten. 'Ik ga niet lijdzaam afwachten om dan maar met de eerste de beste man te trouwen die ze voor me uitzoeken...'

'Felicity,' zei Wycliffe zacht, 'breng haar naar haar kamer.'

Lady Wycliffe bewoog zich met moeite voort, alsof ze door lijm waadde.

Toen stak de gravin haar kin vooruit en greep Cecily bij haar elleboog. Ze keurde de mannen in het vertrek geen blik waardig terwijl ze haar pupil naar buiten leidde.

Nadat de deur was dichtgevallen, draaide Wycliffe zich langzaam naar Rochester. 'Goed,' zei hij. 'Het lijkt erop dat uw zoon met mijn dochter gaat trouwen, en niet met mijn pupil.'

Rochester verschoot van kleur. 'Geen sprake van,' zei hij. 'Mijn zoon is de erfgenaam van het huis Rochester en zal in overeenstemming met zijn status trouwen.'

Lucie keek toe terwijl haar vader een stap richting Rochester zette, zo snel dat het alleen instinctief kon zijn geweest. 'Insinueert u nu dat een dochter van het huis Wycliffe niet geschikt is?'

'Kom nou, Wycliffe, een Ballentine kan niet trouwen met een –'

'Ik adviseer u hier goed over na te denken,' onderbrak Wycliffe hem ijzig. 'Als een Ballentine maar liefst twee Tedbury-vrouwen kort na elkaar ruïneert, zal hij verdorie nog aan toe met minstens een van hen trouwen.'

'Ik ga met niemand trouwen,' zei Lucie, en ze verliet de bibliotheek.

Ze had al verwacht dat Tristan achter haar aan zou komen. Hij haalde haar in de grote zaal in toen ze nog op een aanzienlijke afstand van de uitgang was.

'Wycliffe heeft een punt,' zei hij zonder inleiding. Dit had ze ook verwacht en ze liep door. Hoopte dat haar pony er nog was, nog gereedstond.

'Hij heeft een punt, en we moeten praten.'

'Tristan, ik ga niet met je trouwen, dus in het belang van ons beider waardigheid, vraag me alsjeblieft niet.'

Hij klemde haar bovenarm vast zodat ze moest blijven staan en ze draaide zich naar hem toe.

Haar maag verkrampte. Ze was er nog niet klaar voor om door hem te worden aangeraakt. Zo dichtbij dat ze hem kon ruiken. Ze had op dit moment maar erg weinig kracht over om ruzie met hem te maken, terwijl zijn blik zich zo vastberaden in de hare boorde.

'Je bent je ervan bewust dat we een probleem hebben.' Ondanks zijn kalme toon had ze hem nog nooit zo serieus gezien. Het vooruitzicht om te trouwen stond hem waarschijnlijk ook niet erg aan. Dat had hij haar gisteren nog verteld toen ze hem in haar zitkamer aan de tand had gevoeld...

Ze schudde haar hoofd. 'Ik ben hier niet naartoe gekomen om je tussen Cecily en mij te laten kiezen, maar om je een keuze te geven tussen Cecily en je vrijheid. Ik kan niet trouwen. Dat moet je nu toch tenminste over me weten.'

Ze wilde verder lopen, maar werd aan haar arm teruggetrokken.

Zijn gezicht stond hard alsof het uit steen was gehouwen. 'Hoelang denk je dat het duurt voordat het bekend wordt? Wat denk je dat dat met jouw reputatie zal doen, Lucie? En met London Print? En de vrouwenkiesrechtbeweging?'

Even kreeg ze geen lucht. Het overweldigende besef van wat ze had gedaan, werd voor nu op afstand gehouden door een flinterdunne afscheiding van tijdelijke ontkenning, wat niet tegen veel meer opgewassen zou zijn.

'Mijn familieleden zouden dit nog eerder meenemen in hun graf dan dat ze het naar buiten lieten komen, er zou dus helemaal niets gebeuren.'

'Mogelijk, maar dat is niet bepaald gegarandeerd, schat.'

'Dat betekent nog niet dat ik jouw vrouw moet worden,' zei ze. 'Dit ging om rechtvaardigheid.'

'Rechtvaardigheid?' Zijn glimlach was uiterst cynisch.

'Wat zou het anders zijn?' Haar stem schoot omhoog. Ze moest weg, weg van hier en weg van hem.

Zijn greep om haar arm werd strakker. 'Wat anders?' zei hij. 'Na de afgelopen maand is het niet aanmatigend om aan te nemen dat je genegenheid voor me hebt.'

Genegenheid?

Wat een onbenullig, ontoereikend, belachelijk woord.

'Vijf minuten geleden leek je anders nog bereid om met mijn nicht te trouwen,' zei ze maar, 'dus wat ik voel doet er niet echt toe.'

Zijn gezicht stond ongelovig. 'Voor geen goud. Had je soms liever gehad dat ik je als mijn alibi had genoemd? Toegegeven, het is wel bij me opgekomen om jou te noemen. Dat heb ik niet gedaan, want hoe kon ik het je opdringen? Maar nu heb je het jezelf misschien wel opgedrongen.'

'Nee.' Ze trok haar arm met een ruk los. 'Ik ben liever geruïneerd dan tot slaaf gemaakt.'

Hij hapte naar lucht. 'Dit is de juiste tijd noch de juiste plaats. Laten we ergens onder vier ogen praten.'

'Tijd en plaats hebben geen invloed op mijn beslissing.'

'Wees verdorie nou eens redelijk, Lucie. Je hebt me al elke avond in je bed en dat bevalt je, dus waar zit hem dan het verschil?'

Ze trapte hem bijna tegen zijn schenen. 'De daad,' siste ze. 'Dat is natuurlijk het enige waar jij aan denkt. O, wat heerlijk moet het zijn om de luxe van de mannelijke naïviteit te hebben.' Ze kwam weer in beweging, met haar blik op de deur. 'Het verschil tussen echtgenote en minnares is als dag en nacht,' zei ze, geïrriteerd omdat hij weer achter haar aan kwam. 'Noem eens één getrouwde vrouw, eentje maar, die aan belangrijke zaken buiten het huis bijdraagt.'

Hij bromde van ergernis. 'Is dát waar je je zorgen om maakt?'

Tristan had makkelijk praten. 'Noem er één. Dat kun je niet, want het is haast onmogelijk om als vrouw nog iets te bereiken als je opgezadeld bent met een echtgenoot en de constante eisen van het vrouwelijk protocol, om over kinderen nog maar te zwijgen. Waarom denk je dat progressieve vrouwen zich genoopt voelen als oude vrijster door het leven te gaan?'

'Hou op,' zei hij streng, 'hou op met vluchten. Hou op met jezelf achter je werk te verschuilen.'

'Verschuilen!'

'Ja, verschuilen.' Weer gebruikte hij zijn kracht om haar tegen te houden, en toen haatte ze hem een beetje.

Hij moet het in haar gezicht hebben gezien, want er kwam een strijdlustige glinstering in zijn ogen. 'Denk na,' mompelde hij en hij boog dicht naar haar toe. 'Als je er echt zo op tegen was om een man in je leven te hebben en alle daarmee gepaard gaande "gevolgen", zou je nooit de risico's hebben geaccepteerd die erbij komen kijken als je mij in je bed toelaat.'

Ze voelde zijn adem op haar wang. Hij was zo dichtbij. Haar onregelmatige hartslag gooide haar gedachten door de war. *Vluchten*, was het enige wat ze hoorde. *Vluchten*, luider nu, toen zijn blik zachter werd en alle vertrouwde groene en gouden vlekjes in zijn ogen zichtbaar werden.

'Je bent niet gek, Lucie,' zei hij op een warmere toon. 'Je kende de risico's. Je wilde me evengoed. Vraag je eens af waarom.'

Haar keel werd akelig dichtgesnoerd. 'Je hebt gelijk,' wist ze uit te brengen. 'Ik verlangde naar je. Maar zelfs als de wet anders was, zou ik nooit met je trouwen.'

Even was hij verbijsterd, en ze rukte zich los.

'Je vindt me goed genoeg om het bed mee te delen, maar niet om te huwen?' Zijn stem was diep van verontwaardiging.

Nog niet zo heel lang geleden moesten veel vrouwen exact dezelfde woorden tegen hem hebben uitgeroepen.

Verbaasde lakeien maakten de voordeur voor hen open.

'We passen niet bij elkaar,' zei ze na een paar treden te zijn afgedaald.

'Ah,' zei hij scherp. 'Wil je me uitleggen waarom niet?'

Er ging een golf van opluchting door haar heen; haar pony stond nog naast de fontein, vastgehouden door een paniekerig kijkende stalknecht.

Door die verdraaide trap en vervloekt strakke rokken deed ze er een eeuwigheid over. 'Als ik een huwelijk zou overwegen,' zei ze, 'zou dat met een man zijn die trouw is. En jij kunt niet trouw zijn.'

'Hoe weet je dat zo zeker?' wilde hij weten.

Ze sprong van de laatste tree af. 'Omdat je Tristan Ballentine bent.'

Hij draaide zijn lichaam abrupt in haar pad, het grind knerpte onder zijn hakken. 'Mijn reputatie is voor de helft gebaseerd op geruchten, en dat weet je.'

Ze keek hem boos aan. 'Je vertrouwt jezelf niet eens en je zei dat ik je niet moest vertrouwen. Ik luister als mensen me vertellen wat ze zijn.'

'Hemel, dat heb ik je verteld omdat ik zelf op dat moment dacht dat dat waar was, en dat was geheel gebaseerd op het gevoel dat ik over mezelf als man had, niet op wat ik voor jou voelde. Als we rustig konden praten, zou ik je uitleggen dat de dingen zijn veranderd...'

'Woorden,' riep ze uit. 'Woorden doen er niet toe, en je bent impulsief. Neem bijvoorbeeld onze eerste avond: je stortte je op me zodra je me naakt zag, terwijl je veel te verliezen had.'

Hij werd bleek. 'Ik stortte me toen inderdaad op je,' zei hij zacht, 'omdat ik verdorie al mijn halve leven naar je heb verlangd.'

Ze stak haar kin vooruit. 'Aan de kant, alsjeblieft.'

In plaats daarvan deed hij een stap dichterbij en boog zich naar haar toe met een intense blik die het geschreeuw in haar hoofd deed verstommen. 'Dan hoop ik in jouw belang dat er geen kind is,' mompelde hij. 'Want ik geef je nu mijn woord: als dat wél het geval is, sleep ik je desnoods persoonlijk naar het altaar en je zult "ja, ik wil" zeggen, en maling aan de politiek.'

Hij had haar net zo goed bij de keel hebben kunnen grijpen.

Even was ze bang dat ze moest overgeven.

'En daar glijdt het masker af,' fluisterde ze. 'Denk hier eens over na, Ballentine... Een eventueel kind zou zonder jou beter af zijn, voor het geval je in een bruut zoals je eigen vader verandert.'

Hij knipperde. Hij wilde iets zeggen, maar voor één keer was hij sprakeloos.

Eindelijk hield hij haar niet meer tegen toen ze weg wilde. Hij bewoog helemaal niet toen ze langs hem naar de pony snelde en haar rokken ophees om in het zadel te klauteren. Vanuit haar ooghoek zag ze dat hij nog net zo stond als ze hem had achtergelaten, stijf en met zijn rug naar haar toe. Toen ze even later over de oprijlaan wegreed, voelde ze de tedere band tussen hen knappen.

36

Het was net als de vorige keer dat ze uit Wycliffe Hall was vertrokken: ze voelde helemaal niets. Ze keerde met beschaafde tred terug naar Newbury en bracht de pony zonder omhaal terug. In de trein waren haar ogen droog, maar zag ze niets van het landschap dat langs de ruiten vloog.

Thuisgekomen aaide ze Boudicca en gaf haar te eten, waarna ze methodisch de post doornam die Mrs. Heath op haar bureau had gelegd. Annabelle had een kaartje achtergelaten met de vraag of ze wel in orde was. Ze moest Lucie gehaast bij de lunch in het Randolph hebben zien weggaan. Daarna een epistel van lady Athena, die rapporteerde dat er gisteren mensen van de *Manchester Guardian* bij Tristan op kantoor waren geweest... Ze legde de brief met de beschreven kant naar beneden. Het zien van zijn naam deed al pijn.

Terwijl ze haar bureau opruimde, besloot ze de volgende ochtend te pakken voor Italië. In Toscane wist niemand iets van haar, de suffragettes of lord Ballentine.

Lord Arthur strompelde vlak voor middernacht zijn kamer in Merton College binnen. In zichzelf mompelend en riekend naar alcohol tastte hij naar de lichtschakelaar.

Hij was net zo beschamend makkelijk te besluipen als een eenzame gazelle.

Op het moment dat de deur dichtviel, sloeg Tristan toe.

In een oogwenk zat Arthur in een wurggreep, met zijn hoofd in een akelige hoek.

De sleutels vielen rinkelend op de grond.

Arthur was zo stijf als een zoutpilaar, zijn rug vlak tegen Tristans borst. Sterke vingers hadden zich over zijn mond geklemd, zodat hij geen kik zou geven.

Tristan bracht zijn lippen dicht bij zijn oor. 'Geen beweging. Het scheelt een haar of ik breek je nek. Het zou jammer zou als het per ongeluk gebeurt.'

Dat was niet waar, want zo makkelijk brak een nek niet. Maar dat zou lord Seymour niet weten; die voelde alleen maar een gemene pijn en Tristans moordzuchtige bedoelingen.

'Ik kan de pijn wegnemen. Maar als je weerstand biedt of schreeuwt, zal het je spijten. Begrepen?'

Een stilte, toen liet Arthur een berustend geluid horen.

'Goed.' Hij draaide de jongeman om en duwde hem tegen de muur, zette toen zijn handen met een klap aan weerszijden van zijn hoofd.

Arthurs ogen waren wijd opengesperd van schrik en de misselijkmakend zoete geur van angst gutste al uit hem. Tristan was zo woedend dat hij geen medelijden kon opbrengen.

Hij boog nog dichterbij. 'Ik heb een zeer onplezierige dag gehad,' zei hij, 'en die zou nog erger zijn geworden als jij niet zo kippig was.'

Arthur drukte zich tegen de muur aan. 'Hoe bedoel je?'

'Of was je soms te zeer afgeleid om mijn tatoeage goed te kunnen onderscheiden?'

Arthur werd lijkbleek. 'Cecily?'

'Cecily.'

'Wel vervloekt,' zei hij met schorre stem. 'Ik dacht niet… Jemig, vrouwen… Het was maar een ideetje. Ik had nooit verwacht dat ze…'

'Ze beweert dat het jouw idee was.'

Arthurs mond ging open zonder dat er woorden uit kwamen.

Vreemd.

Na het vurige vertoon van jaloezie en de dronken dwaasheid in Holywell Street had Tristan meer weerstand verwacht. Maar hij was dan ook een kop groter en een stuk gespierder dan de jongeman. Die er inderdaad erg jong uitzag, met glinsterende blonde donshaartjes op zijn lip. Probeerde hij nou een snor te laten groeien? De gedachte zat hem dwars. Dat Arthur hem aan een jong hondje deed denken, was niet bevorderlijk voor zijn poging hem te wurgen.

Hij schudde zijn hoofd. 'Als je in mijn schoenen stond, wat zou jij dan doen?'

Arthurs keel bewoog hevig in de stilte.

Hij staarde recht voor zich uit naar Tristans halsdoek, het zweet stond op zijn voorhoofd.

'Wat ik nog liever wil weten,' zei Tristan, 'is of je van plan bent me nog meer lastig te vallen.'

Een moment verstreek, toen hief Arthur zijn bleke gezicht op en keek hem in de ogen. 'Nee.'

Hij rook de whisky op de adem van de jongen.

Hij besefte dat hij Arthur tegen een landkaart had geduwd, een vervaagde en gehavende kaart van Griekenland. Hij zag dat de hele kamer was verfraaid met kaarten in allerlei maten, sommige gekleurd, andere ongekleurd. Hij had geen idee wat Arthur studeerde; archeologie, cartografie, oude talen? Misschien hield hij gewoon van kaarten. Hij had het hem nooit gevraagd.

'Nou.' Hij deed een stap achteruit. 'Uitstekend.'

De jongen zakte een stukje in en ging met zijn hand naar zijn keel.

Een akelig gevoel bekroop Tristan. Plotseling kon hij niet snel genoeg weggaan.

'Jij weet niet hoe het is.' Door de miserabele bitterheid in Arthurs stem bleef zijn hand op de deurklink liggen.

Arthurs gezicht stond ook verbitterd, maar hij stak zijn kin vooruit. 'Jij weet niet hoe het is, om te weten dat er beeldschone mensen als jij bestaan maar dat ze nooit de mijne zullen zijn. Zelfs niet heel even.'

Tristan wierp hem een ongelovige blik toe. Lord Seymour hief zijn kin alleen nog maar hoger. Veroordelend.

Hij leunde met een schouder tegen de deurpost en bestudeerde Arthurs hooghartige gezicht nog eens goed. De uitdagende houding had misschien de angst wat verdrongen, maar de ellende eronder was zo klaar als een klontje.

'Je hebt gelijk,' zei hij langzaam. 'Ik weet niet hoe het is.'

Verrassing vlamde op in Arthurs ogen, waarna ze snel duister werden van achterdocht.

'Ik moet de persoon nog tegenkomen die me níét uiteindelijk wil, voor een uurtje, voor een nacht, als ik mijn zinnen erop zet,' ging Tristan verder. 'Je zou kunnen zeggen dat Fortuna me ontstellend gunstig gezind is.'

Arthur klemde zijn kaken op elkaar van verontwaardiging.

'Het zal je dus behagen dat de enige vrouw van wie ik ooit heb gehouden me heeft afgewezen,' zei Tristan koeltjes.

Hij wilde nu dan toch echt vertrekken, maar Arthur zei bits: 'Waarom heeft ze je afgewezen?'

Hij keek achterom. 'Ik denk omdat ze als ze openlijk haar leven met me wil delen met me moet trouwen, en zichzelf zo veroordeelt tot een leven in een soort gevangenschap.'

Arthurs lippen trokken. 'Niet veel anders dan mijn lot; gevangenschap, alleen maar omdat ik openlijk blijk geef van mijn genegenheid.'

Tristan verstarde. 'Inderdaad,' zei hij vervolgens zacht. 'Niet veel anders dan jouw lot.'

'Haar cipier zal haar in elk geval niet dagelijks afranselen,' zei Arthur spottend. Toen hield hij met een taxerende blik zijn hoofd schuin. 'Of misschien toch wel.'

Godallemachtig!

Hij had de opmerking over de gevangenis gedachteloos gemaakt, maar nu besefte hij met ongelooflijke duidelijkheid dat hij een dwaas was. Hij had Lucie gehoord, maar had haar zorgen niet goed begrepen, niet echt; hij zou zijn vrouw met zijn leven beschermen, zag ze dat dan niet? Hij begreep het nu, terwijl Arthurs antipathie in golven over hem heen spoelde en hij zich de jongen smerig en hongerig achter tralies voorstelde. Een zwaar gevoel drukte op zijn borst. Het balde zich nu allemaal samen in zijn hoofd, de ideeën van verlangen, gevangenschap en het huwelijk.

Zijn blik boorde zich in die van Arthur. *Je wist wat ik was en toch heb je me meegenomen... Je bent een monster, je bent harteloos.* Een emotie, warm als schaamte, rolde over hem heen. Velen voelden zich tot hem aangetrokken, daar kon hij niet echt iets aan doen, maar de waarheid was dat het hem ook niets had kunnen schelen.

Hij wreef over zijn gezicht. 'Ik bied mijn excuses aan.'

Arthur keek hem indringend aan. 'Waarvoor precies?'

Voor het feit dat het hem geen donder had kunnen schelen. Voor deze trieste tijd, waarin de wetten het een bittere zaak maakten om te leven en verliefd te zijn, tenminste als je niet als man was geboren, en iemand die toevallig liefhad volgens de regels. Hij had de regels niet gemaakt, maar hij had ook nooit geprobeerd om ze te veranderen. Hij had een hoop tijd verspild met het strijden in de verkeerde oorlogen.

'Voor meerdere dingen, denk ik,' zei hij tegen Arthur.

'Ik hoef niet in de watten gelegd te worden,' zei Arthur bruusk. 'Ik wilde alleen maar wat respect.'

'Hou je uitsluitend van mannen?'

Arthur keek verbaasd. 'Wat gaat jou dat aan?'

'Je bent een jongere zoon. Het is niet noodzakelijk dat je trouwt. Er zijn manieren... waarop een verstokte vrijgezel iemand dicht bij zich kan hebben. Een persoonlijke bediende...'

'Deksels.' Met een slanke hand wuifde Arthur dit weg, zijn gezicht verbijsterd en geïrriteerd. 'Natuurlijk zijn er manieren. Die hebben we altijd gevonden en dat zullen we ook altijd blijven doen. Maar er was slechts één ding waarvoor ik zou hebben gewild dat je me 's nachts in mijn kamer zou overvallen, Ballentine, en dat was geen mishandeling of geroddel over huwelijken. Dus als je nu zo vriendelijk wilt zijn om te vertrekken.'

De gangen van Merton College dreven in een waas voorbij toen Tristan naar buiten ging. Hij was gekomen om een rekening te vereffenen, maar vertrok nu vernederd en verward.

De ochtendzon vulde Lucies ontvangkamer met vrolijke helderheid alsof het een normale zomerdag was. Maar vandaag ging ze weg. Ze had gepakt, ze had haar papieren.

Boudicca vangen was echter wat anders. De kat haatte de reismand alsof het een portaal naar de onderwereld was en verstopte zich al de hele morgen.

Toen Boudicca eindelijk langs haar heen probeerde te glippen om bij haar etensbak te komen, stortte Lucie zich boven op haar. Ze had een stevige greep om het middel van de kat, maar het beest maakte zichzelf onmogelijk lang, en ze moest haar loslaten, anders zou ze alleen nog een staart met een wit puntje hebben vastgehad.

De kat zat al op de kersenhouten kast in de zitkamer, met haar oren plat tegen haar kop.

Lucie verplaatste het voetenbankje en ging erop staan.

'Geef het op,' zei ze, terwijl ze op haar tenen ging staan. 'Ik ken je trucjes en ik win altijd... Au!' Ze staarde naar de druppels bloed die op de achterkant van haar rechterhand verschenen.

Ze keek boos. 'Ben je gek geworden?'

Boudicca's respectloos starende blik zei haar dat ze haar zo weer zou krabben. En misschien ook wel bijten.

'Wacht maar.' Ze liep stampend naar de wasbak om de brandende pijn van de kras op te volgen met het prikken van zeep. 'Niet bewegen, mal beest.' Ze knielde bij de tapijttas en zocht haar leren handschoenen.

Ze had er één gevonden toen er werd aangebeld.

Ze verstarde.

Ze had het zich niet ingebeeld; de bel ging nog een keer, schel en opdringerig, en onmiddellijk gierden de zenuwen door haar lijf. Wie het ook was, ze wilde niemand zien.

De aanwezigheid van de bezoeker sijpelde giftige dampen door de muren. De persoon was er nog, wachtte, luisterde, hield de adem in.

Die zou niet weggaan.

Ze kwam overeind en liep met de handschoen nog in haar hand door de gang en ontgrendelde de sloten.

Een afgetobd gezicht met fijne gelaatstrekken keek haar aan. Dat was wel de laatste die ze had verwacht. 'Moeder.'

'Ssst.' De gravin keek nerveus over haar schouder.

Een klein huurrijtuig stond langs de kant van de weg te wachten.

Dat had ze niet horen aankomen tijdens haar pogingen de kat te vangen.

Haar moeders blik ging over de reisjapon en de handschoen, die ze los in haar gewonde hand hield. 'Vraag je me niet binnen?'

Ze deed de deur niet verder open. 'Wat wilt u?'

Haar moeders lippen werden zo dun als een streepje om haar brutaliteit. 'Ik zou dat liever onder vier ogen bespreken.' Weer keek ze half over haar schouder. Haar frêle lijf was zo mogelijk stijver dan gewoonlijk. Waarschijnlijk verwachtte ze dat zich elk moment een stel nieuwsgierige gewone burgers op hen zou storten. Haar moeder waagde zich zelden in de volksbuurten van een stad, behalve misschien voor haar liefdadigheid. Wat de reden voor haar bezoek ook was, ze moest het wel dringend achten. Om heel eerlijk te zijn was het Lucies zorg ook niet en daarom verroerde ze zich niet.

'Goed,' zei lady Wycliffe, met een staalharde blik in haar blauwe ogen. 'Ik heb je hulp nodig om iemand te laten verdwijnen.'

37

Ik heb je hulp nodig om iemand te laten verdwijnen.

Op de lijst van Minst Waarschijnlijke Dingen die haar moeder zou zeggen stond dit wel bovenaan.

Lucie stapte opzij. 'Wie hebt u vermoord, moeder?'

Lady Wycliffe schreed met een lankmoedige blik in haar richting langs haar. 'Er is niemand dood. Nog niet.'

Zodra ze in de ontvangkamer waren, draaide de gravin zich naar haar toe, met haar blik nadrukkelijk op Lucies gezicht gericht. 'Je bent niet echt in verwachting, nietwaar?'

Ze schudde haar hoofd, want voor zover ze wist was ze dat niet. Ze vroeg zich af hoe haar moeder zou hebben gereageerd als ze had gezegd van wel. Maar aldus gerustgesteld knikte lady Wycliffe alleen maar. Ze keek om zich heen in de kamer en nam de drukpers vol inktvlekken en de versleten bekleding van de sofa in zich op. Ze liep nog net niet naar de haard om een behandschoende vinger over de schoorsteenmantel te halen, maar ze kwam duidelijk in de verleiding.

Ze deed een stap naar het portret van tante Honoria. 'Wat cynisch,' merkte ze op toen ze de Valentijn-spotkaarten bestudeerde die Lucie in de ebbenhouten lijst had gestoken. 'Al zou Honoraria het vast amusant hebben gevonden.'

'Neemt u me niet kwalijk, maar ik heb een trein te halen.'

Haar moeder verstijfde. 'Natuurlijk.' Ze draaide zich naar haar om. 'Het gaat om lady Rochester.'

De naam trof haar als een stomp in de maag en één afschuwelijk moment kreeg ze geen lucht. Pijn waaierde uit van onder haar ribben alsof het een echte wond was die weer was gaan bloeden.

Wat zou het fijn zijn om Toscane te bereiken, waar niemand ooit van het huis Rochester had gehoord en haar niet per ongeluk het gevoel kon geven dodelijk gewond te zijn door de naam te noemen.

Haar moeder keek met schrandere blik toe hoe ze zich vermande.

'Ga verder,' zei Lucy schor.

'De situatie op Ashdown… De gravin kan daar op het moment niet zijn.'

'Dat weet ik.'

'Ik vermoedde al dat je het wist, na het schandelijke voorval van gisteren. Al had ik hoe dan ook je advies ingewonnen, want ik kan haar niet langer in Wycliffe Hall verborgen houden. Het huis is groot, en Wycliffe is niet erg opmerkzaam, maar uiteindelijk zal het personeel de mond voorbijpraten.' Ze sprak met een volkomen vlakke stem, de toon die ze bewaarde voor zaken die ze oprecht vreselijk vervelend vond.

Toegegeven, een adellijke dame verbergen was dan ook uiterst schandelijk. Waarom riskeerde haar moeder problemen door een kwetsbare vrouw onderdak te verlenen? Uit plichtsgevoel jegens een oude vriendin? Was het puur om haar echtgenoot dwars te zitten? Wat haar motivatie ook was, zij, Lucie, moest helpen Tristans moeder te beschermen. Tristan. Het deed pijn. Maar ze moest hem op de hoogte brengen. Ze moest hem op zijn minst een telegram sturen.

'Wat hebt u in gedachten?' vroeg ze, en ze probeerde zich te concentreren op deze urgente taak in plaats van op de pijn in haar borst.

'Ze moet zo snel mogelijk Groot-Brittannië verlaten,' zei haar moeder. 'Ik geef er echter de voorkeur aan dat ze in het bekende

Europese klimaat blijft. Door de dood van haar zoon is ze... nog wat onwel. De mogelijke extra spanning van een leven tussen bijvoorbeeld Amerikanen zal haar noodlottig worden.' Ze keek haar nu indringend aan. 'Kun je dat regelen?'

Lucie haalde haar schouders op. 'Ja.'

Voor elke prostituee met baby die ze naar een vrouwenhuis had gestuurd, had ze een adellijke dame helpen verdwijnen: de zwangere, ongehuwde verwanten van mannen met een titel, die hun kind wilden houden; dames die niet konden scheiden.

'Nou, dat is mooi,' zei haar moeder, en haar mond nam een minder strenge vorm aan.

'Het is niet goedkoop,' waarschuwde Lucie haar.

'Dat zou geen probleem moeten zijn.'

'O nee?'

'Wycliffe heeft zo zijn gebreken,' zei haar moeder, 'maar gierigheid hoort daar niet bij. Een verstandige vrouw kan in de loop van dertig jaar een aanzienlijk fortuin opzijleggen.' Ze keek er een beetje zelfvoldaan bij.

'Aha,' zei Lucie langzaam. 'Nou, ik zal u naar enkele mensen verwijzen die u verder kunnen helpen.'

Haar moeder verstarde en er verscheen een bezorgde frons tussen haar wenkbrauwen. 'Jij zult niet betrokken zijn bij deze... operatie?' Ze klonk ook bezorgd.

'Mijn contacten zijn zeer competent.'

Lucie liep om haar tapijttas heen naar haar bureau, dat al netjes was opgeruimd omdat ze weg zou gaan.

Ze opende een lade en legde een leeg vel papier, pen, inkt en zegelwas neer.

Haar moeder kwam erbij staan en keek gespannen over haar schouder mee terwijl ze wat op papier zette.

'Cecily heeft opgebiecht dat zij die pamfletten heeft verspreid op Claremont,' zei ze toen Lucie de brief ondertekende.

Haar pen schoot uit en voegde een extra krul aan haar naam toe. 'Dat weet ik.'

'Ze was blijkbaar bang dat jij haar plaats in mijn genegenheid zou innemen nadat we op een vriendelijke manier met elkaar hadden gesproken op Claremont. Je bent tenslotte mijn dochter. De gedachte dat ze niet meer nummer één zou zijn, bezorgde haar een soort paniek. Ik heb begrepen dat ze naar jouw kamer is gegaan met de bedoeling je schade te berokkenen en toen de pamfletten zag liggen.'

Lucie strooide wat zand over de brief. Deze bekentenis zou weleens een van Cecily's meest recente manipulaties kunnen zijn, om bij haar tante in het gevlij te komen en haar het gevoel te geven dat haar genegenheid iets was om onrust voor te stoken in een hertogelijk paleis.

'Ze heeft een bewonderenswaardige strijdlust laten zien,' erkende ze. 'Helaas heeft ze die nogal onhandig toegepast.'

De gravin verplaatste haar gewicht van het ene naar het andere been. 'Haar gedrag heeft ons diep teleurgesteld.'

Lucie stak de kaars aan om de zegellak te smelten. 'Gaat u haar naar tante Clotilde in Zwitserland sturen? Ik herinner me dat u mij altijd naar haar wilde sturen als ik u weer eens teleurgesteld had.' Wat heel vaak was.

'Ze vertrekt morgen naar Bern,' gaf haar moeder na een korte stilte toe.

'Hm.' Tante Clotilde was een draak van een mens. Ze kreeg bijna medelijden met haar nicht. Bijna.

'Cecily is de dood van haar ouders nooit helemaal te boven gekomen,' zei haar moeder. 'Ze heeft een sterke angst om alleen achter te blijven.'

Lucie schudde haar hoofd. Ook al werd ze begrensd, een vrouw had altijd keuzes. 'Ik had de indruk dat Tommy en u dol op haar waren.'

Ze druppelde de vloeibare zegellak op de envelop en drukte haar zegelstempel in de rode druppel.

Onderweg naar de trein zou ze langs het postkantoor gaan om Tristan een boodschap te sturen. Hij wilde zijn moeder zoeken en zou daarna zijn best doen Lucies vergeving te verdienen, had hij gezegd. Ze voelde een doffe pijn bij de herinnering. Na wat ze in Wycliffe Hall tegen hem had gezegd, zou hij waarschijnlijk vinden dat ze quitte stonden. Ze kon gerust aannemen dat hij nergens meer zijn best voor zou doen. Ze drong weer een paar brandende tranen terug. Ze had overwogen hem op te zoeken en met hem te praten als een volwassen vrouw die bij haar volle verstand was. Maar wat zou dat uitmaken? De wet was de wet. En haar angst zou niet zomaar in het niets oplossen. Ze zou alleen maar het onvermijdelijke uitstellen: nog meer liefdesverdriet.

Afstand. Afstand zou helpen.

Ze overhandigde haar moeder de brief. 'Dit zal helpen.'

Haar moeder keek wantrouwig naar de envelop. 'Wat moet ik hier precies mee doen?'

'Daar zit mijn aanbevelingsbrief in. En daarbij de adressen en codewoorden voor een vrouw die reisdocumenten vervalst en een vrouw die een geschikte bestemming zal uitkiezen en de logistiek zal verzorgen. Ik moet u vragen dit koste wat het kost vertrouwelijk te behandelen.'

'O,' zei lady Wycliffe zwakjes. 'Ik moet nog twee mensen opzoeken?'

De naïviteit. 'U wilt iemand spoorloos laten verdwijnen. Niet zomaar iemand, maar de vrouw van een vreselijk en machtig man. Neemt u maar van me aan, makkelijker kan ik het niet maken. Er zijn zelfs jaren werk aan voorafgegaan om dit voor elkaar te krijgen.'

'Goed.' Haar moeder stopte de envelop in de binnenzak van haar jas. Wat verstandig was, want een damestasje kon door een zakkenroller worden gegrepen. 'Kun je er echt niet zelf bij betrokken zijn?'

'Het zou wel kunnen, als ik niet naar de trein moest.'

Haar moeders blik gleed naar de koffer en open tapijttas naast de deur, en toen weer terug naar Lucie.

'Je verbaast me,' zei ze. 'Afgezien van alles, had ik je niet aangezien voor een vrouw die op de vlucht zou slaan.'

Lucie knipperde met haar ogen. 'Nou, en ik had u niet aangezien voor een vrouw die zou vechten.'

Een hoorbare inademing. Toen knikte haar moeder licht. 'Ik veronderstel dat we allemaal op onze eigen manier vluchten en vechten als de situatie dat vereist. Nietwaar?' Ze keek weer naar de tas. 'Het ziet ernaar uit dat je van plan bent een lange poos te reizen.'

'Inderdaad.'

Stilte.

'En waar kunnen we je bereiken?'

'Nergens.' Waarom zouden ze haar überhaupt willen bereiken?

Er flitste een emotie over haar moeders gezicht, onvast en vluchtig als een kaarsenvlam die tegen de tocht vecht. Daarna raakte ze afgeleid. 'O, wie hebben we hier?'

Lucie keek achterom. Boudicca, die schaamteloze verraadster, had het zich eindelijk verwaardigd uit haar schuilplaats te komen. Ze negeerde Lucie compleet en begon rondjes om de rok van de bezoekster te lopen, terwijl ze kritisch aan de zoom rook.

'Wat curieus,' zei haar moeder. 'Dus hier ben je naartoe gegaan.'

Ze bukte om met vertrouwd gemak de glanzende vacht van Boudicca's rug te aaien.

Een ijzig gevoel verspreidde zich door Lucies borst. 'Wat bedoelt u?'

'Hm?' Haar moeder keek op, haar behandschoende knokkels streelden nog achter Boudicca's oor.

'U zei "dus hier ben je naartoe gegaan". Alsof… alsof u haar hebt gekend.'

‘Dat is ook zo. Ik ben er vrij zeker van dat dit een afstammeling is van lady Violet.’

Lady Violet?

Haar moeder wapperde ongeduldig met haar hand. ‘De kat die de tweede prijs won op de tentoonstelling in Londen.’

Ze kon zich niets herinneren. Nee, ze had niet op haar moeders preoccupatie met kattenshows gelet, destijds.

‘Ik had kunnen weten dat hij haar aan jou zou geven,’ zei haar moeder. ‘God mag weten waarom. Je deed altijd onaangenaam tegen hem.’

De wereld viel stil.

Een akelig voorgevoel bezorgde haar een kille tinteling over haar rug. ‘Hij?’ vroeg ze. ‘Wie is “hij”?’

‘Lord Ballentine natuurlijk.’

Even leek ze gedesoriënteerd in het luchtledige te hangen.

‘U moet zich vergissen.’ Gedachten galmden door elkaar in haar hoofd zonder dat ze er wijs uit kon worden. ‘Het zou elke willekeurige kat kunnen zijn.’

Haar moeder keek beledigd. ‘Elke willekeurige kat? Onmogelijk. Het heeft de fokker en mij jaren gekost zo’n uiterlijk te verkrijgen: zwarte vacht, een staart met een wit puntje, de langpotige bouw. Ik zou die lijn overal herkennen. Hoe oud is ze?’

Haar stem bereikte Lucie door een gonzend geluid heen.

‘Tien,’ wist ze uit te brengen. ‘Dit najaar wordt ze tien.’

‘Dan bevestigt dat wat ik al zei. Ik weet het nog goed; lord Ballentine nam een van de kittens mee na zijn laatste zomer op Wycliffe Hall, tien jaar geleden. Hij beweerde dat ze voor een jongedame was die snakte naar gezelschap. Hij beargumenteerde het prachtig, dat weet ik nog, want ik geef mijn katten nooit zomaar weg. Maar ik gaf hem zijn zin, omdat ik bij zijn moeder in het krijt stond, een schuld die ik als meer dan vereffend beschouw na deze verschrikkelijke… Kind, gaat het wel goed met je?’

Nee, het ging niet goed. Haar keel zat dichtgesnoerd. Haar neus prikte, haar ogen brandden. Ze had zich nog nooit zo vreselijk vergist. Ze draaide zich om en strompelde de gang door, naar de keuken. Ze bleef staan op de plek waar ze hem een klap had verkocht, met haar hand op haar middel.

'Hemel.' Haar moeder kwam achter haar aan en keek bezorgd. 'Ik heb je in de war gebracht.'

'Nee.' Ze schudde haar hoofd. 'Nee. Alles is nu juist glashelder.'

Tristan had Boudicca bij haar op de stoep achtergelaten. Zij was de jongedame die naar gezelschap snakte.

Ze zag dat haar moeder verbijsterd om haar as draaide en de armoedige kastjes en de gietijzeren gootsteen opnam, vreemde objecten in haar ogen, de keuken een vreemde plaats.

Al die jaren had ze hem veracht.

Al die jaren waren vriendelijker en warmer geweest en doelgerichter vanwege haar vierpotige vriendin. Op sommige momenten zelfs haar enige vriendin.

Misschien heb ik je altijd aardig gevonden en bewonderd, Lucie... Ik verlang al mijn halve leven naar je.

Ze had zijn woorden zonder pardon weggewuifd, omdat ze boos was geweest, en bovendien, met Tristan kon je het toch ook nooit echt weten?

En als ze hem serieus had genomen, wat zou dat dan met haar hebben gedaan?

Ze had geweten dat ze een knappe, verdorven, sluwe, onverwachts tedere schurk kon weerstaan.

Ze had geweten dat ze niet een knappe, verdorven, sluwe, onverwachts tedere schurk kon weerstaan die in stilte zijn halve leven van haar had gehouden.

'Ik ben zo'n dwaas,' zei ze.

Haar moeder maakte een triomfantelijk geluid. Ze had een wijnfles naast de ijskist ontdekt, nog halfvol, en stortte zich erop.

‘Hier,’ zei ze, terwijl ze wijn in een theeglas schonk. ‘Je kunt wel een slokje gebruiken.’

‘Dank u, moeder.’ Ze meende het, en dat kon haar moeder horen; ze keek halverwege het schenken met een geschrokken gezicht op.

‘Maar ik heb geen tijd,’ zei Lucie. ‘Ik moet een trein halen.’

38

Tristan zat over zijn bureau gebogen, met zijn handen op het blad, en bestudeerde een krantenpagina.

Haar knieën werden slap van de plotselinge opluchting. Gulzig nam ze zijn aanblik in zich op. Hij zag er knap en dierbaar uit, zoals gewoonlijk in zijn overhemd, en zijn halsdoek hing los om zijn nek. Ze had weinig hoop gehad hem hier aan te treffen. Tijdens de treinrit naar Londen had ze besloten dat ze haar verontschuldigingen zou aanbieden, maar had haar gedachten niet verder durven laten gaan. Ze wist alleen maar dat ze haar excuses moest aanbieden. En als hij niet meer om haar gaf, zou ze dat absoluut overleven.

Hij keek op en zijn neutrale uitdrukking maakte haar ademloos van vrees. Overleven was slechts een lage standaard; met deze man had ze gelukkig kunnen zijn.

Er verscheen een flits van iets onbestemds in zijn ogen toen ze de sleutel omdraaide in het slot.

'Mag ik binnenkomen?'

Dit leverde haar een ironische blik op. 'Ga je gang.'

Haar benen leken wel van lood toen ze naar zijn bureau liep.

Tristans blik schoot van haar stijve grijze kraag naar haar schoenen, bleef onderweg kort op haar handen hangen die haar rokken vasthielden, en zijn mondhoek trok even. 'Je ziet er niet al te gezond uit, milady. Zware nacht gehad?'

'Afschuwelijk,' flapte ze eruit. 'En jij?'

'Vreselijk,' antwoordde hij meteen.

Met haar vingers greep ze nu de rand van zijn bureau, om te

voorkomen dat ze over dat bureau heen zou kruipen om zich in zijn armen te nestelen.

'Je draagt je oorbel weer,' zei ze daarom maar.

Zijn hand ging omhoog om het glinsterende knopje aan te raken, maar hij liet hem weer zakken en haalde zijn schouders op.

'Je moeder is op Wycliffe Hall,' vertelde ze hem. 'Ik heb vanmorgen haar verdwijning in gang gezet.'

Hij knikte. 'Ik ontving een paar uur geleden een telegram namens mijn moeder, waarin stond dat het goed met haar gaat en ze van plan was in het geheim naar het continent te vertrekken. Ik ben blij om dat bevestigd te horen.'

Ze schudde haar hoofd. 'Het lijkt erop dat ze ons allebei hebben beetgenomen.'

'Moeders,' zei hij. 'Vreselijk mysterieuze schepsels.'

'De omstandigheden dwingen vrouwen daartoe.'

Hij hield zijn hoofd schuin. 'Ongetwijfeld. Maar iets zegt me dat de streken van onze moeders niet de enige reden voor jouw bezoekje zijn.'

Haar hart bonsde tegen haar borstkas. Ze veronderstelde dat het hoffelijk van hem was om haar een aansporing te geven. Ze ademde diep in om haar zegje te doen toen haar blik op de kop van een van de papieren op het bureau viel.

Even was ze overdonderd, wist ze niet wat ze moest zeggen.

Hij bleef verdacht stil terwijl ze verwerkte wat ze zag.

'Dat zijn onze gegevens,' zei ze langzaam. 'De gegevens voor ons rapport.'

Ze keek naar hem, nog altijd in de war, en hij knikte. 'Dat klopt.'

Ze pakte een van de vellen op. 'Van wie heb je dit gekregen?'

'Van een Mrs. Millicent Fawcett.'

'Millicent Fawcett.'

'Ja. Je hebt haar naam een of twee keer genoemd.'

Wat koddig. Ze moest Millicent tientallen keren hebben genoemd...

'Ik nam aan dat zij dezelfde inzichten zou hebben als jij,' ging

Tristan verder. ‘In een vlaag van romantische ambitie had ik je willen verrassen met een publicatiemogelijkheid, maar toen voltrok zich een geheel aan mijzelf te danken shakespeareaans drama op Wycliffe Hall.’

Aan de linkerkant van zijn bureau had hij getypte paragrafen, koppen en cijfers uit het rapport in krantenopmaak ingedeeld.

Ze had moeite een kalme toon aan te slaan. ‘Ik hoorde dat hier mensen van de *Manchester Guardian* zijn geweest.’

‘De uitgever, ja.’

De uitgever, die ook de eigenaar van de krant was, zoals ze goed wist.

‘Waarom?’ vroeg ze zacht. ‘Waarom was hij hier?’

Hij glimlachte mysterieus. ‘Ik had hem een aanbod gedaan dat hij niet kon weigeren.’

De moed zonk haar in de schoenen. ‘Zeg alsjeblieft niet dat je een krantenuitgever ergens toe hebt gedwongen, en nog wel een suffragette-vriendelijke uitgever.’

‘Nee.’ Zijn ogen lichtten op van plezier. ‘Integendeel. Ik had ooit de gewoonte om, laten we zeggen, bezwarende informatie over andere adellijke heren te verzamelen. Dat kwam goed van pas als ik krap bij kas zat, wat vaak het geval was. Maar een dergelijke bron moet je verstandig en met mate aanboren...’

‘Je bedoelt afpersing.’

‘Ja.’ Hij geneerde zich in het geheel niet. ‘Maar zoals ik al zei: je moet die bron met mate aanboren, en het is ook onpraktisch als je in het buitenland verblijft. Daarom had ik een potentiële rijkdom aan geheimen en openstaande schulden. Die heb ik geruild.’

O, wat begon haar hart onstuimig te bonzen. ‘Je hebt je informatie aan de eigenaar van de *Manchester Guardian* gegeven en in ruil daarvoor gaat hij het rapport publiceren?’

Hij knikte. ‘Ik geloof dat je meer hebt aan koppen in een nationale krant dan de periodieken als Trojaans paard te gebruiken. Die heeft een breder bereik en ondertussen kun je de periodieken behouden.'

Haar hartslag rees nu de pan uit. 'Waarom? Waarom heb je dit gedaan?'

'Omdat het kon,' zei hij. 'Mijn map bevat een aantal mogelijke aanwijzingen om een paar hoge en machtige heren dwars te zitten, en die zijn hun gewicht in goud waard voor onderzoeksjournalisten of liberale kranten.'

Ze moest in shock zijn; ze voelde zich als verlamd. 'Ik zou van geluk op en neer moeten springen,' zei ze langzaam, 'maar ik zou het ook verwerpelijk moeten vinden dat jij ervoor nodig was om ons probleem meesterlijk op te lossen.'

'Ik… een man, bedoel je.'

'Ja.'

Hij grinnikte. 'Ik begrijp dat je dat een bezwaar vindt. Maar wees gerust, die map was van jou zodra je als Jeanne d'Arc Wycliffes bibliotheek binnenstormde in je queeste om mij te redden, aangezien ik hem op de een of andere manier aangewend zou hebben om me uit die strop te bevrijden.'

Ze had een sterk vermoeden hoe moeilijk het voor hem moest zijn geweest om zijn mogelijke inkomstenbron op te geven, na alles wat ze nu over zijn situatie wist, dat hij zijn leven lang ernaar streefde zich te bevrijden van de financiële macht van een tiran. Toegegeven, hun uitgeverij was ruimschoots op weg om hun leven financieel onafhankelijk te maken, maar oude gewoonten roestten niet snel. En oude angsten zaten diep. Dat wist ze maar al te goed.

'Ik kan niet geloven dat je al je macht aan de *Guardian* hebt afgegeven… voor de goede zaak.' Zelfs in haar eigen oren klonk ze verbaasd.

'Het meeste dan, had ik erbij moeten vermelden.' Hij klonk lichtelijk verontschuldigend.

Natuurlijk zou hij niet al zijn troeven weggeven. Tristan zou waarschijnlijk altijd nog een kaart achter de hand houden. Dat vond ze best geruststellend.

'Het rapport zal volop in het nieuws komen... Wordt mijn naam ook genoemd?'

Hij schudde zijn hoofd. 'Er worden geen namen genoemd.'

Ze moest steun zoeken aan het bureau. De waarheid zou aan het licht komen. En ze hoefde niet te kiezen tussen een coup en een heimelijke hervorming. En toch. Er kwam geen blijdschap opwellen. Haar borst voelde nog steeds net zo gespannen, haar hartslag was nog net zo onregelmatig als toen ze zijn kantoor was binnengekomen. Vandaag had het werk niet haar prioriteit.

Ze keek Tristan recht in de ogen. 'Geen geheimen meer.'

Zijn gelaatstrekken werden scherp van alertheid. 'Tussen jou en mij? Daar ben ik het mee eens. Mijn geheim was onvergeeflijk.'

'Nou,' zei ze, 'niet onvergeeflijk onder de omstandigheden... Niet helemaal.'

Hij nam haar aandachtig op. 'Dus je bent van gedachten veranderd.'

'Ik weet het van Boudicca.'

Hij verstijfde alsof hij volkomen onverwachts op heterdaad was betrapt. Als een jongen met zijn hand diep in de snoeppot. Als een losbol van wie zojuist was uitgekomen dat er een trouw hart onder zijn rode gilet klopte.

'Aha,' zei hij heel zacht.

Ze verlangde er zo naar hem aan te raken.

'Je had elke willekeurige kitten kunnen kiezen,' zei ze. 'Maar je koos er eentje uit een nestje van mijn moeder... Waarom?'

Hij dacht erover na. 'Ik geloof dat ik vond dat je ouders je wat troost waren verschuldigd nadat ze je hadden verstoten.'

Ze kreeg een brok in haar keel. 'Ze is een enorme troost voor me geweest.'

'Ik ben blij dat te horen.'

‘Waarom heb je me nooit verteld dat je me aardig vond?’

Hij lachte zacht. ‘“Aardig” was niet hoe ik over je dacht, Lucie. Om eerlijk te zijn was ik op dat moment te onervaren om mijn gevoelens te begrijpen. Ik wist wel dat ik achttien was en helemaal bij mijn vader onder de duim zat. Ik had een vrouw niets te bieden, zeker een vrouw als jij niet. Mijn vader zou het nooit hebben goedgekeurd, zoals je je kunt voorstellen.’

Dat kon ze maar al te goed.

‘Ik heb een aantal afschuwelijke dingen tegen je gezegd op Ashdown,’ zei ze. ‘En dat spijt me vreselijk. Ik was… bang.’

Hij hield zijn hoofd schuin. ‘Dat weet ik.’

‘Echt?’

‘Ja. Je blaast en krabt als je bang bent.’ Hij haalde zijn schouders op. ‘Kattengedrag.’

Ze had meer gedaan dan krabben. Ze had een serieuze poging gedaan zijn hart aan flarden te scheuren, in de misplaatste poging het hare te beschermen.

En toch… Haar blik ging weer naar het papier op zijn bureau. ‘Je helpt ons onze bevindingen te publiceren. In de *Manchester Guardian*.’

Tristan keek haar verdacht welwillend aan. ‘Ja.’

‘Bedankt,’ zei ze, en met bevende stem: ‘Ik denk dat ik van je hou.’

Toen werd hij heel stil. Alsof hij bij de eerste de beste aanraking uit elkaar zou spatten als glas waar een barst in zat.

‘Dat denk je?’ Zijn stem klonk schor en het licht van een leven aan onstuimige emoties glansde in zijn ogen.

Ze kon alleen maar knikken. Er was grote moed voor nodig geweest om die woorden te zeggen, en ze hoopte dat hij dat ook wist.

Langzaam begon zich een glimlach over zijn gezicht te verspreiden. Hij duwde zich af van het bureau en liep naar haar toe. ‘Het doet me deugd dat te horen. Want ik wilde je al achternagaan.’

Ze slikte. ‘Echt?’

In zijn ogen glinsterden hypnotiserende goudtinten. Hij omvatte haar gezicht, en zijn handpalmen voelden warm op haar klamme huid. Zo had hij haar ook vastgehouden toen hij haar voor het eerst had gekust. Ze begreep nu dat de eerste keer dat zijn lippen de hare hadden geraakt het begin was geweest van het eind van haar oude leven. En ze zou er nooit meer naar kunnen terugkeren. Ze kon alleen nog maar vooruit, een vagelijk in kaart gebrachte wereld waarin Tristan kussen noodzakelijk en juist was. En waarin haar eigen plek grotendeels een lege vlek op de kaart was.

'Je dacht toch niet echt dat ik het daar maar bij zou laten?' Hij bestudeerde haar met een licht verwijtende trek om zijn lippen.

Dat had ze wel gedacht. Voordat ze over de kat wist.

'Sufferd,' zei hij. 'Ik zou je hebben opgespoord. Om door het stof te gaan,' voegde hij er snel aan toe, 'omdat ik geheimen voor je heb gehad, en omdat ik je ten huwelijk heb gevraagd met de elegantie van een dolle stier.'

'O.'

Hij liet zijn hoofd naar haar zakken en haar lippen weken al uiteen. Een verdorven glinstering ontbrandde in zijn ogen. 'Ik wilde je kussen.' Zijn mond streelde over de hare, het fluweel van zijn lippen zacht als een fluistering. 'En daarna,' zei hij, 'wilde ik je een lijst laten zien.'

Ze trok haar hoofd een stukje terug. 'Een lijst.'

'Ik weet dat je van lijstjes houdt.' Zijn vingers gleden in het zakje van zijn gilet en haalden er een stuk papier uit. 'Voilà.'

Het was een lijst met namen:

Mary Wollstonecraft
Mary Shelley
Ada Lovelace
Mary Somerville

Harriet Taylor Mill
Elizabeth Garrett Anderson
Millicent Fawcett

Mary Shelley, de schrijfster van *Frankenstein*. Elizabeth Garrett Anderson, Millicents oudere zus en de eerste vrouw die een medische titel had behaald in Londen. Ada Lovelace, bekend om haar uitstekende wiskundige werk aan een analytische machine. Allemaal vrouwen die pioniers waren of opmerkelijke bijdragen hadden geleverd op een bepaald terrein. Maar als dat het criterium was, was de lijst lang niet volledig, en dus zocht haar brein de gemene deler die de namen verbond...

'Vrouwen die aan belangrijke zaken buitenshuis hebben bijgedragen,' zei Tristan, 'hoewel ze waren opgezadeld met een echtgenoot, protocol, en vaak ook kinderen. Mary Somerville had er zes, volgens mij. Ik weet zeker dat er nog vele anderen zijn, maar mijn kennis is niet toereikend genoeg.'

Haar blik vond de zijne. Warmte ontbrandde in haar buik, haar wangen gloeiden. Hij had geluisterd. Tijdens hun ruzie op Wycliffe Hall, terwijl ook bij hem de emoties hoog opliepen, had hij geluisterd. En hij pakte haar zorgen aan, in plaats van haar verbitterd te veroordelen, wat de gebruikelijke – zo niet enige – reactie was als een vrouw vraagtekens zette bij haar voorbestemde rol als moeder en echtgenote.

Nu was ze er vrij zeker van dat ze van hem hield.

'Ik wist van deze vrouwen af,' zei ze schor.

'Daar ging ik van uit,' zei hij. 'Ik vroeg me wel af waarom je ervoor koos niet aan ze te denken.'

Ze blies haar adem uit en verfrommelde de lijst in haar vuist. 'Stel dat ik niet net als zij ben...'

Zijn wenkbrauwen trokken naar elkaar toe. 'Niemand kan ontkennen dat je hun gelijke bent qua vastberadenheid.'

Van buitenaf gezien misschien. De vuist waarin ze de lijst hield beefde. 'Ik ben er niet goed in dingen maar half te doen.'

'Dat is me nou nooit opgevallen.' Hij bemerkte dat ze trilde en legde zijn hand beschermend om haar vuist. 'Wat is er?'

Ze hield zijn blik met moeite vast. 'Stel dat ik te veel van je hou,' zei ze. 'Wat dan?'

'Te veel... van me houden?'

'Ja. En stel dat er uit onze relatie een kind zal voortkomen en stel dat ik te veel van dat kind zal houden. En dat ik daardoor niet meer met alles wat ik in me heb voor de goede zaak zal vechten.' Haar mond trilde nu ook. 'Je zag wat er gebeurde, hoe ik mijn taken verwaarloosde, afspraken vergat, er met mijn aandacht niet bij was. De waarheid is dat ik het op dat moment zelf helemaal niet erg vond. Stel dat ik stop met strijden omdat het me niets meer kan schelen, of ik nu wil of niet.'

Zijn gezicht werd zacht toen het hem begon te dagen. 'Ik begrijp het,' zei hij. 'Je bent niet alleen bang voor de beperkingen en het verlies van geloofwaardigheid.'

Ze haalde hulpeloos haar schouders op. 'Het is vermoeiend om je aan het front te bevinden.'

'O, dat weet ik.'

'Ik heb geen excuus nodig om dag na dag níét te strijden. Stel dat het me zwak maakt als er mensen zijn die ik liefheb.'

'Lieveling.' Hij bracht haar hand naar zijn lippen en drukte een kus op haar onrustig kloppende pols. 'Is het mogelijk dat je gewoon door de wervelwind van iets nieuws en opwindends werd meegezogen toen je het met mij aanlegde?'

'Nou,' mompelde ze. 'Misschien wel.'

'En je moet zwakte en kwetsbaarheid niet door elkaar halen. Dat is niet hetzelfde.'

'Niet?' Ze klonk huilerig.

Zijn glimlach was ongelooflijk teder. 'Nee. Ik was kwetsbaar aan het front. Maar nooit zwak.'

'Het zou kunnen. Het zou kunnen dat er inderdaad een verschil is.'

'Denk er dan eens over na dat je misschien helemaal niet hoeft te kiezen,' zei hij voorzichtig. 'Stel dat de liefde ervoor zorgt dat je nog harder strijdt... Stel dat je naar je dochters kijkt en de beste reden ziet om te vechten voor de vrijheid van vrouwen. Of denk aan de zonen die stampij kunnen maken in het parlement zolang vrouwen dat nog niet kunnen.'

Wat een voorstelling toverde hij haar voor ogen. Felle roodharige dochters aan haar zijde. Slungelige zonen die boven haar uittorenden. Onbekende beelden die ze zich nooit had durven voorstellen, maar waar ze eigenlijk best over na mocht denken.

Ze schudde ze van zich af. 'Je bent te goed met woorden.'

'Dat klopt.' Met zijn vingertop veegde hij een onzekere besluiteloze traan uit haar ooghoek. 'Bovendien veronachtzaam ik al mijn halve leven vol ambitie het protocol. We zullen altijd onze eigen regels maken.'

'Dat zouden we kunnen doen, hè? Maar helaas zou je me nog steeds bezitten!'

'Gelukkig dan maar dat ik niet nog een keer vraag of je met me wilt trouwen.'

Ze stond zo perplex dat ze niet kon antwoorden.

Tristan grijnsde. 'Ik was echter wel van plan om op een knie te gaan en te vragen of je met me in zonde wilt leven tot de Married Property Act is geamendeerd.'

En voor haar groter wordende ogen liet hij zich langzaam op een knie zakken.

'Ik moet eerlijk zijn,' zei hij met een bijzonder ernstige blik op zijn opgeheven gezicht, 'en zeggen dat ik het vreselijk vind om de vrouw van wie ik hou minder dan mijn naam aan te kunnen bieden. Maar gezien je bezwaren begrijp ik het. Een officiële verloving, hoe langdurig ook, zou de angel halen uit het schandaal dat over ons zou neerdalen, terwijl je evengoed je eigen geld en onafhankelijkheid behoudt.'

Ze staarde naar hem. Ze was duizelig en haar hart ging tekeer.

Er verscheen onzekerheid in zijn ogen om haar stilzwijgen, en ze wilde haar armen om zijn nek slaan.

'Hoe zit het met erfgenamen?' wist ze uit te brengen. 'Je hebt een erfgenaam nodig en de Act wordt misschien wel nooit geamendeerd.'

'Ik heb een erfgenaam,' zei hij. 'Neef Winterbourne. Hij mag Ashdown Castle hebben als ik dood ben. Wat ik wil is een leven met jou, Lucie.'

Ze liet zich voor hem op de grond zakken, met haar rokken tegen zijn knie. 'Waarom?' fluisterde ze.

'Waarom?' Hij klonk verbouwereerd.

Ze sloot haar ogen. 'Waarom hou je van me?' Hij had het zo makkelijk gezegd: de vrouw van wie ik hou.

'Waarom houdt men van iemand?' Hij klonk peinzend. 'Houden van, dat doet men gewoon, Lucie.'

Misschien heb ik je altijd aardig gevonden en bewonderd, Lucie... Ik verlang al mijn halve leven naar je.

Een deel van haar, nog heel groen maar behoedzaam ontluikend, begreep het. En ze had het vermoeden dat haar eigen gebrek aan vertrouwen de oorzaak was van haar twijfels. Maar toch... 'Het zou wel helpen om een reden te horen.'

Want er was ook een groot, gehard deel van haar waarin alle redenen waarom niemand van haar kon houden waren gegraveerd. Helder geformuleerde, meetbare, telbare redenen: te veeleisend, te direct, te hoekig, te ongeduldig. Te veel, te weinig, te onnatuurlijk. Een voor een konden die gebreken wel worden veranderd. Beheerst. De diffuse magie van romantische liefde dreigde echter als mistflarden door haar vingers te glippen, liefde ging het verstand en de controle te boven. *Houden van, dat doet men gewoon.* Ze wilde hem nooit kwijtraken.

'Nou,' zei Tristan. 'Ten eerste heb ik een positieve invloed op je. Je lacht meer en werkt minder als ik bij je ben.'

Haar ogen gingen open. 'Die dingen brengen míj geluk.'

Hij haalde zijn schouders op. 'Ik ben erachter gekomen dat dat geen verschil maakt. Het geeft veel plezier een vrouw te behagen als ik weet dat ze niet van mijn aandacht afhankelijk is. Je liet me in je leven toe omdat je naar me verlangde, niet omdat je me nodig had. Heel vleiend. Ik beschouw je als volkomen verleid.'

Maar ze had hem wél nodig. Liefde, ontdekte ze, was iemand nodig hebben, zelfs als hij niets anders te bieden had dan zichzelf.

'Er is een dapper man voor nodig om naar een vrouw te verlangen die hem niet nodig heeft, maar wel naar hem verlangt,' zei ze in plaats daarvan maar.

'Gelukkig kan ik dapper zijn. Zal ik je mijn Victoriakruis laten zien?'

'Blijf nou even serieus.'

'Dat ben ik ook. Vanaf het moment dat je op je dertiende op een bovenmaats paard naar me toe galoppeerde, ben je de dapperste vrouw geweest die ik ooit heb ontmoet. Ik dacht dat ik je kende, maar het was hooguit een langdurige, jongensachtige obsessie, doorwrocht met gekrenkte trots en fantasie. De afgelopen maanden hebben mijn ogen geopend voor de vrouw achter de krijger, en je overtreft wat mijn fantasie had geconstrueerd, en nu lach ik om mijn dwaasheid. Jouw koppige trots stemt me nederig. Jouw woede inspireert me. Je bent als een storm die ergens doorheen raast en iedereen die je onderweg aanraakt herschikt. Stel je eens voor hoe we de boel kunnen opschudden als we onze krachten bundelen. Maar ik dwaal af. Als je naar me kijkt, weet ik dat je in mijn ziel kijkt, want dat is wat je doet; je kijkt diep. Je hebt liever de waarheid dan gemak. En geloof me, ik heb een vrouw nodig die lelijkheid weglacht, want er zit heel wat duisternis in mijn ziel. Maar mijn hart, hoe zwart het ook is, behoort jou toe, en alleen jou, tot je het niet meer wilt. En zelfs dan zal het nog altijd van jou zijn.'

Toen ze bleef zwijgen, hield hij zijn hoofd schuin. 'Te hoogdravend?'

'Nee,' zei ze met samengeknepen keel. 'Nee. Je voelt je gezien door mij.'

'Ja.'

'Ondanks alle feeksachtige dingen die ik zei.'

'Liefste, ik vertrouw je juist vanwege alle feeksachtige dingen die je zei.'

'Ik voel me net zo als ik bij jou ben,' zei ze met betraande ogen. 'Gezien.'

Hij had tien jaar geleden het kwetsbare meisje gezien dat wel een vriendinnetje kon gebruiken, terwijl alle anderen een schandelijke feeks zagen. Hij had haar behoefte gezien om te dansen, om te worden vastgehouden, om te worden uitgedaagd en behaagd en geplaagd, en dat had hij haar geboden. Hij had haar nooit gevreesd. Hij had voor zijn eigen hart gevreesd, en dat kon ze hem natuurlijk niet kwalijk nemen.

'Ja,' fluisterde ze. 'Ik zie jou en jij ziet mij. Dus mijn antwoord is ja.'

'Ja?' Hij klonk onzeker.

Ze omvatte zijn gezicht. 'Ik stem in met een verloving tot ik voor de wet jouw gelijke kan zijn.' En voordat hij kon reageren: 'Ik moet je meteen waarschuwen dat, getrouwd of niet, ik nooit het karakter zal hebben om een "engel in huis" te zijn, om met de dichter Patmore te spreken.'

Zijn handen lagen op haar middel, zijn glimlach was duister. 'Je kijkt naar een man die meer van schildmaagden dan van engelen houdt.'

Schildmaagden.

Het zal toch niet?

'De gedichten,' mompelde ze. 'Waren die...'

Hij keek gelaten. 'Ik veronderstel dat het op de een of andere manier altijd over jou ging.'

'Ik moet zeggen,' zei ze na een ademloze stilte, 'dat je een vreselijke donjuan bent, een zogenaamde donjuan. Straks ga je nog zeggen dat je jezelf altijd voor mij hebt bewaard.'

Hij lachte en ze boog zich naar hem toe. Zijn gezicht vervaagde en hun lippen ontmoetten elkaar in een kus, eindelijk.

Ja.

Ze zoenden nog steeds toen hij zich verplaatste, en ze letterlijk zweefde, met haar voeten van de vloer, en hoog in zijn armen hing, tegen zijn harde borst. Zijn heerlijke geur krulde zich om haar heen en het voelde zo ongelooflijk goed om eindelijk weer diep te kunnen ademen.

Hij keek haar in de ogen. 'Contra mundum?'

Ze glimlachte. 'Contra mundum.' *Tegen de wereld.*

Ze drukte haar neus in zijn sterke warme hals.

'Ik moet er nog aan toevoegen wat een heerlijk klein ding je bent,' klonk zijn stem, 'met zeer likbare borsten en een kont die perfect in mijn handen past, wat ik allemaal onnoemlijk prikkelend vind.'

'Aha. Als je geen wettelijke mannelijke autoriteit over me kunt hebben, ga je gewoon schaamteloos proberen me met zinnelijke taal te verleiden tot ik doe wat je maar wilt.'

'Ik vrees van wel.'

Ze nestelde zich dichter tegen hem aan. 'Waar gaan we naartoe?'

Hij schreed vol vertrouwen naar de zijdeur.

'Ken je het directeursappartement op de bovenste verdieping nog?' vroeg hij. 'Ik stel voor dat we daar een discreet tweede huis van maken voor de duur van onze verloving.'

'Discreet... Ik concludeer dat we het feit dat we in zonde zullen leven geheimhouden?'

'Ja. Ik geloof dat Mary Wollstonecrafts eerste kind buiten het huwelijk is geboren, maar het is ook waar dat de wereld er nog niet aan toe is, mijn liefste.'

'Een verloving voor onbepaalde duur, en een geheim liefdesnest op ons Londense kantoor. Tjee, wat zullen we voortaan veel tijd doorbrengen op het werk.'

'Ik hoop dat het voldoende onromantisch is naar jouw smaak.'

'Het staat me wel aan.'

Hij opende de deur met zijn elleboog. 'Het directeursappartement,' zei hij, terwijl hij voorzichtig met zijn armen vol vrouw de wenteltrap beklom. 'Er staat een grote sofa. Daar ga ik je op nemen.'

'O,' zei ze zwakjes. 'Ja, graag.'

'En daarna, als je in milde stemming en een goede bui bent, zal ik proberen je te overtuigen mij een heer of twee te laten chanteren opdat zij het amenderen van de Property Act zullen steunen.'

Ze zuchtte van genoegen. 'Daar sta ik op.'

Want als een vrouw bij toeval haar eigen schurk verwierf, kon ze hem het best zo goed mogelijk benutten.

Epiloog

De warme, gouden gloed van de eerste middag van augustus vulde Hatties salon in het Randolph en wekte een dromerige loomheid op bij de vier aanwezigen die over verscheidene sofa's en chaises longues waren gedrapeerd.

'Ik moet toegeven dat mijn benen niet aanvoelen alsof ze gezond bewogen hebben,' zei Annabelle, wier half geloken ogen doelloos de geschilderde dansende cherubijnen op het plafond volgden.

Op de divan tegenover haar tilde Hattie haar hoofd een fractie op. 'O nee?'

'Nee,' kwam het sombere antwoord. 'Ze voelen waarlijk kapot.'

'Ah.' Hattie liet haar hoofd weer in het zijden kussen zakken. 'Gelukkig maar. Ik was even bang dat ik de enige was wier ledematen als gelatine aanvoelden.'

'Dat ben je niet,' verzekerde Catriona haar vanuit de luxueuze diepten van haar leunstoel.

'Toch,' zei Hattie na een poosje, 'zou ik het graag binnenkort weer een keer doen. Maar dan op een echte vélocipède, zoals die van Lucie, niet op een driewieler.'

Lucie grijnsde. Vandaag hadden ze hun allereerste uitstapje op de fiets gehad, of in het geval van Annabelle, Catriona en Hattie een vrouwvriendelijke Victor-driewieler. Er was een ontzagwekkende inspanning voor nodig om die driewielers te laten omvallen en Hattie was er bijna twee keer in geslaagd. Wie weet hoe het haar zou vergaan op een apparaat met twee wielen.

Bij wijze van proef draaide Lucie met haar rechtervoet en toen met haar linker. Háár benen voelden prima. Verbazingwekkend, aangezien ze weer was gaan paardrijden nadat Tristan haar had aangespoord een aantal uur in de week opzij te zetten voor 'aangename activiteiten', waarbij hun uurtjes achter gesloten deuren niet meetelden. Hij huurde paarden in een stal in Binsey, niet bepaald vurige volbloeds, maar de stal was ver genoeg van de universiteit en haar bewoners en evengoed vanuit Norham Gardens makkelijk te voet te bereiken. Elke dinsdagavond wandelden ze door Port Meadow en maakten vervolgens in de schemering een heerlijk lange rit langs de Theems. *Schrijlings.*

'Als je op een vélocipède wilt rijden, moet je een broek dragen,' zei ze tegen Hattie. Het zou een groot schandaal veroorzaken als een lange damesonderbroek vanaf de grote hoogte van een fiets zichtbaar zou zijn.

'Graag,' zei Hattie, 'zolang ik die maar ónder mijn rokken kan dragen in plaats van als vervanging ervan.'

'Ik vraag me iets af,' zei Catriona. 'Moeten onze zeden en mode zich aanpassen aan fietsen voordat we erop mogen rijden of zal de nieuwe technologie een verandering in onze hoofden en kleding teweegbrengen?'

'Mode is functioneel,' zei Lucie loom. 'Tenzij je vermogend bent. Dan dient het om vermogendheid uit te drukken.'

'Ik vind het vreselijk om te zeggen, maar ik begin je cynische opvattingen te delen,' zei Hattie. 'Ik heb gecorrespondeerd met lady Harberton over mijn artikel over de Rational Dress Society in *Discerning Ladies*', en het lijkt erop dat ze nogal wat woede koestert over de huidige mode van slepen aan japonnen. In haar laatste brief deed ze uitgebreid verslag van de souvenirs die ze in de sleep van haar nicht vond na een uitstapje in Londen. Ik weet niet alles meer, maar het was onder meer' – ze vernauwde haar ogen tot spleetjes – 'twee sigarenpeuken, een stuk varkensvleespastei, een sinaasappelschil, de halve zool van een laars, gekauwde pruimtabak, haarspelden en tandenstokers. Nogal onaantrekkelijk, als het zo wordt opgesomd.'

Het verafschuwde gekreun van haar vriendinnen duurde nog voort toen ze haar arm uitstak om de laatste eclair van de tafel te vissen.

'Je zou voor *Discerning Ladies'* een vaste rubriek moeten schrijven over de gevaren van mode en hoe die op te lossen,' stelde Lucie voor. 'Kun je officieel naam maken als expert.'

'Dat zou ik inderdaad moeten doen,' zei Hattie en ze bracht de lekkernij naar haar mond. 'Harriet Greenfield, scherpzinnige kunst- en modefanaat.'

'Nu we het er toch over hebben, hoe was je excursie naar Londen vorige week, Hattie? De prerafaëlieten, nietwaar?' vroeg Catriona.

De eclair bleef abrupt halverwege Hatties mond trillend in de lucht hangen. 'Dat was magnifiek, dank je.' Haar stem klonk bijna als gepiep. 'Zeer… leerzaam.'

Lucie zag dat de albasten hals en wangen van haar vriendin felrood werden. Interessant. 'Wat voor excursie?' informeerde ze.

Hattie ontweek haar blik. 'Een privétentoonstelling in Chelsea. Over de prerafaëlieten.'

'Dat hoor ik net,' zei Lucie droogjes. 'Ik neem aan dat je aan Mr. Graves bent ontsnapt om te kunnen gaan?'

'Ja?' Onmiskenbaar gepiep.

'Hoe nam Mr. Graves dat op?' vroeg Annabelle, misschien van plan ook voor een excursie of twee aan haar eigen lijfwacht te ontsnappen.

Hatties antwoord was haar parelwitte tanden in het gebakje te zetten terwijl ze haar schouders ophaalde, een vermogende vrouw die zich geen zorgen maakte om wat het personeel dacht.

O, ze verborg iets schandelijks.

Maar Hattie kon geheimen nooit lang bewaren. Als ze er klaar voor was, zou ze hen bij elkaar roepen en alles tot op het laatste detail onthullen.

Haar eigen geheim, dat ze op dit moment achter gesloten deuren haar leven deelde met Tristan, was verrassend goed ontvangen door haar vriendinnen. Veel gemakkelijker dan het nieuws dat ze – ooit – misschien met hem zou trouwen, wat ze zorgwekkend slecht bij haar vonden passen. Er was een heel enorme verlovingsring aan Lucies vinger voor nodig geweest – met dank aan de kist met erfstukken van lady Rochester – voordat Hattie de gedachte goedkeurde. En Tristan had al zijn charme nodig gehad om de koel taxerende Catriona te overtuigen. Annabelle, die nog steeds als enige op de hoogte was van de geheime affaire voorafgaand aan de verloving, had het gelaten bij een veelbetekenende grijns en de woorden: 'Dus je vindt hem helemaal niet leuk, hè?'

Ze was dolverliefd op hem. Elke ochtend werd ze wakker met een warm en licht gevoel omdat ze wist dat hij de hare was. Gaandeweg zou ze er misschien zelfs aan kunnen wennen dat er iemand in haar leven was die meer om haar behoeften gaf dan zijzelf. Het was ook heel aangenaam zijn kalme aanwezigheid naast zich te hebben toen hun rapport uitkwam. Machtige mannen schaarden zich achter de uitgever van de *Guardian* en verdedigden zijn keuze om hun bevindingen te publiceren, al werden ze in aantal overtroffen door andere machtige mannen die de krant ervan beschuldigden strijd te voeren tegen de heiligheid van het gezin. Het grootste conflictpunt was niet de wijdverbreide slechte behandeling van vrouwen in hun eigen huis, maar de onthulling dat echtgenotes uit de gegoede klassen en de hogere kringen ook slecht werden behandeld. Goed. Het viel te verwachten dat een tiran die de macht uit zijn handen zag glippen dubbel zo hard zijn best zou doen die te behouden. De woede waarvan ze nu getuige waren, was het bewijs dat ze meer hadden gedaan dan alleen maar het beest aan de staart trekken. Ze hadden een schot recht in zijn hart gelost: het voorrecht van iedere man om zonder enige verantwoording te hoeven afleggen de baas in zijn huis te zijn. Hoewel de *Manchester Guardian* geen namen had genoemd, had de suffragettebeweging in het hele land besloten zich voorlopig koest te houden en, zoals gewoonlijk, te wachten tot het stof was neergedaald. Haar toevlucht nemen tot fietsritjes ter afleiding was het minste wat een vrouw onder de omstandigheden kon doen.

Een aangenaam gevolg van de ophef rond het rapport was dat het afleidde van de verloving. Er was wel een kop geweest in de *Pall Mall Gazette* na de aankondiging: *Wie heeft wie getemd? De donjuan van Londen en de suffragettefeeks!* Maar aangezien de langdurige band tussen hun huizen welbekend was, net als hun nieuwe zakelijke relatie, en aangezien Wycliffe en Rochester de aankondiging conform de gewoonte in *The Times* hadden laten drukken, deden er niet meer geruchten de ronde dan gewoonlijk. Rochester had erin berust voorlopig over de zaak te zwijgen. Aangezien zijn erfgenaam maar ternauwernood aan een groot schandaal was ontsnapt, wilde hij de geruchtenmolen niet aanzwengelen.

De enige die bezoedeld was, was Cecily, en als gevolg daarvan het huis Wycliffe. En daar had ook een ontwikkeling plaatsgevonden die de situatie had opgelost.

Lucie richtte zich op haar ellebogen op. 'Ik ben het laatste nieuws nog vergeten te vertellen.'

Drie slaperige gezichten draaiden zich naar haar toe.

'Mijn broer is verloofd.'

Drie voorhoofden fronsten verbaasd. Ze had niet de gewoonte over haar familie te praten, of geïnteresseerd te zijn in huwelijken.

'Met onze nicht, lady Cecily.' Ze grijnsde toen haar vriendinnen hoorbaar inademden. 'Wie had ooit gedacht dat Tommy het in zich had? Hij is een verwaande kwast, maar in elk geval een fatsoenlijke verwaande kwast; hij heeft zijn eigen reputatie een deuk laten oplopen om de familienaam te redden. Alle eer aan hem, echt waar.'

'O, maar het was heel sluw van hem,' zei Hattie. 'Op de buitenpartij was duidelijk dat hij naar haar smachtte, en nu zal lady Cecily voor altijd bij hem in het krijt staan en hem toegewijd aanbidden.'

'Dat ook,' zei Lucie na een korte aarzeling. 'Hattie, weet je zeker dat je ons niet wat meer over de tentoonstelling van de prerafaëlieten in Chelsea wilt vertellen?'

'Heel zeker,' zei Hattie onmiddellijk, en Lucie wist dat het volgende schandaal al op stapel stond.

Noot van de auteur

Lucies verhaal is geïnspireerd op een victoriaans vers en een brief die ik ben tegengekomen tijdens mijn onderzoek voor *De hertog op zijn knieën*, het eerste boek in deze serie.

Hieronder enkele stanza's uit het gedicht:

Vrouwenrechten*

Het recht een troosteres te zijn,
Als and're troost versaagt;
Het recht te schragen 't treurend hart
Door smarten zwaar belaagd.

Het recht de prille kindergeest
Te richten op Gods zegen;
Het recht de voetjes klein en teer
Te leiden naar Zijn wegen.

Het recht de heet geschreide traan
Geplengd door treurend' ogen
Met 's lijders lot oprecht begaan
Vol tederheid te drogen.

---

* Vertaling: Gerda Baardman

Het recht een zonnestraal te zijn,
Een veilig huis te stichten,
Het recht met liefdes teed're schijn
Een ieder te verlichten.

Het recht om de verhitte slaap,
Met zachte hand te koelen,
En de door koorts gekwelde knaap
Verlichting te doen voelen.

Dát is het hoogste vrouwenrecht,
Door God de Heer gegeven,
Dat troost en liefde samenvlecht
Tot in het Eeuwig Leven.

M.C.M.R.

Hieronder volgt een passage uit een brief van Mrs. Anne Brown Adams, dochter van de Amerikaanse abolitionist John Brown. Hij is gericht aan de Canadese abolitionist Mr. Alexander Ross, ergens tussen 1870 en 1880. Voor *De charmante schurk* heb ik de vrijheid genomen om de inhoud opnieuw te verpakken in twee brieven die Britse vrouwen aan Lucie schreven:

De strijd voor de rechten van de getrouwde vrouw zal een langer en harder gevecht worden dan er [toegevoegd: ooit] op de wereld heeft gewoed. Er is mannen geleerd dat ze de absolute heerser in hun gezin zijn, (zelfs in een republikeins land), al sinds de wereld begon, en dat het geen moord is wanneer ze hun vrouw beetje bij beetje ombrengen, vrouwen wordt vanaf de vroegste jeugd geleerd dat het verraden [toegevoegd: door een blik of een woord] aan een intieme vriendin of zelfs het zinspelen op de geheimen van hun huwelijksleven meer dan schandelijk is. Daarin ligt de macht van de man. Hij weet dat wat hij ook doet, de vrouw zal zwijgen als het graf.

Ik kan u zaken vertellen die onder mijn aandacht zijn gekomen waarvan het bloed in uw aderen zal gaan koken (...)

Vrouwen wordt geleerd dat ze alleen op de hemel kunnen hopen door het 'tot het eind toe te verduren' (...) Ik ken een man die tegen zijn vrouw zegt: 'Jij bent mijn bezit, dat heb ik op papier laten vastleggen, ik heb het recht om met jou te doen wat ik wil...'

Ik vond het contrast tussen het gedicht en de persoonlijke, geheime gedachten van een echte vrouw nogal opzienbarend. De victoriaanse verering van het gezinsleven had duidelijk een schaduwkant; achter gesloten deuren was het een kwestie van geluk voor 'de engel in het huis'. Echtgenotes hadden juridisch gezien amper een poot om op te staan als hun echtgenoot hen mishandelde, en ze konden er ook niet met hun vriendinnen over praten.

Ik vroeg me af hoe een vrouw als Lucie, die haar ogen wijd open had, onder zulke omstandigheden verliefd zou worden. Wat zou haar het jawoord doen geven en in feite het bezit van een man te worden?

Ik bestudeerde victoriaanse stellen die echt geleefd hebben, zoals Millicent Fawcett, die de leiding had over de Britse suffragettebeweging; en Harriet Taylor Mill, die John Stuart Mills beroemde essay 'The Subjection of Women' inspireerde. Beide vrouwen waren voorvechtsters van het vrouwenkiesrecht voordat ze trouwden, geen van beiden hadden ze acute financiële druk, en beiden besloten ze evengoed hun rechten op te geven. Ik ben ervan uitgegaan dat ze verliefd waren geworden en bij hun echtgenoot wilden zijn, wat er ook gebeurde. Het is echter goed gedocumenteerd dat hun echtgenoten in het parlement voor vrouwenrechten op de barricaden stonden.

Lucie zou in 1882 met Tristan zijn getrouwd, toen de Married Women's Property Act werd geamendeerd, hoewel vrouwen in Groot-Brittannië pas in 1918 mochten stemmen. De Property Act bestaat nog steeds in de Britse wetgeving; hij is in 2016 voor het laatst geamendeerd zodat een weduwe aanspraak kan maken op de levensverzekering van haar overleden echtgenoot.

Al het beleid dat in deze roman wordt genoemd bestond in die tijd. De verzameling straatvuil die lady F.W. Harberton, de aanvoerster van de Rational Dress Society, opnoemde in haar strijd tegen de sleep aan japonnen was helaas ook maar al te echt.

Tristans personage is geïnspireerd op de kunstenaars die deel uitmaakten van de British Decadent Movement, onder leiding van de Ierse schrijver Oscar Wilde.

Ik heb de artistieke vrijheid genomen wat betreft de timing: het gedicht 'Wanneer je oud bent' van Yeats werd voor het eerst gepubliceerd in 1889. Het fragment uit Millicent Fawcetts lezing aan de London School of Economics dateert uit de jaren zeventig van de negentiende eeuw. Ruth Smythers' advies voor de getrouwde vrouw werd pas in 1894 uitgebracht en wordt sowieso over het algemeen als een hoax beschouwd.

Dankwoord

Een boek uitbrengen is altijd een uitdaging, maar een tweede boek in het bijzonder. Ik heb geboft; een hele massa geweldige mensen heeft me gesteund tijdens het schrijven van *De charmante schurk*. Mijn grote dank gaat uit naar:

Matt – mijn grote liefde.

Mam en Oma – die me zo geweldig steunen.

Bernie – hoe stoer om in één dag op en neer te reizen naar NYC in een driedelig pak. Vanuit Pennsylvania. In juli.

Al mijn vrienden die voor het eerst een liefdesroman hebben opgepakt – speciale dank aan Anna, Rob en Nils.

Al mijn geweldige neven en nichten, van Beiroet tot de Niagarawatervallen. *Merci*.

Mijn *sensitivityreaders*.

Kate en Montse – wat zou ik moeten zonder een dagelijkse dosis Lilac Wine?

Een bataljon van historische fictie- en romantische auteurs die de tijd namen om mijn werk aan te bevelen – in het bijzonder Renée Rosen, Chanel Cleeton, Gaelen Foley, Eva Leigh, Anna Campbell, Megan McCrane, Amy E. Reichert en Stephanie Thornton. Ik had dit nooit kunnen bereiken zonder hun goedkeuring en steun.

Jennifer Probst, Rachel Van Dyken, Lauren Layne – de Tree of Trust is een juweeltje en ik ben blij dat ik er deel van mag uitmaken.

Mijn speciale dank gaat uit naar mijn fantastische agent, Kevan Lyon, die alles altijd een stap voor is, en mijn geweldig geduldige, scherpziende redacteur, Sarah Blumenstock. Het is een genot om met jou te werken.